Für meine beiden
schönen, klugen, witzigen und frechen Töchter
Amber und Ruby.

Ihr habt mir geholfen,
der Figur von Angel Leben einzuhauchen,
und ohne euch wäre dieses Buch nicht das,
was es jetzt ist.

Eure Mama ist sehr stolz auf euch.
Ich liebe euch sehr!

KAPITEL EINS

McDonald's, Winchester Street, Salisbury, Wiltshire, Großbritannien

Hayley Walker hatte gekündigt. Einfach ihren Job hingeschmissen. Was hatte sie sich dabei nur gedacht? Ihr war nur ein Gedanke durch den Kopf gegangen: Flucht. Sie wollte weg von dem verschwitzten Greg und seinen verzweifelten Versuchen, sie anstatt der Wäsche in der chemischen Reinigung zu packen und in die Mangel zu nehmen. Aber jetzt, eine Stunde später, begann sie zu begreifen, dass sie weniger an Flucht und mehr ans Geld hätte denken sollen. Oder vielmehr an Geldmangel. Und daran, was sie nach Weihnachten tun sollte. Sie hatte viel zu spontan reagiert und das Handtuch geworfen. Eine Verzweiflungstat. Würde sie es bereuen? Ein Halbtagsjob als Eventplanerin reichte nicht aus, um Frühstücksspeck und das teure Müsli mit den Gutscheinen für Bücher zu kaufen.

»Gibt's dort Yorkshire Pudding?«

Hayley hob den Blick von ihrem Telefon und schaute ihre Tochter an, das neunjährige Mädchen, das so gern die teuren Frühstücksflocken aus der Packung mit den Büchergutscheinen aß. Angel hing ein halber Cheeseburger aus dem Mund, was sie jedoch nicht davon abhielt, auch noch den Strohhalm ihrer Diät-Cola hineinstecken zu wollen. Hayley hatte nicht genau gehört, was sie gesagt hatte. Irgendetwas mit Pudding. Sie war zu sehr damit beschäftigt, sich zu überlegen, ob die Zeit vor ihrer Abreise reichen würde, um die Stellenanzeigen im Lokalblatt zu studieren. Gleichzeitig ging sie in Gedanken die Reiseplanung noch einmal durch. Neue Kleidung für sie beide war natürlich jetzt nicht mehr drin. Was würde in diesem Winter wohl im Trend liegen? An eine Tweed-Phase glaubte sie eher nicht. Vielleicht konnte sie nachts weniger schlafen und das, was sie im Schrank hatten, umändern. Rasch verdrängte sie die Gedanken daran und richtete ihre Aufmerksamkeit auf Angel.

»Angel, wir sind in einem Restaurant, also benimm dich entsprechend.«

Sie beobachtete, wie Angel die Augen verdrehte und dann den Blick langsam durch das McDonald's wandern ließ. Was auch immer ihre Tochter damit ausdrücken wollte, es *war* ein Restaurant. Es lagen Servietten auf dem Tisch, und außerdem war es das einzige Restaurant, das Hayley sich im Augenblick leisten konnte. Vor allem nach dem heutigen Tag. Sie seufzte. Dieses McDonald's war *ihr* Lokal. Hier aßen Mutter und Tochter gemeinsam Burger. Ein vertrauter Vorgang und tröstlich, besonders jetzt, da sie kurz davor stand, mit ihrer Tochter um die halbe Welt zu reisen.

»Und? Du hast meine Frage nicht beantwortet.« Angel betonte jedes Wort auf übertriebene Weise. »Gibt. Es. Dort. Yorkshire. Pudding. In. New. York?«

Hayley legte ihr Telefon auf den Tisch. Sie hatte keine Ahnung, aber anscheinend war es für Angel sehr wichtig. Wichtiger als die Tatsache, dass sie noch nie geflogen war, im Flugzeug acht Stunden lang still sitzen musste und ein völlig neues Land entdecken würde. Wer hätte gedacht, dass Yorkshire Pudding eine so entscheidende Rolle spielen würde?

»Ich weiß es nicht«, erwiderte Hayley. »Aber ich kann nachfragen.« Sie lächelte ihre Tochter an.

»Schau doch bei Google nach.«

»Was? Jetzt?«

»Bei McDonald's gibt's kostenloses WLAN. Das sagst du doch immer.«

Angel saugte an ihrem Strohhalm und schaute sie aus ihren runden, an Murmeln erinnernde Augen an.

Kostenlos war im Augenblick entscheidend. In Hayley stieg plötzlich Stolz auf. Sie beobachtete, wie Angel mit ihren perfekten Zähnen in den Strohhalm biss. Ihre Wangen waren leicht gerötet, und ihr hellbraunes Haar war mit glitzernden Haargummis zu zwei Zöpfen geflochten. Angel war das Beste, was sie jemals zustande gebracht hatte. Ihre einzige befriedigende Leistung, und sie hatte sie fast ganz allein vollbracht. Vor Rührung zog sich ihr plötzlich die Kehle zusammen, und sie trank rasch einen Schluck.

»Ich kann es kaum erwarten, Onkel Deans neuen Freund kennenzulernen«, erklärte Angel.

Hayley hätte sich beinahe verschluckt und zog rasch den Strohhalm aus dem Mund. Ihr Telefon rutschte ihr aus der Hand und fiel auf die Pappschale mit den Pommes Frites, die sie noch nicht angerührt hatte. »Was?«

»Wir haben letzte Woche geskypt, während du stundenlang im Internet auf diese Formulare gestarrt hast.«

Angel hatte recht. In den letzten Wochen war Hayley pausenlos damit beschäftigt gewesen, Formulare auszufüllen. Sie hatte geglaubt, ein Besuchervisum beantragen zu müssen, und die Anforderungen dafür waren sehr hoch. Es schien leichter zu sein, eine Blutprobe eines Einhorns zu besorgen, oder das Ende der nächsten Folge von *Game of Thrones* verraten zu können. Warum hatte ihr niemand etwas über ESTA gesagt, bevor ihr Kopf beinahe explodiert wäre? New York – Weihnachtsferien für Angel und eine wichtige Mission für Hayley. In den letzten zwei Monaten hatte sie bei ihren Internetrecherchen oft so lange auf den Bildschirm gestarrt, bis ihr die Augen brannten. Und nun würde sie ihre Suche bald vor Ort persönlich fortsetzen können.

Hayley richtete ihre Aufmerksamkeit wieder auf Angel.

»Er heißt Vernon. Abgekürzt Vern. Sie haben sich bei einer richtig coolen Party kennengelernt, zu der Onkel Dean eingeladen war.« Angel warf einen ihrer Zöpfe nach hinten. »Werden wir auch auf richtig coole Partys gehen?«

Hayleys Gedanken überschlugen sich. Ihr Bruder hatte einen neuen Freund, den er ihr gegenüber noch nicht erwähnt hatte. Gab es Yorkshire Pudding in Amerika? Musste sie noch ein Einhorn auftreiben? Eine Gepäckwaage – sie brauchte dringend eine Waage, um das Gepäck zu wiegen. Sie hatte keine Ganztagsbeschäftigung mehr!

»Das weiß ich nicht, Angel. Wir werden dort einiges zu tun haben, und …«

»Isst du den Burger noch auf?«

»Isst du deine Pommes nicht?« Angel drückte ihre Zungenspitze im Mund nach unten, schob sie gegen die Unterlippe und senkte das Kinn.

»Wenn du in Amerika eine solche Grimasse ziehst, ist das genauso schlimm wie fluchen«, warnte Hayley sie.

Angel hörte sofort damit auf, obwohl sie das nicht so recht zu glauben schien.

Hayley deutete mit dem Finger auf sie. »Reingelegt!«

»Das ist nicht fair!«, kreischte Angel. Sie griff über den Tisch, schnappte sich eine Fritte von Hayleys Schale und steckte sie sich rasch in den Mund.

Hayley lächelte, nahm sich selbst eine Fritte und tunkte sie in Ketchup. Wenn nur alles so einfach wäre wie Pommes Frites zu essen.

Sie warf einen Blick aus dem Fenster auf die Straße. Es war bereits dunkel, und die grauen Wolken am blauschwarzen Himmel schienen beinahe die Skyline der Stadt zu berühren. Die Leute hatten sich in Wollmäntel gehüllt und hasteten nach Hause oder eilten noch rasch zum Einkaufen, ihr Atem in der eisigen Luft deutlich sichtbar. In wenigen Tagen würden sie und Angel das alles hinter sich lassen und Tausende Kilometer über den Ozean fliegen, um Weihnachten im Big Apple zu verbringen. Bei Minustemperaturen im zweistelligen Bereich, mit vielen Weihnachtsmännern auf den Straßen, Musik von Michael Bublé und Zuckerstangen.

Hayley beobachtete eine Frau, die die Eingangstür aufschob, und streckte ihre Hand über den Tisch, um Angel auf den Arm zu tippen.

»Modealarm auf drei Uhr.« Hayley verstärkte ihren Druck auf Angels Arm. »Angel Walker, sag mir, wie du das Aussehen dieser Frau verbessern würdest, wenn du nur einen Schal und eine Haarklammer zur Verfügung hättest.«

»Oh, Mum …« Angel beobachtete die Frau, wie sie zur Theke hinüberging. »Ich finde, sie sieht gut aus.«

»Ich bitte dich! Cremefarbene Stiefel zu diesem grauen Mantel?«

Angel seufzte. »Welche Farbe hat der Schal, den wir uns vorstellen?«

Hayley grinste. »Welche Farbe sollte er deiner Meinung nach haben?«

»Rot?«

Hayley schüttelte den Kopf und verzog missbilligend das Gesicht.

»Braun?«

»Nein. Ein letzter Versuch?« Sie beobachtete ihre Tochter, wie sie die Frau von oben bis unten musterte.

»Punkte!«, rief Angel.

Hayley klatschte in die Hände. »Ja! Ich denke an ein Tuch im Dalmatiner-Druck, das sie sich um die Schultern schlingen könnte. Sie würde sich in einer Sekunde von einer Modebanausin in einen Modefreak verwandeln.«

»Sollen wir ihr das sagen?«, fragte Angel.

Hayley schüttelte lachend den Kopf. »Nein.«

Im Augenblick war das nur ein Spiel. Etwas, um den Bereich in ihrem Gehirn zu beschäftigen, der sich mit Modedesign befasste. Das war es, was sie immer hatte machen wollen. Mode für den Laufsteg kreieren, beobachten, wie Kleider zum Leben erwachten, ihre Modelle an exklusive Modegeschäfte auf der ganzen Welt liefern. Sie schluckte, als ihr Blick wieder auf Angel fiel. Das schien schon eine Ewigkeit her zu sein. Ihr Leben hatte sich seitdem grundlegend verändert. Anstatt ihre Nächte mit dem Zuschneiden von Stoffen zu verbringen und viel Spaß mit ihren Freunden bei ein paar Gläsern Lambrini zu haben, musste sie plötzlich Windeln wechseln und ihr Kind füttern. Und ihre Modeleidenschaft konnte sie nur noch bei der Kleidung für ihre kleine Tochter ausleben, wobei sie sich einreden musste, dass Spuckflecken *en vogue* seien. Sie hatte sich dazu entschieden, Mutter zu werden, und Mütter mussten eben Opfer bringen. Mehr gab es dazu nicht zu sagen.

»Vernon hat einen Hund namens Randy«, platzte Angel heraus und riss sie aus ihren Gedanken.

Hayley verschluckte sich an einer Fritte und hustete. »Was?«

»Ich glaube, er hat ihn nach einem der Juroren von *American Idol* benannt.«

Hayley seufzte. »Wollen wir es hoffen.«

Balmoral Road, Salisbury, Wiltshire, Großbritannien

Seit sie die Stadt verlassen hatten, hatte Angel immer wieder Michael Boltons Version von »Santa Claus is Coming to Town« gesungen. Als sie parkten, setzte Angel lautstark zum Finale an, und normalerweise hätte Hayley eingestimmt – sie konnte die hohe, raue Stimme fast perfekt nachahmen und dabei schwungvoll ihr Haar zurückwerfen –, aber sie machte sich immer noch Sorgen, wie sie vor der Abreise alles, was noch anstand, erledigen sollte. Glücklicherweise musste sie nicht auch noch arbeiten. Aber klang das nicht irgendwie falsch?

Den größten Fehler hatte sie gemacht, als sie sich von dem Geschäftsführer Greg zu einem Drink hatte einladen lassen. Er hatte sie nicht nur ein- oder zweimal, sondern zwölfmal gefragt, bis sie sich schließlich hatte erweichen lassen. Aber als er ihr dann an der Dampfbügelmaschine zu nahe gekommen war, hatte es ihr gereicht. Sechs Monate lang Anzüge und fleckige Cocktailkleider zu reinigen war genug. Jetzt waren wieder alle Möglichkeiten offen. Sie würde sich noch größere Sorgen machen, wenn es ihr nicht gelungen wäre, mit ihrem Zweitjob als Eventplanerin ein wenig Geld zur Seite zu legen. Jetzt vor Weihnachten war viel zu tun gewesen, und sie hatte sogar von ihren reicheren Kunden hin und wieder zusätzlich etwas für ihre Dienste als Modeberaterin bekommen. Ihr Terminkalender war wieder aufnahmefähig, und die Reise war bezahlt, also konnte sie sich nun auf das konzentrieren, was wirklich wichtig war – die Suche.

Hayley schloss für einen Moment die Augen und umklammerte das Lenkrad. Obwohl sie sich Angel gegenüber begeistert gab und sich auch tatsächlich auf die Reise freute, hatte sie ebenso große Angst davor. Irgendwo in ihrem Hinterkopf war ihr bewusst, dass die Reise nach New York einer Flucht gleichkam. Dieser Gedanke wurde immer stärker, seit sie arbeitslos war. Vielleicht war die Reise eine Chance, um zu beurteilen, ob sie und Angel in Amerika leben könnten. Bei dem Gedanken daran schnürte es ihr die Kehle zu. Ein Neuanfang für sie und Angel, neue Horizonte, Donuts so groß wie Essteller und ausgedehnte Einkaufsbummel bei Barneys.

Harley schlug die Augen wieder auf. Bei ihrer momentanen finanziellen Situation würden sie sich allerdings auf einen Schaufensterbummel beschränken müssen. Sie warf einen Blick zu Angel hinüber. Ihre Tochter hatte die Blende heruntergeklappt und zog vor dem Spiegel einen Schmollmund, als wollte sie für ein Selfie posieren.

Leider war Hayley ganz anders als ihr unglaublich cleverer Bruder, dem ein Headhunter seine Stellung bei Drummond Global vermittelt hatte. Sie hatte den Vereinigten Staaten keine außergewöhnlichen Fähigkeiten zu bieten. Nur eine hohe Arbeitsmoral und … na ja, das war's schon. Sie und Millionen anderer waren auf der Suche nach einer Veränderung. In New York lag das Geld auf der Straße; es war eine Betonwüste, in der Träume wahr werden konnten.

»Soll ich es noch einmal laufen lassen?«

Angel hatte sich auf ihrem Sitz umgedreht, den Finger auf den CD-Player gelegt und schaute Hayley erwartungsvoll an.

»Nein! Nicht noch einmal!«

Angels Lachen verursachte Hayley eine Gänsehaut. Im Moment schien ihre Tochter völlig sorglos und unbeschwert zu sein, aber Hayley wusste es besser. Sie kannte die Gedanken und Hoffnungen, die Angel jeden Abend vor dem Zubettgehen durch den Kopf gingen, und sie würde alles tun, was in ihrer Macht stand, um ihr zu helfen. New York könnte für sie beide Antworten auf viele Fragen bereithalten.

»Komm, wir zeigen Nanny deinen neuen Mantel.« Hayley öffnete die Autotür.

Sie stieg aus, schloss die Tür und steckte die Hände in die Manteltaschen. Die Bäume am Straßenrand warfen dunkle Schatten in den orangefarbenen Lichtkegeln der Straßenlampen. Frost überzog die Windschutzscheiben der geparkten Autos, und ein halbes Dutzend Häuser war an den Mauern und Dachrinnen mit funkelnder, blinkender Weihnachtsbeleuchtung geschmückt. Hinter Gardinen sah man die Umrisse glitzernder Christbäume. Hayley ließ die Ruhe des englischen Vororts auf sich wirken und beobachtete eine Katze, die vor einem Nachbarhaus auf den Zaun sprang. In den folgenden Wochen würde sie sich in einer ganz anderen Umgebung befinden. War sie bereit für alles, was die Reise für sie bringen konnte?

Sie sah zu, wie Angel den Weg entlanglief, die Tüte mit ihrem neuen hellroten Dufflecoat fest in der Hand.

Hayley lehnte sich noch einen Moment lang gegen den Wagen und betrachtete das Haus, in dem sie aufgewachsen war. Es hatte sich in den achtundzwanzig Jahren nicht verändert. Das kleine schwarze Eisentor hing immer noch schief in den Angeln, der Rasen war sorgfältig gemäht, aber die Rosenbüsche wirkten verwildert. Es war ein Durcheinander – manches war intakt, anderes vernachlässigt. Ein wenig so, wie bei den Menschen in diesem Haus. Dean war immer gehegt und gepflegt worden, und das hatte sich bis heute nicht geändert. Sie hingegen hatte selbst das wuchernde Unkraut jäten müssen. Als selbstgenügsamer Mensch war ihr das nicht schwergefallen, aber dann war sie schwanger geworden und ihr Vater war gestorben.

Kälte stieg in ihr auf, und sie begann, innerlich zu zittern. Sie grollte ihrem Bruder nicht; sie liebte ihn von ganzem Herzen. Aber als Angel zur Welt kam, hatte sich alles verschlechtert. Ihre Mutter hatte sie ganz anders behandelt. Oft herrschte peinliches Schweigen zwischen ihnen, und die emotionale Nähe fehlte. Rita bot ihr zurückhaltend Hilfe an und war in praktischer Hinsicht immer für sie da, aber das war auch alles. Statt Liebe und Unterstützung gab es Geld und gute Ratschläge. Selbst jetzt war die Beziehung immer noch ein wenig oberflächlich.

»Mum!«, rief Angel. »Nanny sagt, wenn du nicht sofort reinkommst, muss ich die Tür zumachen. Sonst wird es hier drinnen kalt!«

Hayley verdrehte die Augen und nahm alle Kraft zusammen. Sie musste lächeln und sich heiter geben. Und vor allem durfte sie mit keinem Wort erwähnen, dass sie ihren Job verloren hatte.

»Rot? Ich dachte, du wolltest ihr einen pinkfarbenen Mantel kaufen. Das hast du zumindest gesagt.« Rita Walker drehte sich zu Hayley um und warf ihr einen strengen Blick zu.

Angel, die sich fröhlich im Kreis gedreht hatte, blieb abrupt stehen, die Arme ausgestreckt wie eine beleidigte Vogelscheuche. Ihre Freude über den neuen Mantel war bei Ritas Bemerkung sofort verflogen.

»Wir haben neun Mäntel in acht verschiedenen Läden anprobiert. Dieser hat Angel gefallen, und ich war, ehrlich gesagt, am Ende meiner Kräfte«, erwiderte Hayley. Warum hatte sie immer das Gefühl, ihre Entscheidungen verteidigen zu müssen? Sie ließ sich auf das Sofa fallen und hätte sich beinahe auf einen Stapel von *Home & Country* gesetzt. Warum ihre Mutter dieses Magazin abonniert hatte, würde sie nie verstehen. Aus diesem Haus würde nie ein Heim werden, wie man es in *Downton Abbey* zu sehen bekam.

»Du meinst, du hast aufgegeben.« Rita rümpfte die Nase. »Und dich mit einem Notbehelf zufriedengegeben.« Sie streckte den Arm aus und griff nach ihrer feinen, am Rand leicht angeschlagenen Porzellantasse.

Hayley nickte. »Es war außerdem ein Sonderangebot.« Sie senkte leicht die Stimme. »Es geht doch nichts über ein Schnäppchen in einem karitativen Secondhandshop.«

So schnell hatte sie ihre Mutter noch nie aufspringen sehen. Rita schoss aus ihrem Sessel wie ein Düsenjäger.

»Zieh das Ding aus, Angel.« Rita zupfte an einem Ärmel des Mantels und schüttelte dabei den Arm des Mädchens. »Schnell.«

»Nanny! Du tust mir weh!

»Mum, hör auf. Ich habe nur Spaß gemacht.«

Angel zog den Arm zurück und presste ihn an ihren Körper.

Rita drehte sich zu Hayley um und baute sich zornig vor ihr auf. »Warum sagst du so etwas?«

»Warum reitest du auf der Farbe des Mantels herum?«

Hayley sah, wie Angel die Hände auf die Ohren legte. Rita hatte es wieder einmal geschafft, sie in die Enge zu treiben. Und es war unfair, Angel mit hineinzuziehen. Sie mussten zwei Tage hierbleiben, weil ihr Vermieter während ihrer Abwesenheit renovieren wollte, und die damit beauftragte Firma schon damit beginnen musste. Sie sollte sich um Ruhe und Frieden bemühen und die Sticheleien einfach ignorieren. Schließlich war sie schon lange daran gewöhnt.

»Soll ich eine Kanne Tee machen?«, bot Hayley an und stand auf.

»Ich habe eine Hackfleischpastete gemacht. Angel, du bist sicher schon halb verhungert«, sagte Rita.

»Oh, wir haben schon gegessen«, erwiderte Angel und drehte sich wieder im Kreis.

»Ach ja?«

Hayley flüchtete rasch in die Küche, weil sie Angels Antwort vorhersah.

»Wir waren bei McDonald's.«

Hayley spürte förmlich, wie die Temperatur im Haus sank. Nur noch zwei Nächte. Noch zweimal schlafen, und dann würden sie nach Amerika aufbrechen.

KAPITEL ZWEI

Drummond Global, Downtown Manhattan, USA

Oliver Drummond ließ den Blick durch den Raum schweifen. Mackenzie, die Leiterin seiner Rechtsabteilung, verbreitete Langeweile von dem Moment an, in dem sie ihre scharlachroten Lippen geöffnet hatte. *Regelung. Planung. Verhandlung. Zusammenarbeit.* Und dann kam der Begriff, den er am meisten hasste: eine Strategie entwerfen. Das lag nicht in seiner Natur. Er war ein Macher. Er handelte instinktiv und meistens impulsiv. Das Nachgrübeln und Planen überließ er anderen, die er dafür bezahlte. Wenn sich seine Angestellten alle nur denkbaren Strategien ausgedacht und abgewägt hatten, brauchte er nur noch grünes Licht zu geben. Er war an der Ziellinie interessiert, am erfolgreichen Ausgang einer Sache, nicht an dem Prozess, der dazwischen stattfand. Seine Stärken lagen in der Kreation und Ausführung. Und wer von diesem Mantra nichts hielt, der bekam das schnell zu spüren.

Oliver wandte seine Aufmerksamkeit wieder dem Dutzend Mitarbeiter zu, die sich am Tisch des Konferenzraums in der achtzigsten Etage von Drummond Global versammelt hatten und nickte Mackenzie zu. Er hatte keine Ahnung, wovon sie sprach, aber er vertraute darauf, dass sie das Problem, wegen dem dieses Meeting einberufen worden war, kompetent lösen würde. Er würde sich die Mühe machen, die Sache zu verfolgen. Schließlich sollte er darüber Bescheid wissen, wenn auch nur am Rande. Er drückte seinen silberfarbenen Kugelschreiber gegen die Lippen. In den letzten Monaten hatte er sich so stark auf den Globe konzentriert, dass er alles andere hatte schleifen lassen. Der Globe würde alles verändern. Dieses Tablet würde nicht nur in das Leben seiner Benutzer eingreifen, sondern auch seine Leidenschaft für die Firma wieder neu beleben. Und er würde sich heute auch noch anderen Projekten widmen … sobald er den Kater von letzter Nacht losgeworden war. Dafür machte er seinen besten Freund Tony verantwortlich.

Er rutschte auf seinem Ledersessel am Kopf des Tisches hin und her, als er plötzlich einen Schmerz im Brustkorb verspürte, beinahe so, als hätte jemand ein Gummiband darum geschlungen. Er biss die Zähne zusammen und versuchte, den Schmerz zu ignorieren. Dafür hatte er jetzt keine Zeit, also würde er es nicht zulassen. Er drehte den Kopf zur Seite und schaute aus dem bodentiefen Fenster auf den Kern von Manhattan hinaus. Schneeflocken fielen auf die Dächer der angrenzenden Gebäude und sanken auf den Boden. Er richtete seine haselnussbraunen Augen auf die Flocken und beobachtete sie, bis sie aus seiner Sicht verschwanden. In diesem Augenblick wünschte er sich, eine von ihnen zu sein. Schwerelos dahintreibend, leise durch die Luft schwebend, nichts um sich herum wahrnehmend. Über dem neugotischen Dach des Woolworth-Gebäudes lag eine weiße Schneedecke, und am Broadway hingen tropfende Eiszapfen an den Fassaden. Draußen verwandelte sich die Stadt in ein Winterwunderland; drinnen drohte eine Lawine abzugehen.

Die Ablenkung durch den Schnee war nicht groß genug – der Schmerz war immer noch da. Und er schien sich mit jeder Sekunde zu verstärken. Er unterdrückte eine Grimasse und spannte seine Kinnmuskulatur an, während Mackenzies monotone Stimme im Hintergrund weiterdröhnte.

Vielleicht hatte er sich beim Training einen Muskel gezerrt. Und dann diese verrückten Tanzschritte, zu denen Tony ihn am Abend zuvor gezwungen hatte. Er schluckte und lockerte seine dunkelgraue Krawatte ein wenig.

»Oliver.«

Der scharfe Tonfall, der an seine Ohren drang, zwang ihn dazu, sich wieder auf die Konferenz zu konzentrieren. Clara, seine persönliche Assistentin, warf ihm einen ihrer speziellen Blicke zu. Dabei zog sie die Augenbrauen bis fast hinauf zu ihrem mahagonifarbenen Haar, neigte den Kopf und straffte die Schultern, wobei ihre Brille in der Mitte des Nasenrückens saß. Für ihn besagte dieser Blick, dass er sich sofort zusammenreißen und sich auf das Meeting konzentrieren sollte, sonst würde sie kündigen. Und sie wusste, dass er davor eine Heidenangst hatte.

Oliver setzte sich auf seinem Stuhl auf, als ihm ein weiterer Stich durch die Brust fuhr. Das war nicht gut. Fing es etwa so an? Nein, er musste diesen Gedanken verdrängen, so wie er es immer getan hatte, wenn das passiert war. Er war nicht sein Vater. Er war auch nicht sein Bruder. Ihn betraf das nicht. Er schluckte. Er konnte einfach nicht glauben, dass er wohl der Nächste in der Reihe sein würde.

Rasch richtete er seinen Blick auf die messingfarbene Statement-Kette auf Claras etwas über fünfzigjährigem Dekolleté. Die Halskette repräsentierte alles, was an den Achtzigerjahren schlecht gewesen war. Wo kaufte sie nur solche Sachen? Seine Lippen verzogen sich zu einem Lächeln. Das war gut. Sich auf Claras schlechten Geschmack bei Accessoires zu konzentrieren half tatsächlich. Er beugte sich ein wenig zu ihr vor und ignorierte sein Herzrasen und den Schweißausbruch in seinem Nacken. Dann verschwammen die glitzernden falschen Diamanten vor seinen Augen. Er schwankte leicht und stieß mit seiner Hand an Claras Ellbogen. Die Unterlagen, die sie festgehalten hatte, segelten in hohem Bogen zu Boden.

Mackenzie unterbrach ihren Vortrag. Oliver richtete sich schnell auf, blinzelte heftig und bemühte sich um einen Gesichtsausdruck, der, wie er hoffte, Zustimmung und Solidarität vermittelte. Er nickte, als Clara sich bückte, um ihre Papiere vom Boden aufzusammeln.

Oliver räusperte sich: »Fahren Sie fort, Mackenzie.«

»Was war denn da drin los, Oliver? Wenn ich nicht alt genug wäre, um Ihre Mutter zu sein, würde ich glauben, Sie wollten mich anmachen«, sagte Clara, als sie den Konferenzraum verließen.

»Ich bitte um Entschuldigung. Ich habe mich gelangweilt und konnte es nicht mehr ertragen, Mackenzie anzuschauen. Sie will sich unbedingt wieder mit mir treffen, aber als ich sie das letzte Mal eingeladen habe, hat sie mich unter den Tisch getrunken.«

Clara drehte sich um und warf ihm einen schulmeisterlichen Blick zu.

»Ich weiß, ich weiß! Ich werde in Zukunft Arbeit und Privates auseinanderhalten.«

»Und Sie sind sich sicher, dass Sie jetzt alles wissen, was es über die geplante Übernahme von Regis Software zu wissen gibt?«

Er machte so große Schritte, dass sie in dem langen Korridor neben ihm herlaufen musste. Rasch bog er links ab und hastete auf die Aufzüge zu. Er wollte schnell in sein Büro zurückkehren und dort erst einmal durchatmen. Erst als ihm einfiel, dass Clara immer Mühe hatte, in ihren Schuhen zu laufen, verlangsamte er sein Tempo.

»Ich habe das Projekt gestartet, Clara. Mein Vater und Andrew Regis waren nicht nur alte Freunde, sondern beinahe wie Brüder. Er war bei jeder meiner Geburtstagsfeiern dabei, bis ich schließlich zu alt war für Clowns und Piñatas.« Er blieb stehen, drückte auf den Rufknopf für den Aufzug und versuchte zu verbergen, dass sich sein Adamsapfel ruckartig auf und ab bewegte. Er hatte keine Ahnung über die letzte Fassung des Vertrags mit Regis Software. Er hatte zwar die Grundzüge dafür zu Papier gebracht, aber was war danach geschehen? Stand die Sache kurz vor dem Abschluss? Was genau war ihm entgangen?

»Wenn ich davon ausgehe, nehme ich an, dass Sie sich nach dem Abendessen und ein paar Drinks verabschieden werden?« Claras Ton war jetzt sehr schroff. Hätte er nichts über ihren Hintergrund gewusst, hätte er darauf getippt, dass sie früher als Gefängniswärterin gearbeitet hatte.

Oliver atmete tief ein und wandte sich ihr zu. »Ist irgendetwas geschehen, wovon ich nichts weiß, Clara? Sie sind meine persönliche Assistentin. Wenn Ihnen irgendetwas zu Ohren gekommen ist, müssen Sie es mir sagen. Das ist Ihre Pflicht.«

Clara sah ihn verblüfft an. »Ich weiß von nichts.«

»Dann erlauben Sie mir eine Frage: Wer ist der Geschäftsführer von Drummond Global?«

Wen versuchte er eigentlich, hier zu imitieren? Donald Trump? König Midas? Er bemerkte, dass Clara eine Erwiderung unterdrückte. Sie machte ihre Arbeit gut, nein, sogar hervorragend. Also warum versuchte er gerade, sie runterzumachen? Er fuhr sich mit der Zunge durch den Mund und schluckte den bitteren Geschmack hinunter. Anstatt zu fliehen griff er sie an, weil sie ihn in die Enge gedrängt hatte. Wenn er nicht aufpasste, würde sie den Respekt vor ihm verlieren.

»Ich bin nicht mein Vater, Clara.« Er hielt inne, als er plötzlich keine Luft mehr bekam, und versuchte es dann erneut. »Ich muss nicht über jede unbedeutende Entscheidung, die hier getroffen wird, pausenlos informiert werden. Mein Ansatz ist etwas moderner.«

»Dessen bin ich mir durchaus bewusst, Oliver.« Clara schwieg einen Moment, bevor sie hinzufügte: »Ich mache mir Sorgen um Sie, das ist alles.«

»Bitte tun Sie das nicht.« Er befeuchtete seine Lippen. Der Schmerz war wieder da, noch stärker. Sein Herz trommelte wie eine Militärkapelle. Er konnte nicht mehr tief durchatmen. Sein Atem ging stoßweise. Er versuchte, sich zusammenzureißen. »Ich … ich bezahle Sie nicht dafür, dass Sie sich Sorgen um mich machen.«

Eine Hand schien sein Herz wie einen Schraubstock zu umklammern und unerbittlich zuzudrücken. Wo war der verdammte Aufzug? Die Stahltür vor seinen Augen begann sich zu verformen, und die Fensterscheiben zu seiner Rechten und Linken krümmten sich und brachen die Strahlen der Morgensonne. Der Boden unter seinen Füßen wurde plötzlich unerträglich heiß.

»Oliver, geht es Ihnen gut?«

Er öffnete den Mund, um eine Antwort zu geben, doch sein Kinn ließ sich nicht bewegen. Alles um ihn herum wurde mit einem Mal zusammengedrückt wie Abfall im Wagen der Müllabfuhr.

»Oliver«, wiederholte Clara.

Die Worte wollten sich einfach nicht formen lassen. Claras Halskette drehte sich vor seinen Augen, und bevor er irgendetwas tun konnte, fiel er zu Boden.

KAPITEL DREI

Balmoral Road, Salisbury, Wiltshire, Großbritannien

Ich habe gestern Abend jemanden kennengelernt. In einem richtig coolen Club mit dem Namen Vipers. Michel de Vos!!!! Ein Künstler!!!! Er sieht ein bisschen aus wie Johnny Depp und ist Ausländer. Exotisch!!!! Dean würde er sicher gefallen. Wir haben getanzt und uns unterhalten, und dann hat er mir von seinen Bildern und Fotografien erzählt. Er wird sie alle in coolen Galerien ausstellen – New York Life und Tilton. Solche fantastischen Möglichkeiten gibt es nur in New York – in Wiltshire läuft man nicht einfach einem sexy Künstler über den Weg.

Ich weiß nicht mehr, wie das Hotel hieß. Ich glaube, der Name fing mit einem »T« an. Ein hübsches Hotel. Wie das Hilton. Auf den Kopfkissen lagen Schokoladentäfelchen, und ich habe sie alle aufgegessen. Er hatte nichts dagegen. Und dann küsste er mich, und ich küsste ihn, und wir haben ALLES gemacht … zweimal. Und ich lag da und dachte, dass das einer der perfekten Momente ist, die ich nie vergessen werde. Ich in New York mit einem Künstler namens Michel.

Hayley schlug ihr zehn Jahre altes Tagebuch in Deans früherem Schlafzimmer zu. Sie hatte genug gelesen. Die Erinnerungen waren schön, aber sie hinterließen trotzdem ein unangenehmes Gefühl. Irgendwie fühlte sie sich … schmutzig. Sie schob das Tagebuch auf das Regal zwischen einen Roman von Jill Mansell und ein Buch von Jilly Cooper. Damit war sie nicht zufrieden, also schob sie rasch einen kleinen Spielzeugelefanten und ein halbes Dutzend Stofftiere vom Jahrmarkt davor.

»Mum!«, rief Angel aus dem Schlafzimmer nebenan.

Hayley schob zwei Stofftiere näher zusammen, sodass das Tagebuch nicht mehr zu sehen war, und warf einen prüfenden Blick auf das Regal. Machten die Plüschtiere das Tagebuch noch auffälliger? Oder unsichtbar?

»Mum!«, rief Angel noch einmal.

»Ich komme!«

Hayley konnte ein Lächeln nicht unterdrücken, als sie das andere Schlafzimmer betrat. Angel packte fleißig ihre Sachen, und ihre Zöpfe hüpften auf und ab, als sie im kleinsten Schlafzimmer des Hauses zwischen der Kommode und ihrem Koffer hin- und herlief.

Sie blieb stehen und hielt ein dickes Wörterbuch in die Luft. »Ich darf dreiundzwanzig Kilo einpacken, richtig?«

»Ja, Angel, aber mal im Ernst? Ein Wörterbuch?«

Es war ein gebundenes Buch, und Hayley sah, dass Angel es nur mit Mühe hochhalten konnte.

»Es ist aber mein Lieblingsbuch.«

Das Lieblingsbuch ihrer Tochter war ein Lexikon. Warum wusste sie das noch nicht? Jetzt spielte das Gewicht des Buchs keine Rolle mehr – Hayley empfand Mutterstolz. Sie setzte sich auf den Rand ihres früheren Betts. Die Tagesdecke von damals mit den Rüschen und dem wilden bunten Muster war längst durch ein glattes, in gedämpften Farben gehaltenes Modell ausgetauscht worden – ideal, falls die Queen oder Mary Berry jemals ein Bett für eine Nacht brauchen würden.

»In New York gibt es auch Bücher.« Hayley klopfte neben sich auf das Bett.

Angel stemmte ungehalten die Hände in die Hüften. »Heißt das, ich darf mein Lieblingslexikon nicht mitnehmen?«

Was sollte man zu einer Neunjährigen sagen, die sich in Pose stellte wie Beyoncé?

»Und wenn ich dann nicht weiß, was Bürgersteig heißt?«

»Aber du weißt es doch.«

»Darum geht es nicht.« Angel streckte ihren Kopf vor wie ein Strauß, der etwas Essbares erspähte. »Es gibt bestimmt einiges in Amerika, was ich nicht verstehe.«

»Dort spricht man auch Englisch, Angel.«

»Aber amerikanisches Englisch unterscheidet sich sehr stark von britischem Englisch. In den USA lässt man in vielen Wörtern das ›u‹ aus und schreibt ›z‹ anstatt ›s‹.«

»Siehst du, wie viel du schon weißt«, scherzte Hayley.

»Ich brauche mein Wörterbuch.« Angel zog einen Schmollmund, um den sie sogar Naomi Campbell beneidet hätte.

»Dein *britisches* Wörterbuch.«

Angel stieß einen knurrenden Laut aus, der an ein wütendes Tier in einem Dokumentarfilm erinnerte. Eher Bär als Vogel Strauß. »Ich wette, du nimmst dein dickes Tagebuch mit.«

Diese Bemerkung saß, aber Hayley gab sich Mühe, sich das nicht anmerken zu lassen.

Das Tagebuch, das sie soeben versteckt hatte, war wie eine noch nicht gezündete Granate. Sie wusste nicht einmal, warum sie es aufgehoben hatte. Die letzten Einträge bestanden nur aus ein paar Zeilen, oft nur aus ein paar Worten.

Angel ist ein Zahn herausgebrochen, als sie auf ein Bonbon gebissen hat. Mutter hat mal wieder eine Bemerkung über alleinstehende Mütter gemacht – wahrscheinlich wird sie demnächst die Kummerkastentante Denise Robertson für mich um Rat fragen. Greg hat mir einen Hot Dog mitgebracht; es wäre schön, wenn er nicht ständig versuchen würde, seinen Hot Dog zwischen mich und die Hosenpresse zu schieben.

Hayley zwang sich zu einem Lächeln. »Ich nehme es nicht mit.« Und natürlich musste sie sich jetzt daran halten.Angel ließ sich auf das Bett fallen und überkreuzte die Beine unter ihrem Körper auf eine Weise, die ihre Beweglichkeit zeigte und jeden Teilnehmer eines Pilateskurses neidisch gemacht hätte. »Du solltest dir ein neues Tagebuch zulegen.«

»Wozu? Das alte ist doch noch ganz in Ordnung.« Sie konnte nur hoffen, dass Angel es nicht gelesen hatte. Neben den beiläufigen Bemerkungen über Ereignisse in diesem Jahr hatte sie auch in den neun Jahren davor einiges aufgeschrieben. Auch in dem Jahr, in dem Angel geboren worden war. Und diese Einträge waren zwar widersprüchlich, hatten ihr aber bei den Reisevorbereitungen sehr geholfen.

»Du solltest dein Ideenbuch mitnehmen. Das mit deinen Zeichnungen und Entwürfen und Stoffproben«, schlug Angel vor.

Ihr Ideenbuch. Sie hatte in letzter Zeit so wenige Ideen gehabt, dass sie den hinteren Teil des Buchs für Notizen für ihre Eventplanung verwendet hatte. Die meisten Kunden wollten ein Gesamtangebot auf einer Website, aber hin und wieder fragte jemand nach einem etwas individuelleren Entwurf, und darauf stürzte sie sich dann wie eine halbverhungerte Löwin.

»Wofür sollte ich das brauchen?« Sie schluckte.

»Um deine Entwürfe zu notieren, die du für andere Menschen im Kopf hast.« Angel grinste. »So wie bei der Frau im McDonalds. Ein Schal, den du dir vorstellst.« Sie fuhr mit der Hand durch die Luft. »Kopfbedeckungen und Gürtelschnallen. In New York gibt es sicher jede Menge Anregungen.«

Hayley freute sich über Angels Begeisterung. »Du wechselst das Thema, junge Dame. Wir sollten uns auf unsere Reise vorbereiten.« Sie streckte die Finger aus, piekste Angel in die Rippen und kitzelte sie.

»Hör auf damit!«, quietschte Angel.

»Tut mir leid, ich verstehe dich nicht.«

»Mum!« Angel ließ sich kreischend auf das Bett fallen und versuchte, den Angriffen ihrer Mutter zu entkommen. »Gleich wird Nanny uns hören, und du weißt doch, wie sehr sie es hasst, wenn sie bei *Coronation Street* gestört wird.«

Hayley zog ihre Hände so schnell zurück, als hätte sie eine Mausefalle berührt. Ihre Mutter auf dem Kriegspfad war das Letzte, was sie jetzt brauchte.

Ihr Blick wanderte von Angel zu dem dicken Buch auf dem Bett. Sie nahm es in die Hand und schlug es auf.

»Ah, hier steht ein Wort, dessen Bedeutung ich gern wissen möchte.« Hayley räusperte sich. »Bodega – ein Kellerlokal oder ein Laden, in dem Wein und Essen verkauft wird, vor allem in einem spanischsprachigen Land.«

Angel riss das Lexikon wieder an sich und klappte es zu. »Ich hoffe, wir werden nicht ständig auf der Suche nach Prosecco sein.«

»Nein, sobald wir in der Nähe einen guten Weinhändler gefunden haben, bleiben wir dabei.«

Angel kreuzte die Beine wieder, legte das Buch auf ihren

Schoß und sah Hayley aufmerksam an. »Glaubst du, dass Nanny an Weihnachten allein zurechtkommt?«

Diese Frage klang sehr ernst. Angel liebte Rita. Sie war die einzige andere Person, die immer für sie da gewesen war. Und das stimmte tatsächlich. Rita hatte sich immer um sie gekümmert, wenn auch eher im praktischen als im emotionalen Sinn.

Rita kam nicht mit, weil sie an Weihnachten ins Krankenhaus musste. Sie hatte über sechs Monate lang auf diesen Termin bei einem Spezialisten für Arthritis gewartet und wagte es nicht, ihn zu verschieben. Hayley fühlte sich gleich aus zwei Gründen schuldig. Erstens müsste sie eigentlich hier sein, um Rita zu begleiten, und zweitens war der Termin die perfekte Entschuldigung, um sie nicht bitten zu müssen, sie auf der Reise zu begleiten. Bei dem Gedanken daran schluckte sie heftig.

Hayley legte den Arm um ihre Tochter, zog sie an sich und küsste sie auf den Scheitel. »Nanny wird es gut gehen. Hast du den Lachs in der Gefriertruhe gesehen? Und ganz hinten in der Speisekammer hat sie eine Pralinenschachtel versteckt.«

»Die Minztäfelchen mit der dunklen Schokolade?«

»Genau. Die Schokoladentäfelchen, die an Weihnachten immer unter strenger Bewachung neben ihrem Sessel liegen.«

»Wenn ich mehr als drei davon esse, brennt mir der Mund.«

»Grund Nummer 49, warum Weihnachten in New York besser wird. Wir müssen unsere Schokolade nicht mit Nanny teilen.«

»Aber mit Onkel Dean, Vernon und Randy.«

»Bist du dir sicher, dass Randy ein Hund ist?«

»Ja …« Angel hielt kurz inne. »Ich habe beim Skypen im Hintergrund ein Bellen gehört. Und an dem Garderobenständer hinter Onkel Dean hing ein Lederhalsband.«

Hayley schluckte. »Hunde sind allergisch gegen Schokolade«, sagte sie rasch. »So wie Nanny allergisch gegen Kleidung aus einem karitativen Secondhandshop ist.«

Angel seufzte. »Nanny ist ein lieber Mensch. Sie ist einfach nur ganz anders als du.«

Dieser simple Satz aus dem Mund ihrer Tochter traf Hayley tief. Denn es war die Wahrheit. Ihre Mutter war kein Ungeheuer. Sie hatte sie nie geschlagen und sich immer um ihre materiellen Bedürfnisse gekümmert. Nur an spontaner emotionaler Zuwendung hatte es gefehlt. Aber das machte sie nicht zu einem schlechten Menschen. Sie waren eben einfach grundverschieden.

»Tut mir leid«, flüsterte Hayley kaum hörbar.

»Dann kann ich also mein Lexikon mitnehmen?« Angel klimperte mit den Wimpern, schob die Unterlippe vor und sah aus wie ein Ensemblemitglied von *Annie*.

»Du kannst das Buch mitnehmen, aber nur, wenn du nicht auch noch das alte Märchenbuch mit den Weihnachtsgeschichten mitschleppst. Ich ertrage es nicht mehr, jeden Abend vorlesen zu müssen, wie Alfie in die Spielzeugmaschine fällt.«

Sie schaute Angel an und wartete darauf, dass sie auf das Lexikon verzichtete. Die Miene ihrer Tochter war ausdruckslos.

»Okay.«

»Okay? Bist du sicher? Das muss wirklich ein besonderes Wörterbuch sein.«

»Ich nehme das Lexikon mit, und weil du eine so tolle Mum bist, hast du dir ein Glas Prosecco verdient.« Angel warf einen Blick auf ihre Armbanduhr. »Es ist schon nach acht und beinahe Weihnachten.«

»Dann schnell los! Wo ist die nächste Bodega?« Hayley grinste. »Komm, es ist schon spät. Ab ins Bett mit dir.«

Vorsichtig hob sie den Koffer vom Bett und achtete darauf, dass nichts herausfiel und er nicht mit einem lauten Knall auf den Dielen landete. Heute Abend lief eine Doppelfolge von *Coronation Street*. Als sie sich wieder aufrichtete, schlüpfte Angel bereits unter die Bettdecke. Ihre Augen waren noch weit geöffnet, aber sie gähnte schläfrig.

»Schlafenszeit.« Hayley strich Angel über das Haar.

»Weißt du, eigentlich ist es mir egal, ob es in New York Yorkshire Pudding gibt.«

Hayley musterte ihre Tochter. In ihren großen blauen Augen lag ein Ausdruck der Besorgnis. Das gefiel ihr nicht. Was immer auch das Leben für sie beide bereithielt, es sollte Angel nicht belasten.

»Gute Neuigkeiten.« Hayley lächelte. »Google sagt, dass es ihn dort tatsächlich gibt. In New York nennen sie ihn Popovers.«

»Tatsächlich?« Angel schien nicht überzeugt zu sein.

»Ja. Und es kommt noch besser – dort gibt es sogar eine Fertigbackmischung dafür zu kaufen.«

Angels Miene erhellte sich, und sie ballte aufgeregt die Hände zu Fäusten.

»Grund Nummer 84, warum Weihnachten in New York besser wird – es gibt Yorkshire Pudding.« Hayley lächelte. »Also fassen wir kurz zusammen. Wir wissen, was eine Bodega ist, und wir können voraussichtlich eine Backmischung für Yorkshire Pudding besorgen, während wir Prosecco kaufen.«

»Mum!« Angel schlug lachend nach Hayleys Arm.

Hayley lächelte weiter, atmete aber dabei tief ein und betrachtete den glücklichen Gesichtsausdruck ihrer Tochter. Sie machte diese Reise nur wegen Angel, aber das wusste ihre Tochter noch nicht.

Sie beugte sich vor und drückte Angel einen Kuss auf die Stirn. »Jetzt schlaf. Und du schlägst nicht mehr George Washington nach oder versuchst herauszufinden, wie viele Arten von Eichhörnchen es im Central Park gibt.«

»Nur eine. Sie sind grau, und ihr Bestand geht zurück. Anscheinend …«

Hayley legte einen Finger auf ihre Lippen, und Angel verstummte.

»Jetzt ist Schlafenszeit. Du kannst mir morgen alles über diese kleinen Viecher erzählen.«

Angel lächelte. »Gute Nacht, Mum.«

»Gute Nacht, Fräulein Superklug.« Hayley ging zur Tür und knipste das Licht aus.

Sie wartete ein paar Sekunden und genoss diesen Moment des Glücks, bevor sich alles in ihrem Leben ändern würde. Plötzlich hörte sie eine leise, kaum wahrnehmbare Stimme.

»Lieber Gott oder lieber Weihnachtsmann, egal, wer mir gerade zuhört … Ich wünsche mir so sehr, meinen Dad zu finden.«

KAPITEL VIER

St. Patrick's Hospital, Manhattan, USA

Oliver hatte das Gefühl, den gesamten Inhalt einer Werkzeugkiste im Mund zu haben samt aller schmutziger Schraubenschlüssel. Auf seiner Zunge und auf den Innenseiten seiner Wangen lag ein widerwärtiger metallischer Geschmack. Er verursachte ihm Übelkeit, ebenso wie die ratternde Maschine neben seinem Bett, die jede Bewegung seines Herzens aufzeichnete. Die vielen Ärzte, die sich bei seiner Einlieferung um ihn geschart hatten, waren mittlerweile alle verschwunden. Er lag ausgestreckt auf dem Bett, und der Schmerz in seiner Brust war einem dumpfen Druck gewichen. Clara saß neben ihm und tippte, die Stirn sorgenvoll gekraust, auf ihrem Telefon herum. Hier konnte er nicht bleiben. Er konnte Krankenhäuser nicht ausstehen, außerdem musste er zurück in sein Büro und endlich alles über den Vorgang Regis Software herausfinden. Er versuchte, sich aufzusetzen.

»Wagen Sie es nicht, sich zu bewegen, Oliver. Die Schwester hat gesagt, Sie sollen ganz still liegen bleiben.« Clara ließ ihr Telefon in den Schoß fallen und griff nach seinem Unterarm.

»Ich wollte mir nur anschauen, was diese verdammte Maschine sagt, und dann verschwinde ich von hier.« Er reckte den Hals. »Was steht da?« Oliver versuchte, das Kurvenbild auf dem Bildschirm ins Auge zu fassen.

»Da steht, dass Ihre persönliche Assistentin die gemeinste Krankenschwester holen wird, die sie finden kann, wenn Sie sich nicht sofort wieder hinlegen«, erwiderte Clara. »Versuchen Sie, sich zu entspannen.«

»Hier? Machen Sie Witze?« Er ließ sich aufs Bett zurückfallen.

Er musste das Diagramm nicht näher betrachten, um zu wissen, was es aussagte. Alle diese Höhen und Tiefen, die Kurven, die nach oben und nach unten gingen, konnten nur eines bedeuten. *Herzinfarkt*. Daran hatte er keinen Zweifel. Das war sein Schicksal. Es stellte sich nicht die Frage, ob es ihn ereilen würde, sondern nur, wann. Das lag in den Genen seiner Familie, und alle männlichen Drummonds mussten damit rechnen. Herzprobleme und schließlich … Herztod.

Diese Erkenntnis lastete schwer auf seinen Schultern wie eine Schneeverwehung, aus der er sich nicht befreien konnte. Vielleicht war es in diesem Jahr so weit. Aus und vorbei, noch vor seinem dreißigsten Geburtstag. Wie bei seinem Bruder.

»Es ist kein Herzanfall.«

Anscheinend konnte seine persönliche Assistentin Gedanken lesen, aber von Medizin verstand sie offensichtlich nichts. Oliver starrte an die Decke und betrachtete die weißgrauen Fliesen. In einem Riss hing ein schlaffer silberner Lamettafaden. Da konnte wohl jemand Weihnachten ebenso wenig leiden wie er.

Er wollte Clara nicht in die Augen schauen. Sie versuchte nur, ihm Mut zu machen. Was blieb den Leuten in einer solchen Situation auch anderes übrig? Clara kannte seine Familiengeschichte und das unausweichliche Ende.

Der Druck auf seiner Brust war nicht mehr so stark, aber so würde es nicht bleiben. Es würde ihn immer wieder überfallen, wenn er nicht darauf vorbereitet war. Zu einer anderen Zeit, an einem anderen Ort.

»Als mein erster Ehemann seinen ersten Herzanfall hatte, nahm sein Gesicht zuerst die Farbe einer reifen Pflaume an. Doch als er dann auf den Boden fiel, war er so blass wie ein Gespenst.«

Oliver schluckte rasch die aufsteigende Übelkeit hinunter. Er war nicht sicher, ob er das wirklich hören wollte.

»Sein zweiter Infarkt verlief ganz anders. Schweißausbrüche, Verwirrtheit ... Er sagte, er habe das Gefühl, als würde eine Abrissbirne gegen seine Brust schlagen.«

»Gab es einen dritten?«

Clara nickte. »Am dritten ist er gestorben.«

Er hatte alles gehört, was er hören musste. Sein Todesurteil war gefällt, aber jetzt wollte er von hier weg. Er begann, die Elektroden von seiner Brust zu ziehen und ruderte mit den Armen, um sich aufzusetzen. »Mehr will ich darüber nicht hören.«

»Oliver, lassen Sie das.«

»Ich halte es hier nicht mehr aus.«

Er zerrte gerade den letzten runden Saugnapf von seiner Brust, als die Tür aufging und eine dunkelhaarige Frau in einem weißen Kittel und mit einem Klemmbrett in der Hand hereinkam. Sie war sehr hübsch. Asiatische Wurzeln, katzenartige Augen, volle Lippen. Oliver spielte mit der Klebeelektrode wie ein Kind, das mit der Hand im Bonbonglas erwischt worden war.

»Mr Drummond, es tut mir leid, ich musste dringend kurz weg.« Sie warf einen Blick auf seine Hand mit der Elektrode, die eigentlich auf seinem Brustkorb kleben sollte. »Wie ich sehe, sind Sie bereits ungeduldig geworden.« Sie verzog die Lippen zu einem ironischen Lächeln.

Sie ging mit festem Schritt zu der Maschine hinüber, drückte auf einige Knöpfe und machte sich Notizen auf ihrem Klemmbrett.

»Es tut mir leid, Frau Doktor, ich habe ihm gesagt, dass er ruhig liegen bleiben soll, aber mit Anweisungen kommt man bei ihm nicht weit«, warf Clara ein.

Die Ärztin beendete ihre Aufzeichnungen, bevor sie ihren Kugelschreiber wegsteckte und sich Clara zuwandte. »Ich habe viele solche Patienten.« Mit einem Blick auf Oliver fügte sie hinzu: »Und meistens handelt es sich dabei um Männer.«

Er schluckte. Das war eine Frau, die alles im Griff hatte. Das war berauschend, und einen Moment lang fühlte er sich vollkommen entwaffnet. Er musste sich wieder fassen. Rasch begann er, die Knöpfe an seinem Hemd zu schließen. Er war noch am Leben. Sein Herz hatte ihn in dieser Runde noch nicht geschlagen, und so schnell würde er das Handtuch nicht werfen. Es war wie beim Football – man musste alles geben. Dieses Gefühl musste er sich wieder ins Gedächtnis rufen.

Er sah die Ärztin an. »Wie lautet Ihr Urteil? Geht es mir gut genug, um Sie heute Abend zum Essen einladen zu können?«

Er war wieder da. Wieder im Spiel. Sie lächelte belustigt, und in ihren Augen lag ein Funken Anerkennung.

»Um Himmels willen, Oliver.« Clara stieß verärgert den Atem aus.

Die Ärztin musterte ihn von oben bis unten, von seinen Lederschuhen über seine Designerhose bis zu dem maßgeschneiderten Hemd, das er sich soeben zuknöpfte. »Sie hatten eine Panikattacke.«

Ihre Worte vernichteten seine Libido wie ein über die

Straßen walzender Schneepflug. Ohne sich dessen bewusst zu sein, schüttelte er heftig den Kopf. Eine Panikattacke? Panik? Schwäche. Verzweiflung. *Ein kleiner Penis.*

Was gingen ihm da für Gedanken durch den Kopf? Das war gut! Es war kein Herzinfarkt! Das war *großartig*. Er atmete tief aus.

»Sie hatten die klassischen Symptome von Hyperventilation«, fuhr die Ärztin fort.

»Nein.« Oliver schüttelte wieder den Kopf. Es mochte kein Herzanfall sein, aber Panik war es ganz sicher auch nicht. Panik lag nicht in der Natur der Drummonds. »So war es nicht.« Er warf Clara einen Blick zu. »Ich habe nicht nach Luft geschnappt wie ein Asthmatiker, und ich bin auch nicht in Panik geraten.«

»Mr Drummond, es ist nicht so, wie sich die meisten Menschen das vorstellen. Hyperventilation ist eine komplexe Reaktion des Körpers, um alles ein wenig herunterzufahren.«

Das ergab keinen Sinn. Was immer auch geschehen war, ließ sich auf seine Familiengeschichte zurückführen und hatte nichts damit zu tun, dass er ein Schwächling war.

»Alles herunterzufahren liegt mir nicht, Frau Doktor …« Er warf einen Blick auf ihr Namensschild, das an einem Band um ihren Hals hing. »Frau Doktor Khan. Ich leite ein globales Unternehmen.«

»Oliver.« Clara schlug den beruhigenden Ton an, den sie immer verwendete, wenn sie der Ansicht war, dass er in einem Meeting zu weit gegangen war und sich eine hitzige Bemerkung zu viel erlaubt hatte. Nun, in diesem Fall lag sie falsch. Er würde sich von einer jungen Ärztin nicht anhören, dass sein Zusammenbruch von etwas herrührte, das Teenager bei einem Taylor-Swift-Konzert erlitten.

»Mr Drummond, ich kann mir vorstellen, dass Ihre Position sehr großen Stress mit sich bringt. Wie alle Menschen in dieser Lage sind Sie anfällig für alle möglichen Erkrankungen, die nicht immer sofort augenfällig sind.«

Sie mochte sehr hübsch sein, aber er würde sich von ihr nicht weismachen lassen, dass er eine Panikattacke gehabt hatte. Er hatte noch nie in seinem Leben Panik empfunden. Er war sich nicht einmal sicher, ob er wusste, wie sich das anfühlte.

»Sie kennen meine Familiengeschichte?«

»Ja, ich habe einen Blick auf Ihre Krankenakte geworfen. Möchten Sie, dass ich …«

»Sie sind sich sicher, dass es sich nicht um einen Herzinfarkt handelt?«, unterbrach er sie. Es war eher eine Feststellung als eine Frage.

Die Ärztin nickte. »Ihr Blutdruck ist leicht erhöht, aber alles andere ist genau so, wie es sein sollte. Zu Ihrer Beruhigung würde ich vorschlagen …«

Er hievte sich aus dem Bett, richtete sich zu seiner vollen Größe von eins dreiundachtzig auf und nahm seine Krawatte vom Tisch. »Danke, aber wenn ich heute noch nicht sterben muss, dann ist die Sache hier für mich erledigt.« Er lächelte Doktor Khan an, als er seine Fassung wiedererlangt hatte und glaubte, wieder Herr der Lage zu sein, und griff in seine Hosentasche.

»Hier meine Karte.« Er reichte sie ihr. »Falls Sie meine Einladung zum Abendessen doch noch annehmen wollen.«

Er konnte praktisch spüren, wie Clara die Augen verdrehte.

KAPITEL FÜNF

Mancinis Restaurant, 10th Avenue, Manhattan, USA

Wenn soeben das ganze Leben an seinem geistigen Auge vorbeigezogen war, nahm man alles viel intensiver wahr. Oliver konnte die wenigen Male, die ihm das passiert war, an einer Hand abzählen, aber er wusste, es würde noch öfter geschehen. Das war so unvermeidlich wie Weihnachten und der Beginn eines neuen Jahres. Aber in diesem Augenblick herrschte Klarheit. Jetzt bot sich die Chance, Bilanz zu ziehen, alles neu zu bewerten, gründlicher zu betrachten.

Oliver hob das Glas mit dem zarten Stiel an die Nase und genoss das Aroma des Merlot. Eiche, dunkle Beeren, bis zur Perfektion gereift. Der teuerste Rotwein auf der Karte. Er schloss die Augen, legte seine Lippen an den Rand des Glases und ließ den Wein vorsichtig damit in Berührung kommen. Erst dann öffnete er den Mund, sodass die Flüssigkeit auf seine Zunge floss. Der Wein war vollmundig, dicht, wie Samt, der sich sanft auf die Haut legte.

Schließlich schluckte er, stellte das Glas wieder auf den Tisch und schaute sich im Restaurant um. Es war voll besetzt, und von seinem günstig gelegenen Platz aus konnte er sehen, wie Leute an der Eingangstür abgewiesen wurden. Sein Status in der Geschäftswelt ermöglichte ihm einen Stammtisch in einem der exklusivsten Restaurants in dieser Gegend – er brauchte nur anzurufen, gleichgültig, wie spät es war. Nur war er heute allein. Er hatte Tony angerufen und ihn gefragt, ob sie ihre Feier vom Abend zuvor fortsetzen wollten, aber anscheinend war seine Einladung nicht so verlockend wie eine Nacht mit einem polnischen Mädchen namens Erica. Das konnte er seinem Freund nicht übelnehmen. Verdammt, wenn diese Ärztin Khan seine Einladung zum Abendessen angenommen hätte, hätte er Tony gar nicht anrufen müssen.

Oliver schaute aus dem von schweren, goldmelierten Vorhängen und einer wertvoll aussehenden Kette mit Weihnachtsglöckchen halb verdeckten Fenster. Es schneite stärker, und da die Temperatur fiel, blieb der Schnee auf dem Gehsteig liegen. Ein Pärchen tauchte auf, warm eingepackt mit Schals, Mützen und Handschuhen. Unter der Mütze der Frau lugte dunkles Haar hervor. Sie schrie auf, als der Mann sie mit einem Schneeball bewarf. Ihre Silhouetten tanzten schwankend vor den roten und grünen Lichtern eines glitzernden Christbaums vor einem angrenzenden Gebäude. Die Frau bückte sich und hob so viel wie möglich von dem pulvrigen Schnee auf, um sich zur Wehr zu setzen. Sie verfehlte jedoch ihr Ziel, und der Schneeball landete auf der Windschutzscheibe eines parkenden Wagens. Kreischend flüchtete sie vor ihrem Partner, der sie erneut unter Beschuss nahm. Oliver beobachtete, wie die beiden die Straße hinunterliefen, bis er ein Räuspern hörte.

Er schaute auf. Neben ihm stand ein Kellner in der im Mancini üblichen Kleidung: cremefarbener Smoking mit rotbrauner Weste und einer dazu passenden Fliege.

»Bitte entschuldigen Sie die Störung, Mr Drummond. Darf ich fragen, ob Sie zum Dinner Gesellschaft erwarten?«

Oliver nickte. Ja, genau das brauchte er jetzt, um über diese unangenehme Geschichte im Krankenhaus hinwegzukommen. Seine Gedanken wanderten zurück zu Doktor

Khan. Sie hatte ihm praktisch befohlen, sich zu entspannen. Vielleicht war es an der Zeit, den Anordnungen der Ärztin Folge zu leisten.

»Natürlich, Ricco.« Oliver ließ den Blick über die anderen Gäste schweifen. Die Pärchen, die über den Tisch hinweg Händchen hielten, die Geschäftsleute und die über Vierzigjährigen kamen nicht in Frage. Wer blieb noch übrig? Ein paar Tische weiter saßen vier Frauen, zwei Blondinen und zwei Brünette. Sie benahmen sich nicht zu laut, hatten noch nicht mit dem Essen begonnen und waren alle tadellos gekleidet. Dann entdeckte er sie. Sie saß an einem Tisch am anderen Ende des Raums in einer Ecke, nah genug, sodass er alles sehen konnte, was er sehen wollte. Honigfarbenes Haar, die Finger um ein Glas Weißwein gelegt, schwarzes Cocktailkleid.

»Ricco, bringen Sie der Dame dort drüben ein Glas Champagner und fragen Sie sie, ob Sie mir beim Essen Gesellschaft leisten möchte.« Er deutete mit einer Kopfbewegung auf den Tisch in der Ecke.

»Ja, Sir.«

Als der Kellner sich zum Gehen wandte, fügte Oliver rasch hinzu: »Ach, und Ricco.«

»Ja, Mr Drummond?«

»Wir nehmen beide den Lachs.«

»Wie Sie wünschen, Sir.«

Oliver lehnte sich in seinem Stuhl zurück, trank einen Schluck Wein und wartete ab. Im Grunde genommen wusste er bereits, wie es weitergehen würde. Welche Frau würde eine Einladung zu Champagner und einem Abendessen mit einem Milliardär ablehnen?

Plötzlich zog sich etwas in seiner Brust zusammen, und sofort durchströmte ihn Angst. Er schluckte und versuchte, sich auf die Hintergrundmusik zu konzentrieren – schmalziges Weihnachtsgedudel, das er nicht ausstehen konnte. Es funktionierte nicht, und in seinem Kopf begann es zu pochen. Nein, das durfte nicht passieren. Er würde das nicht zulassen, egal was es war. *Das ist ein Herzinfarkt. Dein letztes Stündlein hat geschlagen. Du wirst sterben.*

Er schüttelte den Kopf, um sein Unterbewusstsein auszuschalten. Die Diagnose der hübschen Ärztin kam ihm wieder in den Sinn, während er beobachtete, wie Ricco der Frau mit dem honigblonden Haar auf einem Silbertablett ein Glas Champagner brachte. Er hatte keine Zeit für Stress oder Tod. Er musste kämpfen, durfte nicht aufgeben, wie sein Vater und sein Bruder es getan hatten.

Oliver zog den Bauch ein, richtete sich auf und ignorierte das Stechen in seiner Brust. Die Frau nahm das Glas Champagner entgegen und sah zu ihm herüber. Mit einem schüchternen Lächeln prostete sie ihm zu. Er schluckte den Schmerz hinunter. Dadurch würde er sich auf keinen Fall den Abend verderben lassen. Er war im Spiel.

Ihr Name war Christa. Sie war nur zwei Tage in New York, und das war bereits ihr zweiter Abend. Das war perfekt. Sie war zu einer Konferenz hier, wohnte im Bryant Park Hotel, und ihr Boss hatte den Tisch für sie reserviert. Christa arbeitete in der Kosmetikbranche für eine nationale Firma namens Cuticle und beschäftigte sich mit Nagellack und etwas, was sie Acrylfarben nannte. Sie sprach sehr viel, und nach dem dritten Glas Champagner hörte man ihr deutlich an, dass sie aus Idaho stammte. Sie war genau die Ablenkung, die er jetzt brauchte.

»Tut mir leid, Oliver, ich langweile Sie. Sie wollen sicher nichts über französische Maniküre und die neuesten Nagellacke hören.« Christa stellte ihr Glas auf den Tisch und warf es dabei beinahe um.

»Ich hatte keine Ahnung, dass Nagelpflege so kompliziert sein kann«, erwiderte er. »Aber wenn ich ehrlich bin, muss ich zugeben, dass ich bei einer Frau nicht zuerst auf die Nägel achte.« Er sah sie unverwandt an und wurde mit einem weichen Lächeln belohnt.

»Ach ja?« Sie legte eine Hand auf den Tisch und strich mit den Fingern über das Tischtuch. »Verraten Sie mir, was Sie bei Frauen besonders anzieht?«

Sie warf ihm einen koketten Blick zu, und das gefiel ihm. Entspannt beugte er sich leicht zu ihr vor. »Nun, Christa, was glauben Sie denn?« Er neckte sie, und ihrem Gesichtsausdruck nach zu urteilen genoss sie jeden Augenblick.

»Das Lächeln?«, riet sie. »Oder vielleicht die Augen?«

Er zögerte einen Moment lang und schenkte ihr Champagner nach. »Nein.« Lächelnd schüttelte er den Kopf.

»Haben Sie eine Vorliebe für Blondinen?« Christa hob ihr Glas an die Lippen und trank einen Schluck.

Er schüttelte wieder den Kopf und lehnte sich auf seinem Stuhl zurück, ohne den Blick von ihr abzuwenden. Das war der Teil, den er am liebsten mochte. Die Fragen, die arglose Erwartungshaltung. Noch nicht wissen, was als Nächstes geschehen würde. Er war aufgeregt wie früher auf dem Footballfeld, oder wie manchmal, wenn er für Drummond Globe einen Vertrag abschloss. Obwohl er das in letzter Zeit nicht oft getan hatte. Rasch schob er diesen negativen Gedanken beiseite und trommelte mit den Fingern auf den Tisch. Das war sein Abend. Er lebte hier und jetzt, ohne Grenzen. Und seine kurze Lebenserwartung spielte in diesem Moment keine Rolle.

Er beugte sich wieder zu ihr vor. »Es geht um die Aura«, flüsterte er ihr zu.

Der Klang seiner Stimme schien sie zu fesseln, beinahe zu hypnotisieren. Sie stützte den rechten Ellbogen auf den Tisch und griff mit der Hand nach einem ihrer goldenen Ohrstecker in Form eines Herzens. Er hatte keine Gewissensbisse wegen der kleinen Lüge. Schließlich profitierte sie von alldem ebenso viel wie er – wenn nicht sogar mehr.

»Die Aura«, wiederholte sie leise.

Er nickte und schob seine Hand an den Gewürzen vorbei über den Tisch. Seine Finger befanden sich nun nur noch wenige Zentimeter von ihren entfernt.

Und dann lachte Christa auf – laut und hart. »Das ist wirklich witzig!« Sie nippte an ihrem Champagner und verschüttete dabei ein paar Tropfen. »Eine Aura!« Sie stellte das Glas wieder hin und schlug mit der flachen Hand auf den Tisch.

Für einen kurzen Moment verlor er die Fassung. Damit kriegte er sie sonst immer, egal ob sie daran glaubten oder nicht. Sie sollte sich jetzt geschmeichelt fühlen, glauben, dass sie für ihn etwas Besonderes war. Er musste der Sache eine andere Wendung geben. Er lächelte sie an.

»Was? Glauben Sie etwa, dass das nicht wahr ist?« Oliver zwang sich zu einem Lachen. »Glauben Sie, ich würde das jeder Frau erzählen, die ich kennenlerne?«

»Ich bin nicht so dumm, etwas anderes anzunehmen«, erwiderte Christa und trank noch einen Schluck Champagner. »Aber …« Sie stellte das Glas auf den Tisch und schob ihre Hand näher an seine heran. »Das stört mich nicht.«

Oliver war sich nicht sicher, was er von diesem Richtungswechsel halten sollte. Normalerweise war er derjenige, der die Zügel in der Hand hielt und bestimmte, wo es langging.

Er wusste nicht so recht, was er davon halten sollte, dass Christa jetzt den ersten Schritt machte. Er lächelte breit. Es war an der Zeit, die Sache wieder in die Hand zu nehmen.

Er schob seine Finger zwischen ihre und drückte sie fest. Sie stöhnte leise. Es war so weit.

»Wünsch dir etwas«, flüsterte er und sah ihr dabei in die Augen.

»Was?«

Er bemerkte, dass sie kurz den Atem anhielt und sich dann ihre Brust nur noch so leicht hob und senkte, dass es kaum zu sehen war.

Bevor er fortfuhr, befeuchtete er sich die Lippen. »Wenn du dir heute Abend etwas wünschen dürftest, jetzt sofort, was wäre das?«

Sie kicherte, offensichtlich nervös und aufgeregt, obwohl ihre Vernunft ihr sagte, dass das Unsinn war.

»Du bist verrückt«, erwiderte sie.

»Wünsch dir etwas, Christa. Und Geld spielt dabei keine Rolle.« Er drückte ihre Hand. »Wenn du jetzt irgendetwas tun könntest, irgendwohin gehen könntest, etwas unternehmen könntest, was du dir schon immer gewünscht hast, was wäre es?«

Sie schüttelte den Kopf, und ihre honigblonden Locken schimmerten im gedämpften Licht. »Du bist übergeschnappt.«

»Ich meine es ernst.«

Sie lächelte und schüttelte wieder den Kopf. »Nun, wenn das so ist … Ich bin noch nie mit einem Hubschrauber geflogen, und ich wollte schon immer einmal New York von oben sehen. Wie in den Kinofilmen.«

Ein Erfolg. Langsam ließ er eine Hand in die Innentasche

seines Jacketts gleiten und zog sein Telefon heraus. »Trink deinen Champagner aus. Ich werde mich darum kümmern.«

Sie ließ beinahe ihr Glas auf den Boden fallen.

Christas Schreie, als der Hubschrauber sich über die Stadt senkte, waren Balsam für seine Seele. Sie umklammerte seinen Arm so heftig, dass er beinahe taub wurde, aber trotz des schraubstockartigen Griffs waren seine Brustschmerzen verflogen. Selbst, als er daran dachte, geschah nichts. Kein Stechen, keine Schmerzen, nichts. Es war als wäre er ein für alle Mal davon befreit. Das kam dabei heraus, wenn man nur für den Augenblick lebte. Man konnte fast alles andere vergessen.

Christa quollen beinahe die Augen aus dem Kopf, als sie über die Stadt flogen und die glitzernden Lichter des Empire State Building, des Chrysler Building und der Trump Towers betrachteten. Das Empire State Building, eines der sieben Wunder der modernen Welt, das sich im ikonischen Art-déco-Stil mit seiner verjüngten Spitze so weit in den Himmel erstreckte, dass es sie beinahe zu berühren schien, verfehlte nachts nie seine Wirkung, vor allem nicht von einem so günstigen Aussichtspunkt. Sie kreisten über den bekanntesten Sehenswürdigkeiten der Stadt, alle scheinbar nur eine Armlänge von ihnen entfernt … Oliver sah, wie bewegt Christa war. Sie erlebte jetzt etwas, was sie sich schon immer gewünscht hatte. Ein Traum wurde wahr – durch ihn. Das bedeutete einiges. Diesen Wunsch würde sie nie vergessen, denn er hatte sich erfüllt.

»Das ist unglaublich!«, rief Christa laut, um sich im Lärm des Motors verständlich zu machen.

Oliver nickte, nahm ihre Hand von seinem Arm und verschränkte seine Finger mit ihren. »Und was willst du als Nächstes tun?«

Sie wandte sich für einen Moment von der Aussicht auf die Stadt ab und schaute ihm in die Augen. »Ich glaube, ich würde dich gern in mein Hotelzimmer einladen«, erwiderte sie mit einem Lächeln.

»Ich dachte schon, das würdest du niemals sagen.« Er rückte näher an sie heran.

KAPITEL SECHS

Flughafen Heathrow, London, Großbritannien

»Holt Dean euch vom Flughafen ab?«, fragte Rita, schüttelte ein Pfefferminzbonbon aus der Packung auf ihre Handfläche und steckte es sich in den Mund.

»Das weiß ich noch nicht«, erwiderte Hayley und schob die Koffer in der Schlange vor dem Abflugschalter ein paar Zentimeter weiter nach vorne.

»Was? Hast du denn nichts mit ihm vereinbart?« Ritas Stimme klang schrill. »Ihr kommt mitten in der Nacht an. Da muss euch doch jemand in Empfang nehmen.«

»Ich wollte ihm keine Mühe machen. Wir können auch ein Taxi nehmen.«

Sie würden bei Dean wohnen. Seine große, teure und wunderschön eingerichtete Junggesellenwohnung würde in den Ferien ein Zuhause sein. Ohne sein Angebot hätten sie sich diese Reise nicht leisten können. Und Hayley wusste, dass sie, wenn sie ihren Bruder um noch etwas bitten würde, es sofort bekommen würde – und noch einiges dazu. Dean war übertrieben großzügig, und würde ihr gern die gesamte Reise aus der Hand nehmen. Aber das sollte ihr und Angels Abenteuer bleiben, auch wenn sie sich finanziell dabei einschränken mussten.

»Ein *Taxi*.« Rita sprach das Wort so aus, als würde sich dahinter eine terroristische Organisation verstecken.

»Ja, Mum. Und das ist kein Problem. Es wird ähnlich aussehen wie das Taxi, mit dem wir hierhergefahren sind, nur kleiner und gelb. Und wahrscheinlich wird sich die Sprache des Fahrers eher nach Brooklyn als nach Billericay anhören.«

»Aber warum ist das nötig?«, fuhr Rita fort.

Genau deshalb hatte sie ihre Mutter in Wiltshire zurücklassen wollen. Eine freundliche Verabschiedung am schiefen Gartentor, ein paar in die Luft gehauchte Küsse und nicht ernst gemeinte Umarmungen, und dann rasch weg. Freiheit. Das klang gemein. Hayley schluckte, schenkte ihrer Mutter ein Lächeln und versuchte, das Ruder herumzureißen.

»Angel, hast du noch ein paar Fakten über George Washington aus deinem Lexikon, die du uns verraten willst?«

»Er wurde in Virginia geboren und hatte keine Kinder«, sagte Angel und blätterte in ihrem Buch.

»Ich nehme an, Dean stehen Firmenwagen zur Verfügung. Er muss nicht einmal persönlich kommen.« Rita zog den Reißverschluss ihrer Handtasche aus Patchworkleder auf. »Ich rufe ihn an.«

»Nein!«

Hayley war selbst über die Lautstärke ihrer Stimme überrascht. Sie presste die Lippen zusammen und versuchte verzweifelt zu verhindern, dass ihre Wangen sich röteten. Das Pärchen vor ihnen warf ihr einen verstohlenen Blick zu. Jetzt gab es nur noch einen Ausweg.

»Es tut mir leid.« Hayley atmete tief aus. »Entschuldige, Mutter, ich hätte nicht so schreien dürfen. Aber wir sind schon spät dran, und der Flug wird sicher anstrengend.«

Rita rümpfte die Nase. »Was soll daran anstrengend sein, acht Stunden lang dazusitzen und fernzusehen?«

Die Erwiderung »Das solltest du am besten wissen« lag

Hayley auf der Zunge, aber sie verkniff sich die Bemerkung und schwieg. Schließlich glaubte ihre Mutter, es handle sich nur um ein paar Wochen Weihnachtsferien im Big Apple. Rita wusste nichts von Hayleys verrücktem Traum, von der Vorstellung, dass New York eine Möglichkeit bieten könnte, dort nicht nur die Ferien zu verbringen. Außer sie hätte ihr zehn Jahre altes Tagebuch gelesen. Hayley lief ein Schauer über den Rücken. Falls das jemals passieren würde, würde sie ein Ticket für eine Weltreise buchen und nie wieder zurückkommen. Jetzt bedauerte sie, dass sie das Tagebuch nicht mitgenommen hatte. Sie konnte nur hoffen, dass die billigen, hässlichen Stofftiere ihre Funktion erfüllten und es gut versteckten. Falls Rita es entdecken sollte, würde sie ungeniert darin blättern. So etwas wie Intimsphäre existierte für sie nicht. Alles ging sie etwas an, aber nur, weil sie ihre Meinung dazu sagen wollte, nicht, weil sie sich wirklich dafür interessierte.

»Der Flug dauert nur sieben Stunden und dreißig Minuten, und einer der Filme ist *Alvin und die Chipmunks*«, meldete sich Angel zu Wort.

»Großartig«, seufzte Hayley. »Nervige, singende Nagetiere. Da wird die Zeit sicher schnell vergehen, und wir werden uns alle entspannen.«

»Man könnte glauben, du freust dich nicht auf diesen Urlaub«, meinte Rita.

Offensichtlich verlieh sie der Reise zu viel Bedeutung, und die bohrenden Fragen ihrer Mutter machten alles nur noch schlimmer. Sie musste es schaffen, das Land zu verlassen, ohne den geringsten Verdacht zu erregen, es könnte sich um etwas anderes als nur um eine Urlaubsreise handeln.

»Ach was, natürlich freue ich mich darauf. Dort schneit

es jetzt, richtig, Angel?« Hayley grinste ihre Tochter an.

»Ja. Es hat vier Grad unter Null und soll so kalt werden, dass man einen Topf mit kochendem Wasser in die Luft werfen und zusehen kann, wie daraus Schnee wird.«

»Ich weiß nicht so recht, was daran gut sein soll, Töpfe mit heißem Wasser in die Luft zu werfen«, sagte Rita ernst und fixierte Hayley dabei.

»Es kommt aber ständig im Fernsehen«, entgegnete Angel.

»So wie diese grässliche Frau, die von Schlangen singt, und das ist wirklich nichts Schönes.«

Hayley zog die Augenbrauen hoch. »Meinst du etwa Nicki Minaj?« Sie schauderte wieder. »Ich muss dir leider sagen, dass sie nicht von Schlangen singt.«

»Habt ihr gewusst, dass Schlangen keine Augenlider haben?«, fragte Angel und drückte ihr Lexikon an die Brust.

»Wie sind wir vom Schnee auf dieses Thema gekommen?« Hayley warf einen verzweifelten Blick auf die Menschenmenge vor sich. »Und warum bewegt sich diese verflixte Schlange nicht vorwärts?«

»Warte nur, bis du siehst, wie viele Menschen am John F. Kennedy Airport für ein Taxi anstehen«, sagte Rita.

»Ich war schon einmal in New York«, stieß Hayley zwischen zusammengebissenen Zähnen hervor.

Rita warf ihr einen Blick zu. »Wie könnte ich das vergessen?«

Hayley schluckte und schaute zu Angel hinüber, die sie beide beobachtete. Das Mädchen spürte die Spannung, kannte jedoch den Grund dafür nicht.

»Du hast recht«, sagte Hayley rasch. »Aber wir sind Briten und daran gewöhnt, Schlange zu stehen und zu warten, bis wir an der Reihe sind. Und wenn alle Stricke reißen, benehme ich mich so tolpatschig und unbeholfen wie Hugh Grant und warte, bis jemand Mitleid mit uns hat.«

Angel kicherte, während Rita keine Miene verzog. Nur Hayley war klar, dass sie ihre Lippen nicht wegen des Pfefferminzbonbons spitzte, sondern wegen ihr.

»Mum, wir müssen jetzt durch die Sicherheitskontrolle. Unser Flug ist bereits aufgerufen worden.«

Rita zupfte an Angel herum. Sie strich ihr das Haar glatt, zog den Gürtel ihres roten Mantels – immer noch ein Stein des Anstoßes für ihre Mutter – enger, nahm Angels Gesicht in die Hände und redete auf sie ein.

»Also«, begann Rita. »Vergesst nicht, immer sorgfältig nach beiden Seiten zu schauen, bevor ihr eine Straße überquert, denn dort fährt man auf der rechten Seite.«

»Ja, Nanny«, erwiderte Angel ernst.

»Und esst keinen Hot Dog von einem dieser Straßenverkäufer an irgendeiner Ecke. Es hat schon seinen Grund, warum diese Leute keinen eigenen Laden haben.«

»Ja, Nanny.«

Plötzlich hatte Hayley das Verlangen, sich sofort nach ihrer Ankunft den größten Hot Dog von dem schmierigsten Straßenverkäufer zu besorgen. »Wir müssen gehen.«

»Schon gut!«, bellte Rita. »Habe ich nicht einmal fünf Minuten Zeit, um mich von meiner Enkelin zu verabschieden?«

Und von deiner Tochter. Hayley biss sich auf die Unterlippe und versuchte, diese verletzende Bemerkung zu ignorieren. Es war schließlich gut, dass Rita sich so sehr um Angel sorgte. Sie warf wieder einen Blick auf ihre Armbanduhr.

»Ich hoffe, bei deinem Termin im Krankenhaus läuft alles gut, Nanny«, sagte Angel. Rita würde schon klarkommen. Eine Nachbarin hatte sich bereiterklärt, sie ins Krankenhaus zu fahren, und sie hatte einen Jahresvorrat an Minzbonbons und eine mit Eiscreme gefüllte Biskuitrolle zu Hause.

»Freda und ich werden uns dort im Café das Seniorenmenü schmecken lassen.« Sie legte ihre Hände auf Angels Schultern. »Vergiss nicht, Onkel Dean einen Kuss von mir zu geben und ihm zu sagen, wie sehr er mir fehlt.«

Ihr Goldkind. Ihr Sohn, den sie auf ein Podest so hoch wie das Chrysler Building stellte. Hayley räusperte sich, in der Hoffnung, damit dieses ungute Gefühl vertreiben zu können.

»Ich wünsche dir schöne Weihnachten, Nanny. Ich ruf dich an.« Angel lächelte ihre Großmutter an.

»Oh, mach dir um mich keine Sorgen, Angel. Ich werde mir bei Marks & Spencer eines von diesen Fertiggerichten für Witwen und Singles besorgen.«

Hayley schloss die Augen. Jetzt fehlte nur noch, dass Rita hinzufügte, dass sie ihren elektrischen Heizlüfter anstellen und sich *Pollyanna* anschauen würde. Dann würde Hayley ausrasten.

»Also gut, los geht's.« Hayley zog Angel an dem Stoffhaken ihres Rucksacks zu sich.

»Tschüss, Nanny«, zwitscherte Angel.

Hayley spürte den Blick ihrer Mutter auf sich gerichtet, aber sie wusste nicht, was sie jetzt tun sollte. Eine Umarmung war immer ein wenig peinlich, und ein paar Küsse in die Luft zu hauchen war noch schlimmer. Aber ihr Schuldgefühl überwältigte sie schließlich.

»Auf Wiedersehen, Mum. Ich wünsche dir frohe Feiertage.« Hayley trat einen Schritt vor, um ihre Mutter zu umarmen, und landete dabei versehentlich auf Ritas Fuß.

Ihre Mutter gab einen gellenden Schrei von sich, der klang, als wäre jemand einer Katze auf den Schwanz getreten und taumelte leicht. Angel sprang sofort an ihre Seite.

»Tut mir leid«, stieß Hayley hervor.«Entschuldige, Mum.«

»Alles in Ordnung, Nanny?«, fragte Angel besorgt.

»Ja …« Rita atmete zittrig aus. »Nichts, was ein Fußpfleger nicht richten könnte, nehme ich an.«

Hayley wagte es nicht, noch einmal auf sie zuzugehen. »Nun, wenn du sicher bist, dass du es zurück zum Taxistand schaffst, dann gehen wir jetzt.« Sie konnten wirklich nicht länger warten. Und Gefühlsanwandlungen stellten sich ohnehin nicht ein.

»Tschüss, Nanny«, wiederholte Angel.

Hayley legte den Arm um ihre Tochter, zog sie an sich heran und hob nur die Hand zum Gruß.

KAPITEL SIEBEN

Drummond Global, Downtown Manhattan, USA

»Guten Morgen, Mr Drummond.«

Es war kein guter Morgen. Er fühlte sich grauenhaft. Christa hatte sich als die unersättlichste Frau herausgestellt, die er in den letzten Wochen im Bett gehabt hatte. Sein Mund war nicht nur vom Champagner völlig ausgetrocknet. Sie hatte darauf bestanden, die Heizung ganz nach oben zu drehen, um die Temperaturen in einem Regenwald zu simulieren. Das war eine ihrer Fantasien gewesen, die sie ausleben wollte. Eine andere beinhaltete Speisen vom Zimmerservice, die er nie wiedersehen wollte.

Er zwang sich dazu, der blonden Rezeptionistin ein Lächeln zu schenken und bemerkte zum ersten Mal, dass sie eine Brille trug. Kannte er ihren Namen? Hatte er schon einmal ein Date mit ihr gehabt? Er war sich nicht sicher, ob er die Antwort auf die letzte Frage wissen wollte.

»Guten Morgen«, erwiderte er und ging zu den Aufzügen hinüber.

Während er wartete, schaute er durch die Glastüren nach draußen auf die Straße. In der Nacht hatte es aufgehört zu schneien, und nur eine feine Schicht war zurückgeblieben. Alles ging seinen gewohnten Gang: Taxis, Fahrradkuriere, Ladenbesucher, Arbeiter und ein paar Jungen auf Rollerskates, die aussahen, als würden sie sich für *Starlight Express* bewerben wollen. Von den Firmenschildern hingen Eiszapfen, die Feuerhydranten und Laternenpfähle waren mit einer dünnen Eisschicht überzogen, und die Ecken der Reklametafeln waren mit Pulverschnee bedeckt.

Die Glocke ertönte, und die silbernen Metalltüren öffneten sich. Er betrat den Aufzug und drückte auf den Knopf für das achtzigste Stockwerk. Erst als der Lift sich in Bewegung setzte, wurde ihm bewusst, dass er keine Ahnung hatte, was für den heutigen Tag geplant war. Wie war das möglich? Vielleicht hatte Clara recht. Hatte er die Dinge in letzter Zeit schleifen lassen? Er warf einen Blick auf seine Armbanduhr. Kurz nach neun. Er hoffte, dass in der nächsten Stunde noch nichts Wichtiges auf ihn wartete, sonst würde er jemanden losschicken müssen, um ihm ein Mundwasser zu besorgen.

Der Aufzug blieb stehen, die Türen gingen auf, und vor ihm stand Clara. Sie trug ein weinrotes Kostüm und dazu eine andere Statement-Kette und sah ihn besorgt an.

»Guten Morgen, Clara«, begrüßte er sie zögernd.

»Wir haben ein Problem«, eröffnete ihm seine persönliche Assistentin ohne Umschweife.

»Haben Sie Mackenzie schon angerufen?«, fragte er und ging den Flur entlang zu seinem Büro.

»Es handelt sich nicht um ein juristisches Problem«, erwiderte Clara. »Es geht darum, dass …«

Er unterbrach sie. »Ich hatte doch nicht etwa schon um neun einen Termin, oder?« Rasch lief er an den anderen Büros vorbei, um zu seinem am Ende des Gangs zu gelangen.

»Nein, aber … Oliver, warten Sie, hören Sie mir zu, bevor Sie hineingehen.« Clara bemühte sich verzweifelt, mit ihm Schritt zu halten.

Er hatte bereits die Hand am Türknauf, blieb aber stehen und sah seine Assistentin an. Ihr Gesicht hatte die Farbe einer überreifen Erdbeere angenommen, und über den Perlen ihrer Kette zeigten sich kleine Schweißtropfen auf ihrer Haut.

»Ihre Mutter ist dort drin«, flüsterte Clara und deutete auf die Bürotür.

Er verzog das Gesicht, in der Hoffnung, dass seine Ohren ebenso trocken waren wie seine Kehle und ihn genauso im Stich ließen. »Entschuldigen Sie, Clara, könnten Sie das wiederholen?«

»Ihre Mutter ist in Ihrem Büro.«

Nun brach ihm ebenfalls der Schweiß aus. Sein Kragen war ihm plötzlich zu eng, und sein Körper reagierte so wie immer in letzter Zeit, wenn von seiner Mutter die Rede war. Er wollte von hier verschwinden oder zumindest auf dem Absatz kehrtmachen und den Gang hinunter zum Aufzug zurücklaufen. Er könnte Tony anrufen. Sie könnten eine Partie Golf spielen. Bis sein Kater und seine Sorgen in ein paar Stunden am neunzehnten Loch auf dem Fairway verflogen waren. Er zwinkerte und zwang sich, in die Realität zurückzukehren.

»Und was sollen wir jetzt tun?« Die Worte waren ihm entschlüpft, bevor ihm klar wurde, wie kindisch sich das anhörte.

»Was *wir* jetzt tun sollen? Oliver, ich habe Ihnen gesagt, dass das passieren würde, wenn Sie weiter ihre Anrufe ignorieren.«

Clara unterstrich ihre Bemerkung, in dem sie wild gestikulierte und mit den Händen durch die Luft fuhr wie ein aufgeregter Puppenspieler. Und natürlich hatte sie recht. Sie hatte ihn mehrere Male gewarnt, dass seine Mutter hier oder in seinem Penthouse auftauchen würde, falls er sich nicht bei ihr melden sollte. Und dagegen konnte er eigentlich nichts tun. Er leitete zwar die Firma, aber sie war ebenso ein Vorstandsmitglied. Dieses Gebäude gehörte ihr ebenso wie ihm. Aber ihm war klar, dass es bei ihrem Besuch nicht um etwas Geschäftliches ging. Nein, sie hatte rein persönliche Gründe.

Er atmete tief ein, rückte seine Krawatte zurecht und vergewisserte sich, dass sie keine Rückschlüsse auf letzte Nacht zuließ. Und sofort spürte er wieder Stiche in seiner Brust. Beinahe waren sie ihm willkommen. Wenn der Sensenmann ihn jetzt holen wollte, musste er sich nicht diesem Gespräch stellen. Er schloss die Augen und straffte die Schultern.

»Kochen Sie uns Kaffee, Clara. Ich kümmere mich um alles andere.«

Er blieb noch einen Augenblick stehen, die Hand am Türknauf, und lauschte Claras gedämpften Schritten auf dem Teppich, als sie davoneilte, um sich um die Getränke zu kümmern. Er machte viel zu viel Aufhebens darum. Sie war seine Mutter, und er liebte sie sehr. Schließlich drehte er den Knauf und öffnete die Tür.

Sie erhob sich von dem Stuhl an seinem Schreibtisch, und er musterte sie. Schwarze Lacklederpumps, ein Designer-Shiftkleid in hellem Orange, ein dazu passender Wollblazer und perfekt frisiertes blondes Haar. Cynthia Drummond war fünfundfünfzig, sah aber aus wie Mitte vierzig.

»Mom«, begrüßte er sie und ging mit ausgestreckten Armen auf sie zu.

Er umarmte sie und ließ es zu, dass sie ihn an sich drückte, wie sie es immer tat. Schließlich löste er sich von ihr.

»Was für eine Überraschung. Du hättest mir sagen sollen, dass du kommst, dann hätte ich mich darauf eingestellt.« Oliver setzte sich hinter seinen Schreibtisch, nahm seinen Kugelschreiber in die Hand und rieb mit dem Daumen über den Schaft.

»Unsinn, Oliver, dann hättest du einen Grund gefunden, um nicht hier zu sein.« Cynthia setzte sich wieder, hob ihre Gucci-Handtasche vom Boden auf und stellte sie auf ihren Schoß.

Er lachte. »Das hätte ich nicht getan.« Die Erwiderung kam ein wenig zu schnell.

»Du hast meine Anrufe nicht entgegengenommen«, fuhr Cynthia fort.

In dem Moment, als sie das sagte, sah er die vielen gelben Notizzettel vor sich, die Clara ihm in den letzten Wochen auf den Schreibtisch gelegt hatte. Er schluckte. »Ich hatte so viel zu tun, und ...«

»Ich weiß, worum es geht, Oliver«, unterbrach Cynthia ihn. »Um das, worum es immer geht.«

Offensichtlich erwartete sie darauf keine Antwort. Er blieb stumm sitzen und bearbeitete seinen Kugelschreiber mit dem Daumen, bis es schmerzte.

»Es ist Dezember, und im Dezember benimmst du dich immer so«, sagte sie in einem Tonfall, der keine Unterbrechung duldete.

Er warf den Kugelschreiber auf den Tisch, nahm seinen Anti-Stressball in die Hand und knetete ihn zwischen den Fingern. »Ich habe keine Ahnung, was du meinst.«

»Ein Wort.« Sie atmete tief durch. »Weihnachten.«

Ihm stellten sich die Nackenhaare auf, als hätte sie ihm eine Beleidigung an den Kopf geworfen. Warum bereitete ihm dieses Wort solche Probleme? Wie konnten elf Buchstaben bewirken, dass er sich unter seinem Schreibtisch verkiechen und erst wieder hervorkommen wollte, wenn alles vorbei war?

»Ich möchte wissen, ob du nach Hause kommst.«

Die Stimme seiner Mutter klang jetzt ein wenig brüchig, und das machte ihn betroffen. Er knetete den Ball noch fester.

»Du könntest ein paar Tage bleiben. Sophia und Pablo vermissen dich.« Sie hielt kurz inne. »Und mir geht es ebenso.«

Er drückte den Ball so fest, dass er komplett in seiner Handfläche verschwand. Weihnachten war nicht mehr das Gleiche ohne seinen Vater und seinen Bruder. Auch das Haus in Westchester war nicht mehr so wie früher. Es war kalt und leer, trotz der Versuche seiner Mutter, es in ein vornehmes, vorzeigbares Heim zu verwandeln. Sie ließ jeden Monat neue Vorhänge anbringen, stellte überall Blumenschalen auf und dekorierte jede freie Stelle mit Tand und Firlefanz. Und durch die Erwähnung der Haushälterin ließ er sich nicht erpressen, auch wenn sie schon seit seinem zehnten Lebensjahr bei ihnen war, und ihr zehnjähriger Sohn hervorragend Hockey spielte.

»Mom, die Weihnachtzeit ist immer schwierig, das weißt du doch.« Er legte den Ball zur Seite und presste die Handflächen auf den Schreibtisch. »Ich befinde mich im Augenblick in harten Verhandlungen, und der Ausgang ist noch ungewiss.«

»Ich weiß alles über die Fusion mit Regis Software. Schließlich sitze ich auch im Vorstand.« Sie seufzte. »Ich bitte dich ja nicht, dir zwei Wochen Urlaub zu nehmen, Oliver. Es geht nur um einen Tag, vielleicht zwei Nächte.« Cynthia öffnete ihre Handtasche und holte ein Taschentuch heraus. »Bring Tony mit, wenn du magst.«

»Tony fährt nach Italien«, erwiderte er.

»Zu seiner Familie?«

»Das nehme ich an.«

»Die Familie ist wichtig.«

»Mom, bitte reg dich nicht auf«, bat er, als sie sich ihre Augen abtupfte.

»Du lässt mir keine andere Wahl.« Sie schniefte. »Seit dein Vater gestorben ist …«

»Hör auf damit.«

Er stieß diesen kurzen Satz so heftig hervor, dass er damit jeden zum Schweigen gebracht hätte.

Oliver sprang von seinem Stuhl auf, ging zu den bodentiefen Fenstern hinüber, stützte einen Arm gegen die Scheibe und schaute auf die Gebäude, die sein Bürohaus umgaben. Der Schmerz in seiner Brust meldete sich wieder, und er versuchte rasch, sich auf die Konstrukte aus Metall und Stahl vor seinen Augen zu konzentrieren. Das Chrysler Building, wie das Empire State Building im Art-déco-Stil, aber einzigartig durch seine kunstvoll verzierten Bögen, die bis zu seiner Spitze führten. Zacken und scharfkantiges Eisen – der Schmerz in seiner Brust wurde wieder stärker.

Seine Mutter hatte keine Ahnung, wie es ihm ging. Keinen blassen Schimmer. Es ging nicht nur um die Erinnerungen, sondern um seine Zukunft. Oder besser gesagt darum, dass er keine hatte. Sie musste zwar ohne ihren Ehemann und ihren ältesten Sohn weiterleben, aber er lebte mit einer tickenden Zeitbombe. Er wollte nicht ihre Stütze sein. Sie musste sich an die Einsamkeit gewöhnen, denn sie würde noch einmal einen solchen Schicksalsschlag erleben. Und dieses Mal würde niemand mehr übrigbleiben. Er kniff seine Augen zusammen und blendete den Anblick der winterlichen Stadt aus.

»Oliver, wenn wir nie über deinen Vater und deinen Bruder sprechen, wird es bald so sein, als hätten sie niemals existiert.«

Er hörte die Tränen in ihrer Stimme, aber er schaffte es nicht, sich zu ihr umzudrehen und sie anzusehen. Diese Unterhaltung wollte er nicht führen. Er lehnte sich schwer gegen die Fensterscheibe und ließ sich einen Moment lang fallen, um diesen Druck besser ertragen zu können. Seine Augen waren immer noch geschlossen, und tiefe Erinnerungen und lebendige Bilder aus der Vergangenheit tauchten plötzlich vor ihm auf.

Sein Vater Richard, groß, stämmig und mit einem dunklen Haarschopf, der immer ein wenig widerspenstig aussah. Die Augen meist blitzend, weil er Spaß machte oder eine neue Idee oder einen Erfolg mit seiner Familie teilen wollte. Kräftige Wangen, die zitterten, wenn er sprach, und diese sanfte oder trotzdem eindringliche Stimme, mit der er seinen Angestellten Anweisungen erteilte, auf eine ebenso wunderbare Art, wie er seine Kinder lobte und ermutigte. Richard hatte sich in jeder Rolle wohl gefühlt. Er hatte sich für einen wohltätigen Zweck als Weihnachtswichtel verkleidet, bei Beerdigungen von Freunden oder Familienmitgliedern Reden gehalten oder millionenschwere Software-Verträge ausgehandelt. Er war von allen geliebt und bewundert worden.

Genau wie Ben, Olivers großer Bruder. Der hochgewachsene, starke Junge mit den dunklen Haaren, mit dem er aufgewachsen war und zu dem er aufgeschaut hatte. Ben war nicht nur äußerlich Richards Ebenbild, sondern hatte auch die Geschäftstüchtigkeit und das sichere Auftreten seines Vaters geerbt. Und den Instinkt und die Fähigkeit, mit jeder Situation fertigzuwerden, in die er geriet. Und manchmal hatte er auch Oliver gerettet. Einmal vor der Polizei, als seine Eltern verreist waren, und Oliver des Einbruchs verdächtigt worden war. Ben hatte den Polizisten sofort den Wind aus den Segeln genommen. Er hatte sich von nichts und niemandem entmutigen lassen.

Sie hatten Richard erst letztes Jahr kurz vor Weihnachten verloren, und Ben war bereits fünf Jahre vorher gestorben, kurz vor seinem dreißigsten Geburtstag. Genau wie ihr Großvater väterlicherseits. Das war der Fluch, der auf den Drummonds lag, ein genetischer Defekt. Richard hatte Glück gehabt – er war fünfundsechzig geworden und stellte somit eine Ausnahme dar. Olivers Tage waren jedoch bereits gezählt. In wenigen Monaten würde er dreißig werden.

»Komm an Weihnachten nach Hause, Oliver. Es gibt Truthahn, und ich lasse einen Baum aufstellen.«

Jetzt, wo er diese Erinnerungen zugelassen hatte, konnte er sie nicht mehr aufhalten. Vor seinem geistigen Auge erschienen Bilder von seinem Vater und seinem Bruder und von dem letzten Weihnachtsfest, das sie gemeinsam gefeiert hatten. Sie hatten viel zu viel Truthahn gegessen und sich dann warm eingepackt, bevor sie loszogen, um sich eine Schneeballschlacht zu liefern, Schlitten zu fahren und mit den Kindern einen Schneemann zu bauen. Keine Tagesordnung und keine iPads. Gelächter, rote Wangen, warmer Atem in der kalten Luft und taube Zehen.

Er durfte sich jetzt nicht gehen lassen. Er durfte ihr nicht zeigen, wie sehr ihn das mitnahm. Schließlich musste er sich um die Geschäfte kümmern, während sich die anderen ihrem Schmerz hingaben. Und deshalb musste er seine Gefühle unterdrücken. Sie zuzulassen hatte keinen Sinn und würde nur Schaden anrichten.

»Ich kann nicht«, erklärte er kühl.

»Oliver ...«, begann Cynthia.

Er drehte sich zu ihr um, schaute ihr aber nicht ins Gesicht. »Ich kann wirklich nicht, Mom. Ich muss arbeiten.« Ihm war bewusst, dass seine Stimme kalt klang, aber das erforderte die Situation. Er spannte seine Kinnmuskeln an.

»An Heiligabend? Tatsächlich?«

»Die Geschäfte laufen weiter«, beharrte er.

»Seit dein Vater die Firma gegründet hat, ist das Büro an Weihnachten geschlossen.«

»Und zwei Wochen danach ist er tot umgefallen.«

»Oliver!«

Diesen schrillen Tonfall hatte sie auch benutzt, wenn er als Kind etwas angestellt hatte. Er sollte sich bei ihr entschuldigen. Seine Bemerkung war unpassend gewesen. Ein Schlag unter die Gürtellinie, und das, obwohl sie ohnehin schon angegriffen war. Seine Mutter stand auf, aber er machte keine Anstalten, sie zurückzuhalten. Gerade weil er sie liebte, musste er jetzt hart bleiben. Was grausam schien, war nur zu ihrem Besten.

»Wenn du Weihnachten nicht mit mir verbringen willst, lässt du mir keine andere Wahl.« Cynthia hängte sich ihre Handtasche um die Schulter und steckte ihr Taschentuch in den Ärmel ihrer Jacke.

Das klang nicht nach einer besseren Lösung. Eher so, als würde sie gleich eine Granate in seine Richtung schleudern. Er erwiderte ihren Blick und wartete.

»Die Benefizveranstaltung für die McArthur-Stiftung steht bevor. Ich bin wieder mit der Organisation der Veranstaltung und dem Sammeln von Spenden bei den örtlichen Honoratioren beauftragt. Außerdem hat man mich gebeten, in diesem Jahr eine Rede zu halten.« Cynthia ging zur Tür. »Vielen Dank, dass du dich an meiner Stelle dazu bereiterklärst. Ich werde dir eine E-Mail mit den Einzelheiten schicken.«

Das konnte sie ihm nicht antun. Das würde sie nicht machen.

»Mom, das kann ich nicht.« Er steckte die Hände in die Hosentaschen, um das Zittern zu verbergen.

Als ihm klar wurde, was sie soeben gesagt hatte, lief ihm ein kalter Schauer über den Rücken. Vor Publikum Reden zu halten war nichts Neues für ihn. Aber da ging es um Technologien, um die Arbeit der Firma, um Realisierung und Fortschritt und um Strategien. Nicht um persönliche Dinge. Die Wohltätigkeitsveranstaltung für die McArthur-Stiftung war ein Weihnachtsfest mit Glitzer und Glamour. Namhafte Geschäftsleute aus Manhattan würden anwesend sein, wahrscheinlich auch der Bürgermeister und der Polizeipräsident und, was noch viel schlimmer war, die Familienangehörigen der betroffenen Personen, für die das Geld gespendet wurde.

»Doch, Oliver, du kannst es tun. Und du wirst es tun.« Sie legte ihre Hand auf den Türknauf. »Du kannst vielleicht mich ohne Bedenken im Stich lassen, aber du wirst dich um diese Stiftung und unsere Verbindung dazu kümmern.«

Cynthia riss die Tür auf und stieß beinahe mit Carla zusammen, die das Tablett mit dem Kaffee hereinbringen wollte.

»Oh, Mrs Drummond, ich wollte gerade …«, begann Clara.

»Ich kann leider nicht bleiben, Clara.« Cynthia warf einen Blick über die Schulter zu Oliver hinüber. »Ich möchte Olivers kostbare Zeit nicht länger in Anspruch nehmen.«

Er schluckte den Kloß hinunter, der sich in seinem Hals gebildet hatte, und senkte den Blick. Konnte dieser Tag noch schlimmer werden?

KAPITEL ACHT

Drummond Global, Downtown Manhattan, USA

Oliver hatte so lange auf die Zahlen gestarrt, bis sie zu einem unverständlichen Nummerngewirr verschmolzen waren. Er hatte die Berechnungen für den Globe unzählige Male überprüft und seine Augen bei dem Betrachten der Tabellen überanstrengt, bis sie schmerzten. Er ließ sich auf seinem Stuhl zurücksinken und fuhr sich mit Daumen und Zeigefinger über den Nasenrücken. Wenn er ehrlich war, hatte er Kopfschmerzen, seit seine Mutter an diesem Morgen sein Büro verlassen hatte. Mittags hatte er sich durch ein Geschäftsessen gequält und es hauptsächlich Cole überlassen, sich um den Kunden zu kümmern. Für den Rest des Tages hatte er sich in sein Büro verkrochen und Zahlen und Angebote studiert, mit denen er sich schon vor Wochen hätte befassen sollen. Jetzt versuchte er sich auf die Sache zu konzentrieren, die ihm im Augenblick am meisten am Herzen lag – die Markteinführung seines Tablets. Er nahm seinen Stift zur Hand, ließ ihn einen Moment über dem Bericht schweben und legte ihn wieder auf den Tisch. Es hatte keinen Zweck.

Seine Gedanken kreisten ständig um diese verdammte Veranstaltung für die McArthur-Stiftung. Und darum, wie er sich davor drücken konnte. Denn genau das hatte er vor. Er würde sich auf keinen Fall von seiner Mutter dazu drängen lassen. Diese Wohltätigkeitsgeschichten waren ihr

Bereich, nicht seiner. Sie hatte Spaß daran und verbrachte ihr halbes Leben damit. Er hingegen verabscheute solche emotionalen Dinge. Wenn jemand Geld für eine gute Sache spenden wollte, sollte er das tun, aber Oliver sah keinen Grund dafür, dass sich einige Leute deshalb im Smoking oder Ballkleid zur Schau stellten, um zu zeigen, wie gut sie es mit anderen meinten. Dieses offensichtliche Streben nach Aufmerksamkeit in der Öffentlichkeit hatte ihm noch nie behagt.

Er griff nach seinem Stressball und knetete ihn so heftig, dass die Fingerknöchel an seiner Hand weiß hervortraten. Erst als die Tür aufflog, lockerte er den Griff. Clara kam herein und ließ beinahe die Akten, die sie bei sich hatte, fallen.

»Oh, Oliver, Sie haben mich erschreckt. Ich wusste nicht, dass Sie noch hier sind.«

Er warf einen Blick auf seine Armbanduhr. »Und was tun Sie noch hier? Es ist schon fast sieben.«

»Ich musste noch ein paar Sachen aufarbeiten, während hier nicht so viel los ist.« Sie legte die Akten in seinen Ablagekorb. »Das kann alles bis morgen warten.«

»Dann sollten Sie jetzt nach Hause gehen«, meinte er und legte seinen Ball auf den Tisch.

»Ich gehe, wenn Sie auch gehen.« Clara verschränkte die Arme vor der Brust.

»Diese Spielchen machen zwar Spaß, aber im Augenblick bin ich dafür nicht in Stimmung.« Er seufzte und nahm eine der Akten zur Hand, die sie ihm gebracht hatte.

»Das Treffen mit Ihrer Mutter lief wohl nicht so gut.«

»Doch. Alles in Ordnung. Sie ist eben eine Mutter, und ich habe die Rolle des Sohns nicht sehr gut gespielt. Wie üblich.«

»Sie hat mir gesagt, dass Sie Weihnachten nicht zu Hause verbringen wollten.« Clara verschränkte ihre Arme vor der Brust. »Weil Sie arbeiten müssten.«

»So ist es.«

»Warum? Wir haben über Weihnachten geschlossen.«

»Ob Sie es glauben, oder nicht, Clara, hier gibt es einiges zu erledigen, was im Hintergrund abläuft.«

»Aber nichts, was über Weihnachten nicht warten könnte.«

»Vielleicht gibt es Leute, denen an einer Überdosis an Weihnachtsliedern, Zuckerstangen und Kerzenlicht um Mitternacht nichts liegt.«

»Sie haben doch gehört, was die Ärztin gestern gesagt hat.«

Warum ließ sie nicht locker? Er wollte einfach nur in Ruhe gelassen werden. Es war doch kein Verbrechen, wenn man diesen einen Tag im Dezember anders verbringen wollte als die anderen. Er wollte dafür nicht ständig verurteilt werden. »Die Ärztin hat meinen Geschäftsanzug gesehen und daraus ihre Schlüsse gezogen.«

»Da war schon ein bisschen mehr dahinter, Oliver.«

Er schüttelte den Kopf. »Hat diese Unterhaltung einen Sinn?«

»Nun, das kommt darauf an.«

Ihre Miene schien zu sagen: *Ich werde dich so lange wie einen unartigen Schuljungen behandeln, bis du mir endlich zuhörst.*

»Worauf?«

»Darauf, ob Sie Wert auf meine Hilfe bei der Veranstaltung für die McArthur-Stiftung legen.«

Er stand auf und ging kopfschüttelnd zum Fenster hinüber. »Das hat sie Ihnen also auch erzählt.«

»Sie macht sich Sorgen um Sie, Oliver. Ebenso wie ich«, fuhr Clara fort.

Er schaute auf die Skyline von Manhattan hinaus. Die Lichter erstrahlten hell, während der Himmel immer dunkler wurde. Auf den tintenschwarzen Wellen des Hudson River tuckerten einige Fähren langsam zu den Anlegestellen zurück. Es schneite wieder; dicke Flocken fielen auf die dünne Schneeschicht vom Vortag. Vor ihm lag eine wunderschöne Szenerie, ein Ausblick, um den ihn viele beneiden würden, aber er fühlte sich wie ein Gefangener.

»Verschwenden Sie Ihre Energie nicht an mich, Clara. Ich bin ein hoffnungsloser Fall.« Die Worte waren ihm entschlüpft, bevor er darüber nachgedacht hatte. Glaubte er das tatsächlich? Und wenn ja, wollte er, dass Clara das erfuhr? Sie war seine persönliche Assistentin, nicht seine Seelsorgerin.

»Also bitte!«

»Ich bin neunundzwanzig, Clara. Zählen Sie zwei und zwei zusammen.«

»Wenn ich glauben würde, dass Sie bald tot umfallen, hätte ich Sie verlassen, bevor Sie Geschäftsführer wurden.«

»Wohl kaum. Kein anderer Arbeitgeber in dieser Stadt bezahlt so gut wie ich.«

Er hörte, dass Clara den Atem ausstieß und bedauerte, dass er wieder einfach etwas gesagt hatte, ohne vorher nachzudenken. Aber er blieb still stehen. Wenn er sich weiter auf die Aussicht konzentrierte, würde sie vielleicht gehen.

»Und Sie glauben, dass ich aus diesem Grund für Drummond Global arbeite? Für Sie?«

Ihre Stimme klang jetzt deutlich verärgert. Das war seine Schuld. Es lag an seiner dummen, gedankenlosen Bemerkung.

»Die meisten meiner Angestellten arbeiten deshalb hier.«

»Wenn Sie das wirklich glauben, Oliver, dann haben Sie größere Probleme, als ich dachte.«

Er nickte leichthin. Das musste man ihm nicht sagen. Er war nur ein Versager, der auf seinen Tod wartete. Als er sich umdrehte, sah er, wie die Tür von außen zugeknallt wurde. Er schien es sich allmählich mit jedem zu verderben.

Sein Telefon summte. Er zog es aus seiner Hosentasche und warf einen Blick auf das Display, bevor er den Anruf annahm und das Telefon an sein Ohr legte. »Hallo.«

»Hey, Drummond, wie laufen die Geschäfte? Bist du schon ins Ölbusiness eingestiegen?«

Tonys Brooklyn-Akzent mit italienischem Einschlag entlockte ihm ein Lächeln.

»Serviert dein Papa jetzt Pommes Frites mit seinen Pizzas?«

»Das war fies, Mann.«

»Du hast angefangen.« Er sah wieder auf die Lichter der Stadt hinaus und spürte, wie er sich ein wenig entspannte.

»Hör mal, hast du heute Abend schon etwas vor? Mir ist danach, irgendetwas zu unternehmen.«

»Läuft es mit dem polnischen Mädchen nicht so gut?«

»Heute Abend wartet ein neues Abenteuer auf mich, Mann.«

Oliver grinste und lockerte seine Krawatte. »Gib mir eine Stunde Zeit.«

Brooklyn Bridge, New York

»Können wir anhalten? Bitte! Können wir anhalten, Onkel Dean?«

Seit sie den Flughafen verlassen hatten, presste Angel ihr Gesicht gegen die getönten Scheiben der Limousine. Wie zu erwarten war hatte Rita Dean angerufen, wahrscheinlich in der Werbepause bei der Fernsehserie *The Chase*, und ihm alle Details ihres Flugs durchgegeben. Sie hatten sich wie Verbrecher gefühlt, als vor der Einreise Fotos gemacht und Fingerabdrücke genommen wurden. Dean hatte sie in der Ankunftshalle erwartet, in der Hand ein rot umrahmtes Pappschild, auf dem er mit Filzstift ihre Namen geschrieben hatte. Warum er dieses Schild hochhielt, verstand Hayley zwar nicht, aber Angel hatte vor Begeisterung gequietscht. Und Hayleys Magen hatte sich aus einer Mischung aus Sehnsucht und Liebe für ihren Bruder zusammengezogen, als er sie so heftig umarmt hatte, als wäre sie eine vermisste und wiedergefundene Verwandte in der TV-Show *Surprise Surprise*. So wie sie nach dem fast achtstündigen Flug aussah, war sie jedoch erleichtert, dass die Moderatorin Holly Willoughby nicht tatsächlich neben ihm stand.

Dean hatte Angel zuerst auf seine Schultern heben wollen, doch als er sah, wie sehr sie seit seinem letzten Besuch gewachsen war, setzte er sie wieder auf den Boden, nahm ihre Hand und führte sie nach draußen. Vor den gelben Taxis standen eine Menge müder Reisender Schlange, und Hayley war erleichtert, als sie Deans Limousine sah, auch wenn sie das ihrer Mutter gegenüber niemals zugeben würde.

»Gabe, können Sie kurz anhalten?«, bat Dean den Fahrer. »Meine Nichte möchte sich umschauen.«

»Sir, das würde ich nicht empfehlen. Von einigen anderen Fahrern weiß ich, dass die Polizei es nicht gern sieht, wenn man auf der Brücke anhält.«

»Schon gut, Dean. Sie muss nicht gleich alles auf einmal sehen. Wir können morgen zu Fuß über die Brücke gehen«, warf Hayley rasch ein.

»Nein, Mum. Ich will sie mir jetzt anschauen. Bitte, Onkel Dean!«

»Fahren Sie rechts ran, Gabe. Wenn wir einen Streifenwagen sehen, springen wir schnell wieder in den Wagen und fahren ihnen davon wie in einer Folge von *Blue Bloods*. Wie klingt das?« Er grinste Angel an und hob die Hand zu einem High-Five.

Hayley beobachtete, wie sich die beiden abklatschten und ihre Tochter dabei vor Freude strahlte. Das war alles so aufregend für sie. Das erste Mal New York zu sehen war wirklich etwas ganz Besonderes. Angel würde sich sicher immer an diese ersten Momente erinnern. So wie sie es auch tat. Der Geruch der Stadt – ihre Lebendigkeit, ihr pulsierendes Herz, die wie mit Strom aufgeladene Luft, das Gefühl, dass man sich inmitten eines Entwicklungsprozesses befand. Sie war achtzehn gewesen, als sie zum ersten Mal auf der Brooklyn Bridge gestanden hatte, und das ganze Leben hatte noch vor ihr gelegen. Wünsche, Träume und eine weiße Leinwand, die sie gestalten konnte, wie sie wollte. Sie erinnerte sich daran, dass sie die Arme gehoben und sich den Wind durch die Finger hatte blasen lassen. Freiheit, ein fremdes Land, ein paar Dollar in der Tasche und einige Wochen Vergnügen, bevor sie sich in ihr Studium knien musste. Und dann kam diese eine Nacht mit viel zu viel Wodka und einem Belgier namens Michel.

»Warte, Angel. Sei vorsichtig!« Sie hatte Angst, dass Angel in den Verkehr laufen und überfahren werden würde. »Hier fahren viel mehr Autos als bei uns zu Hause.«

Angel zischte ungehalten. »Das glaube ich nicht. Die meisten Leute hier fahren mit der U-Bahn.«

»Also gut, Fräulein Neunmalklug, wie du willst. Steig aus, aber mach dich darauf gefasst, nähere Bekanntschaft mit einer Wagenladung Donuts zu machen«, fauchte Hayley zurück.

»Hey, schon gut. Sie ist eben aufgeregt.« Dean beugte sich in seinem Sitz vor. »Ich passe schon auf sie auf.«

Hayley seufzte. Warum war sie so gereizt? Der Beamte am Einreiseschalter hatte sie bereits nervös gemacht. Beinahe hatte sie in ihm einen Gedankenleser vermutet, vor dem sie nicht verbergen konnte, was in ihrem Innersten vor sich ging. Er hatte tausend Fragen gestellt – wen sie besuchte, wie lange sie bleiben wollte, welche Pläne sie für diesen Urlaub hatte –, und dann war Dean aufgetaucht. Gelassen und selbstbewusst. Der wunderbare Dean, den sie von ganzem Herzen liebte, aber dem alles immer besser zu gelingen schien als ihr. Einschließlich des Umgangs mit ihrer Tochter. Seit sie ihre Träume von einer Karriere in der Modewelt aufgegeben hatte, waren ihr nur ihre Erziehungsfähigkeiten geblieben. Sie fand, dass sie ihre Sache recht gut machte, aber Dean, der clevere, erfolgreiche Dean hatte auch dafür ein Naturtalent, wie man am Umgang mit seiner Nichte sah. Und Angel vergötterte ihn und hatte sofort Zugang zu ihm gefunden. Lag das daran, dass eine männliche Bezugsperson in ihrem Leben etwas Neues war? Oder daran, dass sie sich danach sehnte? Wäre es so, wenn sie einen Vater hätte?

Angel öffnete die Autotür und stieg aus, um zu der mit Stacheldraht gesicherten Brüstung aus Metall hinüberzugehen. Noch bevor sie ihre Füße auf die schneebedeckte Fahrbahn setzte, stieß sie ein begeistertes *Wow!* aus. Hayley folgte Dean und Angel zum Rand der Brücke.

Der Ausblick war atemberaubend. Ein Bild, das aus vielen Filmen bekannt war, aber doch ganz anders wirkte, wenn man es in der Realität so nah vor sich hatte.

Am Ufer des Hudson ragten Wolkenkratzer empor, über das Wasser tanzten Lichtpunkte und wurden von den Wellen reflektiert. Die Fenster der hohen, schlanken Gebäude auf der gegenüberliegenden Seite leuchteten gelb, orange und weiß. Manche warnend, aber manche auch einladend. Große Schneeflocken schwebten langsam in der leichten Brise durch die Luft und verschleierten die Sicht.

»Welches ist das höchste Gebäude, Onkel Dean?«

Angel war auf die unterste Stufe des Geländers geklettert und beugte sich nach vorne, aber Dean stand direkt hinter ihr und hielt sie fest. Schneeflocken ließen sich auf ihrem Haar nieder. In Momenten wie diesen erinnerte Angel Hayley an Michel – ihr Profil, die Form ihrer Nase und auf jeden Fall ihre Augen. Hayley beobachtete Angel und Dean. Diese eine Nacht vor zehn Jahren erschien noch nie so wichtig wie jetzt.

»Das ist das One World Trade Center. Es ist 541,3 Meter hoch und hat 104 Stockwerke.«

»Wow!«, rief Angel.

»Dort drüben steht es.« Dean deutete über das Wasser.

»Wie viele Treppenstufen hat es?«, fragte Hayley.

»Das weiß ich nicht, aber es verfügt über einige Aufzüge.« Dean grinste sie an.

»Mum wollte das eigentlich gar nicht wissen. Sie hat nur versucht, witzig zu sein«, erklärte Angel ihm.

»Ich weiß, Angel. Das hat sie schon gemacht, als wir noch Kinder waren.« Er kitzelte Angel an den Rippen, bis sie zurück auf die Straße sprang. »Hast du Hunger?«

»Ja. Wir haben im Flugzeug Hühnchen gegessen, aber das ist schon Stunden her«, erwiderte Angel.

»Wie wäre es mit chinesischem Essen? Ich kenne da ein nettes kleines Restaurant«, schlug Dean vor.

»Oh, wir müssen nicht ausgehen«, warf Hayley rasch ein.
»Ich lade euch ein«, sagte Dean.
»Ja!« Angel streckte den Arm in die Luft.
»Dann schnell zurück in den Wagen. Wir bestellen uns Dim Sum und Glückskekse.« Dean öffnete Angel die Autotür.

Sobald die aufgeregte Neunjährige wieder im Wagen saß, stieß Hayley einen tiefen Seufzer aus, und ihre Schultern zuckten unwillkürlich. Sie griff nach dem Geländer, zog ihre Finger aber rasch von dem eiskalten Metall zurück.

»Willst du mir nicht sagen, was los ist?« Dean legte ihr seine Hand auf die Schulter.

Sie hatte nicht geahnt, dass ihr Bruder so dicht hinter ihr stand. Seine Nähe war so tröstlich, dass ihr beinahe Tränen in die Augen stiegen. In diesem Moment erkannte sie, wie sehr sie ihn vermisst hatte. Seit ihrem siebzehnten Lebensjahr war er hier in New York, und erst jetzt wurde ihr klar, wie sehr sie das belastet hatte. Er war ihr großer Bruder, der Einzige, der nie über sie geurteilt oder zu viele Fragen gestellt hatte.

Sie zwang sich zu einem Lächeln, das aber wahrscheinlich ein wenig aufgesetzt wirkte. »Mir geht es gut.« Wie konnte sie ihm erklären, dass das nicht stimmte? So war es bedeutend einfacher.

Er schüttelte den Kopf. »Komm schon, Hay, mich hast du noch nie anlügen können. Schon seit dem Tag, an dem du deine Barbiekleider vor mir versteckt hast, damit ich sie nicht meiner Actionfigur anzog.«

Unwillkürlich lachte sie auf. »Damals habe ich das noch nicht verstanden.«

»Einem Soldaten Frauenkleider anzuziehen war für mich

ganz normal«, sagte Dean betont affektiert. »Ich war sicher, dass es nicht nur mir so ging.«

Sie musterte ihren Bruder. Braune Halbschuhe, dunkelblaue Designer-Jeans, sorgfältig rasiert und das kurze braune Haar perfekt gegelt. Sein blauer Wollmantel war mit Schneeflocken bedeckt. Alles fast so wie bei ihrem letzten Besuch. Damals waren sie noch ein wenig jünger und aufgeregter gewesen, aber verletzlich waren sie auch heute noch.

»Also was ist los?«, fragte Dean leise.

Hayley schüttelte den Kopf und lächelte gezwungen. Das war nicht der richtige Zeitpunkt. Sie wollte erst einige Antworten für sich finden, einen Weg, der sie zu einer Lösung führen würde, bevor sie jemanden einweihte. »Ich freue mich so sehr, dich zu sehen.«

Sie legte die Wange an Deans Mantel, und die Schneeflocken schmolzen auf ihrer Haut, als er sie an sich drückte. Hayley atmete den Duft seines Rasierwassers ein, der einige Erinnerungen in ihr weckte. Spaß, Gelächter, einfache, unkomplizierte Zeiten.

»Du bist in New York, Hay! New York! Meine Wahlheimat. Und es ist Weihnachtszeit!« Dean schwenkte sie in seinen Armen herum wie eine Stoffpuppe. Dann schob er sie ein Stück von sich und legte seine Hände an ihre geröteten Wangen. »Ich habe einiges für uns geplant. Wir werden eine Kutschfahrt machen und im Rockefeller Center Eislaufen. Vern besorgt uns Tickets für irgendein Broadway-Stück.« Er seufzte begeistert. »Das werden die besten zwei Wochen deines Lebens!«

Hayley verdrängte rasch ihre eigentlichen Gedanken. »Wer ist Vern?«

Einen Moment lang sah Dean sie verblüfft an, aber dann legte er ihr lachend eine Hand auf die Schulter. »Netter

Versuch. Deine Tochter kann keine Geheimnisse für sich behalten. Sie hat dir sicher von Vern erzählt.«

Hayley grinste. »Vielleicht. Aber ich möchte auf jeden Fall noch mehr über Randy wissen. Bitte sag mir, dass das ein Hund und kein Kosename ist.«

KAPITEL NEUN

Asian Dawn, South William Street, New Yorkshire

»Isst du das noch oder starrst du es weiter nur so böse an, als wollte es alle deine Aktien kaufen?«

Tony steckte sich einen großen Bissen Bohnensprossen in den Mund und zog mit seiner freien Hand Olivers Teller zu sich heran. Sein schwarzes Haar fiel ihm in die Stirn, während er sein Essen verschlang und seine olivfarbene Haut mit Soße bespritzte.

Oliver sah seinen Freund kopfschüttelnd an. »Nicht jeder stürzt sich auf sein Essen wie ein Wollhaarmammut kurz vorm Verhungern.« Er zog den Teller zu sich zurück.

Tony hatte allerdings recht. Er hatte sich etwas zu essen bestellt, obwohl er keinen Hunger hatte. Seit der hitzigen Auseinandersetzung mit Clara war er wie erstarrt. Er hatte sich nicht mehr auf die Unterlagen über die Fusion mit Regis Software konzentrieren können und hatte seinen Stressball bearbeitet wie nie zuvor; er musste sich dringend entspannen. In allen Bereichen seines Lebens fühlte er sich bereits überfordert, und nun saß ihm auch noch seine Mutter im Nacken. Als ob er nicht schon genug am Hals hätte. Möglicherweise hatte die Ärztin recht. Vielleicht stand ihm ein physischer Zusammenbruch bevor. *Oder ein Herzinfarkt.*

Er nahm mit den Essstäbchen ein paar Nudeln auf und steckte sie sich in den Mund, in der Hoffnung, dass sich mit dem Essen seine Panik unterdrücken ließ und der Schmerz in seinem Brustkorb verschwand. Er kaute langsam und versuchte, die feinen Aromen zu schmecken und sich nur auf das Essen zu konzentrieren. Sein Blick schweifte über die anderen Gäste, die die köstlichen Gerichte und die einzigartige Atmosphäre des Restaurants genossen. Im Raum verteilt hingen rote Papierlaternen von der Decke, die Wände waren mit kunstvoll bemalten chinesischen Tellern und Figuren geschmückt, und auf jedem Tisch standen in der Mitte eine frische Orchidee und ein Teelicht.

»Also, wie läuft es bei dir so?«

Oliver wandte sich wieder seinem Freund zu. »Ach, wie immer. Alles wie gehabt.«

»Tatsächlich? Momma hat gehört, dass gestern ein Krankenwagen bei dir war.«

Oliver warf seine Serviette auf den Tisch und atmete tief ein. »Meine Mitarbeiter haben alle eine Verschwiegenheitserklärung unterzeichnet.«

»Und die meisten von ihnen essen in unserem Familienrestaurant. Was soll ich dazu sagen?« Tony zuckte unbekümmert mit den Schultern.

Er würde den betreffenden Angestellten ausfindig machen und dafür sorgen, dass er verwarnt wurde. Gerüchte über Krankheiten, die sich über das Buschtelefon in der Stadt verbreiteten, waren nicht gut für die Firma.

»Und? Ich warte.« Tony richtete seine braunen Augen auf ihn.

Oliver schluckte. »Da gibt es nichts zu erzählen.«

»Wirklich nicht?«

»Nein.« Das klang nicht überzeugend, und er wusste, dass Tony sich nicht täuschen lassen würde.

Rasch senkte er den Blick, starrte auf seinen Teller und

überlegte, was er jetzt sagen sollte. Er hörte, wie Tony tief ausatmete und Gläser klirrten.

»Du bist hier, also bist du nicht gestorben«, stellte Tony schließlich fest.

»Ich bewundere deine Beobachtungsgabe.«

Tony schüttelte den Kopf. »Ich verstehe dich nicht. Wir haben diese Unterhaltung schon so oft geführt, und du hast gesagt, du würdest dich davon nicht mehr fertigmachen lassen.«

»Das ist nicht so einfach.«

»Pah!« Tony fuhr mit seiner fleischigen Hand durch die Luft. »Wir wissen doch alle, was schlimmstenfalls passieren kann. Du könntest jetzt sofort umkippen und mit dem Kopf in der Schwarze-Bohnen-Soße landen, mit leerem Magen, unerfüllt und …« Tony senkte seine Stimme ein wenig. »Und seit achtundvierzig Stunden ohne Sex.«

»Tatsächlich ist es erst vierundzwanzig Stunden her.«

»Gestern Abend?« Tony riss die Augen auf. »Mann, du bist gut.« Er trank einen Schluck aus seiner Bierflasche. »Wo liegt dein Problem? Du bist aus dem Krankenhaus entlassen worden und nicht in der Leichenhalle gelandet. Also ist alles in Ordnung.«

»Meine Mutter will, dass ich Weihnachten zu Hause verbringe, und wenn ich mich weigere, muss ich stattdessen bei der Weihnachtsfeier der McArthur-Stiftung eine Rede halten.«

»Da klingt die kalte Bank in einer Leichenhalle direkt verführerisch«, witzelte Tony.

Oliver legte die Essstäbchen beiseite und griff nach seiner Bierflasche. »Du verstehst das nicht. Bei dir versammeln sich an Weihnachten eine Million Cousinen und Cousins und Nichten und Neffen. Auf mich wartet nur meine Mom, über dem ganzen Haus scheint ein Leichentuch zu liegen, und Pablo fragt mich über Footballspiele aus, die ich mir schon lange nicht mehr ansehe.«

»Und was soll ich dazu sagen?«

»Keine Ahnung. Dass ich kein Riesenarschloch bin. Dass ich ein Recht darauf habe, diesen Tag im Dezember so zu verbringen, wie ich will.« Darüber zu reden wühlte ihn auf. Er rutschte auf seinem Stuhl hin und her, als ihm ein Schmerz durch den linken Arm schoss.

»Sieh es doch einmal so. Was macht dir mehr Angst? Ein paar Stunden mit deiner Mutter zu verbringen und dich mit Truthahn vollzustopfen? Oder vor einem Saal voller New Yorker Größen über deinen Dad und Ben reden zu müssen?«

Oliver zuckte zusammen und versuchte es zu verbergen, indem er seine Essstäbchen wieder in die Hand nahm und ein paar Nudeln aufspießte. Die Antwort darauf war eindeutig. Diese Rede in der Öffentlichkeit halten zu müssen jagte ihm viel mehr Angst ein, als einen Tag zu Hause zu verbringen, aber beide Ereignisse würden alte Wunden wieder aufreißen und ihn an sein Schicksal erinnern.

»Ich weiß auch nicht.« Tony lehnte sich auf seinem Stuhl zurück. »Ich könnte dich stattdessen jetzt umbringen. Wir könnten uns eine Flasche Scotch bestellen und uns mit einem gehörigen Bums verabschieden.«

Oliver grinste unwillkürlich. Nur Tony konnte Witze über dieses Todesurteil reißen. Sein Freund brachte ihn schon seit 1989 zum Lachen. Bereits als er noch ein Kind war, waren die Drummonds jeden Freitagabend ins Romario's, das italienische Restaurant von Tonys Eltern, zum Essen gegangen. In dieser großartigen Familie gab es keinen Platz für Trübsinn.

»Ganz ehrlich, Mann, wenn ich wüsste, dass ich nicht alt werde, würde ich keine Sekunde damit verschwenden, mir darüber Gedanken zu machen. Ich würde einfach mein Leben leben.«

»Das tue ich doch.«

Tony schnaubte. »Hin und wieder, wenn du gerade keine Panik schiebst.«

Das war dieses Wort wieder. *Panik*. Aus dem Mund seines besten Freundes.

»Bestell uns noch etwas zu trinken«, forderte Tony ihn auf. »Und für den Fall, dass du gleich tot umfällst, verspreche ich dir, keines deiner Geheimnisse, die du mir je anvertraut hast, zu verraten. Mindestens einen Monat lang nach deiner Beerdigung. Danach ist die Jagd eröffnet, und man wird alles in jeder Talkshow an der Ostküste breittreten.«

Der Wagen hielt vor dem Asian Dawn, und Angel bestaunte mit offenem Mund den Eingang des Restaurants. An der Tür standen bemalte chinesische Drachen, elfenbeinfarbene Statuen und zwei lodernde Fackeln. Um den Hals der Drachen war Lametta geschlungen, über dem Türrahmen hing eine Girlande mit goldfarbenen Zuckerstangen und an der Wand war eine Figur vom Weihnachtsmann in seinem Schlitten befestigt, die abwechselnd rot, weiß und grün blinkte.

Angel drückte die Wagentür auf, sprang auf den Gehsteig und rannte zu dem nächsten geschmückten Drachen hinüber. Hayley folgte ihr und sah zu, wie ihre Tochter die Finger vorsichtig über die tönerne Mähne und die Ausbuchtungen und Vertiefungen in der Mauer gleiten ließ.

Angel drehte sich zu ihr um. »Kann ich alles haben, was ich will?«

Das Restaurant sah aus wie aus einem James-Bond-Film, der in Shanghai spielte. Alles deutete auf ein gehobenes Preisniveau hin. Wahrscheinlich konnte sie sich dort drin gerade mal das Trinkgeld leisten.

Hayley öffnete den Mund und setzte zu einer Antwort an.

»Natürlich«, kam Dean ihr zuvor.

»Gibt's dort drin auch Eiscreme?«

»Das beste Eis in ganz Manhattan.«

»Dean …«, begann Hayley, als Angel zur Tür marschierte. »Das Lokal sieht sehr hübsch aus, aber auch so, als würden dort Leute wie Kim und Kanye verkehren.« Sie atmete tief aus. »Sicher ist es sehr teuer, und …«

Dean legte ihr eine Hand auf die Schulter. »Ich lade euch ein.«

»Das kannst du aber nicht während unseres gesamten Aufenthalts tun, Dean.« Sie sah ihm in die Augen. »Das möchte ich auch nicht. Es wäre nicht fair.«

Dean lächelte. »Aber heute Abend seid ihr meine Gäste.« Er klopfte ihr auf die Schulter. »Komm, wir gönnen uns ein gutes Essen in New York.«

Hayley musste zugeben, dass der Gedanke an Hühnchen süß-sauer und das beste Eis von Manhattan sehr verlockend war. Und wenn sie dort drin tatsächlich Kim und Kanye über den Weg liefen … nun, dann würde sie Kim vielleicht den Tipp geben, dass Gold zu ihrem Teint besser passte als Rot.

Tony rülpste. »Und? Wie war sie?«

Oliver runzelte die Stirn. »Wer?«

»Die Frau, die noch vor weniger als vierundzwanzig Stunden bei dir war.«

Christa. An ihren Namen erinnerte er sich noch gut. »Um ehrlich zu sein, ein wenig unheimlich.«

»Ach ja?« Tony beugte sich neugierig vor.

»Ich musste so tun, als sei ich ein Lemur.«

Tony lachte so laut, dass es durch den ganzen Raum schallte und wie ein Bumerang zurückkam.

»Das ist nicht lustig«, zischte Oliver.

»Ich sehe darin kein Problem.« Tony wischte sich den Mund mit seiner Serviette ab.

»In deiner perversen Welt ist es vielleicht keins.«

»Hast du dir ihre Telefonnummer geben lassen?«

»Natürlich nicht.«

»Schade.« Tony grinste. »Ich hätte für sie jedes Tier gespielt, das sie sich gewünscht hätte.«

Oliver schüttelte den Kopf, dann klingelte Tonys Telefon.

»Hallo«, meldete er sich und lehnte sich auf seinem Stuhl zurück. »Momma, nein, ich kann nicht.« Er verdrehte die Augen und sah Oliver an. »Momma, das macht Ivano alle zwei Wochen …« Er setzte die Unterhaltung in lautem Italienisch fort. Oliver verstand kein Wort, obwohl er sogar ein wenig Italienisch sprach.

Er spielte mit seinem Essen und legte schließlich die Stäbchen endgültig auf den Tisch. Er hatte keinen Hunger und spürte außerdem, was jetzt kommen würde. Tony beendete das Gespräch und trank sein Bier aus.

»Ich muss los«, verkündete er.

»Schwierigkeiten im Restaurant?«

»Ivano spielt mal wieder die Diva. Er ist einfach abgehauen, und Momma braucht Hilfe.«

»Du willst kochen? Du hasst Kochen«, rief Oliver ihm ins Gedächtnis.

»Psst, du ruinierst meinen Ruf. Alle Italiener kochen gern.« Er zog seine Brieftasche hervor und zählte ein paar Scheine ab.

Oliver winkte ab. »Vergiss es.«

»Lass nicht wieder den Milliardär raushängen. Das hast du letztes Mal schon getan, und ich weiß, wie viel ich getrunken habe.«

Oliver grinste. »Ich kann es schließlich nicht mit ins Grab nehmen, richtig? Na los, geh schon und hilf deiner Momma bei der Pasta.«

Tony überlegte kurz. »Aber nur unter einer Bedingung.«

»Und die wäre?« Oliver sah ihn misstrauisch an.

»Die Frau, die allein dort sitzt.« Er deutete mit einer Kopfbewegung auf eine Sitzecke hinter sich. »Vielleicht hat sie einen Wunsch, den du ihr erfüllen kannst.«

Oliver lehnte sich auf seinem Stuhl zur Seite. Langes kastanienbraunes Haar, das ihr fast bis zur Taille reichte, und ein rotes Kleid, das ihre Kurven betonte. Er musste zugeben, dass ihm gefiel, was er sah. Aber im Gegensatz zum Abend zuvor war er unentschlossen. Der Aufenthalt im Krankenhaus war doch nicht so spurlos an ihm vorübergegangen. Er war nicht sicher, ob er heute Abend in der richtigen Stimmung war.

»Ruf mich morgen an – ich will Details wissen.« Tony grinste.

»Bis dann.« Oliver winkte und sah seinem Freund nach. Nach einem tiefen Atemzug rief er den Kellner zu sich.

»Mr Drummond.«

»Würden Sie bitte der Dame an dem Tisch dort drüben ein Glas Ihres besten Champagners bringen.«

»Der Dame in dem roten Kleid?«, fragte der Kellner.

Oliver nickte. »Sie speist allein, richtig?«

»Ja, Sir.«

»Gut. Dann fragen Sie sie, ob sie mir beim Dessert Gesellschaft leisten möchte.«

»Sehr wohl, Sir.« Der Kellner entfernte sich.

»Oooh, können wir neben den Hummern sitzen? Habt ihr gewusst, dass Hummer bis zu siebzig Jahre alt werden können?«

Die Stimme des jungen Mädchens klang britisch und ein wenig altklug. Oliver drehte sich um und sah das Mädchen mit einem großen Mann Mitte dreißig und einer braunhaarigen Frau das Restaurant betreten und auf einen leeren Tisch zu seiner Linken zusteuern.

»Ich wäre überrascht, wenn in diesem Lokal auch nur einer älter als siebzig Tage werden würde«, erwiderte die Frau. Sie klopfte den Schnee von ihrem Mantel, zog ihn aus und legte ihn über den Arm, während der Mann die Stühle für sie und das Mädchen zurechtrückte.

Eine Familie, die sich auf Weihnachten freute. All die Dinge, mit denen er nicht umgehen konnte. Bis auf das Kind. Damit hatte er keine Erfahrung. Und würde sie auch nie haben. Wenn sein Kopf bereits in der Schlinge steckte, musste man bestimmte Lebenspläne von der Liste streichen.

Er wandte seine Aufmerksamkeit wieder dem Kellner und der Frau im roten Kleid zu. Der Kellner bot ihr ein Glas Champagner an, aber sie winkte ab. Das sah nicht gut aus. Und trotz seiner Unentschlossenheit wollte er nicht zurückgewiesen werden. Er hoffte, dass der Kellner sie auf ihn aufmerksam machen würde, damit er Gelegenheit hatte, seinen Charme spielen zu lassen.

Wie auf ein Stichwort trat der Kellner einen Schritt zurück und deutete mit einer Kopfbewegung auf Oliver. Das war seine Chance.

»Diesen darf niemand essen!«

Wieder die Stimme des Kindes. Obwohl die Frau in Rot

ihn jetzt ansah, drehte Oliver sich unwillkürlich zu dem Mädchen um. Sie kniete auf ihrem Stuhl und hatte ihre Hände an die Scheibe des Aquariums gelegt, in dem die lebende Speisekarte des Lokals schwamm.

»Gib ihm bloß keinen Namen«, warnte die Mutter und brachte Oliver damit zum Lächeln.

»Ich werde ihn Lyndon nennen. Nach Lyndon Baines Johnson, dem sechsunddreißigsten Präsidenten der Vereinigten Staaten.«

Oliver grinste. Die Kleine kannte sich offensichtlich mit amerikanischen Präsidenten aus.

»Gut. Ich werde etwas essen, was nicht getauft wurde«, erklärte die Frau.

»Mr Drummond.«

Er drehte sich ruckartig um, als der Kellner ihn ansprach.

»Die Dame trinkt keinen Champagner«, begann er. »Aber sie lässt ausrichten, dass sie sich freuen würde, wenn Sie *ihr* beim Dessert Gesellschaft leisten würden.«

»Ach ja?« Oliver beugte sich ein wenig vor, um die Frau in Rot besser sehen zu können. Sie war es mit Sicherheit wert, dass er ihr seine Zeit schenkte. Außerdem würde ein Platzwechsel ihn von dem Mädchen wegbringen, das nicht älter als zehn zu sein schien.

Er räusperte sich, legte seine Serviette auf den Tisch und nahm seine Bierflasche in die Hand. Er musste weg von dieser glücklichen Familie mit dem klugen Kind, auch wenn es sehr amüsant war. Mom und Dad waren das typische Musterbeispiel für ein amerikanisches Paar. Sicher würden sie gleich fröhlich lachen und sich an den Händen halten.

Er trank einen Schluck aus der Flasche und richtete dabei den Blick auf seine Gespielin auf der anderen Seite des Raums. Sie erwiderte seinen Blick sehr selbstbewusst, aber in ihren Augen lag noch etwas anderes. Sie sagten Oliver, dass sie offen und bereit für ein aufregendes Abenteuer war. Sie fühlte sich durch seine Aufmerksamkeit geschmeichelt, aber sie war nicht leicht zu haben. Das würde etwas anspruchsvoller werden, als irgendein Dschungeltier imitieren zu müssen.

Er blieb eine Weile stehen, ohne den Blick von ihr abzuwenden und richtete sich dann wieder an den Kellner. »Für mich das Litschi-Eis.«

»Ich nehme das geräucherte Hähnchen mit Glasnudeln und ein paar von den in der Pfanne gebratenen, mit Schweinefleisch gefüllten Klößen«, verkündete Angel und legte die Speisekarte schwungvoll zurück auf das pfirsichfarbene Tischtuch.

Hayley verdrehte lächelnd die Augen. Den Appetit hatte ihre Tochter eindeutig von ihr geerbt.

»Klingt gut. Und du, Hayley?«, fragte Dean.

»Ich wage es nicht, Hummer zu bestellen«, erwiderte sie, und Angel rümpfte prompt die Nase. »Also nehme ich das Hühnchen mit drei verschiedenen Chilischoten.«

»Oh, Scheiße!«, rief Dean, stützte rasch den Kopf in seine Hand und drehte sich zur Seite. »Scheibenkleister! Ich meine natürlich Scheibenkleister. Entschuldige, Angel.«

»Was ist los? Ist das Chili-Hühnchen nicht gut?«, fragte Hayley.

»Nein, mein Boss sitzt dort drüben«, sagte Dean und zog den Kopf zurück. »Nicht hinschauen!«

Diese Aufforderung verleitete Hayley dazu, sich genau umzusehen. Sie suchte nach einem dieser unsympathischen Geschäftsmänner mit einer Rolex am Handgelenk, einem von zu viel Portwein gerundeten Bauch und Zigarren auf dem Tisch, konnte aber niemanden entdecken, der so aussah. Sie konnte sich nicht vorstellen, wen Dean meinen könnte.

»Ich sehe niemanden«, erklärte sie. »Wo sitzt er denn?«

»Hör auf zu schauen. Ich will nicht mit ihm reden«, zischte Dean.

»Oh, Onkel Dean, ist er tatsächlich so gemein?« Angel stützte gespannt ihre Ellbogen auf den Tisch.

»Das verstehe ich nicht. Ich dachte, du magst deinen Boss. Warst du nicht zum Abendessen bei ihm eingeladen? Und hast du nicht sogar im Frühjahr einen Wochenendausflug mit ihm und seiner Familie gemacht?«

Dean schüttelte den Kopf. »Das ist nicht Peter Lamont. Peter ist der Leiter der Entwicklungsabteilung, und ich mag ihn sehr. Das ist *der* Boss. Oliver Drummond«, flüsterte er. »Der Firmenchef von Drummond Global.«

Das erweckte Hayleys Interesse. Sie sah sich noch einmal verstohlen um.

»Am Tisch hinter uns, neben der Frau mit dem roten Kleid«, sagte Dean.

Und dann sah sie ihn, nur ein paar Tische entfernt zu ihrer Rechten. Er lehnte sich in seinem Stuhl zurück und plauderte mit einem selbstbewussten Lächeln mit seiner Begleiterin. Weißes Hemd, keine Krawatte, graue Hose. Er sah ganz und gar nicht so aus, wie sie sich den Chef eines großen internationalen Unternehmens vorstellte – allerdings hatte sie auch noch nie einen kennengelernt. Er war jung, vielleicht ein wenig älter als sie, und er war heiß! Eher Vorzeigemann als Unsympath. Sein hellbraunes Haar war kurz geschnitten. Er hatte eine kräftige Nase, ein markantes Kinn und haselnussbraune Augen, die sie magisch anzogen. Und eine unglaublich charismatische Ausstrahlung. Kein Wunder, dass er eine erfolgreiche Führungskraft war.

»Er ist ein Fiesling«, erklärte Dean.

»Warum?« Hayley schaute immer noch zu Oliver hinüber. Er hatte einen Mund, für den jedes Model alles tun würde. Volle Lippen, aber sehr männlich. Die Art, die man lange anschauen und sich dabei vorstellen konnte, wie man am ganzen Körper von ihnen berührt wurde. Sie schluckte.

»Ich weiß gar nicht, wo ich da anfangen soll«, erwiderte Dean.

Hayley riss sich von seinem Anblick los, und der Bann war gebrochen.

Sie hatte immer noch Mühe, die Gedanken an den aufdringlichen Greg und die Handvoll anderer Männern, mit denen sie sich nach Angels Geburt verabredet hatte, zu verdrängen. Sie befeuchtete ihre Lippen. »Ist das seine Freundin?«

Dean war gezwungen, sich kurz umzudrehen. Er schnaubte verächtlich. »Das wird wohl eine Frau sein, die er heute Abend aufgerissen hat. Man munkelt, dass er sie bezahlt. So bringt er wahrscheinlich seine Milliarden unter das Volk.«

»Er hat Milliarden?« Angel riss die Augen weit auf, und ihre Stimme war ein bisschen zu laut.

»Sein Vater war ein großartiger Mann, eine Inspiration für die gesamte Unterhaltungselektronik- und Computersoftwareindustrie.«

»Hatte er auch Milliarden?«, wollte Angel wissen.

»Ja. Er hat mit hervorragenden Ideen aus einer kleinen Firma ein riesiges, weltweit tätiges Unternehmen gemacht.«

»Lass mich raten«, warf Hayley ein. »Der Junior hat die

Sache in den Sand gesetzt. Wahrscheinlich hatte er ganz andere Vorlieben.«

Dean schüttelte den Kopf. »Nein, er macht seine Arbeit sehr gut. Er legt sich ins Zeug und nützt die alten Verbindungen seines Vaters zum Vorteil der Firma, aber ich persönlich halte nichts von jemandem, der die Namen seiner Angestellten nicht kennt, nicht einmal einen Gruß oder ein Lächeln hier und da für sie übrig hat …« Dean unterbrach sich und wandte sich Angel zu. »Nun hör dir das an. Ich rede über meine Arbeit, obwohl wir doch chinesisches Essen bestellen wollten.«

»Sollen wir den Kellner rufen?« Hayley riss sich noch einmal von Oliver los.

Sie konnte sich nicht mehr daran erinnern, was sie hatte bestellen wollen, denn aus irgendeinem Grund war ihr das Essen plötzlich gar nicht mehr wichtig. Grund Nummer 35, warum Weihnachten in New York besser ist – ein Augenschmaus in einem Chinarestaurant.

KAPITEL ZEHN

Asian Dawn, South William Street, New Yorkshire

Oliver beobachtete, wie sie die Eiscreme von ihrem Löffel ableckte, so gekonnt wie eine erfahrene Nutte aus Brooklyn. Vielleicht war sie sogar eine. Spielte das eine Rolle? Das Gerücht war ohnehin im Umlauf. Er lehnte sich zurück. Sie lächelte ihn an, widmete sich noch einmal hingebungsvoll ihrem Löffel und legte ihn dann in die Schale.

»Trinken wir noch einen Kaffee? Oder bringst du mich an einen Ort, wo wir etwas ungestörter sind?«, fragte sie.

So direkt hatte sich noch keine der Frauen verhalten, die er jemals angesprochen hatte. Zwischen dem ersten Blickkontakt und dem Moment, in dem sie wie ein Pornostar an dem Löffel gesaugt hatte, schien jegliche innere Zurückhaltung verschwunden zu sein. Er war sich nicht sicher, ob ihm das gefiel. Ob er das wollte, jetzt, wo es ihm so offen angeboten wurde. Es war alles zu einfach. Zu schamlos. Er schluckte. Was war sein Problem dabei? Je leichter, um so besser, oder etwa nicht? Nichts Schwieriges, nur Sex, ein schnelles Abenteuer, ohne einen Hubschrauberflug oder einen Ausflug nach Las Vegas.

Sein Herzschlag setzte einen Moment lang aus, und das lenkte seine Aufmerksamkeit zurück auf die Frau – wie war gleich noch ihr Name? –, die auf seine Antwort wartete. Er konnte sich nicht konzentrieren. Seine Zunge war trocken, und sein Glas war leer.

Sie beugte sich zu ihm vor und achtete dabei darauf, dass ihre üppigen Brüste gegen die Tischkante stießen und in ihrem engen Kleid nach oben gedrückt wurden. »Soll ich uns ein Taxi rufen?«

Das klang nicht wie eine Frage. Er zuckte zusammen, als er einen Schlag gegen sein Herz spürte. Ihm stockte der Atem, und Adrenalin schoss durch seinen Körper. Er spürte, wie sein Blut schneller und mit größerem Druck durch seine Adern floss. Seine Finger verkrampften sich, und er sah nur noch verschwommen.

Er stützte sich haltsuchend mit einer Hand auf den Tisch, als er aufstand. »Bitte entschuldige mich für einen Augenblick.«

Ohne ein weiteres Wort ging er zu den Toiletten hinüber.

»Habt ihr gewusst, dass das englische Wort *noodle* von dem deutschen Wort Nudel kommt? Das schreibt man N-u-d-e-l.«

Hayley beobachtete, wie Angel versuchte, ihre Essstäbchen zu benutzen. Die meisten der Nudeln fielen zwischen den Stäbchen hindurch, bevor sie sie auch nur in die Nähe ihres Mundes bringen konnte.

»Möchtest du eine Gabel?«, fragte sie, als Angel schließlich einige der Nudeln erwischte und zwischen die Lippen saugte.

Angel schüttelte den Kopf und strengte sich noch mehr an. In Hayley stieg mütterlicher Stolz auf, während sie ihrer Tochter zusah.

»Ihren Verstand hat sie von mir«, behauptete Dean grinsend und stieß Hayley mit dem Ellbogen an.

»Willst du damit etwa sagen, dass ich dumm bin?«, fragte Hayley in gespielter Entrüstung.

»Das würde ich niemals wagen. Nicht, wenn du mit Essstäbchen und einer Gabel bewaffnet bist.« Dean warf einen Blick auf die Reste auf ihrem Teller. »Wenn du das Hühnchen nicht mehr magst, esse ich es.«

Hayley legte ihr Besteck auf den Tisch und schob ihm ihren Teller zu.

»Ich wollte nicht … nimm es wieder.« Dean legte seine Finger an den Tellerrand.

Sie schüttelte den Kopf. »Nein, schon gut. Ich bin satt.«

Sie wollte jetzt nur noch in Deans Wohnung, ihren Kopf auf ein Kissen legen und ihrer Erschöpfung nachgeben. Morgen würde sie sich damit beschäftigen, weswegen sie hier war.

Nach zwei Monaten Suche nach Angels Vater im Internet würde sie sich jetzt an die tatsächliche Arbeit machen. Und bei einer der Galerien beginnen, in denen er vor all den Jahren ausgestellt hatte. Glücklicherweise besaß sie ihr zehn Jahre altes Tagebuch mit all den Informationen, die sie für den Anfang brauchte.

Und der Name des Hotels war ihr auch wieder eingefallen: Es begann nicht mit einem »t«, sondern es handelte sich um das Shelton. Sie hatte zweimal dort angerufen und war beide Male auf die Verschwiegenheitspflicht hingewiesen worden. Die Rezeptionistin hatte sich nicht bestechen lassen. Hayley befürchtete außerdem, dass das Hotel die Gästelisten nicht zehn Jahre lang aufbewahrte. Sie konnte nur hoffen, dass ein Besuch der Galerien mehr ergab als die Anrufe und E-Mails.

Angel riss den Mund auf, als der Kellner mit einem Hummer auf einem silbernen Tablett an ihnen vorbei zu einem Tisch neben der Tür ging. »Das ist Lyndon«, sagte sie, den Tränen nahe.

»Nein«, entgegnete Hayley rasch. »Das kann nicht sein. In dem Aquarium waren ungefähr zwanzig Hummer.« Sie drehte sich um und warf einen Blick in das blubbernde Wasser, in dem grünes Seegras wogte. Tatsächlich hatte sich die Anzahl der Krustentiere um einiges verringert. »Schau, da ist er.«

Sie deutete auf einen Hummer, der »Lyndon» am ähnlichsten zu sein schien – obwohl in ihren Augen alle gleich aussahen –, und hoffte das Beste.

Angel kniete sich auf ihren Stuhl, um besser sehen zu können. »Nein, das ist er nicht.«

Ihr konnte man so schnell nichts vormachen, und nun bahnte sich eine Krise an. Hayley warf Dean einen hilfesuchenden Blick zu.

»Hey, Angel, sollen wir morgen, wenn ich von der Arbeit komme, Vern und Randy besuchen?«, fragte Dean.

Angel starrte immer noch auf die im Aquarium verbliebenen Hummer und schien jedes Merkmal und den Sitz der Gummibänder an den Scheren genau zu überprüfen. »Ja, gut«, erwiderte sie halbherzig.

»Willst du ein Foto sehen?« Dean zog sein Telefon aus der Hosentasche.

»*Ich* würde gern ein Foto sehen«, warf Hayley ein.

»Von Randy?«, fragte Dean.

»Nein, von Vernon, dem Mann, von dem mir meine Tochter erzählt hat.«

»Oh. Ich habe keine Bilder von ihm auf diesem Telefon«, erwiderte Dean rasch.

»Du hast mehrere Telefone? Seit wann spielst du bei *Sons of Anarchy* mit?«

»Das ist mein Telefon für …« Er zögerte.

»Für Hundefotos?«, spottete Hayley.

Dean ignorierte sie und hielt Angel sein Telefon vor die Nase. »Da ist er.«

Einen Moment lang glaubte Hayley, dass Angel sich nicht von dem Aquarium würde ablenken lassen. Doch als sich der Kellner mit Gummihandschuhen näherte, um einen weiteren Hummer aus dem Wasser zu fischen, setzte sie sich wieder auf ihren Stuhl und wandte ihre Aufmerksamkeit Deans Telefon zu.

»Ist er nicht süß?« Dean lud ein weiteres Bild hoch.

»Was für eine Rasse ist das?«, fragte Angel und hatte schon vergessen, dass sie soeben noch Greenpeace hatte alarmieren wollen.

»Das ist ein Zwergspitz.«

»Ist er schon ausgewachsen?«

»Ja, das ist eine sehr kleine Rasse.« Dean grinste. »Du solltest ihn zusammen mit Vern sehen. Es sieht aus, als würde ein Riese eine Maus spazieren führen.«

»Dann ist er also groß. Ist das alles, was ich über ihn erfahren werde?«, warf Hayley ein.

»Du wirst ihn morgen kennenlernen.«

»Können wir mit Randy morgen Gassi gehen? Im Central Park?« Angel neigte den Kopf zur Seite und klimperte mit den Wimpern.

Hayley stand auf und legte ihre Serviette auf den Tisch. »Während meine Tochter die Kinderschauspielerin mimt, werde ich auf die Toilette gehen.«

»Du meinst das Badezimmer. Wir sind jetzt in Amerika«, verbesserte Angel sie.

»Na gut. Ich werde wahrscheinlich sogar einen Wasserhahn aufdrehen.«

Oliver spritzte sich Wasser ins Gesicht und betrachtete sich im Spiegel der Männertoilette. Er war blass, und seine braunen Augen waren leicht blutunterlaufen. Er streckte eine Hand aus, um zu sehen, was passierte. Sie zitterte. Nicht so stark wie bei jemandem, der an der Parkinson-Krankheit litt, aber es war deutlich sichtbar. Er ballte seine Hand zur Faust und schloss die Augen. Was machte er hier? Nach seinem Krankenhausaufenthalt und den Auseinandersetzungen mit seiner Mutter und Clara hätte er mit Tony das Lokal verlassen und nach Hause gehen sollen.

Aber allein in sein Penthouse zurückzukehren, die Zeit totzuschlagen, nachzudenken und sich Sorgen zu machen, war nicht gerade verlockend. Das war der Grund für das, was er tat. Jetzt mit dieser Frau, letzte Nacht mit Christa. Mit jemandem zusammen zu sein, ein Teil des komplexen Gefüges von New York zu sein, war besser als die Alternative – sich ständig zu fragen, wann man sterben und wen das kümmern würde.

Er schüttelte das Wasser von seinen Händen und fuhr sich durchs Haar. Er schaute noch einmal in den Spiegel und schluckte. Ihm blieben nur zwei Möglichkeiten. Entweder unterdrückte er jetzt seine Gefühle, ging an den Tisch zu Wie-auch-immer-sie-heißen-mochte zurück und verbrachte eine Nacht voll sinnlicher Begierde, nach der ihm im Moment nicht der Sinn stand. Oder er machte sich durch die Hintertür aus dem Staub. Im Grunde genommen gab es nur eine Lösung.

Der kühle Luftzug im Flur fuhr durch Hayleys Haar, als sie die Tür öffnete. Wenn sie von der Toilette zurückkam, würde sie vorschlagen, auf das Dessert zu verzichten und den

Fahrer zu rufen. Angel wurde sicher nur noch durch Adrenalin wachgehalten. In Großbritannien war es jetzt etwa drei Uhr morgens.

Als sie ihn sah, blieb sie abrupt stehen. Sie riss die Augen weit auf und versuchte sich an das dämmrige Licht im Gang zu gewöhnen, um sich zu vergewissern, dass sie sich nicht täuschte. Das war Deans Boss, der heiße Fiesling, der verzweifelt versuchte, die Notausgangstür aufzureißen. Was machte er da? War er Raucher und brauchte einen Nikotinschub? Falls das der Fall war, schien es ziemlich dringend zu sein. Er drückte und zerrte an der Tür, als ginge es um sein Leben.

Hayley wusste, was sie jetzt tun sollte – rasch in die Damentoilette verschwinden und so tun, als hätte sie nichts gesehen. Was immer er auch vorhatte, es ging sie nichts an. Und sie sollte nicht stehen bleiben, um den perfekten Schnitt seiner Hose zu bewundern, während er sich an die Metalltür lehnte. Unwillkürlich ging sie einen Schritt vor, und genau in diesem Moment drehte er sich um.

Sie bemerkte, dass sein Hemd über die Hose hing und der oberste Knopf geöffnet war. Sein Haar war feucht, und selbst aus dieser Entfernung hörte sie seinen Atem, der stoßweise ging.

»Alles in Ordnung?«, fragte sie.

»Ich … äh … Die Tür lässt sich nicht öffnen.«

Er wirkte hilflos, eine Hand an der Türklinke, die andere an der Seite herabhängend. Sie wusste nicht so recht, was sie jetzt tun sollte, aber da sie mit ihm gesprochen hatte, konnte sie nicht einfach weggehen.

»Müssen Sie sie unbedingt aufmachen?« Sie fragte sich, warum ein Milliardär versuchte, ein Lokal durch den Hintereingang zu verlassen.

Er nickte. »Ja, unbedingt.«

»Warum? Brennt es irgendwo?« Sie näherte sich ihm zögernd.

»Na ja, ich versuche eher, einen Brand zu verhindern.« Wieder drückte er gegen die Tür. Er atmete abgehackt und wirkte beunruhigt. »Dazu ist ein Ausweichmanöver nötig.«

Hayley ging ein paar weitere Schritte auf ihn zu. »Und der Eingang, durch den Sie gekommen sind, steht außer Frage?«

Er ließ die Türklinke los, wandte sich ihr zu und runzelte die Stirn. »Sie sind Engländerin.«

»Ja. Und Sie sind offensichtlich auf der Flucht. Vor wem? Vor der Mafia? Oder den Triaden?«

Er grinste, lachte kurz auf und schüttelte den Kopf. »Wenn es nur so einfach wäre. Ich wollte mir gerade einen Elasthan-Anzug anziehen und, wie Superman, die Welt retten.«

Die Vorstellung, ihn in einem hautengen Anzug zu sehen, löste beunruhigende Reaktionen in ihrem Inneren aus. Sie schluckte nervös, als er sie musterte. Ihre Stiefel hatten schon bessere Tage gesehen, ihre Jeans trug sie nun schon das dritte Jahr, und das grüne langärmelige T-Shirt war bei der letzten Wäsche eingegangen. Ganz weit entfernt von Designermode.

»Mussten Sie schon einmal vor einem unpassenden Date fliehen?«, fragte Oliver.

Sie dachte an Greg. Sonnenstudiogebräunt, die Zähne viel zu stark gebleicht, der Atem streng nach Knoblauch riechend. Es hatte sehr viele Gelegenheiten gegeben, bei denen sie vor ihm hatte flüchten wollen. Aber eine solche Bemerkung hatte sie nicht erwartet. Er wollte eine Frau in einem Restaurant sitzen lassen. Das gefiel ihr gar nicht.

»Sie drücken sich vor einer Verabredung?«, fragte sie nach.

»Na ja, irgendwie schon, aber es geht nicht gerade um eine bevorstehende Verlobung …«

»Und Sie wollen ihr nicht sagen, dass Sie jetzt gehen?« Ihr stellten sich die Nackenhaare auf.

»Ich habe die Rechnung bereits beglichen.«

»Wow, sehr heldenhaft. Wie Superman.«

»Es ist nicht so, wie Sie glauben.« Oliver atmete wieder hektisch ein.

»Ach nein?«

»Das ist keine Verabredung im herkömmlichen Sinn.«

Sie hob die Augenbrauen und trat einen kleinen Schritt zurück. »Ich glaube, ich werde jetzt einfach von hier verschwinden, so tun, als hätten Sie nicht soeben die gesamte weibliche Bevölkerung beleidigt, und Sie nicht weiter bei Ihren Fluchtversuchen stören.« Seine Augen mochten zwar die Farbe von Cashewnüssen haben, aber sein Verhalten war inakzeptabel.

»Bitte …«

Das klang sehr verzweifelt. Sie blieb stehen.

»Hören Sie, das ist das erste Mal, dass ich so etwas tue. Sie ist einfach …« Er atmete tief aus und hielt kurz inne. »Alles, was ich sagen kann, wird sich für Sie beleidigend anhören, also bitte helfen Sie mir einfach nur, diese Tür zu öffnen. Dann kann ich gehen, und Sie können vergessen, dass wir uns jemals begegnet sind.«

Er klang wirklich aufgeregt und schien so schnell wie möglich von hier wegzuwollen. Hayley fragte sich, was sein Date ihm getan haben mochte, dass er unbedingt fliehen wollte.

»Ist das ein Versprechen?«

Er hob eine Hand. »Bei allem, was ich besitze.«

Sie trat an die Tür, lehnte sich dagegen und drückte die Stahlklinke mit aller Kraft nach unten.

»Falls es Ihnen gelingen sollte, die Tür zu öffnen, fühle ich mich gewaltig in meinem männlichen Stolz gekränkt.«

»Und ich hätte das Gefühl, alle Frauen Großbritanniens im Stich gelassen zu haben, falls es mir nicht gelingt.« Sie warf sich gegen die Tür. »Die Frau in dem roten Kleid ist ohne Sie mit Sicherheit besser dran.«

»Autsch, das tut weh.«

Hayley schob und drückte und rüttelte gleichzeitig an der Klinke, bis die Tür plötzlich aufflog und sie mit sich nach draußen riss. Ihre Füße landeten auf dem schneebedeckten Beton, aber es gelang ihr, sich festzuhalten. Es schneite heftig, die Nacht war schwarz wie Teer und die Luft eiskalt.

»So, jetzt ist sie offen.« Sie wandte sich ihm zu. Er stand im Türrahmen und starrte sie an.

»Und ich fühle mich wie ein Volltrottel«, erwiderte er.

In seiner Stimme lag nicht der geringste Anflug von Humor, und als sie in seine nussbraunen Augen schaute, fiel ihr auf, wie erschöpft er wirkte. Seine Schultern waren verkrampft, sein Kinn war angespannt, und er hatte die Hände zu Fäusten geballt. Vielleicht verhielt er sich seinen Angestellten über so abweisend, weil ihn Sorgen plagten. Möglicherweise hatte er einen guten Grund für seine Flucht.

»Vielen Dank«, sagte er ernst und trat neben sie in den Schnee.

Hayley fuhr mit dem Arm durch die Luft. »Also los. Die

Straße ist frei. Sie sollten sich lieber auf den Weg machen, um die Stadt zu retten.«

»Ja, da haben Sie wohl recht.«

Schneeflocken fielen auf sein Haar und seine Schultern und drangen durch den teuren Stoff des Hemds. Jetzt, wo er direkt vor ihr stand, konnte sie seine fein gemeißelten Gesichtszüge bewundern. Der leichte Anflug von Bart an seinem kräftigen Kinn und die von der Kälte rosafarbenen Lippen erinnerten sie ein wenig an Jason Statham.

Er begann zu zittern. »Und wie heißt die englische Rose, die mich heute Abend gerettet hat?«

Seine Stimme klang jetzt ein wenig selbstbewusster, seine Augen strahlten, und er straffte die Schultern.

Hayley lächelte. »Da Sie offensichtlich immer noch auf der Flucht sind, sollte ich lieber keine persönlichen Informationen herausgeben.«

»Ein weiser Entschluss. Aber wenn Sie mir Ihren Namen nicht sagen, muss ich Sie Bridget Jones nennen.«

»Ist das Ihr bester Einfall? Warum nicht Emmeline Pankhurst, die Anführerin der Frauenrechtsbewegung, oder Margaret Thatcher, Großbritanniens herausragende Premierministerin?« Nun klang sie ein wenig wie Angel.

»Wie soll ich Sie denn nennen?«, erkundigte sich Oliver.

»Haben Sie nicht versprochen, dass wir uns nie wiedersehen werden?«

»Ich habe meine Finger hinter dem Rücken gekreuzt.«

Hayley lächelte unwillkürlich. »Raffiniert. Genau das, was ich von jemandem erwarte, der sein Date sitzen lässt.«

»Ich schwöre, dass hier mildernde Umstände zu berücksichtigen sind.«

Sie dachte kurz nach. »Da Sie, wie Sie sagen, Superman sind, können Sie mich Lois nennen.« Sie nickte. »Ich hatte schon immer etwas für Clark Kent übrig.« Wow, war das tatsächlich aus ihrem Mund gekommen? Flirtete sie etwa mit ihm?

»Lois«, wiederholte Oliver. »Ja, das passt.«

Seine Stimme hatte einen samtigen Unterton, der etwas in ihrem Innern in Aufruhr versetzte. Sie streckte ihm die Hand entgegen. »Beinahe hätte ich gesagt, dass es nett war, Sie kennenzulernen, Clark.«

»Warum tun Sie es dann nicht?«

Sie schluckte, als er einen Schritt näher kam. Er war einfach umwerfend. Aber er versetzte gerade sein Date, schlich sich aus dem Hinterausgang, ohne ein Wort zu sagen.

»Ich habe mich sehr gefreut, Sie kennenzulernen, Lois.« Er nahm ihre Hand in seine.

Hayley zog sie rasch zurück. »Gute Nacht. Ich werde Ihrer Verabredung die Visitenkarte geben, die ich Ihnen gerade aus der Tasche geklaut habe.«

Entsetzen malte sich auf seinem Gesicht, und er fasste rasch in seine Hosentasche. Als er begriff, dass sie ihn auf den Arm genommen hatte, lächelte er.

»Sie sind gut«, sagte er anerkennend.

»Ja, das bin ich.« Sie winkte ihm zu. »Leben Sie wohl, Clark.«

Sie drehte sich zu der Tür um, die zurück in das Gebäude führte. Als sie seine Schritte hörte, warf sie einen Blick über die Schulter und beobachtete, wie er durch den Schnee stapfte, bis er in der Dunkelheit verschwand.

Hayley schüttelte den Kopf. New York City. In Gotham mit Superman. Was für eine verrückte Stadt. Sie schloss die Augen und sog die Nachtluft ein, während sie sich im Stillen dafür verfluchte, dass sie mit ihm geflirtet hatte. Das würde sie sicher noch bereuen müssen. Wahrscheinlich würde sie das Schicksal mit einem Jetlag mitten in der Nacht bestrafen. Sie öffnete die Augen und schaute auf die dunkle, feuchte Gasse, die zur Hauptstraße führte. Vielleicht würde Oliver Drummond auf dem Nachhauseweg ohne Mantel erfrieren – als Strafe des Schicksals dafür, dass er diese Frau hatte sitzen lassen.

KAPITEL ELF

Oliver Drummonds Penthouse, Downtown Manhattan

Selbst nachdem er geduscht hatte, wurde es Oliver nicht warm. Er zog sich eine Trainingshose und ein langärmeliges T-Shirt mit dem Aufdruck »Knicks« an und ging in sein Wohnzimmer, um sich einen Scotch einzuschenken. Das war sein Schlupfloch. Eine Luxus-Junggesellenwohnung mit der besten Aussicht auf die Stadt. Sie besaß alle Annehmlichkeiten, die es derzeit auf dem Markt gab. Breitbildfernseher, Surround-Sound, HD, MP3 und Dolby. Selbst die Waschmaschine gab Musik von sich. Er hatte sich das alles anschaffen müssen, um sein Leben erträglich zu machen. Von dem teuren Wollteppich im Schlafzimmer und dem massiven Eichenboden im Rest der Wohnung bis zu den in die Decke eingelassenen Stimmungsleuchten – alles war vom Feinsten. Eine bessere Stadtwohnung konnte man sich nicht wünschen.

Aus dem Restaurant wegzulaufen war töricht gewesen. Und er hatte sein Jackett am Tisch zurückgelassen. Er nahm an, dass sich in den Taschen nichts Wichtiges befand – seine Brieftasche und sein Telefon hatte er bei sich gehabt –, aber ganz sicher war er nicht. Er hatte bei Asian Dawn angerufen, aber die Leitung war ständig besetzt gewesen. Aber schließlich besaß er noch ein paar andere Anzüge; es war es wohl nicht wert, sich deshalb aufzuregen. Seine größte Sorge war, dass sich in der Jacke irgendein Hinweis auf seine

Identität befand, mit dessen Hilfe die Frau in Rot ihn ausfindig machen könnte.

Er schenkte sich mit zitternden Händen etwas von der bernsteinfarbenen Flüssigkeit in ein Glas und trank dann rasch einen großen Schluck. Das Brennen in seiner Kehle entspannte ihn ein wenig, und er lehnte sich gegen das Sideboard aus massivem Eichenholz. Er drückte das Glas an seine Brust, drehte sich um und schaute aus den bodentiefen Fenstern auf den Central Park. Von hier aus konnte er alles überblicken. Die Lichter der eisernen Laternen, den Teich, die sich darüber spannende Brücke, den großen Rasen, der, jetzt weiß gesprenkelt, wirkte wie eine Oase in einer grauen Wüste.

Es war dumm gewesen, heute Abend mit Tony auszugehen. Er hatte sich nach irgendetwas gesehnt – nach einer Art Strafe für das, was mit Clara und seiner Mutter abgelaufen war. Es geschah ihm ganz recht, dass er an einem Tisch mit einer Frau gelandet war, die gieriger war als ein Teenager in einem Computerladen.

Oliver ging zu den Fenstern hinüber und betrachtete die dicken Schneeflocken, die an der Scheibe vorbeischwebten. Auf seinem Balkon türmten sich bereits Schneehaufen. So erstickend wie die Misere, in der er sich befand.

Er fand es schrecklich, dass alles in seinem Leben vorherbestimmt war. Aber das war sein Schicksal, weil es diese Firma gab und er diese Stellung innehatte. Es war nicht sein Traum, sondern der seines Vaters und seines Bruders Ben. Und diese Bürde musste er jetzt tragen, ob er wollte oder nicht. Und dazu kam auch noch seine geringe Lebenserwartung, die er mit dem Scotch wahrscheinlich noch verkürzte. Vielleicht hatte Tony recht – sich mit Whisky volllaufen zu lassen, wäre eine relativ schmerzlose Methode, um sein Leben zu beenden.

Er schloss die Augen und dachte an seinen Traum, der sich ganz und gar von Richards und Bens unterschied. Football. Er hatte immer zu den Besten gehört und eine Karriere in einem der großen Teams vor sich gehabt. Es war ein wunderbares Gefühl gewesen, auf sich selbst gestellt zu sein, sich eine Zukunft aufzubauen, die nichts mit dem Familiengeschäft zu tun hatte. Doch dann war ihm das alles aus der Hand gerissen worden, und er war wieder bei Drummond Global gelandet. Er hatte das nicht gewollt. Sein Ziel war es gewesen, seinen eigenen Weg zu gehen und nicht nur ein Vermächtnis zu erfüllen. Und hier kam der Globe ins Spiel. Wenn er etwas schuf, was den Tablet-Markt revolutionieren würde, war sein großer Moment gekommen. Er würde zwar nicht den Sieg im Super Bowl für seine Mannschaft holen, aber es kam dem schon sehr nahe.

Oliver trank noch einen großen Schluck Whisky und betrachtete die Lichter, die sich in den Fenstern der gegenüberliegenden Gebäude spiegelten. Es war Zeit für eine Veränderung. Zeit, seine Rolle endlich ganz zu übernehmen. Er konnte sich seinen Pflichten nicht entziehen, also sollte er das Beste daraus machen. Seine Mutter und Clara hatten heute beide versucht, an sein Gewissen zu appellieren, aber das war nur gelungen, weil er es zugelassen hatte. Warum zum Teufel sollte er sich schuldig fühlen, wenn er Weihnachten nicht zu Hause verbringen wollte? Warum ließ er sich so in die Enge treiben? Er wollte nicht in die Kirche gehen, Weihnachtslieder singen und die Geburt Christi feiern, denn das bedeutete ihm alles nichts mehr. Was hatte Gott jemals für seine Familie getan, außer die Hälfte davon auszulöschen?

Morgen würde er ins Büro fahren und alle daran erinnern, wer der wahre Boss von Drummond Global war. Und sich selbst beweisen, dass dieser Boss weder ein Designerkleid noch eine Statement-Kette trug.

Dean Walkers Apartment, Downtown Manhattan

Angel war auf dem Rücksitz des Wagens eingeschlafen, sobald sie losgefahren waren. Jetzt lag sie in Deans Gästezimmer in einem rosaroten Bett und war kaum noch wach, als Hayley ihr das Haar bürstete.

»Müssen wir meine Haare noch frisieren?« Die Worte, gefolgt von einem herzhaften Gähnen, waren kaum zu verstehen.

»Wenn wir es jetzt nicht machen, sind sie morgen verknotet. Dann jammerst und stöhnst du, und ich werde ungehalten … Es ist leichter, wenn wir es jetzt noch auskämmen.« Hayley fuhr mit der Bürste durch das braune Haar ihrer Tochter. »Mach deine Augen zu.«

Sie beobachtete, wie Angel gehorchte und ihre Schultern sich entspannten.

»Hat dir das chinesische Essen geschmeckt?«, fragte Hayley.

»Gehen wir wieder dorthin?« Angels Lippen bewegten sich kaum.

»Vielleicht. Aber wir sind jetzt in New York. Es gibt tausend andere Restaurants, die wir ausprobieren können.« Sie lächelte. »Grund Nummer 9, warum Weihnachten in New York besser ist – es gibt nicht nur Pizza Hut, McDonald's und Nandos.«

Sie fuhr noch einmal mit der Bürste durch Angels Haar. Es war schon spät, ihr Hunger war gestillt, und in der Küche kochte ihr Bruder eine heiße Schokolade. Und genau in diesem Moment wurde ihr wieder deutlich bewusst, warum sie eigentlich hier war. Sie wollte ihrer Tochter ihren größten Wunsch erfüllen, und deshalb würde sie New York durchforsten, bis sie Michel gefunden hatte. Die Nächte, in denen sie erfolglos im Internet gesucht hatte, hatten sie nicht von ihrem Entschluss abgebracht. Irgendwo dort draußen war er, und Angel wollte ihn kennenlernen. Es lag nun an ihr, diese Lücke zu schließen, und das möglichst noch vor Weihnachten.

Die Borsten der Bürste blieben kurz an einem Knoten in Angels Haar hängen.

»Schneit es noch?«, wollte Angel wissen.

Hayley legte die Bürste aus der Hand, streckte den Arm aus und zog den Vorhang ein Stück zur Seite. Dicke weiße Flocken schwebten an der Fensterscheibe vorbei und wechselten mit dem Wind die Richtung. Ihr Blick fiel auf ein Fenster auf der gegenüberliegenden Straßenseite. Das Licht brannte, und die Läden waren nicht geschlossen. Ein Pärchen stand im Wohnzimmer neben einem Tisch. An dem geschmückten Christbaum blinkten weiße Lämpchen. Hayley beobachtete, wie der Mann der Frau ein Weinglas reichte. Er sagte etwas zu ihr, und die Frau warf den Kopf in den Nacken und lachte, als hätte er ihr den besten Witz der Welt erzählt. Zwischen den beiden schien eine magische Verbindung zu bestehen. Etwas, was sie noch nicht erlebt hatte. Sie zog den Vorhang wieder zu, blendete diese Szene und die Winternacht aus und fuhr fort, Angels Haare zu bürsten.

»Es schneit immer noch«, teilte sie ihr mit.

»Gut.« Angel gähnte wieder. »Ich möchte nicht, dass alles weg ist, bevor ich einen Schneemann bauen kann.«

»Vielleicht sollten wir eine Schneefigur bauen«, meinte Hayley.

Angel riss die Augen auf. »Wie zum Beispiel?«

Hayley fiel sofort Superman ein, aber sie schüttelte den Kopf und verwarf diesen Gedanken. Das sollte sie sich rasch aus dem Kopf schlagen. Außerdem waren Supermans Augen blau und nicht cashewfarben mit schokoladenbraunen Sprenkeln. »Zum Beispiel Bart Simpson.«

Angel sah sie begeistert an. »Wie wäre es mit einem Schneepräsidenten?«

»Viel Glück mit Abe Lincolns Hut.«

Angel grinste. »Mum, du bist wirklich witzig.«

»Jetzt weiß ich, wie müde du bist.«

Angel seufzte, und Hayley legte die Bürste aufs Bett.

»Was ist los?«

»Ach, weißt du, ich bin mir nicht sicher, ob ich noch an den Weihnachtsmann glauben soll.«

»Wenn du nicht mehr an ihn glaubst, wirst du keine Geschenke bekommen, das habe ich dir doch gesagt.«

»Schon, aber wenn ich mir nun etwas wünsche, was man nicht kaufen oder machen kann?«

Hayley erstarrte und wünschte, sie hätte die Haarbürste noch in der Hand. Das war die Unterhaltung, auf sie seit Oktober wartete. In der letzten Nacht der Herbstferien hatte sie zum ersten Mal Angels abendlichen Wunsch belauscht, dass irgendjemand auf magische Weise ihren Vater zu ihr bringen sollte. Das hatte sie zum Weinen gebracht, denn Angel hatte noch nie offen nach ihm gefragt.

»Nun«, begann Hayley, »wenn es sich um etwas handelt, was man nicht kaufen kann und was der Spielzeugmacher nicht herstellen kann, dann musst du eben an etwas anderes glauben.«

»Woran?«, fragte Angel.

»An Wünsche«, erwiderte Hayley. »Du musst daran glauben, dass Wünsche wahr werden können.«

Angel rümpfte die Nase. »Aber das wäre ja so, als würde man an Zauberei glauben.« Sie schnalzte missbilligend mit der Zunge. »Dynamo ist ein sehr guter Zauberkünstler, aber ich weiß, dass das alles nicht echt ist.«

»Wünsche haben nichts mit Zauberei zu tun. Wünsche sind ein bisschen wie Träume. Und Träume sind keine Zauberei. Sie verkörpern etwas, wonach du dich sehnst, und du kannst etwas dafür tun, dass sie sich erfüllen.«

Angel starrte sie an, als wäre sie verrückt geworden.

»Nehmen wir an, ich würde gern in der Lotterie gewinnen wollen. Ohne mir ein Los zu kaufen, hätte ich keine Chance, dass dieser Wunsch jemals wahr würde. Und wenn ich mir nun für den Rest meines Lebens jede Woche ein Los kaufte, dann würde ich …«

»Trotzdem arm sterben?«, fragte Angel.

Manchmal war Angel schlauer, als gut für sie war. »Vielleicht war die Lotterie kein gutes Beispiel. Sagen wir stattdessen, mein Traum wäre es, Prinz Harry zu heiraten.«

Angel schlug die Hände vors Gesicht. »Mum, du bist viel zu alt für ihn. Da hättest du bei Prinz Andrew bessere Chancen.«

»Wahrscheinlich bin ich für ihn auch schon zu alt, wenn man den Gerüchten glauben darf.« Hayley seufzte. »Also gut, weder Prinz Harry noch Prinz Andrew. Wie wäre es mit … Jude Law?« Sie wartete auf prompten Protest. »Nicht zu alt, nicht zu jung, attraktiv, er hat Kinder …«

»Mum!«

»Wenn ich mir also wünschte, Jude Law zu heiraten, dann müsste ich …«

»Etwas mit deinem Haar machen«, stellte Angel fest.

Hayley fuhr sich mit der Hand durchs Haar und öffnete

erschrocken den Mund. »Was ist denn damit nicht in Ordnung?«

»Bleiben wir bei Jude Law. Das beginnt mir allmählich zu gefallen.«

»Ich möchte jetzt gern wissen, was an meinem Haar so schlimm ist, dass Jude Law mich deshalb nicht heiraten würde.«

Angel streckte die Hand aus und fuhr mit den Fingern durch Hayleys braunes Haar.

»Du solltest es dir schneiden lassen«, erklärte sie. »Kurz. So wie Anne Hathaway.«

Hayley warf einen Blick auf die Spitzen – sie waren trocken, gespalten und pflegebedürftig. Hier würde sie sicher niemanden finden, der ihr die Haare so preisgünstig schnitt wie Brenda zu Hause, aber wenn sie wirklich so schlimm aussah, wie ihre Tochter andeutete, sollte sie sich vielleicht einmal umschauen. Sie räusperte sich.

»Zurück zu deiner Frage.« Sie nahm Angels Hand in die ihre. »Wenn es mein Traum wäre, Jude Law zu heiraten, dann könnte ich mich theoretisch – und natürlich im Rahmen des gesetzlich Erlaubten – an ihn heranmachen. Aber offensichtlich erst, nachdem ich mir eine neue Frisur hätte schneiden lassen.«

Angel lächelte. »Aber vielleicht würde er dich trotzdem nicht heiraten.«

»Das ist richtig, aber ich könnte alles versuchen, um mein Ziel zu erreichen. Angefangen damit, zur richtigen Zeit am richtigen Ort zu sein und immer fest daran zu glauben, dass es möglich ist.« Sie drückte Angels Hand.

»Aber wenn du nicht wüsstest, wo die Sache, um die du den Weihnachtsmann gebeten hast, zu finden ist? Oder wie man das herausfinden könnte?«

Hayley strich ihre Tochter über das seidenweiche Haar. »Du musst Vertrauen haben und an deinen Wunsch glauben, Angel. Das ist alles, was ich dir damit sagen wollte.«

Wenn ihre Tochter jetzt eine konkrete Frage stellen würde, bekäme sie natürlich eine Antwort darauf. Hayley würde ihr alles erzählen, was sie wusste. Aber Angel war wohl noch nicht bereit dafür. Vielleicht hatte sie auch Angst davor, was eine solche Frage bei Hayley auslösen würde.

»Leg dich hin und mach die Augen zu. Und wenn ich gegangen bin, dann wünschst du dir etwas.« Hayley stand auf, ließ Angels Kopf sanft auf das Kissen gleiten und fuhr ihr noch einmal über das Haar.

»Gute Nacht, Mum«, sagte Angel schläfrig.

»Gute Nacht, Angel.«

KAPITEL ZWÖLF

Drummond Global, Downtown Manhattan

Heute war Oliver unantastbar. Heute würde ihn nichts aus der Fassung bringen. Nicht die Brustschmerzen, nicht seine Angestellten, die nicht verstanden, wie komplex seine Aufgaben waren, und schon gar nicht die Drohungen seiner Mutter wegen Weihnachten. Er würde ein Geschäftsmagnat sein, so wie er in allen Zeitschriften beschrieben wurde. Ein würdiger Nachfolger auf dem Thron seines Vaters. Nicht der Sohn, der eine Karriere in den Sand gesetzt hatte und nun mit der zweiten nichts anzufangen wusste.

Er drückte den Becher mit Latte macchiato in seinen behandschuhten Händen an sich. Dank des ständigen Stroms von Passanten lag kaum Schnee auf den Straßen. Hupen ertönten und Bremsen quietschten, als ein hochgewachsener Mann, der einen Christbaum schleppte, auf die Fahrbahn schwankte. Die Fahnen an den Gebäuden links und rechts von ihm flatterten in dem kräftigen Wind, und zwei Männer traten auf ihren Rikschas in die Pedale und trotzten den Elementen, während ihre Fahrgäste sich unter einigen Decken zusammenkauerten. Oliver lächelte. An diesem Morgen würde er die Kontrolle übernehmen und endlich die Vermarktung des Globe vorantreiben.

Er trank einen Schluck aus dem Pappbecher mit seinem Namen darauf und schob die Eingangstüren des Drummond-Global-Gebäudes auf. Beinahe hätte er sich an dem Kaffee verschluckt, als er auf der Matte stehen blieb.

Direkt vor ihm, auf der rechten Seite der langen Rezeptionstheke aus Edelstahl, stellten drei Männer in Overalls einen Christbaum auf. Einen echten Christbaum, mindestens drei Meter hoch. Der Geruch nach Kiefernnadeln stieg ihm ungefragt in die Nase. Was zum Teufel sollte das? Er blinzelte heftig und schaute noch einmal hin. Der Baum war immer noch da. Er biss die Zähne zusammen. Das Ding musste weg. Er konnte sich nicht jeden Morgen, wenn er kam, und jeden Abend, wenn er das Gebäude wieder verließ, dieses Monstrum anschauen. Und wenn der Baum aufgestellt war, würde er geschmückt werden. Gold, Rot, silberne Glöckchen, Sterne und diese verdammt lustigen Weihnachtsmänner. Das wollte er nicht haben.

Rasch schloss er die Augen. Er durfte sich nicht von seinem Entschluss abbringen lassen, heute alles selbst in die Hand zu nehmen. Ohne den Frauen an der Rezeption, die darauf warteten, ihn begrüßen zu können, auch nur einen Blick zu schenken, marschierte er auf die Aufzüge zu. Er würde allen zeigen, was er von der Jahreszeit des guten Willens hielt. Sein guter Wille würde dafür sorgen, dass dieser Baum schnellstens entsorgt wurde.

Dean Walkers Wohnung, Downtown Manhattan

Jemand hatte ihr Drogen verabreicht. Das war die einzige Erklärung dafür, dass ihr Gehirn keine Befehle an den Rest ihres Körpers weiterleiten konnte und ihre Glieder sich so schwer wie Blei anfühlten.

Hayley streifte die türkisfarbene Bettdecke zurück und versuchte aufzustehen. Langsam setzte sie beide Füße auf den Vorleger aus Schaffell, doch als sie sich aufrichten wollte, stieß sie mit dem Kopf an eine Lampe, die an eine Discokugel erinnerte.

Sie legte stöhnend die Hände an die Schläfen und strich sich das vom Schlaf verstrubbelte Haar aus den Augen. Langsam kam sie zu sich, und als sie sich umschaute, begriff sie, wo sie sich befand. In New York. In der riesigen Wohnung ihres Bruders, wo alles seine Begeisterung für Glitzer und Glamour widerspiegelte. An der türkisfarben gestrichenen Wand hing ein Foto von Elton John in einem vergoldeten Rahmen und darunter stand eine Skulptur von Liberace mit einer pinkfarbenen Federboa um den Hals. Sie schüttelte lächelnd den Kopf. Ihr Bruder bediente wirklich alle Klischees.

Sie stolperte zur Tür und blieb mit den Fingern beim Öffnen beinahe an der goldenen Schmuckgirlande an der Türklinke hängen. Der Duft nach Sirup stieg ihr in die Nase, und aus der Küche schallte ein Lied von Frank Sinatra.

Sie ging den Flur entlang.

»Angel Walker, zumindest einige der Zutaten sollten in der Pfanne landen!«

Hayley blieb am Türrahmen stehen und betrachtete die Szene vor sich. Angel hielt einen Krug in der Hand, und Dean schwenkte an dem hochmodernen Herd eine große Pfanne. Am Abend zuvor hatte sie keine Gelegenheit gehabt, sich genauer in Deans Behausung umzuschauen. Erst jetzt im Morgenlicht sah sie, was für eine großartige Wohnung das war. Die offene Küche mit dem sich anschließenden Wohnbereich war das Schmuckstück des Apartments. Schokoladenbraune Chenillesofas, Teppiche, perfekt angeordnete Nippsachen, ein 50-Zoll-Plasmafernseher, ein moderner Esstisch für zehn Personen mit einem Kronleuchter darüber und dann diese wunderbare Küche.

Alles deutete auf Deans Erfolg hin, einen Erfolg, auf den Hayley immer stolz, aber auch ein wenig neidisch gewesen war.

»Guten Morgen«, begrüßte Dean sie, als er sie an der Tür entdeckte.

»Guten Morgen.« Sie hob ihre schlappe Hand zu einem kraftlosen Gruß. »Ich glaube, meine innere Uhr tickt noch nach englischer Zeit.« Sie gähnte unwillkürlich. »Nein, das glaube ich nicht nur, ich bin sogar ganz sicher.«

»Wir machen Pfannkuchen«, verkündete Angel.

»Das rieche ich.« Hayley ging zur Küchentheke hinüber und hievte sich auf einen der Hocker.

»Möchtest du Kaffee?« Dean trat einen Schritt vom Herd zurück.

Sie musterte ihn. Seine braunen Halbschuhe waren frisch poliert und seine Anzughose passte perfekt zu seinem blassblauen Hemd und der Weste darüber. In ihrem Schlafanzug und mit dem zerzausten Haar kam sie sich plötzlich vor wie ein ideales Titelmodell für die Obdachlosenzeitung *The Big Issue*.

»Gibt es für eine Engländerin auch Tee?«

»Ich habe Orangensaft mit Fruchtfleisch bekommen«, warf Angel ein und hob ein Glas in die Höhe.

»Natürlich«, erwiderte Dean und wandte seine Aufmerksamkeit wieder der Pfanne zu. »Breakfast, Darjeeling, Earl Grey oder Rooibos.«

»Den ersten«, bat Hayley. »Wenn du mir sagst, in welchem Schrank ich ihn finde, koche ich ihn mir selbst.«

»Du bleibst sitzen. Ihr seid meine Gäste.« Dean hielt in der einen Hand den Pfannenwender und öffnete mit der anderen die Tür eines hellroten Schränkchens zu seiner Rechten.

»Wir sind eigentlich keine normalen Gäste, sondern Familienangehörige, Onkel Dean«, verbesserte Angel ihn.

»Ich weiß, aber ihr verbringt hier euren Urlaub, also sollt ihr euch entspannen und alles genießen. Außerdem muss ich heute Vormittag arbeiten, deshalb werdet ihr euch bis zum Nachmittag ohnehin selbst um euren Tee kümmern müssen.«

»Ohhh.« Angel klang enttäuscht.

»Angel, nicht alle haben im Moment Schulferien.« Hayley nahm sich eine ihr unbekannte Frucht aus einer mit Pailletten verzierten Schale.

»Ich wünschte, ich hätte Urlaub.« Dean stapelte einige Pfannkuchen auf einen Teller. »Aber ich bin gegen drei Uhr wieder hier, und dann können wir, wie versprochen, Vern und Randy besuchen.«

»Hurra!«, jubelte Angel.

Dean stellte den Teller mit den Pfannkuchen auf die Frühstückstheke, hob Angel auf einen Hocker und drückte ihr eine Gabel in die Hand. Sie hielt sie fest und zog mit der anderen Hand ihren Reiseführer von New York zu sich heran.

»Was sind eure Pläne für heute?«, erkundigte sich Dean und goss heißes Wasser in eine geblümte Teekanne.

»Wir könnten zum Empire State Building gehen, uns anschließend die Freiheitsstatue anschauen, dann zum Guggenheim Museum und dann …«, begann Angel mit leuchtenden Augen.

»Langsam! Ich verstehe deine Begeisterung, aber deine Mutter braucht noch ein wenig Zeit, um den Jetlag zu überwinden«, unterbrach Hayley sie. »Außerdem besteht New York nicht nur aus Touristenattraktionen. Als ich das letzte Mal hier war, habe ich versucht, etwas über die örtliche

Kultur zu erfahren. Die Geräusche, die Gerüche … die Galerien.«

Sie wollte zuerst zu der Galerie gehen, die ganz oben auf ihrer Liste stand. New York Life. Allerdings wusste sie noch nicht, wie sie das Angel schmackhaft machen sollte. Wenn sie ihr jetzt schon etwas über die Suche verriet, würde sie nur ihre Hoffnungen wecken. Sie wollte wenigstens einen kleinen Anhaltspunkt haben, bevor sie ihrer Tochter sagte, was sie vorhatte.

»Aber wir sind nur zwei Wochen hier, und ich will mit der Fähre fahren und in die New York Public Library gehen und …« Angel blätterte in ihrem Buch.

»Angel, ich verspreche dir, dass wir das alles tun werden, aber …« In ihrem Kopf begann es zu hämmern.

»Habe ich dir schon erzählt, dass ich eine Xbox habe?«, fragte Dean, um Angel abzulenken, während er Tee einschenkte.

»Tatsächlich?« Angel riss die Augen auf. »Dylan in meiner Klasse hat auch eine Xbox, und als ich auf seiner Geburtstagsparty war, hat er mich damit spielen lassen. Hast du Lego Batman?«

»Du kannst dir jedes Spiel herunterladen, das du möchtest.«

»Cool.«

Dean stellte Hayley eine Tasse aus feinem Porzellan hin. »Also was hältst du davon: Deine Mutter duscht in aller Ruhe, während du den Joker und Pinguin bekämpfst. Und danach zieht ihr los und schaut euch die große Stadt an.«

Hayley formte mit den Lippen ein lautloses Dankeschön und setzte die Tasse an die Lippen, als würde sie einen lebenserhaltenden Zaubertrank enthalten. »Du hast also einen anstrengenden Tag vor dir?«

Dean nickte, den Mund voll Pfannkuchen. »Oh, ja. Heute um sieben Uhr hat Peter mir ganz aufgeregt geschrieben.«

»Was ist passiert?«, wollte Angel wissen.

»Oliver Drummond hat für zehn Uhr ein Meeting für das gesamte Team der Abteilung Design und Entwicklung einberufen.« Dean schüttelte den Kopf. »Ich kann nicht mehr zählen, wie viele solcher Konferenzen wir schon hatten. Er hat sich sicher die technischen Einzelheiten des Globe noch einmal angeschaut und beschlossen, etwas zu optimieren, was eigentlich nicht mehr optimiert werden muss. Also werden mein Team und ich wieder ans Reißbrett zurückgehen, damit er sein Ego befriedigen kann.«

»Er scheint ein grässlicher Mensch zu sein.« Angel nippte an ihrem Orangensaft.

»Vielleicht verläuft das Meeting anders, als du glaubst«, meinte Hayley. »Es könnte doch auch etwas Gutes dabei herauskommen.«

»Er schiebt die Freigabe seit Monaten hinaus. Wenn das noch länger so geht, wird sich das Projekt nicht mehr realisieren lassen, und ich und alle anderen, die daran gearbeitet haben, haben viel Zeit und Geld umsonst investiert.«

»Was genau ist der Globe?«, fragte Angel.

Dean lächelte. »So etwas Ähnliches wie ein iPad, nur besser, weil … ich bei seinem Entwurf mitgearbeitet habe.«

»Wow!«, rief Angel.

»Ich verspreche dir, einen Globe mitzubringen, ganz egal wie die Besprechung laufen wird.« Dean stand auf und trank hastig seinen Kaffee aus. »Ich muss jetzt los, um mich vor der Sitzung noch zu informieren.« Er lächelte beiden zu. »Nehmt euch alles, was ihr wollt, esst, trinkt, spielt und fühlt euch wie zu Hause, okay?«

»Okay.« Angel hielt ihm ihre Hand zum Abschlagen entgegen.

Dean küsste Hayley auf die Wange. »Gönn dir eine lange Dusche und nehmt euch nicht zu viel vor.«

»Angel, hast du das gehört? Wir sollen uns nicht zu viel vornehmen.«

»Habt ihr gewusst, dass Solomon Guggenheim seine erste Gemäldesammlung im Plaza Hotel ausgestellt hat? Können wir da auch hingehen?« Angel hob den Kopf und schaute von ihrem Buch auf.

»Das klingt so, als würden wir uns doch zu viel vornehmen«, seufzte Hayley.

»Bis später. Gegen drei bin ich wieder zurück. Viel Spaß im Guggenheim.« Dean winkte ihnen zu und verließ die Wohnung.

»Bitte sag mir, dass es dort ein Café gibt.« Hayley trank einen Schluck Tee.

Angel nickte. »Ja. Und auf der Karte steht sogar Prosecco.«

»Großartig.«

Angel grinste. »Hast du dein Ideenbuch mitgebracht?«

»Ja.«

»Dann könnten wir uns vielleicht auch noch einige Modeläden anschauen«, schlug Angel vor.

»Vielleicht.«

»Oh, nein. Onkel Dean hat sein Jackett vergessen.« Angel deutete auf das Wohnzimmer.

Hayley warf einen Blick auf die maßgeschneiderte graue Anzugjacke, die über einer Stuhllehne hing. Stylisch, teuer – alles, was Dean besaß, war oberste Klasse und nicht zu vergleichen mit ihren Sachen aus der Sonderangebotsabteilung.

»Sollen wir es ihm vorbeibringen?«, fragte Angel.

»Haben wir denn dafür Zeit bei all unseren kulturellen Aktivitäten?«

»Möglicherweise müssen wir den Prosecco streichen.«

Hayley ließ sich vom Hocker gleiten. »Ich gehe unter die Dusche. Beeil dich mit dem Xbox-Spiel. Grund Nummer 89, warum Weihnachten in New York besser ist – es gibt so viel zu tun!«

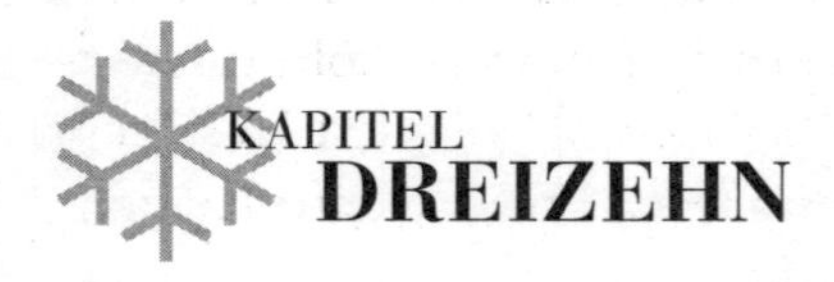

KAPITEL DREIZEHN

Drummond Global, Downtown Manhattan

Wie war die Süße in dem roten Kleid? Hatte sie ein Lieblingstier? ;)

Oliver grinste und schüttelte den Kopf, als er Tonys Versuch einer witzigen SMS las. Es war beinahe zehn Uhr, und er war nervös. Er bearbeitete mit beiden Händen seinen formbaren Stressball und versuchte, sich zu entspannen. Er beugte sich in seinem Stuhl vor und drückte eine Taste auf seinem Telefon.

Zwei Klingeltöne. Drei. Er wurde ungeduldig. Wo war sie? Vier Freizeichen.

»Oliver.« Endlich meldete sich Clara.

»Wo waren Sie, Clara?«, bellte er.

Sie zögerte kurz, bevor sie antwortete. »Ich habe Ihre Post geholt.«

Er schüttelte frustriert den Kopf. »Können Sie in mein Büro kommen?«

»Soll ich Ihre Post mitbringen?«

»Ist sie fertig?«

»Noch nicht ganz.«

»Vergessen Sie die Post, kommen Sie her.« Er legte auf und erhob sich von seinem Stuhl.

Diese Woche hatte er sich viel zu oft in sein Schicksal ergeben. Er hatte seinen Gesundheitszustand hingenommen und danach viel zu viel darüber nachgedacht. Ab heute zählte nur nach das Geschäft, absolut emotionslos. In dem Moment, in dem er sich auch nur die geringste Blöße gab, verlor er das große Ganze aus den Augen. In erster Linie wollte er in Ruhe gelassen werden. Keine Fragen, keine Komplikationen und keine Versprechen.

Er marschierte mit wachsendem Zorn auf und ab. Himmelherrgott, wie lange dauerte es denn über den Flur zu seinem Büro? Vielleicht sollte er Clara vorschlagen, sich endlich Schuhe zu kaufen, in denen sie auch laufen konnte. Es klopfte, bevor die Tür aufging. Clara hielt ihre Ledermappe in der Hand und wirkte ein wenig durcheinander und fahrig.

»Ich möchte Ihnen einen Brief diktieren«, sagte er schroff, noch bevor sie den Raum betreten hatte.

»Natürlich.« Sie ging hastig zu dem Stuhl auf der anderen Seite seines Schreibtisches.

»Er geht an Luther Jameson. Die übliche Adresse.« Oliver beschleunigte seine Schritte, während er vor den Fenstern mit der Aussicht auf die Skyline von Manhattan auf und ab lief.

»Luther Jameson?«

Er drehte sich zu Clara um. Sie hielt zögernd ihren Stift über den Block.

»Gibt es ein Problem damit?« Er spannte seine Kinnmuskeln an und wartete auf eine Entgegnung.

»Nein, ich …«, begann Clara.

Er schnitt ihr das Wort ab. »*Lieber Luther, es tut mir leid, dass wir uns letzten Monat im Golfclub nicht getroffen haben. Wie ich höre, hattet ihr alle eine schöne Zeit und konntet einen erheblichen Betrag für die McArthur-Stiftung sammeln. Wegen bereits getroffener Termine kann ich leider nicht an der Wohltätigkeitsveranstaltung am … teilnehmen.*« Er hielt inne und wandte sich wieder Clara zu. »Setzen Sie das betreffende Datum ein. *Aber als kleine Entschuldigung lege ich einen Scheck über 25.000 Dollar bei, eine zusätzliche Spende zu Drummond Globals jährlichem Beitrag. Ich hoffe, der Abend für den guten Zweck wird erfolgreich und einträglich, und ich wünsche Dir und Deiner Familie frohe Weihnachten.«* Oliver seufzte. »Er ist doch kein Jude, oder?«

Clara hielt den Blick fest auf ihre Notizen gerichtet.

»Clara, ist der Mann Jude? Feiert er Weihnachten?«

»Ich werde es überprüfen.«

»Schicken Sie den Brief noch heute ab. Ich werde gleich den Scheck unterzeichnen.«

Clara rührte sich nicht von der Stelle.

»Das war's.« Oliver ging zu seinem Schreibtisch zurück und atmete tief ein. »Sie können jetzt gehen. Ich habe um zehn eine Konferenz mit dem Team der Design- und Entwicklungsabteilung.«

Clara stand auf und drückte ihre Mappe an die Brust. »Oliver …«

»Ach, noch etwas«, unterbrach er sie und holte noch einmal tief Luft. »Ich habe keine Ahnung, wer diesen monströsen Christbaum in der Lobby bestellt hat, aber ich will, dass er verschwindet. Noch heute.«

Er setzte sich auf seinen Stuhl und legte eine Hand auf die Maus neben seiner Tastatur. So sollte ein Tag beginnen. Alles unter Kontrolle, alles nach Anweisung, nichts dem Zufall überlassen. Hoffentlich ging es noch lange so weiter.

Sitzungszimmer Eins – Drummond Global, Downtown Manhattan

Als Oliver vor der Tür zum Sitzungszimmer stand, hörte er Stimmengewirr. Er spitzte die Ohren und versuchte, ein paar Gesprächsfetzen aufzuschnappen. Er konnte sich vorstellen, worüber sie sprachen. Sie dachten alle, er habe die Sitzung einberufen, um die letzte Version des Globe zu zerpflücken. Alle Umarbeitungen waren nötig gewesen. Seit er das Projekt begonnen hatte, wollte er ein Produkt erschaffen, das es wirklich mit Apple aufnehmen konnte. Das hatten schon viele Unternehmen versucht, aber ihm würde es gelingen. Denn er verstand tatsächlich etwas von diesem Geschäft, auch wenn manche Leute daran zweifelten. Dafür hatte sein Vater schon gesorgt.

Bei dem Gedanken an seinen Vater erinnerte er sich an einen Tag, an dem sie gemeinsam einen Dell-Computer auseinandergenommen hatten. Ben war in einem Ferien-camp, und Oliver hatte eigentlich zum Footballtraining gehen wollen, aber ein Wolkenbruch hatte das verhindert. So saßen nun er und Richard beieinander und bearbeiteten mit Schraubenziehern bewaffnet den Computer. Oliver sah die Begeisterung in den Augen seines Vaters, als er höchst konzentriert ein Teil nach dem anderen zerlegte und untersuchte. Richard hatte ihm jedes Bauelement genau erklärt, ihm gezeigt, wie es funktionierte und das Zusammenspiel aller Teile beschrieben. Es war mehr als nur eine Lektion in Elektronik gewesen; Oliver hatte an diesem Tag auch viel über die Visionen und die Leidenschaft seines Vaters gelernt. Über den unaufhaltsamen Tatendrang, mit dem Oliver täglich zu kämpfen hatte. Warum war er nicht so engagiert wie sein Vater? Vielleicht, weil er keine Zukunft vor sich hatte? Sein Vater hatte auch damit leben müssen und trotzdem bis zum Ende furchtlos weitergemacht. Vielleicht lag es auch daran, dass er eigentlich einen anderen Traum verfolgt hatte – seine Footballkarriere. Er hatte einen Pfad einschlagen müssen, den er nicht selbst gewählt hatte. Er schluckte. Zumindest gab es einen Weg für ihn. Wie lang dieser sein würde, stand jedoch in den Sternen.

Auf diese Überlegung reagierte sein Körper prompt. Sein Brustkorb zog sich zusammen und zwang ihn dazu, sich aufzurichten und die Schultern zu straffen. Oliver legte die Hand auf die Klinke und öffnete die Tür.

In dem Moment, in dem er seinen Fuß auf den Teppichboden setzte, verstummte das Gespräch im Raum. Er ging rasch zur seinem Platz am Kopf des Tisches aus Chrom und Glas. Es war an der Zeit, sich wieder ein wenig Respekt zu verschaffen.

»Guten Morgen zusammen«, grüßte er, legte einen Ordner auf den Tisch und richtete seinen Blick darauf.

»Guten Morgen«, murmelten die zwölf Konferenzteilnehmer.

Er schlug den Ordner auf und ließ den Blick über das Team gleiten. »Nun, es geht um den Globe.«

Er spürte die Spannung in der Luft. Sie war beinahe fühlbar und konnte sich jederzeit entladen, wenn er diesen Prototyp wieder ablehnte. Er war in dieser Sache sehr unnachgiebig gewesen, das war ihm bewusst, doch das war nötig gewesen. Ein neues Gerät, das mit einem vergleichbaren, von einer der größten Firmen der Welt erzeugten Produkt konkurrieren sollte, konnte man nicht in Nullkommanichts aus dem Boden stampfen. Da musste alles stimmen. Es musste perfekt sein. Und selbst dann war noch nicht sicher, ob es erfolgreich sein würde. Diese Branche war mörderisch. Ein neues Produkt wurde von den Besten dieses Geschäftszweigs genau unter die Lupe genommen und mit den entsprechenden bereits vorhandenen Geräten verglichen. Und er würde nicht zulassen, dass es den Erwartungen nicht entsprach.

Er nahm die Fernbedienung vom Tisch und richtete sie auf den Flachbildschirm hinter sich. Eine von ihm vorbereitete Graphik erschien so groß, dass alle sie gut sehen konnten. Das 7.9 Zoll große, rechteckige Tablet mit den glatten Kanten bewegte sich langsam um die eigene Achse und zeigte seine Kurven wie bei einem Schönheitswettbewerb. Neben dem rotierenden Gerät erschienen nacheinander die Angaben über seine Eigenschaften und die technischen Daten. 32 MB als Standard, Wi-Fi und 3G kostenlos, eine Kamera, die mit den besten auf dem Markt mithalten konnte, Spotify kostenlos für sechs Monate, kostenloser, unbegrenzter Cloudspeicher, Apps von der großen Website eines Partnerunternehmens.

Oliver drückte wieder auf die Fernbedienung und hielt das Bild an. »Ich weiß, dass Sie viel Zeit auf dieses Produkt verwendet haben. Und ich weiß auch, wie viele Rückschläge es gegeben hat.«

Er konnte sie beinahe alle gemeinsam stöhnen hören, obwohl weiterhin Schweigen herrschte. Sie starrten ihn mit ausdruckslosen Mienen an, aber er kannte ihre Gefühle. Er wusste, dass seine von ihm angeordnete Verzögerung des Projekts in der Firma für Konflikte gesorgt hatte. Ihm war auch bewusst, dass dieses Team Stunden, Tage, Wochenenden und viel Freizeit auf Kosten der Familie für dieses Projekt geopfert hatte.

Aber er hatte so viel von ihnen verlangt, weil Drummond Global und er es sich nicht leisten konnten, etwas zu produzieren, was nicht perfekt war.

»Aber Rückschläge sind Bestandteil eines solchen Prozesses. Sie gehören dazu, wenn man etwas Revolutionäres kreiert.« Er hob die Hände. »Also, wer ist der Meinung, dass das Produkt jetzt reif für den Markt ist?«

Er ging davon aus, dass sich niemand melden würde. Bei all dem Auf und Ab der letzten Monate befürchteten alle, ihr Gesicht zu verlieren, wenn sie sich jetzt dafür einsetzten.

Doch dann fuhr eine Hand nach oben. Ein dunkelhaariger Mann in der Mitte streckte sie in die Luft. Damit hatte Oliver nicht gerechnet, aber es kam ihm nicht ungelegen. Der Mann kam ihm irgendwie bekannt vor. Hatte er schon näher mit ihm zusammengearbeitet? Zumindest konnte er sich nicht mehr an seinen Namen erinnern.

»Bitte stehen Sie auf. Sagen Sie allen hier, warum Sie glauben, dass der Globe jetzt in Produktion gehen sollte«, forderte Oliver ihn auf.

Der Angestellte erhob sich und schob seinen Stuhl ein Stück zurück. »Dieses letzte Modell vereinigt alle großartigen Eigenschaften des iPad von Apple in sich, bietet aber noch mehr. Wir haben in der Standardausführung 32 MB und den derzeit schnellsten Prozessor auf dem Markt. Wir haben keine Kompromisse gemacht, was Style, Design und Funktionalität anbelangt. Es gibt nichts mehr, was wir daran noch verbessern könnten, ohne die festgelegte Preisgrenze zu erhöhen. Natürlich könnten wir in sechs Monaten vielleicht einen noch schnelleren Prozessor einbauen, aber im Augenblick ist das Produkt so gut, wie wir es machen können.« Der Mann schwieg einen Moment lang. »Außerdem benutze ich seit einer Woche eines der Modelle, und ich möchte auf keinen Fall zu meinem alten Tablet zurückkehren.«

Oliver beobachtete, dass der Mann bei seinem letzten Satz über das ganze Gesicht strahlte. Dann steckte er die Hände in die Hosentaschen und wirkte ein wenig verlegen, so, als wüsste er nicht recht, ob er stehen bleiben oder sich wieder setzen sollte.

»Wie heißen Sie?«, erkundigte Oliver sich.

Im Rest des Teams kam Unruhe auf. Einige wandten sich ihm zu und rutschten auf ihren Stühlen hin und her. Das zeigte ihm, dass sie harte Worte erwartet hatten, und keine freundliche Frage nach dem Namen ihres Kollegen.

»Dean Walker, Sir.«

Er nickte. »Gut.« Wieder nahm er die Fernbedienung in die Hand und drückte auf einen Knopf, sodass die letzten Worte der Präsentation auf dem Bildschirm erschienen.

Der Globe – Markteinführung März 2016

»Dean Walker, ich beauftrage Sie mit der Durchführung.« Er hob seinen Ordner auf. »Ich werde einen Termin für das nächste Briefing festsetzen.«

Er verabschiedete sich mit einem Nicken von dem Team und verließ den Raum. Die Tür war noch nicht geschlossen, als Jubel laut wurde. Oliver lächelte. Er war wieder im Spiel.

KAPITEL VIERZEHN

New York Life Galerie, Upper Eastside, Manhattan

Hayley war übel. Nun standen sie vor der Galerie, von der ihr Angels Vater vor zehn Jahren erzählt hatte. Die Hand ihrer geliebten Tochter, die aus dieser Verbindung hervorgegangen war, fest in ihrer, betrachtete sie den roten Ziegelbau. An einem weißen Mast davor flatterte die Fahne der Vereinigten Staaten, und auf den Rahmen und Fenstersimsen lagen einige Zentimeter Schnee. Auf einem kleinen Messingschild stand der Name der Galerie.

»Das sieht nicht so beeindruckend aus wie das Guggenheim Museum«, meinte Angel und verschränkte die Arme vor der Brust.

»Du solltest nie nur nach dem Äußeren urteilen. Ein prachtvolles Gebäude ist keine Garantie für gute Ausstellungen. Üblicherweise bekommt man bei den schäbigsten Imbisswagen die beste Kebabs.«

»Warst du schon einmal hier? Bei deinem letzten Besuch in New York?«, fragte Angel.

»Nein.« Hayley seufzte. »Ich wünschte, ich wäre hier gewesen.« Sie riss sich rasch zusammen. »Die Galerie soll sehr gut sein. Und deshalb wollte ich sie dir zeigen.« Sie drückte Angels Hand. »Komm, raus aus der Kälte. Ich verspreche dir, wenn sie dort drin so etwas wie ungemachte Betten oder den Inhalt von Bettpfannen ausstellen, gehen wir sofort wieder.«

Hayley war nicht sicher, wie sie jetzt vorgehen sollte. In der ersten Abteilung für Gemälde entdeckte sie einen Mann, der zuständig zu sein schien. Unwillkürlich registrierte sie, dass seine Krawatte nicht zu seinem Hemd passte – Punkte und Streifen vertrugen sich einfach nicht. Sie seufzte. Irgendwie musste sie Angel beschäftigen. Ein Bild, auf dem etwa einhundert kleine Blumen zu sehen waren, brachte sie auf eine Idee.

»Oh, ich habe gehört, dass man einen Preis bekommt, wenn man die richtige Anzahl der Blumen auf diesem Bild dort drüben nennen kann.« Hayley deutete auf das Blumenbild. Mit dieser List wollte sie verhindern, dass Angel zu früh von der Suche Wind bekam. Es war nur zu ihrem Besten. Außerdem schwindelten doch alle Eltern ihren Kindern hin und wieder etwas vor, oder?

Angels Augen leuchteten auf. »Was für ein Preis?«

»Irgendetwas Süßes.«

»Gibt es eine Zeitbegrenzung?«

»Ich glaube nicht.«

»Dann gehört der Preis schon mir.« Angel marschierte siegessicher zu dem Bild hinüber.

Sofort hastete Hayley zu dem Mann in dem Anzug. Als sie näherkam, sah sie, dass er ein Namensschild an einer Kette um den Hals trug. Er hieß Carl.

»Guten Morgen«, grüßte sie ihn. »Können Sie mir vielleicht helfen?« Sie warf rasch einen Blick zu Angel hinüber und vergewisserte sich, dass ihre Tochter beschäftigt war, bevor sie fortfuhr. »Ich bin auf der Suche nach einem Freund. Ich habe vor einem Monat schon angerufen und eine E-Mail geschickt, aber leider keine Antwort bekommen. Sicher weil Sie hier alle sehr viel zu tun haben.« Sie hielt kurz inne. »Er ist Künstler. Wir haben uns aus den

Augen verloren, und im Internet bin ich bisher nicht fündig geworden.« Sie öffnete ihren Rucksack. »Bei unserem letzten Treffen hat er diese Galerie erwähnt. Möglicherweise erinnern Sie sich an ihn, oder können mir sagen, ob er hier ausgestellt hat.« Hayley zog ein Foto hervor. Nach zehn Jahren in ihrem Tagebuch war es leicht verblichen und an den Ecken verknickt. »Sein Name ist Michel De Vos.«

Ihr Herz hämmerte wie ein Kolbenmotor auf Hochtouren, und Adrenalin schoss durch ihren Körper. Was immer dieser Mann jetzt antworten würde, könnte über Erfolg oder Misserfolg ihrer Suche entscheiden. Er sah sich das Foto aufmerksam an; offensichtlich nahm er ihr Anliegen ernst.

»Ich kenne ihn nicht, Ma'am, und der Name ist mir nicht geläufig«, sagte er schließlich.

Eine Welle der Enttäuschung überrollte sie, doch sie blieb ruhig und ließ sich nichts anmerken. »Arbeiten Sie schon lange in dieser Galerie? Vielleicht hat er schon vor längerer Zeit hier ausgestellt. Möglicherweise erinnert sich einer Ihrer Kollegen an seinen Namen.«

Er gab ihr das Foto zurück. »Ich bin schon seit fast zwanzig Jahren hier.« Er lächelte. »Aber ich mache Ihnen einen Vorschlag. Ich werde an die anderen Mitglieder der Kooperative, zu der wir gehören, eine E-Mail schicken und fragen, ob man Ihnen dort weiterhelfen kann.«

»Das würden Sie tun? Das wäre großartig!«, rief Hayley aus. Rasch warf sie einen Blick zu ihrer Tochter hinüber. Angel starrte immer noch auf das Blumenbild und bewegte stumm die Lippen. Hayley würde ihr anschließend den größten Schokoladenriegel kaufen, den sie finden konnte.

»Kein Problem. Geben Sie mir einfach Ihre Kontaktdaten.«

»Und bis wann kann ich wohl mit einer Antwort der anderen Galerien rechnen?« Sie wollte sich auf keinen Fall wie eine Frau anhören, die nach einem Mann suchte, mit dem sie vor zehn Jahren eine Nacht verbracht hatte. Wenn man zu verzweifelt wirkte, bekam man meist keine Informationen. Aber sie hatte nur zwei Wochen Zeit, also zählte jede Sekunde.

»Ich schicke die E-Mail noch heute ab«, versicherte ihr Carl freundlich.

»Vielen Dank, das ist wunderbar.« Sie kreuzte die Finger hinter dem Rücken. »Könnten Sie vermerken, dass die Sache eilig ist?«

Nachdem sie Carl ihre E-Mail-Adresse und ihre Telefonnummer gegeben hatte, stellte sich Hayley neben Angel und das Blumenbild.

»Unterbrich mich nicht! Ich bin gleich fertig … gleich … einhundertsechzehn, einhundertsiebzehn … einhundertachtzehn Blumen!« Angel rang nach Luft und schaute Hayley an.

»Oh, ganz nah dran. Es sind einhundertdreiundzwanzig«, erklärte Hayley.

»Was? Nein, das kann nicht sein! Ich habe zweimal gezählt!«

»Vielleicht hat sich die Künstlerin verzählt«, meinte Hayley. »Komm, ich kauf dir im Guggenheim ein Stück Kuchen.«

Das Guggenheim Museum, Upper East Side, Manhattan

Es hatte fast zwanzig Minuten gedauert, bis Angel bereit war, das Museum zu betreten. Das zylindrische weiße Gebäude ragte wie eine spiralförmige Muschel in die Luft und hob sich durch seine Struktur von allen anderen Häusern ringsherum ab. Selbst für ein ungeübtes Auge war es atemberaubend und gab mit seinen klaren Rundungen einen Vorgeschmack auf die Kunstwerke hinter den Mauern.

Hayley gab es nur ungern zu, aber im Augenblick war sie mehr an den Kastanien interessiert, die vor dem Gebäude über einem Fass geröstet wurden. Obwohl sie zum Frühstück eine große Schüssel Maisbrei gegessen hatte, war sie immer noch hungrig, und der Duft nach Zimt, Gewürzen und Marzipan in der Luft weckte ihr Verlangen nach Weihnachtsleckereien. Früchtekuchen mit Zuckerglasur, Mince Pies, Orangenplätzchen. Könnten sie diese Köstlichkeiten hier vielleicht in einer Bodega finden?

»Hast du gewusst, dass Solomon Guggenheim ein sehr erfolgreicher Geschäftsmann war, bevor er anfing, Gemälde zu sammeln?« Angel blätterte immer noch in dem Handbuch, das Hayley ihr hatte kaufen müssen.

Während sie langsam durch das Atrium gingen, hielt Hayley den Blick auf die Zeitung in ihren Händen gerichtet. Es fiel ihr schwer, sich auf die Lebensgeschichte von Solomon Guggenheim zu konzentrieren und sich Bilder von merkwürdigen Formen und Skulpturen anzuschauen, vor denen man den Kopf drehen musste, um zu sehen, was sie darstellten. Ihre Gedanken waren zum Teil immer noch bei der New York Life Galerie, und nun hatte eine kleine Anzeige ihre Aufmerksamkeit erregt.

HAUSPERSONAL DRINGEND GESUCHT

Majestic Cleaning Services
sucht Reinigungskräfte für expandierendes Unternehmen.
Englischkenntnisse Voraussetzung.
Branchenerfahrung erwünscht, aber nicht Bedingung.
Kontaktieren Sie Ms Rogers-Smythe.

Darunter stand eine Telefonnummer. Sie schluckte. Ein kleiner Nebenjob würde ihnen hier über die Runden helfen und ihr nach ihrer Rückkehr ein wenig Luft verschaffen, bis sie eine neue Stellung gefunden hatte. Sie schüttelte den Kopf. War sie verrückt? Sie konnte sich doch hier nicht einfach für einen Job bewerben. Oder doch?

Aber außer der Teilzeitbeschäftigung als Eventplanerin war sie offiziell arbeitslos und konnte sich die paar Wochen in New York eigentlich nicht leisten. Diese Anzeige könnte eine Lösung sein.

Ihr Telefon summte. Sie blieb stehen, zog ihren Rucksack von der Schulter und kramte ihr Handy heraus. Eine SMS von Dean.

Mum hat angerufen. Habe ihr gesagt, dass ihr gut angekommen seid. Du sollst darauf achten, dass Angel ihren Mantel immer zuknöpft. Im Wohnzimmer hängt ein Jackett über einem Stuhl. Es gehört Oliver Drummond. Er hat es gestern Abend beim Chinesen vergessen. Kannst du es mir ins Büro bringen?

Es war also Oliver Drummonds Sakko, das sie in ihren Rucksack gestopft hatte. Vielleicht sollte sie die Ärmel abschneiden, um ihm eine Lektion zu erteilen, dafür, dass er gestern die Frau hatte sitzen lassen. Als Milliardär zog er vielleicht seine Klamotten ohnehin nur einmal an. Möglicherweise entsorgte er sie ebenso sorglos wie seine Begleiterinnen.

»Es gibt eine Ausstellung von Wassily Kandinsky«, erklärte Angel, als sie die Rampe hinaufgingen. »Anscheinend hat Solomon Guggenheim über hundertfünfzig Werke von ihm in seiner Sammlung.«

»Er muss ihn wohl gemocht haben. Was hat Kandinsky gemalt?«

»Bilder«, erwiderte Angel grinsend.

»Ha, ha, sehr witzig.«

»Oh, schau dir das an!« Angel lief den spiralförmig gewundenen Gang entlang.

Das war ihre Chance. Angel war mit den Bildern beschäftigt, aber in Sichtweite, also konnte sie rasch bei Majestic Cleaning anrufen. Sie zögerte. Sollte sie das wirklich tun? Möglicherweise boten sie ihr tatsächlich einen Job an. Nun, sie würde sich einfach anhören, was sie zu sagen hatten. Die Reise nach New York war nicht billig gewesen, und Weihnachten stand vor der Tür. Angel sollte einige Geschenke auspacken dürfen, und allein auf Deans Gastfreundschaft wollte sie sich nicht verlassen. Sie blieb stehen, zog ihr Telefon hervor und warf noch einmal einen Blick auf die Zeitung in ihrer anderen Hand. Vielleicht konnte sie dann Dean und Angel zu einem Abendessen einladen. Für ein Restaurant wie das Asian Dawn würde der Lohn für Reinigungsarbeiten wahrscheinlich nicht reichen, aber sicher für ein günstigeres Lokal.

Angel stand fasziniert vor einem Bild, auf dem so etwas wie eine schlecht gezeichnete Dampflok zu sehen war, also tippte sie rasch die Nummer ein, bevor sie es sich anders überlegen konnte.

»Guten Morgen, Majestic Cleaning.« Die Frau hörte sich an wie eine Mischung aus der Queen und einer Baronin mit guten Beziehungen, war jedoch eindeutig Amerikanerin.

»Oh, hallo.« Hayley räusperte sich und fragte sich, warum sie plötzlich das Bedürfnis hatte, betont deutlich zu sprechen. »Bin ich mit Ms Rogers-Smythe verbunden?«

»Am Apparat.«

»Guten Tag, Ms Rogers-Smythe. Mein Name ist Hayley Walker. Ich habe soeben Ihre Anzeige in der New York Times gelesen.«

»Sie sind Engländerin!«

Dieser Ausruf klang beinahe so, als hätte Ms Rogers-Smythe eine außerirdische Lebensform entdeckt.

»Ja. Ist das ein Problem? Ich bin für ein paar Wochen in New York und …«

»Nein, das ist kein Problem. Ganz und gar nicht.«

»Sehr gut.« Hayley atmete tief aus.

»Könnten Sie morgen in unser Büro kommen? Um neun?«

»Nun, ich … Sie warf einen Blick zu Angel hinüber. Ihre Tochter betrachtete jetzt eine Skulptur, die aussah wie ein warziger Frosch. Sie atmete tief durch. »Ja, natürlich. Das passt mir gut.«

»Wunderbar. Dann schicke ich Ihnen gleich eine SMS mit der Adresse.«

»Großartig.«

»Ich freue mich auf unseren Termin. Tschüss, bis morgen.«

»Tschüss«, erwiderte Hayley automatisch.

Nachdem sie aufgelegt hatte, fragte sie sich, wie sie Angel erklären sollte, dass sie einen Termin bei einer Reinigungsfirma hatte.

Hayley beobachtete, wie ihre Tochter näher an den warzigen Frosch heranging, ihren Kopf senkte und seine Ohren genauer betrachtete. Angel genoss bereits jetzt jede Sekunde dieser Reise. Wie gern würde sie ihr noch als Sahnehäubchen ihren Vater vorstellen können. Ein weiteres Weihnachtsgeschenk. Vielleicht hatte Carl aus der Galerie die E-Mail schon abgeschickt, und jemand aus einer anderen Galerie hatte bereits eine Antwort mit Michels

Kontaktdaten verfasst. Sie musste abwarten und durfte die Hoffnung nicht aufgeben. Rasch ging sie zu Angel hinüber.

»Nichts gegen Kermit, richtig?« Hayley berührte Angels Ellbogen.

»Er heißt Roderick P. Frog und wurde von Henry von Elderstein angefertigt.«

»Ah, von einem blinden Künstler.« Hayley strich mit der Hand über den unebenen Froschkopf.

»Mum!«, rief Angel.

»Was?«

»Der Künstler ist nicht blind. Dir fehlt offensichtlich das Verständnis für diesen einzigartigen Stil.«

»Ehrlich gesagt hast du in der Vorschule Tongefäße gemacht, die besser aussehen.«

Angel runzelte die Stirn. »Du bekommst keinen Prosecco, bevor wir in allen Abteilungen waren.«

»Ich hoffe, sie verkaufen ihn in großen Flaschen.«

Es gab keine großen Flaschen, und alles auf der Karte war sehr teuer. Angel biss in ein Stück Karottenkuchen und ließ ihre Beine von dem weißen Lederhocker baumeln, auf den sie geklettert war. Sie hatten sich zwei Stunden lang Bilder, Informationstafeln, Skulpturen, Modelle und sogar lebende Kunstwerke angesehen. Und Angel hatte aus ihrem Museumsführer laufend Kommentare dazu abgegeben, bis ihnen schließlich einige japanische Touristen folgten, ihre Kopfhörer abnahmen und sich ganz auf die begeisterten Ausführungen der Neunjährigen konzentrierten. Hayley bewarb sich um einen Job als Reinigungskraft, während ihre Tochter bereits eine Karriere als Museumskuratorin begonnen hatte.

Sie trank einen Schluck von ihrem Cappuccino und schaute nach draußen. Obwohl Schnee auf den Wegen im Central Park lag, sah man etliche Jogger und Spaziergänger. Jeder ging wie üblich seinen Geschäften nach. In England wäre das ganz anders. Wenn dort nur ein paar Schneeflocken vom Himmel fielen, brach Chaos aus. Autos gerieten ins Schleudern, Busse stellten den Betrieb ein, Schulen wurden geschlossen, und die Leute verkrochen sich unter ihre Bettdecken. New York war eben eine ganz andere Welt. Eine Welt, die Hayley gern besser kennenlernen wollte. Sie wandte sich wieder ihrem Ideenbuch zu, das aufgeschlagen vor ihr auf dem Tisch lag. Warzige Frösche und Schweine mit mehreren Schwänzen waren nicht dazu geeignet, die Modeliebhaberin in ihr zu inspirieren, aber vielleicht konnte die Architektur des Gebäudes einige Ideen wecken. Sie fuhr leicht mit ihrem Bleistift über die Seite.

»Möchtest du etwas?« Angel deutete auf den Kuchen auf ihrem Teller.

Hayley schüttelte den Kopf. »Nein, iss nur. Ich habe eher Lust auf einen Hot Dog und ein paar geröstete Nüsse.«

»Ich wünschte, Onkel Dean hätte uns heute begleiten können.« Angel zerkrümelte ein Stück Teig mit ihren Fingern.

»Er kommt schon bald von der Arbeit nach Hause, und dann darfst du mit dem Hund spielen.« Sie zeichnete einen Halsausschnitt, der der äußeren Form des Gebäudes ähnelte.

Angel schlug sich wie Macaulay Culkin die Hände vor den Mund. »Wir haben vergessen, Nanny anzurufen!«

Hayley schaute von ihrem Buch auf und machte die Geste ihrer Tochter nach, allerdings ohne dabei viel Gefühl zu zeigen. Sie hatte es nicht vergessen, sondern sich davor gedrückt. »Schon gut. Sie hat Onkel Dean eine SMS geschrieben.«

»Ich fühle mich schlecht deswegen.« Angel stützte ihre Ellbogen auf den Tisch und legte das Kinn auf ihre Hände.

»Das musst du nicht. Mein Fehler. Ich habe mich nicht daran erinnert.«

»Du meinst, du hast es vergessen.«

»Ja, so in etwa.«

»Glaubst du, Nanny würde dieses Museum gefallen?«

Hayley lächelte. »Ich glaube, sie würde sich über die Toiletten und über die Preise beklagen. Und das Bild von dem Mülleimer fände sie bestimmt furchtbar.«

Angel lachte. »Soll ich ihr eine Postkarte davon schicken?«

Hayley klappte ihr Buch zu und legte den Bleistift auf den Tisch. »Angel Walker, das würde eher zu mir passen. Und wenn du so wirst wie ich, wird Nanny den Pfarrer rufen und dich exorzieren lassen.«

Angel runzelte die Stirn. »Du meinst, sie würde mich rausschmeißen?«

»Aha! Hier brauchen wir dein Wörterbuch. Schlag ›exorzieren‹ nach.«

Angel kramte in ihrem Rucksack.

Hayley hob lächelnd ihre Kaffeetasse an die Lippen.

»Exorzieren. Einer Person böse Geister austreiben«, las Angel vor und grinste. »Huuu!«

»Gut gemacht. Willst du mit der U-Bahn fahren?«

»Aber wir sind hier noch nicht fertig!« Angel verschränkte die Arme vor der Brust. »Ich möchte mir noch ein Kunstwerk mit dem Namen ›Die große Müdigkeit‹ anschauen.«

»Stell dir einfach deine Mutter vor, wenn sie gerade aus dem Bett steigt, noch an Jetlag leidet und am Abend zuvor Prosecco getrunken hat.« Hayley grinste. »Ich zeige es dir morgen.«

KAPITEL FÜNFZEHN

Drummond Global, Downtown Manhattan

Oliver war voll Energie. Dass er gleich am Morgen die Last der Benefizveranstaltung losgeworden war, beflügelte ihn für den Rest des Tages. Das Meeting mit seinem Designer- und Entwicklungsteam war das Tüpfelchen auf dem i gewesen. Jetzt belastete ihn nur noch die Übernahme von Regis Software. Vielleicht hatte Clara recht, und er hatte die Sache zu sehr schleifen lassen. Er sollte sich intensiver darum kümmern. Am Morgen hatte er eine E-Mail von Mackenzie erhalten mit der Mitteilung, dass die Anwälte sich über einen strittigen Punkt nicht einigen konnten und sich daher alles in die Länge zog.

Was würde sein Vater tun? Er rutschte auf seinem Stuhl hin und her, während er darüber nachdachte. Aber warum tat er das überhaupt? Hatte er nicht allen klargemacht, dass er nicht sein Vater war, sondern sein eigener Herr? Er sollte sich nicht an einem Geschäftsmann aus den Achtzigern orientieren, um ein Unternehmen des 21. Jahrhunderts zu führen. Wollte und brauchte er diese Fusionierung wirklich? Was waren die Vorteile für beide Firmen?

Er nahm sein Telefon in die Hand, drückte auf eine Taste und wartete, bis Clara sich meldete. »Clara, bitte verbinden Sie mich mit Andrew Regis.«

Vor dem Bürogebäude von Drummond Global, Downtown Manhattan

Hayleys Blick glitt von der dunkelgrauen Straße, wo der Schnee inzwischen geschmolzen war, über die Eingangstüren aus Chrom und Glas nach oben über die vielen Stockwerke bis hin zu der spiralförmigen Spitze des Bürogebäudes.

Das Drummond-Globe-Haus sah aus wie ein LEGO-Modell, nur aus Metallstreben und Glas anstelle von Kunststoffklötzchen. Kein Vergleich zu der Architektur des Guggenheim Museums. Das hier verkörperte die Wirtschaft. Die Menschen in diesem Multimillionen-Dollar-Unternehmen waren alle beteiligt an grundlegenden Entscheidungen, Verhandlungen über Verträge, am Kreieren und Verkaufen wichtiger Technologien. Dean war ein Genie im Bereich Hardware und passte hervorragend in diese Welt, in der es um hohe Einsätze ging. Mangeln und Fleckenentfernung in einer hochmodernen Reinigung war in einem ganz anderen Universum angesiedelt.

»Arbeitet Donald Trump hier?«, fragte Angel und folgte dem Blick ihrer Mutter, einen riesigen Hot Dog in der Hand. Hayley hatte ihren in dreißig Sekunden verschlungen und sich anschließend noch eine Brezel gegönnt, die sie fast genauso schnell verzehrt hatte.

»Nein.« Hayley schaute sich noch einmal die Umrisse des Gebäudes an. »Aber Onkel Dean.«

»Wow, das ist wirklich riesig«, stieß Angel mit vollem Mund hervor und spuckte dabei ein paar Krümel aus.

»Das kann man wohl sagen.«

Aus einem Ghettoblaster auf dem Gehsteig ertönte »Jingle Bell Rock«, während ein als Rentier verkleideter

Breakdancer ein paar Figuren tanzte. Hayley streckte ihre Hand aus. »Komm, Angel.«

»Ich muss meinen Hot-Dog halten.« Angel schwenkte das Brötchen mit der Wurst durch die Luft und folgte ihr.

»Es dauert nicht lang. Wir geben nur rasch das Jackett für den Fiesling ab, dann kaufen wir uns einen Milchshake.«

Angel gab mit vollen Backen kauend einen unverständlichen Laut von sich.

Hayley schob die Tür auf, und der warme Luftstrom im Eingangsbereich zerzauste ihr Haar. Sie hörte, wie Angel einen Laut der Bewunderung ausstieß, als sie das Foyer betraten.

Das war das größte Bürogebäude, in dem Hayley jemals gewesen war, und es sah eigentlich eher aus wie ein Hightech-Hotel. Der cremefarbene geflieste Boden war so blank poliert, dass man ihn beinahe als Spiegel benutzen konnte. In der Mitte befand sich eine Reihe von Bildschirmen, und am anderen Ende des Raums stand ein Empfangstisch aus Metall mit drei Frauen dahinter. Nein, eigentlich waren es drei Models in grau-blauen Uniformen.

»Modealarm auf zwölf Uhr«, flüsterte Hayley Angel zu. »Grau und blassblau. Was haben Sie sich denn dabei gedacht?«

»Da fehlt ein Tupfer Orangerot«, meinte Angel. »Oder Pflaumenblau.«

»Gut erkannt!«

»Wow! Schau mal!«

Bevor Hayley noch etwas sagen konnte, schlitterte Angel über den glatten Boden und blieb vor einem riesigen Christbaum stehen. Er war mindestens fünf Meter breit, und der Stern an der Spitze berührte fast die Decke. Die Fichte, die jedes Jahr am Trafalgar Square aufgestellt wurde, konnte sich damit nicht messen. Zwei Männer in Overalls hantierten mit Christbaumkugeln und Glöckchen, aber es sah so aus, als würden sie den Schmuck abnehmen, anstatt ihn anzubringen.

»Fass nichts an«, rief sie Angel nach.

Auf dem Weg zur Rezeption öffnete sie ihren Rucksack, lächelte eine der blonden Damen an und zog das Jackett heraus. Angel kam herüber und stellte sich neben sie.

»Guten Tag. Könnte ich das für Oliver Drummond abgeben?« Hayley legte das Sakko auf die Theke, erntete aber nur einen verständnislosen Blick.

»Er hat es gestern Abend in einem Restaurant vergessen, und ich bringe es ihm zurück.«

Die Rezeptionistin machte keine Anstalten, das Jackett an sich zu nehmen. »Es tut mir leid, aber Mr Drummond ist im Augenblick nicht im Haus.«

»Kein Problem. Ich will nicht zu ihm; ich möchte nur das Jackett abgeben.« Hayley schob der Rezeptionistin das Kleidungsstück zu.

Die Frau nickte und hob den Telefonhörer ab. »Ich werde seiner persönlichen Assistentin Bescheid geben.«

»Das ist nicht nötig, wirklich nicht. Ich tue nur meinem Bruder einen Gefallen.«

»Clara? Hier ist jemand für Mr Drummond.« Die Rezeptionistin hielt kurz inne. »Mit einem Kleidungsstück.« Sie warf einen Blick auf Angel. »Und einem Kind.«

Was ging hier vor sich? Warum konnte sie nicht einfach das Jackett abgeben und sich wieder auf den Weg machen? Sie hätte sagen sollen, dass Jackett sei für Dean – er hätte sich dann schon darum gekümmert. Jetzt musste sie auf eine persönliche Assistentin warten, die sicher eine Menge wichtiger Dinge zu tun hatte.

»Danke.« Die Rezeptionistin legte auf. »Clara wird gleich hier sein. Wenn Sie bitte dort drüben Platz nehmen möchten.«

Hayley seufzte frustriert und ging zu der Sitzgruppe mit den dunkelgrauen Ledersofas, die aussahen, als wären sie aus der Haut der Hauptdarsteller von *Jurassic World* hergestellt.

»Dein Gesicht ist ganz rot und fleckig«, bemerkte Angel, als sie sich setzten, und biss in den Rest ihres Hot Dogs.

Hayley fuhr sich mit den Fingerspitzen über die Wangen und spürte, wie heiß sie waren. Der Botengang für Dean ließ sie nun aussehen wie eine Stalkerin. Wie eine dieser Besessenen, die den Urin ihres Opfers trinken oder sich in ihren Betten wälzen wollten, um ihnen nahe zu sein. Der Gedanke an sein Bett hatte allerdings einen gewissen Reiz.

Glücklicherweise war Oliver Drummond nicht da und würde nie erfahren, dass sie hier gewesen war. Sie war nur eine unbekannte Frau mit einem Kind, das sein liegen gebliebenes Jackett gebracht hatte.

Die Eingangstüren öffneten sich, ein eisiger Luftzug wehte in den Empfangsbereich und der Mann, dessen Sakko sie auf dem Schoß hielt, betrat das Gebäude. Da war er, der reiche Mann, dem sie geholfen hatte, aus dem Lokal zu fliehen. Oliver Drummond. Er knöpfte beim Gehen seinen schwarzen Wollmantel auf, unter dem ein gut sitzender dunkelgrauer Anzug zum Vorschein kam. Hayleys Blick glitt über seine blank polierten Lederschuhe nach oben über seine breite Brust zu dem braun-blonden kurz geschnittenen Haar, das mit Schneeflocken bedeckt war. Und zu diesen unverwechselbaren Augen.

»Das ist er!«, flüsterte Angel hörbar, und ein paar Brotkrümel fielen ihr dabei aus dem Mund.

Hayley schluckte und beobachtete, wie er, tief in ein Gespräch mit dem Mann an seiner Seite versunken, durch die Eingangshalle ging. Sie musste aufhören, ihn so anzustarren. Wenn er seinen Kopf nur um ein paar Zentimeter bewegte, würde er sie sehen. Und dann passierte es. Er warf einen Blick auf die Sitzgruppe, und ihre Augen trafen sich. Tief in ihrem Bauch zog sich etwas zusammen, und sie war entsetzt, dass ein Blick eine solche Wirkung auf sie hatte. Bei dem Anblick von Channing Tatum ins Schwärmen zu geraten war eine Sache, aber bei einem Geschäftsmann, der nur wenige Meter entfernt war … Er wandte sich rasch wieder seinem Begleiter zu und ging mit ihm zu den Aufzügen auf der anderen Seite des Raums. Und ignorierte sie einfach. Ein kurzer Blick, und das war's. Er war offensichtlich tatsächlich der flatterhafte Schürzenjäger, für den sie ihn von Anfang an gehalten hatte. Sie versuchte das Gefühl der Enttäuschung zu unterdrücken, das sie plötzlich überfiel.

»Hast du gewusst, dass Oliver Drummond einer der reichsten Männer Amerikas ist?«

»Ich habe dir schon so oft gesagt, dass Geld nicht alles ist, Angel«, fuhr Hayley ihre Tochter an. Sie war wütend auf sich selbst. War sie nicht auch wankelmütig?

»Ich weiß. Onkel Dean sagt, er sei fast immer schlecht aufgelegt«, fuhr Angel unbeirrt fort.

»Nun, das kann ich im Augenblick gut nachempfinden.« Was sollte sie nun mit seinem verdammten Sakko machen? Sie hätte auf ihn zugehen und es ihm vor die Füße werfen sollen. Dann hätte er sich vielleicht an sie erinnert. Nicht, dass sie darauf Wert gelegt hätte.

Hayley stand auf, als sie eine Frau in einem etwas zu

knappen schwarzen Kostüm und einer korallfarbenen Statement-Kette an Oliver Drummond und seinem Begleiter vorbeigehen und auf sie zukommen sah. Ihre Miene war undurchdringlich.

»Hallo«, grüßte Hayley die Frau und nahm das Jackett in die Hand. »Es tut mir leid, ich wollte nur …«

»Hallo, ich bin Angel.«

Angel streckte der Frau mit einem strahlenden Lächeln die Hand entgegen.

Die Frau nahm Angels Hand in ihre und schüttelte sie. »Hallo, ich bin Clara, Mr Drummonds persönliche Assistentin.«

»Wow«, stieß Angel hervor, als hätte sie soeben den ersten weiblichen Papst kennengelernt.

Hayley reichte Clara das Jackett. »Ich glaube, die Rezeptionistin hat mich falsch verstanden. Ich wollte nicht zu Mr Drummond. Mein Bruder arbeitet hier, und Oliver … ich meine, der Fies …, äh, Mr Drummond hat gestern Abend dieses Sakko in einem chinesischen Restaurant vergessen.« Sie schüttelte den Kopf. »Nein, er hat es heute Morgen liegenlassen … Dean, mein Bruder, und er … er hat mich gebeten, es vorbeizubringen.«

»Schon wieder chinesisches Essen?« Clara faltete das Jackett und legte es sich über den Arm. »Eines Tages wird er sich in eine frittierte Nudel verwandeln.« Sie grinste Angel an, die ihr Lächeln strahlend erwiderte. Zumindest benahm sich hier eine Person wie ein normaler Mensch.

»Also gut, wir gehen jetzt. Komm, Angel.« Hayley zupfte ihre Tochter am Ärmel ihres Mantels.

»Hast du gewusst, dass Mr Drummond nicht nur einer der reichsten Männer Amerikas, sondern auch einer der begehrtesten Junggesellen der Welt ist?«, warf Angel ein.

Hayley wünschte sich, der Boden unter ihren Füßen täte sich auf. Angel war ein kluges Mädchen, aber sie begriff noch nicht, was in einer höflichen Konversation nichts zu suchen hatte.

»Zuerst wusste ich nicht, was das heißen soll, aber dann habe ich bei Google ›Junggeselle‹ nachgeschlagen, und …«

Hayley legte rasch einen Arm um Angel und zog sie dicht zu sich heran. »Wir gehen jetzt.«

Clara lächelte. »Wie war noch Ihr Name?«, fragte sie Hayley.

Hayley strich Angel übers Haar und drückte ihr Gesicht fest an sich, als ihre Tochter versuchte, sich zu befreien, um weiterreden zu können.

»Lois«, krächzte Hayley. Angel stieß einen erstickten Laut aus, als wäre sie eine geknebelte Geisel.

Peinlich berührt zerrte sie ihre Tochter von Clara weg zur Tür. Erst als sie auf der Straße stand und die eiskalte Winterluft einatmete, ließ sie Angel los.

»Warum hast du das gemacht?«, beschwerte Angel sich und rieb sich mit den Fingern über die Lippen.

»Warum *ich* das gemacht habe? Warum musstest du die zehn erstaunlichsten Fakten über ihren Boss aufzählen?«

Angel zuckte die Schultern. »Ich wusste nur zwei.«

»Gott sei Dank.«

»Du hast dich sehr merkwürdig benommen«, stellte Angel fest. »Und warum hast du gesagt, dein Name sei Lois?«

Hayley deutete mit dem Finger auf ein Gebäude. »Oh, schau mal, eine Bodega! Vielleicht gibt es dort Yorkshire Pudding und Orangenplätzchen.«

KAPITEL SECHZEHN

Drummond Global, Downtown Manhattan

Oliver spritzte sich Wasser ins Gesicht, um sich abzukühlen. Die Unterhaltung mit Andrew Regis war ein wenig seltsam gewesen. Als er versucht hatte, Näheres über die noch ungeklärten Punkte in Bezug auf die Fusion herauszufinden, war Andrew auffallend zurückhaltend gewesen.

Oliver richtete sich auf und streifte sich mit den Handflächen die Wassertropfen vom Gesicht. Er warf einen Blick in den Spiegel, fuhr sich mit den Fingern über das Kinn und stützte sich dann mit den Händen auf den Waschtisch.

Er hatte eine weitere Besprechung vorgeschlagen, um die Dinge ins Reine zu bringen und über die Zukunft der Firmen zu reden, aber da hatte Andrew plötzlich über die Vergangenheit gesprochen. Über den zukunftsorientierten Geschäftsstil seines Vaters in einer Zeit, in der die Firmen um ihre Existenz kämpften, die Wirtschaftslage prekär war und die Arbeitslosenzahlen einen neuen Höchststand erreicht hatten. Über die Wochenenden in den Hamptons und Grillfeste am Strand. Andrew hatte alle diese Eindrücke wieder hervorgeholt und damit Schmerz, Bedauern und Zorn in Oliver wachgerufen. Und das bedrohliche Gespenst der Angst, das immer über ihm schwebte.

Als der Tod noch nicht hinter jeder Ecke lauerte, hatte es im Leben der Drummonds wundervolle Zeiten gegeben. Es war viel gelacht worden, und Oliver wünschte, er hätte seine Kindheit mehr zu schätzen gewusst. Das Strandhaus in den Hamptons war verkauft worden, aber er erinnerte sich noch an jedes Detail. Daran, wie seine Mutter es mit zur Küste und zur See passenden Gegenständen dekoriert hatte. Kühle Blau- und Grautöne, auf der Kommode aus Treibholz geschnitzte Figuren, Fotos in einfachen Holzrahmen, Muscheln und Sand in Töpfen, nichts Einförmiges. Er und Ben hatten endlose Tage am Strand verbracht, sich gegenseitig und später, als sie älter waren, Mädchen gejagt, und jeden Sonnenuntergang genossen, bevor sie ins Haus mussten. Dann gab es Popcorn vorm Fernseher, eingekuschelt in gestreifte Decken, die Haare noch nass und die Zehen voll Sand. Richard wollte immer Komödien sehen, bei denen er laut lachen konnte. Cynthia bevorzugte Liebesfilme, die sie zum Weinen brachten, und Ben mochte Actionfilme, vor allem die mit Jackie Chan. Oliver war es egal, was sie sich anschauten, solange sie alle zusammen waren.

Er verdrängte rasch die Erinnerungen und starrte sich im Spiegel an. Was machte er da? Versuchte er die Antworten in seinem Gesicht zu finden? Alles, was er dort sah, waren die Augen, die er von seiner Mutter geerbt hatte, die lange, gerade Nase seines Vaters, und das kantige, kräftige Kinn, das nur er besaß. Er musste sich zusammenreißen. Nur weil diese Jahreszeit wieder einmal gekommen war, durfte er sich nicht gehen lassen.

Er atmete tief ein und versuchte, den Druck auf seiner Brust und den krampfartigen Schmerz zu ignorieren, der ihn immer überfiel, wenn er seine Schultern straffte. Er hob und senkte sie einige Male, um seine Muskulatur zu lockern. Vielleicht lag es tatsächlich am Stress. Möglicherweise war es besser zu glauben, dass er ein Schwächling als ein schon bald zum Tode Verurteilter war. Er grinste spöttisch. Tony würde ihm die Leviten lesen, wenn er jetzt hier wäre.

Als wäre der Ausflug in die Vergangenheit nicht schon schlimm genug gewesen, hatte Andrew auch noch die Wohltätigkeitsveranstaltung der McArthur-Stiftung erwähnt. Der Geschäftsmann hatte zwei Tische reservieren lassen und seine besten Angestellten eingeladen. Oliver erinnerte sich daran, dass er ihm gerade hatte mitteilen wollen, dass er an der Veranstaltung nicht teilnehmen würde, als ihn irgendetwas abgelenkt hatte, und er den Satz nicht beenden konnte. Das war sicher das pure Schuldgefühl, weil er sich davor drückte, weil seine Mutter enttäuscht und verärgert war und weil er sein verflixtes Leben nicht im Griff hatte. Aber dieses verdammte Schuldgefühl sollte er nicht haben. Es könnte ihn schneller umbringen als jeder Herzanfall.

Seine Anzugjacke lag auf seinem Schreibtisch, als er in sein Büro zurückkam. Er fasste sie so vorsichtig an, als könnte sich eine Brandbombe darin verstecken. Wer hatte es dorthin gelegt?

Erst nach und nach gelang es ihm, zwei und zwei zusammenzuzählen, bis ihm alles klar wurde. Er hatte sie gesehen. Als Cole ihn über ein Wohltätigkeitsprojekt informiert hatte, das sie in Erwägung zogen. Er hatte einen kurzen Blick auf eine attraktive Frau und ein Mädchen auf der Sitzgruppe geworfen. Das Kind hatte irgendetwas gegessen. Und er hatte rasch wieder weggeschaut. Das war Lois gewesen. Die Frau, die ihn davor gerettet hatte, von der Frau in Rot bei lebendigem Leib verschlungen zu werden. Warum hatte er ihr nicht mehr Aufmerksamkeit geschenkt?

Seine Bürotür öffnete sich, und Clara kam herein.

»Oh, es tut mir leid. Ich wusste nicht, dass Sie schon wieder hier sind.«

»Clara, haben Sie das hierhergelegt?« Oliver hielt sein Sakko in die Höhe.

Sie nickte. »Ja, eine Frau hat es an der Rezeption abgegeben.«

»Hat sie ihren Namen hinterlassen?«, fragte Oliver.

»Ja«, erwiderte Clara. »Aber ich kann mich im Moment nicht daran erinnern.«

Er verschränkte die Arme vor der Brust. Ihm war klar, was Clara vorhatte. Sie hatte an seiner Körpersprache sein plötzliches Interesse gesehen, und das nützte sie jetzt aus.

»Wollen Sie etwa das ganze Wochenende arbeiten?«

»Das würden Sie nicht wagen.«

»Lassen Sie es auf einen Versuch ankommen.«

Clara spielte mit einer der Perlen an ihrer Kette. »Ihr Name ist Lois.«

Er schüttelte lächelnd den Kopf. Sie wollte ihre wahre Identität immer noch nicht preisgeben. Obwohl er den forschenden Blick seiner persönlichen Assistentin auf sich spürte, blitzten seine Augen unwillkürlich auf. Das war interessant.

Er griff nach seinem Stressball, schloss seine Finger darum und nickte Clara zu. »Und was wollten Sie?«

»Ich bringe Ihnen den neuesten Vertrag für das Regis-Software-Projekt. Mackenzie hat ihn per E-Mail geschickt. Gleich nach Ihrem Telefonat mit Andrew Regis.« Sie legte einen Ordner auf seinen Schreibtisch. »Und hier sind die dazugehörigen Unterlagen.«

Clara blieb neben seinem Schreibtisch stehen und schaute ihn prüfend an.

»Ist das alles?«, fragte er.
Clara lächelte und ging zur Tür.

Central Park, New York

»Komm zu mir, Randy! Hierher!«

Angel sauste durch den fallenden Schnee und jagte dem Hund hinterher, der aussah, als wäre er professionell gestylt worden. Der Köter war gepflegter und besser frisiert als Hayley. Sie zupfte verlegen an ihrem Haar und steckte es in ihren Mantelkragen.

Der Park war wie ein Winterwunderland. Gras, Bäume und Büsche waren mit einer weißen Puderschicht überzogen; es sah aus wie eine perfekt gemalte Szene in einer Schneekugel. Die Luft war eisig, und es hatte wieder angefangen zu schneien, sodass die einige Zentimeter hohe Schneeschicht vom Vortag noch weiter anwuchs. Vor dem Park ragten die Hochhäuser wie riesige Torwächter vor der weiten Fläche empor. Der Ort war mit keinem anderen auf der Welt zu vergleichen, und er erweckte in Hayley bei jedem Schritt Erinnerungen an ihren letzten Besuch.

Sie war damals so schlank gewesen, wie sie auch heute noch war. Schlank genug, um sich in eng anliegenden Jeans wohlzufühlen. Sie hatte ständig Jeans getragen, und dazu schwarze Plateaustiefel mit Glitzersteinchen und Schnallen. Wahrscheinlich hatte sie ausgesehen wie eine Mischung aus Rockerin und Partygirl. Ihr Haar war zu einem unkomplizierten Bob geschnitten, und sie fühlte sich, als würde ihr die ganze Welt gehören. Sie hatte Träume, Ziele, Ideen, mit denen sie zehn Bücher füllen konnte, und nichts würde sie aufhalten.

Sie hatte sich im Central Park auf das Gras gelegt, in den Himmel geschaut, zugesehen, wie die Wolken vom

Dach eines Hochhauses zum nächsten zogen und sich als Teil dieser Welt gefühlt. New York war eine Herausforderung und würde sie inspirieren. Es war die Stadt der Träume, und sie würde keine Möglichkeit auslassen, die sie ihr bot.

Sie seufzte. Nun, eine dieser Möglichkeiten, die sie ergriffen hatte, hatte eine gewaltige Kursänderung zur Folge gehabt.

»Hast du deine erste Nacht in New York genossen?«

Die Frage kam von Vernon, Deans Freund. Das Aussehen des Hundes war nicht die einzige Überraschung gewesen. Jetzt verstand sie, warum Dean am Abend zuvor gezögert hatte, ihr Bilder von seinem neuen Freund zu zeigen. Vernon war groß, wie ihr Bruder, aber viel älter – schätzungsweise mindestens fünfzig. Er hatte graumeliertes Haar und braune Augen wie George Clooney und einen dunklen Teint, der auf eine italienische Herkunft schließen ließ. Bei ihrer ersten Begegnung hatte er Angel in den Arm genommen und Hayley auf beide Wangen geküsst. Er war ungezwungen und entspannt, warmherzig und offen. Sie fragte sich, ob ihr Bruder glaubte, dass sie Vorurteile hatte. Sie war doch nicht wie ihre Mutter! Und was zählte das Alter schon? Hauptsache, er behandelte ihren Bruder gut, alles andere war nebensächlich.

»Wir haben beide ein wenig unter Jetlag gelitten, und meine Tochter ist wegen eines Hummers in Tränen ausgebrochen.«

»Lyndon«, fügte Dean hinzu.

Vernon schaute ihn irritiert an.

»Das willst du gar nicht wissen.« Dean hakte sich grinsend bei ihm unter und wandte sich an Hayley. »Wie war es im Guggenheim Museum?«

»Interessant. Ich bin nicht ganz sicher, ob ich jedes Kunstwerk wirklich verstanden habe, aber Angel hat alles aufgesaugt wie ein Schwamm.« Hayley schaute zu ihrer Tochter hinüber und streichelte den Hund. Angel hatte großen Spaß in New York, und das wärmte ihr das Herz. Das hatte sie sich gewünscht – dass ihre Tochter lachte, fröhlich und unbeschwert war.

»Nun, ich rede ja nur ungern vom Geschäft, aber ihr erratet nie, was heute passiert ist.« Dean schleuderte mit der Schuhspitze beim Gehen Schnee in die Luft.

»Warte, lass mich raten … Hm, dein tyrannischer Boss hat dir gesagt, dass der Globe noch lange nicht perfekt ist und du dich wieder ans Reißbrett stellen sollst?«, meinte Vernon.

Bei der Erwähnung von Deans tyrannischem Boss dachte Hayley an den Vorfall mit dem Jackett, und ihr Magen zog sich leicht zusammen. Rasch schob sie die Hände in die Jackentaschen. Sie musste sich dringend ein Paar Handschuhe kaufen.

»Genau das Gegenteil. Könnt ihr das fassen?«

»Du machst wohl Witze!«, rief Vernon überrascht.

»Und es wird noch besser«, verkündete Dean.

»Du bekommst eine Gehaltserhöhung?«, riet Hayley.

»So gut ist es nun doch nicht. Aber ich bin zum Projektleiter ernannt worden.« Dean grinste von einem Ohr zum anderen.

»Dean, das ist großartig.« Vernon blieb stehen und umarmte ihn.

Hayley fühlte sich ein wenig ausgeschlossen. »Das verstehe ich nicht. Bitte klärt mich auf«, bat sie.

»Oliver Drummond hat heute den Globe abgesegnet. Wir bringen ihn im März auf den Markt, und meine Aufgabe ist es, alles zu koordinieren und zum Laufen zu bringen«, erklärte Dean mit einem Lächeln.

»Das ist toll! Aber wird dir das nicht zu viel? Hast du genügend Zeit, um dich darum zu kümmern?«, erkundigte sich Hayley.

»Hay, auf so etwas warte ich schon lange. Ich mag Peter wirklich sehr, aber er hat mir nie die Verantwortung für ein Projekt wie dieses übertragen. Das ist eine Riesenchance für mich«, erklärte Dean.

Natürlich. Das lag ihrem Bruder. Etwas organisieren. Kompetent und klug. Da war er in seinem Element. Und er war ein so wunderbarer Mensch und verdiente es, Erfolg zu haben. Im Gegensatz zu ihr. Sie hatte keine Anstellung mehr und war auf der Suche nach einem ehemaligen Liebhaber.

Plötzlich brach sie in Tränen aus.

»Hayley?«

Sie wandte sich von Dean ab und schlug die Hände vors Gesicht.

Es war ihr enorm peinlich, aber sie konnte einfach nicht aufhören zu weinen. »Alles in Ordnung«, brachte sie mühsam hervor, während ihr dicke Tränen aus den Augen liefen und auf ihren Wangen fast gefroren.

»Ich kümmere mich um Angel«, sagte Vernon leise.

Dean trat einen Schritt auf sie zu, und sie fuhr mit den Armen durch die Luft. »Nimm mich bloß nicht in den Arm. Ich verhalte mich wie eine Idiotin.«

»Nein, ganz und gar nicht«, beruhigte Dean sie mit sanfter Stimme.

»Doch. Vielleicht liegt es nur am Jetlag, oder an den Bildern mit den Schweinen, die drei Schwänze haben.«

»Bist du sicher? Ist zu Hause etwas vorgefallen?«

Hayley schüttelte den Kopf und schaute ihm in die Augen. »Nein, ich bin nur …« Sie unterbrach sich.

»Sag es mir, Hayley«, bat Dean sie.

Sie ließ den Blick über den Park zu Angel gleiten. Das Mädchen warf, angefeuert von Vernon, Stöckchen für den Hund. Hayley musste dringend mit ihrer Tochter reden – sie verdiente es, jetzt die Wahrheit zu erfahren. Sie wandte sich wieder an Dean, der sie besorgt musterte.

»Ich habe gekündigt. Und Angel will ihren Vater finden.«

So, nun hatte sie es endlich jemandem erzählt. Die Last auf ihren Schultern wurde ein wenig leichter, und sie atmete so tief aus, als hätte sie eine Ewigkeit die Luft angehalten.

Auch Dean atmete durch. »Nun, willst du wissen, was ich von deinem Job halte? Du kannst einen besseren Arbeitgeber finden als diese chemische Reinigung. Ich bin froh, dass du gekündigt hast und überzeugt davon, dass du bald etwas anderes finden wirst. Hey, vielleicht ist das deine Chance, noch einmal zu studieren? Modedesign?«

Hayley dachte an ihr Ideenbuch mit dem Entwurf eines Kleides, das sich an den Umrissen des Guggenheim Museums orientierte. Von Vivienne Westwood war sie noch weit entfernt.

»Also, was hat Angel über ihren Vater gesagt?«, erkundigte sich Dean.

»Nichts. Sie hat gar nicht mit mir über ihn gesprochen. Einerseits wünsche ich mir, sie würde es tun, andererseits hoffe ich, sie lässt es bleiben.«

»Woher weißt du dann, dass sie ihn finden will?«

Hayley seufzte und rief sich den Moment ins Gedächtnis, in dem sie beschlossen hatte, nach New York zu reisen.

»Sie hat es sich von Gott und vom Weihnachtsmann gewünscht. Ich habe vor ihrer Schlafzimmertür gestanden und es gehört.« Hayley hielt kurz inne. »Sie hat den Wunsch an den Schluss ihrer Gebete gesetzt, Dean. Sie sagte, falls der Weihnachtsmann oder Gott sie hören könnten, wünsche sie sich nur ein einziges Geschenk …« Ihre Gefühle drohten sie wieder zu überwältigen, und sie atmete tief durch. »Sie wolle ihren Dad kennenlernen.«

Dieses Mal wehrte sie sich nicht, als Dean sie trösten wollte. Sie schmiegte das Gesicht an seinen Wollmantel und schniefte, um die Tränen zurückzuhalten. Dean strich ihr über das Haar, und sie genoss einen Moment lang seine Wärme und Zuneigung.

»Das musste eines Tages so kommen, Hay. Sie ist ein kluges Mädchen, und ich bin, ehrlich gesagt, überrascht, dass sie nicht schon viel eher nach ihm gefragt hat.«

»Ich weiß.« Sie hob den Kopf. »Und das ist noch nicht alles. Anstatt mich zu fragen, hat sie es sich heimlich gewünscht, Dean. Anscheinend hat sie das Gefühl, mit mir nicht darüber sprechen zu können.«

»Und deshalb verbringst du Weihnachten in diesem Jahr hier«, stellte Dean fest.

Sie nickte. »Ich habe im Internet nach ihm gesucht, aber keine Spur von ihm gefunden. Und heute sind wir vor dem Besuch im Guggenheim Museum in einer Galerie gewesen, die er damals erwähnte.« Sie schüttelte den Kopf. »Wieder nichts. Aber dort war ein sehr netter Mann, der mir versprochen hat, eine E-Mail an ein paar andere Galerien zu schicken.« Sie löste sich aus Deans Umarmung, trat einen Schritt zurück und wischte sich über die Augen. »Tut mir leid, ich glaube, ich habe deinen Mantel nass gemacht.«

»Kein Problem.«

»Entschuldigung.« Hayley blickte wieder zu Angel und Vernon hinüber, die Randy im Kreis herumjagten.

»Hör auf, dich zu entschuldigen«, sagte Dean. »Du bist nicht Superwoman – du kannst nicht alles schaffen.«

Superman. Sie seufzte und verdrängte rasch die Gedanken an den heißen Milliardär; dafür fehlte ihr die Zeit und auch das Interesse.

»Du hast also keine Ahnung, wo er sich aufhalten könnte?«

Sie schüttelte den Kopf. »Nein. Ich habe wochenlang gesucht. Bei Google, bei Facebook, nichts.« Sie seufzte. »Ich habe so viel recherchiert, dass ich mittlerweile für einen Job bei der CIA qualifiziert wäre.«

»Soll ich dir helfen? Es gibt sicher noch andere Websites, die wir durchsuchen könnten«, schlug Dean vor.

»Ich weiß nichts über ihn, Dean. Ich bin mir nicht einmal sicher, ob er mir seinen richtigen Namen genannt hat. Deshalb bin ich hier. Diese Stadt ist die einzige Verbindung, die ich zu ihm habe.« Sie hob die Arme und deutete auf die Umgebung und die Gebäude ringsumher. Eine Stadt. Sogar eine der größten der Welt, und sie musste versuchen, hier den Mann zu finden, mit dem sie nur eine Nacht verbracht hatte. Sie unterdrückte den Gedanken, dass er ebenso gut in Kuala Lumpur oder Acapulco sein könnte.

»Wenn du meine Hilfe brauchst, bin ich jederzeit für dich da«, versicherte Dean ihr ernst.

»Das weiß ich.« Hayley schniefte gerührt. »Vielen Dank.«

»Wie soll es jetzt weitergehen?«

Dean vergewisserte sich, dass Angel immer noch mit Randy beschäftigt war, bevor er die Frage stellte.

»Nun, ich habe vor, einige Orte aufzusuchen, an denen ich mit ihm war, sein Foto herumzuzeigen und nach ihm zu fragen. Und ich werde bei den Galerien anrufen, die ich noch nicht kontaktiert habe.«

»Weißt du, wie viele Galerien es in New York City gibt?«

»Ja, natürlich. Ich habe die letzten zwei Monate damit verbracht, eine Menge davon anzurufen und anzuschreiben.« Sie stieß wütend den Atem aus. »Soll ich etwa Angel danach fragen? Sie kennt sicher alle und kann mir wahrscheinlich von jeder sogar das Jahr der Eröffnung nennen.« Zornig klopfte sie den Schnee von ihrem Mantel. Ihre Stimme hatte hart geklungen, und Dean antwortete nicht auf ihre Bemerkung. »Es tut mir leid.« Sie fuhr sich mit der Zunge über die Lippen. »Ich möchte es zuerst im Vipers versuchen, dem Club, in dem wir uns kennengelernt haben.« Sie sah Dean an. »Aber das geht nur, wenn du auf Angel aufpasst.«

»Wirst du Angel erzählen, was du vorhast?«

Hayley zuckte die Schultern. »Ich weiß es nicht. Was meinst du? Ich befürchte, dass ich ihr damit zu große Hoffnungen mache, und wenn ich ihn dann nicht finde …«

»Nun, ich bin der Meinung, dass jedes Kind ein Recht darauf hat zu wissen, wer sein Vater ist.«

Bei dieser Bemerkung krampfte sich ihr Magen zusammen. Sie gab ihm eigentlich recht, aber als Mutter war es ihre vorrangige Aufgabe, ihr Kind jederzeit zu beschützen. Wenn sie mit Angel darüber gesprochen hatte, gab es kein Zurück mehr.

»Wahrscheinlich habe ich mich noch nicht genügend mit dem Gedanken, es ihr zu sagen, beschäftigt«, gab Hayley zu.

Dean legte einen Arm um ihre Schultern und zog sie an sich. »Das muss ja nicht ablaufen wie eine Folge der Jerry Springer Show. Setz dich einfach mit ihr hin und …«

»Am besten nehme ich ihr vorher ihr Lexikon aus der Hand, damit sie ›One-Night-Stand‹ nicht nachschlagen kann.«

»Machst du dir deshalb Sorgen, Hay? Dass sie erfährt, wie sie auf die Welt gekommen ist?«

»Keine Ahnung. Vielleicht.« Sie seufzte. »Ich möchte nicht, dass sie bezweifelt, dass sie für mich etwas ganz Besonderes ist, nur weil ich nicht in einer festen Beziehung war. Und … ich will nicht, dass sie mich für dumm und naiv hält. Sie soll doch zu mir aufschauen können.«

»So etwas wird sie nicht denken«, beruhigte Dean sie. »Schau sie dir doch an.«

Hayley beobachtete, wie ihre Tochter Randy die Hand hinhielt und ihm mit einer Bewegung ihrer Finger Kommandos gab, während sie mit ihm sprach. Angel war ihr Ein und Alles.

»Es gibt auf der ganzen Welt kein prächtigeres Mädchen als dieses süße Intelligenzbündel«, fuhr Dean fort.

»Aber ich habe sie ihm Stich gelassen.«

»Wie meinst du das?«

»Ich hätte mir einen verlässlichen Mann suchen sollen und keinen Künstler mit zotteligem Haar und einem charmanten ausländischen Akzent.«

»Ich muss zugeben, dass ich mich davon auch gern um den Finger wickeln lasse.« Dean grinste.

Hayley lachte. »Daran habe ich jetzt nicht gedacht. Erzähl mir, wie du Vernon kennengelernt hast.«

»Er sieht aus wie George Clooney, oder?«

»Ein Ersatz, weil der echte Clooney geheiratet hat?«

Dean schüttelte den Kopf. »O nein, er ist viel besser als der Echte mit seinem herrlichen Haar, den Hundeaugen und seinen Fähigkeiten beim …«

»Das will ich lieber nicht hören.«

»Ich wollte dir nur erzählen, dass er gut kochen kann.«

»Oh, dann ist er wirklich besser als der echte George Clooney!«

Dean streckte lächelnd seine behandschuhte Hand aus, griff nach ihren Fingern und drückte sie. »Oh, und vielen Dank, dass du das Jackett heute vorbeigebracht hast. Angel war das Tagesgespräch in der Firma.«

»Oje.«

»Clara Fontaine hat sich köstlich darüber amüsiert, dass sie Drummond als einen der begehrtesten Junggesellen der Welt bezeichnet hat.«

»Eines Tages bringt dieses Mädchen mich noch hinter Gitter«, meinte Hayley und warf wieder einen Blick zu Angel hinüber. Die Augen des Mädchens funkelten, ihre Wangen glühten, und ihr Atem bildete Wölkchen in der kalten Luft. Nichts würde Hayley davon abhalten, alles zu tun, um ihre Tochter glücklich zu machen.

KAPITEL SIEBZEHN

Drummond Global, Downtown Manhattan

Warum tat er sich das an? Oliver hatte die Website der McArthur-Stiftung auf seinem PC hochgeladen. Eigentlich hatte er sich nur die Liste der Sponsoren anschauen wollen, die an der Wohltätigkeitsveranstaltung teilnehmen würden, um sich zu informieren, wer das Projekt unterstützte. Stattdessen las er jetzt die zu Herzen gehenden Geschichten über Familien, denen die Stiftung bereits geholfen hatte. Es war qualvoll, weil es die Erinnerungen an Ben wieder hervorholte. Er vermisste seinen Bruder so sehr, dass er körperlichen Schmerz empfand. Und jeden Tag wurde ihm aufs Neue bewusst, dass Ben seine Rolle viel besser ausfüllen würde als er. Ben war der absolute Traumsohn gewesen. Ein guter Schüler. Er hatte die Führerscheinprüfung beim ersten Anlauf geschafft und etliche Buchstabierwettbewerbe gewonnen. Ben war freundlich und rücksichtsvoll gewesen und hatte immer allen geholfen. Oliver hingegen war eher ein Rotzbengel gewesen, der immer zuerst an sich selbst und erst viel später an alle anderen gedacht hatte. Weil er nicht der brave Sohn hatte sein müssen. Das war Bens Aufgabe gewesen. Ben trug einen Heiligenschein, und schon der Versuch, mit ihm mitzuhalten, war zwecklos. Football war das Einzige, womit Oliver glänzen konnte. Der einzige Bereich in seinem Leben, den er ganz für sich hatte. Er schluckte. Er hätte dabei bleiben sollen. Ein professioneller

Spieler werden und das Leben leben, das für ihn vorgesehen war. Und nicht in die Fußstapfen seines toten Bruders treten, um dessen Weg zu beschreiten. Aber der Globe würde alles verändern. Mit ihm würde sich das Blatt wenden. Damit würde er den Dingen seinen Stempel aufdrücken und nicht mehr im Schatten der Geister aus der Vergangenheit leben müssen.

Er klickte mit der Maus auf eine andere Seite, und da war er wieder und starrte ihn an. Ben. Zweifellos hatte seine Mutter das Bild hochgeladen. Es war das Foto, das ihr Vater bei der jährlichen Preisverleihung der Handelskammer Manhattan gemacht hatte. Ben hatte eine Software entwickelt, die nicht nur Drummond Globals Arbeitsweise, sondern auch die vieler anderer Unternehmen weltweit verändert hatte.

Ben lächelte ihn an, freudestrahlend, voller Leben. Oliver war an diesem Abend dabei gewesen und hatte gemeinsam mit seiner Familie seinem Bruder bei der Preisverleihung Beifall gespendet. Er war sehr stolz auf ihn gewesen, aber auch ebenso neidisch. Sein Bruder mochte ein kurzes Leben gehabt haben, aber er hatte sich seine Träume erfüllt.

Die Tür zu seinem Büro ging auf, und Clara fegte herein. Er minimierte rasch die Seite auf dem Bildschirm.

»Haben Sie sich das Klopfen abgewöhnt, Clara?«

»Es tut mir leid. Sie haben mir gesagt, Sie würden heute Abend nicht lange arbeiten, also habe ich angenommen, dass Sie um zwanzig Uhr bereits gegangen wären.« Sie legte einige Akten in seinen Posteingangskorb.

»Und was tun Sie noch hier? Hat Ehemann Nummer zwei Sie verlassen?«

Ihr Gesichtsausdruck verriet ihm, dass sein Versuch, einen Scherz zu machen, gründlich fehlgeschlagen war.

»Ich wollte gerade gehen.« Clara drehte sich um und marschierte zur Tür.

»Warten Sie einen Moment.« Er stand auf. »Sie haben mir noch nicht gesagt, warum Sie noch hier sind.«

Sie wandte sich ihm wieder zu. »Die Antwort darauf ist unwichtig, Oliver. Ich komme jeden Tag pünktlich zur Arbeit und bleibe sehr lange. Ich bin eine vorbildliche Angestellte.«

»Daran habe ich keine Zweifel geäußert.« Er versuchte es noch einmal. »Ist mir irgendetwas entgangen?«

Sie schüttelte den Kopf. »Nein.«

»Also alles in Ordnung im Hause Fontaine?«

»Über so etwas sprechen wir nie, Oliver.«

Er nickte. Sie hatte recht. Er hatte immer eine klare Linie gezogen. Emotionale Bindungen jeglicher Art waren Zeit- und Energieverschwendung. Aber Clara arbeitete schon seit seiner Übernahme für ihn, und vorher hatte sie jahrelang für seinen Vater gearbeitet. Aus rein geschäftlichen Gründen sollte er ein bisschen etwas über ihr Privatleben wissen, oder? Wenn sie zu Hause Probleme hatte, würde sich das möglicherweise auf ihre Arbeit auswirken. Außerdem hatte er jetzt damit angefangen und konnte nicht mehr zurück.

»Das weiß ich, aber jetzt frage ich Sie danach. Was ist los?«

Die Frage war so allgemein gestellt, dass sie viele Antwortmöglichkeiten bot. Er legte die Hände auf die Rückenlehne seines Stuhls und knetete das Leder unter seinen Fingern. Clara schien mit sich zu kämpfen. Warum hatte er nur eine so gedankenlose, flapsige Bemerkung gemacht?

»Ich bin mir nicht sicher, ob er da sein wird«, stieß sie schließlich hervor.

Oliver wusste nicht, was er darauf sagen sollte. Er hatte

nicht damit gerechnet, dass Clara so offen antworten würde. Das war nicht sein Gebiet. Er verstand sich darauf, Frauen zu schmeicheln, aber Trost zu spenden gehörte üblicherweise nicht zu seinem Programm.

»Wir machen im Augenblick eine schwierige Phase durch«, fügte Clara hinzu.

Sie rieb die Hände aneinander und zupfte an der Haut, und er wusste nicht, wie er sich jetzt verhalten sollte. Mit einer solchen Situation wusste er nichts anzufangen. Sie machte ihm Angst.

»Kann ich irgendetwas für Sie tun?« Das klang ziemlich lahm und ein wenig aufgesetzt, aber etwas Besseres fiel ihm nicht ein.

»Ich glaube nicht, dass er eine andere hat. Ich meine, wer würde sich das auch antun? Er ist faul und undankbar, und seine Schuppenflechte ist im Moment ziemlich schlimm«, fuhr Clara fort.

Oliver grub seine Finger noch tiefer in das Leder des Stuhls und versuchte, die Situation, in die er sich selbst gebracht hatte, irgendwie erträglicher zu machen. Sollte er sie einfach reden lassen? Nur stehen bleiben und zuhören? War es für manche Leute nicht bereits eine große Erleichterung, wenn sie sich etwas von der Seele reden konnten? Das hatte zumindest der Therapeut seiner Mutter gesagt.

»Das geht schon so, seit er seinen Job verloren hat.« Clara seufzte. »Er hat zwanzig Jahre für diese Firma gearbeitet, und plötzlich zählte das alles nicht mehr.«

Oliver ging leise um seinen Schreibtisch herum und zog ihr den Stuhl davor zurecht. Mehr musste er gar nicht tun – Clara ließ sich rasch darauf nieder.

»Für einen Mann ist das nicht einfach«, fuhr Clara fort.

»Wenn man alles für einen Job gibt, den man sehr gern macht, sich für eine Firma wie diese engagiert und einem dann plötzlich alles genommen wird.«

Sie kämpfte mit den Tränen. Offensichtlich war das eine sehr schlimme Sache für sie. Seit wann litt sie darunter? Bei der Arbeit war ihm nichts aufgefallen. Vielleicht hatte er nur nicht darauf geachtet? Weil er mit seinem eigenen Leben viel zu sehr beschäftigt war?

»Ich habe versucht, ihn dazu zu bewegen, sich eine neue Aufgabe zu suchen, aber er kommt einfach über das Stigma dieser Kündigung nicht hinweg«, erklärte sie. »Weil er der festen Überzeugung war, nie für eine andere Firma arbeiten zu müssen, glaubt er nun, dass er das nicht kann.«

Oliver zerbrach sich den Kopf und versuchte, sich daran zu erinnern, welchen Beruf Claras Mann hatte. Ihm fiel nicht einmal sein Name ein. Mike? Mark?

Mit einem Mal schien Clara zu sich zu kommen. Sie hob den Kopf und sah ihn an.

»Oh, Oliver, es tut mir so leid.« Sie stand auf. »Ich weiß nicht, was in mich gefahren ist. Sie wollen das sicher alles nicht hören. Und das hat am Arbeitsplatz auch nichts zu suchen.«

»Schon gut.« Er hielt kurz inne. »Schließlich habe ich Sie danach gefragt.«

»Ich weiß, aber …«

»Warum nehmen Sie sich morgen nicht frei?« Wie kam er nur auf diese Idee? So etwas gab es bei ihm sonst nie. Und Claras entsetzter Gesichtsausdruck zeigte ihm, dass sie befürchtete, er brüte irgendeine Krankheit aus.

»Nein, das ist doch lächerlich. Mir geht es gut«, versicherte sie ihm.

»Das weiß ich. Trotzdem schlage ich Ihnen vor, sich einen Tag freizunehmen und ein wenig Zeit mit …« Ihm fiel beim besten Willen der Name ihres Ehemanns nicht ein.

»William«, half Clara ihm weiter.

»Ja. Verbringen Sie einen Tag mit William.« Er schluckte. Ein Gefühl, mit dem er nicht vertraut war, hatte ihn plötzlich überfallen. Das lag sicher an der Website der McArthur-Stiftung. Der Blick darauf hatte ihn in einen Schwächling verwandelt. Er schloss rasch einen Knopf an seinem Jackett.

»Sind Sie sicher?«, fragte Clara leise. Ihre Verletzlichkeit war ihrer Stimme deutlich anzuhören.

»Ja, natürlich.« Er deutete auf die Tür. »Und jetzt raus hier. Besorgen Sie sich etwas Essbares zum Mitnehmen und gehen Sie nach Hause.«

Sie ging einen Schritt zur Tür, blieb aber dann stehen und warf einen Blick über die Schulter.

»Und was machen Sie?«, erkundigte sie sich.

»Ich?« Was würde er machen? Den Höhepunkt seines Arbeitstages hatte er bereits hinter sich. Er wünschte, er hätte diese dumme Website nicht hochgeladen. Sie hatte ihm die Stimmung verdorben. Aber das durfte er nicht zulassen.

»Ich werde nach Hause gehen, duschen, Tony anrufen und mich mit ihm in die hell erleuchtete Stadt stürzen.«

»Kein chinesisches Essen mehr«, warnte Clara.

»Vielleicht heute spanisches.«

Clara atmete tief ein und sammelte sich. »Vielen Dank, Oliver.«

Er winkte rasch ab. Noch mehr Gefühlsanwandlungen konnte er nicht ertragen. »Nun gehen Sie schon.«

Sie schenkte ihm ein Lächeln und wandte sich zur Tür. Als sie an der Schwelle angelangt war, hatte Oliver plötzlich das Bedürfnis, sie aufzuhalten und sie zu fragen, ob sie den Brief an Luther Jameson schon geschrieben hatte. Er hatte den Scheck noch nicht unterschrieben. Noch konnte er seinen Entschluss ändern. Er könnte die McArthur-Stiftung persönlich unterstützen, die Rede bei der Veranstaltung halten – und damit vielleicht seine eigene Bürde abschütteln.

Aber bei dem Gedanken daran, in dem Veranstaltungsraum vor den Gästen zu stehen, krampfte sich sein Herz zusammen, und ihm wurde übel. Clara winkte ihm zu, und er kämpfte verzweifelt gegen seinen Brechreiz an. Er konnte es nicht tun. Er würde seinen Entschluss nicht ändern. Es war unvorstellbar, und so würde es auch bleiben.

KAPITEL ACHTZEHN

Vipers Nachtclub, Downtown Manhattan

»Ich hätte nicht so viele Burritos essen sollen.« Tony presste eine Hand auf die Brust und rülpste.

»Ach ja? Ich glaube eher, dass dir die doppelte Portion Pommes Frites als Beilage nicht bekommen ist«, meinte Oliver.

»Warum hast du mich nicht zurückgehalten?«

»Weil ich den Gedanken, dass wir gemeinsam an einem Herzinfarkt sterben, richtig cool finde.«

Tony versetzte Oliver einen Schlag gegen die Schulter. »Idiot.«

Oliver grinste. Die Musik in dem Club fuhr ihm durch den ganzen Körper, brachte seinen Brustkorb zum Vibrieren und jedes seiner inneren Organe zum Pochen, und das genoss er in vollen Zügen. Diese Energie gefiel ihm, er wollte ein Teil dieses Lebens sein. Auf der Tanzfläche drängten sich die Besucher und bewegten sich unter glitzernden Discokugeln und weißen Weihnachtslichtern zur Musik von Bruno Mars und Jason Derulo. An den Fenstern hingen Girlanden, und die modernen Kunstwerke waren mit Lametta geschmückt. Die Ferienzeit stand vor der Tür, und alle hier freuten sich darauf. Alle außer ihm. Er sehnte sich nicht nach einer Unterbrechung. Im Gegenteil. Er wollte weitermachen, lebendig bleiben, sich in etwas vertiefen, um nicht zu viel nachdenken zu müssen. Nicht so wie heute, als er die Website angeklickt hatte und dann anschließend Clara den Tag freigegeben hatte. *Schwach*.

Er setzte die Bierflasche an die Lippen und ließ den Blick über die Gäste schweifen. Hier hatte man die Qual der Wahl. Rechts von ihm tanzte eine Gruppe junger Frauen. Trotz des Schnees draußen trugen alle beeindruckend eng anliegende Kleider, die nicht viel der Fantasie überließen. Eine Blondine warf Oliver einen Blick zu und lächelte ihn an. Er hob seine Bierflasche leicht an, um sein Interesse zu zeigen. Als das nächste Stück aus den Boxen dröhnte, schwenkte sie ihre Hüften im Rhythmus dazu, und er sah ihr bewundernd zu. Der heutige Abend würde gut verlaufen, das spürte er.

»Das habe ich gesehen.« Tony stieß Oliver den Ellbogen in die Rippen. »Warum fällst du ihnen immer zuerst auf?«

»Beschwer dich nicht. Sei froh, wenn sie dich überhaupt bemerken.«

»Hey!«

»Komm schon.« Oliver ging auf die Gruppe der Frauen zu.

Dean Walkers Apartment, Downtown Manhattan

»Hast du schon gewusst, dass der Central Park 1857 eröffnet wurde?«

»Hast du schon gewusst, dass ich gleich deine Pizza essen werde, wenn du den Reiseführer nicht sofort zur Seite legst?«, erwiderte Hayley scherzhaft.

Sie saßen an dem großen Esstisch und verspeisten die Pizza, die Vernon innerhalb von zehn Minuten selbst gemacht hatte. Eine so köstliche Pizza hatte Hayley noch nie gegessen. Der Partner ihres Bruders schien sich in jeder Beziehung als guter Fang herauszustellen. Wenn sie nur auch so jemanden kennenlernen würde, anstatt nur von Typen wie Greg verfolgt zu werden.

Hayley trank den letzten Schluck Wein aus ihrem Glas und warf einen Blick auf ihre Armbanduhr. Angel müsste schon längst im Bett sein. Das war nun schon der zweite Abend, an dem es so spät wurde, und zusammen mit dem Jetlag verhieß das nichts Gutes für den nächsten Tag. Außerdem hatte sie noch etwas vor, und dabei konnte eine Neunjährige ihr auf keinen Fall Gesellschaft leisten. Vipers Nachtclub.

»Welches Tier hat dir im Zoo am besten gefallen?«, erkundigte sich Vernon und schenkte Dean und Hayley Wein nach.

»Die Seelöwen finde ich toll«, erwiderte Angel. »Habt ihr schon gewusst, dass Seelöwen bis zu vierzig Minuten unter Wasser bleiben können?«

»Nein, das ist mir neu.«

»Je länger du Angel kennst, um so größer wird dein Allgemeinwissen, glaub mir.« Hayley nahm sich noch ein Stück Pizza.

»Mum ist nur Expertin, wenn es um die Serie *EastEnders* geht«, verkündete Angel.

Hayley gab sich schockiert und presste eine Hand an die Brust. »Du hast mich erwischt! Ich bin aber außerdem noch Expertin für die Hits aus dem Jahr 2000.«

»Das ruft Erinnerungen wach«, sagte Dean. »Kunstleder und Musik von Madonna.«

»Richtig«, stimmte Vernon ihm zu. »Damals war keine Tanzfläche vor mir sicher.«

»Das glaube ich nicht!« Dean grinste.

»Nur weil wir noch nicht gemeinsam tanzen waren, heißt das nicht, dass ich es nicht kann«, erwiderte Vernon.

»Habt ihr gewusst, dass Madonna Angst vor Gewitter hat?« Angel nippte an ihrer Cola.

»Was? Das hast du dir gerade ausgedacht«, meinte Hayley.

Angel schüttelte den Kopf. »Das habe ich irgendwo gelesen.«

Hayley stupste Vernon an. »Verstehst du jetzt, was ich meine? Ein Wunderkind.«

Angel grinste und wandte sich an Dean. »Wir haben heute die persönliche Assistentin vom Fiesling kennengelernt, Onkel Dean.«

»Davon habe ich gehört.«

»Darüber müssen wir nicht noch einmal reden.« Hayley schnitt eine Grimasse, drückte ihre Zungenspitze im Mund nach unten, schob sie gegen die Unterlippe und senkte das Kinn.

»Ist diese Grimasse in Amerika nicht genauso schlimm wie fluchen?«, fragte Angel laut.

»Was hältst du von dem Bürogebäude?«, erkundigte sich Dean.

»Es ist riesig! Wie viele Stockwerke hat es?«, wollte Angel wissen.

»Sag bloß, das weißt du nicht«, neckte Hayley sie.

»Achtzig. Wenn man die Treppe nehmen will, muss man ziemlich fit sein«, erwiderte Dean.

»Und oben angekommen ist man sicher total ausgetrocknet.« Angel hob ihr leeres Glas. »Kann ich noch einen Schluck Cola haben?«

»Ich hole dir etwas.« Vernon stand auf.

»Angel, geh bitte mit ihm. Er hat immer Schwierigkeiten mit der Eismaschine«, forderte Dean sie auf.

»Okay. Vern, können wir Randy aus dem Gästezimmer

lassen, wenn wir mit dem Abendessen fertig sind?« Angel rutschte von ihrem Stuhl.

»Aber nur, wenn ihr ihn von den Kissen fernhaltet«, sagte Dean rasch.

»Na bitte«, sagte Vernon. »Er darf natürlich nicht an den wertvollen Firlefanz.«

Hayley lächelte unwillkürlich. Die beiden Männer hörten sich an wie ein altes Ehepaar. Das gefiel ihr. Sie hatte Dean noch nie so glücklich und entspannt erlebt. Sie wartete, bis Angel im Küchenbereich angelangt war und legte dann Dean eine Hand auf den Arm.

»Passt du bitte heute Abend auf Angel auf? Damit ich ins Vipers gehen und mich nach Michel erkundigen kann?« Hayleys Puls beschleunigte sich. »Den Club gibt es doch noch, oder?«

»Ja, schon, aber …«, begann Dean.

»Ich weiß, Vernon ist zu Besuch, aber es ist schon spät, und sie wird sicher sofort einschlafen, sobald sie sich hingelegt hat.«

Obwohl sie in der Galerie kein Glück gehabt hatte, war Hayley aufgeregt und freute sich auf den Club. Das Vipers – der Ort, an dem sie Angels Vater kennengelernt hatte. Es bestand die Chance, wenn sie auch noch so klein war, dass er sogar dort war. Nur weil inzwischen zehn Jahre vergangen waren, musste sich ja nicht alles geändert haben.

Dean warf einen Blick zu Vernon und Angel hinüber, die beide lachten, als ein paar Eiswürfel aus dem Kühlschrank flogen.

»Sie ist ein ganz liebes Mädchen, und Vernon mag sie. Außerdem habe ich es endlich geschafft, ihr dieses schreckliche Buch wegzunehmen, das wir ihr sonst im Dezember ständig vorlesen mussten.«

»Es macht mir nichts aus, auf Angel aufzupassen, Hay, aber ich mache mir Sorgen um dich. Ich weiß, du tust das für Angel, aber bist du denn wirklich dafür bereit?«, fragte Dean.

Hayley atmete tief durch. Darüber wollte sie nicht nachdenken. Sie musste einfach bereit dafür sein. Schließlich ging es hier nicht um sie.

»Ich weiß es nicht. Ich war nicht bereit für das Ende der Serie *Spooks – Im Visier des MI5*, aber ich musste trotzdem damit klarkommen.«

Dean musterte sie aufmerksam. Sie versuchte zu lächeln und trank rasch einen Schluck Wein.

»Du solltest nicht allein dorthin gehen«, meinte Dean.

»Ich verspreche dir, dass ich nicht mit einem verdächtig aussehenden Kerl mitgehe und schwanger zurückkomme.« Hayley hob die Hand, als würde sie den Pfadfinderschwur ablegen.

»Das ist nicht witzig.«

»Ich weiß, aber ich tue es für Angel.« Sie seufzte. »Ich habe kein geheimes Verlangen danach, Michel wiederzusehen.«

Dean warf ihr einen misstrauischen Blick zu.

»Warum schaust du mich so an?«

Er seufzte. »Wie viele Freunde hattest du nach Michel?«

»Komm schon. Ich habe eine neunjährige Tochter.« Sie sah zur Küche hinüber. Vernon und Angel verzierten das Glas Cola mit einem Papierschirmchen, Strohhalmen und Fruchtstückchen.

»Es gibt also niemanden?«

»Es ist mir unangenehm, darüber mit meinem Bruder zu reden.«

»Hayley …«

»Also gut, es gab ein paar Männer in meinem Leben. Mit einigen war ich zum Abendessen verabredet, und ein paar habe ich nach Hause begleitet.« Ihre Gedanken wanderten zu Greg. »Und ich hatte einen Kollegen, der verzweifelt versucht hat, meine Falten auszubügeln und so weiter.«

»Was?«

Hayley seufzte. »Es hat niemanden gegeben, der mir so wichtig war, dass ich ihn Angel vorstellen wollte.«

»Warum nicht?«

»Ganz sicher nicht deshalb, weil ich immer noch hoffe, mit einem Mann wieder zusammenzukommen, mit dem ich vor zehn Jahren einen halben Abend, eine Nacht und einen halben Vormittag verbracht habe«, schnaubte sie und stach ihre Gabel in eine kleine Tomate.

»Versteh mich nicht falsch, du hast natürlich ein Recht darauf, dich auf Angel zu konzentrieren, aber …«, setzte Dean zu einer Erwiderung an.

»Schaut mal, was Vernon für mich gemacht hat!« Angel hielt ein geriffeltes Glas mit Cola in die Höhe, das mit allem nur erdenklichen Beiwerk geschmückt war. Gerade noch gerettet – durch ein Glas Cola.

»Wir dachten, das passt gut zu Onkel Deans Kissen«, merkte Vernon an und setzte sich wieder auf seinen Stuhl.

»Sehr witzig.« Dean grinste.

»Gefällt es dir, Mum?« Angel zeigte Hayley das Glas.

»Es würde sehr gut in einen Nachtclub passen«, antwortete sie und schaute dabei Dean herausfordernd an.

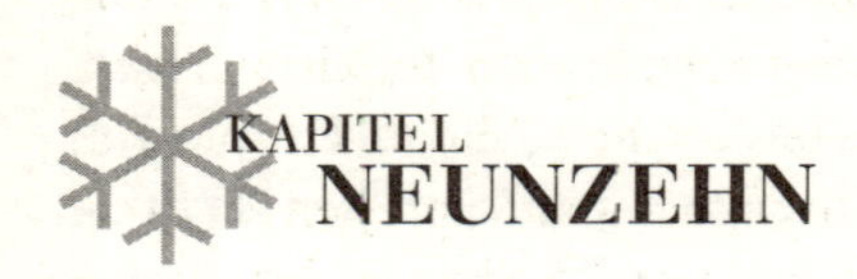

KAPITEL NEUNZEHN

Dean Walkers Apartment, Downtown Manhattan

Hayley betrachtete sich in dem goldgerahmten Ankleidespiegel im Schlafzimmer. Das marineblaue Wollkleid war zwar perfekt für das Nordpolklima vor der Tür, aber unter den Strahlern des Nachtclubs würde sie darin vor Hitze umkommen. Also hatte sie die langen Ärmel abgetrennt und die Schnittstellen vernäht. Nun sah das Kleid so aus, als wäre es schon immer so gewesen. Eine von Angels Haarspangen mit weißen Blüten diente als Applikation, und sie hatte ihr Haar, so gut es ohne professionelle Hilfe ging, in Form gebracht. Der Stil erinnerte ein wenig an Rachel Riley, und das musste reichen.

Sie nahm die kleine silberne, mit Pailletten besetzte Clutch vom Bett. Als sie sechzehn war, hatte ihre Mutter ihr diese Tasche in einem schicken Laden gekauft, in den man sich nur traute, wenn man dort tatsächlich etwas kaufen konnte. Es war eine der wenigen Gelegenheiten gewesen, wo die beiden auf einer Wellenlänge waren.

Hayley fuhr mit der Hand leicht über den Magnetverschluss, bevor sie die Tasche öffnete. Darin befand sich gerade genug Platz für Geld, einen Schlüssel, ein oder zwei Kreditkarten, einen Lippenstift, Puder und Parfüm – und das einzige Foto, das sie vom Vater ihrer Tochter besaß.

Sie zog das Bild heraus, das sie Carl in der Galerie gezeigt hatte, und strich die Ecken glatt. Da war sie, jung, lebendig, ihr Haar schimmerte, ihr breites Lächeln zeigte ihre Freude am Leben. Vielleicht hatte es auch nur am Tequila gelegen.

Und neben ihr war Michel zu sehen. Michel De Vos. Ein belgischer Künstler, der hoffte, es in der großen Stadt zu schaffen. Zumindest hatte er ihr das erzählt. Sie hatte seine schokoladenbraunen Augen genauso bewundert wie seinen Akzent und ihm aufmerksam zugehört, als er von seinen Zukunftsplänen erzählt hatte. Dabei hatten sie eine Flasche Sekt getrunken und danach noch ein paar Gläser Wodka geleert. Sie hatten getanzt und laut und falsch gesungen, und dann hatte er sie nach ihren Plänen gefragt.

Hayley setzte sich seufzend auf das Bett. Sie ließ die Finger über das Bild gleiten, über Michels dunkle Haare, und hörte dabei in Gedanken alles, worüber sie in jener Nacht gesprochen hatten. So, als würde sie ihre Lieblings-DVD anschauen, die sie von Zeit zu Zeit immer wieder hervorholte. Sie hatte ihm ihre geheimsten Wünsche verraten. Ihm von ihrem Traum erzählt, Modedesignerin zu werden. Dass sie das College beenden würde und danach Erfahrung bei einem Modehaus in London sammeln und an Designermodellen arbeiten wolle, bis sie eine Chance bekam, ihre eigene Linie zu entwerfen.

Und er hatte ihr zugehört und sie angesehen, als läge ihr die ganze Welt zu Füßen. Für ihn war sie ebenfalls eine Künstlerin, und er glaubte fest daran, dass sie schon bald Kleider für Hillary Clinton entwerfen würde. Sie hatte gelacht und gesagt, dass ihr eher jemand wie J. Lo vorschwebte.

Modedesignerin. Jetzt klang das beinahe lächerlich. Sie war schwanger geworden, hatte sich von ihrer enttäuschten Mutter anhören müssen, dass sie das vorausgeahnt habe, und sich einen Job in einer Gummistiefelfabrik besorgt.

War Michel noch Künstler? Hatte er seine Träume verwirklichen können? Wenn ja, dann wäre sie neidisch. Wenn nicht, wäre sie enttäuscht. Aber es ging nicht um sie, sondern um Angel.

Sie schob das Foto zurück in die Tasche und klappte sie zu.

Vipers Nachtclub, Downtown Manhattan

»Sie kommen sicher gleich wieder hierher.« Tony starrte auf die Gruppe der Frauen, die zu einem Song von David Guetta tanzten.

Oliver lehnte sich gegen die dunkle Holztäfelung und ließ den Blick über die Tanzfläche schweifen. Das Bier schmeckte ihm, und allmählich entspannte er sich ein wenig. Das tat gut.

»Also, wie wollen wir vorgehen?«, brüllte Tony Oliver ins Ohr.

»Was?«

»Ich sagte, wie wollen wir vorgehen«, wiederholte Tony noch lauter.

»Ich habe schon gehört, was du gesagt hast, aber ich weiß nicht, was du meinst.«

»Na ja, soll es auf ein Doppeldate hinauslaufen, oder gehen wir einzeln vor?«

»Gemeinsam ist man immer stärker.«

»Ja schon, aber meistens kriegst du dann beide ab.«

Oliver schüttelte den Kopf. »Das war nur ein Mal der Fall.«

»Und noch einmal wird mir das nicht passieren!« Tony öffnete den obersten Knopf seines Hemds und fuhr sich mit der Hand durch das dichte schwarze Haar. »Bis später!« Er winkte Oliver zu, ging auf die Tanzfläche und wackelte mit dem Kopf wie ein aufgeregter Emu.

Oliver lachte und beobachtete, wie sein Freund sich an das Objekt seiner Begierde heranmachte.

»Ich weiß, wer Sie sind.«

Die Blondine, die ihm vorher ins Auge gefallen war, stand plötzlich so nahe vor ihm, dass er ihre Körperwärme spüren konnte.

Er straffte die Schultern. »Ach ja?«

Sie nickte. »Sie sind Oliver Drummond. Ich habe Ihr Bild in der *New York Times* gesehen.«

»Und wo habe ich Sie schon einmal gesehen? Vielleicht auf einer Reklametafel?«, schäkerte er und stellte sein Bier ab.

»Wie nett. Sind Sie allein hier?«

Er schaute sich nach beiden Seiten um und schenkte ihr dann ein Lächeln. »Theoretisch schon«, erwiderte er. »Aber bei diesem vollen Haus kann man das so nicht sagen.«

»Sind Sie an Gesellschaft interessiert?«

»Sie haben mir noch nicht einmal Ihren Namen verraten.«

»Laden Sie mich auf einen Drink ein, dann hole ich das vielleicht nach.« Sie lächelte ihn selbstsicher an, und er nickte zustimmend. Sie war gut. Eine geübte Spielerin. Mit ihr konnte er den Tag wieder in die richtige Spur bringen. Und die Nacht.

»Was möchten Sie trinken?«

Schon als sie durch die Eingangstür des Vipers ging, überfielen sie etliche Erinnerungen.

Hayley betrat den Hauptraum des Clubs und wurde sofort von der Musik mitgerissen. Der dröhnende Bass des bekannten Titels versetzte sie in Gedanken zehn Jahre zurück.

Ihr erster Besuch in einem New Yorker Nachtclub. Sie hatte sich so erwachsen gefühlt in ihrem neon-pinkfarbenen Minikleid, mit dem glänzenden Haar und den paar Dollar in der Tasche, die sie für ihr Vergnügen ausgeben wollte. Dean hatte sie zu irgendeinem Song von Whitney Houston auf die Tanzfläche gezerrt. Sie wirbelte herum und drehte sich und war schon nach einer Stunde vom Wodka beschwipst. Wobei sie mit Alkohol noch eher vertraut gewesen war als mit Männern. Manche Dinger änderten sich eben nie. Selbst dieser Club hatte sich kaum verändert. Sie erinnerte sich noch gut an die dunkle Holzvertäfelung, die Spiegelfliesen waren jedoch neu, und die nicht verspiegelten Wände waren jetzt in einem satten Pflaumenblau gestrichen. Der Raum wirkte wie ein elegantes Boudoir, in dem nur ein wenig Dekoration die Gäste darauf hinwies, dass Weihnachten vor der Tür stand.

Sie blieb stehen und schaute sich an, was die Nachtclubbesucher im Jahr 2015 trugen. Hot Pants und enge Jeans, kurze Kleider mit Pailletten und Glitzer. Die Männer bevorzugten schicke Jeans oder Anzughosen und Hemden statt T-Shirts. Das Vipers war ein wenig vornehmer geworden. Grund Nummer 45, warum Weihnachten in New York besser war: In der Modewelt war alles möglich. Das war einer der Gründe, warum ihr diese Stadt so gut gefiel. Hier herrschte keine Gleichförmigkeit, jeder konnte sich ausdrücken, wie er wollte, anders sein, ohne sich dafür schämen zu müssen. *Freiheit.* Vielleicht ging sie bei ihrem Ideenbuch zu hart mit sich selbst ins Gericht. Möglicherweise sollte sie alles etwas entspannter sehen.

Michel war an dem Abend, an dem sie sich kennengelernt hatten, sehr entspannt gewesen. Sie wusste noch genau, was er getragen hatte. Eine verblichene Bluejeans mit ausgefransten Ränder, die über seine Converse Chucks im Retrolook hingen. Sein T-Shirt hatte perfekt gesessen, und das war ihm bewusst gewesen. Vorne war ein Slogan aufgedruckt gewesen, und das hatte ihr damals gefallen. *Ich schieße Leute ab*, hatte da gestanden, und darunter war eine Kamera abgebildet. Ihr kindliches Gemüt hatte das erheitert. Und wenn sie ehrlich war, fand sie das immer noch lustig.

Hayley ging zur Bar hinüber und konnte beinahe schon den Wodka Cranberry schmecken. Der Club war voll, und vor der Bar drängten sich die Leute und warteten darauf, dass ihnen einer der Barkeeper Aufmerksamkeit schenkte. Wenn jemand es geschafft hatte, sich nach vorne zu schieben und seine Bestellung aufzugeben, bekam er ein missmutiges Stöhnen zu hören. Hier bestand offensichtlich Verdurstungsgefahr.

Hayley hob einen Zehndollarschein und schwenkte ihn vor der Nase eines vorbeilaufenden Barkeepers durch die Luft.

»Mit einem Hundertdollarschein funktioniert das meiner Erfahrung nach besser.«

Sie wirbelte herum. Hinter ihr stand Oliver Drummond. *Clark*. In einer dunkelgrauen Hose und einem makellosen, weißen Hemd, am Kragen geöffnet. Und seine Augen hatten die Farbe von ungeschälten Pistazien. Sie konnte den Blick nicht von ihm abwenden, während sie den leicht moschusartigen Duft seines Rasierwassers wahrnahm.

»Hallo, Lois«, grüßte er sie.

Sie zwang sich zu einem Lächeln. Ach, jetzt erkannte er sie sogar? »Schau an, Superman. Ich habe schon daran gedacht, Sie zu rufen, aber ich war mir nicht sicher, ob das Bedürfnis nach einem Wodka Cranberry ausreicht, um Ihre Dienste in Anspruch zu nehmen.«

»Das kommt wohl darauf an, wie dringend dieses Bedürfnis ist.«

»Es ist schon eine Stunde her, dass ich zwei Gläser eines italienischen Weins getrunken habe, dessen Namen ich nicht aussprechen kann.«

»Es überrascht mich, dass Sie nicht die Notrufnummer gewählt haben.« Oliver hob die Hand, und der Barkeeper blieb sofort vor ihm stehen, um seine Bestellung entgegenzunehmen.

»Eine Flasche Budweiser, eine Weißweinschorle und einen Wodka Cranberry.«

»Moment, halt. Keine Weißweinschorle für mich«, warf Hayley rasch ein.

Er grinste. »Sie ist nicht für Sie.«

»Ah, Sie haben also schon einen Ersatz für die Dame von gestern Abend gefunden.« Sie lächelte. »Werden Sie dieses Mal bis zum Ende durchhalten?«

Er ignorierte ihre Frage. »Vielen Dank dafür, dass Sie mein Jackett zurückgebracht haben.«

»Kein Problem.« Sie hielt kurz inne und sprach dann lauter weiter, um sich bei der dröhnenden Musik verständlich zu machen. »Na ja, ein kleines Problem ergab sich schon. Die Rezeptionistin dachte anscheinend, ich sei eine Ihrer Eroberungen, die Ihnen Ihr uneheliches Kind vorstellen wollte.«

Er war nicht sicher, ob er lächeln oder eine Grimasse schneiden sollte, und der Gesichtsausdruck, der dabei herauskam, war sicher nicht sehr schmeichelhaft für ihn.

Er sah, wie Hayley den Mund wie eine Cartoonfigur aufriss. »Wow, soll das heißen, das ist tatsächlich schon passiert?«

Er nickte und reichte dem Barkeeper das Geld für die Drinks. »Schon mehrmals.«

»Du meine Güte.«

»Und ich möchte gleich hinzufügen, dass keines dieser Kinder von mir war.« Er reichte ihr lächelnd ein hohes Glas mit einer roten Flüssigkeit.

»Gut zu wissen.«

»Sind Sie hier mit jemandem verabredet?«

Hayley schüttelte den Kopf. »Nein … Ich wollte mir nur einen früheren Lieblingsort mal wieder anschauen.«

»Dann waren Sie also schon hier«, stellte er fest.

»Vor vielen Jahren.«

Ihm fiel auf, dass sie auf das Glas Weißwein in seiner Hand starrte. Verflixt, die Blondine hatte er total vergessen.

»Ich sollte Sie nicht länger aufhalten, damit Sie Ihrem Date den Drink bringen können«, sagte Hayley, als könne sie Gedanken lesen.

»Das ist kein Date«, entgegnete er rasch und fuhr sich mit der Zunge über die Lippen.

»Ist das Ihre Entschuldigung, wenn Sie sich mal wieder aus dem Staub machen?«

»Das war eine einmalige Sache.«

»Dann handelt es sich um eine geschäftliche Verabredung?« Sie senkte die Stimme und rückte ein Stück näher. »Geht es um den Globe?«

Er wich verblüfft zurück. Was wusste sie über dieses absolut vertrauliche Thema?

»Ich habe keine Ahnung, wovon Sie sprechen«, erwiderte er prompt.

Sie wusste über seine Geschäfte Bescheid. Ihre Begegnung in dem chinesischen Restaurant war nicht zufällig gewesen, und diese war es sicher auch nicht. In ihm schrillten alle Alarmglocken, und er sah sie misstrauisch an. War sie von der Konkurrenz oder von der Presse?

»Tut mir leid, das geht mich natürlich nichts an«, sagte sie. »Aber Sie haben meinem Bruder die Projektleitung übertragen, und darüber hat er sich sehr gefreut.«

Er runzelte verwirrt die Stirn, bis er plötzlich alles begriff. Deshalb war ihm Dean Walker so bekannt vorgekommen – er hatte ihn in dem chinesischen Lokal gesehen, zusammen mit Lois und dem plappernden kleinen Mädchen. Erleichterung durchflutete ihn.

»Ha! Sie haben gedacht, ich sei eine Spionin von Apple, richtig?« Sie starrte ihn mit weit aufgerissenen Augen an. »Und dass ich Sie bei einigen Drinks über das nächste große Projekt aushorchen wolle.«

Er schüttelte den Kopf. »Natürlich nicht.«

Sie lachte. »Sie sind so blass geworden, als hätte ich Kryptonit in meiner Handtasche.«

Er versuchte, sich zu fangen. »Und woher soll ich wissen, dass das nicht tatsächlich der Fall ist?«

Sie hob die Hände. »Ich komme in Frieden. Keine für einen Superhelden gefährlichen Substanzen, und keine Verbindung zur Mafia, das schwöre ich.«

Oliver wollte endlich das Glas Weißwein loswerden. Er warf einen Blick hinüber zu der Blondine auf der Tanzfläche. Kein Vergleich. Diese Engländerin war witzig und ziemlich resolut. Eine Herausforderung – das gefiel ihm.

Er räusperte sich. »Warten Sie hier. Ich bin in einer Minute zurück.«

KAPITEL ZWANZIG

Vipers Nachtclub, Downtown Manhattan

Was machte sie hier eigentlich? Sie beobachtete einen Milliardär, den Boss ihres Bruders, einen der begehrtesten Junggesellen der Welt dabei, wie er einer anderen Frau einen Korb gab … wegen ihr. Ihr Herz klopfte heftig. War sie komplett verrückt geworden? Sie hatte ihre Lektion doch schon vor zehn Jahren gelernt und wusste, was es bedeutete, wenn man sich in diesem Nachtclub auf eine Beziehung einließ. Das war nicht der richtige Ort, um etwas Langfristiges zu beginnen. Er war verhext. Und sie war nicht auf der Suche. Und nicht darauf aus, mit für sie vollkommen unpassenden Männern etwas zu trinken. Mochten sie auch noch so heiß sein. Und heiß war er tatsächlich. Von oben bis unten. Und wahrscheinlich auch an den Stellen, die zwar ihren Blicken verborgen blieben, aber ihre Fantasie beschäftigten. Das war doch verrückt.

Sie ging rasch über die Tanzfläche auf einen großen, kahl geschorenen Mann um die vierzig zu. Sein Oberkörper war so breit wie ein Panzer, er kaute Kaugummi und trug einen Ohrhörer. Ein Türsteher könnte sich vielleicht an Michel erinnern. Möglicherweise hatte er vor zehn Jahren schon hier gearbeitet. Sie zog das Foto aus ihrer Tasche.

»Entschuldigung«, schrie sie gegen die Musik an.

Er beugte sich vor und hielt ihr das Ohr hin, in dem kein Stöpsel steckte.

»Kennen Sie diesen Mann?« Sie streckte ihm das Bild entgegen. »Er war früher öfter hier, und … ich suche ihn.«

Der Türsteher nahm das Foto in die Hand und betrachtete es mit zusammengekniffenen Augen.

»Sind Sie seine Frau?«

»Nein … natürlich nicht«, erwiderte Hayley schuldbewusst.

Er gab ihr das Foto zurück. »Ich bin mir nicht sicher. Ich sehe jeden Tag eine Menge Leute, Süße.«

»Das ist mir klar.« Sie seufzte. »Es wäre nur sehr wichtig … wirklich wichtig. Ich müsste ihn dringend sprechen.« Sie schob ihm das Foto wieder hin. »Könnten Sie noch einmal einen Blick darauf werfen?«

Der Türsteher schaute sich das Foto noch einmal an und schüttelte wieder den Kopf. »Ich kann mich nicht an ihn erinnern, tut mir leid. Sie sollten Artie an der Bar fragen.« Er schniefte. »Aber der ist heute nicht da.«

Hayley umklammerte das Glas in ihrer Hand und zwang sich zu einem Lächeln. »Vielen Dank.«

Sie drehte sich um und sah Oliver auf sich zukommen. Er musste noch an einigen Grüppchen vorbei. Wenn sie jetzt losrannte, könnte sie in wenigen Sekunden durch die Tür hinauslaufen und in der Dunkelheit verschwinden. So wie er am Hinterausgang des Asian Dawn. Aber das entsprach nicht ihrer Art. Außerdem glaubte sie inzwischen, dass Oliver vielleicht doch kein so schlechter Mensch war. Ein gefühlloser Kontrollfreak hätte ihrem Bruder nicht die Leitung eines wichtigen neuen Produkts anvertraut.

Und warum sollte sie ihr Leben nicht eine Stunde lang genießen? Wenn ein Milliardär ihr ein paar Drinks spendieren wollte, warum sollte sie ihn davon abhalten?

Er drängte sich durch die Menge und kam näher. Sie würde sich noch einen Drink genehmigen. Und dann würde sie den Barkeepern Michels Foto zeigen.

Sein Lächeln war wohltuend warm. Er streckte die Hand aus und deutete auf die Tische zu ihrer Linken, wo es ein wenig ruhiger war.

»Sollen wir uns setzen?« fragte er.

»Nach Ihnen, Clark.«

»Also gut, wie wird man Milliardär?«

Er lächelte und beobachtete, wie sie einen großen Schluck von ihrem Drink nahm und ihn mit glänzenden Augen anstrahlte.

»Haben Sie *Fifty Shades of Grey* nicht gesehen?«

Ihre Wangen röteten sich leicht, als sie ihm in die Augen schaute. »Weder in dem Film noch in dem Buch ging es wohl in erster Linie um Christian Greys *berufliche* Position.«

Er beugte sich zu ihr vor. »Was genau wollen Sie wissen?«

Oliver beobachtete, wie sie schluckte und ihre Lippen befeuchtete.

»Ob es jetzt auch einige rote Zimmer in Ihrem Haus gibt.«

Er lachte lauthals und ungezwungen. Sein Magen zog sich dabei auf eine ihm unbekannte Weise zusammen. Er gab sich Mühe, ernst zu bleiben, als er ihr antwortete. »Und wenn das so wäre?«

»Jedem das Seine, aber für mich ist das nichts. Ich war einmal auf einer dieser Sextoy-Parties und wurde bereits nervös, als sie etwas davon erzählten, dass einige der Spielzeuge ein wenig aufpoliert worden seien.«

Oliver grinste. Sie war offen und ehrlich und spielte keine Spielchen. Das fand er sehr erfrischend.

Er trank einen Schluck von seinem Bier. »Ich habe die Firma von meinem Vater geerbt.«

»Alter Geldadel. Dann sind Sie sicher ein Herzog?«

»Nicht, dass ich wüsste, aber das wäre toll.«

»Und etwas ganz anderes als die Superman-Geschichte. Ziehen Sie sich ab und zu mal ein solches Kostüm an?«

Er grinste und griff wieder nach seiner Bierflasche. »Nur am Wochenende.«

»In dem roten Zimmer.«

»Und ich dachte, das würde für immer mein Geheimnis bleiben.«

Jetzt musste sie lachen, und es gefiel ihm, wie sie ihre Wangen dabei nach oben zog und ihre Augen vor Vergnügen zusammenkniff. Plötzlich verspürte er körperliches Verlangen. Er zupfte an dem Flaschenetikett und zog einen Streifen davon ab.

»Leider hält mich mein Job tagsüber davon ab, die Stadt zu retten.« Er lächelte. »Mein Vater hat ohne die Hilfe eines eng anliegenden Kostüms dazu beigetragen, die Computerindustrie in den 80er-Jahren zu revolutionieren. Ich habe einen Großteil meiner Kindheit damit verbracht, ihm beim Löten von Motherboards zuzuschauen.«

»Ist das gut oder schlecht?«

»Damals hätte ich meine Zeit lieber damit verbracht, mir Footballspiele anzuschauen.«

»Und jetzt?«

Er nickte. »Das würde ich auch heute noch oft bevorzugen.«

»Dann sind Sie also nicht nur auf Ihre Arbeit fixiert?«

Unbehagen beschlich ihn, als er an seinen Job dachte. An

die Milliarden Dollar, mit denen er jonglierte, an seine Angestellten, für die er verantwortlich war. Das war eine große Last für ihn. Er liebte seine Arbeit nicht so sehr wie sein Vater. Er war kein so außergewöhnlicher Mensch wie sein Bruder, er tat einfach nur sein Bestes. Jetzt hing alles an dem Globe. Das Projekt durfte nicht scheitern. Wenn er es nicht umsetzen konnte, wusste er nicht, wie es weitergehen sollte.

Er lächelte und versuchte rasch, sich wieder zu fassen, bevor sie ihm etwas anmerkte. »Nur Arbeit und gar kein Vergnügen ist nicht mein Stil.«

»Wenn das nur Ihre Angestellten hören könnten.«

Der Wodka Cranberry stellte merkwürdige Sachen mit ihrer Zunge an. Sie redete grundsätzlich gern, aber normalerweise trat sie dabei nicht ständig ins Fettnäpfchen.

»War ich ein Gesprächsthema bei dem Abendessen, zu dem Sie den Wein mit dem unaussprechlichen Namen getrunken haben?«

Sein Ton hatte eine gewisse Schärfe, und sie schüttelte rasch den Kopf. »Nein, natürlich nicht. Dean ist nicht so.« Sie sprach hastig weiter. »Er ist sehr fleißig und der intelligenteste Mensch, den ich kenne. Und sehr verschwiegen. Absolut diskret. Das war er schon immer.« Sie hoffte, damit die Situation gerettet zu haben.

»Bei der Markteinführung des Globe ist er hoffentlich alles andere als diskret. Ich will mehr Presse haben als die Stars auf dem roten Teppich bei einer Oscarverleihung.«

»Und ich hätte nichts gegen eines dieser Kleider einzuwenden.«

Sie griff unwillkürlich nach der Haarspange an ihrem Ausschnitt und fuhr dann mit den Fingern über die Stelle, wo sie den Ärmel abgeschnitten und den Stoff nicht mehr hatte einsäumen können. Sie räusperte sich. »Ich habe leider keines im Gepäck. Alles mit Swarovksi-Steinen ist für eine Flugreise einfach zu schwer.«

Er lächelte und ließ den Blick über Angels Haarspange an ihrem Kleid gleiten. Im Spiegel in Deans Apartment hatte die Spange flippig ausgesehen, jetzt wirkte sie plötzlich kitschig. Aber das war ihr gleichgültig. Schließlich war sie an den Männern hier nicht interessiert. Schon gar nicht an diesem. Wer so unhöflich war und seine Dates sitzen ließ, würde auf keinen Fall irgendwelche prickelnden Gefühle in ihr erwecken.

»Sie sind also nur zu Besuch hier?«, fragte er.

»Ich glaube schon ...« Sie fuhr sich mit der Zunge über die Lippen. »Das wollte ich jetzt gar nicht sagen. Ich meine natürlich ja.«

Er sah sie fragend an.

»Ich habe ein Rückflugticket für Anfang Januar.«

Sein Blick machte sie nervös. Sie zupfte an der Blüte auf der Haarspange. »Im Januar fängt der Schulunterricht wieder an.« Sie schluckte. »Sie wissen ja, dass ich eine Tochter habe. Das Mädchen, das Sie als begehrten Junggesellen bezeichnet hat. Das hat Ihnen sicher Ihre persönliche Assistentin erzählt.«

Sie musste endlich aufhören zu plappern.

»Und sie hatte in dem chinesischen Restaurant auch einiges über Hummer zu erzählen«, sagte er.

Hayley lächelte ihn an. »Das haben Sie gehört?«

»Ehrlich gesagt war es kaum zu überhören«, erwiderte er mit einem schiefen Grinsen.

»Ja, sie ist ziemlich laut, eigensinnig und schlauer, als gut für sie ist.«

»Wie heißt sie?«

»Angel.«

»Hübscher Name.«

»Ich glaube, seit sie neun ist, wünscht sie sich, sie wäre nach einer geschichtlichen Figur benannt worden. Wahrscheinlich wird sie sich demnächst in Boudicca umtaufen lassen.«

Olivers herzliches Lachen gefiel ihr. Es klang nett, nicht aufgesetzt oder überheblich, sondern warm und echt. Es fiel ihr schwer zu glauben, dass dieser Mann ein gemeiner Tyrann war, der seine Angestellten knechtete. Aber was konnte man aus einem Lachen schon schließen. Sie setzte ihr Glas an die Lippen.

»Da wir gerade von Namen sprechen …«

»Ja, Clark?«

»Ich kann Sie nicht länger Lois nennen.«

»Warum nicht? Halten Sie nichts von einem Hauch Geheimnis?«

»Sie kennen *meinen* Namen.«

»Nicht ganz.«

Er lehnte sich auf seinem Stuhl zurück und sah sie verblüfft an. »Was?«

»Ich kenne Ihren zweiten Vornamen nicht.« Sie trank einen Schluck. »Da Sie ja fast ein Herzog sind, müssen Sie doch mindestens einen weiteren Vornamen haben. Ist das bei Adligen nicht vorgeschrieben?«

Oliver schüttelte heftig den Kopf, aber er genoss jede Sekunde dieses Schlagabtausches. Er konnte sich nicht daran erinnern, wann er sich zum letzten Mal auf so etwas eingelassen hatte. Wenn er sonst weibliche Gesellschaft suchte, bevorzugte er oberflächliche Konversation, bei der er sich nicht anstrengen musste. *Sag ihr, dass sie hübsch ist. Frag sie nach ihrem Job. Schmeichle ihr.* Aber hier, mit Lois, war er voll und ganz dabei, und nicht, um zu beweisen, dass er das konnte, sondern weil er es so wollte. Ein Schauer überlief ihn; dieser Gedanken jagte ihm eine Heidenangst ein.

Er stützte die Ellbogen auf den Tisch, beugte sich nach vorne und sah Hayley in die Augen.

»Also gut, wie wäre es mit einem Abkommen? Ich bin ein geschickter Verhandlungspartner.«

»Anscheinend sind Sie sehr daran interessiert, meinen Namen zu erfahren.«

»Vielleicht.« Entsprach das der Wahrheit? Sie hatten nur zwei Unterhaltungen geführt.

»Sie zuerst«, forderte sie, als die Musik leiser wurde und ein langsameres Stück anfing.

»Welchen möchten Sie denn wissen?«

Ihre Lippen formten ein kleines »o«, und er grinste unwillkürlich.

Sie fuhr sich mit der Zunge über die Lippen und drehte den Strohhalm in ihrem Glas zwischen Daumen und Zeigefinger. »Ich möchte beide wissen. Es sind doch nicht mehr als zwei?«

»Nein, nur zwei.«

»Puh!«

»Wenn Sie sie beide wissen wollen, verlange ich im Gegenzug Ihren Vornamen und noch eine Information.«

Sie verschränkte die Arme vor der Brust. »Nur, weil ich keine weiteren Vornamen habe? Was ist das denn für eine Bedingung?«

»Die einzige, auf die ich mich einlasse.«

»Und …« Sie unterbrach sich und saugte an ihrem Strohhalm. »Was wollen Sie sonst noch wissen?«

Er hatte diese Worte schon so oft gesagt. Vielleicht zu

oft. Aber dieses Mal war er tatsächlich an der Antwort interessiert. Er zog ein weiteres Stück von dem Flaschenetikett ab, ohne sie aus den Augen zu lassen, und atmete tief durch. »Wenn Sie sich etwas wünschen dürften, was wäre es?«

»Ist einer Ihrer weiteren Vornamen etwa Flaschengeist?«

»Ich meine es ernst.«

»Ich auch.«

»Ich verrate Ihnen keinen meiner weiteren Vornamen, solange ich keine Antwort bekommen habe.«

Die Art und Weise, wie er sie anschaute, brachte ihren Magen in Aufruhr. War das tatsächlich sein Ernst? Sie griff automatisch nach ihrer silbernen Clutch und legte die Hand auf den Verschluss. Sie könnte ihm sagen, dass sie sich ein Kleid von der Art wünschte, wie Lady Gaga sie trug. Oder dass sie gern ein Kleid für Lady Gaga entwerfen würde. Das wäre realistisch, aber nicht die Wahrheit. Im Augenblick wünschte sie sich nur eines. Aber sollte sie das wirklich Deans Boss verraten?

Hayley atmete tief durch, schloss die Augen und stieß die Worte rasch hervor.

»Mein Name ist Hayley, und ich würde gern den Mann finden, mit dem ich vor zehn Jahren einen One-Night-Stand hatte.«

Sie schlug die Augen auf, um Olivers Reaktion zu sehen. Er schaute sie mit unbewegter Miene an und spielte mit dem Papierstreifen, den er von der Flasche gezogen hatte.

Ihr Herz hämmerte wie wild, während sie auf seine Antwort wartete. Aber was sollte er darauf schon sagen? Sie hatte einen netten Flirt im Keim erstickt.

Er trank einen Schluck von seinem Bier und stellte die Flasche zurück auf den Tisch. »Richard und Julian.« Er nickte. »Jetzt sind wir quitt.«

KAPITEL EINUNDZWANZIG

Vipers Nachtclub, Downtown Manhattan

Oliver beobachtete Hayley. Sie stand auf Zehenspitzen an der Bar und zeigte das Foto herum, das sie vor ein paar Minuten aus ihrer Handtasche gezogen hatte. *Michel* aus Belgien – so hatte sich der Kerl vor zehn Jahren bei ihr vorgestellt. Er konnte ihn nicht ausstehen, was natürlich vollkommen absurd war. Schließlich kannte er ihn gar nicht. Aber *Michel* hatte sie gekannt. Lois. Hayley. Der sogenannte Künstler mit dem zerzausten dunklen Haar war schon am ersten Abend mit ihr intim geworden. Warum ärgerte ihn das? War er nicht auch mit einigen Frauen schon bei der ersten Begegnung im Bett gelandet? Er schluckte. Eigentlich mit fast jeder Frau in seinem Leben. Wie konnte er sie da verurteilen?

Das war doch verrückt. Was wollte er überhaupt von ihr? Warum hatte er sich mit ihr eingelassen, anstatt den Abend mit einer flüchtigen Bekanntschaft wie der Blondine zu verbringen? Sie wusste, was sie wollte, und er hätte einfach seinen Spaß haben können. Aber das wären dann schon zwei aufeinanderfolgende Dates, die eigentlich keine Dates waren. Ein sich wiederholendes Verhalten. Ein Muster. Und das war nicht seine Art. Zumindest hatte er Hayley das gesagt. Er würde wie ein Feigling dastehen. *Schwach*. Sein Herz begann zu hämmern, und er zwinkerte heftig.

Oliver warf wieder einen Blick zu Hayley hinüber; sie

zeigte immer noch das Foto herum. Er sollte Tony suchen. Vielleicht befand sich sein Freund in einer ähnlichen Klemme wie er. Oder auch nicht. Falls Tony bei der Brünetten hatte landen können, würde er nicht wollen, dass Oliver ihn störte. Er könnte einfach gehen. Warum tat er es nicht, sondern starrte sie immer noch an? Er ließ sich nicht näher mit Frauen ein. Eine feste Beziehung kam nicht in Frage.

Er beobachtete, wie sie sich umdrehte. Ihr Gesicht war leicht gerötet, und ihr Haar wippte bei jedem Schritt auf und ab. Er atmete tief aus, als sie näherkam. Noch war es nicht zu spät. Er konnte sich immer noch rasch verabschieden.

»Niemand hat ihn erkannt«, berichtete Hayley und ließ sich auf ihren Stuhl fallen. »Aber der Türsteher meinte, dass ein gewisser Artie schon seit längerer Zeit hier arbeite und mir vielleicht helfen könne.«

Er nickte, obwohl er keine Ahnung hatte, warum. Es gefiel ihm überhaupt nicht, wie sich die Dinge entwickelt hatten.

»Aber leider arbeitet er heute Abend nicht.« Hayley schob das Foto seufzend wieder in ihre Handtasche.

»Das war's dann wohl«, meinte Oliver schließlich.

Seine tonlose Stimme ließ sie aufhorchen. Trotz all der ermutigenden Dinge, die er zu ihr gesagt hatte, als sie ihm von Angels Wunsch erzählt hatte, verstand er sie offensichtlich nicht. Warum sollte er auch? Auch wenn sie jetzt alle seine Vornamen kannte, war er immer noch ein Fremder für sie.

»Er arbeitet am nächsten Freitag«, erklärte sie.

»Gut.«

»Und es gibt noch viele Galerien, bei denen ich es versuchen kann«, fuhr sie fort.

»Viel Glück dabei.«

Sie kniff die Augen zusammen. »Möchten Sie etwas dazu sagen? Sie wirken ein wenig verstimmt.« Sie nahm ihr Glas in die Hand. »Hat mein Wunsch nicht Ihren Vorstellungen entsprochen?«

»Um ehrlich zu sein, nein.«

»Welche Antwort bekommen Sie denn normalerweise auf diese Frage? Warten Sie, lassen Sie mich raten.« Sie lehnte sich auf ihrem Stuhl zurück und legte theatralisch den Handrücken an die Stirn. »Ich wünsche mir … etwas von Tiffany's und eine Nacht in einer Hochzeitssuite mit dir.«

Er rutschte auf seinem Stuhl hin und her, so als habe ihm nicht gefallen, was sie gesagt hatte. Da hatte sie wohl richtig getippt. Es ging ums Geld. Um seine Milliarden, die er natürlich jederzeit ins Spiel bringen konnte. Er hatte mit einem Wunsch gerechnet, den er kaufen konnte.

»Ich verstehe nur nicht, warum Sie Ihre Zeit damit verschwenden wollen, jemanden zu suchen, der seit zehn Jahren aus Ihrem Leben verschwunden ist.«

Er hatte also doch eine Meinung dazu. Und aus seiner Haltung und seinem blassen Gesicht konnte sie schließen, dass ihm die ganze Sache mit Michel nicht gefiel.

»Ich tue das nicht für mich, sondern für Angel«, erklärte sie.

»Das behaupten Sie zumindest.«

»Was?« Sie lachte unwillkürlich auf.

»Sie hat ihr ganzes Leben ohne ihren Vater verbracht, warum also dieses plötzliche Interesse?«

Sie öffnete entsetzt den Mund. Nun setzte bei ihr die Kampf- oder Fluchtreaktion ein. Wie kam er dazu, sich ein Urteil über den Wunsch ihrer Tochter zu erlauben? Er hatte keine Ahnung von der Situation. Sie hätte ihm nichts darüber erzählen sollen. Diese haselnussbraunen Augen sahen nicht mehr so attraktiv aus, wenn sie anklagend zusammengekniffen waren.

»Danke für den Drink.« Hayley stand auf und nahm ihre Tasche in die Hand.

»Sie gehen?«

Einen flüchtigen Moment lang klang er wieder so wie der Mann, mit dem sie das spielerische Geplänkel genossen hatte. Aber sie durfte sich nicht täuschen lassen. Er hielt sie für ein naives Dummerchen, das sich in jungen Jahren hatte schwängern lassen. Vielleicht hatte er sogar recht, aber das musste er ihr schließlich nicht unter die Nase reiben. Das hatte ihre Mutter schon jahrelang getan. Sie hätte sich nicht mit ihm unterhalten sollen, sondern sich stattdessen mit einem Drink an die Bar setzen und die Barkeeper nach Michel fragen sollen … allein.

»Es war nett, Sie kennenzulernen«, erwiderte sie. »Vielleicht sollten Sie die Blondine nach ihrem Wunsch fragen. Möglicherweise landen Sie dann mit ihr in Ihrem roten Zimmer.«

Sie schenkte ihm ein Lächeln und marschierte dann mit hocherhobenem Kopf zum Ausgang.

Oliver fühlte sich, als hätte er eine kräftige Ohrfeige bekommen. Obwohl sie nicht verletzend oder laut geworden war, hatte sie ihm deutlich zu verstehen gegeben, dass er mit seinen Bemerkungen eine Grenze überschritten hatte. Und sie hatte recht. Er hatte sich benommen wie ein Neandertaler, und das wegen eines Mannes, den sie vor Jahren gekannt hatte. Und er hatte nicht einmal Ahnung davon, wie es war, wenn man Kinder hatte. Als er sie nach ihrem

Wunsch gefragt hatte, war er wirklich daran interessiert gewesen, aber als sie offen und ehrlich geantwortet hatte, hatte er ihr daraus einen Vorwurf gemacht. *Idiot.*

Er schob seine Bierflasche zur Seite, stand auf, zog seinen Mantel an und hastete zum Ausgang. So durfte er das nicht stehen lassen, natürlich nur, weil er seinen Ruf nicht ruinieren wollte. Er würde sich entschuldigen. Ihr gute Karten für ein Spiel der Knicks schenken. Nein, das würde sie nicht beeindrucken. Wollte er sie denn beeindrucken? Bisher war ihm das wohl nicht gelungen.

Einer der Türsteher wünschte ihm eine gute Nacht, aber er ignorierte ihn und schob sich an ihm vorbei nach draußen.

Ein eisiger Wind blies ihm entgegen, und Schneegestöber umfing ihn. Er hatte nur einen Gedanken im Kopf – er musste sie aufhalten und sich bei ihr entschuldigen. Aber was dann? Welchen Plan verfolgte er?

Er nahm sich keine Zeit, um weiter darüber nachzudenken. Rasch schaute er nach links und nach rechts und versuchte, Hayley unter den Menschen zu entdecken, die sich auf der windigen Straße vorwärtskämpften. Dann sah er zu seiner Rechten eine Frau mit langem braunem Haar und einem beigefarbenen Mantel.

Sein Herzschlag beschleunigte sich, und Schnee peitschte ihm ins Gesicht, als er losrannte.

»Hayley!« Er erkannte seine eigene Stimme kaum. Sie klang hilfesuchend und verzweifelt.

War das auch wirklich Hayley, die er an dem Haar und dem Mantel zu erkennen glaubte?

Er rief sie noch einmal. »Hayley!«

Sie blieb sofort stehen, als sie in dem beißenden Wind ihren Namen hörte. Oliver Richard Julian Drummond. Warum war er ihr gefolgt? Sie hatte angenommen, dass er inzwischen mit einer Zufallsbekanntschaft ein weiteres Bier trinken und sie nach ihrem geheimsten Wünschen fragen würde. Sie drehte sich um und warf einen Blick die Straße hinunter.

Er lief auf dem Gehsteig auf sie zu. Sein dunkler Wollmantel und sein hellbraunes Haar waren mit Schneeflocken bedeckt. Warum war sie stehen geblieben? Nichts, was er ihr sagen konnte, würde seine Reaktion im Nachtclub entschuldigen. Sie sollte sich wieder umdrehen und weitergehen, aber plötzlich schienen ihre Schuhe im Schnee festzustecken.

Er war jetzt nur noch wenige Meter von ihr entfernt und verlangsamte seinen Schritt. Sie biss sich auf die Unterlippe. Seine Nähe, sein markantes Kinn und seine vollen Lippen lösten merkwürdige Gefühle in ihr aus. Ihr Magen vollführte einen Looping wie ein Flugzeug bei einem Kunstflugmanöver.

Er blieb vor ihr stehen, zitternd vor Kälte, und zog seinen Mantelkragen enger zusammen, als könne er so den Elementen trotzen.

»Ich muss los«, sagte Hayley rasch. »Ich möchte Dean nicht allzu lang mit Angel allein lassen.«

»Natürlich. Ich möchte mich entschuldigen.«

Sie verschränkte die Arme vor der Brust, während der Wind ihr Haar hochwirbelte und in jede Pore ihres Körpers zu dringen schien. »Das ist nicht nötig.«

»O doch, das ist es.« Er hielt eine Hand vor den Mund und räusperte sich. »Ich habe mich wie ein verwöhntes Kind verhalten und Sie verletzt.«

Hayleys Magen zog sich wieder zusammen. Seine Worte beeindruckten sie. Er hätte ihr nicht nachlaufen müssen – er hatte es offensichtlich gewollt. Und welche Gefühle erweckte das in ihr? Sie spürte ein Prickeln, und in ihrem Bauch schien ein Feuerwerk zu explodieren. Aber das spielte keine Rolle. Er benutzte Frauen nur – das hatte sie selbst miterlebt –, und sie gehörte nicht zu den Frauen, die leicht zu haben waren.

Sie schüttelte den Kopf. »Nur weil Sie mir einen Wodka Cranberry spendiert haben, gibt Ihnen das nicht das Recht, über mich zu urteilen. Hätte ich das geahnt, hätte ich meinen Drink lieber selbst bezahlt.«

»Autsch.«

»Wenn Sie mitangehört hätten, wie sehnlich Ihre Tochter sich wünscht, ihren Vater kennenzulernen, hätte Sie genauso gehandelt wie ich.«

Sie steigerte sich viel zu sehr hinein, aber es sprudelte einfach aus ihr heraus. Das Dilemma wegen der Reise nach New York, ihre Liebe zu Angel, wie dumm sie sich vorkam, weil sie auf den ersten Mann hereingefallen war, der ihr ein Glas Wein spendiert hatte. Sie schüttelte wieder den Kopf, aber dieses Mal über sich selbst. Rasch stampfte sie sich den Schnee von den Schuhen.

»Es tut mir leid.« Er strich sich mit der Hand die Schneeflocken vom Haar. »Ich war gereizt.« Er hielt kurz inne. »Und auch egoistisch, wenn ich ehrlich bin.« Er atmete tief durch. »Ich weiß nicht warum, aber … die Vorstellung, dass Sie mit einem Künstler aus Belgien zusammen waren, hat mir nicht gefallen.«

Seine Worte blieben zwischen ihnen hängen. Was bedeutete das? Als sie ihn ansah, spürte sie ihre Nervenenden vibrieren. Sein Blick war fest auf sie gerichtet und machte es ihr unmöglich wegzuschauen. Was geschah hier? Es war beinahe so, als würde ihr Körper gegen sie arbeiten. Alle Sinne waren geschärft und in höchster Alarmbereitschaft; sie lösten eine Kettenreaktion aus, die in ihren Zehen begann und wie ein Blitz durch ihren Körper schoss. Sie konnte nicht mehr atmen, ihr Magen wurde in einen Strudel hineingezogen, ihr Brustkorb zog sich zusammen, und ihre Augen fixierten ihn.

Und der Abstand zwischen ihnen verringerte sich. Sie wusste nicht, ob sie sich zu ihm hinbewegte, ob er auf sie zukam oder ob sie beide gleichzeitig einen Schritt voran taten. Irgendwie kam sie sich vor wie verhext, außer Kontrolle, nicht mehr fähig, ihren eigenen Willen durchzusetzen.

Sein Körper war jetzt ganz nah, sein Gesicht direkt vor ihr. Sie konnte jede seiner Wimpern sehen, die die wunderschönen haselnussbraunen Augen umrahmten, jedes kurze Barthaar an seinem Kinn, seine sanft geschwungenen, sinnlichen Lippen.

Ihr logischer Verstand funktionierte nicht mehr. Sie nahm nur noch seine Nähe und ihre Reaktion darauf wahr. Sie hatte das Gefühl, als würden sich Mäuse in ihrem Magen im Kreis jagen. Und sie verabscheute dieses Gefühl und genoss es zur gleichen Zeit. Das war nicht geplant gewesen. Nun verhielt sie sich wieder so unbesonnen wie vor zehn Jahren. Das war der Boss ihres Bruders. Sie hatte sich erst zweimal mit ihm unterhalten. Und eine dieser Unterhaltungen hatte an einem Notausgang stattgefunden, wo er vor einem Date davonlaufen wollte. Bei der zweiten war Wodka Cranberry im Spiel gewesen. Das war Weihnachtsstimmung im Schnelldurchlauf. Sie musste das sofort beenden und sich wieder auf ihren gesunden Menschenverstand besinnen.

Sein heißer Atem vermengte sich in der eisigen Nachtluft mit ihrem, und von Sekunde zu Sekunde wirbelte Hayley schneller und schneller auf etwas zu, was sie nicht verstand. Ihr Körper bewegte sich wie ganz von selbst, und sie wusste, dass es jetzt passieren würde.

Ihre Lippen trafen sich mit einer Leidenschaft, die sie noch nie zuvor erlebt hatte. Er öffnete sanft ihren Mund mit seinen Lippen, und der Kuss schweißte sie zusammen, während um sie herum dichter Schnee fiel. Ihr Ärger über sein selbstsüchtiges Verhalten war verflogen, und sie wollte nur noch dieses Gefühl festhalten und ihn nie mehr loslassen.

Hayley schloss die Augen, hob die Hand und strich mit ihren eiskalten Fingern sanft über sein Kinn, ohne ihre Lippen von seinen zu trennen.

Eine Autohupe ertönte, und sie wich zurück. Ein Schauder lief ihr über den Rücken, und plötzlich war sie wieder in der Realität angekommen. Was tat sie da nur? Derselbe Nachtclub. Wieder ein Mann, den sie kaum kannte. Das war erst ihre zweite Nacht in New York, und sie küsste einen Mann! Einen Mann, der den Wunsch, den Vater ihrer Tochter zu finden, in Frage gestellt hatte. Man sollte sie offiziell für verrückt erklären. Es musste an dem Wein liegen, dessen Name sie nicht kannte, gefolgt von dem Wodka. Oder am Jetlag.

Sie trat einen Schritt zurück. »Ich muss gehen.«

»Gehen?«

Die Überraschung in seiner Stimme machte sie betroffen. Sie hätte ihn nicht küssen dürfen. Es nicht zulassen sollen, dass er sie geküsst hatte. Es spielte keine Rolle, wer damit angefangen hatte. Sie musste das sofort beenden.

»Ja. Ich muss mich um die Tochter des belgischen Künstlers kümmern, und …« Sie trat rasch noch ein paar Schritte zurück und wirbelte dabei den Schnee unter ihren Füßen auf. »Es war schön, dich wiederzusehen.« Sie wandte sich zum Gehen.

»Hayley, warte«, rief er.

Sie winkte ihm zu. »Gute Nacht, Superman.« Sie ging schnell weiter und versuchte, sich wieder unter Kontrolle zu bringen.

Kapitel Zweiundzwanzig

Drummond Global, Downtown Manhattan

Oliver war schon seit kurz vor sechs Uhr im Büro. Er hatte vier Briefe diktiert und zwei Berichte gelesen, bevor Manhattan allmählich zum Leben erwachte. Nun stand er an den bodentiefen Fenstern und schaute hinaus.

Die Menschen rannten wie Ameisen über die Gehsteige, überquerten Straßen und liefen zielgerichtet über den frisch gefallenen Schnee. Gelbe Taxis reihten sich in den Verkehr ein; Autos mit einem Christbaum auf dem Dach, Schulbusse, Fahrräder – alle waren auf den geraden Straßen zwischen den Hochhäusern unterwegs. Er atmete tief ein. *Hayley.*

Seit sie ihn am Abend zuvor auf der Straße allein gelassen hatte, konnte er an nichts anderes mehr denken. Sie hatten sich geküsst. Er hatte sie geküsst, wie er schon lange niemanden mehr geküsst hatte. Mit Gefühl. Er schüttelte den Kopf und ging zurück zu seinem Schreibtisch. Und dann war sie geflohen. Das war zweifellos gut so.

Er setzte sich auf seinen Stuhl, hob die Arme und verschränkte die Hände hinter dem Kopf. Er hatte sich auf seine ungerechtfertigte Reaktion auf ihren Wunsch entschuldigt, aber das reichte nicht; er hätte mehr tun müssen. Rasch ließ er die Arme sinken und griff nach der Maus. Es war noch nicht zu spät, er konnte noch etwas tun, um sich zu entlasten. Er minimierte Dean Walkers Akte, lud Google hoch und begann zu tippen.

Ein Klopfen an der Tür riss ihn aus seiner Konzentration.

»Herein.«

Die Tür ging auf, und eine blonde Frau kam herein. Sie kam ihm irgendwie bekannt vor. Arbeitete sie für ihn? Wie war ihr Name?

»Guten Morgen, Mr Drummond.« Sie kam auf seinen Schreibtisch zu.

»Guten Morgen.« Er hatte keine Ahnung, was diese Frau in seinem Büro wollte. Vorsichtshalber legte er die Hand auf sein Telefon und ließ einen Finger über der Taste schweben, mit der er den Sicherheitsdienst rufen konnte.

»Clara hat mich gebeten, sie heute zu vertreten, Mr Drummond.«

Mist. Er hatte vergessen, dass er Clara den Tag freigegeben hatte. Und Clara hatte das natürlich vorhergesehen und, tüchtig wie sie war, eine Vertretung besorgt.

»Gut, in Ordnung.« Er zog die Hand vom Telefon zurück. »Ich habe einiges diktiert, was abgetippt werden muss. Ich lasse es Sie wissen, wenn ich sonst noch etwas für Sie habe.« Er wandte seine Aufmerksamkeit wieder dem Bildschirm zu und bewegte den Mauszeiger zum Suchfeld.

»Sir, ich glaube, Sie sollten die Nachrichten lesen.« Sie hielt ihm die Tageszeitung entgegen.

»Danke. Legen Sie die Zeitung auf den Tisch.« Normalerweise las er die Nachrichten auf seinem Telefon, während er sich für einen Kaffee anstellte. Heute Morgen hatte er allerdings nur eine Frau im Kopf gehabt, die gern Wodka Cranberry trank.

»Sie sollten lieber gleich einen Blick darauf werfen, Mr Drummond.«

Er hob den Kopf und sah ihren besorgten Gesichtsausdruck. »Wie heißen Sie?«

Sie warf ihr blondes Haar über die Schulter und fuhr sich mit der Zunge über die Lippen, bevor sie die Zeitung auf seinen Schreibtisch legte. »Mein Name ist Kelly.«

»Nun, Kelly, was ist denn so wichtig, dass ich alles andere liegen und stehen lassen sollte?«

Sie wurde sichtlich nervös. Heute war kein guter Tag. Er war reizbar, weil er nicht genug geschlafen und von einer faszinierenden Frau einen Korb bekommen hatte.

»Sie sind auf der ersten Seite, Sir.«

Sein Brustkorb zog sich zusammen, als er rasch darüber nachdachte, worum es sich handeln könnte. Die McArthur-Stiftung? Ein Bericht über Gesundheitsfragen und Technologie? Der Globe? Bei dem Gedanken, dass möglicherweise Einzelheiten über den Globe an die Presse gelangt waren, begann sein Puls zu rasen. Seine Konkurrenten würden sich ins Fäustchen lachen, wenn sie entsprechende Informationen in die Hände bekamen.

Er zog die Zeitung über den Tisch zu sich heran. Sein Herz schlug hektisch und unregelmäßig.

Das Parfüm, das Kelly trug, stieg ihm in die Nase und in die Augen. Es verursachte ihm Übelkeit. Er drehte die Zeitung um und entfaltete sie. Die Schlagzeile verschlug ihm den Atem.

Ein Wunsch in Manhattan.

Darunter war ein Foto von ihm, das vor einem Monat bei einem Geschäftsessen gemacht worden war. Er überflog den Bericht, und je mehr er las, um so stärker wurde seine Übelkeit. *Eingefleischter Single … erfüllt Wünsche … Tod seines Vaters … Christian Grey … moderner Flaschengeist … Regis Software.*

Ihm war sofort klar, wer ihm das angetan hatte.

Während Zorn in ihm hochstieg, klingelte sein Handy.

Auf dem blinkenden Display erschien Tonys lachendes Gesicht, als wollte sein Freund ihn verhöhnen. Er hob das Telefon auf und nahm den Anruf entgegen.

»Was willst du?«, stieß er wütend hervor.

»Wie ich sehe, hast du es in die Schlagzeilen geschafft, Mann. Jetzt ist deine Masche mit den Wünschen aufgeflogen. Ich frage mich, was du dir jetzt einfallen lässt. Wie wäre es mit Gedankenlesen? Die mystische Kraft der Gedanken. Damit kriegst du sie sicher alle rum.«

Er schloss die Augen. Im Augenblick war er nicht in der Stimmung für den grauenhaften Humor seines besten Freunds. Ihm brach der Schweiß aus. Kelly stand vor seinem Tisch und rührte sich nicht. Seine linke Hand zitterte plötzlich, und er ballte sie rasch zur Faust.

Als er versuchte, sich auf die gerahmte Infografik von 2014 am anderen Ende seines Büros zu konzentrieren, sah er alles wie durch einen Schleier. Die Tortendiagramme und die Kurvenbilder verschmolzen ineinander, sein Atem beschleunigte sich, und er hatte das Gefühl, einen Sack voll Steine auf der Brust zu haben.

»Alles in Ordnung, Mr Drummond?«

Kellys Stimme schien von weither zu kommen. Er öffnete den Mund, aber es kam kein Ton heraus.

»Oliver? Bist du noch dran?«, rief Tony.

Das Telefon fiel ihm aus der Hand.

Auf dem Weg zu Majestic Cleaning, Manhattan

»Au! Du hast mich in den Arm gezwickt«, beschwerte sich Angel und verzog das Gesicht.

»Tut mir leid, aber wir müssen uns beeilen. Grund Nummer 44, warum Weihnachten in New York besser ist: Straßenkünstler. Schau nur!« Hayley streckte den Arm aus. Sie wich rasch nach links einem Fahrradfahrer aus und sprang dann wieder nach rechts, um nicht mit einem Weihnachtsmann zusammenzustoßen, der einen Einkaufswagen vor sich her schob. Aus jedem Geschäft schallte pausenlos Weihnachtsmusik, und überall auf den Gehwegen standen verkleidete Helfer mit Spendenbüchsen. Schneewittchen und die sieben Zwerge tanzten im Kreis, während ein Mann in einem sehr engen Elfenkostüm, das kaum etwas verbarg, mit rauer Stimme das Weihnachtslied »The First Noël« schmetterte.

Sie war zu spät aufgewacht, und jetzt hatten sie nur noch wenige Minuten Zeit, um zum Büro von Majestic Cleaning zu gelangen. Dean war schon früh zur Arbeit gegangen, Vernon und Randy hatten noch vor ihm das Apartment verlassen, also war ihr nichts anderes übriggeblieben, als Angel mitzunehmen.

Angel beschleunigte ihren Schritt und biss dabei in den Bagel in ihrer Hand. »Wohin gehen wir eigentlich? In meinem Reiseführer heißt es, dass man sich die Freiheitsstatue am besten am Nachmittag anschauen sollte.«

Der Lärm dieser Stadt störte Hayleys Konzentration. Musste sie hier die Straße überqueren oder noch weitergehen? Und wo war Norden? Sie blinzelte in die Wintersonne und versuchte, ein Straßenschild ausfindig zumachen.

»Mum, du hörst mir nicht zu.«

»Stimmt. Ich versuche gerade herauszufinden, ob wir hier die Straße überqueren müssen.«

»Wie bitte?«

»Das dunkelgraue Ding vor uns mit Schneematsch und Eis, auf dem die Autos fahren.«

»Ich meinte damit deine Aussprache. Wir sind jetzt in Amerika, also solltest du dich dementsprechend ausdrücken.«

»Da, wo wir jetzt hingehen, sollte ich mich eher so britisch anhören wie … wie …«

»Emma Watson?«

Hayley wandte sich Angel zu. »Genau! Das ist es! Wie Emma Watson.« Sie griff nach Angels freier Hand. »Ich glaube, wir müssen da lang. Es kann nicht mehr weit sein.«

»Also, wo warst du gestern Abend?«

Hayley schluckte. Gestern Abend. Seit ihrer Rückkehr in Deans Wohnung hatte sie pausenlos an Oliver denken müssen. Was zum Teufel hatte sie getan? Warum hatte ihr Verstand sie derart im Stich gelassen? Wie hatte sie es zulassen können, dass ihr offensichtlich unberechenbarer Körper die Kontrolle übernommen hatte? Erst der starke Kaffee aus Deans Maschine hatte sie ein wenig aus ihrer Schockstarre befreit.

»Ich habe … mich mit einem Freund getroffen.« Sie wollte Angel den wahren Grund nicht verraten, warum sie in einen Nachtclub gegangen war. Zumindest noch nicht.

»Du hast einen Freund in New York?«

»Kann man so sagen.« Das würde wahrscheinlich das Interesse ihrer Tochter noch weiter anstacheln. »Und du, junge Dame, solltest mit deinen neun Jahren deine Mutter nicht mehr anlügen.«

Angels Wangen röteten sich. »Onkel Dean hat versprochen, es dir nicht zu sagen.«

»Und du hast mir versprochen, das Buch mit der Geschichte von Alfie und der Spielzeugmaschine nicht mitzubringen.«

»Ich glaube nicht, dass ich das genau so gesagt habe«, erwiderte sie zerknirscht, doch dann glitt ein Lächeln über ihr Gesicht. »Vernon hat sie gefallen.«

»Das ist gut, denn er wird der Einzige sein, der sie dir

vorliest.« Hayley blieb stehen und drehte sich nach links. »O Gott, da ist es.«

Sie standen vor einer schlichten schwarzen Tür mit einem kleinen Messingschild mit der Aufschrift *Majestic Cleaning* in der Mitte. An dem Türpfosten befand sich eine Klingel. Zögernd legte Hayley ihren Finger darauf. Musste sie das wirklich tun? Sie schloss die Augen. Sie brauchte das Geld, und sie musste für alles vorbereitet sein, was die Suche nach Michel noch erfordern würde. Vielleicht musste sie den Rückflug verschieben, falls sie ihn nicht rechtzeitig finden würde. Und Geld gab ihr die Möglichkeiten dazu, das war alles, was sie im Augenblick wollte.

»Majestic Cleaning«, las Angel laut vor.

»Richtig«, bestätigte Hayley.

»Da müssen wir hin?«

Wie sollte sie das Angel nur erklären? Sie wunderte sich ohnehin, dass sie so weit gekommen war, ohne von weiteren Fragen bombardiert worden zu sein.

»Was tun wir hier, Mum?«

Angels Stimme klang so leise und beunruhigt, dass Hayley keine Antwort einfiel. Sie nahm ihre Tochter bei der Hand und schob mit der anderen die Tür auf. »Komm, wir gehen erst einmal raus aus der Kälte.«

»Ich glaube nicht, dass Onkel Dean eine Putzfrau braucht. In seiner Wohnung ist alles blitzblank.«

Sie stiegen die Stufen hinauf, bis sie zu einer weißen Holztür mit einem Messingknauf kamen. Dahinter hörte man eine Frau telefonieren. Sie sprach sehr langsam und drückte sich so gewählt aus, als würde sie eine sehr wertvolle Vase in einer Folge von *Kunst und Krempel* anpreisen.

Hayley hob die Hand und klopfte.

»Herein!«

Hayley wandte sich an Angel. »Kannst du hier warten?«

Angel sah sie an, als hätte sie sie zum Spielen auf die Autobahn geschickt. Trotzig stemmte sie die Hände in die Hüften. »Was ist hier los?«

»Nichts.« Hayley spürte, dass ihre Wangen sich röteten. »Warte hier und rühr dich nicht vom Fleck, okay? Keinen Zentimeter. Und ich verspreche dir, dass wir anschließend zur Freiheitsstatue fahren.«

»Herein!«, wiederholte die Stimme.

Sie schaute Angel bittend an. »Ich bin in fünf Minuten wieder da.«

Ohne Angel Zeit für eine Erwiderung zu lassen, drehte Hayley den Türknauf und schob die Tür auf.

Der Geruch nach Lavendel raubte ihr beinahe den Atem, und sie hatte Angst, husten zu müssen. Eine Frau, kaum älter als sie, erhob sich und ging um den Schreibtisch herum. Sie trug eine kastanienbraune Uniform mit sorgfältig gebügelten Falten. Ihr nussbraunes Haar war zu einem Dutt frisiert und unter einer Haube mit drei Spitzen fast ganz verborgen. Ihre strahlend weiße Bluse war bis oben zugeknöpft, ihr Teint makellos und ihre Lippen schimmernd.

»Hallo, ich bin Rebecca Rogers-Smythe«, begrüßte sie Hayley. »Sie müssen Ms Walker sein.« Die Frau streckte ihr die Hand entgegen.

»Hayley.« Sie bemerkte, dass sie mit betont britischem Akzent sprach, als sie Rebeccas Hand schüttelte. Emma Watson wäre stolz auf sie.

Rebecca ließ Hayleys Hand los und musterte sie von oben bis unten, von ihren Winterstiefeln bis zu ihrem von Schneeflocken bedecktem Haar. Wahrscheinlich hätte sie sich ein wenig mehr Mühe mit ihrem Aussehen geben sollen. Sie hätte sich an Deans ausgefallenem Türschmuck bedienen sollen, oder ein paar Silberknöpfe an ihren Mantel nähen. Zu spät.

»Nun, welche Erfahrungen haben Sie bereits sammeln können?« Rebecca deutete einladend auf einen geschnitzten Stuhl mit Blümchenstoff und kehrte an ihren Schreibtisch zurück.

»Im Putzen?« Hayley nahm Platz und umklammerte mit schweißfeuchten Händen die Stuhllehnen.

»Hier bei Majestic sprechen wir von Raumkosmetik.«

»Verzeihung.« Sie schluckte. »Ich habe in etlichen Bürogebäuden gearbeitet und in einem örtlichen Lokal. Meine letzte Anstellung war in einer chemischen Reinigung.«

»Und Sie haben Referenzen?«

»Ja.«

»Mit Flecken auf Wollstoffen befassen wir uns grundsätzlich nicht.«

»Ach ja?«

»Und wenn Sie Spuren von Erbrochenem oder Fäkalien sehen, rühren Sie sie nicht an, sondern melden sich bei mir.«

Sie hatte den Geruch förmlich in der Nase, aber es gelang ihr, rasch zu nicken. Sich zu Wort melden war kaum möglich.

Rebecca atmete offensichtlich erleichtert aus. »Normalerweise stelle ich ohne Sicherheitsüberprüfung niemanden ein, aber eine meiner Angestellten hat mich vor zwei Tagen verlassen, und ich kann unmöglich meine Stammkunden im Stich lassen.«

»Ich …«

»Ich bezahle in bar. Zehn Dollar die Stunde.«

Hayley schluckte wieder. Zehn Dollar die Stunde. Ein paar Stunden ihres Aufenthalts hier und sie müsste ihre eiserne Reserve nicht angreifen, um die Eintrittsgebühren für all die Sehenswürdigkeiten zu bezahlen, die Angel sehen wollte. Und was darüber hinausging, konnte sie für die Zeit nach ihrer Rückkehr sparen.

»In Ordnung«, erwiderte sie hoffnungsvoll und drückte rasch die Daumen.

Rebecca reichte ihr ein Bündel Papiere. »Lesen Sie sich das alles gründlich durch.« Sie schwenkte den Stapel durch die Luft, um zu betonen, wie wichtig das war. »Die Kundin, für die ich Sie heute einteile, braucht eine Diana.«

»Eine Diana?«

»Ja. Wir haben verschiedene Programme in unserem Angebot. Die Queen Elizabeth ist eine Komplettreinigung von den Fensterläden bis zu den Fußleisten und allem, was dazwischen liegt. Die Princess Diana ist eher ein persönlicher Service.« Rebecca seufzte tief. »Es geht um eine Reinigung auf dem mittleren Level mit Schwerpunkt auf den Bereichen des Haushalts, die der Familie am meisten bedeuten.« Rebecca fuhr mit der Hand durch die Luft. »Wichtig sind all die kleinen Dinge. Das Aufschütteln und Zurechtrücken der Kissen, das Platzieren von dekorativen Gegenständen, Betten machen, alles Verschönern. Bei der Diana steht die Familie im Mittelpunkt, nicht der Staub. Wir machen aus einem Haus wieder ein Heim.«

Hayley hatte das Gefühl, einen Studienabschluss dafür zu brauchen. Seit wann war Putzen so kompliziert?

»Und dann gibt es noch die Camilla«, fuhr Rebecca fort.

Sie hatte beinahe Angst nachzufragen. »Was ist das?«

»Da wird kurz durchgewischt und der Müll rausgetragen.«

Hayley zwang sich zu einem Lächeln und fragte sich, was ein Prince Andrew oder ein Prince Harry wohl beinhalten würden. An einen Prince Philip wagte sie gar nicht zu denken.

Der Lavendel stieg ihr wieder in die Nase, und sie hustete. Sie fragte sich, ob Angel wohl an der Tür lauschte.

»Also, können Sie heute anfangen? Ich habe eine wichtige Kundin, die um drei Uhr eine Diana braucht.«

»Ich … äh, nun ja …« Sie begriff allmählich, in welcher Situation sie sich befand – sie würde einen Job ohne Papiere und irgendwelche Genehmigungen annehmen. Und sie hatte keinen Babysitter.

»Gibt es ein Problem?«

Hayley schüttelte den Kopf. »Nein, nein, ganz und gar nicht. Heute. Drei Uhr.«

»Ich besorge Ihnen eine Uniform und erkläre Ihnen die Einzelheiten.« Rebecca lächelte. »Für mich ist das wie ein verfrühtes Weihnachtsfest. Meine erste echte englische Angestellte.«

Hayley lächelte. Angel würde sie umbringen.

KAPITEL DREIUNDZWANZIG

Drummond Global, Downtown Manhattan

»Ich hole noch Wasser.«

»Er braucht kein Wasser mehr. Er hat in der letzten halben Stunde zwei Gläser getrunken. Wahrscheinlich braucht er einen Scotch.«

»Ich glaube, ich sollte einen Arzt rufen.«

»Nein!« Oliver fuhr sich mit den Händen an den Kopf. Kelly und Tony hatten die letzten zwanzig Minuten pausenlos geredet, und nun schmerzte nicht nur seine Brust, sondern auch sein Kopf. Er zwinkerte und konzentrierte sich auf die Infografik, bis er sie wieder klar sehen konnte. Er hatte sich geschworen, die Zahlen zu verbessern, selbst wenn ihn das umbringen sollte. Welch Ironie!

»Wie geht es dir?«, erkundigte Tony sich und trat neben das Sofa, auf dem Oliver lag.

Er seufzte. »Du hättest nicht herkommen sollen.«

»Hey, warte mal, ich rede mit dir über die Kraft der Gedanken, und kurz darauf höre ich Kelly schreien, als wäre sie überfallen worden.«

»Ich wusste nicht, was ich tun sollte«, erklärte Kelly.

Oliver bemerkte, wie blass und nervös sie war. Sie war erst Anfang zwanzig, und mit so etwas hatte sie in ihrem Job nicht gerechnet. Da sollte sie einen Tag für ihren Boss arbeiten, und dann brach er vor ihren Augen zusammen.

Er schwang die Beine vom Sofa, setzte sich auf und ignorierte das Schwindelgefühl. »Holen Sie sich einen Kaffee«, sagte er zu Kelly. »Und danach fangen Sie mit den Diktaten an.«

»Aber vielleicht sollte ich …«, begann das Mädchen.

»Sie haben den Boss gehört«, unterbrach Tony sie. »Und wenn er noch einmal umfällt, hat er einen kräftigen italienischen Hengst an seiner Seite, der ihm wieder hoch hilft.«

Kelly nickte unbehaglich und wandte sich zur Tür.

Oliver sah Tony kopfschüttelnd an. »Wolltest du etwa mit ihr flirten? Du hast sie beinahe zu Tode erschreckt.«

»Da wir gerade davon reden …«

Oliver versuchte aufzustehen, setzte sich aber rasch wieder hin, als er merkte, dass ihm die Kraft dazu fehlte. Er schlug ein Bein über das andere. »Mir geht es gut.«

»Wäre es nicht besser, du würdest einen Arzt aufsuchen?«

»Warum?«

»Na ja, er könnte verhindern, dass du stirbst.«

»Tatsächlich?« Er seufzte frustriert. Am meisten ängstigte ihn, dass er nicht mehr Herr der Lage war. *Dass* es passieren würde, war ihm klar, aber er wusste nicht, *wann* ihn das Schicksal ereilen würde. Er hatte sich beinahe damit abgefunden, dass er nur ein kurzes Leben haben würde, aber dass er seinen Todestag nicht wusste, war ein Problem für ihn. Wenn er wüsste, dass er noch zwei Monate oder zwei Jahre zu leben hätte, oder vielleicht auch nur einen Tag, dann könnte er Pläne machen. Er saß in einer Vorhölle und konnte nichts anderes tun als warten. Das war Zeitverschwendung. Und Zeit hatte er wahrscheinlich nicht mehr viel zur Verfügung. Und am Abend zuvor war er einer Frau im Schneegestöber hinterhergelaufen und hatte sie geküsst.

»Ich habe gestern Abend eine Frau kennengelernt«, begann er seufzend.

»Ja? Gut gemacht! Wie war sie?« Tony ließ sich neben ihm auf dem Sofa nieder.

Er lächelte unwillkürlich, doch dann stieg der Gedanke an den Zeitungsartikel in ihm auf. »Sie hat mich an einen Schlagzeilenjäger verkauft.«

»Oh. Du meinst den heutigen Artikel?«, fragte Tony.

Oliver nickte, aber der Ärger, der vorher in ihm hochgestiegen war, war verflogen, und er konnte nur noch daran denken, wie sich ihre Lippen auf seinen angefühlt hatten.

»Was hast du getan? Sag bloß, du konntest ihr ihren Wunsch nicht erfüllen.«

Er schluckte und dachte an die Suche bei Google, die er vorher durchgeführt hatte. Michel De Vos' Name war sicher noch auf seinem Bildschirm zu lesen.

»So in etwa.«

Freiheitsstatue, New York

»Hast du gewusst, dass es fünfundzwanzig Fenster in der Krone der Statue gibt?«, fragte Hayley auf dem Weg zum Eingang. Sie blätterte in dem Reiseführer und beugte sich tief über ihn. Seit sie an Bord der Fähre gegangen waren, las sie Angel Informationen daraus vor.

»Ich weiß genau, was du tust«, erwiderte Angel.

»*Ich* versuche zur Abwechslung einmal, *dir* etwas beizubringen.« Sie schniefte. »Hast du gewusst, dass bei ihrem Bau dreihundert verschiedene Arten von Hämmern verwendet wurden?«

»Mum, warum hast du dir einen Job als Putzfrau gesucht?«

»Modealarm auf zwölf Uhr.« Hayley schob Angels Kopf in die richtige Richtung. »Da trägt jemand eine Bauchtasche. Ich wiederhole, eine Bauchtasche! Das sieht beschissen aus!«

»Mum!«

»Grund Nummer 56, warum Weihnachten in New York besser ist: Wir müssen hier kein Blatt vor den Mund nehmen.«

»Mum, hör auf damit!«

Hayley seufzte. Jetzt gab es keine Ausflüchte mehr. »Ich weiß, dass dir das merkwürdig vorkommt, aber …«

»Es ist nicht nur merkwürdig, sondern komplett verrückt. Ich verstehe es einfach nicht.« Angel riss ihr den Reiseführer aus der Hand.

»Natürlich verstehst du das nicht.«

»Was soll das jetzt heißen?«

Sie wollte Angel nicht sagen, dass sie ihren Job verloren hatte. Eine Neunjährige sollte sich darüber keine Gedanken machen müssen. Aber alles andere war eine Lüge, und sie verheimlichte ihrer Tochter ohnehin schon einiges. Sie atmete tief durch.

»Ich bin … im Augenblick ein bisschen knapp bei Kasse, das ist alles.« Sie wartete auf Angels Reaktion. »Die Flüge waren teurer als gedacht, und ich wollte uns hier alles ermöglichen, was wir unternehmen wollen. So wie das hier.« Sie hob den Arm wie die Freiheitsstatue und setzte eine feierliche Miene auf.

»Wir könnten Onkel Dean um Hilfe bitten«, schlug Angel vor.

Hayley schüttelte so heftig den Kopf, dass es schmerzte. »Nein.«

»Aber er hat eine Menge Geld.«

»Ja, das weiß ich.« Ihre Mutter warf ihr ständig vor, wie gut ihr Bruder finanziell gestellt war.

»Es würde ihm nichts ausmachen.«

»Ihm nicht, aber mir, Angel. Ich möchte, dass wir auf unseren eigenen Füßen stehen.« Sie warf einen Blick auf ihre nassen, schneebedeckten Stiefel. »Auf vier Füßen. Deinen und meinen.« Sie seufzte. »Du verstehst sicher, was ich meine.«

»Wenn Nanny jetzt hier wäre, würde sie sagen, dass du dickköpfig bist.«

»Wenn Nanny jetzt hier wäre, würde sie im Augenblick nach einer Toilette suchen.«

»Nach einem Badezimmer. Wir sind in Amerika, also solltest du ›Badezimmer‹ sagen.«

»Hast du vor, dieses Spielchen während unseres ganzen Aufenthalts zu spielen?«

»Ich versuche nur, mich wie eine Einheimische zu verhalten.«

»Dann brauchst du das ja nicht mehr.« Hayley nahm ihr den Reiseführer aus der Hand. »Wir stehen hier an einer der bedeutendsten Kultstätten New Yorks und reden darüber, dass Nanny jetzt wahrscheinlich aufs Klo müsste.«

Angel kicherte belustigt, bevor sie nach oben schaute und beeindruckt seufzte. »Ich sehe erst jetzt, wie groß sie ist.«

Hayleys Blick wanderte an der Frau aus grünem Kupfer, die sich am Ufer des Hudson River erhob, nach oben. Ihre Fackel wirkte für alle unter ihr wie ein Lichtsignal. »Wie groß? Lass mich nachschauen …« Sie blätterte in dem Reiseführer.

Angel griff danach. »Gib mir das Buch zurück!«

»Heißt das etwa, du weißt es nicht? Schäm dich, Angel Walker!«

»Aber ich weiß, dass du heute Nachmittag niemals eine Princess Diana in diesem Haus schaffen wirst. Deine Vorstellung von Saubermachen ist damit erschöpft, dass du den Geschirrspüler ausräumst, bevor wir von Papptellern essen müssen.«

Hayley starrte ihre Tochter mit offenem Mund an. »Du hast gelauscht.«

»Es war unmöglich, das nicht zu tun.«

Hayley nickte. »Also gut, vielleicht kannst du mir helfen. Ms Rogers-Smythe sagte, dass es bei dem Diana-Programm hauptsächlich um die Familie gehe. Du kannst ein paar Kissen aufschütteln und überall Lavendel versprühen, während ich mit einem Teppichkehrer durch die Zimmer laufe.«

»Und wenn es dort nun einen modernen, komplizierten Staubsauger gibt? Im Ernst, Mum, ich weiß wirklich nicht, warum du dir das antust.«

Weise Worte aus dem Mund einer Neunjährigen. »Ich habe dir doch gesagt, ich brauche das Geld. Und du solltest dir darüber keine Gedanken machen.«

»Wir könnten Nanny um Geld bitten.«

»Nein.« Das war noch schlimmer, als sich an ihren Bruder zu wenden. »Nachdem wir uns hier alles Sehenswerte angeschaut haben, holen wir meine Uniform und meine Ausrüstung ab und erledigen diese Diana. Punktum. Habe ich mich klar ausgedrückt?«

Angel rümpfte die Nase. »Na toll.«

Riley Club, Lower Manhattan

»Bist du sicher, dass du das schaffst?«

Tony hatte seinen roten Mustang am Randstein geparkt, und Oliver legte bereits die Hand an den Türgriff.

»Ich habe eine Tagesration Schmerzmittel intus und Wasser getrunken bis zum Abwinken«, erwiderte er.

»Mich würden die Finanzgespräche dort drin umbringen.« Tony deutete mit einer Kopfbewegung auf den beeindruckenden Eingang des Riley Clubs.

»Ich gehe lieber. Andrew Regis ist immer überpünktlich.« Oliver öffnete die Autotür, und der eisige Wind fegte in den gut beheizten Innenraum.

»Soll ich dich später abholen?«, fragte Tony.

»Nein, schon gut. Kümmere du dich um dein Restaurant.«

»Restaurants«, verbesserte Tony ihn lächelnd. »Plural.«

»Was?«

»In einigen Tagen werden wir zwei Restaurants mehr haben. Franchise-Betriebe von Papa Gino.«

»Wow, Tony, das sind tolle Neuigkeiten. Warum hast du mir das noch nicht erzählt?«

»Na ja, du hattest so viel am Hals, und die Sache war noch nicht unter Dach und Fach.« Er hielt kurz inne. »Und es geht nicht um Software für den Weltmarkt.«

Oliver schluckte. Hatte sein bester Freund ihm das noch nicht erzählt, weil er glaubte, dass sein Familienunternehmen weniger wert war als die Geschäfte von Drummond Global?

»Ich meine, es geht schließlich nur um Pizza«, fügte Tony hinzu.

»Um die beste Pizza«, erklärte Oliver streng. »Und der Bedarf nach Pizza wird nicht nachlassen. Ich bin nicht so sicher, ob die Leute noch Computer brauchen werden, wenn die Zombie-Apokalypse kommt.« Er grinste seinen Freund an. »Die Zeiten sind hart, und ich bin sehr stolz auf dich.«

Seine Gefühle schnürten ihm die Kehle zu. Was war nur los mit ihm? Rasch schob er die Tür auf und hievte sich aus dem Sitz.

»Hey, bei der Eröffnung gibt es eine Pizza gratis«, rief Tony ihm nach.

Oliver steckte den Kopf in den Wagen. »Die Eröffnung sollte von Drummond Global gesponsert werden.«

»Ist das dein Ernst?«

»Natürlich. Und jetzt verschwinde.« Er schlug die Wagentür zu und winkte seinem Freund nach. Der Mustang reihte sich in den Verkehr ein, und Oliver warf einen Blick nach oben, bevor er den Riley Club betrat.

Früher hatte man beim Betreten eines Clubs nur den Geruch von Zigarrenrauch wahrgenommen. Jetzt roch es nach Testosteron, gemischt mit einem Hauch Scotch. Oliver war das verhasst. Und nun stand auch noch ein fast zwei Meter großer Christbaum in der Lobby. Und daneben ein lebensgroßer, sich bewegender Weihnachtsmann. Grauenhaft.

Oliver stellte sich auf dem königsroten Teppich vor den antiken Spiegel an der goldfarbenen Tapete und rückte seine Krawatte zurecht. Sein Vater hatte sein halbes Leben in diesem Club verbracht, Verträge abgeschlossen und gekündigt und sich unter die einflussreichen Kreise gemischt. Verabscheute er diesen Ort deshalb so sehr? Aber das war nicht der Zeitpunkt für Sentimentalitäten. Es ging ums Geschäft, und er würde Andrew Regis klipp und klar sagen, was Sache war. Er warf noch einmal einen prüfenden Blick in den Spiegel. In Wahrheit wusste er immer noch nicht so recht, welche Motive dieser Mann hatte. Auf dem Papier sah die Fusion für beide Parteien gut aus, aber galt das auch für die Umsetzung? Sie mussten genau festlegen, wie alles nach ihrem Zusammenschluss ablaufen sollte. Hatte Oliver sich auf dieses Angebot eingelassen, weil es für Drummond Global Wachstum bedeutete? Oder nur, weil es ein Schnäppchen war? Er musste sicherstellen, dass er alles im Griff hatte und die Kontrolle nicht verlor.

Oliver trat auf die Tür zu, die zum Salon führte. In einer Ecke des großen Raums spielte ein Geiger, verdeckt von einer großen Pflanze, die Lampen an den beiden riesigen Kronleuchtern spendeten gedämpftes Licht, und an den meisten Tischen saßen typische Geschäftsmänner in Dreiteilern, wie sie die meisten von ihnen über fünfzig trugen. Eines Tages würde er genauso aussehen wie sie. Bei diesem Gedanken atmete er tief ein. Falls er überhaupt fünfzig wurde. Das schien eher unwahrscheinlich. Vielleicht sollte er es als Pluspunkt verbuchen, dass er nicht so werden würde wie sie.

Andrew Regis saß neben dem Fenster, sofort erkennbar an seiner polierten Glatze. Oliver ging durch den Raum auf ihn zu, und als er sich dem Tisch näherte, erhob sich der Mann und streckte die Hand aus.

»Oliver«, begrüßte er ihn, ergriff seine Hand und schüttelte sie kräftig.

»Andrew. Ich freue mich, Sie zu sehen.« Er setzte sich und griff instinktiv nach der Weinkarte. »Haben Sie schon etwas zu trinken bestellt?«

»Ich genehmige mir einen Scotch.« Er lächelte und hob sein Glas. »Das war mal wieder einer dieser Vormittage.«

Oliver antwortete nicht darauf und richtete seinen Blick auf die Karte. Wie aus dem Nichts erschien ein Ober an ihrem Tisch.

»Eine Flasche von dem australischen Merlot.« Er sah Andrew an. »Ist Ihnen das recht?«

»Aber ja.«

Oliver wartete, bis der Kellner gegangen war, verschränkte dann die Hände und beugte sich nach vorne. »Andrew, ich komme gleich zur Sache. Wir müssen unser Abkommen ins Reine bringen.«

Andrew nahm eine Stoffserviette vom Tisch und drehte sie in den Händen. »Sie kommen also gleich zum Geschäftlichen«, stellte er fest.

»Ich habe mir den Vertrag etwa ein Dutzend Mal durchgelesen, und es kommt mir so vor, als wären Ihre Anwälte nur daran interessiert, Gebühren einzutreiben. Die letzten Veränderungen sind so minimal ... Die ganze Sache verursacht mittlerweile unnötige Kosten und Ärger.«

Andrew nickte. »Ihre Mutter hat vorhergesehen, dass Sie das sagen würden.«

Diese Bemerkung hatte den gleichen Effekt, als wäre er in ein Brennnesselfeld gestolpert. Seine Wangen brannten. »Sie haben mit meiner Mutter darüber gesprochen?« Er blinzelte. »Warum?«

Andrew Regis veränderte seine Haltung; mit einem Mal schien er sich unbehaglich zu fühlen. Rasch presste er die Serviette an die Lippen.

»Sie hat es Ihnen also nicht gesagt.« Andrew legte die Serviette wieder auf den Tisch und schüttelte den Kopf. »Sie hatte vor, mit Ihnen darüber zu sprechen.«

Olivers Brustkorb schnürte sich zusammen, und sein Herz trommelte heftig, während er krampfhaft versuchte, Andrew Regis' vage Andeutung zu verstehen.

»Worüber?«, fragte er zögernd. Er war sich nicht sicher, ob er die Antwort wirklich hören wollte.

»Ihre Mutter und ich ... Wir haben viel Zeit miteinander verbracht, und ...«

Mehr wollte Oliver darüber nicht hören. Diese Worte sagten bereits alles. Das Zimmer begann sich zu drehen, das Spiel des Geigers zerrte an seinen Nerven, und die Luft wurde immer stickiger. Er stand auf.

»Oliver, bitte setzen Sie sich wieder.« Andrew erhob sich ebenfalls.

»Wenn es um das geht, was ich vermute, dann habe ich dazu nichts zu sagen.« Er trat einen Schritt zurück und starrte den besten Freund seines Vaters an.

»Wir haben in den letzten Monaten alles geheim gehalten, aber sie wollte es Ihnen sagen, bevor es herauskommen könnte.«

»Davon will ich nichts hören.«

»Oliver, bitte, das ist doch jetzt etwas übertrieben, finden Sie nicht?«

Oliver hatte Mühe, ruhig stehen zu bleiben. Am liebsten hätte er ausgeholt und voll Wut das Gedeck vom Tisch gefegt. Stattdessen presste er mit zusammengebissenen Zähnen hervor: »Wenn Sie mir mitteilen wollen, dass Sie mit meiner Mutter eine Art Liebesbeziehung haben, dann ist die Fusion …« Er holte tief Luft. »Die Fusion ist hiermit gestorben.«

Der Geiger hatte aufgehört zu spielen, die Gespräche waren verstummt, und die Hintergrundgeräusche waren einem leisen Geflüster gewichen.

»Die Beziehung zwischen Ihrer Mutter und mir hat damit nichts zu tun, Oliver. Die Fusion ist rein geschäftlich.«

»Das stimmt. Es geht um mein Familienunternehmen.«

»Und das wird von unserer Verbindung nur profitieren«, erwiderte Andrew.

Oliver schüttelte den Kopf. »Nein.«

Andrew seufzte. »Hören Sie, ich habe nichts Falsches getan. Ich habe den richtigen Augenblick abgewartet, mich aus allem herausgehalten, aber …«

»Den richtigen Augenblick abgewartet? Was soll das heißen?« Er lachte. »Sie haben gewartet, bis Ihr bester Freund das Zeitliche gesegnet hatte? Meine Güte!«

»So habe ich das nicht gemeint. Ich wollte sagen … Richard ist nun schon seit einer Weile tot.«

Das hielt er nicht länger aus. Er hätte Andrew am liebsten einen Faustschlag ins Gesicht verpasst, aber dann wäre er morgen wieder in den Schlagzeilen. Nein, er musste ruhig bleiben.

Er streckte Andrew die Hand entgegen. »Es war nett, Sie wieder einmal gesehen zu haben, Andrew.«

Andrew zögerte, und Oliver schob seine Hand ein Stück näher heran, bis Andrew sie ergriff und unsicher schüttelte. »Wir sollten einen anderen Termin vereinbaren, sobald sich alles ein wenig gesetzt hat.«

Oliver straffte die Schultern. »Unsere Geschäfte haben sich hiermit erledigt, Andrew, da können Sie ganz sicher sein.« Er wandte sich an den Kellner, der mit einer Flasche Rotwein auf einem Silbertablett an den Tisch kam. »Schreiben Sie den Wein auf meine Rechnung.« Er warf Andrew einen Blick zu. »Mit den besten Empfehlungen.«

Sein Herz brauchte dringend Platz, um ungehindert schlagen zu können, also drehte Oliver sich auf dem Absatz um und ging zum Ausgang. Der automatisierte Weihnachtsmann grinste und wackelte hin und her, und aus dem Augenwinkel sah er die Weihnachtsbeleuchtung flackern, als er den Riley Club hastig verließ. Er lief auf die Straße und sog hektisch die eisige Luft in seine Lungen.

Erst als er einige Male tief durchgeatmet hatte, fühlte er sich ein wenig besser. Mit zitternden Hände tastete er in seinen Manteltaschen nach seinem Telefon.

Er drückte auf eine Taste und wartete. »Hallo, Daniel?« Er warf einen Blick zurück auf die Eingangstür des Riley Clubs und erwartete beinahe, dass Andrew Regis ihm folgte. »Daniel, hier ist Oliver Drummond. Sie müssen etwas für mich erledigen.«

KAPITEL VIERUNDZWANZIG

Westchester, New York

»Ich kann es kaum fassen, dass ich mich für Majestic Cleaning nun Agatha nennen muss«, stieß Hayley hervor.

»Und ich kann es nicht fassen, dass du eigentlich mit der U-Bahn hierherfahren wolltest.«

Hayley schob Angel aus dem Taxi, bevor sie ausstieg. Sie warf einen Blick auf das Haus auf der schneebedeckten Anhöhe. Die Größe und die Bauweise wirkten sehr imposant. Vor dem Eingang ragten weiße Säulen auf, und rechts neben der Haustür stand ein Fahnenmast, an dem die amerikanische Flagge flatterte. Die Fensterläden betonten den Kolonialstil. So wie es aussah, sollte dort eine qualifiziertere Reinigungskraft als sie arbeiten. Sie räusperte sich und wandte sich an Angel.

»Hast du die Leute an der U-Bahn-Haltestelle nicht gesehen? Da waren einige dabei, die noch viel verrücktere Kostüme trugen als ich.« Hayley strich ihren burgunderroten Rock glatt und rückte den Bund zurecht. Das weiße T-Shirt war eher für jemanden mit BH-Größe AA und nicht C gemacht. Sie kam sich vor wie eine Statistin in der TV-Serie *Nanny 911*.

»Aber der Wischmopp hätte sicher Aufsehen erregt«, meinte Angel.

Der Fahrer öffnete den Kofferraum und reichte ihr den Korb mit den Reinigungsmitteln, die sie anscheinend alle brauchte. Hayley drückte ihrer Tochter den Mopp in die Hand und kramte in ihrem Rucksack nach dem Geldbeutel, um den Taxifahrer zu bezahlen.

Während sie dem Fahrer einen Geldschein reichte, fiel ihr Blick auf Angels Gesicht. Ihre Tochter glich im Augenblick sehr ihrer Mutter.

»Wir bringen das jetzt hinter uns, und dann gehen wir irgendwo schön essen«, schlug Hayley vor.

»Und geben das Geld aus, das du jetzt beim Putzen verdienst.«

»Bitte, Angel, kannst du dich einmal wie eine Neunjährige und nicht wie eine Vierzigjährige verhalten?«

Die Stimmung kühlte bis zum Gefrierpunkt ab, und als der Taxifahrer sich auf den Weg gemacht hatte, herrschte frostiges Schweigen zwischen ihnen.

Hayley nahm Angel den Wischmopp aus der Hand, klemmte sich den Korb unter den Arm und stieg die Vordertreppe hinauf.

»Gut, nun sind wir hier. Die Kundin heißt Cynthia.« Hayley atmete tief aus. »Glaubst du, das ist auch ein erfundener Name?«

»Immerhin besser als Agatha«, erwiderte Angel.

Beim Anblick des blank gewienerten Briefkastens und des schimmernden Türklopfers aus Messing wurde Hayley plötzlich bewusst, worauf sie sich eingelassen hatte. Hier zu arbeiten verstieß gegen das Gesetz. Das hatte sie in dem Kleingedruckten auf den Einreiseunterlagen gelesen. Und der Mann mit der ernsten Miene am Flughafen hatte das auch erwähnt. Und nun wollte sie in einem Haus putzen, das so aussah, als würden die Obamas darin wohnen, und hatte ihre Tochter im Schlepptau. Sie brauchte das Geld. Aber würde das zählen, wenn die Einwanderungsbehörde sie erwischte? Sie hoffte, dass sie das nicht herausfinden würde müssen. Mit den amerikanischen Behörden war nicht zu spaßen. Diese Leute waren schwerer bewaffnet als Mitglieder der Mafia.

Bevor sie sich entscheiden konnte, ob sie klopfen oder lieber wieder die Treppe hinunterlaufen und fliehen sollte, schwang die Tür auf. Eine hübsche, gut gekleidete Frau in den Fünfzigern stand vor ihr. Sie trug einen königsblauen Wollrock mit passender Jacke, beigefarbene Lederschuhe und Perlohrstecker, und ihr blondes Haar saß tadellos. Modeberatung war bei ihr nicht nötig – diese Frau hatte Stil und war modisch auf dem neuesten Stand.

»Hallo, ich bin H … Agatha von Majestic Cleaning.« Hayley stellte den Korb auf den Boden und streckte ihre Hand aus.

»Es freut mich, Sie kennenzulernen.« Cynthia warf einen Blick auf Angel und schenkte ihr ein warmes Lächeln.

»Oh, bitte entschuldigen Sie, das ist … Charlotte«, log Hayley und verdrängte rasch ihr Schuldbewusstsein. »Charlotte ist bei mir, um Arbeitserfahrung zu sammeln.«

»Arbeitserfahrung«, wiederholte Cynthia, während Hayley den Schrubber wieder Angel in die Hand drückte. Es hörte sich ein wenig verblüfft an, und das konnte Hayley der Frau nicht übelnehmen.

»Ja, und …«, stotterte Hayley.

»Meine Mutter ist Schauspielerin«, platzte Angel heraus. »Aber ich möchte lieber einen richtigen Beruf ergreifen.« Sie grinste. »Und Putzfrauen werden immer gebraucht.«

Hayley lächelte Cynthia an.

»Kommen Sie herein.« Cynthia trat einen Schritt zur Seite.

Hayley warf Angel einen warnenden Blick zu, zog den

Korb über die Türschwelle und betrat die beeindruckende Eingangshalle.

Das Haus sah aus wie ein Musterhaus: dunkle Holzböden, blass gestrichene Wände und große Fenster, die viel Licht hereinließen. Falls es hier irgendwo Staub oder Unordnung gab, war davon nichts im Eingangsbereich oder auf der beeindruckenden, zu einer Galerie führenden Treppe zu sehen. Das könnte eher eine Camilla als eine Diana werden.

»Ms Rogers-Smythe hat mich angerufen und mir mitgeteilt, dass sie mir eine neue Mitarbeiterin schickt«, sagte Cynthia. »Ich kann allerdings nicht bleiben – ich muss zu einer Besprechung.«

»Das verstehen wir«, sagte Angel und nickte ernst. »Sicher sind Sie sehr beschäftigt.«

Hayley beobachtete Cynthia und ihre Tochter und wünschte sich verzweifelt, dass die Frau gehen würde, bevor Angel den Mund wieder aufmachte.

»Und ich habe heute Abend Gesellschaft, daher muss das Haus heute Nachmittag geputzt werden.«

Der glänzende Fußboden sah aus wie frisch desinfiziert. Hayley war sich nicht sicher, wie sie dieses Haus noch sauberer machen sollte, als es jetzt schon war – außer im Wohnzimmer erwartete sie ein komplettes Chaos.

»Überlassen Sie das nur uns«, sagte Angel.

»Mir«, warf Hayley rasch ein und warf ihrer Tochter einen wütenden Blick zu. »Überlassen Sie das mir.«

Cynthia sah die beiden an, als wären sie verrückt, und Hayley nahm ihr das nicht übel. Es war wie eine Szene aus einer Komödie, nur dass es sich bei dieser lächerlichen Situation um die Realität handelte.

Cynthia nahm einen teuer aussehenden Wollmantel von

einem Kleiderständer aus dunklem Holz und schlüpfte hinein.

»Ein Schal mit Hahnentrittmuster würde gut dazu passen«, sprudelte Hayley hervor.

»Finden Sie?« Cynthia sah skeptisch drein.

Hayley spürte, wie ihre Wangen sich röteten. Sie war genauso schlimm wie ihre Tochter.

»Oder ein Hut«, warf Angel ein und nickte.

Hayley packte Angel rasch am Arm und zog sie hinter sich her. Angel könnte recht haben, was den Hut betraf. Möglicherweise hatte ihre Tochter ihren Instinkt für Mode geerbt.

Cynthia knöpfte sich lächelnd den Mantel zu und ging zur Tür. »Falls Sie etwas brauchen, wenden Sie sich an Sophia.«

Als hätte sie ihren Namen gehört, erschien aus einem der angrenzenden Zimmer eine dunkelhaarige Frau, die ihrem Aussehen nach aus Puerto Rico stammte. Hayley lächelte verlegen. Eine Haushälterin? Konnte sie nicht die Putzarbeiten übernehmen?

Cynthia drehte sich an der Türschwelle noch einmal um, und Hayley vergewisserte sich rasch, dass Angel hinter ihr blieb.

»Bis zu Ihrer Rückkehr werden wir das Diana-Programm perfekt umgesetzt haben.« Hayley nickte und verbeugte sich. Warum hatte sie das getan? Stand das in den Anordnungen von Majestic?

Cynthia wirkte noch verblüffter als zuvor, und Hayley konnte es ihr nicht verdenken. Die ganze Situation war absurd. Nachdem Cynthia das Haus verlassen hatte, schlug Hayley die Tür hinter ihr zu und lehnte sich dagegen. Erst nach einer Weile bemerkte sie, dass Sophia sie aufmerksam musterte. Die dunkelhaarige Frau schien misstrauisch zu sein. Hayley richtete sich auf und rückte ihre Haube zurecht. Dann klatschte sie in die Hände und wandte sich an Sophia. »Also gut, zeigen Sie mir den Schmutz!«

Central Park, New York

Oliver wusste nicht, wohin er gehen sollte, aber in diesem Gemütszustand wollte er auf keinen Fall in sein Büro zurückkehren. Er hatte das Gefühl, als würde sich die ganze Stadt um ihn drehen, und die Hochhäuser würden gleich wie in einem gut budgetierten Katastrophenfilm einstürzen und ihn unter sich begraben. Ihm war übel, sein Magen krampfte sich zusammen, und der Druck auf seiner Brust machte ihm das Atmen schwer. Er setzte auf dem schneebedeckten Pfad im Park so vorsichtig einen Fuß vor den anderen, als würde er auf einem Hochseil balancieren.

Seine Mutter und Andrew Regis. Deshalb hatte sie ihn in seinem Büro aufgesucht. Sie hatte die Einladung zur Weihnachtsfeier vorgeschoben, das Terrain sondieren wollen und ihm dann, als das fehlgeschlagen war, die Feier der McArthur-Stiftung aufs Auge gedrückt und sich feige davongeschlichen.

Er schüttelte den Kopf und warf einen Blick auf eine Familie, die im Schnee spielte. Wie die Drummonds vor vielen Jahren.

Er bückte sich und steckte seine Hände in die eiskalte weiße Schneemasse, bis seine Finger zu brennen begannen. Was passierte mit ihm? Er hatte sich noch nie machtlos gefühlt, ohne Kontrolle über jeden Bereich in seinem Leben.

Er formte einen Schneeball, drehte ihn in den Händen und drückte ihn, bis er ganz hart war. Vielleicht sollte er sich vorstellen, dass es sich dabei um Andrew Regis' Kopf handelte. Benahm er sich etwa kindisch? War es falsch, solche Gefühle zu entwickeln, wenn man von einer neuen Liebesbeziehung seiner Mutter erfuhr? Sein Vater war nun schon eine Weile tot. Bei dem Gedanken daran schnürte es ihm die Kehle zu. Nein, irgendetwas stimmte da nicht. Wie lang ging das schon?

Er stand auf und schleuderte den Schneeball weit in die Luft, ohne darauf zu achten, wo er landen oder wen er treffen könnte. Dann steckte er seine geröteten Hände in die Taschen und sah zu, wie der Ball gegen einen Abfalleimer prallte. Was würde Ben tun?

Er zuckte die Schultern, um sich aufzuwärmen. Warum dachte er darüber nach? Es hatte keinen Sinn. Ben war nicht hier, und außerdem waren sie sich nicht einmal ähnlich gewesen. Zwei ganz verschiedene Menschen. Ben war vergöttert worden. Er war nur der Zweitgeborene gewesen. Der Nachzügler. Wie das zweite Abo bei *Netflix*, das man eigentlich nicht brauchte, aber vorsichtshalber hatte. Nur für den Fall. Für welchen Fall? Für den Fall, dass etwas mit dem ersten schieflief? Tja, das war tatsächlich geschehen. Die erste Wahl war nicht mehr da.

Sein Blick wanderte zu dem Zeitungsverkäufer an der Ecke des Parks. Selbst aus dieser Entfernung konnte er sein Foto sehen. *Ein Wunsch in Manhattan*. Er schüttelte den Kopf. *Lois. Hayley*. Er konnte nicht begreifen, warum sie das getan hatte. War es eine Retourkutsche, weil er ihren Wunsch nicht ernst genommen hatte? Das wäre eine ungewöhnlich starke Reaktion darauf. Und es schmerzte. Mit schlechter Presse konnte er umgehen. Aber dass sie ihn zuerst geküsst und dann verraten hatte? Das tat wirklich weh.

Er brauchte jetzt etwas. Ein Stärkungsmittel. Etwas, was

ihn ablenkte und ihm durch den Tag half. Auf der anderen Straßenseite blinkten einladend die Lichter einer Bar.

Winchester, New Yorkshire

Weder im Wohnzimmer noch in einem der anderen Räume wartete eine Katastrophe auf sie. Alle Kissen waren aufgeschüttelt, jeder Teppich frisch gesaugt, und in allen Oberflächen konnte man sich spiegeln. Hayley hatte keine Ahnung, was sie hier tun sollte. Angel summte pausenlos »Jingle Bells« vor sich hin, wischte mehrmals den Kaminsims ab und polierte die Schmuckfigürchen, die ohnehin schon glänzten wie Diamanten bei Tiffany's. Plötzlich unterbrach sie ihr Summen und schaute Hayley an.

»Hier gibt es keine Fotos«, verkündete sie.

»Was?«

»Weder in diesem noch in den anderen Zimmern gibt es Fotos.«

Hayley warf einen Blick auf die große Vitrine und stellte fest, dass ihre Tochter recht hatte. Fotos machten ein Haus zu einem Heim. Nicht dieser kunstvolle Zierrat mit den merkwürdigen Formen, die Blumenschalen, die Chenillekissen und die Hochflorteppiche. Diese Einrichtung sagte nichts über die Menschen aus, die in diesem Haus lebten. An den Möbeln sah man, dass sie Geld hatten, aber das war auch alles.

»Sie machte einen netten Eindruck«, meinte Angel und seufzte leise.

»Die Tatsache, dass sie keine Fotos in ihrem Haus hat, macht sie nicht zu einem Scheusal.«

»Wir könnten in den Schubladen nachsehen«, schlug Angel vor.

»Angel!«

»Das Diana-Programm soll einem Haus doch die persönliche Note verleihen, mit Schwerpunkt auf der Familie ... Ich dachte, wir könnten schauen, ob wir ein paar Fotos finden und sie dann aufstellen.«

»Nein.« Hayley schüttelte den Kopf. »Ich arbeite erst seit ein paar Stunden für Majestic Cleaning. In all diesen Geschäftsbedingungen, die ich noch nicht gelesen habe, gibt es sicher einen ausführlichen Absatz über Vertraulichkeit und Diskretion, und das Öffnen von Schubladen bei Kunden wird mit dem elektrischen Stuhl bestraft.«

»In New York gibt es keine Todesstrafe mehr. Und nur in fünf Staaten wird noch ein elektrischer Stuhl benutzt. Das sind Alabama, Florida ...«, begann Angel.

»Woher weißt du das?«

Angel stemmte die Hände in die Hüften. »Also, was tun wir jetzt?« Sie warf einen Blick auf ihre Armbanduhr. »Wir haben noch eine Stunde Zeit.«

Hayley sah sich im Wohnzimmer um. Trotz der warmen Gold-, Rot- und Brauntöne der Möbel wirkte die Atmosphäre kalt. Der beigefarben verkleidete Kamin war sicher schon seit einer Weile nicht mehr angefacht worden. Die Schmuckfiguren waren alle kantig und gleichförmig – sie sahen nicht aus wie Gegenstände, die jemand von einer Reise mitgebracht hatte, oder wie liebgewordene Erinnerungen an ein bestimmtes Erlebnis. Und nichts erinnerte auch nur ein klein wenig an Weihnachten.

»*Ich* könnte einen Blick in die Schubladen werfen«, schlug Angel vor. »Für sie bin ich Charlotte, und ich bin nicht bei der Firma angestellt, also muss ich mich auch nicht an deren Vorschriften halten.«

War das eine schlechte Idee? Eigentlich sollte sie froh sein, dass es hier nicht viel zu tun gab, aber sie war, wenn auch nur im Nebenjob, eine Partyplanerin. Mode, Kleidung und Dekor lagen ihr. Sie hatte einen guten Blick für all das, und diesem Haus fehlte mit Sicherheit etwas. Sie wandte sich an Angel. »Ich lenke diese Sophia ab, und du wirfst einen Blick in die Schubladen.«

Das Zimmer sah plötzlich ganz anders aus. Das Kaminfeuer strahlte Wärme aus, und die Zweige, die Angel im Garten gesammelt hatte, knackten leise. Sophia hatte zögernd ein wenig Kohle herausgerückt. Die Haushälterin hielt sie sicher für komplett verrückt, vor allem, nachdem Angel die Tür verbarrikadiert und ihr erklärt hatte, dass sie den Raum erst wieder betreten dürfe, wenn alles fertig sei.

Hayley trat einen Schritt vom Kamin zurück und bewunderte ihr Werk. In einer Schublade hatten sie Teelichter für die leeren Kerzentassen und drei gerahmte Bilder gefunden. Cynthia und der Mann neben ihr trugen farbenfrohe Kleidung und wirkten sehr glücklich. Zwei etwa zehnjährige Jungen mit nacktem Oberkörper und die Lippen mit Eiscreme verschmiert hatten die Arme umeinander gelegt, und auf dem letzten Foto hielt der dunkelhaarigere der beiden stolz eine Prüfungsurkunde in den Händen. Angel hatte in einer Schachtel mit Weihnachtsdekoration eine weiße Lichterkette gefunden und sie um die Kerzen und die Fotos gelegt. Jetzt wirkte das Zimmer nicht mehr aufgeräumt, beinahe steril und kalt, sondern heimelig, wie ein Teil eines Hauses, in dem die Familie im Mittelpunkt stand.

Sie schaute nach links, als Angel einen zufriedenen Laut ausstieß, während sie auf einem antik aussehenden Möbelstück balancierte.

»Fall bloß nicht runter und zerbrich irgendetwas. Das sieht alles sehr teuer aus«, mahnte Hayley und ging zu ihr hinüber.

»Wie schön, dass du so besorgt um mich bist, Mum.« Angel streckte sich und befestigte eine rot-grün-goldene Girlande an der Vorhangstange.

»Wenn der Tisch aus dem edwardianischen oder viktorianischen Zeitalter ist, oder sogar nur aus den Fünfzigerjahren, dann werde ich eine Ewigkeit putzen müssen, um ihn zu bezahlen.«

»Bitte, Fräulein Majestic Cleaning, Sie müssen mich jetzt reinlassen. Mrs Cynthia wird jeden Moment zurückkommen«, flehte Sophia hinter der mit einigen schweren Tischen verstellten Tür.

»Ich wünschte, wir hätten einen Baum.« Angel stieg von dem Tisch und wischte ihre Fußabdrücke mit ihrem Ärmel ab. Wahrscheinlich hatte noch nie zuvor so viel Staub darauf gelegen.

»Hier oder in Onkel Deans Wohnung?«, fragte Hayley.

»Beides.« Angel hob den Zeitschriftenständer neben dem Sofa hoch. »Wo soll ich den hinstellen?«

Durch die Holzlatten blitzte auf der obersten Zeitung das Foto unter der Schlagzeile hervor, und Hayley trat einen Schritt näher. »Ist das etwa …?«

»Was?«, fragte Angel.

Haley zog die Zeitung aus dem Ständer und strich sie glatt.

»Fräulein Majestic Cleaning! Ich muss darauf bestehen, dass Sie mich jetzt in das Wohnzimmer lassen. So geht das nicht!«

»Vielleicht sollten wir sie jetzt reinlassen«, meinte Angel.

Hayley gab keine Antwort. Sie starrte auf Olivers Foto und las den Artikel über den eingefleischten Single, der den Frauen von New York Wünsche erfüllte.

»Mum!«, sagte Angel ein wenig lauter.

Ihr Magen zog sich zusammen. Dieser Artikel machte ihn schlecht. Er stellte ihn als Größenwahnsinnigen dar, als Sonderling, der Frauen benutzte.

»Ist das der Fiesling?«, fragte Angel und beugte sich vor, um das Foto besser sehen zu können.

»Nenn ihn nicht so, Angel. Das ist nicht nett.«

»Er weiß nicht einmal die Namen seiner Angestellten.«

»Glaubst du, dass Donald Trump alle Namen der Leute kennt, die für ihn arbeiten?«, entgegnete Hayley.

»Onkel Dean arbeitet aber nicht für Donald Trump.«

»Fräulein Majestic Cleaning! Öffnen Sie die Tür!«, kreischte Sophia.

Hayley schob die Zeitung in den Ständer zurück. »Stell ihn in die Lücke zwischen den Bücherregalen und dem Kamin. Da passt er gut hin.«

Sie wartete, bis Angel den Zeitungsständer auf den Boden gestellt hatte und rückte dann die Tische von der Tür weg.

»Bereit, Charlotte?«, fragte sie ihre Tochter.

Angel nickte. »Bereit, Agatha.«

Hayley riss die Tür auf und rechnete damit, dass die Haushälterin hektisch ins Zimmer stürzen würde. Doch sie stand neben Cynthia im Flur und war so aufgeregt wie eine Biene, deren Stock gerade geplündert worden war. Cynthia zog ihren schwarzen Wollmantel aus und hängte ihn an den Garderobenständer.

»Ich hatte keine Ahnung, was die beiden dort drin machten, aber es war alles ganz anders als sonst«, erklärte Sophia, während Cynthia auf die Wohnzimmertür zuging.

»Ich hoffe, Ihre Besprechung ist gut verlaufen.« Angel trat rasch in den Flur und zog die Tür hinter sich zu.

»Sehr gut, vielen Dank.« Sie lächelte Angel an. »Womit habt ihr denn meine Haushälterin so aus der Fassung gebracht?«

»Wir haben das Haus von oben bis unten verschönert und …«, begann Hayley.

»Schließen Sie die Augen«, flüsterte Angel Cynthia zu.

Hayley hielt den Atem an. Die einfache Bitte wurde in einem bedeutungsvollen Ton vorgetragen. Angel hatte das Zimmer verändert, und das war ihr wichtig. Sie hatte ihm Wärme verleihen und daraus ein Heim für eine Familie machen wollen. Hayley hatte ihr Bestes gegeben, um Angel ein Heim zu bieten, aber ihr war klar, dass immer etwas gefehlt hatte – ein Vater. Sie würde Angels Vater finden, aber ob er dann diese Lücke würde füllen wollen, blieb ihm überlassen.

Cynthia gehorchte wortlos und ließ sich von Angel an der Hand nehmen. Hayley hoffte, dass ihr die Verschönerungen gefielen, sonst hatten sie die letzten Stunden möglicherweise umsonst gearbeitet. Und sie könnte gefeuert werden. Schon nach weniger als vierundzwanzig Stunden.

Angel schob die Tür auf und führte Cynthia ins Wohnzimmer. Sophia stieß einen markerschütternden Schrei aus, und Cynthia öffnete nach wenigen Schritten instinktiv die Augen.

»Warum Sie haben das getan? Sie kein Recht haben! Ich sofort Ms Rogers-Smythe anrufen!«, kreischte Sophia so aufgeregt, dass ihr Akzent sich verstärkte.

Was hatten Sie denn getan? Die Haushälterin benahm sich, als hätten sie Opfertiere im Raum aufgehängt. Es waren doch nur ein paar Dekorationsartikel, und Hayley hatte Angel sogar davon abgehalten, das Schneespray zu verwenden.

Cynthia schlug sich zitternd eine Hand vor den Mund, in ihren Augen glitzerten Tränen. Das war nicht die Reaktion, auf die Hayley gehofft hatte – das war ein Desaster. Sie warf einen Blick zu Angel hinüber. Ihre Tochter starrte Cynthia mit offenem Mund an.

»Wir können das wieder in Ordnung bringen.« Hayley trat ein paar Schritte vor. »Ich werde sofort alles wieder rückgängig machen. Gleich wird alles wieder so sein wie vorher. Nein, noch besser.« Sie ging zum Kamin hinüber.

»Nein.« Cnythias Stimme klang rau und emotionsgeladen.

Hayley blieb verlegen stehen und wusste nicht, was sie jetzt tun sollte. Ein einfacher Putzjob in einem Haus, in dem es nicht schmutzig war, und sie hatte ihn in den Sand gesetzt. Sie war einfach zu nichts nutze.

»Bitte gehen Sie«, bat Cynthia, der nun die Tränen über die Wangen flossen.

Hayley winkte Angel zu sich, aber das Mädchen blieb wie versteinert stehen. Ihre Augen waren groß und rund, ihr Teint blass, und ihr Mund stand immer noch offen. Hayley packte sie an den Schultern und schob sie zur Tür.

»Darf ich noch etwas sagen …?«, begann Hayley. Sie hatte das Gefühl, sich entschuldigen zu müssen.

»Nein«, erwiderte Cynthia.

Hayley schluckte. Das war deutlich. Sophia starrte sie und Angel an, als wären sie Teufelsanbeter, die das Zimmer mit einem Voodoozauber belegt hatten. Sie wagte es nicht, noch etwas zu sagen.

Rasch schob sie ihre benommene Tochter zur Haustür. »Komm schon, Angel, das ist keine Tragödie. Es hat eben nur einfach nicht so gut geklappt. Der Krieg in Syrien oder ein Tsunami, das sind Tragödien. Das hier ist nur ein kleiner Schnitzer. Und es ist nicht unsere Schuld.«

Angel schüttelte den Kopf. »Stimmt, es ist nicht *unsere* Schuld. Es ist ganz allein meine.«

KAPITEL FÜNFUNDZWANZIG

Dean Walkers Apartment, Downtown Manhattan

»Voilà! Da ist er!«

Hayley hob den Blick von der Pizzaschachtel auf ihrem Schoß und sah, dass Dean Angel etwas vor die Nase hielt. Ein Tablet. Der Globe. Angel zeigte jedoch keine Reaktion. Sie hatte noch nicht einmal ihre Pizza angerührt.

»Was ist los? Heute Morgen konntest du es kaum erwarten, ihn zu sehen«, sagte Dean.

Angel warf einen kurzen Blick auf die neueste technische Errungenschaft. »Sieht toll aus.«

Dean warf Hayley einen Blick zu, und sie zuckte die Schultern. Was konnte sie ihm schon erzählen, ohne ihm alles über ihr geheimes Leben als Putzkraft zu verraten?

»Ich werde ihn mir ansehen.« Hayley streckte die Hand aus.

»Nicht mit fettigen Fingern.« Dean zog den Globe rasch zurück und presste ihn sich an die Brust.

»Er hat doch sicher entsprechende Tests durchlaufen«, meinte Hayley. »Wenn er täglich benutzt wird, kommt er automatisch mit Schmutz und Fett, Toastkrümeln und verschüttetem Tee oder Bier in Berührung.«

»Jetzt weiß ich über deine Ess- und Trinkgewohnheiten Bescheid.«

Angel klappte den Deckel ihrer Pizzaschachtel zu und schob sie auf den Kaffeetisch. »Ich habe keinen Hunger.«

Dean sah sie besorgt an. »Du bist doch nicht etwa krank?« Er legte seinen Handrücken auf Angels Stirn.

»Ihr geht's gut«, warf Hayley hastig ein. »Es war nur sehr voll an der Freiheitsstatue, jede Menge Leute, ein kleiner Zwischenfall in der Menge, und ...«

»Ein Zwischenfall?« Dean wirkte beunruhigt. Sie musste sich wirklich davor hüten, ihre Lügen zu sehr auszuschmücken. Damit handelte sie sich noch mehr Schwierigkeiten ein.

»Ach, nur ein Kind mit einem riesigen Eis in der Hand, den Rest kannst du dir ja vorstellen.« Hayley seufzte. Sie hoffte, das würde ihm reichen, denn sie hatte keine Ahnung, was sie noch erfinden sollte.

Dean ließ sich auf dem Rand des Sofas nieder, sodass er mit Angel auf Augenhöhe war. »Schade, dass du keinen Hunger hast, denn Vern hat uns zum Abendessen eingeladen.«

Angel hob langsam den Kopf ein kleines Stück und sah ihn an.

»Wirklich?«

»Ja. Er wollte Fleischbällchen machen«, erwiderte Dean.

Angel fuhr sich mit der Zunge über die Lippen. »Darf Randy auch dabei sein?«

»Davon gehe ich aus. Der kleine Kerl ist bei Vern der Herr im Haus.«

»Ja!« Angel sprang vom Sofa.

Dean erhob sich. »Also, wie sieht's aus?«, wandte er sich an Hayley.

Sie kaute rasch und verbrannte sich die Zunge an dem geschmolzenen Käse. »Kann ich das auf ein anderes Mal verschieben?«

»Mum! Nein! Ich will zu Vern gehen«, quengelte Angel.

»Du kannst ja gehen … wenn Dean damit einverstanden ist. Aber ich habe noch ein paar Dinge zu erledigen.« Sie warf ihrem Bruder einen bedeutungsvollen Blick zu und hoffte, dass er verstehen würde, was sie ihm sagen wollte. Sie musste dringend noch weitere Galerien wegen Michel anrufen. Seit sie hier waren, hatte sie noch keine neuen Hinweise bekommen. So gut es mit dem Käse im Mund ging, formte sie mit den Lippen lautlos den Namen ihres Ex.

Dean nickte verständnisvoll.

»Darf ich mitkommen, Onkel Dean?« Angel klimperte mit den Wimpern und hatte offensichtlich ihre Betrübnis wegen des Vorfalls in Westchester vollkommen vergessen.

»Klar, aber nur unter einer Bedingung«, antwortete Dean mit ernster Miene.

»Welche Bedingung?«

»Kein ›Alfie und der Spielzeugmacher‹ heute Abend. Und du spielst dieses Spiel mit dem Namen ›Rabbit Nation‹ auf dem Globe und sagst mir, was du davon hältst.«

Angel ließ sich das durch den Kopf gehen und nickte dann. »Abgemacht.«

»Gut, dann geh und zieh dich um.« Hayley stand auf und stellte Angels Pizzaschachtel auf ihre.

»Darf ich mir dein rotes Glitzertop ausleihen?«, fragte Angel, neigte den Kopf zur Seite und sah sie mit einem Augenaufschlag bittend an.

»Damit du dich darin mit Randy auf dem Boden herumrollen kannst?«

»Bitte!«

»Also gut«, gab Hayley nach.

7. Avenue, Downtown Manhattan

Oliver hatte viel zu viel getrunken und nichts gegessen. Vielleicht glich er seinem Vater mehr, als er bisher geglaubt hatte. Richard hatte nie darauf geachtet, gesund zu leben. Er hatte immer alle Karten angenommen, die ihm das Schicksal zugeteilt hatte. Fitnesstraining war nichts für ihn gewesen. Er hatte sich nicht darum gekümmert, wie viele Kohlenhydrate er zu sich nahm, und Scotch getrunken, wann immer ihm danach zumute war. Und er hatte dem Schicksal ein Schnippchen geschlagen. Erst in seinen Sechzigern hatte es ihn dann doch erwischt. Und Cynthia hatte verzweifelt viele Tränen vergossen, sich über ihn gebeugt und den Verlust eines weiteren Familienmitglieds verwinden müssen. Ihr Seelenverwandter hatte sie viel zu früh verlassen und sie zur Witwe gemacht. Andrew hatte sie getröstet; seine Frau war einige Jahre davor an Krebs gestorben. Andrew war viele Jahre lang ein konstanter Begleiter ihrer Familie gewesen. Richards Schulfreund, der zwar seinen eigenen Weg gegangen war, aber in derselben Branche Erfolg hatte.

Oliver schwankte auf der rutschigen Straße weiter. Die Übernahme von Regis' Software hatte die Stärken beider Unternehmen vereinen und die Ausweitung auf andere, für beide Firmen noch neue Bereiche ermöglichen sollen. Regis' Software hatte die Gesundheitsindustrie ins Auge gefasst, Drummond Global hatte gute Kontakte zur NASA. Aber wenn es nun gar nicht darum ging? Was, wenn Andrew Regis Ansprüche auf Richard Drummonds Eigentum geltend machen wollte?

Vielleicht ging es um Cynthia, und er wollte seine geschäftliche Position zusammen mit seinem persönlichen

Leben ausbauen. Olivers Gedanken überschlugen sich. Wenn sie nun heiraten würden? Was wäre dann? Sein Misstrauen war geweckt, und er würde Daniel Pearson darauf ansetzen. Und abwarten, was sich ergab.

Ihm war übel, und es verschwamm alles vor den Augen. Den Tag in der Bar zu verbringen war die beste Methode gewesen, vor all den Anrufen zu flüchten, die sicher die Telefonanlage von Drummond Global beinahe lahmgelegt hatten.

Oliver blieb stehen, legte die Hände aufs Gesicht und versuchte, wieder einen klaren Kopf zu bekommen. Wie viele Häuserblocks entfernt von Dean Walkers Apartment befand er sich jetzt?

Dean Walkers Apartment, Downtown Manhattan

Hayley hatte sich im Internet alle Telefonbucheinträge unter M De Vos herausgesucht. Warum sie dachte, sie könne hier mehr Glück haben als zu Hause in England, verstand sie selbst nicht. Es war niemand dabei gewesen, der diesen Michel, den sie vor zehn Jahren im Vipers kennengelernt hatte, kannte. Und keiner wollte es gewesen sein. Aber würde sich der Mann überhaupt an sie erinnern? Es war schließlich nur eine Nacht gewesen. Sie konnte sich an jeden Mann erinnern, mit dem sie geschlafen hatte, aber was, wenn er hundert Eroberungen zu verzeichnen hatte? Oder noch mehr? Daran wollte sie aus vielen Gründen gar nicht denken. Denn dann müsste sie davon ausgehen, dass er ständig Frauen abgeschleppt hatte und dass sie nicht nur bei der Verhütung sorglos, sondern komplett verrückt gewesen war. Sie wollte sich auch nicht vorstellen, wie viele Angels oder Gabriels, die der Künstler vielleicht gezeugt hatte, irgendwo auf dieser Welt herumliefen.

Sie hob das Glas mit dem Weißwein, den sie sich soeben

eingeschenkt hatte, an die Lippen und trank einen Schluck. Keine der anderen Galerien hatte jetzt geöffnet, außer es fand gerade eine Ausstellung statt. Es war wohl besser, weitere Anrufe auf den nächsten Morgen zu verschieben.

Sie zuckte zusammen, als die Gegensprechanlage plötzlich summte. Rasch rutschte sie vom Küchenhocker und ging zur Wohnungstür. Sie hatte sich bereits ihren Schlafoverall angezogen und trug Angels Hausschuhsocken mit dem Katzenmotiv. Dean und Angel konnten unmöglich schon zurückkommen, außerdem hatte Dean einen Schlüssel. Aber vielleicht hatte er ihn vergessen. Hoffentlich musste sie niemanden hereinlassen.

Sie drückte auf die Taste. »Hallo?«

Jemand scharrte mit den Füßen. Wahrscheinlich waren es Kinder, die ihr einen Streich spielen wollten. Doch dann hörte sie eine Stimme.

»Ich schätze, jetzt bist du zufrieden.«

Sie runzelte die Stirn. Der Mann sprach sehr undeutlich. Wahrscheinlich ein Penner.

»Ich glaube, Sie haben sich in der Wohnung geirrt.« Gerade wollte sie zu ihrem Wein zurückgehen, als der Mann sich wieder meldete.

»Ihr seid doch alle gleich. Ihr benutzt andere, um zu kriegen, was ihr wollt.«

Jetzt erkannte sie ihn – es war Oliver Drummond, und er war betrunken.

»Oliver? Bist du das?«

»Und meine Mutter tut es jetzt auch. Sie hat dieses Geschäft eingefädelt, und jetzt weiß ich auch, warum.«

Was wollte er hier? Woher wusste er überhaupt, dass sie hier war? Hatte sie ihm gesagt, dass sie bei Dean wohnte? Er war betrunken und verärgert, und sie war allein. Im

Schlafanzug. Aber er war Deans Boss, und sie hatte ihn gestern Abend geküsst und war dann weggelaufen.

»Warte einen Moment«, sagte sie. »Ich komme runter.«

Sie ließ die Taste der Sprechanlage los und lief ins Treppenhaus.

Ihm war übel. Der Geschmack in seinem Mund – eine Mischung aus Bier, Whisky und den Erdnüssen, die er an der Bar gegessen hatte – verursachte ihm Brechreiz. Er schwankte und stützte sich an der Hausmauer ab.

Die Tür ging auf, und sie stand vor ihm. Hayley. Die Frau, die er am Abend zuvor geküsst hatte, die Frau, die ihn an die Presse verkauft hatte. Was hatte sie an? Sie sah aus wie der Weihnachtsmann. Ein sehr süßer Weihnachtsmann. Er war wirklich ziemlich betrunken.

»Du siehst schrecklich aus«, stellte sie fest.

Er nickte zustimmend, bis ihm einfiel, dass er eigentlich wütend auf sie war. Rasch setzte er eine entsprechende Miene auf. »Du«, begann er und deutete, immer noch schwankend, mit dem Finger auf sie. »Du bist zu den Presseleuten gegangen.«

»Was?«

»Die Titelseite der *New York Times*. Du hast die Geschichte einem Journalisten verkauft.«

Er klammerte sich mit der linken Hand an dem Geländer des kurzen Treppenabsatzes fest und hob den Blick. Sie wirkte nicht erschrocken, sondern verärgert.

»Wie kannst du es wagen.« Hayley schüttelte den Kopf.

»Wie ich es wagen kann? Schließlich bin ich der Leidtragende«, lallte Oliver.

»Schau dich doch mal an! Abgefüllt mit Budweiser

kommst du hierher und wirfst mir Anschuldigungen an den Kopf!«

Darauf fiel ihm keine Antwort ein, und er verdrehte die Augen, als er Schwierigkeiten mit dem Gleichgewicht bekam.

»Komm rein«, befahl sie und zog die Tür weiter auf. Sie wollte nicht, dass das gepflegte Pärchen auf der anderen Straßenseite Zeuge dieser Szene wurde.

»Warum sollte ich?«

»Weil ich es dir nie verzeihen würde, wenn du dich vor dem Haus meines Bruders zum Narren machtest.«

Er rutschte aus und stolperte über die oberste Stufe. Dann wurde er am Arm gepackt und über die Schwelle der Wohnung gezogen.

»Geh die Treppe hinauf ins Badezimmer.« Sie seufzte. »Ich koche dir einen Kaffee.«

Schon bei ihren Worten krampfte sich sein Magen zusammen wie bei einer Achterbahnfahrt. Sie schob ihn zur Treppe hinüber, und er tastete sich rasch an der Wand entlang nach oben. Und hoffte, dass er es rechtzeitig schaffen würde.

KAPITEL SECHSUNDZWANZIG

Dean Walkers Apartment, Downtown Manhattan

Oliver verbrachte fast zwanzig Minuten im Badezimmer, und als er endlich wieder auftauchte, war er blass und hatte Schweißtropfen auf der Stirn. Hayley hob das Tablett hoch, das sie vorbereitet hatte, und drehte sich rasch um. Sie wusste, dass ihre Körpersprache ihren Zorn zeigte, aber in Wahrheit empfand sie noch viel mehr. Sie machte sich Sorgen um ihn. Offensichtlich hatte er bereits am Tag getrunken, und der Auslöser dafür konnte doch nicht nur der Zeitungsartikel gewesen sein.

»Setz dich, bevor du umkippst«, befahl sie und deutete mit einer Kopfbewegung auf eines von Deans Sofas.

»Das klingt, als hätte ich keine andere Wahl«, murmelte er.

»Richtig.« Sie trug das Tablett mit der Kaffeekanne, Tassen, einem Glas Wasser, Kopfschmerztabletten und Butterkeksen zum Kaffeetisch und stellte es ab. Sie setzte sich neben ihn auf einen Sessel und sah zu, wie er sich vorsichtig auf dem gepolsterten Sofa niederließ.

»Es geht dir nicht gut, oder?«, fragte sie, obwohl sie darauf eigentlich keine Antwort brauchte.

»Stimmt.« Er nickte und fasste sich mit beiden Händen an den Kopf.

»Alles dreht sich? Die Wände kommen auf dich zu? Dein Mund ist so trocken wie eine verdorrte Pflanze?«

»Bitte hör auf«, stöhnte er.

Sie beugte sich vor und reichte ihm das Glas Wasser und die Schmerzmittel. »Hier. Trink das und nimm die Tabletten.« Seine Hände zitterten, als er mit einer das Glas hob und die andere nach den Pillen ausstreckte.

Er schob sich die Tabletten in den Mund und spülte sie mit einigen großen Schlucken Wasser hinunter.

»Du hast also den ganzen Nachmittag in einer Bar verbracht und bist jetzt hierhergekommen, um mir Vorhaltungen wegen des Zeitungsartikels zu machen.«

Er schaute sie wortlos an und blinzelte. In seinen haselnussbraunen, von dunklen Wimpern umrahmten Augen, lag ein Ausdruck der Verletzlichkeit. Er wirkte verloren.

»Kannst du nicht wenigstens warten, bis die Tabletten wirken?« Er beugte sich vor, stützte die Ellbogen auf die Knie und legte den Kopf in die Hände.

»Bei deinem geschätzten Blutalkohol schläfst du vielleicht ein, wenn ich zu lange warte.«

Er stieß einen frustrierten Laut aus, fuhr sich durch das Haar und lehnte sich zurück. »Warum ist es hier so hell?«

»Mein Bruder mag alles, was funkelt und glitzert, je heller, umso besser.«

»Na toll.«

»Ah, das klingt, als hättest du dich schon ein wenig erholt.« Sie griff nach der Kaffeekanne und schenkte sich eine Tasse ein. Dann lehnte sie sich in ihrem Sessel zurück. »Also, lass mich eines klarstellen: Ich habe keinen Journalisten kontaktiert und mit niemandem über dich gesprochen. Das war entweder eine andere Frau – sicher kommen da einige Hunderte in Frage –, oder dein Büro oder deine Wohnung sind verwanzt.« Sie nippte an ihrem Kaffee. »Schließlich sind wir hier in New York.«

Er lächelte unwillkürlich. Jetzt kam ihre britische Seite zum Vorschein. Er hatte keine Ahnung, was sie da trug, aber sie sah süß darin aus, das sah er, obwohl er alles immer noch ein wenig verschwommen wahrnahm. Ihr dunkles Haar umrahmte ihr herzförmiges Gesicht, und der wache Blick aus ihren Augen löste merkwürdige Gefühle in ihm aus. Er trank noch einen Schluck Wasser. Sie hatte ihn nicht verkauft. Das hätte er wissen müssen. Sie hätte die Geschichte sicher viel stärker ausgeschmückt und eine Anspielung auf Superman gemacht.

»Ist das deine Meinung über New York? Dass man sich hier gegenseitig bespitzelt und Geschäfte unter der Hand macht?«, fragte er.

»Nach dem heutigen Tag halte ich das für möglich. Und dazu kommt noch eine Portion *Gilmore Girls*.« Sie seufzte. »Aber *ich* habe meinen Kummer nicht im Alkohol ertränkt.«

»Ach ja?« Oliver deutete auf das Weinglas auf der Frühstückstheke.

»Den habe ich mir nicht eingeschenkt, weil ich einen schlechten Tag hatte, sonst weil ich gern Wein trinke.« Sie trank einen Schluck Kaffee. »Und wenn du dich dafür entschuldigen möchtest, dass du mich für eine Zuträgerin gehalten hast, bin ich ganz Ohr.«

»Was?« Er sah sie verständnislos an.

»Na, du hast doch geglaubt, ich wäre ein Spitzel, eine Informantin, die dich verraten und verkauft hat.«

»Es tut mir leid«, sagte er leise.

»Das sollte es auch.«

»Ich meine es ernst.«

»Das will ich hoffen.«

»Bei dir hat wohl nie jemand das letzte Wort.«

»Nur meine Tochter, aber erst nachdem wir hart darum gekämpft haben.«

Er lachte unwillkürlich, obwohl er sich schrecklich fühlte. Mühsam beugte er sich nach vorne und stellte das Wasserglas wieder auf den Tisch.

»Also, was hat dich heute dazu getrieben, so tief ins Glas zu schauen, anstatt zu arbeiten?«, fragte Hayley.

»Ein unangenehmes Treffen.«

»Es geht doch nicht etwa um den Globe?«

»Nein. Es handelte sich eher um etwas Persönliches.«

Sollte er ihr von seiner Mutter und Andrew Regis erzählen? Allerdings müsste er ihr dann alles genau erklären. Sein Herz klopfte heftig, als er den Mund öffnete und beginnen wollte.

»Du musst es mir nicht erzählen«, unterbrach Hayley ihn. »Es geht mich gar nichts an.«

Er nickte. »Das habe ich verdient.«

»Was?« Sie sah ihn verwirrt an.

»Ich bin hier betrunken aufgetaucht und habe mich aufgeführt wie ein kindischer Idiot. Da kann ich wohl kaum einen guten Rat von dir erwarten.«

»Brauchst du denn einen?«

»Sieht ganz so aus.«

Trotz des schicken Anzugs, der wahrscheinlich Hunderte, wenn nicht sogar Tausende Dollar gekostet hatte, sah Oliver ganz und gar nicht aus wie einer der reichsten Männer der Welt. So verkatert wirkte er weniger selbstbewusst, fast ein wenig zerknirscht, und zeigte menschliche Schwäche. Sie rutschte auf ihrem Sessel hin und her. *Ein begehrter Junggeselle*, fuhr es ihr durch den Kopf. Sie stellte ihre Tasse auf den Tisch. »Ich höre dir gern zu.«

Er schüttelte rasch den Kopf. »Nein, das hat keinen Sinn.«

»Was meinst du damit?«

»Ich würde am Ende doch nur wieder wie der selbstsüchtige Idiot dastehen, der ich wahrscheinlich bin, und ich möchte dir keine Schwierigkeiten machen.«

»Ich mag es nicht, wenn man mir meine Entscheidungen abnimmt.« Sie rümpfte die Nase. »Ich war der Meinung, das hätte ich gestern Abend bereits deutlich zum Ausdruck gebracht.«

»Als ich dich wegen deines Wunsches gekränkt habe.«

»Darüber bin ich hinweg. Das habe ich doch auch klargemacht.«

Obwohl er ziemlich mitgenommen aussah und eine gewaltige Fahne hatte, bewegte sie sich auf gefährlichem Terrain. Die Erinnerung an den Kuss im Schnee war mit einem Mal wieder sehr lebendig. Wenn sie den Gedanken daran zuließ, konnte sie förmlich die Beschaffenheit seiner Lippen spüren und das leidenschaftliche Drängen seines Mundes wahrnehmen …

»Meine Mutter trifft sich mit dem besten Freund meines Vaters«, stieß er hervor.

»Klingt ein wenig nach einem Fall für eine Kummerkastentante.«

»Es ist schon über ein Jahr her. Und das Leben geht weiter.«

»Aber du scheinst nicht sehr glücklich darüber zu sein.«

»Es geht nicht in erster Linie darum, dass sie sich mit einem anderen Mann trifft, sondern darum, um wen es sich dabei handelt.«

Sie beobachtete, wie er die Zähne zusammenbiss und auf dem Sofa nach vorne rutschte.

»Und ich weiß, wie sich das anhört«, fuhr er fort. »Als wäre ich ein problematisches Kind.«

Hayley hob die Hände. »Ich wünschte, meine Mutter hätte hin und wieder eine Verabredung, gleichgültig mit wem. Hauptsache, das würde sie davon abhalten, sich ständig Sendungen über Gartenarbeit im Fernsehen anzuschauen. Aber ich will mir darüber kein Urteil erlauben.«

»Andrew war schon zu Schulzeiten der beste Freund meines Vaters«, erzählte Oliver. »Seit einiger Zeit stehen wir in Verhandlungen über die Übernahme seiner Firma durch Drummond Global, und jetzt weiß ich endlich, warum.«

»Du glaubst, er will das nur, weil er mit deiner Mutter ein Verhältnis hat?«

»Genau.« Er griff mit zitternden Händen nach der Kaffeekanne. »Und mir gehen noch ein paar andere Sachen durch den Kopf. Wie zum Beispiel, ob es da nicht noch einige andere Motive für diese Fusion geben könnte. Oder ob diese Beziehung erst nach oder bereits vor dem Tod meines Vaters begonnen hat.«

»Oh, Oliver.« Hayley sah zu, wie er sich Kaffee einschenkte und dann seine Hände an der Tasse wärmte.

»Bitte kein Mitleid. Ein Lebensberater würde einfach still zuhören und sich überlegen, wie er den Termin so rasch wie möglich zum Ende bringen kann.«

»Soll ich gähnen und einen verstohlenen Blick auf meine Armbanduhr werfen?«, schlug sie vor.

Er lächelte. »Das könnte klappen.«

»Hast du mit deiner Mutter darüber gesprochen?«

Oliver schüttelte den Kopf. »Wir haben im Augenblick noch ein anderes Problem.«

»Und das wäre?«

»Du bist wirklich gut darin.«

»Worin? Im Führen einer Unterhaltung? Ja, ich muss zugeben, dass ich sehr gerne rede. Und vor allem habe ich gern das letzte Wort.«

Er trank einen Schluck Kaffee und lehnte sich wieder zurück.

»Und du hast sehr geschickt vom Thema abgelenkt«, fügte sie hinzu.

»Sie möchte mich zu etwas bewegen, was ich nicht tun will.«

»Das machen Mütter häufig. Ich tue das auch bei Angel.«

»Aber sicher verlangst du nicht von ihr, vor einer großen Menschenmenge eine Rede über einen verstorbenen Verwandten zu halten.«

»Geht es um deinen Vater?«

»Nein, um meinen Bruder.«

Bens Bild stand wieder klar vor seinen Augen. Sein kurzes dunkles Haar, sein gewinnendes Lächeln – die perfekte Personifikation des amerikanischen Traummannes. Wie immer waren Eifersucht und Trauer eng miteinander verknüpft, und beides war irritierend und schmerzhaft. Er hatte seinen Bruder sehr geliebt und konnte sich noch gut an den Moment erinnern, als er zum ersten Mal geglaubt hatte, ihn verloren zu haben. Sie waren einige hundert Meter vom Strand ihres Sommerhauses entfernt auf dem Meer gewesen und hatten im Boot herumgealbert, als plötzlich ein Unwetter aufzog. Er hatte alles getan, was sein Vater ihn gelehrt hatte, um das Boot ans Ufer zu bringen. Ben hatte die Führung übernommen und versucht, ihnen beiden die panische Angst zu nehmen. Aber sie trieben immer weiter aufs Meer hinaus. Und dann hatte eine hohe Welle seinen Bruder über Bord gespült. Er erinnerte sich noch gut an die

Wellen, die gegen das Boot schlugen, und die schäumenden Wellenkämme, die seinen Bruder verbargen. Er hatte verzweifelt in das Wasser gestarrt und Ausschau nach der orangefarbenen Rettungsweste seines Bruders gehalten. Erst nach scheinbar endlosen Minuten war er Wasser spuckend und keuchend aufgetaucht und hatte gegen die Strömung angekämpft. Oliver hatte sich, ohne auf seine eigene Sicherheit zu achten, aus dem Boot gebeugt und ihm das Holzpaddel hingehalten. Ben war es schließlich gelungen, sich daran wieder ins Boot zu ziehen, und sie hatten sich beide auf den Boden gelegt und gewusst, dass sie zusammen gehen würden, wenn die Elemente sie besiegten. Fünf Minuten später war Richard mit einem Schnellboot aufgetaucht und hatte sie in Sicherheit gebracht.

Oliver verbarg sein Gesicht hinter der Kaffeetasse, trank einen Schluck und hoffte, dass die Flüssigkeit ihm helfen konnte, nicht nur seinen Alkoholpegel, sondern auch seine Gedanken wieder in den Griff zu bekommen.

»Ben starb in dieser Woche vor fünf Jahren.« Er atmete tief ein. »Meine Mutter neigt zu dieser Jahreszeit zu emotionalen Ausbrüchen, so als würden wir ihn sonst vergessen. Ich denke anders darüber.«

»Und wie?«, wollte Hayley wissen.

»Ich möchte ihn nicht vergessen, aber manchmal habe ich das Gefühl, als würde er ständig wie eine der Figuren aus *A Christmas Carol – Die drei Weihnachtsgeister* über mir schweben.«

»Und deine Mutter hält dich für die perfekte Besetzung für Scrooge?«

»Genauso ist es.«

Er musterte sie und beobachtete, wie sie ihre Beine in dem Schlafanzug aus Fleece an ihren Körper zog. Hatte sie

Verständnis für ihn? Jetzt vielleicht schon, wo sie nur einen kleinen Überblick bekommen hatte. Aber was würde sie denken, wenn er ihr erzählte, wovor er wirklich Angst hatte?

»Ich bezweifle, dass dich das tröstet, aber ich bin ziemlich sicher, dass meine Mutter mich hasst.«

Das klang so nüchtern, dass es einige Sekunden dauerte, bis er begriff, was sie da gesagt hatte.

»Sie hasst dich?«, hakte er nach.

»Ist das zu übertrieben ausgedrückt?«

»Ich weiß es nicht. Was denkst du?«

»Sie vergöttert Dean, aber er ist ja auch gut aussehend, intelligent und hat nicht mit achtzehn ein Kind in die Welt gesetzt.«

»Und du?«

»Ich bin diejenige, die alles falsch macht. Diejenige, die ihre Träume aufgeben musste, weil sie ein Baby bekommen hat. Die Tochter, über die sie mit den anderen beim Bingo lieber nicht spricht.«

»Und das tut weh.« Er musterte sie. Anscheinend dachte sie über seinen Satz nach. Sie strich sich das Haar aus dem Gesicht, stützte einen Ellbogen auf die Sessellehne und legte ihr Kinn in die Hand.

»Ich weiß nicht, ob es noch weh tut. Ich habe mich daran gewöhnt.«

»Hast du mit ihr darüber gesprochen?«

»Nein. In unserer Familie spricht man nicht über solche Dinge.« Sie seufzte. »Aber ich habe mein Tagebuch in ihrem Haus gelassen, in das ich zehn Jahre lang alles über meine Ängste und Probleme geschrieben habe, und in dem ich sie böse Hexe genannt habe. Falls sie es finden sollte, wird sie schon bald lesen, was ich ihr nie habe sagen können.« Hayley fröstelte. Sie wollte nicht, dass ihre Mutter das Tagebuch fand. Sie hätte es nicht in Ritas Haus hinter den Plüschtieren verstecken sollen. Aber wenn sie es nach New York mitgenommen hätte, hätte Angel es entdecken können. Sie streckte ihre Beine aus. »Mir ist deine Taktik nicht entgangen. Netter Versuch, aber *ich* bin hier die Beraterin.«

»Das Beratungsgespräch muss ja nicht einseitig ablaufen.«

»Du stehst unter Alkoholeinfluss. Jeder weiß, dass man keine Ratschläge von Betrunkenen annehmen sollte.«

»Und jeder weiß, dass Betrunkene immer die Wahrheit sagen.«

»Nun, wenn das so ist … Warum hast du mich gestern Abend geküsst?«

Hayleys Wangen wurden heiß, und sie wünschte, sie würde nicht immer alles, was ihr durch den Kopf ging, einfach so heraussprudeln. Sie sollte rasch etwas anderes sagen, um die Situation aufzulockern, aber ihr fiel einfach nichts Passendes ein.

Sie konnte den Blick nicht von ihm abwenden, und er erwiderte ihn. Und seine Nähe löste wieder seltsame Reaktionen in ihrem Körper aus.

»Ich habe dich geküsst, weil ich den Gedanken nicht ertragen konnte, dass du von mir weggehst und mich für den größten Trottel der Stadt hältst.«

»Ah«, erwiderte sie. »PR-Arbeit.«

Er schüttelte den Kopf. »Nein, ich hatte Angst, dass ich … dich nie wiedersehen würde.«

Sie schluckte. An seinen Augen sah sie, dass er die Wahrheit sagte und es ernst meinte. Oliver Drummond, der oberflächliche Superman mit den vielen Verabredungen, war offensichtlich ein sehr vielschichtiger Mensch, und im Augenblick schaute er sie an, als wollte er ihr die Kleider vom Leib reißen. Und der Gedanke daran erregte sie enorm. Aber für sie stand sehr viel auf dem Spiel, und sie durfte nicht unvorsichtig werden.

Sie lächelte und versuchte, die Leidenschaft herunterzuspielen. »Ich wette, das sagst du zu allen Frauen.«

Er schüttelte den Kopf. »Nein, du bist die Erste, zu der ich das jemals gesagt habe.«

»Wow«, erwiderte sie rasch. »Was war bloß in dem Bier, das sie dir in der Bar gegeben haben?«

»Und wer lenkt nun vom Thema ab?« Er lächelte.

»Aber ich bin nüchtern.«

»Wie schade.«

Sie lächelte und stieß einen Seufzer aus. »Du solltest dich nicht mit mir einlassen.« Sie stand auf. »Schließlich bin ich in New York auf der Suche nach einem anderen Mann. Das ist alles viel zu kompliziert.«

»Aber es ist schon passiert, Hayley.« Er erhob sich ebenfalls.

Es trennten sie noch einige Meter voneinander, aber ihr Körper reagierte, als würde sie von einer Feuerwalze überrollt und auf den Boden gedrückt. Das durfte nicht passieren. Ihre Mission, Michel zu finden, hatte Vorrang. Eine Beziehung mit einem Mann stand nicht auf ihrem Programm.

»Ich bin völlig durcheinander, Hayley.« Er kam näher. »Nichts in meinem Leben ist im Augenblick so, wie ich es mir wünsche.« Er legte eine Hand an ihre Wange. »Aber jetzt bist du hier, und wenn ich mit dir zusammen bin, dann …«

Sie konnte kaum atmen. Seine Finger umfassten ihr Kinn,

und alle ihre Sinne spielten verrückt. Das durfte sie nicht zulassen.

»Wenn ich mit dir zusammen bin, ist alles andere nicht mehr so wichtig«, flüsterte er.

»Du vergisst, dass du betrunken hierhergekommen bist, um mir gehörig die Meinung zu sagen.« Beinahe wünschte sie sich, sie hätte tatsächlich eine Geschichte über ihn an die Presse verkauft. Wenn er immer noch wütend auf sie wäre, dann würde das jetzt nicht geschehen … was immer das auch war.

Er nickte. »Aber ich hätte es besser wissen sollen.« Er strich ihr mit den Fingern über das Haar. »Weil ich dich kenne.«

Sie schluckte. »Du weißt nur das über mich, was ich dir erzählt habe.«

Er nickte wieder. »Und anstatt dir eine Reise nach Honduras oder einen Ferrari zu wünschen, hast du mir gesagt, dass du Angels Vater finden willst.«

»Und das hat dir nicht gefallen.«

»Daran hat sich nichts geändert.« Er fuhr mit einem Finger von ihrem Kinn über ihren Hals bis zum Reißverschluss ihres Einteilers. »Aber du warst ehrlich. Echt.«

Sie schauderte, als er den Reißverschluss langsam nach unten zog. Ausgerechnet heute, wo sie verführt werden sollte, war sie angezogen wie einer der Helfer der Spielzeugfabrik in Angels Weihnachtsbuch.

Sein Blick zog sie magisch an, und sie schob sich näher an ihn heran, während er den Reißverschluss weiter öffnete. Sie sollte sich von ihm entfernen. Ein halber Schritt zurück würde schon genügend, um ein wenig Abstand entstehen zu lassen, aber sie konnte sich nicht bewegen. Und sie wollte es auch gar nicht.

Seine Lippen legten sich auf ihre, und sie fühlte sich wie am vergangenen Abend wie elektrisiert. Sein Mund war heiß, und seine Finger tasteten über ihre unangebrachte Nachtwäsche.

»Meine Güte, was ist das?« Er zupfte an dem Reißverschluss.

»Ein Overall.«

»Ich hasse ihn.«

»Im Moment hasse ich ihn auch.«

Er küsste sie wieder und zog ihr den flauschigen Stoff über die Schulter.

Plötzlich fiel die Haustür ins Schloss, und Hayley sprang wie ein verschrecktes Känguru in die Höhe.

Sie schlug die Hand vor den Mund. »Das sind Dean und Angel.« Rasch zog sie den Reißverschluss nach oben.

»Was soll ich jetzt tun? Gehen? Mich verstecken? Ich mache alles, was du sagst.«

»Du willst dich verstecken?« Sie grinste.

»Keine Ahnung.« Er lachte leise. »Wie würde es bei *Gilmore Girls* jetzt weitergehen?«

»Wahrscheinlich würdest du dich tatsächlich verstecken, und dann gäbe es betont beiläufige Gespräche, die erst recht auf deine Anwesenheit hindeuten würden, und alle würden Kaffee trinken und …« Die Anzahl der Tassen auf dem Tisch würde sie verraten. Dass er sich versteckte, war also keine Lösung. Sie riss die Augen auf. »Es geht um den Globe. Ja, das ist es! Du bist hierhergekommen, um Dean etwas über den Globe zu sagen, was nicht warten kann.«

»Und das wäre?« Oliver steckte sein Hemd in die Hose.

»Ich weiß es nicht! Schließlich besitze ich keine Firma, die Unterhaltungselektronik herstellt.« Sie dachte kurz nach, während sich Schritte auf der Treppe näherten. »Der Globe überhitzt!«

»Was? Das kann ich nicht sagen!«

Die Tür zum Wohnzimmer ging auf, und Angel und Dean kamen herein. Hayley lief auf Angel zu, umarmte sie und drückte sie an ihre Brust. »Hattest du eine schöne Zeit? War Vernons Essen richtig lecker?«

»Hey«, grüßte Oliver und hob die Hand.

Angel löste sich aus der Umarmung und beäugte Oliver misstrauisch.

»Mr Drummond, was machen Sie hier? Ich meine … kann ich Ihnen irgendwie helfen?«, begann Dean und stellte einen Plastikbehälter auf den Esstisch. »Oh, nein … es geht um den Globe, richtig?«

Hayley nickte heftig und versuchte, Oliver mit ihrem Blick dazu zu bringen, ihm zuzustimmen.

»Rabbit Nation läuft prima. Ich habe es auf dem Hin- und Rückweg gespielt«, warf Angel ein.

Hayley nickte noch einmal und warf Dean dann einen unschuldigen Blick zu, während sie mit dem Reißverschluss ihres Einteilers spielte.

»Ja, leider geht es um den Globe.« Oliver räusperte sich. »Ich glaube, wir haben ein Problem mit Überhitzung.«

KAPITEL SIEBENUNDZWANZIG

Dean Walkers Apartment, Downtown Manhattan

Ihr Bruder starrte auf das Tablet, als könne es jeden Augenblick in seiner Hand explodieren, während Oliver ihm erklärte, er habe in den entsprechenden Kreisen ein Gerücht über eines der von ihnen verwendeten Bauelemente gehört. Hayley hatte ein schlechtes Gewissen, weil sie Oliver zum Lügen zwang und Dean Angst machte, dass etwas mit seinem Baby nicht in Ordnung sein könnte. Aber sonst hätte sie erklären müssen, warum sich der Millionär hier in dieser Wohnung mit ihr befand. Die beiden Männer standen dicht über den Globe gebeugt an der Frühstückstheke. Dean redete und wischte über das Tablet, während Oliver ihr immer wieder einen flehentlichen Blick zuwarf und nach einem Ausweg suchte.

»Hast du gewusst, dass Vernons Rezept für Fleischbällchen schon seit sechs Generationen in seiner Familie ist?« Angel tauchte mit einer Schüssel Eiscreme neben ihr auf.

»Nein, das habe ich nicht gewusst«, erwiderte Hayley, ohne den Blick von Oliver abzuwenden.

»Ich weiß, dass mit dem Globe alles in Ordnung ist«, fuhr Angel fort und schob sich einen Löffel voll Eiscreme in den Mund.

Hayley wandte sich Angel zu. »Was meinst du damit?«

»Auf dem Kaffeetisch sind Kekse«, antwortete Angel mit vollem Mund.

Hayley warf einen Blick auf den Tisch. Eine halbleere Kaffeekanne, ein Glas Wasser, Kekse. War dieser Anblick etwa belastend?

»Er ist Onkel Deans Boss. Was hätte ich ihm denn anbieten sollen? Die Reste unserer Pizza?«

»Millionäre tauchen nicht einfach bei anderen Leuten auf«, stellte Angel fest. »Sie vereinbaren Termine während ihrer Arbeitszeit.«

»Wie viele Millionäre kennst du, um das beurteilen zu können?« Hayley stemmte die Hände in die Hüften.

»Ich weiß, was hier läuft«, verkündete Angel lautstark.

Hayley sah, wie Oliver sich von Dean abwandte, der das Tablet in seine Einzelteile zerlegte, und einen Blick über die Schulter warf. Ihr Herz begann zu hämmern. War sie etwa so leicht zu durchschauen? Rasch vergewisserte sie sich, dass der Reißverschluss ihres Schlafanzugs bis zum Hals geschlossen war.

»Du hast ihn hierhergebeten, um ihn um einen Job zu bitten«, fuhr Angel fort und nickte bekräftigend.

»Ich habe bereits einen Job«, entgegnete Hayley flüsternd.

»Tatsächlich? Nachdem man uns heute praktisch aus dem Haus geworfen hat?«

Hayley seufzte. Sie hatte noch nichts von Majestic Cleaning gehört, und sie wagte es nicht, dort anzurufen. Sie zuckte die Schultern. »Das wird sich sicher alles in Wohlgefallen auflösen.«

»Spinnst du? Die Frau hat ausgesehen, als würde sie uns umbringen wollen, und die Haushälterin hat gekreischt wie in einem Horrorfilm.«

»Du bist noch nicht alt genug, um dir solche Filme anzuschauen.«

»Kekse lügen nie.« Angel warf ihr einen triumphierenden Blick zu.

Hayley hob die Hände. »Okay, erwischt. Ich wollte ihn um einen Job bitten.«

Angel sah sie mit großen Augen an. »Und?«

»Und dann seid du und Onkel Dean hereingeplatzt und habt mir keine Zeit mehr gelassen, mein Anliegen vorzubringen.«

»Also stimmt alles mit dem Globe?«

»Ja … nein … ich weiß es nicht. Ich meine, das kann ich nicht beurteilen.«

Angels Augen wurden feucht und sie ließ sich mit dem Eisbecher in der Hand auf das Sofa fallen. »Ich habe mir so sehr gewünscht, dass der Frau gefällt, was wir heute aus ihrem Wohnzimmer gemacht haben.«

Hayley ließ sich neben Angel nieder und nahm ihr den Löffel aus der Hand. »Ja, das habe ich mir auch gewünscht.« Sie schaufelte etwas Eis aus der Schüssel und steckte sich den Löffel in den Mund.

»Für mich sah es richtig schön aus. Warm und einladend. Das Kaminfeuer war gemütlich und brachte die Fotos zur Geltung«, fuhr Angel fort und holte sich den Löffel zurück.

»Wir haben gute Arbeit geleistet, aber leider ihren Geschmack nicht getroffen.«

»Und nun wirst du wahrscheinlich meinetwegen gefeuert«, meinte Angel bedrückt.

Hayley schüttelte den Kopf. »Nein, nicht wegen dir. Das habe ich mir selbst zuzuschreiben.« Sie seufzte. »Ich weiß nicht, was ich mir dabei gedacht habe. Ich hätte den Job nicht annehmen sollen – ich habe nicht einmal die benötigten Papiere dafür. Außerdem sollte das ein Familienurlaub sein, in dem wir jede Minute zusammen verbringen können.« Sie legte einen Arm um Angels Schultern und zog sie an sich.

»Aber wir brauchen doch das Geld, oder?«

Hayley zuckte die Schultern. »Wir werden uns schon irgendetwas einfallen lassen.«

Angel drehte den Kopf, um ihr in die Augen schauen zu können. »Also keine Wischmopps und blöde Uniformen mehr?«

»Nein, und auch keine Agatha. Und jetzt geh und hol uns einen zweiten Löffel für die Eiscreme. Du kannst das unmöglich alles allein auffuttern.«

»Dean hätte mich am liebsten die ganze Nacht hierbehalten und mit mir den Globe in alle Einzelteile zerlegt.« Oliver grinste, als Hayley ihn die Treppe hinunter zur Haustür begleitete. Nach viel Wasser und Kaffee und dem Besuch des Badezimmers, in dem er scheinbar die Hälfte seines Körpergewichts verloren hatte, fühlte er sich beinahe wieder wie ein Mensch.

»Es tut mir leid – etwas anderes ist mir einfach nicht eingefallen.« Sie blieb am unteren Treppenabsatz stehen und legte die Hand auf die goldene Klinke. »Er wird doch hoffentlich nicht alles noch einmal auseinandernehmen, oder? Ich will nicht am Zerfall eines Imperiums schuld sein.«

»Ich glaube, es ist mir gelungen, ihn zu beruhigen. Ich habe gesagt, dass ich mir bei der Modellnummer nicht sicher sei. Wahrscheinlich wird er das jetzt googeln.«

»Unter Globe.«

»Na ja, eigentlich bei Voyage. So heißt unsere Suchmaschine.«

»Das gefällt mir.« Sie nickte. »Da geht es nur um die Reise und nicht um wilde Tiere.«

Er sah sie verständnislos an.

»Safari?«

Oliver grinste. Ihre Augen blitzten, als sie ihn ansah. Frisch und lebendig. »Darf ich dich irgendwohin ausführen?«

Als sie nicht sofort antwortete, hielt er den Atem an und machte sich auf eine Abfuhr gefasst.

»Ich habe dich dazu gezwungen, eine halbe Stunde lang erfundene Mängel eines Geräts zu diskutieren, und nun willst du mich ausführen?«

»Ich bin hier betrunken aufgetaucht und habe mich schlecht benommen. Das möchte ich wiedergutmachen.« Er griff nach ihrer Hand, drehte sie um und fuhr sanft mit den Fingern über ihre Handfläche. Noch nie hatte er die Hand einer Frau auf diese Weise gestreichelt.

Sie nickte lächelnd. »Okay.«

»Okay?« Er war überrascht, wie schockiert seine Stimme klang. Sie hatte Ja gesagt. »Und was möchtest du tun?«

Er spürte, wie sie seine Hand drückte.

»Keine Wünsche mehr. Du entscheidest«, erklärte sie.

»Bist du sicher? Ich möchte dich nicht enttäuschen.« In Wahrheit wollte er Zeit gewinnen. Er dachte fieberhaft darüber nach, wohin er sie ausführen könnte, was er mit ihr unternehmen könnte, um den bestmöglichen Eindruck zu hinterlassen.

»Ganz sicher, Superman.« Sie stellte sich auf die Zehenspitzen und hauchte ihm einen Kuss auf die Lippen. Dann ließ sie seine Hand los und trat einen Schritt zurück auf die unterste Stufe.

»Soll ich dich anrufen? Ich habe deine Nummer nicht.« Er griff in seine Hosentasche und zog sein Mobiltelefon heraus.

»Bereit?«, fragte sie.

»Einen Augenblick.« Er drückte auf die Tastatur.

»077026 415798.« Sie drehte sich um und lief die Treppe hinauf.

»Was? War das sieben neun acht, oder sieben acht neun?«, rief er ihr hinterher.

»Bis dann, Clark.« Sie blieb stehen und wandte sich ihm noch einmal zu. »Übrigens war Angel von dem Christbaum in der Lobby total begeistert.«

KAPITEL ACHTUNDZWANZIG

Drummond Global, Downtown Manhattan

Oliver atmete tief die frostige Luft ein, bevor er die Tür zum Bürogebäude aufstieß. Trotz des Katerkopfschmerzes war er davon überzeugt, dass er einen guten Tag vor sich hatte. Er hatte sich einen Kaffee besorgt, und sein Plan stand fest. Heute würde er das perfekte Date mit einer Frau ausarbeiten, die er unbedingt besser kennenlernen wollte. Und er hatte eine weitere Aufgabe für Daniel Pearson. Er hatte schon viele Wünsche erfüllt, und auch, wenn es ihm gegen den Strich ging, würde er versuchen, auch Hayley bei ihrem Wunsch weiterzuhelfen.

Er betrat den Empfangsbereich und entdeckte Clara. Lächelnd ging er auf sie zu.

»Guten Morgen, Clara. Wie war Ihr freier Tag? Wenn Sie mir jetzt sagen, dass Sie ihn nicht im Bett verbracht haben, bin ich sehr enttäuscht.«

Clara fiel die Kinnlade herunter, und sie begann zu stottern, während die Rezeptionistinnen hinter ihr kicherten. »Mir war nicht klar, dass ich dem Geschäftsführer einen Bericht über meine Freizeitaktivitäten geben muss.«

»Das müssen Sie natürlich nicht.« Er legte einen Finger an die Nase. »Von mir erfährt niemand ein Wort.« Er grinste und deutete auf den Fahrstuhl. »Nach oben?«

»Ja, aber …«, begann Clara.

»Bevor Sie mit allem anderen anfangen, lassen Sie bitte wieder einen Christbaum in der Lobby aufstellen, Clara.« Er warf einen Blick auf den leeren Platz. Nicht einmal eine einzige Tannennadel war mehr zu sehen. »Aber besorgen Sie einen größeren. Mit mehr Schmuck.«

Er drückte auf die Taste, um den Aufzug zu holen. »Und besorgen Sie Spielsachen im Wert von ein paar Tausend Dollar und lassen Sie sie unter den Baum legen. Für die Kinder der Angestellten und für das Krankenhaus.«

»Oliver, was ist passiert?«

Er lächelte. »Nichts. Ich habe nur beschlossen, dass wir in der Lobby einen Weihnachtsbaum haben sollten.«

»Warum?«

»Weil bald Weihnachten ist.« Er betrat den Lift.

»Das war auch schon der Fall, als Sie den anderen Christbaum haben wegbringen lassen.« Clara folgte ihm.

»Es kommt eben auf das richtige Timing an.« Er grinste wieder.

Clara schüttelte den Kopf, als die Türen sich schlossen. »Ich habe die Titelseite der gestrigen Zeitung gesehen.« Sie wandte sich ihm zu. »Und versucht, Sie telefonisch zu erreichen, aber man sagte mir, Sie seien nicht im Büro.«

»War ich auch nicht.«

»Ich habe es stündlich versucht, aber immer wieder die gleiche Auskunft bekommen.«

Er seufzte entnervt. »Sie hatten gestern einen freien Tag. Warum zum Teufel haben Sie mich angerufen? Ich habe Ihnen doch gesagt, dass Sie …«

»Dass ich den Tag im Bett verbringen solle. Alle in der Lobby haben das gehört.«

»Und? Haben Sie meinen Rat befolgt? Wenn Sie nicht gerade versucht haben, mich anzurufen?« Er rückte näher an Clara heran und bückte sich ein wenig, um ihr in die Augen schauen zu können.

Clara lächelte verschämt. »Möglicherweise gab es im Laufe des Tages einige harmonische Augenblicke in unserem Eheleben.«

Oliver klatschte in die Hände und lachte. »Gut.«

»Und wo waren Sie? Haben Sie und Andrew Regis Ihre Besprechung in den Country Club verlegt?«

Das Lächeln verschwand aus Olivers Gesicht, und er presste die Lippen zusammen. »Nein, so kann man das nicht sagen.«

»Nun, er hat heute Morgen schon versucht, Sie zu erreichen«, sagte Clara.

»Okay.«

»Zweimal«, fügte Clara hinzu. »Und Ihre Mutter auch.«

»Aha.«

»Dreimal.«

Er straffte die Schultern und ignorierte den Druck auf seinem Brustkorb. Was immer zwischen Andrew Regis und seiner Mutter vorging, würde ihm auf keinen Fall seine gute Laune nehmen.

»Bleibt es bei dem Baum und den Geschenken?«, erkundigte sich Clara.

»Ja.« Er nickte. »Der Baum wird wieder aufgestellt, die Geschenke werden gekauft, und wenn die Post fertig ist, kommen Sie bitte in mein Büro und verraten mir den romantischsten Ort für ein Date in dieser Stadt.«

»Wenn man dem Zeitungsartikel glauben darf, erfüllen Sie Frauen gern ihre Wünsche.« Sie lächelte süffisant.

»Glauben Sie nicht alles, was in der Zeitung steht, Clara.« Er zwinkerte ihr zu. »Und sagen Sie William, er soll sich mit Nick in der Verpackungsabteilung in Verbindung setzen. Soviel ich weiß, sucht er einen Leitenden Assistenten.«

Er freute sich über Claras Lächeln. Heute war er nicht aufzuhalten.

Dean Walkers Apartment, Downtown Manhattan

»Nein, Peter, ich weiß es wirklich nicht.« Dean lief, mit dem Handy an sein Ohr gepresst, in der Küche auf und ab. »Er tauchte gestern Abend hier auf und erklärte mir, dass es ein Problem gebe. Ich war die ganze Nacht wach und habe versucht, den Bericht darüber im Internet zu finden.«

Hayley zuckte zusammen, während sie einen Schluck Tee trank. Angel trat sie unter der Frühstückstheke gegen den Knöchel und starrte sie böse an.

»Du musst es ihm sagen«, presste sie mit geschlossenem Mund hervor.

Hayley schüttelte den Kopf. »Ich habe keine Ahnung, wovon du sprichst.«

»Mit dem Globe ist alles in Ordnung.«

»Das wissen wir nicht.«

»Er hat nicht geschlafen«, stellte Angel fest, den Mund voll mit Müsli.

»Woher willst du das wissen? *Du* solltest in der Nacht nicht wach sein.«

»Ich werde es ihm sagen«, erklärte Angel.

»Was?« Hayley setzte eine Unschuldsmiene auf und hob ihre Teetasse.

»Dass mit dem Globe alles stimmt, und dass du versuchst, dir einen Job zu besorgen.«

Hayley beobachtete, wie Angel ihre Beine zur Seite schwang und sich Dean zuwandte.

»Onkel Dean!«, rief sie laut.

Hayley sprang von ihrem Hocker, verschüttete ein wenig Tee, als sie ihre Tasse hinstellte, und hastete zu Angel hinüber. Sie legte eine Hand auf ihren Mund und zog sie an sich, um sie zum Schweigen zu bringen. Allmählich wurde das zur Gewohnheit.

»Angel, bitte nicht«, flehte sie ihre Tochter an.

Angel kämpfte sich frei und wischte sich den Mund am Ärmel ihres Sweatshirts ab. »Dann lässt du mir keine andere Wahl.« Sie streckte den Arm über den Tisch und zog den Reiseführer von New York zu sich heran.

»Oh, bitte, keine hundertundeins Fakten über die Vögel im Central Park.«

»Warte mal.« Angel blätterte in dem Führer. »Ich bin für ... ja ... die New York Public Library, danach das Empire State Building und dann das Rockefeller Center.«

»Ich dachte eher an ein paar Galerien. Und wie wäre es statt einem Besuch der Bibliothek mit einem Bummel bei Barneys oder Bloomingdales?«

»Nein.« Angel verschränkte die Arme vor der Brust.

»Also gut, du hast gewonnen.« Hayley streckte ihre Zunge heraus. »Geh und zieh dich an.«

»Wir sehen uns dann gleich im Büro.« Dean beendete das Gespräch und legte sein Handy auf die Arbeitsfläche. Er sah blass und gestresst aus, und das war allein ihre Schuld.

»Hör mal, ich glaube, Oliver hat sich geirrt. Du weißt doch, wie diese Manager sind. Was wissen die schon von den Grundlagen des Geschäfts?«

Dean starrte sie plötzlich an, als hätte sie zwei Köpfe.

Sie warf einen Blick auf ihren Schlafanzug. Hatte sie sich bekleckert? »Was ist los?«

»Du hast *Oliver* gesagt«, stellte Dean fest.

Mist. Sie hatte total vergessen, dass Dean nichts über ihre

Begegnungen wusste. Ihre Wangen wurden heiß und rot. »Heißt er nicht so?«

»Schon, aber ich …«

Sie unterbrach ihn rasch. »Angel möchte sich heute das Empire State Building anschauen, und ich werde so viele Galerien wie möglich anrufen, also werden wir dann einige davon besuchen. Ich hoffe, dass ich irgendwo einen Hinweis auf Michel bekomme.«

Dean hob seine Kaffeetasse. »Hältst du das für klug?«

»Was?«

»Mit Angel Galerien zu besuchen. Was, wenn du ihn tatsächlich in einer davon antriffst?«

»Glaubst du denn, darüber hätte ich mir keine Gedanken gemacht?«

»Keine Ahnung. Hast du?«

»Ja. Ich habe beschlossen, es ihr oben auf dem Empire State Building zu sagen, wenn ich einige Tassen starken Kaffee intus habe.« Bei dem Gedanken daran, dieses Thema zur Sprache bringen zu müssen, schnürte sich Hayleys Brustkorb zusammen. »Ich werde ihr sagen, dass ich von ihrem Wunsch weiß, und dass ich ihr helfen werde, ihren Vater zu finden«, fuhr sie unbeirrt fort.

Etwas krachte laut auf den Boden, und Hayley drehte sich erschrocken um. Hinter ihr an der Tür stand Angel, und ihr Lexikon lag vor ihren Füßen.

KAPITEL NEUNUNDZWANZIG

Drummond Global, Downtown Manhattan

»Das war schon wieder die Rezeption. Ihre Mutter hat eine weitere Nachricht hinterlassen«, berichtete Clara und legte den Hörer auf.

»Wann wird sie endlich aufgeben?« Oliver lehnte sich in seinem Stuhl zurück.

»Ich kenne sie bereits mein halbes Leben, Oliver. Sie wird keine Ruhe geben, bis Sie mit ihr reden.«

Er nickte und atmete tief ein. Clara hatte natürlich recht, aber er war einfach noch nicht bereit für ein Gespräch mit ihr.

»Geht es um die McArthur-Stiftung?«, fragte Clara.

Er schüttelte den Kopf. »Nein.«

»Dann um …«

Ihm war klar, dass sie den Satz bewusst nicht zu Ende geführt hatte, damit er ihn vollenden konnte.

»Also, wie sieht es aus mit romantischen Treffpunkten?« Oliver richtete sich auf und lächelte Clara an.

»War das ernst gemeint?«

»Haben Sie daran etwa gezweifelt?«

»Geht es um die Frau, die neulich hier war?« Clara lächelte. »Lois.«

Unwillkürlich strahlte er über das ganze Gesicht. »Vielleicht.«

»So habe ich Sie noch nie gesehen, Oliver.«

»Wie?«

»So, als würden Sie nicht vor der ganzen Welt davonlaufen wollen.«

Sein Lächeln verschwand. Tat er das? Wirkte er so auf andere? Er spürte, wie sich sein Herz vor Angst zusammenzog. Wenn er ein solches Date plante, musste er Vertrauen in etwas setzen, woran er eigentlich nicht glaubte. Hier ging es nicht um eine flüchtige Bekanntschaft. Bisher war ein Eintrag in seinen Terminkalender für ihn die größte Verpflichtung gewesen, die er eingegangen war. Eine Stimme in seinem Inneren warnte ihn. *Du wirst sterben*. Er war versucht, ihr zu glauben. Oder sollte er es wagen, sie zu ignorieren? Einfach sein Leben führen, ohne zu viel darüber nachzudenken, wie Tony ihm ständig riet?

»Das sollte keine Kritik sein«, fügte Clara hastig hinzu. »Ich weiß, unter welchem Druck Sie seit dem Tod Ihres Vaters stehen, und …«

Er räusperte sich. »Ich habe an eine Broadway-Aufführung gedacht. Welche wäre am besten?«

Clara legte eine Hand auf ihre türkisfarbene Statement-Kette und drehte die Perlen zwischen den Fingern.

»Nein?«

»Nun, das ist eine nette Idee, aber in einer Theateraufführung können Sie nicht miteinander reden.« Sie rutschte auf ihrem Stuhl hin und her. »Bei einem ersten Date sollten Sie die Möglichkeit haben, einander besser kennenzulernen.«

Er nickte. »Sie haben recht. Was habe ich mir nur dabei gedacht?«

Oliver dachte über Claras Bemerkung nach und stellte fest, dass ihre Wangen sich röteten, weil sie es gewagt hatte, ihm ihre Meinung zu sagen.

»Dinner?«, schlug er vor.

»Wo bleibt Ihre Originalität? Es sollte schon etwas mehr als ein Abendessen sein.«

»Cocktails?«

»Zu klischeehaft.«

»Das Philharmonische Orchester?«

»Können Sie sich bei Geigenklängen unterhalten?«

Er klopfte mit seinem Stift auf den Schreibblock vor sich und griff nach seinem Anti-Stressball. »Warum ist das so schwierig?«

»Weil es Ihnen wichtig ist.« Clara lächelte. »Welche Interessen hat sie?«

Diese Frage störte seinen Denkprozess. Er hatte keine Ahnung. Sie hatten sich dreimal getroffen, sich unterhalten und geküsst, und er wusste nicht, wofür sie sich interessierte.

»Ich weiß es nicht«, gab er kleinlaut zu. »Sie hat eine Tochter.«

»Das weiß sogar ich. Denken Sie nach, Oliver.«

»Sie ist klug.« Er stand auf. »Ich meine damit nicht, dass sie eine Intellektuelle ist oder so …« Er seufzte. »Oder vielleicht doch. Auf jeden Fall ist sie sehr redegewandt. Sie weiß, wie es läuft auf dieser Welt, und hat Spaß an allem. Und sie will immer das letzte Wort haben.«

»Aufgeweckt und lebenslustig.« Clara nickte und machte sich Notizen auf ihrem Klemmbrett.

»Verschwende ich damit nur meine Zeit, Clara?«

»Wie kommen Sie darauf?«

»Sollte es tatsächlich so schwierig sein?«

»Die besten Dinge im Leben sind die, für die man kämpfen muss.«

Oliver spürte Melancholie in sich aufsteigen. »Das hat mein Vater immer gesagt.«

»Das weiß ich.« Clara lächelte. »Und dann hat er die Geschichte von dem kenternden Boot erzählt.«

Die Geschichte, an die er sich am Abend zuvor erinnert hatte, hatte sein Vater auf jeder Veranstaltung vorgetragen, die er mit ihm besucht hatte, sobald er alt genug dafür gewesen war. Erst nach Bens Tod war sie ausgetauscht worden. Danach hatte sein Vater davon gesprochen, dass das Leben viel zu kurz sei und dass man daher das Beste daraus machen müsse. Kein Wort mehr darüber, dass man nach den Sternen greifen musste, wenn man etwas erreichen wollte. Richard Drummonds Erfolg war nach Bens Tod nicht geringer geworden, aber seine Einstellung zum Leben hatte sich gewaltig geändert.

Seine Augen leuchteten auf, als ihm eine Idee durch den Kopf fuhr. »Wie wäre es mit Greenwich Village?«

Clara lächelte. »Jetzt kommen wir der Sache schon näher.«

Empire State Building, Midtown Manhattan

»Hast du gewusst, dass es hier einhundertzwei Stockwerke gibt? Grund Nummer 55, warum Weihnachten in New York besser ist: Fitnesstraining beim Besichtigen eines berühmten Gebäudes«, sagte Hayley. Sie atmete die Winterluft ein und lehnte sich gegen die Absperrung der Aussichtsplattform in der 86. Etage. Die Temperatur war unter den Gefrierpunkt gefallen; der Wind war beißend, aber es fiel kein Schnee, und an dem klaren blauen Himmel gab die Sonne ihr Bestes, um der Stadt ein wenig Wärme zu schenken.

»Ich habe sechsundachtzig Stockwerke darauf gewartet, dass du mir etwas über meinen Dad erzählst. Ich werde mich nicht sechzehn weitere gedulden.«

Hayley hörte die Bitterkeit in Angels Stimme. Unter der Kappe der New York Rangers, die sie sich von Dean geliehen hatte, war ihre gespannte Miene kaum zu sehen. Ihrem mütterlichen Instinkt folgend zog sie Angels Mantelkragen hoch und schloss den obersten Knopf.

»Mum!« Angel riss sich los.

»Sieh dir das an, Angel.« Hayley deutete auf die Menge der Wolkenkratzer unter ihnen, die wie eine Picknickdecke aus Metall und Glas wirkte. »Ist das nicht wunderschön?«

»Bitte, Mum.«

Hayley stieß einen Seufzer aus, und ihr warmer Atem bildete eine kleine Wolke in der kalten Luft. Sie hatte Dean gesagt, dass sie Angel hier oben alles erzählen wolle, aber sie war noch nicht bereit dafür. Doch da Angel ihre Unterhaltung belauscht hatte, konnte sie ihr Geheimnis nicht länger in ihrem Tagebuch verbergen. Es wurde Zeit, sich den Tatsachen zu stellen und die Konsequenzen zu tragen.

Sie lächelte. »Tja, dann muss ich wohl beichten.« Ihre Stimme zitterte leicht. »Ich habe gehört, wie du Gott und den Weihnachtsmann darum gebeten hast, deinen Vater zu finden, und deshalb sind wir hier in New York.« Sie atmete tief durch. »Und ich habe es dir bisher nicht erzählt, weil ich zuerst versuchen wollte, ihn zu finden.«

Sie forschte in Angels Gesicht nach einer Reaktion, sah aber nur, dass ihre Tochter die Augen weit aufriss und dass sie weniger wie ein Wunderkind, sondern viel mehr wie eine verletzliche Neunjährige wirkte.

»Du hast mich nie danach gefragt, und ich dachte, dass du es vielleicht gar nicht wissen wolltest, oder …«, begann Hayley und schob die Hände in ihre Manteltaschen.

»Ich wollte deine Gefühle nicht verletzen«, erklärte Angel.

»Meine Gefühle? Wie kommst du denn darauf?«

»Wenn ich dir gesagt hätte, dass ich meinen Dad kennenlernen möchte, hättest du vielleicht gedacht, dass du mir nicht genügst.«

Hayley hatte einen Kloß im Hals. »Oh, Angel, wenn dir das so wichtig war, hättest du mich einfach fragen sollen.«

»Ich dachte, dass du es mir eines Tages ohnehin erzählen würdest. Ich wollte dich nicht aufregen.« Angel blinzelte mit ihren dunklen Wimpern. »Und ich habe gehört, wie Nanny dich wegen ihm angeschrien hat. Sie hat ihn »dieser Mann« genannt und immer wieder behauptet, er habe dein Leben ruiniert.«

Hayley schlug die Hände vors Gesicht, ihr Magen sackte nach unten. Angel hatte diese schrecklichen Streitereien gehört, die Auseinandersetzungen wegen der »Jobs ohne Zukunft«, die ihrer Mutter nicht gepasst hatten. Die ständigen Vorwürfe, dass sie das erste Collegejahr für Hayley bezahlt hatte, und Hayley dann nicht hatte hingehen können. Dass ihre Träume vernichtet worden waren. Etwas in ihrem Leben zerstört worden war. Wie viel davon hatte Angel mitangehört und niemals darüber gesprochen?

Sie musste sich zusammenreißen. Jetzt ging es nicht um die Missbilligung ihrer Mutter, sondern darum, dass ihre Tochter wissen wollte, woher sie stammte.

»Sein Name ist Michel«, begann Hayley. »Und er ist Künstler.«

Angel runzelte die Stirn und sah sie fragend an. »Ein Maler?«

»Maler und Fotograf«, erwiderte Hayley.

»Öl oder Wasserfarben?«

Hayley zögerte. »Ich bin nicht sicher.«

»Und er lebt hier? In New York?«

»Damals hat er hier gelebt.«

»Und jetzt nicht mehr?«

»Ich weiß es nicht, aber ich hoffe, er tut es noch.«

Angel wirkte immer noch verwirrt. »Kannst du ihn nicht anrufen oder ihm eine E-Mail schicken? Und ihm sagen, dass ich ihn gern treffen würde?«

Jetzt wurde es schwierig. Aber sie würde Angel nicht anlügen – sie hatte ihr ohnehin schon viel zu lange viel zu viel vorenthalten.

»Angel, ich habe seine Kontaktdaten nicht.« Sie schaute auf die Stadt hinaus und sprach ein stilles Gebet. »Ich hatte sie auch nie.«

Angel gab keine Antwort, und Hayley konzentrierte sich auf den gedämpften Straßenlärm, der nach oben drang. Normal für die Einheimischen – Hektik, Eile, jeder war auf dem Weg zur Arbeit oder von der Arbeit nach Hause. Geschäftliches und Freizeitvergnügen. Und niemand befand sich in einer solchen Situation wie sie im Augenblick.

»Aber er war doch dein Freund«, sagte Angel schließlich.

»Eigentlich nicht«, gestand Hayley und wandte sich ihrer Tochter zu. »Wir haben uns darüber unterhalten, wie Babys zustande kommen, richtig?«

Angel verzog das Gesicht und nickte. »Ich bin doch nicht doof.«

»Nun, wir waren nur einmal zusammen.« Sie atmete tief aus. »Und danach habe ich ihn nie wieder gesehen.«

Sie schluckte ihre Schuldgefühle und ihre Scham hinunter und hielt den Blick auf Angel gerichtet. Schließlich hob Angel den Kopf und sah sie an.

»Heißt das, dass er …« Angel hielt inne und fuhr sich mit der Zunge über die Lippen. »Er weiß nichts von mir?«

Hayley nickte. »Angel, ich bin sicher, wenn er wüsste, dass es dich gibt, wäre er schon längst aufgetaucht, um dich zu sehen.«

Das wäre er doch, oder etwa nicht? Und wenn sie eine Möglichkeit gehabt hätte, ihn vor Angels Geburt zu erreichen, hätte sie ihm Bescheid gesagt. Oder etwa nicht? Hatte sie das nicht gewollt, und war es nicht ihre Mutter gewesen, die ihr eingetrichtert hatte, dass er sicher nichts davon wissen wolle, und dass sie ohne ihn viel besser dran sei?

»Er hat also nie von mir erfahren?«, fragte Angel nach, und ihre Augen weiteten sich noch mehr.

»Nein, aber das werden wir ändern. Diese Galerie, die wir vor Kurzem vor dem Guggenheim Museum besucht haben – ich bin sicher, dass er dort ausgestellt hat. Und der Mann, mit dem ich dort gesprochen habe, wird noch ein paar weitere Galerien kontaktieren, die uns vielleicht weiterhelfen können. Und ich bin in den Club gegangen, in dem wir uns damals kennengelernt haben, und da gibt es einen Barkeeper, der ihn vielleicht kennt, und …«, sprudelte Hayley hervor.

Der Wind zerrte ein paar Haarsträhnen unter Deans Mütze hervor, und Hayley hätte Angel so gern in die Arme genommen, um sie vor allem zu beschützen. Ihre Tochter hatte sich das alles offensichtlich ganz anders vorgestellt. Sie hatte gewusst, dass es ihren Vater irgendwo gab, aber wahrscheinlich hatte sie geglaubt, dass ihre Eltern eine echte Beziehung geführt hatten, und dass ihr Vater von ihr wusste, sich aber aus irgendeinem Grund von ihrer Mutter hatte trennen müssen. Die Wahrheit zu erfahren war grausam für sie, das hatte Hayley immer gewusst.

»Ich werde ihn finden, Angel.« Sie bemühte sich, ihre Stimme überzeugend klingen zu lassen.

»Aber wie?« Angel ging ein paar Schritte an der Absperrung entlang und schaute auf das graue Häusermeer.

»Wie gesagt werden wir alle Galerien in New York abklappern und jemanden finden, der uns mit ihm in Verbindung bringen kann. Und dann gibt es noch diesen Barkeeper im Vipers. Vielleicht geht Michel noch regelmäßig in den Club, und der Mann erinnert sich an ihn.« Sie fröstelte. »Ich werde nicht aufgeben, bis wir ihn gefunden haben.«

»Aber wenn er … wenn er eine andere Familie hat?«, fragte Angel. »Er könnte verheiratet sein. Und andere Kinder haben.«

Hayley legte ihr einen Arm um die Schultern und drückte sie an sich. »Ja, das könnte möglich sein.«

Hatte Michel seine Seelenverwandte getroffen? Hatte er Kinder? Sahen sie so aus wie Angel?

»Wir müssen ihn zuerst einmal finden. Alles andere wird sich ergeben.«

»Vielleicht will er mich gar nicht kennenlernen.«

»Falls das wirklich so sein sollte, sagen wir ihm klipp und klar, was wir von ihm halten und verpassen ihm einen Tritt in den Allerwertesten.«

Angel grinste.

»Denn dann wäre er wirklich ein Vollidiot.« Hayley ließ Angel los und hüpfte auf der Stelle wie ein Zirkusclown.

»Hör auf, die Leute schauen schon!«

Hayley legte wieder den Arm um sie und tätschelte liebevoll ihre Schulter. »Angel, ich weiß zwar nicht viel über ihn, aber er war witzig, klug und lebenslustig.« Sie erinnerte sich an ihren Spaziergang durch den Central Park. Die Blätter an den Bäumen waren rotbraun und kurz davor, abzufallen, die Luft war frisch, und der Mond leuchtete ihnen den Weg. »Er hat mir gesagt, dass die Welt eine große Kugel sei, voller Erlebnisse, die nur darauf warten, dass wir uns auf sie stürzen.«

»Ach ja?« Angel war offensichtlich nicht beeindruckt von dieser Anekdote.

»Er hatte tolles Haar«, fügte Hayley hinzu.

Angel lächelte. »Und was noch?«

»Er hatte hübsche Augen – wie du«.« Sie griff nach Angels Hand.

»Hast du ein Foto von ihm?«

»Ja!«, erwiderte Hayley aufgeregt. »Es ist in der Wohnung, aber … Ja, ich habe ein Foto von ihm.«

Das Lächeln auf dem Gesicht ihrer Tochter wurde breiter und natürlicher. Im Augenblick würde Hayley alles sagen oder tun, um diese Sache leichter für sie zu machen. Sie fühlte sich immer noch so, als hätte sie ihre Tochter im Stich gelassen. Weil sie zu viel Vorsicht hatte walten lassen. Oder vielleicht, weil ihre Mutter das so gewollt hatte …

»Können wir nach oben gehen?« Angel schob ihre Hand in die ihrer Mutter. Es war nur eine kleine Geste, die Hayley aber sehr viel bedeutete.

»Na klar. Aber nur, wenn ich dort *Schlaflos in Seattle* nachspielen darf.« Hayley grinste.

Angel zog die Hand zurück und verschränkte die Arme über der Brust. »Aber ich bin nicht Tom Hanks.«

»Grund Nummer 29, warum Weihnachten in New York schöner ist: Man kann Schauplätze aus seinen Lieblingsfilmen besuchen!«

KAPITEL DREISSIG

Drummond Global, Downtown Manhattan

Oliver lockerte seine Krawatte und öffnete den Knopf an seinem Jackett, während er den Flur entlangging.

»Was ist da drin?«, fragte er Tony, der irgendetwas in Papier Gewickeltes verspeiste.

»Pastrami. Möchtest du?« Tony hielt ihm mit vollem Mund ein Stück Fleisch entgegen.

»Nein, aber ich möchte gern wissen, was du schon wieder hier machst.« Er schob die Tür vor ihnen auf. »Ich war der Meinung, du müsstest dich um zwei neue Filialen kümmern.«

Tony nickte. »Stimmt. Aber mein bester Freund versucht gerade, sich mit zu viel Arbeit und Mangelernährung umzubringen, bevor sein genetisch bedingter Herzschaden das für ihn erledigen kann.«

»Psst!«, zischte Oliver. Er warf rasch einen Blick über die Schulter, um sich zu vergewissern, dass sie nicht belauscht wurden. »Nicht so laut!«

»Was hast du denn?« Tony setzte eine Unschuldsmiene auf.

»Mein Gesundheitszustand geht hier niemanden etwas an.« Er senkte die Stimme noch weiter. »Sie wissen, dass mein Bruder in jungen Jahren gestorben ist, und es gibt einige Gerüchte über das Alter und den Alkoholkonsum, was den Rest der Familie betrifft.«

»Okay, verstanden. Tut mir leid.«

Oliver atmete tief aus. »Nein, mir tut es leid. Ich bin einfach nur gereizt wegen meiner Mutter.«

»Was ist denn mit Mrs D? Ihr geht es doch gut, oder?«

»Damit hast du eine Sache klargestellt.« Oliver schob die nächste Tür auf.

»Welche Sache?«

»Ich weiß jetzt, dass sie sich nicht in deinem Restaurant mit Andrew Regis getroffen hat.«

»Das gibt's doch gar nicht!« Tony riss die Augen auf. »Sie trifft sich mit Andrew Regis?«

Oliver spannte unwillkürlich die Schultern an, als er das hörte.

»Ich mag den Kerl nicht«, erklärte Tony. »Seine Augen stehen zu eng beieinander. Und man sollte nie einem Mann trauen, der zu viel Rasierwasser benutzt.«

Oliver blieb stehen. »Ich muss jetzt an die Arbeit.«

»Ja klar, ich auch. Ich wollte nur kurz vorbeischauen, um zu sehen, ob es dir nach dem gestrigen Abend gut geht. Und außerdem dachte ich, dass mir vielleicht Kelly über den Weg laufen würde.« Er grinste.

»Verschwinde und kümmere dich um deine Restaurants«, befahl Oliver.

»Bin schon weg.« Er hielt inne und schwenkte sein Sandwich durch die Luft. »Ach ja, und ich soll dir von Momma bestellen, dass du bald zu uns kommen sollst. Sie möchte dich ein wenig aufpäppeln – sie findet, dass du auf dem Foto in der *New York Times* viel zu dünn aussiehst.«

Oliver schüttelte den Kopf. »Sag ihr, dass ich bald vorbeikomme.«

»Sie erwartet dich noch diese Woche.« Tony wandte sich zum Gehen. »Ach ja, und dieser Baum in der Lobby. Wirklich sehr schlicht.« Er lachte über seinen Scherz. »Weniger ist mehr.«

»Tony.« Oliver lächelte. »Nur mehr ist mehr.«

Tony lachte wieder und machte sich auf den Weg.

Oliver atmete tief durch, bevor er die letzte Tür im Korridor ansteuerte. Der Vormittag war recht produktiv gewesen. Er hatte sich nicht nur von Clara einige Ideen für das Date besorgt, sondern auch alle von dem Fusionsprojekt Regis abgezogen. Am Ende des Tages würden sowohl seine Mutter als auch Andrew Regis wissen, dass dieses Geschäft offiziell vom Tisch war. Und nun begab er sich im zehnten Stock seines Bürogebäudes auf eine weitere Erkundungsmission.

Die dunkelhaarige Sekretärin am Empfang verschüttete beinahe ihren Kaffee, als er sich ihr näherte.

»Guten Morgen«, begrüßte er sie lächelnd.

»Mr Drummond, wir … wir haben Sie nicht erwartet«, erwiderte sie.

»Ich wollte mir ein wenig die Beine vertreten.« Er ließ den Blick zu den Büros schweifen.

»Natürlich … wie schön.«

Er schenkte ihr noch ein Lächeln. »Ist Dean Walker hier?«

»Ja, ich glaube schon.« Sie warf einen Blick auf ihren Monitor. »Soll ich ihn rufen?«

»Nicht nötig. Zimmer sieben, richtig?« Er wandte sich zum Gehen.

»Ja, das stimmt.«

»Vielen Dank.« Er winkte ihr zu und ging den Gang hinunter.

»Guten Morgen, Mr Drummond«, grüßte ihn ein junger Mann beim Vorbeigehen.

»Guten Morgen«, erwiderte er.

Er kannte keinen dieser Angestellten. Jetzt, wo die Firma so groß geworden war, konnte er unmöglich bei jedem Einstellungsgespräch dabei sein. Aber sollte er nicht doch ein wenig mehr über sie wissen? Sollten seine Angestellten nicht mehr sein, als Namen in einem Computersystem und Gesichter, die ihm unbekannt waren?

Er blieb stehen. »Hey!«, rief er dem Mann nach.

Der Mann erstarrte und drehte sich beunruhigt zu Oliver um.

»Wie heißen Sie?«, erkundigte Oliver sich.

»Milo Rodriguez, Sir.«

Oliver nickte und streckte ihm die Hand entgegen. »Ich bin Oliver. Es freut mich, Sie kennenzulernen.«

»Mich auch, Sir.« Der junge Mann wirkte völlig verunsichert.

Oliver schüttelte ihm die Hand und ging weiter. Es war Zeit, sich von dem seelenlosen Unternehmer in einen Menschen zu verwandeln, den die Leute wenigstens ein bisschen mochten. Er hoffte nur, dass es dafür noch nicht zu spät war.

Tilton Galerie, Ecke 8. East und 76. Straße

»Das ist es?«, fragte Angel.

Sie standen vor einem cremefarbenen Gebäude, das eher einem Reihenhaus als einer Galerie glich. Es war zwar ziemlich hoch, aber sehr schmal, und ohne die beeindruckenden Säulen am Eingang hätte es eher gewöhnlich gewirkt.

»Ich glaube schon.« Hayley betrachtete das Haus. Sie war noch nie zuvor hier gewesen, aber ein Eintrag in ihrem Tagebuch bestätigte, dass Michel davon gesprochen hatte. Hier hatte er einmal seine Werke ausgestellt und sogar einige verkauft. Sie erinnerte sich daran, wie begeistert er davon erzählt hatte.

»Gehen wir rein?«

Hayley nickte. Deshalb waren sie schließlich hier, aber sie war nervös und zögerte. Würde sich das wieder als Sackgasse herausstellen, oder hatten sie dieses Mal vielleicht endlich Glück?

»Ich hätte das Foto mitbringen sollen«, klagte Hayley. »Warum habe ich es nicht eingesteckt?«

Angel griff nach Hayleys Hand. »Das macht nichts, Mum. Wenn er hier ausgestellt hat, ist das sicher in den Unterlagen verzeichnet, oder?«

Falls er ihr die Wahrheit gesagt hatte. Dieser Gedanke schoss ihr immer wieder durch den Kopf. Wenn er nun kein Künstler war? Das würde erklären, warum bei Google keine Künstler mit dem Namen Michel De Vos verzeichnet waren und warum sie bisher bei keiner Galerie fündig geworden war. Er könnte auch Hot-Dog-Verkäufer sein, und sie würde es nicht wissen.

Sie schenkte Angel ein Lächeln, bevor ihre Miene ihre Gedanken verraten konnte. »Stimmt. Lass uns reingehen.« Rasch ging sie die Stufen hinauf.

Drummond Global, Downtown Manhattan

Das war das Zentrum der Firma, hier befanden sich ihr Motor und ihre Antriebskraft. Hier wurden Ideen geschmiedet, weltbewegende Gegenstände entwickelt, revolutionäre technische Geräte, die das Leben etlicher Menschen veränderten.

Oliver blieb an der Türschwelle stehen und beobachtete die Angestellten bei der Arbeit. Der Geruch nach Elektronik versetzte ihn zurück in die Garage und die Werkstatt in Westchester. Sein Vater hatte in seinen Anfängen oft fleißig bis spät in die Nacht mit einem Lötkolben gearbeitet und jedes winzige Teil von Hand gefertigt. Später hatte Oliver zugesehen, wie er mit Ben gearbeitet hatte. Ben hatte immer zuerst etwas Neues ausprobieren dürfen, weil er der Ältere war. Doch auch als das Alter keine Rolle mehr spielte, war er wegen seiner herausragenden Fähigkeiten immer die erste Wahl gewesen. Sosehr Oliver sich auch dagegen zu wehren versuchte – ein wenig Eifersucht mischte sich immer noch in seine Trauer.

Peter Lamont, der Leiter der Abteilung, bemerkte seine Anwesenheit und räusperte sich laut, sodass alle ihre Arbeit unterbrachen. Es sah beinahe so aus, als wollten sie alle sofort strammstehen und salutieren. Oliver betrat den Raum.

»Bitte lassen Sie sich nicht stören.« Er bedeutete allen mit einer Handbewegung, weiterzumachen.

»Mr Drummond, wenn es um den Globe geht, kann ich Ihnen versichern, dass …«, begann Peter.

Er schüttelte den Kopf. »Nein, es geht nicht um den Globe. Damit ist alles in Ordnung. Ich sollte mehr Vertrauen in Ihre monatelangen Tests und umfangreiche Forschungsarbeit setzen und nicht alles glauben, was im Internet steht.« Er räusperte sich, als er unwillkürlich an den vergangenen Abend und an Hayleys Anblick in ihrer wollenen Nachtwäsche denken musste. »Könnte ich kurz mit Dean sprechen?«

Oliver richtete den Blick an das andere Ende des Raums, wo Dean bereits von seinem Stuhl aufstand und auf ihn zukam.

»Sie können in mein Büro gehen.« Peter deutete auf eine Tür neben dem Großraumbüro.

»Nach Ihnen«, sagte Oliver zu Dean.

Er folgte Hayleys Bruder in Peters Büro und schloss die Tür.

»Mr Drummond, ich wollte nur sagen …«, begann Dean.

Oliver hob die Hand, um ihn zum Schweigen zu bringen. Er war ohnehin schon sehr nervös – nun wollte er offen über das reden, weswegen er gekommen war.

»Oliver, bitte.« Er lockerte seine Krawatte und ging ein paar Schritte auf und ab. »Nun, Dean, es geht um Folgendes … Nachdem ich gestern Abend Ihre Schwester getroffen habe … Lois … nein, natürlich nicht Lois. So heißt sie ja nicht.« Er spürte, wie er unter Deans prüfendem Blick rot und unsicher wurde. Warum ging ihm diese Frau so unter die Haut? So etwas hatte er noch nie erlebt, und das jagte ihm eine Heidenangst ein. »Hayley«, verbesserte er sich. »Hayley.«

Dean sah ihn an, als sei er der größte Idiot, der ihm jemals begegnet war. Und in diesem Augenblick lag er damit sicher nicht verkehrt.

Er stieß einen frustrierten Seufzer aus und fuhr mit der Hand über einen Stapel Papiere auf Peters Schreibtisch. Als er dabei ein paar davon versehentlich auf den Boden fegte, wurde ihm klar, dass er jetzt mit der Wahrheit herausrücken musste.

»Ich habe Hayley um ein Date gebeten, und nun brauche ich Ihre Hilfe.« So, nun war es raus.

Dean begann so heftig und keuchend zu husten, dass Oliver befürchtete, er habe einen Anfall.

»Alles in Ordnung?«, fragte er und trat rasch neben Dean.

Dean nickte bekräftigend. »Ja, mir geht es gut.« Er hustete noch einmal, hatte sich dann aber rasch unter Kontrolle. »Ich dachte nur … ich glaubte … Sie hätten gerade gesagt, dass Sie sich mit meiner Schwester verabreden wollten.«

Oliver nickte. »Das habe ich gesagt.«

Deans ohnehin blasser Teint wurde kalkweiß. »Tatsächlich?«, brachte er mühsam hervor.

»Ja. Hätte ich Sie vorher um Erlaubnis fragen müssen?«

»Nein, natürlich nicht, ich … ich bin nur überrascht.«

»Überrascht? Warum?«

»Na ja …«, begann Dean.

Jetzt verstand Oliver seine Reaktion. Dean hatte gestern den Zeitungsartikel gelesen und hielt ihn nun, wie alle anderen in der Stadt, für einen notorischen Schürzenjäger, der vorgab, wie Aladin mit seiner Wunderlampe alle Wünsche erfüllen zu können. Seine Leute in der PR-Abteilung mussten dringend etwas zur Schadensbegrenzung unternehmen. Am Tag zuvor hatte er alle ihre Nachrichten ignoriert.

»Sie hat Angel«, beendete Dean seinen Satz.

Oliver versuchte herauszufinden, was Dean ihm damit sagen wollte. Er sah ihn stirnrunzelnd an. »Das ist mir bekannt.«

»Nun, bei allem Respekt … Sie hat ziemlich viel um die Ohren.«

»Sie hat eingewilligt«, erklärte Oliver, für den Fall, dass Dean daran Zweifel hatte.

»Ach ja?«

Er nickte. »Und ich weiß Bescheid über ihren Ex. Angels Vater. Den sogenannten Maler mit der Künstlerfrisur.«

»Tatsächlich? Sie müssen eine Menge Kaffee miteinander getrunken haben, bevor wir nach Hause kamen.«

»Ja.« Er atmete tief ein. »Ich möchte mit ihr irgendetwas Besonderes unternehmen, und deshalb komme ich zu Ihnen.«

Dean war offensichtlich noch immer ein wenig verblüfft über diese Unterhaltung. »Aha.«

»Was mag sie? Damit meine ich nicht, was sie gern isst oder trinkt, oder was sie sich gern im Fernsehen anschaut, sondern das, was sie wirklich bewegt. Wohin soll ich sie ausführen? Was können wir zusammen unternehmen, was ihr wirklich etwas bedeuten würde?«

Am Ende des Satzes wurde ihm bewusst, wie eindringlich er das vorgebracht hatte. Und Dean sah ihn nur schweigend an, als hätte er den Verstand verloren. War er tatsächlich übergeschnappt? Sein Herz klopfte heftig und sagte ihm zwei Dinge: Diese Frau bedeutete ihm sehr viel, und er setzte hier viel aufs Spiel, obwohl er das nicht tun sollte. Hatte er überhaupt das Recht, sich mit Hayley und ihrer Tochter näher einzulassen?

»Sie ist nur für zwei Wochen zu Besuch hier«, erklärte Dean.

»Auch das weiß ich.« Irgendwie machte das die Sache besser. Egal, welche Beziehung sich aufbauen würde … es fiel ihm leichter, daran zu denken, dass es vorerst nur um zwei Wochen ging. Er entspannte sich ein wenig.

»Sie musste in den letzten Jahren mit einigem fertigwerden.«

»Mit einer Tochter, die pausenlos redet und jeden Hummer im Asian Dawn retten will, wenn nicht sogar in jedem chinesischen Restaurant auf der ganzen Welt.«

»Gut erkannt«, stellte Dean fest.

»Ich habe das schon verstanden.«

Dean musterte ihn so gründlich, als wolle er in sein Inneres schauen. Schließlich nahm er einen Stift vom Schreibtisch und zog einen Notizblock heran.

»Sie interessiert sich für Mode.« Er beugte sich über den Tisch und kritzelte etwas auf den Block. »Bevor Angel kam, hatte sie einen Studienplatz an einem sehr guten College, das nur die Besten der Besten aufnimmt. Sie musste ihn aufgeben.«

Oliver war betroffen. Noch jemand, der plötzlich einen anderen Lebensweg einschlagen musste. Nur hatte Hayley sich nicht den Wünschen ihrer Familie gefügt, sondern ihre Träume für ihre Tochter aufgegeben.

Dean hielt ihm den Notizzettel entgegen. »Das ist ihr absoluter Lieblingsdesigner, beziehungsweise er war es. Sie hat jetzt nicht mehr viel Zeit, sich damit zu beschäftigen.«

Oliver wollte ihm den Zettel aus der Hand nehmen, doch Dean hielt ihn fest.

»Meine Schwester hat sich ihr halbes Leben lang unzulänglich gefühlt.« Dean seufzte. »Hayley ist klug und ein guter Mensch. Aber das Leben hat sie vor einige Herausforderungen gestellt, und sie hat keine Anerkennung dafür bekommen, wie gut sie Angel aufgezogen hat.« Er hielt den Notizzettel immer noch fest in der Hand. »Sie hat es nicht verdient, dass jemand in ihr Leben tritt und sie dann wieder fallen lässt. Selbst wenn es sich nur um zwei Wochen handelt.«

»Es geht nur um ein Date«, erinnerte Oliver ihn lächelnd. Er bewunderte, dass Dean sich nicht unter Druck setzen ließ.

»Hayley geht nicht oft aus.«

»Sie hat Angel.« Oliver nickte verständnisvoll.

»Und Angel ist für sie das Wichtigste in ihrem Leben.«

Oliver griff wieder nach dem Stück Papier. »Das ist mir klar.«

Dean ließ den Zettel los.

»Danke.«

Tilton Galerie, Ecke 8. East und 76. Straße

»Glaubst du, dieser Boden gehört zur Ausstellung?«, fragte Angel und richtete den Blick nach unten, während sie den ersten Raum der Galerie betraten.

»Gut möglich. Dieses Parkett hat sicher schon einige Elizabeth-, Diana- und Camilla-Programme durchlaufen.«

Der herrliche glänzende Holzboden bot einen perfekten Kontrast zu den weißen Wänden ringsumher. Durch die beiden großen Fenster in dem Raum strömte viel Tageslicht herein, und vor ihnen standen einige Drahtkäfige, die, wie Hayley annahm, Kunstobjekte waren. Zu ihrer Linken befand sich ein kunstvoll verzierter Kamin, der dem ähnelte, den sie am Tag zuvor in Westchester gesehen hatten. Die breite Treppe, die nach oben führte, fügte sich nahtlos in das Bild ein.

»Guten Tag. Kann ich Ihnen helfen?« Die Stimme hatte einen französischen Akzent, und Hayley und Angel drehten sich beide um.

Eine sehr große, schlanke Frau in den Fünfzigern kam auf sie zu. Sie trug einen Rollkragenpullover, einen dicken karierten Wollrock, schwarze Strümpfe und Stiefel. Ihr silbergraues Haar war zu einem Knoten zurückgebunden, und auf ihrer Nase saß eine kleine, goldgefasste Brille. Sie lächelte sie an.

Angel stieß Hayley mit dem Finger so fest in die Rippen, dass sie zusammenzuckte.

»Ja, bitte.« Hayley atmete tief durch. »Wir sind auf der Suche nach jemandem, der hier vor etwa zehn Jahren ausgestellt hat.«

»Ich verstehe«, erwiderte die Frau.

»Ich habe vor ein paar Wochen hier angerufen, und man

hat mir versprochen, mich zurückzurufen, aber ich habe nichts mehr gehört, und …« Sie hielt einen Moment inne, als ihr Mund plötzlich ganz trocken wurde. »Ich weiß, meine Bitte klingt etwas merkwürdig, aber wir möchten sehr gern Kontakt zu diesem Mann aufnehmen, um zu sehen … wie es ihm geht«, fuhr Hayley fort. »Wir haben uns aus den Augen verloren.« *Und ich habe ein Baby bekommen.* Das konnte sie natürlich nicht sagen. Diese Frau würde sie für komplett verrückt halten.

»Gibt es Aufzeichnungen?«, wollte Angel wissen. »Könnten Sie in einem Buch oder im Computer nachschauen, ob Sie eine Telefonnummer oder eine E-Mail-Adresse von ihm haben?«

Die Frau lächelte Angel an. »Wie heißt denn dieser Mann?«

Angel schaute bittend zu Hayley hoch.

Hayley räusperte sich. »Michel. Michel De Vos.«

Die Frau nickte. »Ich werde nachsehen.« Sie drehte sich um und verließ den Raum.

Hayley stieß den Atem aus. »Mein Herz rast.«

»Meins auch«, gestand Angel.

Hayley legte den Arm um Angels Schultern und zog sie an sich. »Was auch immer sie uns gleich sagen wird, es ist auf jeden Fall gut für uns, richtig?«

»Richtig.«

»Weil sie entweder eine Neuigkeit für uns hat, oder auch nicht.«

»Ich weiß.«

»Gut.«

»Bist du sicher, dass das eine der Galerien ist, über die er gesprochen hat?«

»Ziemlich sicher.«

Angel schaute zu ihr hoch. »Wie viel Wein hattest du schon getrunken?«

»Angel!«

»Na ja, wenn du Wein getrunken hast, erinnerst du dich meistens nicht mehr an alles.«

»Es war diese Galerie. So steht es auch in meinem Tagebuch … glaube ich zumindest.«

»Mum!«

»Es spielt ohnehin keine Rolle. Wenn die Frau uns sagt, dass sie keine Aufzeichnungen über ihn haben, dann gibt es noch Hunderte andere Galerien, bei denen wir es versuchen können. Und wir werden sie alle abklappern.«

Sie sah, dass Angel nervös war. Ihre Tochter hob und senkte die Füße, als wäre ihr kalt, und scharrte dann mit den Absätzen über den Boden. Der rote Mantel schwang um ihre Knie, während sie hin und her rutschte, und mit einem Mal wirkte sie sehr klein. Für eine Neunjährige war das ein großes Ereignis. Und Hayley hatte sie sehr schlecht darauf vorbereitet. Sie hätte ihr mehr zutrauen und ihr alles viel früher erzählen sollen.

Das Quietschen der Schuhe auf dem glänzenden Boden kündigte die Rückkehr der Frau an. Hayley hielt so lange den Atem an, bis ihr Brustkorb schmerzte.

Die Frau blieb vor ihnen stehen, und einen Moment lang fragte sich Hayley, ob sie überhaupt etwas sagen würde. Dann lächelte sie.

»Ich habe gute Nachrichten.«

»Oh … tatsächlich?« Hayley warf Angel einen Blick zu. Ihre Tochter hatte sich auf Zehenspitzen gestellt, und ihre Wangen glühten vor Vorfreude. Hatten sie Michel wirklich gefunden? Ihr wurde übel. *Das war gut. Das war es, was du wolltest.*

Die Frau schaute auf ihre Unterlagen. »Er hat hier ausgestellt. 2004.«

Angel fiel in sich zusammen wie eine Hüpfburg, aus der die Luft herausgelassen wurde. Hayley griff nach ihrer Hand und drückte sie.

»… und im letzten Jahr noch einmal.«

Angel atmete laut zischend aus.

»Im letzten Jahr«, flüsterte sie. Sie streckte sich begeistert zu ihrer vollen Größe.

»Ich …« Was sollte Hayley jetzt sagen? »Haben Sie seine Telefonnummer?«, brachte sie schließlich hervor.

Die Frau verzog bedauernd die Lippen. »Leider nicht.«

»Seine E-Mail-Adresse? Irgendetwas?«

»Ich habe eine Website-Adresse, das ist alles.« Die Frau schwenkte einen Zettel in der Hand.

Angel strahlte wie ein Weihnachtsbaum. Ihre Augen blitzten, ihre Wangen glänzten, und sie strahlte über das ganze Gesicht.

»Könnten Sie sie uns bitte geben?«, bat Hayley aufgeregt. Sie nahm ihren Rucksack von der Schulter und kramte ihr Telefon hervor.

Die Frau rückte ihre Brille zurecht und schaute auf ihre Notiz.

»www.oilandwater.org.«

Hayley tippte die Adresse rasch in die Suchmaschine ein. Was für eine Adresse war das? Auf jeden Fall keine, die sie bei ihrer Suche bei Google, Safari, Bing und Internet Explorer gefunden hatte. Ihre Finger zitterten beim Tippen.

Als sie auf die Eingabetaste drückte, spürte sie Angels Nervosität. Für ihre Tochter bedeutete das unglaublich viel. Während sie beobachtete, wie sich die blaue Linie im

Schneckentempo auf dem Display bewegte, wünschte sie sich lautlos, dass es klappte. *Bitte.*

Schließlich war die Suche beendet, und eine fast weiße Seite erschien.

Diese Website ist nicht verfügbar.

Nein. Hayley drückte auf die Wiederholungstaste, hielt das Telefon so, dass Angel keinen Blick darauf werfen konnte, und lächelte bemüht. Dieses Mal bewegte sich die blaue Linie schneller.

Diese Website ist nicht verfügbar.

Hayley hob den Kopf. Die Frau schaute sie erwartungsvoll an, und Angels Augen waren so groß wie ein Swimmingpool. Was sollte sie jetzt sagen? Sie hüstelte.

»Das verdammte Netz funktioniert nie, wenn man es braucht.« Ihre Wangen brannten, als hätte sie jemand mit heißem Öl übergossen. »Ich schaue zu Hause auf dem PC nach.«

Diese Verzögerungstaktik musste fürs Erste reichen. Sie würde Taschentücher besorgen und eine heiße Schokolade mit Marshmallows bereithalten müssen, wenn sie Angel die Wahrheit sagte.

KAPITEL EINUNDDREISSIG

Downtown Manhattan

»Und jetzt schnell in die nächste Bodega«, sagte Hayley, als sie im heftigen Schneegestöber zurück zu Deans Apartment stapften.

»Kommst du jetzt wieder ins Netz?«

Angel hatte diese Frage schon zehnmal auf unterschiedliche Weise gestellt, seit sie aus der U-Bahn ausgestiegen waren. Und Hayley wusste immer noch nicht, wie sie darauf reagieren sollte. Ihr war klar, dass sie es ihrer Tochter sagen musste. Schließlich hatte sie ihr die Wahrheit versprochen. Aber sie wollte zuerst zurück in der Wohnung sein, an einem sicheren, abgeschlossenen Ort, bevor sie ihr mitteilte, dass es sich leider wieder um eine Sackgasse handelte.

»Er könnte hier in New York sein.« Angel schaute nach oben auf die riesigen Gebäude um sie herum.

Hayley griff nach ihrem Arm, als der Menschenstrom auf der Straße immer dichter wurde. Das unfreundliche Wetter und der Stoßverkehr machten sie schwindlig. Sie brauchte jetzt wirklich ein Glas Sekt.

»Glaubst du, dass er sich in New York aufhält?« Angel versuchte, sich im Lärm der langen Schlange von hupenden Autos verständlich zu machen.

»Ich weiß es nicht.«

»Aber er ist doch sicher noch in Amerika.« Angel war voll Energie, aufgeregt und ruhelos.

Hayley befand sich in einer ausweglosen Situation, also gab sie einen unbestimmten Laut von sich, mit dem sie nichts bestätigte.

»Er könnte sogar nur einige Straßen von hier entfernt wohnen«, fuhr Angel fort und hüpfte auf der Stelle.

»Angel, bleib dicht bei mir«, bat Hayley.

»Vielleicht ist auf der Website eine Telefonnummer angegeben. Wir könnten ihn anrufen und …«

»Angel, hör auf.« Hayley hielt sie fest und zog sie aus der Menge der vorbeiströmenden Passanten in den Eingang einer Bäckerei. Der Duft nach frischem, süßem Gebäck und Zuckerwatte stieg ihr in die Nase, als Angel den Kopf hob und sie mit großen Augen ansah. Alle ihre Hoffnungen und Träume, ihren Vater kennenzulernen, waren ihr vom Gesicht abzulesen.

»Ich möchte nur …«, begann Hayley und schluckte nervös. »Du solltest dir nicht allzu viele Hoffnungen machen.«

»Warum nicht?« Angel stemmte die Hände in die Hüften.

»Weil …« Gab es eine Möglichkeit, die Sache noch länger hinauszuzögern?

»Weil was?« Angels Stimme klang jetzt leiser und zögernd.

Hayley schloss die Augen und versuchte, den Straßenlärm und den Geruch nach Abgasen, Hot Dogs mit Senf und Zuckerguss aus der Bäckerei auszublenden. Sie musste es Angel jetzt sagen, auch wenn sie sich dabei fühlte, als würde sie den Kopf eines von ihr geliebten Teddybärs abreißen.

»Die Website existiert nicht.«

Ein LKW hielt neben ihnen am Straßenrand und ließ zischend Dampf ab, und Hayley war sich nicht sicher, ob Angel sie verstanden hatte. Die Miene ihrer Tochter blieb unverändert. Ihre Lippen zitterten nicht, und in ihren Augen waren keine Tränen zu sehen. Sollte sie ihr es noch einmal sagen?

»Die Website …«, begann Hayley.

Angel nickte und streckte trotzig das Kinn vor. »Ich habe es gehört.« Jetzt zitterte ihre Stimme leicht.

»Es tut mir leid, Angel«, flüsterte Hayley.

»Warum?« Angel schüttelte den Kopf. »Wir klappern eben einfach alle anderen Galerien in New York ab, richtig?«

»Ja.« Hayley nickte bekräftigend.

»Das ist nur eine dumme Website. Wahrscheinlich hat er inzwischen eine andere.«

Ihre Tochter versuchte, tapfer zu sein, und das brach ihr beinahe das Herz. *Das ist meine Tochter. Sie gibt niemals auf.*

»Natürlich.« Sie nickte. »Und wir werden zuerst die neue Website und dann ihn finden.«

Ein als Weihnachtsmann verkleideter Straßenmusiker stimmte *Feliz Navidad* an, und es begann wieder zu schneien. Hayley legte den Arm um Angels Schultern. »Jetzt kaufen wir uns ein paar Popovers.«

Aus Hayleys Rucksack ertönte Beyonces »Single Ladies« – ihr Telefon klingelte.

Sie öffnete rasch den Reißverschluss und zog das Handy heraus. Die Nummer auf dem Display war ihr nicht bekannt. Sie nahm den Anruf entgegen und drückte das Telefon ans Ohr.

»Hallo?«, meldete sie sich gespannt, während Angel an ihrem Ärmel zupfte.

»Miss Walker? Hier spricht Rebecca Rogers-Smythe.«

»Oh, hallo.« Sie musste nicht so schlau sein wie Angel, um zu wissen, was jetzt gleich passieren würde – die Frau würde sie rauswerfen. Es überraschte sie lediglich, dass sie nicht schon eher angerufen hatte. Das Geschrei der Haushälterin und der Gesichtsausdruck der Hausbesitzerin hatten eindeutig darauf hingewiesen. Eine der beiden hatte sicher bei der Agentur angerufen und angeordnet, dass Agatha sich nie wieder bei ihnen blicken lassen durfte.

»Die Kundin, bei der Sie gestern geputzt haben, hat mich angerufen.«

Hayley schloss die Augen. Sie würde ihr zuvorkommen und kündigen. Das Ganze war ohnehin eine lächerliche Idee gewesen.

»Ms Rogers Smythe …«, begann sie.

»Sie bittet Sie, heute Abend vorbeizukommen, falls Ihnen das möglich ist.«

»Ich kann nicht … warten Sie mal, was haben Sie gesagt?« Hayley runzelte die Stirn und sah an Angel vorbei auf die in der Dämmerung liegende Straße.

»Mir ist bewusst, dass das eine ungewöhnliche Bitte ist, aber ich nehme an, sie war sehr zufrieden mit Ihrer Arbeit.«

»Zufrieden? Sie meinen, sie wollte sich nicht …« Das Wort »beschweren« lag ihr auf der Zunge, doch sie schluckte es schnell hinunter.

»Ich würde mich freuen, wenn Sie ab sofort zweimal die Woche bei ihr putzen könnten«, fügte Rebecca hinzu.

»Ich könnte … jetzt gleich zu ihr fahren, wenn ihr das recht wäre.«

Angel rümpfte die Nase, verschränkte die Arme vor der Brust und klopfte mit dem Fuß auf den Boden.

»Ich rufe sie gleich an und bestätige das. Tschüss!«

Hayley legte auf und steckte das Telefon zurück in ihren Rucksack. »Kopf hoch, mein kleines Wunderkind. Dein Arrangement mit den Lichterketten hat mir wahrscheinlich den Putzjob gerettet.« Sie atmete tief die Winterluft ein. »Entweder das, oder eine reiche Frau wird sich gleich auf uns stürzen und uns fertigmachen.«

»Wir gehen nicht in eine Bodega?«, fragte Angel.

»Nein, wir fahren zurück nach Westchester.« Sie trat einen Schritt auf die Fahrbahn und streckte die Hand aus. »Taxi!«

Drummond Global, Downtown Manhattan

»So …« Oliver lehnte sich auf seinem Stuhl zurück und drückte den Anti-Stressball in seiner rechten Hand. »Wo waren wir? Bei der Frau, die mit einer Klage wegen eines Problems bei ihrem bezahlten Erziehungsurlaub gedroht hat?«

Clara versuchte, ein Gähnen zu unterdrücken, aber es entging ihm nicht. Es war bereits nach fünf Uhr, und sie hatte den ganzen Tag schwer gearbeitet.

»Waren das Zwillinge oder Drillinge?«, fragte Oliver nach. »Huey, Louie und Dewey?«

»Wie bitte?« Clara schüttelte den Kopf und schaute auf den Notizblock in ihrer Hand. »Ich bin nicht sicher.«

»Clara, packen Sie zusammen und gehen Sie nach Hause.«

Clara schüttelte wieder den Kopf. »Wir müssen noch zwei weitere Probleme mit Angestellten durchgehen.«

»Aber nicht mehr heute. Gehen Sie heim.« Er stand auf. »Wie heißt die Frau, die länger bei ihren Kindern zu Hause bleiben möchte?«

»Kate Vickram.«

Oliver nickte. »Genehmigen Sie das. Und veranlassen Sie, dass Mackenzie und ihr Team eine entsprechende Klausel in alle Verträge einfügen.« Er hielt inne und schaute auf das Fenster, an dem der Schnee wie weißer Nebel vorbeitrieb, bevor er sich wieder Clara zuwandte. »Und schicken Sie ihr ein Paket. Mit ein paar Dingen für sie und für die Babys. Gute Qualität. Und ein paar Flaschen Bier für ihren Mann. Er wird es brauchen.«

Clara blieb der Mund offen stehen. »Sind Sie sicher?«

»Ja, Clara, ganz sicher.« Er streckte einen Finger in die Luft. »Und morgen möchte ich Karteikarten haben.«

»Karteikarten?«

»Sie wissen schon – diese Dinger, mit denen Kinder Buchstaben und Wörter lernen. A steht für Apfel, und so weiter. Ich möchte Karteikarten mit den Bildern und Namen meiner Angestellten haben.«

»Sie wollen Bilder von Ihren Angestellten haben, mit den entsprechenden Namen dazu?«

»Ja. Ich muss endlich ein wenig Zeit in die Menschen investieren, die für mich arbeiten«, erklärte er.

Es klopfte an der Tür, und Clara warf einen Blick auf ihre Armbanduhr.

»Erwarten wir jemanden?«, fragte Oliver und ging zur Tür.

»Nicht, dass ich wüsste«, erwiderte Clara.

Oliver riss die Tür auf. Vor ihm stand Delaney Watts und begrüßte ihn mit einem strahlenden Lächeln. Das war eine seiner Angestellten, die er sofort erkannte. Sie war blond und attraktiv und hatte die Nase eines Bluthunds. Delaney arbeitete in der PR-Abteilung und konnte schlechte Pressemitteilungen schneller aufspüren als jeder Klatschkolumnist.

Mit Ausnahme der gestrigen Schlagzeilen, denen sie noch auf den Grund gehen wollte.

»Oliver.« Sie streckte ihm die Hand entgegen.

Er begrüßte sie mit Handschlag und öffnete die Tür ein Stück weiter. »Haben wir noch ein Problem?«

Sie lachte melodisch. »Wie kommen Sie darauf?«

»Gute Nachrichten erfährt man bei einer Power-Point-Präsentation im Konferenzraum, schlechte werden in Papierform geliefert.« Er deutete auf die Akte, die sie an ihre Brust presste.

Sie lächelte.

»Wissen Sie schon, wer mich an die *New York Times* verkauft hat?«

»Ich arbeite noch daran.« Delaney schenkte Clara ein Lächeln. »Hey, Clara.«

»Hallo, Delaney.«

Oliver kehrte zu seinem Stuhl zurück und legte die Hände hinter den Kopf, während Delaney sich auf einen Stuhl neben Clara setzte und ihre schlanken Beine übereinanderschlug. »Also, sagen Sie mir, welches verheerende Unglück der Firma bevorsteht.«

Delaneys Miene veränderte sich. Ihr selbstsicheres Lächeln verschwand, und ihre Pupillen verengten sich.

»Ich habe einen Hinweis von meiner Kontaktperson bei *Business Voice* bekommen.«

Das verhieß nichts Gutes. Delaneys Stimme klang so wie immer, wenn sie negative Nachrichten zu vermelden hatte. Oliver umklammerte die Armlehnen seines Stuhls.

»Andrew Regis hat ein Interview gegeben. Es wird morgen veröffentlicht.« Delaney stellte ihre Beine nebeneinander. »Er äußert sich in dem Interview über das Scheitern der Verhandlungen und verwendet dabei Formulierungen wie ›das Ende einer Ära für die Beziehung zwischen den beiden Unternehmen‹ und ›das Kappen eines Bandes wegen Drummonds Angst vor der Zukunft‹.«

Oliver verstärkte den Griff seiner Finger an den Stuhllehnen, als sein Herzschlag sich auf unangenehme Weise beschleunigte. So etwas hatte er befürchtet. Aber er hatte nicht damit gerechnet, dass bei dem, was zwischen Regis und seiner Mutter vor sich ging, der Familienname in den Schmutz gezogen werden würde. Was steckte dahinter? Was würde seine Mutter davon halten, dass der Name Drummond verunglimpft wurde? Ihm schossen etliche Gedanken durch den Kopf, prallten aneinander, verbanden sich miteinander und blockierten sich gegenseitig, bis nur noch ein heilloses Durcheinander herrschte.

»Nun stehen uns einige Optionen offen.« Delaney schlug den Aktenordner auf ihren Knien auf. »Wir können …«

»Lassen Sie es laufen.« Oliver räusperte sich und versuchte, seine Gefühle zu unterdrücken.

»Oliver, ich bin nicht sicher, dass das die richtige Entscheidung ist«, erwiderte Delaney rasch.

Er stand auf, atmete tief durch und versuchte, seinen Puls zu beruhigen. »Wie vertrauenswürdig ist Ihre Quelle? Ich kann das nicht so recht glauben.«

»Wir arbeiten schon seit einigen Jahren zusammen.«

»Woher wollen Sie wissen, dass es sich nicht um einen Test handelt?« Er warf Clara einen Blick zu. »Was, wenn das nur eine Erfindung ist, um mich zu einer spontanen Reaktion zu verleiten?«

»Das ist nicht der Stil meiner Kontaktperson. Er hat mir in der Vergangenheit immer korrekte Informationen geliefert.«

Oliver legte die Hände an die Stirn. »Das würde Andrew nicht tun. Er hat ein Verhältnis mit meiner Mutter.«

»Was?« Der Aufschrei kam von beiden Frauen wie aus einem Mund.

»Ist das wahr?«, fragte Delaney. »Ist das der Grund, warum der Firmenzusammenschluss nicht zustande kam?«

»Nein.« Oliver schüttelte den Kopf. »Das wäre eine emotionale und keine geschäftliche Entscheidung.«

Er sah aus dem Augenwinkel, wie Clara mit ihrer Halskette spielte. Sie wusste nur zu gut, wie stark Gefühle seine Entscheidungen beeinflussen konnten. Lag es wirklich daran, dass er sich nicht an eine Veränderung der Umstände gewöhnen konnte? Oder war seine Weigerung, sich auf diese Vereinbarung einzulassen, tatsächlich professionell begründet? Immerhin war er so misstrauisch gewesen, um Daniel Pearson einzuschalten. Sagte das nicht alles?

Er nahm den Anti-Stressball vom Tisch und schob ihn von einer Hand in die andere, während die beiden Frauen jede seiner Bewegungen beobachteten.

»Unternehmen Sie nichts, Delaney. Wenn das stimmt, und der Artikel in etwa so ausfällt, wie Sie es sagen, wird die Verbindung zwischen meiner Mutter und Andrew nicht von langer Dauer sein.« Er schleuderte den Ball quer durch den Raum und traf damit die gerahmte Infographie.

KAPITEL ZWEIUNDDREISSIG

Das Haus der Drummonds, Westchester

»Modealarm. Schau dir den Taxifahrer an. Jeans und ein Hemd im Paisleymuster«, sagte Hayley, während sie mit Angel die Stufen zum Haupteingang des beeindruckenden Hauses in Westchester hinaufstieg. Sie versuchte, sich und Angel ein wenig aufzuheitern. Während der Taxifahrt hatte sie sich verschiedene mögliche Szenen durch den Kopf gehen lassen. Am schlimmsten wäre es, wenn Cynthia sie an der Tür erwarten würde, neben sich einige bewaffnete Beamte der Einwanderungsbehörde, die mit Handschellen auf sie warteten. Und am schönsten, wenn die Haushälterin fröhlich mit einem Schürhaken im Kaminfeuer stochern würde.

»Und er hat falsch gesungen«, fügte Angel hinzu.

»Wie du.« Hayley stupste sie gegen den Arm.

»Ich singe immer richtig!«

»Ja, wie ich gehört habe, finden die Delfine deinen Gesang ganz toll.«

»Mum!«

»Oh, verdammt!« Hayley blieb stehen. »Was habe ich denn an?«

»Jeans, den cremefarbenen Mantel, den du schon seit Ewigkeiten trägst, und ein T-Shirt, das in deinem Alter eigentlich nicht mehr cool ist.«

»Was ist falsch daran, wenn ich der Welt mitteile, dass

ich Coca-Cola mag? Weißt du denn nicht, dass die Ferien vor der Tür stehen?« Hayley begann den Song aus der Coca-Cola-Werbung zu singen, bis Angel sich die Ohren zuhielt.

»Ich meinte damit, dass ich keine Uniform trage«, erklärte Hayley.

»Und ich habe mich schon gefragt, warum wir auf dem Weg hierher keinerlei Schwierigkeiten hatten. Du musstest dir kein einziges Mal die Haube zurechtrücken oder dich an einer Türschwelle bücken.«

»Wird sie mich weiterhin Agatha nennen?«

»Und mich Charlotte?«

Hayley atmete tief aus.

»Das werden wir gleich herausfinden.« Angel deutete auf die Tür vor ihnen.

Hayley hob die Hand und hielt dann inne. »Irgendetwas ist hier anders.« Sie drehte sich zu Angel um. »Die Girlande an der Tür.« Sie wusste, dass sie nicht von ihr stammte. Sie griff nach dem Tannenzapfen und dem Spitzenband. »Hast du das hier hingehängt?«

Angel schüttelte den Kopf.

Die Tür ging auf, und Hayley nahm rasch die Hand von der Dekoration und begrüßte Cynthia. »Hallo … Entschuldigung, wir wollten gerade klopfen, doch dann haben wir diese schöne Girlande an der Tür entdeckt.«

Cynthia schenkte ihnen ein Lächeln. Das war ein guter Anfang. Ihre Wangen waren leicht gerötet, sie trug ein Kleid in einem kräftigen Pink mit blauer Paspelierung, und sie trat ihnen nicht mit geballter Faust entgegen.

»Kommen Sie doch herein.« Cynthia zog die Tür weiter auf.

Hayley schob Angel vor sich her.

»Wow!« Angel legte Kopf in den Nacken, und auch Hayley betrachtete staunend die Veränderungen. Die riesige Eingangshalle mit den teuren hellen Fliesen und Holzverkleidungen wirkte plötzlich warm und einladend, wie eine hübsch eingerichtete Gebirgshütte. Ein großer, echter Weihnachtsbaum ragte bis an die Decke; die Zweige waren mit bunten Lichterketten, roten Schleifen und Christbaumkugeln geschmückt. Das Treppengeländer war mit Girlanden aus Samtstoff verziert, und in der Luft hing der Duft nach Tannennadeln, Marshmallows und Minze. Angel lief zu einem mit Tweed bezogenen Sessel hinüber, in dem eine dickbäuchige Weihnachtsmann-Puppe mit leuchtenden Wangen saß und den Kopf nach links und rechts drehte.

»Bitte hier entlang.« Cynthia öffnete die Türen zum Wohnzimmer.

Hayley griff nach Angels Arm und zog sie von der Puppe weg.

»Wow!«, stieß Angel noch einmal hervor, als sie das Zimmer betraten.

»Hör auf damit!«, zischte Hayley durch zusammengebissene Zähne und lächelte dann Cynthia an, die zu den Sofas hinüberging.

Die Hausherrin hatte alle ihre Bemühungen, den Raum wohnlicher zu gestalten, so belassen. Neben dem Kamin stand sogar ein zweiter Christbaum, und auf dem Sims befanden sich einige zusätzliche dekorative Ziergegenstände.

»Bitte setzen Sie sich.« Cynthia nahm auf einem Sessel Platz.

Haley ließ sich auf dem Zweisitzer-Sofa gegenüber nieder, und Angel folgte ihr.

Cynthia lächelte. »Möchten Sie eine Tasse Tee?« Sie deutete auf eine Kanne auf dem kleinen Tisch zwischen ihnen.

Hayley schüttelte den Kopf. »Nein, vielen Dank.«

Cynthia nickte und spielte nervös mit ihren Händen.

»Ich habe Sie hierhergebeten, um mich zu bedanken«, begann sie.

Hayley starrte sie an. Meinte sie das ernst? Sie hatte sich verschiedene Szenarien ausgemalt, und ein Dankeschön war das Letzte, was sie erwartet hatte.

»Ich muss zugeben, dass ich in dem Moment, in dem ich gesehen habe, was Sie hier gemacht hatten …« Sie hielt inne, und ihr war deutlich anzusehen, wie bewegt sie war. »Nun, ich habe es auf den ersten Blick nicht richtig zu würdigen gewusst.«

»Es tut mir leid … Ich bin neu in der Firma. Es war meine erste Diana. Eigentlich war es mein erster Auftrag in diesem Bereich …«, begann Hayley.

»Und ich heiße nicht Charlotte«, platzte Angel heraus.

Cynthia lachte laut auf, legte die Hände auf die Knie und beugte sich vor.

Hayley wurde unbehaglich zumute. Vielleicht würde ihr gleich jemand eröffnen, dass sie einem Streich in einer Sendung wie *Versteckte Kamera* zum Opfer gefallen war.

Cynthia lächelte sie an. »In all den Jahren, in denen ich die Dienste von Majestic Cleaning in Anspruch genommen habe, hat niemand mein Wohnzimmer in das verwandelt, was es sein sollte – ein wohnliches Zimmer.« Sie holte tief Luft. »Und genau das brauchte ich jetzt.«

Hayley fühlte sich immer noch verunsichert.

»Ich habe mich so lange aus dem aktiven Leben zurückgezogen, dass ich beinahe vergessen hätte, was dabei am wichtigsten ist.«

»Ich finde die Christbäume toll.« Angel sprang vom Sofa auf und lief zu dem Baum neben dem Kamin hinüber.

»Ich auch«, erwiderte Cynthia fröhlich.

»Ich verstehe das alles nicht«, gestand Hayley.

»Ich habe vor noch nicht allzu langer Zeit meinen Mann verloren. Und auch meinen Sohn.«

Hayley konnte die Trauer der Frau beinahe körperlich spüren.

»Aber man darf nicht für immer trauern, sonst ist die Trauer die einzige Verbindung, die man mit den geliebten Verstorbenen noch hat.« Cynthia stand auf, ging zum Kamin hinüber und nahm eines der gerahmten Fotos in die Hand. »Sie waren beide so lebenslustig und voller Energie. Es hätte ihnen nicht gefallen, dass ich hier Trübsal blase, nur weil mein anderer Sohn nicht nach vorne schauen will.« Cynthia zeigte Angel das Foto in ihrer Hand.

»Das ist mein Mann. Er sah gut aus, findest du nicht?«

»*Der* ist süß.« Angel deutete auf die andere Person auf dem Bild.

»Das ist mein verstorbener Sohn.«

»Und der?«, wollte Angel wissen.

»Das ist Oliver, mein anderer Sohn. Er ist der Dickkopf.«

Hayley sah, wie Angels Augen sich weiteten. Ihre Tochter drehte sie zu ihr um und bildete mit den Lippen lautlos das Wort »Fiesling«. Sie sprang rasch auf und stieß so heftig mit dem Bein gegen den Kaffeetisch, dass die Tassen klirrten.

»Oliver Drummond?« Hayley riss Cynthia das Foto aus der Hand, bevor die Frau protestieren konnte.

Cynthia war Cynthia Drummond. Olivers Mutter. Die Leute auf dem Foto waren Olivers Vater und sein Bruder, die beiden Menschen, von denen er am Abend zuvor so leidenschaftlich gesprochen hatte. Plötzlich nahm ihr Besuch in diesem Haus eine ganz andere Dimension an.

»Es überrascht mich nicht, dass Sie bereits von ihm gehört haben. Dieser Artikel in der gestrigen Zeitung …« Cynthia schüttelte den Kopf.

»Mein Onkel arbeitet für ihn«, erklärte Angel.

»Angel …«, begann Hayley.

»Angel? Ist das dein Name?« Cynthia lächelte. »Er klingt sehr schön.«

»Mein Onkel ist mit dem Globe beauftragt.« Angel lächelte.

»Darüber reden wir mit niemandem, denn das ist streng geheim«, tadelte Hayley sie.

»Wie läuft es denn mit dem Globe?« Cynthia schaute Angel ernst an.

»Rabbit Nation finde ich toll.«

»Glaubst du, es wird sich genauso durchsetzen wie Candy Crush Saga?«, erkundigte sich Cynthia.

»Ich finde es besser, wenn Kinder sich um Häschen kümmern statt um Süßigkeiten.«

»Gutes Argument«, stimmte Cynthia ihr zu.

Hayley warf einen weiteren Blick auf das Familienfoto in ihrer Hand. Glücklich lächelnde Gesichter an einem Strand. Cynthia trug Jeans und ein T-Shirt, ihr langes Haar war offen. Ihr Mann, groß und gut gebaut, lächelte breit, und seine Augen funkelten. Er stand neben einem im Sand steckenden Surfboard, davor knieten zwei Jungen. Olivers Bruder war, wie sein Vater, dunkelhaarig, und selbst als Jugendlicher bereits sehr attraktiv. Oliver hatte den Arm um seinen Bruder gelegt und grinste, als wäre das der glücklichste Moment in seinem Leben. Hayley warf einen Blick zu Cynthia hinüber. Hatte sie Oliver tatsächlich aufgegeben? Vielleicht sollte sie Angel losschicken, um sich eine Limonade zu holen, und dann Cynthia sagen, dass sie Oliver kannte und wusste, wie er sich wegen Andrew Regis fühlte. Aber sie brachte es nicht fertig. Schließlich ging sie das eigentlich nichts an.

Cynthia schenkte Hayley ein Lächeln. »Ich habe mir gestern einen Schal mit Hahnentrittmuster gekauft.«

Hayley stellte das Bild auf den Kaminsims zurück. »Tatsächlich?«

»Ja. Und Sie hatten vollkommen recht. Er passt hervorragend zu meinem Mantel.«

»Nun, ich …«

»Mum gibt großartige Modetipps«, warf Angel ein. »Sie arbeitet in einer chemischen Reinigung, und außerdem plant sie Partys für andere Leute.«

»Angel …« Hayley spürte, wie ihre Wangen heiß wurden.

»Partys? Wunderbar, das freut mich.« Cynthia verschränkte die Hände. »Dann will ich mal zur Sache kommen.« Sie atmete tief durch, bevor sie fortfuhr. »Ich möchte Sie um Ihre Mitarbeit bei einem Projekt bitten.«

»Bei einem Projekt?«

»Ja. Ich unterstütze eine Wohltätigkeitsorganisation, und deren jährliche Benefizveranstaltung braucht neuen Schwung. Die Sache liegt mir sehr am Herzen, und ich möchte, dass die Veranstaltung in diesem Jahr etwas ganz Besonderes wird. Die Dame, die mir normalerweise dabei hilft, hat Pfeiffersches Drüsenfieber bekommen und kann nicht arbeiten. Sie kann kaum sprechen und …«

»Ich glaube nicht, dass ich …«, unterbrach Hayley sie.

»Bitte lassen Sie mich aussprechen.« Cynthias Stimme klang flehentlich. »Es geht nur um einen Abend im Crystalline Hotel. Dreihundert Gäste, ein Drei-Gänge-Menü, Unterhaltung, Preisverleihungen und Reden.« Cynthia hielt kurz inne, bevor sie weitersprach. »Was Sie gestern hier getan haben … Sie haben ein Auge fürs Detail, und genau das brauche ich. Ich möchte, dass mir jemand dabei hilft, aus diesem Ballsaal etwas ganz Besonderes zu machen.«

»Sie meinen Dekoration? Gedecke?«, fragte Hayley. Ihr Herz klopfte heftig, aber sie wusste nicht, ob Panik oder Begeisterung ihren Puls beschleunigte.

»Ja, und kleine Gastgeschenke. Außerdem möchte ich ein besseres Unterhaltungsprogramm haben als das Barbershop-Quartett im letzten Jahr.«

»Ich soll die komplette Veranstaltung organisieren?« Adrenalin schoss ihr durch den ganzen Körper, und gleichzeitig wurde ihr ein wenig übel.

»Ich werde Ihnen natürlich dabei zur Seite stehen, aber Sie sind für die gesamte Koordination verantwortlich.«

»Das klingt cool.« Angels Augen strahlten.

»Natürlich mit allen Firmen, die Sie beauftragen möchten. Sie haben dafür ein großzügiges Budget zur Verfügung«, fügte Cynthia hinzu.

»Als Angel vorhin Partyplanung erwähnt hat … nun, ich habe bisher nur im kleinen Rahmen gearbeitet. New York ist da schon etwas ganz anderes«, meinte Hayley verlegen.

»Vergiss nicht, dass du diese große Modenschau für meine Schule und meine Fete im letzten Sommer organisiert hast.«

Sie hatte wirklich Glück, eine Tochter zu haben, die sich an alles erinnerte. Aber ihr war klar, dass diese Veranstaltung in einer ganz anderen Liga spielte als ein Schulfest, bei dem die Schüler als Römer verkleidet waren.

»Ein Team wird Ihnen zur Seite stehen, und auch ich werde immer zumindest telefonisch für Sie erreichbar sein, falls Sie meine Hilfe brauchen. Und ich zahle Ihnen das

Doppelte, was eine Eventplanerin normalerweise in New York verdient«, erklärte Cynthia.

Hayley schüttelte verwirrt den Kopf. Das war verrückt. »Es gibt sicher viele Leute, die größere Kenntnisse und mehr Erfahrung auf diesem Gebiet haben. Warum gerade ich?«

Cynthia atmete tief durch. »Seit dem Tod meines Mannes haben sich schon viele Menschen um diesen Haushalt gekümmert, aber keinem ist das gelungen, was Sie erreicht haben. Sie haben herausgefunden, was hier fehlte, und entsprechende Veränderungen vorgenommen. Und so soll es auch bei dieser Wohltätigkeitsveranstaltung sein. Ich möchte, dass die Gäste diese menschliche Note spüren und, wenn sie nach Hause gehen, die Ziele unserer Stiftung kennen. Sie sollen der Zukunft hoffnungsvoll entgegensehen, die Vergangenheit zu schätzen wissen, aber nicht bei einem Eierpunsch heiße Tränen vergießen und nur um diejenigen trauern, die sie verloren haben. Wir sind immer noch am Leben, und dafür brauchen wir uns nicht zu schämen.« Cynthias Stimme klang sehr leidenschaftlich.

Das war eine große Verantwortung. Und diese Frau war Olivers Mutter. Konnte das funktionieren? Eigentlich nicht. Allein bei dem Gedanken daran krampfte sich ihr Magen zusammen. Aber sie hatte seitdem nichts mehr von Oliver gehört. Vielleicht war er viel betrunkener gewesen, als sie angenommen hatte. Und hatte gar keine Absicht, sie tatsächlich auszuführen. Warum traf sie dieser Gedanke so sehr?

»Bitte, Agatha, sagen Sie ja und verschönern Sie mir damit das Weihnachtsfest«, bat Cynthia.

Hayley warf einen Blick zu Angel hinüber. Ihre Tochter hatte die Augen weit aufgerissen, schaute sie an wie eine um Futter bettelnde Katze und faltete die Hände wie eine ausgehungerte Waise aus *Oliver Twist*. Aber sie musste ablehnen. Sie hatte keine Erlaubnis, hier zu arbeiten, und sie wusste einiges über Cynthia, was sie nicht über eine zukünftige Arbeitgeberin wissen sollte. Außerdem hatte sie Angel versprochen, den Putzjob aufzugeben. Ihre Aufgabe war es, Angels Vater zu finden – sie hatte keine Zeit für einen solchen Blitz aus heiterem Himmel. Sie fühlte sich unter Druck gesetzt, aber in gewisser Weise war das auch aufregend. Eine solche Herausforderung hatte ihr seit Angels Geburt niemand mehr angeboten. Der Gedanken daran, so kurzfristig eine solche Veranstaltung zu organisieren, war zwar beängstigend, löste aber auch freudige Erregung in ihr aus. Endlich könnte sie wieder einmal ihre Fantasie spielen lassen und ihr Talent einsetzen, und das noch dazu für eine gute Sache. Sollte sie sich den Kopf darüber zerbrechen, warum sich ihr diese Gelegenheit bot, oder sie einfach beim Schopf ergreifen?

Sie atmete tief durch; ihr ganzer Körper kribbelte. »Ich heiße Hayley, und ich habe keine Ahnung, warum Sie mir diese Chance geben wollen.« Sie schwieg einen Moment lang. »Und ich weiß auch nicht, ob ich das schaffen werde, aber wenn Sie sicher sind, dass ich dafür die Richtige bin …«

»Absolut sicher«, bestätigte Cynthia.

»Dann … nehme ich Ihr Angebot an.« Hayley konnte es kaum fassen, dass sie das tatsächlich gesagt hatte. »Ich mache es.« Sie nickte bekräftigend.

Angel stieß einen Jubelschrei aus, packte ihre Mutter an den Händen und schwenkte sie so fest auf und ab, dass Hayley das Gefühl hatte, ihr würden die Arme abgerissen.

»Danke«, sagte Cynthia mit bewegter Stimme.

»Ich habe keine genaue Vorstellung, worauf ich mich eingelassen habe. Es wäre gut, wenn ich mir eine Skizze des Ballsaals im Crystalline Hotel anschauen könnte.« Hayley lachte nervös.

»Da weiß ich etwas Besseres. Ich werde Sie morgen dorthin bringen.«

»Prima.« Hayley nickte. »Und wann findet das große Ereignis statt? Wie viel Zeit habe ich, um das Fest aller Feste zu organisieren?«

»Oh, genügend.« Cynthia ging zum Kaffeetisch und griff nach der Teekanne. »Es soll in fünf Tagen stattfinden.«

KAPITEL DREIUNDDREISSIG

Dean Walkers Apartment, Downtown Manhattan

Hayley schob sich eine Handvoll Chips in den Mund, beugte sich kauend über Deans Laptop und verteilte dabei versehentlich ein paar Krümel über die Tastatur. Ihr Ideenbuch lag aufgeschlagen auf der Kücheninsel, und Stoffstreifen ragten zwischen den Seiten hervor, einer platinfarben und matt, der andere goldfarben und durchsichtig. Sie stammten von der Dekoration für eine Party, die sie für das örtliche Rathaus organisiert hatte. Mit dem Entwurf für das Guggenheim-Kleid war sie nicht weitergekommen, aber jetzt musste sie sich auf wichtigere Dinge konzentrieren. Sie hoffte, dass einige ihrer bisherigen Ideen ihr helfen würden, einen ersten Plan für die Wohltätigkeitsveranstaltung zu entwerfen.

»Hast du gewusst, dass das Crystalline Hotel eines der ältesten Hotels in New York ist?«

Hayley öffnete den Mund, sodass ein paar weitere Krümel herausfielen, und drehte sich zu Angel um, die neben Dean auf dem Sofa saß.

»Woher weißt du das? Den Laptop habe *ich* doch im Moment vor mir.«

»Und ich habe den Globe in der Hand«, erwiderte Angel. »Die ganze Welt ist in greifbarer Nähe.«

Hayley beobachtete, wie ihre Tochter geschickt wie ein alter Hase den Bildschirm des Tablets bearbeitete, und schüttelte den Kopf.

»Ich weiß immer noch nicht, wie du dazu gekommen bist, ein Familienfest der Drummonds zu organisieren.« Dean drehte sich zu Hayley um.

»Bitte nenn das nicht so! Das ist kein Familienfest!«

Sie hatte bereits beschlossen, dass sie Oliver nichts davon sagen würde. Er hatte sie immer noch nicht angerufen, also machte sie sich vielleicht ohnehin unnötig Gedanken darüber. Aber sie wusste, dass die Beziehung zu seiner Mutter im Augenblick problematisch war. Wenn sie also von ihm hören und tatsächlich mit ihm ausgehen würde, sollte sie diese beiden Dinge auseinanderhalten. War das bei einem Interessenkonflikt nicht die richtige Vorgehensweise? Oder sollte man allen reinen Wein einschenken? Bei dem Gedanken, eine der beiden Partien anlügen zu müssen, war ihr nicht wohl zumute. Aber damit würde sie sich auseinandersetzen, wenn der richtige Zeitpunkt dafür gekommen war.

»Zuerst hat Mum sich einen Putzjob besorgt, und sie musste diese Uniform tragen …«, begann Angel.

»Wolltest du nicht gerade dieses Spiel mit den Kaninchen spielen?«, unterbrach Hayley sie.

»Du hast einen Job? Was für einen Job? Wann? Wo?«, stieß Dean hervor.

»Kannst du bitte ein Wort sagen, das nicht mit W beginnt?«

»Hayley …«

»Agatha«, warf Angel ein.

»Eine weitere Portion Eiscreme kannst du jetzt vergessen, kleines Fräulein!«

Dean hob verwirrt die Hände an den Kopf. »Erst ein Job? Und nun diese Sache für Cynthia Drummond? Du solltest doch hier Urlaub machen und dich um diese … andere Sache kümmern.«

»Du meinst die Suche nach meinem Vater«, sagte Angel.

»Das weiß ich«, erwiderte Hayley. »Und den Job habe ich schon aufgegeben. Ich mache nur noch diese Sache für die Mutter deines Chefs.«

»Wir brauchen das Geld«, erklärte Angel und setzte eine Miene auf, die ausdrücken sollte, wie bedürftig sie waren.

»Ich glaube, wir sollten miteinander reden.«

Hayley schluckte nervös. Deans Stimme klang streng, an seinem Hals pulsierte eine Ader, und sein Gesicht färbte sich dunkelrot. Dean wurde sonst nie richtig böse. Das versprach nichts Gutes.

»Soll ich mir die Ohren zuhalten?«, zwitscherte Angel.

Hayley ließ sich von dem Hocker gleiten und rauschte in den Flur, überzeugt davon, dass ihr Bruder ihr folgen würde. Sie lehnte sich neben einem gerahmten Foto von Shirley Bassey an die Wand. Es gab einiges, was er ihr jetzt sagen könnte, und sie war sich nicht sicher, wovor sie am meisten Angst hatte.

Dean betrat den Flur, schloss die Tür hinter sich und verschränkte die Arme vor der Brust.

»Jetzt siehst du aus wie ein Türsteher vor einem Nachtclub«, merkte Hayley an.

»Das ist nicht witzig.«

»Was genau meinst du?«

Dean ließ die Arme sinken und fuhr mit einer Hand durch die Luft. »Diese Frage sagt schon alles!«

»Bringen wir es hinter uns.« Hayley starrte auf den Teppich.

»Oliver Drummond kam heute in mein Büro und erzählte mir, dass er sich mit dir verabreden wolle.«

Ihr Herzschlag beschleunigte sich. Er hatte es ernst gemeint – er dachte an sie und wollte sie tatsächlich ausführen. Warum war ihr das vor Dean so peinlich?

»Wie hat das angefangen?«, wollte Dean wissen.

»Wenn ich dir jetzt sagte, dass es in einer kleinen Gasse anfing, würdest du mich dann für eine Hure halten?«

Dean schüttelte den Kopf. Für diese Art von Humor war er im Augenblick offensichtlich nicht in der richtigen Stimmung. Ihre Mutter hatte ihren Sinn für Humor noch nie leiden können.

»Hätte ich Nein sagen sollen?«, fragte sie. »Gibt es etwa eine Art Sperrgebiet für die Verwandten von Angestellten?«

»Mir war nicht bewusst, dass du auf der Suche nach einer Beziehung bist.«

Hayley runzelte die Stirn und versuchte zu begreifen, was ihr Bruder ihr damit sagen wollte. »Das verstehe ich nicht.« Sie stieß versehentlich mit dem Kopf an das Bild von Shirley Bassey. »Ich bin nicht auf der Suche nach einer Beziehung, aber so wie du das soeben gesagt hast, klingt es, als dürfe ich das nicht sein. Dabei hast du dich erst vor Kurzem darüber geäußert, dass ich seit Angels Geburt kaum Dates gehabt hätte.«

»So habe ich das nicht gemeint.«

»Nun, wie denn sonst? Zuerst soll ich nicht wie eine Nonne leben, und dann würdest du mich am liebsten hinter Klostermauern sehen? Das widerspricht sich, Dean!«

»Hayley, jetzt übertreibst du.«

»Ich übertreibe? Ach ja?«

»Was ist mit Michel?«, erkundigte sich Dean.

»Was mit Michel ist? Wir sind zu der Galerie gefahren, von der er damals gesprochen hat, und dort hat man mir die Adresse einer Website gegeben. Aber diese Website existiert nicht!«, brüllte sie. »Und bevor du von der Arbeit nach Hause gekommen bist, habe ich achtundvierzig Galerien angerufen und nichts herausbekommen. Aber Angel glaubt, dass er jeden Moment in ihr Leben treten wird, wie in einem rührseligen Film auf dem Disney Channel.«

»Ich habe nur gedacht, dass …«, begann Dean.

»Und was hat meine Suche nach Michel mit Oliver zu tun? Falls ich Michel finde, werden wir auf keinen Fall diese eine romantische Nacht wiederholen und uns in Brad und Angelina verwandeln.«

»Das kannst du nicht wissen.«

»Doch, da bin ich mir sicher. Weil ich das nicht will«, erklärte sie bestimmt. »Außerdem könnte er verheiratet sein. Oder … vielleicht hat er festgestellt, dass er schwul ist.«

Sie nickte zufrieden, als sie sah, wie Dean darüber nachdachte.

»Ich bin nicht auf der Suche nach einer Beziehung. Ich wollte nicht einmal ein Date, aber … er hat mich darum gebeten, und er ist witzig und dumm und nervend und … Ich mache zum ersten Mal seit neun Jahren Urlaub und habe nichts gegen ein wenig Spaß einzuwenden, auch wenn ich nach meinem Ex suchen muss! Und ich … ich mag ihn.«

Ihr wurde plötzlich heiß, als sie überrascht feststellte, dass das der Wahrheit entsprach. Sie mochte Oliver tatsächlich. Das war offensichtlich nicht wirklich wichtig, aber auch nicht so unwichtig, dass sie es vollkommen ignorieren konnte.

Dean seufzte. »Und was ist mit diesem Job? Du darfst ohne entsprechende Genehmigung hier nicht arbeiten.«

»Das weiß ich.«

»Und?«

»Ich brauche einen Zusatzverdienst, weil ich meinen Job

gekündigt habe, also habe ich die Chance ergriffen. Ich wollte sehen, wie es läuft und ...« Hayley verstummte.

»Und was?«

»Ich weiß nicht.« Sie seufzte. »Als mein ehemaliger Boss mich wieder einmal mit seinen klebrigen Fingern betatschte, dachte ich, dass ich vielleicht ...« Sie stieß wieder ein Seufzen aus. Dean würde sie für verrückt halten, wenn sie zugab, dass sie gehofft hatte, in New York neue Möglichkeiten für sich und Angel zu entdecken. »Es war dumm von mir.«

»Es gibt Gesetze gegen Belästigung am Arbeitsplatz«, erklärte Dean kopfschüttelnd.

»Ich weiß, aber ich wollte keine Scherereien haben. Es war einfacher, den Job hinzuschmeißen.«

»Er könnte es bei der nächsten Angestellten wieder versuchen. Wie konntest du nur so dumm sein?«

»Schon gut! Das brauche ich mir von dem goldenen Kind nicht unter die Nase reiben lassen!«

In dem Moment, in dem sie diese Worte ausgesprochen hatte, tat es Hayley leid. Sie wollte etwas sagen, um ihrer Bemerkung die Schärfe zu nehmen, aber stattdessen stieß sie erneut mit dem Kopf gegen das Foto von Shirley Bassey und beförderte es zu Boden.

Hayley bückte sich, hob das Bild auf und fuhr mit der Hand über das Glas. »Entschuldigung ... es tut mir leid.«

Dean nahm ihr das Bild aus der Hand. »Kein Problem, das ist doch nur ein Foto.« Er hängte es wieder an die Wand. »Ich mache mir Sorgen um dich.«

»Mir geht es gut«, erwiderte Hayley rasch.

»Das stimmt nicht.«

»Ach ja?«

»Und ich weiß auch, woran das liegt«, fügte Dean überzeugt hinzu. »Angel kommt jetzt bald ins Gymnasium. Sie wächst heran und wird immer unabhängiger, und du bereitest dich auf eine neue Situation vor.«

»Spielst du jetzt den Psychologen?« Sie schnalzte missbilligend mit der Zunge. »Darum geht es wirklich nicht.«

»Du glaubst, du müsstest dir ein anderes Betätigungsfeld suchen.«

»Das wäre im Grunde genommen nicht verkehrt – dieser Meinung bist du doch auch. Oder hast du eher an etwas wie eine Häkelarbeit gedacht?«

»Du bist dir sicher bewusst, dass Angel in ein paar Jahren nicht mehr so viel von deiner Zeit in Anspruch nehmen wird, und du glaubst, dass du diese Zeit dann anderweitig ausfüllen musst.«

»Ist das nicht so? Und habe ich es nicht verdient, mir etwas anderes zu suchen?«

»Einen Job hier?«

»Nun, warum nicht? Darf ich kein eigenes Leben führen? Dinge tun, die ich schon immer tun wollte, und die nichts mit Angel zu tun haben?«

»Wie zum Beispiel ein Date mit meinem Boss?«

»Warum nicht auch das? Was ist denn so verkehrt daran? Warum sollte ich nicht mit ihm ausgehen? Oder ist eine einfache, alleinstehende Mutter ohne Collegeabschluss nicht gut genug für deinen wertvollen Boss?« Sie neigte den Kopf zur Seite und sah Dean herausfordernd an. »Geht es darum? Schämst du dich etwa für mich?«

»Das ist doch lächerlich«, fauchte Dean.

»Ach ja? Wenn ich das richtig verstanden habe, hast du angedeutet, dass ich nicht alle meine Sinne beieinander habe, nur weil ich mir von meinem Leben mehr wünsche als Kindererziehung. Dass Frauen zu Hause bei ihren Kindern bleiben sollen, ist eine völlig veraltete und sexistische Einstellung, und mir war bisher nicht klar, dass du so denkst!«

»Hayley …«

»Nein, ich werde mich nicht dafür entschuldigen, dass ich diesen Job bei der Wohltätigkeitsveranstaltung angenommen habe.« Hayley stemmte die Hände in die Hüften und richtete sich auf. »Und ich werde mich nicht im Geringsten dafür schuldig fühlen, dass ich mich von einem der begehrtesten Junggesellen der Welt ausführen lasse.« Sie nickte bekräftigend. »Und wenn du mit dem einen oder anderen ein Problem hast, sollten Angel und ich vielleicht in ein Hotel ziehen.«

Bei dem Gedanken, dass ihre Reisekasse schon nach wenigen Tagen leer sein würde, wenn sie keinen Platz in einer Jugendherberge fanden, wurde ihr übel. Sie drehte sich um und marschierte den Flur hinunter, bevor Dean antworten konnte.

»Hayley, wo willst du hin?«

»Ich gehe aus«, erwiderte sie, ohne sich noch einmal umzuschauen. »Du hältst mich ohnehin für eine schlechte Mutter, dann kann ich mich auch so benehmen.« Sie rannte die Treppe hinunter zur Wohnungstür. Auf dem Weg schnappte sie sich ihren Mantel von der Garderobe, warf ihn sich um und riss die Tür auf. Rasch trat sie über die Schwelle und ging in die Nacht hinaus.

KAPITEL VIERUNDDREISSIG

Washington Square Park, Greenwich Village

Hayley stampfte wütend los, doch als sie auf das Denkmal zuging, wurden ihre Schritte leichter und langsamer. Es schneite so stark, dass sie kaum die Hand vor Augen sah. Sie konzentrierte sich auf den Washington Square Arch, der beinahe so aussah wie der Arc de Triomphe, und versuchte, beim Weitergehen ihre Gedanken zu ordnen.

Dean hatte nicht ganz unrecht, aber er hatte keine Ahnung, wie unglücklich sie in England war. Er hatte geglaubt, sie wolle hier nur einen Winterurlaub verbringen, bei dem sie ihn endlich wiedersehen und sich mit ihm austauschen konnte. Dann hatte sie ihm gebeichtet, dass sie Michel finden wolle. Dass sie nun auch noch einen Job annehmen wollte, konnte er kaum fassen. Und dann auch noch Oliver. Sie selbst hatte nie an eine Romanze welcher Art auch immer gedacht. Aber jetzt hatte ein Mann sie um ein Date gebeten, und dieser Mann war sehr attraktiv und hatte Augen, in die sie versinken konnte, also warum sollte sie seine Einladung ablehnen?

Sie blieb am Fuß des Denkmals stehen, warf durch das Schneegestöber einen Blick nach oben und bewunderte das Bauwerk. Sie war schon einmal hier gewesen. Nach ihrer gemeinsamen Nacht war sie mit Michel am frühen Morgen unter dem Bogen gestanden und hatte die ersten Sonnenstrahlen auf dem Gesicht genossen. Mit achtzehn Jahren war das sehr romantisch gewesen. Eine Nacht mit einem Fremden. Einem gut aussehenden Mann, der malte und fotografierte und damit seinen Lebensunterhalt bestritt. Das war eine Geschichte, die sie ihren Kindern würde erzählen können. Sie hatte allerdings nicht gedacht, dass es sich dabei um ein Kind handeln würde, das in dieser Nacht gezeugt worden war. Bei dem Gedanken daran wollte sie sofort Angel vor einer solchen Dummheit warnen, ihr sagen, dass sie niemals zu viel trinken und mit fremden Männern mitgehen sollte, von denen sie so gut wie nichts wusste.

Hayley schauderte und zog ihren Mantel enger um den Körper. Auf keinen Fall würde sie dieses Stadt verlassen, bevor sie Michel gefunden hatte.

Restaurant Romario, Greenwich Village

Oliver setzte die Bierflasche an die Lippen und trank einen Schluck von der kühlen Flüssigkeit. Tonys Eltern hatten ihn überschwänglich begrüßt, als er das Restaurant betreten hatte, und ihm und Tony sofort mehrere Gerichte vorgesetzt. Ein Protest wäre unhöflich gewesen, und außerdem war seiner Meinung nach das italienische Essen hier das Beste, was New York zu bieten hatte. Das Restaurant war gut besucht. Pärchen und Familien ließen sich traditionelle Pizza und Pasta und einige Gerichte mit »geheimem Rezept« schmecken, die sich Mr Romario über die Jahre ausgedacht hatte. Die rot-weiß karierten Tischdecken und die Kerzen in leeren Pinot-Grigio-Flaschen, von denen das Wachs in blubbernden Strömen über das Glas nach unten floss, trugen dazu bei, dass sich die Gäste wie in Italien fühlten. Für festliche Stimmung war ebenfalls gesorgt. Die alten hölzernen Fensterrahmen waren mit silber- und goldfarbenem Lametta geschmückt, und auf einem Tisch in der Ecke stand ein kleiner Christbaum, und davor eine Krippe mit Porzellanfiguren.

»Ich habe ein Date.« Oliver wandte seine Aufmerksamkeit wieder Tony zu.

»Tut mir leid, Mann, ich glaube, ich habe mich verhört.« Tony kniff die Augen zusammen und warf Oliver einen misstrauischen Blick zu. »Hast du etwas von einem Date gesagt?«

Oliver nickte grinsend. Er hatte immer noch nicht alle Details ausgearbeitet, aber er war fest entschlossen, daraus einen unvergesslichen Abend zu machen. Das bereitete ihm zwar Kopfzerbrechen, aber auch eine gewisse Vorfreude. Aus diesem Grund hatte er sie noch nicht angerufen. Er wollte, dass alles perfekt wurde, und außerdem brauchte er noch ein wenig Zeit, um sich mit dem Gedanken anzufreunden, dass er mit jemandem ausgehen würde, der ihm tatsächlich etwas bedeutete.

»Ein Date mit einer Frau? Mit einer Frau, die du schon einmal getroffen hast und noch einmal treffen möchtest?«, fragte Tony nach.

»Und ich habe sie schon geküsst. Mehrmals.«

»Wow! Habt ihr auch Händchen gehalten?«

Oliver streckte den Arm über den Tisch und verpasste Tony spielerisch einen Faustschlag gegen die Schulter. »Sehr witzig.«

Tony lachte, öffnete den obersten Knopf seines Hemds und lehnte sich in der rot-weiß gepolsterten Sitzecke zurück. »Wo hast du sie kennengelernt?«

»In dem chinesischen Restaurant.« Oliver lächelte. »Als ich auf der Flucht vor der Frau in Rot war.«

»Du Schlitzohr!«

Oliver schüttelte rasch den Kopf. »Nein, so war das nicht. Sie hat mir wirklich aus der Patsche geholfen.«

»Und hat damit dein Herz erobert«, spottete Tony.

»Es ist ziemlich kompliziert.«

»Mist, ist sie verheiratet?«

»Nein.« Oliver hielt inne. »Aber sie hat eine Tochter.«

»Oh, Mann, lass die Finger davon.«

»Warum sagst du das?«

»Kinder, Exfreunde – solche Schwierigkeiten sollte man sich nicht aufhalsen.«

»Ihr Ex ist von der Bildfläche verschwunden.«

»Dann braucht sie wahrscheinlich Geld. Und alleinstehende Mütter können einen Milliardär auf eine Entfernung von einem Kilometer riechen.« Tony trank einen Schluck aus seinem Glas.

»Hey, seit wann hast du solche Vorurteile?« Oliver spürte, wie Ärger in ihm aufstieg.

»Ich sage nur, wie es ist.«

»Du kennst sie doch gar nicht«, entgegnete Oliver abwehrend.

»Hast du sie nach ihrem Wunsch gefragt? Ich wette, sie wollte ein Loft in Tribeca.«

Oliver rutschte auf seinem Stuhl hin und her. Bei dem Gedanken an Hayleys Wunsch überfiel ihn ein Gefühl der Beklemmung. Er hatte Daniel Pearson kurz zuvor angerufen und sich nach Andrew Regis und Michel De Vos erkundigt, aber sein Angestellter hatte ihm zu beiden noch nichts berichten können.

»Sie hat sich gewünscht, den Vater ihres Kindes zu finden«, stieß Oliver hervor.

»Heiliger Bimbam.« Tony riss die Augen auf. »Das war ihr Wunsch, obwohl sie alles hätte haben können?«

Oliver nickte. Sie war ehrlich zu ihm gewesen, hatte ihren Wunsch leidenschaftlich vorgetragen und war sich dabei selbst treu geblieben. Das alles bewunderte er. Es waren Eigenschaften, die er selbst beinahe verlernt hatte.

»Du magst diese Frau«, stellte Tony tonlos fest.

Oliver öffnete den Mund zu einer Antwort, brachte aber keinen Ton hervor. Wieder hörte er diese innere Stimme. *Du wirst sterben. Dieses Date ist sinnlos. Gegen das Schicksal kommst du nicht an.* Wie konnte er sich dieser Herausforderung stellen, wenn sie ohnehin New York bald wieder verlassen und er bald sterben würde?

Aber vor ihm saß sein bester Freund, der Mann, der ihn besser kannte als alle anderen. Also musste er trotz allem ehrlich antworten. »Ja«, bestätigte er und nickte. »Ich mag sie.«

Vipers Nachtclub, Downtown Manhattan

Hayley hatte eigentlich gleich wieder in Deans Wohnung zurückkehren wollen. Er hatte ihr bereits zwei SMS geschickt und eine Sprachnachricht hinterlassen. Er machte sich Sorgen. Zuerst dachte sie trotzig, dass ihm das ganz recht geschah, aber als sie vernünftig darüber nachdachte, wurde ihr klar, dass sie vielleicht ein wenig überreagiert hatte. Überstürzt in die Nacht hinauszustürmen gehörte sich nicht für eine Frau ihres Alters. Aber auf ihrem Rückweg kam sie an dem Nachtclub vorbei, und als sie davor stehen blieb und auf die hämmernde Musik von drinnen lauschte, fühlte sie sich in die Zeit von vor zehn Jahren zurückversetzt. Entschlossen marschierte sie auf den Eingang zu.

»Entschuldigung! Ist Arie hier?« Sie musste schreien, um sich bei der lauten Musik verständlich zu machen, nachdem sie sich durch die Menge der Gäste zur Bar durchgezwängt hatte.

»Arie arbeitet erst am Freitag wieder«, erwiderte die Kellnerin vor ihr, während sie eine Bierflasche öffnete.

»Das habe ich schon gehört, aber ich habe gedacht, dass er möglicherweise ein paar zusätzliche Schichten einlegt.« Sie brauchte unbedingt irgendeinen Hinweis – es machte sie verrückt, dass sie Angel immer noch nichts Konkretes sagen konnte.

Die Barkeeperin reichte die Bierflasche einem Gast und nahm das Geld entgegen, bevor sie sich Hayley zuwandte. Sie warf ihre Lockenmähne zurück und lächelte sie an.

»Arie ist übrigens verheiratet«, sagte sie.

»Oh, ich bin nicht hinter ihm her«, versicherte Hayley ihr rasch. Sie zog ihr Telefon aus der Tasche und lud das Foto von Michel hoch. »Ich suche diesen Mann.« Sie hielt der Barkeeperin das Display hin. »Sein Name ist Michel De Vos. Wir haben uns hier vor zehn Jahren kennengelernt, und ich versuche, ihn zu finden.«

Das Mädchen nahm Hayley das Telefon aus der Hand und betrachtete die Aufnahme. Obwohl ihrer Miene nicht anzusehen war, ob sie ihn erkannte, zog Hayleys Magen sich vor Aufregung zusammen.

»Den habe ich hier schon mal gesehen«, sagte die Kellnerin schließlich und gab Hayley ihr Telefon zurück. »Er trägt noch die gleiche Frisur.«

Hayley hatte plötzlich einen Kloß im Hals und Schwierigkeiten zu sprechen. »Was? Wann?«

Das Mädchen nahm die nächste Bestellung entgegen und schüttete Wodka in einen Shaker. »Vor etwa einem Monat. Vielleicht ist es auch schon länger her.«

Sie konnte es kaum fassen. *Vor einem Monat. Michel war*

in New York. Sie fuhr sich mit der Zunge über die Lippen. »Sind Sie sicher?«

Das Mädchen nickte. »Ja. Eine Weile war er jeden Abend hier. Manchmal saß er an der Bar. Er sagte, er sei Künstler.« Sie grinste. »Wahrscheinlich nur ein Spruch.«

Ihr Magen krampfte sich zusammen. Wenn sie 2005 nur auch so gewieft gewesen wäre wie dieses Mädchen. Die Barkeeperin schüttelte den Shaker und wandte sich von ihr ab.

»Warten Sie.« Hayley griff nach einem der Untersetzer. »Haben Sie einen Stift?«

»Einen Moment.« Die Barkeeperin goss den Drink in ein hohes Glas, gab eine Kirsche und eine Scheibe Ananas dazu und steckte ein Schirmchen und einen Strohhalm hinein. Das Ergebnis sah beinahe so aus wie die Cola, die Angel und Vernon gemeinsam eingeschenkt hatten.

Das Mädchen reichte ihr einen Stift, und Hayley griff danach, als handele es sich um ein Gegengift für einen gefährlichen Schlangenbiss. Sie kritzelte rasch einiges auf den Bierdeckel, bis sie den ganzen äußeren Kreis vollgeschrieben hatte.

»Falls er noch einmal auftauchen sollte …« Sie atmete tief durch. »Das sind meine Kontaktdaten.« Sie gab dem Mädchen den Deckel. »Könnten Sie ihm bitte sagen, dass Hayley Walker, das Mädchen mit dem pinkfarbenen Kleid, das sich für Mode interessierte, ihn dringend sprechen möchte?«

In ihrem Magen brodelte es wie bei einem chemischen Experiment, bei dem niemand genau wusste, wie es ausgehen würde. Hayley lächelte die Barkeeperin an. »Vielen Dank.« Als sie von der Bar wegging, war ihr ein wenig schwindlig. Sie ließ die Musik auf sich wirken, während sich ihre Augen allmählich an das Stroboskoplicht und die blitzende Discokugel gewöhnten. Wenn Michel vor einem Monat hier gewesen war, konnte er jederzeit wieder auftauchen. Und Angels Wunsch würde erfüllt werden. Hayley war sich allerdings immer noch nicht sicher, wie sie sich dabei fühlte.

KAPITEL FÜNFUNDDREISSIG

Crystalline Hotel, Downtown Manhattan

»Onkel Dean glaubt, du würdest nicht mehr mit ihm reden wollen«, flüsterte Angel.

Sie standen in der Lobby des beeindruckendsten Hotels, in dem Hayley jemals gewesen war, und warteten auf Cynthia. Der Teppich war goldfarben meliert, und die Kronleuchter warfen Lichtmuster an die Wand. Der Christbaum war von oben bis unten mit glitzerndem Schmuck und Lichterketten behängt, deren Lämpchen im Takt der Weihnachtslieder aufleuchteten.

»Warum glaubt er das?« fragte Hayley.

»Weil du beim Frühstück nichts anderes zu ihm gesagt hast als ›Wir haben keine Bagels mehr‹.«

»Wir haben tatsächlich keine Bagels mehr!«

»Streitet ihr, weil ich ihm von deinem Job bei Majestic Cleaning erzählt habe?«

»Nein, natürlich nicht.«

»Es tut mir leid, dass ich es Onkel Dean gesagt habe.« Angels Augen wurden feucht.

»Es ist nicht deine Schuld, Angel. Und jetzt denken wir nicht mehr daran. Wir werden uns beide beruhigen, und über kurz oder lang reden wir wieder über Vernons Kochkünste.«

»Über kurz oder lang? So heißt es in Büchern immer, wenn etwas noch sehr, sehr lange dauert.«

»So schlimm wird es schon nicht werden.« Hayley warf einen Blick auf ihre Armbanduhr.

»Also eher kurz als lang?«

Ihr Telefon klingelte. Hayley nahm ihren Rucksack von der Schulter und warf einen Blick auf das Display. Eine unbekannte Nummer. Vielleicht ging es um Michel.

»Hallo.«

»Guten Morgen, Lois.«

Olivers Stimme ließ sie innerlich vibrieren, und ihre Wangen wurden heiß. Sie drehte sich von Angel weg, damit ihre Tochter ihr diese Reaktion nicht ansehen konnte. »Guten Morgen, Clark.«

»Ich habe deine Nummer also richtig gespeichert.«

»Scheint so.«

»Und ich hoffe, dass du heute Abend Zeit hast.«

»Dean hat über Kabel einen sehr guten Fernsehempfang.«

Sie wusste, dass er jetzt lächelte.

»Dann hat er sicher auch einen Videorecorder.«

Jetzt musste sie lächeln. »Auf welche Uhrzeit soll ich ihn programmieren?«

»Ich hole dich um halb acht ab.«

»Und wie soll ich mich anziehen? Förmlich oder leger?«

»Wie wäre es mit einem hübschen Schlafanzug?«

»Sehr witzig, Clark.« Sie warf Angel einen Blick zu, die sie neugierig beobachtete. Hayley wollte auf keinen Fall, dass ihre Tochter etwas von diesem Date erfuhr; sie hatte bereits genug am Hals. »Dann lieber Geschäftskleidung.«

»Ich lasse meiner Fantasie freien Lauf.«

»Cynthia ist hier!« Angel sprang auf.

»Ich muss aufhören«, sagte Hayley rasch. »Bis später.« Sie legte auf, steckte ihr Telefon in den Rucksack zurück und strich rasch ihre Kleidung glatt. An diesem Morgen hatte sie sich viel Mühe beim Anziehen gegeben, um einen guten Eindruck zu hinterlassen. Sie trug eine schicke schwarze Jeans, Stiefel, ein beigefarbenes Top und einen roten Pullover, den sie in der Mitte aufgeschnitten hatte, um daraus eine Jacke zu machen. Umgenäht hatte sie ihn in den frühen Morgenstunden, als sie ohnehin nicht schlafen konnte.

»Guten Morgen, wie geht es Ihnen heute?« Cynthia streckte erst Angel und dann Hayley ihre Hand entgegen.

Ihr graues Kostüm saß ebenso tadellos wie ihr Haar und ihr Make-up.

»Sehr gut, danke. Und Ihnen?«, erwiderte Hayley.

»Ich bin ein wenig aufgeregt, aber …« Sie hielt inne. »Ich freue mich wirklich darauf, Ihnen den Raum zu zeigen. Gehen wir?«

Cynthia ging voran in den Hauptteil des Hotels. Hayley warf einen Blick zurück auf die makellose Einrichtung der Lobby. Auch bei ihrer Aufgabe war Perfektion gefragt. Was hatte sie sich da nur aufgehalst?

Drummond Global, Downtown Manhattan

Andrew Regis hatte es tatsächlich getan. Das Interview lag vor Oliver auf seinem Schreibtisch. Der Mann hatte der ganzen Welt erzählt, dass der Zusammenschluss der beiden Unternehmen nicht zustande kommen würde, weil Oliver zögere, zukunftsorientiert vorzugehen. Er nannte ihn einen größenwahnsinnigen Kontrollfreak und behauptete, dass er im Gegensatz zu seinem Vater nicht an gegenseitige Unterstützung beim Erschaffen stärkerer Grundfeste glaube. Und er verkündete offiziell seine persönliche Beziehung zu Cynthia. Seine Mutter musste von seinem Vorhaben gewusst haben und hatte ihm nichts davon gesagt. Das verletzte ihn mehr als der Artikel selbst.

»Oliver.« Claras Stimme riss ihn aus seinen Gedanken. Er hob den Kopf und sah, dass seine persönliche Assistentin ihm immer noch gegenübersaß. Wie lange hatte er auf den Text gestarrt? Er konnte sich nicht einmal mehr daran erinnern, was Clara ihn gefragt hatte.

»Ja?«

»Soll ich Kaffee bringen lassen?«

Er schüttelte den Kopf. »Nein, danke.«

Sie schnalzte missbilligend mit der Zunge und griff nach dem Artikel. »Ich konnte diesen Mann noch nie leiden. Er war zwar der beste Freund Ihres Vaters, aber ich habe ihm nie über den Weg getraut. Vielleicht liegt es an dem Ausdruck in seinen Augen.«

»Meine Mutter hält offensichtlich große Stücke auf ihn.«

»Aber danach doch wohl hoffentlich nicht mehr.«

»Warum nicht?« Oliver griff nach seinem Anti-Stressball.

»Weil das alles nicht wahr ist.« Clara hob die Zeitschrift und schüttelte sie.

»Tatsächlich nicht?«

»Nein, Oliver.«

»Dann bin ich also nicht machtbesessen?«

»Nein.«

»Kein Kontrollfreak?«

»Na ja, manchmal ein bisschen.«

»Ein Teamplayer?«

»Wir haben alle unsere Stärken und Schwächen.«

»Sie hätten Politikerin werden sollen, Clara.« Er stand so heftig auf, dass sein Stuhl gegen die Wand hinter ihm prallte, ging zum Fenster hinüber und schaute auf die Skyline hinaus.

»Sie wissen doch, warum er das getan hat.«

»Um mich schlechtzumachen? Um meine Entscheidung in der Öffentlichkeit zu unterminieren, sodass der Vorstand sie ebenfalls in Frage stellen wird? Um Drummond Global zu diskreditieren?«

»Nein. Dieser Mann hat nicht mit seinem Geschäftsverstand gehandelt. Er hat Ihnen einen kräftigen Schlag aufs Maul verpasst, weil Sie ihn nicht mit offenen Armen in die Familie aufgenommen haben. Hier geht es in erster Linie um Cynthia – eine persönliche Geschichte. Er fühlt sich bedroht.«

»Haben Sie gerade gesagt, er habe mir einen Schlag aufs Maul verpasst?« Oliver drehte sich zu ihr um.

»Ich glaube schon. Entschuldigung.«

»Kein Grund, sich zu entschuldigen.« Er atmete tief durch. »Was soll ich Ihrer Meinung nach jetzt tun?«

»Ich traue diesem Mann nicht«, erklärte Clara. »Irgendetwas ist hier faul.«

»Wie meinen Sie das?«

Clara rutschte auf ihrem Stuhl hin und her. »Kann ich offen sprechen?«

»Natürlich, Clara.«

»Nun, diese Fusionierung beruhte von Anfang an auf Andrew Regis' Verhältnis zu Ihrem Vater. Ja, die beiden waren Freunde, aber ich glaube, dass es irgendeinen Grund gegeben haben muss, warum Ihr Vater trotzdem keine geschäftlichen Beziehungen mit Regis unterhalten hat.«

»Darüber habe ich auch nachgedacht, Clara. Ich nehme an, dass die beiden zu Beginn verschiedene Ziele verfolgten, aber trotzdem Konkurrenten waren.«

»Regis Software hat keine solchen Verträge vorzuweisen wie Drummond Global.«

»Ich weiß. Aber sie haben Fachwissen auf Gebieten, in die wir noch nicht vorgedrungen sind.«

»Und warum nicht?«

»Weil sich Drummond Global auf andere Bereiche konzentriert hat.«

»Vielleicht. Aber ich wiederhole: Ich traue diesem Mann nicht.« Sie schüttelte den Kopf. »Und seine Beziehung zu Cynthia … welches Spiel spielt er da?«

»Glauben Sie, er meint es nicht ernst mit ihr?«

»Ihre Mutter hat großen Einfluss im Vorstand.«

»Und Sie glauben, dass er diese Macht an sich reißen möchte?«

»Ich will es nicht behaupten, aber was Andrew betrifft, wäre ich in jeglicher Hinsicht sehr vorsichtig.«

Oliver biss die Zähne zusammen. Der Gedanke, dass Andrew Regis seiner Mutter gegenüber unehrliche Absichten haben könnte, brachte sein Blut noch mehr in Wallung, als die Vorstellung, dass er tatsächlich eine Beziehung mit ihr hatte. Noch hatte er nichts von Daniel Pearson gehört, aber wenn irgendwo etwas im Argen lag, würde er es entdecken. Vielleicht war an Andrews Beweggründen aber tatsächlich nichts auszusetzen.

»Und was soll ich deswegen unternehmen?« Oliver deutete auf das Magazin, das Clara immer noch in der Hand hielt.

»Sie könnten Delaney damit beauftragen, eine entsprechend scharfe Erwiderung zu formulieren und morgen im Konkurrenzblatt abdrucken zu lassen.«

»Aber Sie würden mir das nicht empfehlen?«

»Nein. Ich würde den Gentleman spielen. Laden Sie

Andrew und Ihre Mutter zum Abendessen ein, gratulieren Sie ihnen zu ihrer Beziehung, sondieren Sie die Lage und versuchen Sie herauszufinden, was er im Schilde führt.« Sie warf das Magazin auf den Schreibtisch. »Sie wissen doch, was man über Freunde und Feinde sagt.«

Oliver nickte und holte tief Luft. »Ja, das weiß ich.«

Crystalline Hotel, Downtown Manhattan

»Das ist so toll! Ich weiß gar nicht, wo ich zuerst hinschauen soll!«

Seit Cynthia die Türen zum Ballsaal des Crystalline Hotels aufgestoßen hatte, plapperte Angel, vor Aufregung quietschend, vor sich hin. In der gewölbten Decke des Raums waren alle paar Zentimeter funkelnde Strahler eingelassen. Aus den Art-déco-Fenstern strömte Licht herein, und dort wo es auf die Strahler traf, warfen diese kleine Lichtpunkte auf die in sanftem Taubenblau gestrichenen Wände und das Vintage-Parkett.

»Wie gefällt es Ihnen?« Cynthia wandte sich mit leuchtenden Augen an Hayley.

»Ein wunderschöner Saal«, erwiderte Hayley. »Mir gehen bereits einige Ideen durch den Kopf, wie man ihn für den Anlass noch schöner machen könnte.«

»Das habe ich mir gedacht.« Cynthia lächelte.

»Habt ihr gewusst, dass hier schon Fred Astaire und Ginger Rogers getanzt haben?« Angel wirbelte über die Tanzfläche, streckte die Arme in die Luft und winkelte ein Bein an.

»Tatsächlich?« Cynthia klatschte begeistert in die Hände.

»Sie müssen entschuldigen – meine Tochter benimmt sich manchmal wie ein wandelndes Lexikon.« Hayley zog den Reißverschluss ihres Rucksacks auf und holte ihr Notizbuch heraus.

»Sie ist ganz bezaubernd.« Cynthia seufzte. »Ich habe mir immer eine Tochter gewünscht, aber der Wunsch ist mir nicht erfüllt worden.«

»Nun, vielleicht ist das ein kleiner Trost: Sie ist noch nicht ganz zehn und plündert schon meinen Kleiderschrank.« Sie schaute von ihrem Notizblock auf. »Wie ist üblicherweise die Sitzordnung? Runde Tische? Oder lange?«

»Normalerweise runde. Die Unternehmen reservieren sich jeweils einen oder zwei Tische.«

»Und sie sitzen dann alle zusammen?« Hayley machte sich Notizen.

»Wie meinen Sie das?«

Hayley hob den Kopf. »Na ja, wenn sie alle zusammen an einem Tisch sind, heißt das, dass sie jedes Jahr neben denselben Leuten sitzen, neben Kollegen aus ihrer Firma.«

»So läuft das üblicherweise ab.«

»Das fördert aber nicht gerade den Kontakt zu anderen Unternehmen, richtig? Obwohl es hier um eine wohltätige Sache geht, ist eine solche Veranstaltung doch auch eine großartige Gelegenheit zur Vernetzung, ein gesellschaftliches Beisammensein. Ich würde mit Leuten reden wollen, die ich noch nicht kenne, um vielleicht neue Freundschaften zu knüpfen.«

Cynthia schlug die Hände vor den Mund und sah Hayley aus großen Augen an.

»Habe ich etwas Dummes gesagt? Dann nehme ich das sofort wieder zurück und widme mich der Dekoration des Saals.«

Cynthia schüttelte den Kopf. »Nein, Sie haben absolut recht. Warum hat bisher noch niemand daran gedacht? Wir wollen nicht, dass sich die Leute an diesem Abend isolieren; wir wollen Interaktion und Kooperation und neue Begegnungen. Wir können die Karten per Tisch verkaufen, aber für eine bunte Mischung sorgen. Können Sie das notieren?« Cynthia ging in die Mitte des Raums, wo Angel immer noch tanzte.

Hayley machte sich einige Notizen, während sie Cynthia folgte. Unter anderem über Vorhänge, die sie an den Fenstern anbringen wollte, um dem Saal ein wenig mehr Intimität zu verleihen, ohne ihn kleiner aussehen zu lassen. Der Raum hatte bereits eine ganz eigene Präsenz. Sie würde darauf achten, dass alle ihre Verbesserungen zu der Aura des Gebäudes passten und nicht sofort ins Auge stachen. Klassisch und stilvoll. Platin und Gold würden gut passen.

»Haben Sie bereits einen Redner?«

»Sie brauchen eine coole Frau wie Michelle Obama oder vielleicht Miley Cyrus. Sie ist sehr interessant«, meinte Angel.

»Soll ich mir etwa ›Abrissbirne‹ und ›Discokugel‹ notieren?« Hayley schaute Angel kopfschüttelnd an.

»Ich habe gehofft, dass Oliver dieses Jahr eine Rede halten würde«, erklärte Cynthia.

Hayley hätte sich am liebsten die Ohren zugehalten. Was sie nicht hörte, konnte auch den anderen Bereich in ihrem Leben, den sie von diesem trennen wollte, nicht beeinflussen. Rasch summte sie in Gedanken »Stop the Cavalry«.

»Hat er keine Zeit dafür?«, erkundigte Angel sich.

»Das behauptet er, aber ich weiß, dass das nicht der wahre Grund ist.«

»Was ist es dann?«, hakte Angel nach.

Es half nichts. Hayley konnte jedes Wort hören. Sie warf Angel einen warnenden Blick zu.

Cynthia seufzte. »Oliver unterstützt diese Stiftung, wo er nur kann, aber ich weiß, dass er sie auch hasst. Er hat den

Tod seines Bruders und seines Vaters nicht sehr gut verkraftet, und er möchte nicht daran erinnert werden.«

»Meine Nanny kann es nicht leiden, wenn man sie daran erinnert, wie alt sie ist«, erzählte Angel. »Und sie hört es auch nicht gern, dass sie schon *Olaz* verwendet hat, als es noch *Oil of Olaz* hieß.«

»Woher weißt du das?«, fragte Hayley.

»Das hast du mir erzählt!«

»Ich habe nicht damit gerechnet, dass du dir das merkst.«

»Kennst du mich denn gar nicht?«

Cynthia brach in Gelächter aus. »Ihr beide seid wirklich lustig. Wenn ich keinen anderen Redner finde, solltet ihr als Komikerduo auftreten. Wie wäre es, wenn wir uns jetzt mit dem Küchenchef treffen und uns seine Vorschläge für die Speisen und Getränke anhören?«

»Ja, widmen wir uns lieber der Verpflegung als der Kosmetik«, stimmte Hayley zu und sah Angel dabei streng an.

KAPITEL SECHSUNDDREISSIG

Drummond Offices, Downtown Manhattan

Clara hielt ein Foto hoch. »Und diese Dame?«

»Ahh! Nichts sagen! Das weiß ich!«

Trotz der Klimaanlage, die im Büro für angenehme zwanzig Grad sorgte, schwitzte Oliver. Er hatte den ganzen Tag versucht, sich die Karteikarten einzuprägen, die Carla für ihn besorgt hatte. Sein Vater hatte jeden Einzelnen seiner Belegschaft gekannt, und das sollte bei ihm jetzt auch so sein. Loyalität entstand aus Vertrautheit und ließ sich nicht mit einem über dem Durchschnitt liegenden Gehaltsscheck kaufen. Er wollte seinen Angestellten zeigen, dass sie ihm sehr wichtig waren. Denn das war in der Tat so, und er hätte das schon viel eher begreifen müssen.

»Soll ich Ihnen einen Hinweis geben?«, bot Clara ihm an.

Er schnippte mit den Fingern. »Gemma Polvanoski. Sie arbeitet in der Buchhaltung.«

»Sehr gut.« Clara legte das Foto zurück auf den Stapel.

»Weiter«, forderte Oliver. Er lockerte seine Krawatte und ging ein paar Schritte auf und ab.

»Oliver, ich habe Sie bereits fünfundfünfzig Angestellte abgefragt.«

»Aber ich habe einige Fehler gemacht.«

»Neunundvierzig waren richtig.«

»Wie viele Angestellte habe ich?«

»Fast vierhundert.«

»Dann haben wir noch einen langen Weg vor uns. Zeigen Sie mir die nächste Karte.«

»Sie sollten sich nicht überanstrengen.«

Er schloss die Augen, als er plötzlich das Gefühl hatte, dass sich eine Hand um sein Herz legte und es zusammendrückte. »Noch bin ich hier.«

»Die Ärztin hat Ihnen geraten, sich zu schonen.«

»Niemand will sich schonen, wenn er den Tod vor Augen hat, Clara.« Seine Antwort war sehr direkt und vielleicht ein wenig zu schroff gewesen. Er schaute Clara in die Augen. »Wie würden Sie gehen wollen?«

Ihre Wangen röteten sich. »Nun, das weiß ich nicht. Darüber habe ich noch nicht so genau nachgedacht.«

Oliver stieß ein Seufzen aus. »Ich denke ständig darüber nach.« Er grinste. »Gestern Abend habe ich Tony sein Essen verschlingen sehen, als wollte er diesem Kerl in der TV-Show *Verdammt lecker!* Konkurrenz machen, und ich dachte mir, welche Ironie des Schicksals es wäre, wenn ich jetzt tot umfallen würde, wo er doch praktisch einen Herzinfarkt herausforderte.«

»Und? Wo wären Sie gern, wenn es einmal so weit ist?«, erkundigte sich Clara.

Sie hatte den Spieß umgedreht, und jetzt wusste er keine Antwort darauf. Wäre er am liebsten hier, in der Rolle, die eigentlich seinem Bruder zugedacht gewesen war? Oder auf dem Football-Feld, wo er spielte wie früher, einen Touchdown erzielte und Teil eines Teams war, in dem ein Kameradschaftsgeist herrschte, den er später nie wieder erfahren hatte? Wäre er am liebsten bei seiner Mutter in Westchester? Oder an einem ganz anderen Ort? Er atmete tief aus. »Ich habe keine Ahnung.«

»Nun, ich glaube, ich wäre gern auf der Rückkehr von einer dreiwöchigen Kreuzfahrt in der Karibik. Ich hätte einundzwanzig Tage viele Margaritas getrunken, Speisen gegessen, deren Namen ich zuvor noch nie gehört hatte, würde jetzt mit einem guten Buch in der Sonne sitzen, neben mir Bill, der meine Hand halten würde, und alles wäre warm, behaglich, entspannt …«

Das hatte er nun davon. Eigentlich hatte er sich nur ein paar Gedanken über die Fakten machen wollen, und schon hatte er eine sentimentale Situation heraufbeschworen. Das musste er sofort unterbinden. Er hüstelte. »Zeigen Sie mir die nächste Karte. Ich muss das alles können, bevor Sie mich verlassen und nach Kuba abhauen.«

Clara hielt das nächste Foto hoch.

Oliver fuhr sich wieder mit den Händen durch das Haar. »Verdammt, das weiß ich. Der Name liegt mir auf der Zunge.«

»Machen Sie sich deshalb nicht verrückt. Ich verstehe, warum Sie das tun, und ich halte das für eine gute Sache, aber …«, begann Clara.

»Thomas … Tom … gleich habe ich es.« Oliver schloss die Augen und kniff die Lider zusammen.

»Soll ich Ihnen den ersten Buchstaben seines Nachnamens sagen?«

»Nein! Es ist ein ›B‹, da bin ich mir ziemlich sicher.«

»Es ist kein ›B‹.«

»Scheiße!«

»So heißt er nicht.«

»Entschuldigung.«

Das Telefon auf seinem Schreibtisch klingelte, und er nahm den Hörer ab, ohne vorher nachzudenken. »Ja … Okay, stellen Sie sie durch.« Er räusperte sich. »Hi, Mom.«

Clara stand auf und ging zur Tür, aber Oliver ruderte mit den Armen und winkte sie zurück.

»Ich dachte, wenn du Zeit hast, könnten wir uns zum Abendessen treffen. Mit Andrew natürlich.« Er schluckte nervös. »Das hast du mir nicht gesagt.« Er warf Clara einen Blick zu und verzog das Gesicht. »Ja, ich habe den Artikel in der *Business Voice* gelesen. Nun, über welche Stelle soll ich mich dazu äußern?« Er ignorierte das Hämmern in seiner Brust, so gut er konnte. »Du glaubst also, er lässt nur ein wenig Dampf ab? Eine Art Schocktechnik, um mich wieder ins Boot zu holen?« Er unterdrückte ein verächtliches Schnauben. »Hör zu, Mom, lass uns das alles beim Dinner besprechen.«

Seine Kehle brannte, als er sich bemühte, diese Worte so ruhig wie möglich auszusprechen. Er war sich nicht sicher, ob er Andrew gegenüber so freundlich bleiben würde, aber Clara hatte recht: Das war der einzige Weg, um seine Absichten Cynthia gegenüber herauszufinden.

»Vielleicht auch ein Mittagessen?«

Clara schüttelte den Kopf und formte mit den Lippen ein paar Worte.

»Oder doch lieber Dinner?« Oliver sah Clara an, und sie nickte. »Gut. Wie wäre es bei Mancinis? Morgen Abend um sieben?« Er wartete auf die Antwort und nickte dann. »Gut, dann treffen wir drei uns dort. Ich würde gern noch länger mit dir reden, aber Clara wirft mir bereits böse Blicke zu. Wir müssen noch einen Bericht fertigstellen. Also bis morgen.« Er atmete tief durch. »Okay, Mom, bis dann.«

Er legte den Hörer auf und ließ sich mit einem hörbaren Seufzen auf seinen Stuhl fallen. »Wow, das war nicht einfach.«

»Aber Sie haben es geschafft«, bemerkte Clara.

»Ja. Allerdings weiß ich noch nicht so recht, wie ich es schaffen soll, dem Kerl morgen Abend nicht sofort an die Gurgel zu springen.«

»Auch das werden Sie schaffen, Oliver. Denn Sie spielen ein intelligenteres Spiel.«

»Richtig.« Er nickte. Und er würde Daniel Pearson anrufen, sobald er Zeit dafür hatte.

»Und heute Abend haben Sie eine Verabredung, oder?«

Oliver warf einen Blick auf seine Uhr. »Stimmt.«

»Alles vorbereitet?«, wollte Clara wissen.

»Ich denke schon. Es ist alles organisiert. Ich muss mir nur noch überlegen, was ich anziehen soll, rechtzeitig erscheinen und hoffen, dass die Dame ihre Meinung nicht geändert hat.«

»Haben Sie ein wenig Vertrauen. Schließlich ist bald Weihnachten.«

Oliver grinste. »Ich sage es Ihnen nur ungern, Clara, aber es ist schon eine Weile her, als ich herausfand, dass es den Weihnachtsmann nicht gibt.«

»Was? Den gibt es nicht?« Clara griff sich mit der Hand an die Brust.

Er klatschte Beifall. »Bravo. Ein Engagement am Broadway ist Ihnen so gut wie sicher.« Er legte die Hände an den Kopf und schloss die Augen. »Thomas Mitchell! Das letzte Foto, das Sie mir gezeigt haben. Das war Thomas Mitchell aus der Technikabteilung.«

»Glückwunsch, Mr Drummond. Allmählich lernen Sie Ihr Personal kennen.«

KAPITEL SIEBENUNDDREISSIG

Dean Walkers Apartment, Downtown Manhattan

Hayley pustete auf ihre farblos lackierten Fingernägel und warf verstohlen einen weiteren Blick auf ihre Armbanduhr. Oliver würde schon bald hier sein. Seit ihrem Telefonat am Morgen überlegte sie sich aufgeregt, wohin er sie wohl ausführen und wie der Abend verlaufen würde. Sie schüttelte die Hände, damit die Nägel schneller trockneten. Eigentlich war es total lächerlich, aber sie war extrem nervös. Immerhin hatte sie mit diesem Mann schon mehr Zeit verbracht als mit Angels Vater. Und sie hatte sich gut mit ihm verstanden. Sehr gut. Besser als mit jedem anderen Mann zuvor. Zwischen ihnen gab es positive Schwingungen, eine Verbindung, und sie kamen gut miteinander klar. Noch vor wenigen Tagen hatte sie sich in England große Sorgen über drohende Arbeitslosigkeit machen müssen, deshalb genoss sie es jetzt umso mehr, in New York zu sein – hier hatte sie einen Job, und vor ihr lag ein Abend mit einem gut aussehenden Mann.

Die Schlafzimmertür flog auf, und Angel stürmte herein. »Ich habe die dreifache Punktzahl für die Häschen erspielt und mir einen goldenen Chicorée geholt!«

»So viel Begeisterung wegen Gemüse? Ich wünschte, das wäre genauso, wenn es vor dir auf dem Teller liegt!« Hayley fuhr mit den Armen durch die Luft.

»Wow. Du siehst sehr hübsch aus.«

»Ja?« Hayley strich die Vorderseite des roten Kleids glatt, das sie zum letzten Mal vor Jahren auf einer Weihnachtsfeier getragen hatte. Sie hatte keine Ahnung, warum sie es in ihren Koffer gepackt hatte, aber jetzt war sie froh, dass sie es mitgebracht hatte.

»Was hast du mit deinem Haar vor?«, erkundigte Angel sich.

»Ich bin schon frisiert!«

»Oh.« Angels Reaktion war nicht sehr ermutigend.

Hayley warf einen Blick in den Spiegel. Sie hatte ihre Haare gebürstet und mit dem Fön in Form gebracht. Was sonst konnte sie tun, wenn sie dringend einen neuen Haarschnitt brauchte?

»Onkel Dean?«, brüllte Angel. »Hat Vernon nicht früher mal als Hairstylist gearbeitet?«

»Angel, lass das!« Hayley legte ihr einen Finger auf die Lippen und versuchte, sie zum Schweigen zu bringen.

Dean tauchte an der Türschwelle auf. »Du hast mich gerufen ... Oh, Hayley, du siehst hübsch aus.«

»Warum klingt ihr nur alle so überrascht?« Hayley verschränkte die Arme vor der Brust und ließ sich aufs Bett fallen. Die Stimmung zwischen ihr und Dean war immer noch angespannt.

»Sie braucht eine andere Frisur. Das ist ein wichtiges Geschäftsessen«, erklärte Angel mit ernster Stimme.

»Ein wichtiges Geschäftsessen? Aha.« Deans Kommentar trieb Hayley die Schamesröte ins Gesicht.

»Kann Vernon nicht schnell vorbeikommen und ihr die Haare schneiden?«, fragte Angel.

»Warte mal! Nein! Ich brauche keinen neuen Haarschnitt, und Oli ...« Sie unterbrach sich rasch. »Ich werde in einer Stunde bereits abgeholt.«

»So lange dauert es nicht, um deine Frisur aufzupeppen«, entgegnete Angel.

»Was ist das denn für ein Wort? Aufpeppen? Das steht sicher nicht in deinem Wörterbuch.«

»Oh doch. Es bedeutet, etwas aufregender oder attraktiver zu gestalten.«

»Hmm, meinst du in etwa so, wie damals, als ich Mrs Farmer zu einer Typveränderung geraten und ihr eine Schößchenjacke empfohlen habe?«

»Vernon ist schon auf dem Weg hierher«, verkündete Dean.

»Er soll seine Schere nicht vergessen!«, rief Angel.

Oliver Drummonds Penthouse, Downtown Manhattan

»Mann, entspann dich!«

Tony stürzte seinen besten Scotch hinunter, als wäre es Wasser, aber Oliver war das gleichgültig. Er war nervös. Viel nervöser als jemals zuvor. Wie lächerlich. Schließlich war es nur ein Date. Und nur, weil er sich nicht oft verabredete, war das noch lange nichts Besonderes. Nur eine Verabredung für einen Abend. Ganz zwanglos.

»Mir geht's gut«, versicherte Oliver, obwohl seine Stimme etwas anderes verriet.

»Dieses Mädchen ist also Engländerin. Die Schwester von einem deiner Angestellten. Sie hat eine neunjährige Tochter und einen Ex, den sie hier finden will.« Tony trank noch einen Schluck Scotch. »Ich muss schon sagen, der letzte Punkt ist irgendwie merkwürdig.«

»Es geht dabei um ihre Tochter«, erklärte Oliver und warf einen Blick in den Spiegel.

»Das behauptet sie zumindest.«

»Warum sollte sie lügen?« Er wandte sich seinem Freund

zu. »Wäre es nicht einfacher für sie gewesen, sich einen Porsche oder eine Insel im Indischen Ozean zu wünschen?«

»Du weißt immer noch nicht, ob sie es nicht war, die dich an die *New York Times* verkauft hat.«

»Doch.« Oliver nickte. »Delaney hat herausgefunden, dass ein Journalist einen Monat lang hinter mir her war. Er saß im Vipers direkt hinter mir.«

Tony schüttelte verblüfft den Kopf. »Wie hat sie das herausbekommen?«

»Bei Delaney ist es oft besser, wenn man das nicht so genau weiß.« Oliver drehte sich zu Tony um. »Wie sehe ich aus?«

»Bereit für eine Modenschau.«

Dean Walkers Apartment, Downtown Manhattan

»Angel hat gesagt, dass du früher mal Hairstylist warst, aber wie lange liegt das tatsächlich schon zurück?« Hayley zuckte zusammen, als eine weitere Haarsträhne der Schere zum Opfer fiel und von ihrer Schulter rutschte.

»Das muss vor zehn oder elf Jahren gewesen sein«, erwiderte Vernon und zog eine Klammer aus ihrem Haar.

»Meine Güte, so lang ist das schon her?«, stammelte Hayley.

»Das ist wie Autofahren. Wenn man es einmal gelernt hat, beherrscht man es für den Rest seines Lebens.« Vernon schnitt unverdrossen weiter.

Hayley verzog das Gesicht. »Die Technik vielleicht, aber was ist mit dem Schnitt? Ich weiß, dass Jennifer Aniston damals sehr populär war, aber …«

»Warum bist du denn so nervös?« Vernon grinste.

»Oh, ich weiß auch nicht. Ich werde in zwanzig Minuten abgeholt, und ich habe mir seit zwei Jahren die Haare nicht mehr schneiden lassen. Ich mache mir Sorgen, dass er mich nicht erkennen wird. Und ich habe Angst, dass ich mich selbst nicht mehr erkennen werde.«

»Entspann dich, Hay. Ich vertraue Vernon bedingungslos.« Dean stellte eine Kaffeetasse auf die Frühstückstheke.

»Schneidet er dir auch die Haare?«

»Um Himmels willen, nein! Ich gehe zu einem Asiaten in Greenwich Village.«

»Lasst mich sofort in Ruhe!«, kreischte Hayley.

»Meine Güte, Mum! Du bist damit beauftragt worden, eine große Wohltätigkeitsveranstaltung an Weihnachten zu organisieren, und führst dich wegen eines Haarschnitts auf wie ein Baby. Ich an deiner Stelle würde mir mehr Sorgen darüber machen als über ein paar gespaltene Haarspitzen.«

»Es geht nicht um gespaltene Spitzen, aber wenn noch mehr meiner Haare in dieser Geschwindigkeit auf den Boden fallen, gibt es gleich nichts mehr, worüber ich mir noch Sorgen machen könnte.«

»Dean, hol mir dein Haarwachs und den Fön«, bat Vernon.

»Na gut, wir hören jetzt auf damit, okay?«

»Mum, du solltest dich über eine Typveränderung freuen.« Angel nahm sich einen Apfel aus der Obstschale und biss hinein.

»Ist denn gerade mein Typ verändert worden?«

»Von hier aus sieht es zumindest so aus.«

»Dean! Bring mir einen Spiegel!«

Oliver Drummonds Penthouse, Downtown Manhattan

»Du machst dir ziemlich viel Mühe für jemanden, der auf der anderen Seite der Erde lebt«, meinte Tony, während Oliver seinen Mantel zuknöpfte.

»Nur weil etwas nicht von Dauer sein kann, heißt das noch lange nicht, dass man sich keine Mühe geben sollte.«

»Das hört sich an, als wären deine Tage bereits gezählt.«

Oliver schluckte nervös. Die Bemerkung führte ihm vor Augen, dass er Hayley nach ein paar Dates nicht nur wegen des Ozeans, der zwischen ihnen lag, nie wiedersehen würde. Es ging auch darum, dass in ihm eine Zeitbombe tickte. Aus diesem Grund machte er keine Pläne. Deshalb ließ er sich jeden Abend treiben und landete dort, wohin ihn seine Stimmung, die Umstände oder sein bester Freund brachten. Er konnte keine Wurzeln schlagen, keine langfristigen Beziehungen aufbauen, deshalb blieb in seinem Privatleben alles oberflächlich. Und der heutige Abend stellte keine Ausnahme dar, außer dass er ihn geplant hatte und ihn mit einer Person genießen wollte, die er bereits kannte. Zumindest sagte er sich das vor.

»So habe ich das nicht gemeint«, fügte Tony rasch hinzu. »Da war die große Klappe der Romarios mal wieder schneller als das Gehirn.«

Oliver schüttelte lächelnd den Kopf. »Schon gut. Ich weiß genau, was du damit bezweckst.«

»Ach ja? Was denn?«

»Du willst auf mich aufpassen. Wie du es schon immer getan hast.«

»Komm schon, Oliver, das ist doch sentimentaler Quatsch.«

Er nickte. »Du hast recht, und ich muss jetzt los. Also nicht vergessen: den Ecktisch für zwei Personen gegen zehn Uhr.«

»Ist alles schon arrangiert, Mann. Seit Momma weiß, dass du jemanden mitbringst, saust sie wie verrückt durch die Küche.« Tony grinste. »Für dich mag es ja nur ein Date sein, aber Momma hat dich noch nie mit einem Mädchen gesehen … Sie hört bereits die Hochzeitsglocken läuten.«

Dean Walkers Apartment, Downtown Manhattan

»Augen zu!«, befahl Vernon.

»Ich glaube, mir wird schlecht.« Hayley kniff die Augen zusammen.

»Wenn du dich jetzt übergibst, ruinierst du dein Kleid«, warnte Angel und führte ihre Mutter am Arm zu dem goldgerahmten Spiegel im Flur.

»Okay. Bist du bereit?«, fragte Vernon.

»Das bezweifle ich.«

»Augen auf!«, sagte Vernon.

Hayley schlug die Augen auf, ganz sicher, dass sie entsetzt sein würde. Doch stattdessen bildete sich ein Kloß in ihrem Hals, der sich nicht hinunterschlucken lassen wollte. Sie erkannte sich im Spiegel kaum wieder. Ihr mittellanges Haar war auf Kinnlänge gekürzt worden, sodass sie nun einen gestuften Bob trug – glatt, glänzend und perfekt. Sie hob die Hände, um sich über das Haar zu fahren, aber Vernon hielt sie davon ab.

»Nicht berühren, Schätzchen, sonst ruinierst du dir die Frisur.«

»Ich kann es kaum glauben…«

»Du siehst großartig aus, Hayley, einfach großartig.« Dean wischte sich verstohlen über die Augen.

»Oh, nein. Ich hole ein paar Taschentücher.« Angel lief in die Küche.

»Ich weiß nicht, was ich sagen soll.« Hayley ließ den Blick zwischen Vernon und Dean hin- und hergleiten.

»Geh einfach aus und verbring einen schönen Abend mit diesem tollen Mann«, sagte Vernon. »Und während du weg bist, werden dein kleines Mädchen und ich uns einer wichtigen Aufgabe widmen: Wir werden Randy ein bisschen verschönern.«

»Vielen Dank, Vernon«, krächzte Hayley.

»War mir ein Vergnügen. So, und jetzt los.« Vernon strich Dean kurz über die Schulter, als er an ihm vorbeiging.

Hayley bewunderte ihr Spiegelbild noch einmal und war begeistert davon, wie sich ihr Haar jetzt bewegte.

»Das war ernst gemeint, Hayley: Du siehst wirklich bezaubernd aus«, sagte Dean.

»Gut genug für einen Milliardär?«

Das hatte schärfer geklungen als beabsichtigt, und sie wartete nervös auf die Reaktion ihres Bruders.

»Schau, Hayley, es tut mir leid wegen gestern Abend. Alles, was ich zu dir gesagt habe, ist völlig falsch rübergekommen.« Dean seufzte. »Ich bin unglaublich stolz auf dich, aber ich bin auch ein überfürsorglicher Bruder, der auf der anderen Seite der Erdkugel wohnt und sich Sorgen macht.« Er hielt kurz inne. »Du hast so viel durchgemacht, und manchmal möchte ich dich einfach ein wenig bremsen und … vielleicht verstehen, was in deinem Kopf vorgeht.«

»Ich bin mir nicht sicher, ob du das wirklich wissen willst.« Hayley lächelte.

»Doch, Hayley, das will ich wirklich.«

Sie nickte. »Nun, ich brauche allmählich noch etwas anderes als Angel in meinem Leben, Dean. Ich bin zwar hierhergekommen, um an Weihnachten ihren Vater zu suchen, aber ich wollte die Chance auch ergreifen, um etwas für mich zu finden. Selbst wenn es sich nur um eine Inspiration handelt, einen möglichen Neustart.«

»So etwas wie den Job in Uniform, nach dem ich mich nicht weiter erkundigen möchte?«

»Ja, so etwas in der Art. Aber schau, wohin das geführt hat. Jetzt darf ich eine der bekanntesten Wohltätigkeitsveranstaltungen der Stadt organisieren … und, ehrlich gesagt, habe ich eine Heidenangst davor.«

»Und dann ist da noch dieser Milliardär, der gleich an meine Tür klopfen, dich entführen und wer weiß was mit dir anstellen wird.«

Hayley lächelte. »Ich habe keine Ahnung, was mit Oliver passieren wird, aber ich mag ihn, und er mag mich, und wir bringen uns gegenseitig zum Lachen.«

»Er lacht? Tatsächlich? Das muss ich sofort mit einem Aushang an unserem Schwarzen Brett im Büro bekanntgeben.«

Die Gegensprechanlage summte, und Hayleys Körper begann zu prickeln. Oliver war hier.

»Ich wünschte, ich hätte mir eine Flasche Wein aufgemacht«, stammelte sie. »Hier ist es plötzlich ziemlich kalt.«

»Du bist nur vor Vorfreude ein wenig nervös. Wohin geht ihr?«, fragte Dean.

»Ich habe keine Ahnung.«

»Hör gut zu.« Dean legte seinen Kopf an ihren und drehte sie beide so, dass sie in den Spiegel schauten. »Falls du eine Einladung in das Penthouse bekommst und sie annehmen willst, dann tu es. Es ist Wochenende, und Vernon und ich werden diese grässliche Weihnachtsgeschichte vorlesen und uns ums Frühstück kümmern.«

Hayley warf einen Blick in den Spiegel und drehte dann den Kopf, um Dean einen Kuss auf die Wange zu drücken. »Danke.«

»Schon gut. Und jetzt geh, bevor sein Fahrer noch mal klingelt.« Dean ließ sie los.

»Angel!«, rief Hayley. »Onkel Dean wird dir die Weihnachtsgeschichte nur dreimal vorlesen, und du isst nicht mehr als zwei Schüsseln Eiscreme!«

»Drei Mal!«, bekräftigte Dean.

»Gute Nacht. Ich werde brav sein!«, Hayley klemmte ihre paillettenbesetzte Tasche unter den Arm und lief die Treppe hinunter.

»Du musst nicht brav sein. Pass einfach nur auf dich auf!«

KAPITEL ACHTUNDDREISSIG

Vor Dean Walkers Apartment, Downtown Manhattan

Oliver drückte noch einmal auf die Klingel, bereit, es auch noch ein drittes Mal zu versuchen. Hatte sie etwa ihre Meinung geändert? Und welches Gefühl löste das in ihm aus? *Enttäuschung*. Er zog die Hand zurück und hauchte auf seine Finger. Es war eiskalt heute Abend, aber das hatte er bisher vor Vorfreude kaum bemerkt. Vielleicht sollte er gehen und einfach akzeptieren, dass sie es sich seit heute Morgen anders überlegt hatte.

Die Tür ging auf, und sie stand vor ihm.

»Meine Güte!«, entfuhr es ihm, während er sie anerkennend musterte.

Sie sah noch zauberhafter aus – falls das überhaupt möglich war. Es lag an ihrem Haar. Sie trug es anders, und es betonte jetzt ihre zarten Züge, ihr herzförmiges Gesicht und die sanfte Linie ihres Halses, die er so gern näher in Augenschein nehmen würde.

»Es tut mir leid, das sollte ich ganz schnell anders formulieren: Du siehst umwerfend aus.« Er hob ihre Hand an seine Lippen und drückte einen sanften Kuss darauf. »Eine solche Geschäftskleidung habe ich noch nie gesehen.«

»Vielen Dank, Clark. Du hast dich aber auch richtig fein gemacht.«

»Wollen wir?« Er deutete auf die schwarze Limousine, die vor der Treppe auf sie wartete.

»Verrätst du mir, wohin wir fahren?« Hayley hakte sich bei ihm unter.

»Nein.«

Metropolitan Opera, Lincoln Center Plaza

Hayley hatte sich auf den geheizten Ledersitzen des Wagens zurückgelehnt und genoss durch die getönten Scheiben die Aussicht auf den Big Apple. Auf der Fahrt zogen riesige internationale Geschäfte, elegante Hotels, Bodegas und Sandsteinhäuser an ihr vorbei. Die Straßenlaternen warfen ein weiches Licht auf die schneebedeckten, am Straßenrand geparkten Autos, Bäume und Dächer waren mit Lichterketten geschmückt, und ein schwacher Duft nach Ingwerkeksen hing in der Luft. Zum ersten Mal seit ihrer Ankunft konnte sie die Stadt in all ihrer Pracht bewundern. Auch in dieser Geschäftigkeit lag eine gewisse Schönheit, so wie in dem Denkmal im Washington Square Park, das sie am Abend zuvor bewundert hatte. Altes und Neues bildeten hier eine perfekte Mischung in einer Kultur, in der sie sich vor Jahren schon einmal gern heimisch gefühlt hätte. Sich auf diese Bilder zu konzentrieren, erschien ihr besser als die Alternative – nämlich, sich ihrem Begleiter zuzuwenden. Der moschusartige Duft seines Rasierwassers stieg ihr in die Nase, und sie saß so dicht neben ihm, dass sie die Wärme seines Körpers spürte. Der Blick auf die Sehenswürdigkeiten der Stadt hielt sie davon ab, dem Bann seiner haselnussbraunen Augen zu erliegen und sich einzugestehen, was seine Nähe mit ihr anstellte.

Schließlich hielt der Wagen an, und sie gingen zu Fuß weiter. Hayleys Schuhe drückten an den kleinen Zehen – sie hatte sie zwar eingepackt, aber eigentlich nicht damit gerechnet, einen Anlass zu haben, sie zu tragen.

»Ist es noch weit?«, fragte sie und bemühte sich, nicht zu humpeln.

»Nein«, erwiderte Oliver. »Wir sind gleich da.«

Hayley folgte seinem Blick zu einem Springbrunnen direkt vor ihnen, aus dem klares Wasser wie Öl aus einer frischen Quelle sprudelte. Dahinter erstrahlten fünf vom Gehsteig weit in den Himmel reichende Bogenfenster in einem ätherischen Licht, das sie wirken ließ wie Himmelswächter, die das Innere des Gebäudes beschützten.

»Wo sind wir hier?«, fragte sie, sichtlich aufgeregt.

»Das ist die Metropolitan Opera«, erwiderte er.

»Wow!«, stieß sie hervor. *Die Oper*. Sie durfte auf keinen Fall ein Zeichen von Enttäuschung zeigen. Vielleicht gefiel es ihr. Es war zwar nicht Maroon 5, aber eine neue Erfahrung.

Er grinste sie an. »Du liebst die Oper, richtig?«

Sie nickte so heftig, dass sie befürchtete, der Kopf würde ihr gleich von der Schulter rollen. »Ja, natürlich! Wer tut das nicht? Männer und Frauen singen in einer Sprache, die ich nicht verstehe. Sopran ist wirklich toll, nur leider verstehe ich die Handlung meistens nicht.« Sie hielt nervös inne. »Das war natürlich nur ein Witz. Das ist eine großartige Idee für ein Date.«

Oliver lachte laut. »Ich kann Opern nicht ausstehen.«

»Tatsächlich?« Unwillkürlich seufzte sie erleichtert auf. »Einen Moment lang habe ich dir wirklich geglaubt.«

Er bot ihr seinen Arm an. »Komm, lass uns ins Warme gehen.«

Hayley hakte sich bei ihm unter und legte die Finger um den Mantelärmel aus schwarzer Wolle, durch den sie seinen muskulösen Unterarm spüren konnte. Jetzt war es tatsächlich so weit. Sie hatte ein Date, wie sie es sich gewünscht hatte. Eine Verabredung mit jemandem, der Gefühle in ihrem Inneren auslöste, die sie fast schon vergessen hatte.

Ihr Atem bildete Wölkchen in der eisigen Luft, als sie über den Gehsteig zu den Grüppchen hinübergingen, die sich vor dem Eingang bildeten.

Hayley zupfte Oliver am Ärmel, bis er sich ihr zuwandte. »Wenn das keine Oper ist, was ist es dann?«

Er lächelte, sodass sich um seine Augen kleine Fältchen bildeten, und Hayley hielt den Atem an. Diese Lippen mussten geküsst und erforscht werden. Meine Güte, sie verhielt sich wie eine rollige Katze. Ein Date, und schon war sie zu allem bereit. Sie musste jetzt vorsichtig sein und durfte sich nicht in einen männerverschlingenden Vamp verwandeln, nur weil sie schon lange keinen Mann mehr gehabt hatte. Schon ziemlich lange.

»Warte ab.« Er tippte mit dem Finger gegen seine Nase.

Sie verzog unwillig das Gesicht. »Hat dir schon einmal jemand gesagt, dass du ziemlich gemein bist?«

»Möchtest du von allen Namen und Adressen haben?«

Hayleys Gesichtsausdruck, als sie das Plakat mit der Ankündigung der Veranstaltung sah, war unbezahlbar. Sie öffnete den Mund, ihr Kinn klappte nach unten, und ihre Augen weiteten sich ungläubig. Sie starrte ihn stumm an; offensichtlich fehlten ihr – ganz untypisch für sie – die Worte. So fühlte es sich also an, wenn man etwas für jemanden tat, der einem am Herzen lag. Und dann kam ihm die Erkenntnis. So etwas tat er normalerweise nicht, denn im Endeffekt bereitete es nur Schmerzen. Aber er lächelte weiter und legte rasch eine Hand auf seinen Brustkorb, um den Krampf zu unterdrücken, der sich als Protestreaktion eingestellt hatte. Das sollte alles locker und zwanglos ablaufen. Er biss die

Zähne zusammen und sagte sich, dass er für den Moment lebte. Nur dieser Moment zählte, und sonst nichts.

»Ich habe davon gehört … Ich meine, ich habe gewusst, dass es bald in New York stattfinden wird, und ich habe gehofft, dass ich im Fernsehen etwas darüber sehen würde. Leute wie ich bekommen normalerweise keine Eintrittskarten für diese Art von Veranstaltung«, plapperte Hayley aufgeregt.

»Leute wie du?«, fragte er und betrachtete bewundernd ihre Figur in dem perfekt sitzenden Kleid und ihre neue Frisur, die ihr zartes Kinn zur Geltung brachte.

Sie zuckte die Schultern. »Das ist eine der berühmtesten Fashion Collaborations des Jahres. Alle Modegrößen sind hier vertreten: Alexander McQueen, Versace, Galliano und …« Sie hielt inne und atmete tief durch. »Emo Taragucci.«

»Wer ist das denn?«, fragte Oliver, scheinbar völlig ahnungslos.

»Wer das ist?« Sie wirbelte herum und warf ihm einen strengen Blick zu. »Ich kann es nicht fassen, dass du das nicht weißt.«

»Ehrlich gesagt bin ich eher ein Fan von Tom Ford.«

Er beobachtete Hayley, wie sie auf das Poster zuging und es anschaute, als handle es sich dabei um einen anbetungswürdigen Kultgegenstand. »Emo Taragucci ist … war eine Inspiration für mich.«

Er fuhr sich mit der Zunge über die Lippen. Würde sie sich ihm jetzt öffnen? Er wusste, dass sie ihm, was ihre Gefühle betraf, bisher nur die Spitze des Eisbergs gezeigt hatte. Hinter der pflichtbewussten Mutter verbarg sich ein frustrierter Geist, der darauf wartete, ausbrechen zu können. Er hielt den Atem an, um sie nicht zu stören.

»Ich habe davon geträumt, eines Tages solche Kleider zu entwerfen.« Hayleys Stimme klang, als wäre sie sich ihrer Worte nicht bewusst. »Ich habe gedacht ... gehofft, dass eines Tages mein Name hier stehen würde.« Sie deutete mit zitternden Fingern auf das Poster. »An einem Ort wie diesem.«

Das war also ihr eigentlicher Wunsch. Als er sie im Vipers danach gefragt hatte, hatte sie ihre eigenen Träume beiseite geschoben und ihm erzählt, was sie sich für ihre Tochter wünschte. Aber das war es, was sie wirklich bewegte. Betroffen dachte er an seine eigenen Lebenspläne, die er hatte aufgeben müssen.

»Es ist niemals zu spät«, flüsterte er und stellte sich so dicht hinter sie, dass sie seinen Atem im Nacken spüren konnte. Er bemerkte, dass sie darauf mit einem Schauer reagierte. Was würde er jetzt darum geben, diese zarte Haut zu berühren, die unter ihrem Haar hervorschimmerte.

Sie schüttelte den Kopf. »Nein, ich habe meine Chance verpasst. Ich werde niemals nach Mailand fliegen und meine eigene Modenschau für die London Fashion Week vorbereiten.«

»Du denkst zu pessimistisch.«

»Das ist die Realität. Ich habe Angel.«

»Wenn du sie zusammenfaltest, könntest du sie vielleicht als Handgepäck mitnehmen.«

Hayley lachte. »Den Platz bräuchte ich schon für ihr Lexikon. Und wenn ich dann noch alle ihre Reiseführer mitnehmen müsste, käme ich wohl nicht umhin, einen eigenen Platz für sie zu buchen.«

Er streckte den Arm aus und strich ihr eine Haarsträhne zur Seite, bevor er rasch die Hand wieder zurückzog. Wieso hatte er das getan? Eine solche Berührung war viel zu intim. Er räusperte sich. »Gehen wir?«

Das Opernhaus war zweifellos das eindrucksvollste Gebäude, das Hayley jemals betreten hatte. Die Reihen mit den roten gepolsterten Stühlen erinnerten sie an die Albert Hall. Sie schaute nach oben und bewunderte die ungewöhnliche Gestaltung der Decke und die sternenförmigen Lampen im Art-déco-Stil, deren Arme wie leuchtende Strahlen aus Sternenstaub hervorragten. Obwohl sie ihr bestes Kleid trug, hatte sie das Gefühl, unangenehm aufzufallen. Oliver hingegen passte perfekt hierhin. Er hatte seinen Wintermantel über den Arm gehängt, und sein dunkelgrauer Anzug saß an allen Stellen genau richtig. Sie musste aufhören, ihn anzustarren, als wäre er ein leckeres Steak, aber sie konnte nicht leugnen, dass sie sich allmählich für diesen Mann erwärmte. Er hatte sie sicher nicht hierhergebracht, nur um ihr zu zeigen, dass er in der Lage war, Eintrittskarten für eine Veranstaltung zu bekommen, die gewiss bereits innerhalb kurzer Zeit ausverkauft gewesen war. Er schien zu wissen, wie viel ihr das bedeutete.

Sie beobachtete ihn, während er auf dem Weg einige Leute grüßte. Er war ein angesehener Geschäftsmann; wahrscheinlich kannte er die Hälfte der Gäste. Hayley hingegen fühlte sich wie ein Fisch auf dem Trockenen. Sie musste eine selbstbewusstere Haltung einnehmen und sich ihre sozialen Fertigkeiten wieder ins Gedächtnis rufen, die sie durchaus besessen hatte, bevor sich ihr ganzes Leben nur noch um Zeichentrickserien gedreht hatte. In ein paar Tagen würde sie auf der McArthur-Wohltätigkeitsveranstaltung die Reichen und Schönen der New Yorker Gesellschaft kennenlernen. Und das musste sie Oliver noch beichten.

Wie auf ein Stichwort wandte sich Oliver ihr zu. »Hier sitzen wir«, verkündete er und deutete auf die erste Reihe.

Die erste Reihe. Natürlich hatte er Karten für die erste Reihe besorgt. Mit welchen Plätzen sonst würde ein Millionär versuchen, sein Date zu beeindrucken? Hayley ließ den Blick über die Gäste schweifen, die bereits Platz genommen hatten, und hätte sich beinahe verschluckt.

»Oliver, schau jetzt bitte nicht hin, aber ich glaube, Victoria Beckham sitzt zwei Reihen hinter uns«, zischte sie.

Er hob eine Hand zum Gruß. »Ah, gut, ich wollte ohnehin mit David über ein Sponsoring des Jugendsports sprechen.«

»Machst du Witze?« Hayleys Stimme klang plötzlich unnatürlich hoch.

»Was?« Oliver lachte unbefangen. »Wenn es dich schon beeindruckt, dass Victoria Beckham hinter uns sitzt, was sagst du dann dazu, dass dein Platz direkt neben dem von Emo Taragucci ist?« Er deutete auf den Stuhl neben ihrer Rechten.

Plötzlich hatte sie das Gefühl, im Lotto gewonnen zu haben und nicht zu wissen, was sie jetzt tun sollte.

Oliver stellte fest, dass Hayley von der ersten Sekunde an, als die Musik einsetzte, nur noch Augen für die Modenschau hatte. Sie klatschte, rief und pfiff begeistert und konzentrierte ihre ganze Aufmerksamkeit auf die Models auf dem Laufsteg. Es war bewegend. *Sie* war bewegend. Er hatte kaum auf die Bühne geschaut, sondern den Blick nur auf sie gerichtet. Dieser Gedanke machte ihn nervös.

Hayley deutete auf eines der Models. »Sieh dir das an. Wie sie eine Illusion der Länge erschafft. Und diese Farben!«

»Ich will gar nicht so tun, als verstünde ich davon etwas.«

»Oh, komm schon, Oliver, du bist doch ein Freund von weiblichen Formen, richtig?«

»Das behauptet man zumindest.«

»Nun, Emo Taragucci kleidet Frauen auf eine einzigartige Weise. Alle ihre Modelle sind sehr feminin, sexy, stark – alles, was eine Frau sein sollte.«

»Sehr richtig.«

Hayley schlug ihm spielerisch auf den Arm. »Ich hoffe, du meinst das ernst.«

»Natürlich.« Er lachte.

»Oooh, schau dir das an … es ist wunderschön.« Hayley deutete bewundernd auf ein schwarzes mit winzigen, japanischen Blüten bedrucktes Kleid.

Ihre Aufregung und ihre Begeisterung waren ansteckend. Ihre Freude an der Modenschau verschaffte ihm eine ebenso große Befriedigung wie der Abschluss eines Vertrags in Milliardenhöhe oder ein Touchdown auf dem Footballfeld. Er versuchte rasch, das beklemmende Gefühl zu unterdrücken, das in ihm aufstieg. Er durfte sie nicht zu nahe an sich herankommen lassen, denn sie würde bald wieder nach Hause fahren. Und er würde bald sterben. Das war alles viel zu kompliziert.

»Ich habe Emos Bein gedrückt«, flüsterte Hayley ihm zu, ihr Gesicht ganz nah an seinem.

»Nein!«

»Es war keine Absicht – die Aufregung hat mich übermannt. Aber sie hat es mir nicht übelgenommen. Glaubst du, sie kommt nach ihrem Part in der Show wieder zurück?«

Oliver lachte. »Wie fest hast du denn ihr Bein gedrückt?«

»Glaubst du, es wäre unverschämt, sie um ein Selfie zu bitten?«

KAPITEL NEUNUNDDREISSIG

Greenwich Village, New York

»Das ist also Greenwich Village«, bemerkte Oliver, nachdem der Fahrer sie wieder abgesetzt hatte.

Hayley atmete tief die kalte Luft ein und verschluckte dabei ein paar Schneeflocken. Ihre eine Hand hatte sie tief in der Tasche vergraben, die andere war mit Olivers Fingern verschränkt. Nach der Modenschau schwebte sie immer noch auf Wolke sieben. Sie konnte es kaum fassen, dass sie eine solche Veranstaltung, zu der sie normalerweise nie Zutritt bekommen hätte, besuchen hatte dürfen. Und noch dazu direkt neben ihrer absoluten Ikone in der Modeindustrie. Nach der Vorstellung hatte Hayley sich so weit gefasst, dass sie sogar ein paar Worte hervorgebracht und ihrer Lieblingsdesignerin zu allen ihren Kollektionen gratuliert und ihr gesagt hatte, dass sie ein großer Fan von ihr sei.

Hayley schnupperte. Es duftete nach Räucherstäbchen, Fichtennadeln, Schokolade und Glühwein. An jeder Ecke drang ihr ein anderer Geruch in die Nase. Der Mann, der vor ihnen auf der Straße Christbäume verkaufte, erinnerte sie daran, dass Dean immer noch keinen Weihnachtsbaum in seiner Wohnung hatte. Ihm war Weihnachten immer wichtiger gewesen als ihr, bis Angel in ihr Leben getreten und sie mit ihrer Begeisterung angesteckt hatte. Als ihre Tochter noch klein war, hatte sie immer einen Papierengel für die Spitze des Baums gebastelt. Für eine Neunjährige war das wahrscheinlich viel zu kindisch. Angel wuchs so schnell heran. Hayley dachte unwillkürlich an Michel. In den zwölf Stunden, die sie mit ihm verbracht hatte, waren sie auch durch Greenwich Village spaziert. Er hatte sich in diesem Künstlerviertel offensichtlich sehr wohl gefühlt.

Sie blieb vor einem Geschäft stehen, aus dem Weihnachtsmusik schallte. Im Schaufenster bewegten sich elektronisch gesteuerte Tierfiguren zu den Klängen von »Rockin' Robin«. Der Hirsch in der Mitte öffnete und schloss sein Maul passend zum Text, zwei Pinguine vor ihm schlugen im Takt mit den Flügeln, und drei Häschen mit roten Strickschals um den Hals und ein halbes Dutzend kleiner Mäuse bewegten sich im Kreis. Auf die Figuren rieselte Kunstschnee, und eine Truppe von Nussknacker-Soldaten mit roten Wangen marschierte auf dem Fensterrahmen hin und her und bewegte dabei die Arme auf und nieder.

Hayley lachte. »Das würde Angel gefallen.«

»Was wird in diesem Laden verkauft?« Oliver trat einen Schritt zurück und warf einen Blick auf das Schild. »Haustierbedarf.« Er schüttelte den Kopf.

»Gehst du mit mir hinein?«, bat Hayley.

»Brauchst du denn irgendetwas für Haustiere?«

»Die Schaufensterdekoration ist so hübsch, und Deans Freund hat einen Hund. Komm schon.« Hayley ging auf die Tür zu.

Oliver warf einen Blick auf seine Armbanduhr. »Ich habe einen Tisch reserviert.«

»Nur fünf Minuten, versprochen.« Sie setzte eine bittende Miene auf und hoffte, dass sie jetzt so aussah wie Angel, wenn sie etwas haben wollte. Bei ihrer Tochter funktionierte das immer.

»Ich hoffe, dieser Hund mag Pailletten.«

»Es ist ja eigentlich nicht für Randy.« Hayley klemmte sich die Papiertüte mit dem paillettenbesetzten Mäntelchen und der Schleife für den Hund unter den Arm. »Sondern für Angel. Wenn sie sich mit dem Hund beschäftigen und ihm das anziehen kann, lenkt sie das von der Suche nach ihrem Vater ein wenig ab.«

Oliver seufzte leise. Der Privatdetektiv Daniel Pearson hatte noch keine Spur von Michel De Vos gefunden, was ihn selbst verwunderte. Er würde am Ball bleiben, eine andere Richtung verfolgen und sich melden, sobald er etwas herausfand.

»Immer noch nichts?«, fragte er und überlegte, ob er ihr von seinen Bemühungen erzählen sollte. Wie würde sie darüber denken? Würde sie sich darüber freuen, dass er ihr helfen wollte? Oder ihm sagen, dass ihn das nichts angehe?

Hayley atmete hörbar aus. »Ich war gestern Abend noch einmal im Vipers. Eine Barkeeperin erzählte mir, dass sie ihn vor Kurzem gesehen habe, irgendwann in den letzten Wochen. Ich habe ihr meine Kontaktdaten gegeben.« Sie seufzte. »Gestern habe ich schon gedacht, der Weihnachtsmann stehe bereits vor der Tür, aber in einer großen Stadt wie dieser ist das wohl nur Wunschdenken.«

»Unterschätz die Außenseiterchancen nicht. Drummond Global hat dadurch schon viel Geld verdient.« Er lächelte. »Wir sind da.« Er blieb stehen und deutete auf das Gebäude vor ihnen.

»Restaurant Romario«, las Hayley mit einem Blick auf das Schild laut vor.

Oliver betrachtete das Restaurant, als wäre er zum ersten Mal hier. Es hatte sich seit seiner Kindheit kaum verändert.

Die Fensterrahmen und die Tür waren frisch gestrichen, aber das grün-rote Sonnendach war immer noch das alte. Sein Magen zog sich bei dem Gedanken an das köstliche italienische Essen, das sie erwartete, vor Vorfreude zusammen. Gebäckstangen mit Oliven, gefolgt von einer gut mit Knoblauch gewürzten Lasagne.

»Ich sterbe schon fast vor Hunger«, verkündete Hayley. »Ich möchte die größte Pizza, die es gibt.«

Oliver grinste und hielt sich die Hand vor den Mund, um nicht laut loszulachen.

»Es gibt doch Pizza, oder etwa nicht? Das ist doch hoffentlich nicht eines dieser Restaurants, wo es nur Sachen gibt, deren Namen ich nicht kenne? Ich war einmal zu einem Weihnachtsessen eingeladen, wo es Urtomaten und Makrelen Escabeche gab. Ich habe es nicht gewagt, etwas anderes als Truthahn zu bestellen.«

Oliver schob die Tür auf. »Eines kann ich dir versprechen: Die größte Pizza, die es dort drin gibt, wirst du nicht haben wollen.«

»Bist du sicher? Ich kann einiges verputzen.«

»Man braucht zwei Leute, um sie zu tragen«, erwiderte Oliver.

Als Oliver die Tür öffnete und über die Schwelle trat, bimmelte ein Glöckchen. Hayley folgte ihm. Warme Luft schlug ihr entgegen, und der Duft von Oregano, Parmesan, Olivenöl und frisch gebackenem Teig stieg ihr in die Nase. Sie zog ihren Mantel aus, schüttelte die Schneeflocken ab und faltete ihn über ihrem Arm, während Oliver von einer kleinen dunkelhaarigen Frau um die sechzig liebevoll umarmt wurde. Die Frau sprach in schnellem Italienisch auf ihn ein, und Oliver antwortete ihr und küsste sie mit echter Zuneigung. Offensichtlich war er hier gut bekannt. Das Lokal hatte keine Ähnlichkeit mit dem üppig geschmückten Asia Dawn. Es war ein gemütliches Restaurant, in dem man sich wie zu Hause fühlen konnte. Ganz und gar nicht das, was Hayley sich von diesem Abend erwartet hatte, und als sie sah, dass Oliver sich in dieser entspannten Atmosphäre wohlfühlte, war sie erleichtert.

Die ältere Frau kam auf sie zu und sah Hayley aus funkelnden dunklen Augen an. Bevor sie die Möglichkeit hatte, irgendetwas zu sagen oder zu tun, ergriff die Frau ihre Hände und drückte sie fest, um ihr anscheinend zu zeigen, dass sie sich über ihren Besuch freute.

»Sie sind ein hübsches Mädchen. Sehr hübsch«, sagte Mrs Romario, ohne ihre Hände loszulassen.

»Danke«, sagte Hayley ein wenig verlegen.

»Hayley, das ist Anna Romario, die Besitzerin des Lokals«, stellte Oliver sie ihr vor.

»Oh, ich freue mich, Sie kennenzulernen.« Hayley schüttelte die Hände, die ihre so warmherzig umklammerten.

»Der Kerl hier braucht ein gutes Mädchen«, fuhr Mrs Romario mit einem Blick auf Oliver fort.

»Das reicht, Momma, hör auf mit deinen Verkupplungsversuchen.«

Hayley drehte sich zu dem Mann um, der sich zu ihnen gesellt hatte. Er war größer, Ende zwanzig und hatte ebenfalls dunkle Augen und dunkles Haar. Er lächelte sie an und streckte ihr die Hand entgegen.

»Tony Romario«, stellte er sich vor. »Und eigentlich ist das mein Restaurant. Und zusammen mit Papa Gino habe ich noch zwei weitere.«

»Du bist hier nicht auf einer Kontaktmesse«, warf Oliver ein.

»Sie ist süß«, flüsterte Tony ihm zu.

»Danke.« Hayley schüttelte Tony die Hand.

Oliver grinste. »Hayley, das ist mein bester Freund Tony. Tony, das ist Hayley Walker.«

»Sehr erfreut.« Tony grinste. »Und jetzt bringe ich euch an euren Tisch.«

Hayley folgte Oliver durch das Lokal nach hinten zu einem Tisch an einem zur Straße gelegenen Fenster. Oliver zog einen Stuhl für sie zurecht, und Hayley setzte sich und warf einen Blick nach draußen. Auf der anderen Straßenseite stand eine Gruppe von Sternsingern. Die Klänge von »Ding Dong Merrily On High« waren durch die Scheibe gedämpft zu hören. Ein Pärchen, dick vermummt mit Mützen und Schals, schlenderte vorbei und teilte sich auf dem Weg einen Donut.

Hayley wandte ihre Aufmerksamkeit wieder Oliver zu, der ihr gegenüber Platz genommen hatte.

»Hier die Speisekarte für die Herrschaften.« Tony reichte ihnen beiden eine Karte. »Darf ich einen Wein empfehlen? Oder vielleicht eine Flasche Champagner?«

»Das machst du prima, nur weiter so«, witzelte Oliver. »Hayley, was möchtest du trinken?«

»Ich trinke gern Sekt oder Prosecco. Es muss kein Champagner sein. Manchmal schmeckt Sekt sogar besser«, erwiderte sie.

»Hast du etwas Passendes für die Lady?«, fragte Oliver belustigt.

»Nur Bollinger«, antwortete Tony wie aus der Pistole geschossen.

»Dann nehmen wir eine Flasche Bollinger.«

»Kommt sofort. Oh, und die Tagesgerichte stehen auf der Tafel.« Tony machte sich auf den Weg zur Bar.

Hayley lachte laut auf und legte rasch die Hand vor den Mund. »Tut mir leid.«

»Was ist los?«

»Ich hätte nicht gedacht, dass du mich in ein so … normales Lokal bringst.«

Sie sah, dass Oliver auf seinem Stuhl hin und her rutschte, und wusste instinktiv, dass sie etwas Falsches gesagt hatte. »So habe ich das nicht gemeint«, fügte sie rasch hinzu. »Dieses Restaurant ist bezaubernd.« Sie warf einen Blick auf die anderen Tische mit den karierten Tischdecken und den schimmernden Kerzen in den Weinflaschen. »Ich habe nur gedacht, dass …«

Er unterbrach sie. »Hast du geglaubt, ich würde dich in ein seelenloses Dachrestaurant führen, indem es Urtomaten und Makrelen Escabeche gibt?«

Sie nickte. »Deshalb bin ich wohl ins Fettnäpfchen getreten.«

Er atmete tief ein. »Ich hätte dich in ein solches Restaurant bringen können. Und normalerweise hätte ich das auch getan, aber …«

Ihr Puls beschleunigte sich. Der weiche Ton seiner Stimme legte sich über sie wie eine warme, kuschelige Decke.

»Ich habe noch nie jemanden hierhergebracht.« Er räusperte sich. »Dieses Lokal ist …« Er griff über den Tisch, nahm sich eine Gebäckstange aus dem Glas in der Mitte und brach sie in zwei Teile. Hayley spürte, dass er zögerte. Offensichtlich fiel es ihm schwer weiterzusprechen, aus welchem Grund auch immer.

»Meine Eltern, Ben und ich waren früher jeden Freitagabend hier. Das war eine der wenigen Gelegenheiten, wo es nicht ums Geschäft ging und wir uns über alles andere unterhalten haben, was uns beschäftigte.«

»Wie zum Beispiel? Schule?« Sie grinste. »Gesangsverein?« Oliver lächelte ebenfalls. »In unserer Familie hat niemand in einem Chor gesungen.« Er brach die Gebäckstange noch einmal durch, und Krümel landeten auf dem kleinen Teller an seiner Rechten.

»Was hat der junge Oliver Drummond in der Schule gemacht? Warte, nichts verraten ... Warst du Präsident des Debattierclubs?« Sie konnte ihn sich gut vorstellen, wie er andere Studenten anleitete und eine fundierte Rede zur Lage der Welt hielt.

Er schüttelte den Kopf. »Nein, das war mein Bruder.« Unwillkürlich seufzte er. »Ich war im Football-Team.«

»Ein Sportler.« Hayley war überrascht. »Ich nehme an, wir reden über das Spiel mit dem komisch geformten Ball, nicht über das, in dem David Beckham so gut ist.«

Er nickte und schob sich ein Stück von der Gebäckstange in den Mund. Das gab ihr die Gelegenheit, wieder diese herrlichen Lippen zu bewundern, die unabhängig von seiner Stimmung immer verführerisch wirkten.

»Und wann hast du den Ball zur Seite gelegt und angefangen, dich mit Festplatten zu beschäftigen?«

In seinen braunen Augen lag plötzlich ein Ausdruck der Wehmut, und er schien mit seinen Gedanken weit weg zu sein. Sie wartete geduldig.

»Als ich mir die Schulter verletzte und keine Chance mehr hatte, ein Profi zu werden.«

Mit dieser Antwort hatte sie nicht gerechnet.

»Hier eine Flasche Bollinger, Jahrgang 2004. Findet das Ihre Zustimmung, Sir?« Tony stand mit gerötetem Gesicht vor ihrem Tisch und hielt einen Flaschenöffner zwischen den Zähnen.

»Mach sie einfach auf, Tony«, erwiderte Oliver.

KAPITEL VIERZIG

Restaurant Romario, Greenwich Village

»Es war schon immer Bens Traum gewesen, in das Familienunternehmen einzusteigen. Ich hingegen bin immer gegen den Strom geschwommen«, erzählte Oliver, während sie sich eine Portion Oliven, mit Zitrone beträufelte Sardinen, frisches Brot und Knoblauchbutter teilten.

»Es ist nichts dagegen einzuwenden, wenn jemand seinen eigenen Weg gehen möchte«, meinte Hayley und spießte eine Olive auf.»Ich wollte keine Hausfrau werden wie meine Mutter und auch kein Maurer wie mein Vater. Und ich war nicht so klug wie Dean. Das habe ich deutlich bewiesen, indem ich sehr jung schwanger wurde und damit alle meine Pläne ruinierte«, sagte sie spöttisch.

»Ich finde, du bist zu hart zu dir selbst.«

»Vielleicht ist das bei dir auch so«, erwiderte sie. Die Stimmung hatte sich verändert; jetzt bewegten sie sich auf sichererem Terrain und konnten sich lockerer unterhalten. »Warst du ein richtig guter Footballspieler? So gut wie Jonny Wilkinson im Rugby?«

»So in etwa. Ich war nicht schlecht.« Oliver grinste.

»Ich kann mir gut vorstellen, wie du in diesem Footballdress ausgesehen hast.«

»Es war eine Uniform«, verbesserte er sie.

»Enge weiße Hose, breitere Schulterpolster als Joan Collins …«

»Ich sah heiß aus in dieser Uniform.«

»Das glaube ich dir.«

Die Vorstellung von ihm in einer engen weißen Hose löste unwillkürlich eine heftige Reaktion in ihr aus. Von ihren Zehenspitzen stieg eine Hitzewelle unaufhaltsam in ihrem Körper nach oben. Und er sah sie so begehrlich an, als würde er ihr sofort die Kleider vom Leib reißen, wenn sie sich nicht in einem gut besuchten Restaurant befänden.

»Ist das die Miene, die du in Vorstandssitzungen aufsetzt? Bei mir hat sie eine durchschlagende Wirkung.« Sie rutschte auf ihrem Stuhl hin und her. »Im Moment würde ich alles für dich tun«, fügte sie flüsternd hinzu. Was war nur in sie gefahren? Lag das am Wein, oder hatte sie unwillkürlich ihre geheimsten Gedanken verraten? Ihr Herz raste.

Sie sah, wie er seine Lippen mit der Zunge befeuchtete. Offensichtlich hatte er Mühe, die Fassung zu bewahren. Bevor sie sich darüber im Klaren wurde, was sie tat, streifte sie einen Schuh ab und streckte ihr Bein unter dem Tisch aus, bis sie ihn damit berührte. Während sie ihm in die Augen schaute, ließ sie die Zehen langsam über seine Wade nach oben, über sein Knie und bis zu seinem Oberschenkel gleiten.

»Du bist ein unartiges Mädchen«, flüsterte er, ohne den Blick von ihr abzuwenden.

Sie zuckte zusammen, als sie seinen Fuß spürte, der sich vorsichtig an ihrem Bein nach oben schob.

»So etwas sollten wir in einem Familienrestaurant nicht tun.« Sie fuhr zusammen, als seine Zehen die Stuhlkante erreichten und sich zwischen ihre Oberschenkel zwängten.

»Auf keinen Fall«, stimmte er ihr zu.

Ihr zarter Fuß massierte seinen Schritt, und er war machtlos. Seine Lust raubte ihm beinahe den Verstand. Er sollte das beenden, aber es war einfach zu gut, erotisch und sinnlich und noch viel mehr. Er schob seinen Fuß weiter, Zentimeter für Zentimeter, bis er beinahe sein Ziel erreicht hatte und ihren Intimbereich spüren konnte.

»Hast du die Uniform noch?«, fragte Hayley mit heiserer Stimme.

»Was glaubst du denn?«, flüsterte er.

Er beobachtete, wie sie sich vor Lust wand, als er sie mit den Zehen berührte, und verstärkte den Druck ein wenig.

»Ist es hier plötzlich sehr heiß?« Sie fächelte sich mit der Hand Luft zu.

»Ich finde schon.« Ihre Zehen massierten wieder seinen Schritt, und er stieß mit dem Ellbogen das Messer vom Tisch.

»Ich auch.« Sie sah ihn aus großen Augen an und öffnete leicht die Lippen.

»Eine große Pizza Capricciosa und eine Tre Gusti«, verkündete Tony und stellte die Teller schwungvoll auf den Tisch.

Oliver zog rasch sein Bein zurück und griff mit hochrotem Kopf nach seiner Serviette. »Vielen Dank, das sieht großartig aus.«

»Schneller Service hier«, bemerkte Hayley.

»Fast ein wenig zu schnell«, erwiderte er.

Oliver schaute ihr zu, wie sie sich auf ihre Pizza stürzte, als wäre sie kurz vorm Verhungern. An dieser Frau war nichts oberflächlich. Sie spielte ihm nichts vor, sie gab sich einfach so, wie sie war, und das war sehr erfrischend. Alles an ihr faszinierte ihn. Sie hatte so viel um die Ohren und war trotzdem so … natürlich, so frei. Wenn er das nicht so anregend fände, wäre er wahrscheinlich neidisch.

»Diese Pizza ist fantastisch«, erklärte Hayley und wischte sich mit einem Finger ein bisschen Fett von den Lippen, bevor sie nach ihrer Serviette griff.

»Meiner Meinung nach ist es die beste in ganz New York.«

Sie trank einen Schluck Champagner. »Also, warum seid ihr nicht mehr hierhergekommen?«

Wie immer kam sie ohne Umschweife zur Sache, aber er hatte keine Antwort parat. Warum hatten die Drummonds diese Gewohnheit aufgegeben? Ben war gestorben, und die ganze Familie war auseinandergebrochen. Sie hatten sich nicht mehr als Ganzes gefühlt, weil einer fehlte. Vielleicht war das das Problem. Sie hatten nicht mehr zusammengehalten, sondern jeder hatte sich in sein eigenes Leben gestürzt. Richard hatte sich in seine Arbeit vergraben, und er hatte es ihm gleichgetan. Nur Cynthia hatte es immer wieder versucht – und das tat sie auch heute noch ganz tapfer.

Er zuckte die Schultern und lehnte sich auf seinem Stuhl zurück. »Ben starb, und danach erschien es wohl einfach nicht mehr passend.«

»Aber Tony und du seid Freunde. Bist du allein hierhergekommen?«

Oliver schüttelte den Kopf. »Lange Zeit nicht. Und Momma Romario hat mir das nie verziehen.«

»Ich möchte sie nicht zum Feind haben – sie hat einen Händedruck wie ein Kraftsportler.« Sie nahm sich noch ein Stück Pizza und schaute auf die Straße hinaus. Zwei Kinder bauten auf dem Gehsteig einen Schneemann, und ihre Eltern halfen ihnen dabei. Das erinnerte sie daran, dass sie Angel versprochen hatte, mit ihr einen Präsidenten aus Schnee zu bauen.

»Angel liebt Weihnachten«, sagte sie.

»Sie ist ein Kind. Alle Kinder lieben Weihnachten.«

»Ich freue mich immer mehr auf das Essen als auf die Geschenke«, verriet sie ihm und biss in das Pizzastück.

Er lachte. »Welch Überraschung.«

»Gehst du an Weihnachten in die Kirche?«

»Nicht mehr. Als Kind schon.«

»Das ist bei mir genauso. Ich weiß nicht so recht, was ich von Religion halten soll. Ich wünsche mir einfach eine Welt, in der sich die Menschen gegenseitig respektieren, so wie sie sind, und sonst nichts.«

»Hast du schon einmal darüber nachgedacht, in die Politik zu gehen? Meine Stimme hättest du.«

»Die Menschen machen sich das Leben viel zu schwer«, sinnierte sie.

»Und wir haben nie genug Zeit«, stellte Oliver fest.

»Wir nehmen uns nicht genügend Zeit«, verbesserte Hayley ihn.

»Das ist manchmal nicht so einfach.«

»Oh, doch, es ist ganz einfach – man muss es nur wollen.« Sie schaute ihm in die Augen. »Wenn du gewusst hättest, dass dein Vater und Ben bald sterben müssen, was hättest du dann getan? Hättest du alles so gemacht wie gehabt, oder hättest du mehr Zeit mit ihnen verbracht?«

»Wir leben nicht in einer heilen Welt.«

»Du hast meine Frage nicht beantwortet.«

»Natürlich hätte ich gern mehr Zeit mit ihnen verbracht.«

»Und du weißt, dass du das hättest tun sollen.«

»Das ist nicht fair, Hayley.«

»Ich habe nicht über dich gesprochen.« Sie seufzte. »Sondern über mich.« Sie stieß mit dem Fuß gegen das Tischbein. »Mein Vater starb kurz nach Angels Geburt, und, im Gegensatz zu meiner Mutter, hielt er mich nicht für eine Versagerin und war nicht von mir enttäuscht, weil ich einen Fehler gemacht hatte. Ich habe es als selbstverständlich betrachtet, dass er immer da war. Ich habe seine Anwesenheit nicht genügend zu schätzen gewusst, Oliver. Ich habe mir nicht genug Zeit für die wertvollen Momente mit ihm genommen, und ich wünschte, ich könnte das im Nachhinein ändern.«

»Er würde nicht wollen, dass du dich deshalb schuldig fühlst. Niemand weiß, wie viel Zeit ihm auf dieser Welt noch bleibt.«

Diese Unterhaltung ging Oliver sehr nahe. Gerade er wusste nicht, wie viel Zeit ihm noch blieb. Er musste einfach für den Augenblick leben. Er hatte immer versucht, alles zu erledigen, solange er das noch konnte, aber auf eine ganz andere Weise, als Hayley es im Sinn hatte. Ganz für sich, als Einzelgänger. Hayley würde die Menschen, die ihr am Herzen lagen, nicht so weit wie möglich von sich schieben, so wie er es tat. Er trank einen Schluck aus seinem Glas.

»Beim Begräbnis meines Vaters hat meine Mutter mir vorgeworfen, dass er wegen meiner Schwangerschaft und Angels Geburt schneller gealtert sei. Im Grunde genommen hat sie behauptet, ich sei der Nagel zu seinem Sarg gewesen.«

»Sie hat nicht recht, und das weißt du auch?«

»Bist du sicher?«

Er streckte den Arm über den Tisch und griff nach ihrer Hand. »Ganz sicher.« Mit der anderen Hand hob er ihr

Kinn an, sodass sie gezwungen war, ihn anzuschauen. »Und ich wette, wenn dein Vater dich jetzt hören kann, hämmert er mit beiden Fäusten auf die Wolke, auf der er sitzt, weil er nicht möchte, dass du so einen Blödsinn glaubst.«

Hayley schniefte leise, und er sah Tränen in ihren Augen. Er hätte sie am liebsten an sich gezogen und umarmt.

»Was glaubst du, was dein Vater jetzt sagen würde?«, fragte sie sanft.

Oliver holte tief Luft. Das war eine schwierige Frage. Was würde Richard wohl über Andrew Regis und seine Mutter denken? Und über den Globe und die Art, wie er die Firma jetzt führte? Darüber, wie er seit seinem Tod sein Leben lebte? Über Hayley? Er lächelte.

»Er würde sagen: ›Oliver, du bist mit einer wunderschönen Frau zusammen, also warum verschwendest du deine Zeit damit, an mich zu denken?‹.«

Sie lachte und entzog ihm ihre Hand. »Es tut mir leid, das war jetzt vielleicht zu tiefgründig. Das muss an den Sternsingern dort draußen liegen.« Sie deutete mit einer Kopfbewegung auf die Straße.

»Es liegt wohl eher an dem unverschämt teuren Champagner.«

»Aber ich bin ihn wert.«

»Das wird sich erst noch herausstellen, Lois.«

Sie streckte den Arm aus und verpasste ihm einen Schlag gegen die Schulter.

»Au, das hat wehgetan.«

»Tut mir leid, war das die verletzte Schulter?«

»Nein, das war mein Baseball-Arm.«

»Darin bist du sicher auch ein Profi.«

»Natürlich. Und außerdem in der NHL und in der NASCAR.

»Ich weiß, was das bedeutet.«

Er lachte. »Das glaube ich dir nicht.«

»Ich könnte zumindest raten – ich bin sehr gut, was Abkürzungen betrifft.«

»Na, dann los. LMFAO.«

»Du bist unmöglich!«

Ihre Wangen waren gerötet, ihre Augen blitzten, und ihr Lächeln war ansteckend. Sie sah wunderschön aus, während sie sich mit ihm diesen kleinen Schlagabtausch lieferte. Er blies die Kerze aus, beugte sich über den Tisch und nahm ihr Gesicht in seine Hände. Langsam senkte er den Mund auf ihre Lippen – er musste sie jetzt einfach spüren. Sie entspannte sich bei seiner Berührung und bot ihm ihre warmen, weichen Lippen an. Als der Kuss intensiver wurde, verlor er sich darin und ließ alle Gefühle zu, die er für sie empfand. Er fuhr mit der Hand in ihr Haar und zog sie noch näher zu sich heran, überwältigt von ihrem heißen Mund und der Intensität ihrer Reaktion.

Schließlich ließ er sie los und atmete tief durch. Er sah ihr in die Augen und versuchte, den Ausdruck darin zu deuten. Als sie seinen Blick erwiderte, räusperte er sich. »Ich möchte dich heute Abend nach Hause bringen.«

»Ich dachte, dafür seien wir mit der Limousine hier.«

»Ich meine, in *mein* Zuhause.« Sein Herz klopfte so heftig, dass es schmerzte.

Sie lächelte und fuhr mit den Fingern sanft über den leichten Bartansatz an seinem Kinn. »Eine Lady darf eine Einladung in ein Penthouse nicht beim ersten Date annehmen.«

»Scheiß drauf!« Oliver griff wieder nach ihrer Hand.

»Aber, aber, Mr Drummond. Solche Ausdrücke vor einer Dame!« Sie schenkte ihm ein Lächeln, bevor sie fortfuhr. »Als ich das letzte Mal in New York eine Nacht mit einem Mann verbrachte, steckte ich anschließend in großen Schwierigkeiten.«

Sie senkte den Blick. Offensichtlich schweiften ihre Gedanken ab. Rasch hob er wieder ihr Kinn an. »Wir werden im roten Zimmer nichts riskieren, das verspreche ich dir.«

KAPITEL EINUNDVIERZIG

Vor Oliver Drummonds Penthouse, Downtown Manhattan

»Hier wohnst du also?« Hayley schaute nach oben auf das Gebäude aus Glas und Chrom vor ihnen. Es war beeindruckend und hob sich in gewisser Weise von den anderen gleichgroßen Häusern ringsherum ab. Es schneite heftig, und ihre Zähne begannen zu klappern. Sie schlang die Arme um den Körper und klammerte sich an ihrer paillettenbesetzten Handtasche fest wie an einer Rettungsboje.

»Ja, hier wohne ich. Komm, wir gehen hinein, bevor du noch erfrierst.« Er ging auf den Portier zu. »Hey, Bosco.«

»Guten Abend, Mr Drummond.«

»Hallo, Bosco. Ich bin Hayley.« Sie winkte ihm zu.

»Guten Abend, Miss.«

»Ich wette, Bosco hat schon einige deiner ›Wünschefrauen‹ kommen sehen«, bemerkte Hayley, als sie die Lobby betraten. »Hier sieht es aus wie in deinem Bürogebäude. Aber wo ist der Christbaum? Ohne Baum wirkt die Lobby ziemlich kahl.«

Alles war verchromt und grau, modern und zweckmäßig, aber ein wenig trist. Nichts deutete auf die bevorstehenden Feiertage hin.

Oliver drückte auf den Knopf neben dem Lift. »Das ist ein multikulturelles Haus. Einige der anderen Bewohner feiern Weihnachten nicht, also haben wir keinen Baum.« Er griff nach ihrer Hand. »FYI – noch eine Abkürzung –, ich bringe meine ›Wünschefrauen‹ nicht hierher. Und nenn sie nicht so, sie sind keine Sachen.«

»Unter dem entsprechenden Hashtag bei Twitter kann man lesen, dass sich eine bestimmte Ausgabe der *New York Times* sehr gut verkauft hat.«

»Das hast du dir jetzt ausgedacht«, entgegnete er, als sich die Aufzugtüren öffneten.

»Vielleicht, aber ich finde es lustig.« Hayley betrat den Lift mit ihm.

»Du hast wohl schon vergessen, dass ich dich heute zu einer tollen Modenschau eingeladen habe.«

»Nein. Sie hätte nur noch schöner sein können, wenn Adam Levine in der Pause gesungen hätte.« Sie seufzte. »Aber ich habe Emo Taragucci persönlich kennengelernt und sie sogar ins Bein gezwickt.« Hayley schlang die Arme um ihren Körper.

Oliver grinste. »Es freut mich, dass dir der Abend gefallen hat.«

»Er ist noch nicht vorbei, richtig?« Sie warf einen Blick auf das Display, auf dem die Stockwerke angezeigt wurden, und wandte sich dann mit einem Lächeln auf den Lippen Oliver zu. »Hast du es schon einmal in einem Aufzug gemacht?«

»Was?«

Sie rückte näher an ihn heran. »Ich habe dich gefragt, ob du es schon einmal in einem Aufzug gemacht hast.«

Er schluckte heftig, als ihm klar wurde, was ihre Frage bedeutete.

»Ich habe ein Fünf-Millionen-Dollar-Penthouse im fünfundzwanzigsten Stockwerk, und du willst es im Aufzug machen?«

Sie leckte sich über die Lippen. »Ich bin mir nicht sicher, ob ich noch zwanzig Etagen warten kann.« Sie knöpfte ihren Mantel auf und ließ ihn von den Schultern gleiten. Dann hob sie ihr rotes Kleid am Saum an und zog es sich über den Kopf, Darunter trug sie Strümpfe und schwarze Seidenunterwäsche mit Spitze.

»Meine Güte, Hayley, was tust du mit mir?«

»Du hast viel zu viele Klamotten an, Clark.«

Mit einer ruckartigen Bewegung riss er sich den Mantel vom Leib und knöpfte dann in Windeseile sein Hemd auf.

»Schon als ich dich das erste Mal an diesem Notausgang gesehen habe, wusste ich, dass du mich in Schwierigkeiten bringen würdest.« Er drückte seine Lippen auf ihren Mund und schob sie gegen die verspiegelte Wand. Sie schmeckte nach Schokolade und Kaffee und nach noch etwas, was er nicht genau definieren konnte. Wahrscheinlich war es Vanille, aber im Augenblick schmeckte er fast nur Lust – ob es ihre oder seine war, konnte er nicht sagen.

Sie löste ihre Lippen von seinen. »Du hast das *gewusst*? Das ist doch wohl ein bisschen dick aufgetragen.«

»Hör auf zu reden!«, befahl er, presste den Mund an ihren Hals und fuhr mit der Zunge hinunter zu ihrer Schulter.

»Runter damit.« Hayley griff nach dem Gürtel an seiner Hose.

Er richtete sich auf und legte seine Hände auf ihre, während sie das Lederband durch die Schlaufen zog. Ihr Gesichtsausdruck dabei steigerte seine Erregung. Gemeinsam öffneten sie den Reißverschluss, und er holte rasch ein Kondom aus der Tasche, bevor sie den Stoff nach unten zerrte und er seine Hose von den Füßen schleudern konnte.

Er sah, wie sich ihre Brüste hoben und senkten und sich die Brustwarzen durch den BH abzeichneten. Das Päckchen mit dem Kondom zwischen den Lippen, griff er mit beiden Händen an ihren Rücken, öffnete den Verschluss ihres Büstenhalters und zog ihr die Träger über die Schultern.

Als er ihre üppigen Brüste vor sich sah, konnte er seine Erregung kaum mehr in Zaum halten. Er wollte jeden Zentimeter ihres Körpers berühren und schmecken, aber er wich ein Stück zurück, um sie zu beobachten. Sie schob ihre Finger in ihr Höschen, bewegte ihre Hand vor und zurück und spielte mit sich.

»Du bist so heiß.« Er zog hastig seinen Slip aus, streifte das Kondom über und trat einen Schritt auf sie zu.

Hayley schob ihr Höschen nach unten, presste den Rücken gegen die Spiegelwand und zog ihn zu sich heran. Sie küsste ihn auf den Mund und nahm dann leicht seine Unterlippe zwischen die Zähne. Das machte ihn verrückt. Er musste sie jetzt haben, in ihr sein.

Er schlug mit der Hand auf die Aufzugknöpfe, in der Hoffnung, damit ein wenig Zeit zu gewinnen, hob sie hoch und umklammerte ihren Po, während er sie leidenschaftlich küsste.

Sie stöhnte leise, als er sie so weit nach unten gleiten ließ, dass er in sie eindringen konnte. Die Hitze, die ihm entgegenschlug, steigerte seine Leidenschaft noch um ein Vielfaches.

»Tu es«, flüsterte sie ihm ins Ohr. »Jetzt.«

Hayleys Körper brannte. Sie zitterte und sehnte sich danach, dass ihr Verlangen gestillt wurde. Das Flirten, das Wortgeplänkel, die Küsse im Schnee – noch nie hatte ein Mann eine solche Wirkung auf sie gehabt wie dieser komplizierte Milliardär, den außer ihr niemand zu verstehen schien. Sie sah, was er war. Alles. Seine Sorgen und Ängste glichen ihren. Sie waren wie zwei Teile eines Christmas Cracker. Und sie war jetzt bereit für den großen Knall.

Sie stützte sich gegen die Wand und legte ihm die Hände auf die Brust, während er sie nahm, zuerst schnell und drängend und dann langsam, mit langen, tiefen Stößen, bis sie ihm ihre Nägel ins Fleisch grub und um Erlösung flehte.

Sie küsste ihn auf den Mund und schaute ihm in die Augen; sie wollte sehen, wie er kam und sie mit sich nahm. Und dann geschah es. Es war, als würde sie mit einer Million Kilometer pro Stunde in die Luft geschleudert, ohne zu wissen, wo sie landen würde. Vor ihren Augen tanzten Sterne, als Oliver laut aufschrie. Sein Haar zwischen ihren Fingern war feucht, und auf seiner Haut glänzten Schweißperlen. Winzige Lustsensoren schickten Signale durch ihren ganzen Körper. Sie wollte ihn nicht loslassen, doch dann gab eines ihrer Beine nach.

»Autsch, ein Krampf.« Hayley bewegte sich ganz vorsichtig, um den Körperkontakt zu ihm nicht zu verlieren.

Oliver küsste sie auf die Lippen. »Alles in Ordnung?«

Sie nickte und legte eine Hand an seine Wange. »Und bei dir?«

»Völlig verausgabt«, erwiderte er atemlos.

Sie lachte. »Ein Milliardär ohne Reserve.«

»Das habe ich nicht gesagt. Aber vielleicht wäre ein Ortswechsel angebracht.«

»Ah, bekomme ich endlich das berühmt-berüchtigte rote Zimmer zu sehen?«, fragte Hayley, während er ihr das Haar aus dem Gesicht strich.

»Glaubst du denn wirklich, dass es das bei mir gibt?«

»Ich wäre enttäuscht, wenn es nicht so wäre.«

KAPITEL ZWEIUNDVIERZIG

Oliver Drummonds Penthouse, Downtown Manhattan

Hayley öffnete die Augen, schaute blinzelnd auf die unvertrauten Umrisse im Dämmerlicht und versuchte, sich zu erinnern, wo sie war. *Olivers Penthouse*. Ein warmes, weiches Gefühl durchströmte sie bei dem Gedanken an die vergangene Nacht. Die Modenschau, das herrliche Essen, der Aufzug … die Galerie mit Aussicht auf den Central Park. Und nun lag sie zwischen Laken aus ägyptischer Baumwolle und fühlte sich, als könnte sie die ganze Welt erobern. Sie rollte sich auf die Seite zu Oliver hinüber. Nur eine kleine Sache bereitete ihr Kopfschmerzen: die McArthur-Wohltätigkeitsveranstaltung. Sie sollte ihm sagen, dass sie mit der Organisation beauftragt war. Wenn sie es ihm verschwieg, log sie ihn praktisch an. Aber sie wusste, wie er darauf reagieren würde. Es hätte Auswirkungen auf ihre Beziehung, und das wollte sie nicht. Die Zeit, die sie mit ihm verbrachte, gehörte nur ihnen. Weder Angel noch Michel oder Drummond Global oder Cynthia hatten damit etwas zu tun. Sie wollte diese wunderschöne Seifenblase noch nicht zum Platzen bringen, vor allem nicht nach der letzten Nacht.

Sie zauste ihm das Haar und beobachtete, wie er langsam die Augen aufschlug.

»Guten Morgen. Was gibt's zum Frühstück?«

»Meine Güte, Hayley, du musst einen unglaublichen Stoffwechsel haben.« Er setzte sich auf und rieb sich die

Augen. »Oder du wirst eines Tages aufwachen und hundertdreißig Kilo wiegen.«

»Und wenn das so wäre?« Sie warf ihm einen strengen Blick zu.

Er lächelte. »Selbstverständlich würde ich dich dann noch genauso lieben, aber …« Er hielt inne. »Ich meine natürlich, dass ich dich immer noch genauso schätzen würde, als Person und …«

»Du liebst mich!«, rief Hayley laut und hüpfte auf dem Bett auf und ab. »Oh, ich werde Mrs Drummond! Bosco, lassen Sie Emo Taragucci holen, sie muss mein Hochzeitskleid entwerfen! Buchen Sie das Romario für den Empfang. Und Maroon 5 müssen auftreten! Wir heiraten!«, jubelte sie.

Oliver verfolgte kopfschüttelnd ihre theatralische Darbietung. »Du bist verrückt.«

»Deine Anhängerinnen bei Twitter werden am Boden zerstört sein. Wahrscheinlich brauche ich einen Bodyguard und kann mich ohne Tränengas nicht mehr aus dem Haus wagen.«

»Gott helfe jedem, der versucht, dich anzugreifen.«

»Was gibt's zum Frühstück?«, wiederholte sie. Dann stürzte sie sich auf ihn und drückte ihn in die Kissen zurück.

Es fühlte sich an, als hätte ihm jemand mit einer Eisenstange gegen die Brust geschlagen. Oliver konnte nicht antworten. Er setzte sich auf und versuchte, tief durchzuatmen. Es ging nicht.

»Oliver?« Hayley zog das Laken enger um ihren Körper und sah ihn besorgt an. »Wow, war ich zu grob? Anscheinend bin ich mir meiner Kräfte nicht bewusst, Man of Steel.«

Das durfte jetzt nicht passieren. Er versuchte noch einmal, tief einzuatmen, aber sein Brustkorb war so fest zusammengepresst, als hätte jemand eine Eisenbahnschiene auf seine Rippen gelegt. Auf seiner Stirn bildeten sich Schweißperlen, und vor seinen Augen verschwamm alles. Das war nicht so wie beim letzten Mal. Es war viel, viel schlimmer. Verzweifelt versuchte er, die Kontrolle nicht zu verlieren.

»Oliver?«, fragte Hayley noch einmal mit wachsender Besorgnis in der Stimme.

»Alles in Ordnung«, brachte er krächzend hervor.

»Oliver, bitte. Du machst mir Angst.«

Ihre Augen füllten sich mit Tränen. Sie streckte die Hand nach ihm aus, aber er wich zurück. Damit musste er allein fertigwerden. Er wollte nicht, dass sie sich Sorgen um ihn machte.

»Wirklich, mir geht's gut«, flüsterte er. Seine Lippen waren trocken, und sein Körper zeigte ihm, dass das Gegenteil der Fall war.

»Dir geht es nicht gut, das sehe ich doch. Sag mir, was ich tun soll, sonst rufe ich einen Rettungswagen.«

Er wollte nicht sterben. Nicht jetzt, nach einer Nacht, die so viel bedeutet hatte. Er konnte nicht leugnen, dass er dabei war, sich richtig in sie zu verlieben, und vielleicht sagte ihm dieser Anfall, dass er nicht einmal daran denken sollte. Was sollte sie mit einem Mann anfangen, der dem Tode geweiht war? Wer sollte überhaupt etwas mit ihm anfangen können?

Sein Herz begann zu rasen und pumpte das Blut so hektisch durch seine Venen, dass er außer dem Rauschen in seinen Ohren nichts mehr hören konnte. Es passierte tatsächlich, gerade hier und jetzt, in den glücklichsten Momenten, die er seit dem Tod seines Vaters erlebte.

Er zog sich mit den Armen zur Bettkante und versuchte, die Schmerzen und Hayleys hilflosen Blick zu ignorieren. Irgendwie musste er die Kraft aufbringen, um aufzustehen.

»Gut, jetzt reicht's.« Hayley griff nach seinem Bademantel und zog ihn sich über. »Das ist doch verrückt. Ich rufe jetzt einen Rettungswagen.«

»Hayley, bitte …« Seine Worte waren kaum zu verstehen. »Bitte geh einfach.«

»Ich soll gehen? Bist du komplett verrückt geworden? Ich werde nirgendwohin gehen.« Sie holte ihre paillettenbesetzte Tasche, zog ihr Telefon heraus und wählte die Notrufnummer.

Ihm schnürte sich die Kehle zusammen, und sein Kopf fühlte sich an, als wäre er mit flüssiger Zuckerwatte gefüllt, die sich ausbreitete und immer mehr wurde. Der Druck in seiner Brust war unerträglich. Es wäre ganz leicht, sich jetzt einfach fallen zu lassen. Dem Körper seinen Willen zu lassen, dem Schmerz nachzugeben und sich zu fügen. Keine Sorgen mehr, kein Stress, nur noch Frieden. Als er versuchte, sich vom Bett zu erheben, fielen ihm die Augen zu.

»Hallo? Ich brauche einen Rettungswagen … schnell.«

St. Patrick's Hospital, Manhattan

Oliver befand sich in demselben Raum und war an dieselbe Maschine angeschlossen wie an dem Tag, an dem Clara ihn hierher begleitet hatte. Aber dort, wo Clara gesessen und nervös mit den Perlen an ihrer Halskette gespielt hatte, saß nun Hayley und kaute an den Fingernägeln. Sie waren allein, aber er wusste nicht, was er sagen sollte. Was gab es auch noch zu sagen? Mit einem Mal war alles kompliziert. Ruiniert.

»Dass ich einmal am Morgen danach in einem Krankenhaus landen würde, hätte ich nicht gedacht«, bemerkte Hayley. »Auf einem Polizeirevier habe ich mich schon wiedergefunden, aber noch nie in einem Krankenhaus.«

»Du solltest gehen«, erwiderte Oliver knapp.

»Warum sagst du das ständig?«, wollte Hayley wissen. »Was verschweigst du mir?«

Ihre Stimme verriet ihm, dass er einen Nerv bei ihr getroffen hatte. Wie sollte er jetzt weitermachen? Wie mit dieser Situation umgehen? Die vergangene Nacht war eine der schönsten Nächte seines Lebens gewesen. Alles hatte sich so echt angefühlt. Nicht nur die gegenseitige körperliche Anziehung, sondern auch die Wärme und Zärtlichkeit. Der heiße Sex im Aufzug war schon unbeschreiblich gewesen, aber als sie dann auf seiner Galerie noch einmal zusammengekommen waren, hatte sie sich ihm ganz und gar geöffnet. Was zum Teufel hatte er sich nur dabei gedacht? Er hatte ihr nichts zu geben – er war wie ein Verurteilter im Todestrakt, der nur darauf wartete, sterben zu müssen. Aber er hatte diese Situation herbeigeführt. Gefühle zugelassen. Seine und ihre. Dazu hatte er kein Recht. Jetzt reichte es nicht mehr aus, sie nur noch zu bitten, ihn zu verlassen. Er musste sie dazu zwingen, und er wusste genau, wie er das tun konnte. Auch wenn ihm das noch so wehtun würde – es war sein eigener Fehler.

Er hob die Hände zur Brust und zog eine der Elektroden ab.

»Was machst du da? Lass das!« Hayley riss erschrocken den Mund auf.

»Gleich wird eine sehr attraktive Ärztin mit dem Namen Khan hier erscheinen.« Er riss sich einen weiteren Saugnapf von der Brust. »Sie wird mich von oben bis unten mustern und mir erklären, dass ich zu viel Stress hätte und zu hart arbeitete.« Eine weitere Elektrode folgte. »Das hat sie mir letzte Woche schon gesagt.«

Er griff nach seinem T-Shirt und zog es sich über den Kopf.

»Ist es das?«, fragte Hayley. »Liegt es am Stress?«

»Das behauptet man.«

»Was soll das heißen?« Hayley strich sich eine lose Haarsträhne hinters Ohr. »Du hast mich in deinem Apartment wirklich erschreckt. Ich dachte, du hättest … einen Herzinfarkt oder so etwas.«

Er wollte lachen, die Sache herunterspielen. Ihr sagen, dass sie sich lächerlich verhielt. Aber er brachte die Kraft dazu nicht auf.

»Es geht mir gut.« Er erhob sich von der Bettkante.

»Bist du sicher?«

»Ich atme noch. Heute muss mein Glückstag sein.« Es kostete ihn den Rest seiner Energie, aufrecht zu stehen. Seine Bauchmuskeln zogen sich schmerzhaft zusammen, aber es gelang ihm, sich nichts anmerken zu lassen.

»Willst du nach Hause? Ich kann uns ein Taxi rufen.« Hayley stand auf.

»Ich werde meinen Wagen kommen lassen«, erwiderte er und zog sich den Pulsmonitor vom Finger. »Du solltest zu Angel zurückfahren.«

»Ja, das sollte ich wohl tun.«

Bei Hayleys Tonfall krampfte sich sein Magen zusammen. Aber er tat das einzig Richtige. Er biss die Zähne zusammen.

»Habe ich etwas falsch gemacht?«, fragte sie.

Er konnte ihr nicht in die Augen schauen. Er wollte nicht sehen, wie verletzt sie war. Was tat er nur? Das brachte ihn fast um. Er schüttelte den Kopf. »Nein.«

»Was zum Teufel ist dann hier los?«

»Nichts.«

»Oliver, letzte Nacht dachte ich …«

»Hör zu, Hayley, letzte Nacht hatten wir unseren Spaß und …«

Das war vielleicht zu flapsig gewesen. Er wollte ihr nicht wehtun, aber möglicherweise war das die einzige Lösung.

»*Spaß*.«

Sie hatte das Wort förmlich ausgespuckt. Diese vier Buchstaben fühlten sich messerscharf an und trafen ihn in seinem Inneren wie Eisscherben. Er warf ihr aus dem Augenwinkel einen verstohlenen Blick zu. Sie begriff jetzt nicht, dass er das für sie tat, aber eines Tages würde sie es einsehen. In dem Moment, in dem sich bei ihm Gefühle für sie entwickelt hatten, hätte er sich sofort ausklinken sollen, anstatt sie zu einem Date zu bitten. Und nun war er wieder im Krankenhaus gelandet … Eine solche dramatische und unangenehme Situation wollte er ihr nicht noch einmal zumuten. Und er wusste mit Sicherheit, dass es ein nächstes Mal geben würde.

»Ich habe im Büro noch sehr viel zu tun, also …«

»Ja, natürlich.« Hayley klemmte ihre Tasche unter den Arm. »Und deine Geschäfte sind selbstverständlich sehr wichtig, auch wenn du vor ein paar Minuten noch an einer Maschine angeschlossen warst.«

»Hayley …«

»Nein, mit dir stimmt irgendetwas nicht … in deinem Kopf. Ich habe keine Ahnung, was es ist, und ich will es auch gar nicht wissen.« Sie hielt kurz inne. »Letzte Nacht dachte ich, dass … Du warst ein ganz anderer Mensch. Nicht der Industriemagnat und kühle Geschäftsmann. Ein Mann, der mich zum Lachen gebracht und mit mir einen Kampf um das letzte Wort ausgetragen hat.«

Ihre Worte trafen ihn wie kleine Giftpfeile mit tödlicher Dosis. Er wollte sie zum Schweigen bringen, ihren Mund mit seinen Lippen verschließen und sie so küssen wie vergangene Nacht. Ihr zeigen, wie viel sie ihm bereits jetzt bedeutete. Aber das konnte er nicht tun. Es wäre selbstsüchtig, und das durfte er in dieser Situation auf keinen Fall sein.

»Aber jetzt weiß ich, dass das nur Theater war, und dass ich immer noch so naiv bin wie all die Jahre zuvor, als ich auf den Charme eines anderen Manns hereingefallen bin.« Sie seufzte. »Aber zumindest hat er sich nicht für jemanden ausgegeben, der er nicht war.«

Er schluckte. Damit lag sie vollkommen richtig. Nicht einmal er wusste, wer er eigentlich war. Er hatte eine Vorstellung davon, wer er gern wäre, aber spielte das noch eine Rolle, wo ihm die Zeit davonlief?

»Es gibt noch etwas, was du wissen solltest«, fuhr Hayley fort, warf ihr Haar zurück und rückte ihre Tasche unterm Arm zurecht.

Oliver hob den Kopf und sah sie aufmerksam an.

»Ich helfe deiner Mutter dabei, die Wohltätigkeitsveranstaltung von McArthur zu organisieren.« Unwillkürlich seufzte sie. »Ich habe es dir noch nicht gesagt, weil es sich ganz spontan ergeben hat. Und weil ich weiß, dass deine Mutter dich gebeten hat, die Rede zu halten, und dir der Gedanke daran ein Gräuel ist. Außerdem habe ich geglaubt, ich könnte diese beiden Bereiche so gut auseinanderhalten, dass beides funktionieren würde.« Sie schniefte. »Aber jetzt ist mir klar geworden, dass es den einen Bereich gar nicht gibt. Vielleicht hätte ich mich von Anfang an auf den anderen konzentrieren sollen. Ich hätte mich wohl schon in dem Moment, in dem du mich nach meinem Wunsch gefragt hast, schnell aus dem Staub machen sollen.«

Sie organisierte die McArthur-Wohltätigkeitsveranstaltung? Der Druck auf seinem Brustkorb verstärkte sich wieder. Warum tat sie das? Und sie kannte seine Mutter? Das gab ihm genügend Energie, um seine steinerne Miene zu bewahren und seine Entscheidung, die Sache zu beenden, aufrechtzuerhalten.

Eine Träne rollte ihr langsam über die Wange. »Leb wohl, Clark.«

Er sah ihr nach, wie sie zur Tür ging und aus seiner Sicht und aus seinem Leben verschwand.

KAPITEL DREIUNDVIERZIG

St. Patrick's Hospital, Manhattan

»Was zum Teufel ist passiert?« Tony stürmte durch die Tür in das Zimmer, in dem Oliver immer noch auf dem Bett saß.

»Kannst du mich nach Hause bringen?«

»Das ist keine Antwort auf meine Frage, und musst du nicht zuerst entlassen werden oder so?«

»Ich habe gerade die Sache mit Hayley beendet.«

Wenn er es laut aussprach, wurde es zur Realität, und sein Leben konnte weitergehen. Aber er sah immer noch ihren Gesichtsausdruck vor sich. Er hatte sie dazu gebracht zu glauben, sie sei nichts anderes für ihn als eine seiner »Wünschefrauen«. Allein der Name, den sie sich dafür ausgedacht hatte, hatte ihn tief getroffen.

»Machst du Witze? Warum? Was ist passiert?« Tony fuhr sich mit der Hand durch das Haar.

»*Das* ist passiert!« Oliver hob die Hand und deutete auf das Krankenzimmer. Während er auf Tony gewartet hatte, war Dr. Khan bei ihm gewesen und hatte ihm noch einige Ratschläge gegeben, darunter auch einen, den er nie befolgen würde. Warum ihn das Wort »Risiko« in Hinsicht auf seinen Gesundheitszustand viel mehr ängstigte als im Geschäftsleben, begriff er selbst nicht.

»Sie ist die ganze Nacht geblieben … und heute Morgen bist du umgekippt. Und dann? Ist sie ausgeflippt?«, fragte Tony.

Er schüttelte den Kopf. »Eigentlich bin eher ich ausgerastet.«

Tony stemmte die Hände in die Hüften und atmete tief ein. Oliver spürte, dass sein Freund ungehalten war. Aber er wollte keine Standpauke von ihm – Vorwürfe konnte er sich auch selbst machen. Er wollte nur nach Hause und sich auf etwas anderes konzentrieren.

»Ich verstehe.« Tony nickte. »Du hast jemanden kennengelernt, den du wirklich magst. Jemanden, mit dem du nicht nur eine Nacht verbringen wolltest.«

Oliver ging auf die Tür des Krankenzimmers zu. »Tony, ich will das nicht analysieren. Ich möchte nur, dass du mich nach Hause bringst.«

»Und nun hat sie dich in einem schwachen Moment erlebt. Und sie ist trotzdem geblieben …«, fuhr Tony unbeirrt fort. »Du hast Angst davor, ihr alles erzählen zu müssen, wenn du dich weiter mit ihr triffst.«

Oliver drehte sich zu ihm um. »Na und? Sie ist ohne mich besser dran. Wie alle anderen auch!«

Er erschrak selbst, wie laut er das herausgeschrien hatte. Tony klappte den Mund zu und verkniff sich eine weitere Bemerkung, und er wollte auch nichts mehr dazu sagen.

»Tony, bitte keine Vorträge. Bring mich einfach nur nach Hause«, bat er.

In diesem Moment klingelte sein Telefon. Er zog es aus seiner Hosentasche und warf einen Blick auf das Display. Daniel Pearson.

»Oliver Drummond.«

»Mr Drummon, hier ist Daniel Pearson.«

»Haben Sie etwas Neues für mich?«, fragte er gespannt.

»Ich habe Andrew Regis zwölf Stunden lang beschattet, und das war sehr aufschlussreich.«

»Sprechen Sie weiter.«

»Er hat die Nacht nicht allein verbracht, und es wird Sie mit Sicherheit interessieren, mit wem er sich getroffen hat.«

»Wir sollten uns treffen.« Oliver biss sich auf die Unterlippe und warf seinem Freund einen Blick zu.

»Nennen Sie mir Zeit und Ort.«

»In einer Stunde in Carly's Coffee House. Kennen Sie das Lokal?«

»Ja, kenne ich.«

»Gut.« Er hielt kurz inne. »Gibt es auch Neuigkeiten über Michel De Vos?«

Dean Walkers Apartment, Downtown Manhattan

Obwohl es heftig schneite und immer kälter wurde, war Hayley um einige Häuserblocks spaziert, bevor sie endlich die Kraft aufbrachte, in Deans Apartment zurückzukehren. Alles, was auf das bevorstehende Weihnachtsfest hindeutete – die Bäume, die zum Verkauf standen, der Duft nach Äpfeln, Zimt und Glühwein, die Weihnachtslieder, die aus jedem Geschäft schallten und an jeder Ecke von Straßenmusikern vorgetragen wurden –, schien sie zu verhöhnen. *Fröhliche Feiertage! Warum um alles in der Welt hast du deine Zeit mit einem Mann verschwendet, wenn du dich auf den eigentlichen Grund deines Besuchs in New York hättest konzentrieren sollen? Deine Tochter. Als du ihn kennengelernt hast, war er vor einem Date geflüchtet. Wie konntest du so naiv sein und glauben, er würde dich anders behandeln?*

Sie straffte die Schultern und hob trotzig das Kinn, aber das half nicht gegen die tiefe Traurigkeit in ihr. Obwohl sie ihn erst seit Kurzem kannte und versuchte, sich selbst eines Besseren zu belehren, konnte sie nicht leugnen, dass sie ihn mochte. Sehr sogar.

Sie nahm all ihre Kraft zusammen, bevor sie an Deans Tür klingelte. Angel wusste von alldem nichts, und Dean gegenüber konnte sie die Einzelheiten ein wenig beschönigen, so wie sie es in ihrer Jugend schon getan hatte, wenn sie in Schwierigkeiten steckte. Sie würde Oliver Drummond komplett ausblenden und sich nur noch auf ihre Suche nach Michel und auf die Organisation der Wohltätigkeitsveranstaltung konzentrieren. Sie hatte ihre Prioritäten für eine Weile aus den Augen verloren, aber das würde ihr nie wieder passieren.

»Hallo«, begrüßte Dean sie. Im Hintergrund erklang Hundegebell, also waren Vernon und Randy auch hier. Na großartig! Jetzt würde sie von allen zusammen in die Zange genommen und über die letzte Nacht ausgequetscht werden.

Um den fröhlichen Tonfall, in dem sie antwortete, hätte sie jeder Synchronsprecher beneidet. »Hallo, großer Bruder! Hier bin ich wieder! Und ich habe gerade an der Straßenecke ein paar reduzierte Christbäume entdeckt. Sollten wir uns nicht allmählich einen holen?«

Carly's Coffee House, Downtown Manhattan

Vor ein paar Minuten hatte Daniel Pearson Oliver das Kuvert gegeben, und die Bilder begannen bereits vor seinen Augen zu verschwimmen. Er starrte auf die Fotos und konnte kaum glauben, was er sah. Das konnte doch nicht wahr sein. Es war zu ungeheuerlich, schlimmer als alles, was er sich ausgemalt hatte. Er schob die Bilder zurück in den Umschlag und warf ihn auf den Tisch. Mit einem tiefen Seufzen griff er nach seiner Kaffeetasse.

»Ich kann es nicht glauben«, erklärte er.

»Ich habe auch alle Tonaufnahmen dazu. Sie haben es

mir sehr leicht gemacht. Alles spielte sich in seinem Auto ab.«

Oliver schloss die Augen. »Bitte ersparen Sie mir die Einzelheiten.«

»Was soll ich nun tun?«, wollte Daniel wissen.

»Im Moment gar nichts. Um diese Sache muss ich mich persönlich kümmern«, erwiderte Oliver.

»Das soll mir recht sein.« Daniel reichte ihm ein zweites Kuvert. »Die Tondokumente sind auf diesem USB-Stick.«

Oliver schüttelte den Kopf. »Ich bin immer noch fassungslos.«

»Sie hatten bereits einen Verdacht, und nun haben Sie Gewissheit«, meinte Daniel.

»Ja, das stimmt. Ich frage mich nur, wie ich das meiner Mutter beibringen soll.«

»Darum beneide ich Sie nicht.« Daniel nippte an seinem Getränk.

Oliver zögerte einen Moment, denn die nächste Frage beschäftigte ihn mehr, als ihm lieb war. »Konnten Sie etwas über die andere Sache in Erfahrung bringen?«

»Michel De Vos?«

»Ja.«

»Es gibt tatsächlich etwas zu berichten.«

Oliver erschauerte und hatte das Gefühl, dass ihm gleich unangenehmer, kalter Schweiß ausbrechen würde.

»Er änderte vor einigen Jahren seinen Namen und nennt sich nun Michel Arment. Er ist in den vergangenen Jahren viel herumgereist, aber bis heute Abend sollte es mir gelungen sein, seine Kontaktdaten zu haben.«

Oliver nickte. Er hatte fast alle Antworten bekommen, auch wenn das keine Rolle mehr spielte. Er zog sein Telefon aus der Tasche. »Danke, Daniel. Ihr Honorar wird wie immer prompt überwiesen. Und Diskretion ist hier von höchster Wichtigkeit.«

Daniel nickte. »Das versteht sich von selbst.« Er stand auf. »Ich wünsche Ihnen einen schönen Nachmittag«, sagte er und reichte Oliver die Hand.

»Ich Ihnen auch.« Er tippte eine Nummer in sein Telefon. »Hallo, Dean?« Er hoffte, dass er nicht bereits der Feind Nummer 1 im Haushalt der Walkers war. Verdient hätte er es. Immerhin hatte er Dean ein Versprechen gegeben. Er atmete tief durch. Aber jetzt ging es um etwas Geschäftliches. »Dean, hier ist Oliver Drummond. Hätten Sie eine halbe Stunde Zeit für mich?«

KAPITEL VIERUNDVIERZIG

Dean Walkers Apartment, Downtown Manhattan

Hayley hatte Deans Laptop, ihr Telefon, ihr Ideenbuch und den Globe auf die Frühstückstheke gelegt und nützte abwechselnd alle diese Hilfsmittel, um Antworten auf ihre Fragen zu finden.

»Können wir jetzt endlich den Christbaum kaufen?«, fragte Angel, während sie Randy bürstete.

»Vielleicht gehen wir, wenn dein Onkel Dean zurückkommt«, erwiderte Vernon. Er blätterte eine Seite der Zeitung um, in der er las, und klopfte neben sich auf das Sofa. Randy sprang hinauf, und Angel verfolgte ihn mit ihrer Bürste.

Hayley biss auf den Stift in ihrem Mund. Ihre Gedanken schweiften immer wieder ab zu dem Krankenzimmer im St. Patrick's Hospital. Was war da geschehen? Warum war plötzlich alles schiefgelaufen?

Sie schaute wieder auf die Zeichnungen in ihrem Ideenbuch. Der Ballsaal des Crystalline Hotels, eine grobe Skizze davon, wie sie ihn sich vorstellte. Noch hatte sie keine Ahnung, wie sie diese Veranstaltung in so kurzer Zeit organisieren sollte. Sie war bereits auf sämtliche Hürden gestoßen, die einem Eventplaner das Leben schwer machten. Dinge, die sie kaufen wollte, waren nicht auf Lager, der Koch hatte bei allem, was sie vorschlug, Einwände, und anscheinend gab es in New York keine platingrauen Luftballons.

Ihr Telefon klingelte, und sie schaute erwartungsvoll auf das Display. *Unbekannte Nummer*. Hatte sie tatsächlich auf einen Anruf von Oliver gehofft? Nach allem, was sie jetzt über ihn wusste, sehnte sie sich unbewusst immer noch nach einem Zeichen von ihm. Es wurde Zeit, dass sie endlich vernünftig wurde. Sie drückte auf die Empfangstaste, während Randy wütend zu bellen begann.

»Hallo.«

»Hallo. Spreche ich mit Miss Walker?«

Eine ihr unbekannte Stimme.

»Ja. Rufen Sie wegen der Blumen an?«

»Äh, nein, ich …«

»Dann sind Sie von der Beleuchtungsfirma?«

»Nein …«

»Von der Tonfirma?«

»Ich rufe im Auftrag der Fanway Galerie an.«

»Oh.« Hayley warf einen Blick zu Angel hinüber, die sie beobachtete. »Hallo.«

»Ich wollte Ihre Anfrage beantworten. Leider haben wir in unseren Unterlagen niemanden mit dem Namen Michel De Vos gefunden.«

Zum zweiten Mal an diesem Tag wurde ihr schwer ums Herz, aber dieses Mal war es noch schlimmer als vorher. Wieder eine Sackgasse bei ihrer Suche. Michel schien vom Erdboden verschwunden zu sein. Nicht mehr auf diesem Planeten. *Daily Planet*. *Hypnotisierende haselnussbraune Augen*. Sie brauchte ein Glas Sekt. *Bollinger*. Warum gingen ihr pausenlos so quälende Gedanken durch den Kopf?

»Miss Walker?«

»Entschuldigung. Vielen Dank, dass Sie sich die Zeit

genommen haben, mich anzurufen«, sagte Hayley, legte auf und senkte den Kopf. Warum war alles nur so schwierig?

»Wer war das?«, wollte Angel wissen.

Hayley hob rasch den Kopf und wischte sich über die Augen. »Oh, nur eine Frau wegen der Sachen für die Wohltätigkeitsveranstaltung.«

»Welche Sachen?« Angel schien den Hund ganz vergessen zu haben.

»Die …« Sie hatte eine Liste vor sich liegen. Warum brachte sie kein Wort heraus? »Na ja, die … die …«

»Die Tischdekoration?«, warf Vernon ein und legte seine Zeitung zur Seite.

Hayley deutete auf ihn. »Ja! Genau!«

»Vielleicht kann ich dir helfen.« Angel stand auf, und Randy sprang vom Sofa und lief neben ihr her.

»Du hast schon so viel getan, mein Wunderkind.« Hayley schlang den Arm um Angels Schultern und zog sie an sich.

Angel kletterte auf den Hocker neben ihr und warf einen Blick auf die Bildschirme der verschiedenen Geräte. Dann begann sie, laut vorzulesen.

»Oliver Richard Julian Drummond ist der Geschäftsführer des milliardenschweren Technologieunternehmens Drummond Global. Er ist der …«

Hayley klappte rasch den Deckel des Laptops zu, bevor Angel weiterlesen konnte.

»*Michel De Vos, Argentinien. Michel De Vos, Libyen.* Er ist nicht hier, richtig?«, rief Angel, nachdem sie auf das Display von Hayleys Telefon geschaut hatte.

»Ich habe keine Ahnung, wo er ist! Deshalb suche ich ihn ja!« Sie wusste, dass ihre Stimme angespannt klang, aber obwohl sie sich fest vorgenommen hatte, sich nur noch auf die Wohltätigkeitsveranstaltung zu konzentrieren, schweiften ihre Gedanken unwillkürlich immer wieder zu Oliver und Michel ab.

»Die McArthur-Stftung – sie unterstützt Eltern, Betreuer und Leidtragende. Unser Bestreben ist es, das Leben derjenigen zu erleichtern, die noch unter uns weilen, und die Familien zu unterstützen, die einen Verlust zu beklagen haben.«

Hayley drehte den Globe so, dass das Display zu der Marmorverkleidung der Frühstückstheke zeigte.

»Warum hast du den Fiesling gegoogelt?«, erkundigte sich Angel.

Hayley zuckte die Schultern. »Nur, um ein wenig Hintergrundinformation zu bekommen.«

»Ich wünschte, Ben Drummond wäre noch am Leben. Er war bestimmt viel lustiger«, meinte Angel.

»Das ist nicht nett, Fräulein«, schalt Hayley sie.

»Cynthia hat meine Idee gefallen, das Menü aus den Lieblingsessen der verstorbenen Familienmitgliedern zusammenzustellen«, erklärte Angel und stützte den Kopf in die Hände.

»Ach ja?«

»Ja. Sie sagte, Ben hätte besonders gern Shrimps gegessen.« Angel drehte eine Haarsträhne um ihren Zeigefinger. »Und als er in meinem Alter war, mussten sie einige Wochen lang jeden Tag grillen.«

Hayley dachte an den Morgen mit Oliver. Bevor der Krankenwagen eintraf, hatte er offensichtlich große Schmerzen gehabt. Sie hatte ihm in ein T-Shirt und seine Jeans helfen müssen. Er hatte sich von ihr stützen lassen, doch sobald er sich besser gefühlt hatte, hatte er sie eiskalt abserviert. Was war da nur los?

»Kaufen wir jetzt einen Baum?«, fragte Angel noch einmal und klimperte mit den Wimpern.

»Was?«

»Hör zu, Angel. Du lässt jetzt deine Mutter weiterarbeiten, und wir suchen uns den größten Baum aus, der in diese Wohnung passt. Wir führen Randy im Park Gassi, und ich kaufe uns Waffeln bei Bernard's«, schlug Vernon vor.

»Waffeln? Mit Schokolade und Honig und Eiscreme?« Angel drehte sich zu Vernon um.

»Was du willst.«

Hayley warf Vernon einen dankbaren Blick zu und formte mit den Lippen das Wort »Danke«.

Ihr Telefon piepste, und sie schaute rasch auf das Display. Ihre Mutter.

Sie riss die Augen auf, als sie die SMS las. Jedes Wort stach wie Nadeln, die in ein neu entworfenes Kleid gesteckt wurden. Sie hatte geglaubt, der Tag könne nicht mehr schlimmer werden, aber genau das war soeben geschehen.

Ich habe dein Tagebuch entdeckt. Warum versuchst du, diesen Mann zu finden?

Carly's Coffee House, Downtown Manhattan

Dean wurde bleich vor Entsetzen, als er die Neuigkeiten erfuhr, aber er war überraschend höflich. Oliver hatte wegen der Ereignisse im Krankenhaus mit einer gewissen Feindseligkeit gerechnet. Er konnte sich nicht vorstellen, dass Dean sich nicht darüber aufregen würde – auch wenn Oliver sein Boss war –, also nahm er an, dass Hayley ihm nichts davon erzählt hatte. Noch nicht.

Was die andere Sache betraf, war Oliver sich fast sicher gewesen, dass Dean nichts davon wusste, aber er hatte das überprüfen müssen. Er musste sicher sein, dass er ihm vertrauen konnte, um den nächsten Schritt zu gehen.

»Das kann ich nicht glauben.« Dean griff mit zitternden Händen nach seiner Kaffeetasse.

»Das ging mir ebenso, aber es gibt Bilder und Tonaufnahmen.«

Dean räusperte sich. »Was soll ich jetzt tun?«

»Ich möchte, dass Sie mich ins Büro begleiten und dort alles überprüfen. Irgendwo muss es Beweise dafür geben.« Er hielt inne. »Ich will alles über diese Beziehung erfahren. Ich will wissen, wie lange sie schon geht, wie groß das Ausmaß des angerichteten Schadens ist, und wie wir die Lage bereinigen können. So schnell wie möglich, und ohne, dass die Firma dabei Gesichtsverlust erleidet.«

Dean nickte.

»Ich muss Sie bitten, sich in persönliche Konten einzuhacken. Würden Sie das für mich tun?«

»Selbstverständlich. Sie sind der Boss. Und wenn das alles direkt vor meiner Nase abgelaufen sein sollte, habe ich ein persönliches Interesse daran, die Sache wieder in Ordnung zu bringen.«

Oliver lächelte. »Danke, Dean.«

»Kein Problem.« Dean erwiderte das Lächeln. »Hayley hat mir nicht viel verraten, also … Wie war das Date gestern Abend?«

Seine Gefühle drohten aus ihm hervorzusprudeln wie Lava aus einem Vulkan, und er griff rasch nach seiner Kaffeetasse, um sie zu verbergen. Leer. Sein Brustkorb zog sich schmerzhaft zusammen. Das war die Bestätigung, dass sie seinem Bruder nicht erzählt hatte, wie scheußlich er sich benommen hatte. Aber was sollte er darauf antworten? Die Wahrheit? Dass er eine der schönsten Nächte seines Lebens verbracht hatte? Oder die andere Wahrheit? Dass er alles ruiniert hatte, weil er sie beschützen wollte?

Er gab sich alle Mühe, eine heitere Miene aufzusetzen. »Da müssen Sie Hayley schon selbst fragen.«

KAPITEL FÜNFUNDVIERZIG

Christbaummarkt, Nähe Central Park, New York

Die SMS von Rita hatte das Fass zum Überlaufen gebracht. Plötzlich wurde es ihr in der Wohnung zu eng. Die Worte und Sätze auf den Geräten vor Hayley verschwammen ihr vor den Augen. Sie brauchte Luft, musste raus. Aber anscheinend schienen sich sämtliche Bewohner der Stadt auf den Weg gemacht zu haben, um Weihnachtsdekorationen zu kaufen. Neben dem Christbaummarkt blieb sie stehen und ließ den Blick über den Central Park schweifen. Vor den Toren warteten Pferdekutschen darauf, Pärchen und Familien bei einer romantischen Fahrt die Sehenswürdigkeiten der Stadt zu zeigen. Ein Stück davor standen weniger romantisch anmutende, oben offene Doppeldeckerbusse mit dem gleichen Ziel. Bei dem Geruch nach Hot Dogs und Sauerkraut lief ihr das Wasser im Mund zusammen und rief ihr ins Gedächtnis, dass sie den ganzen Tag noch nichts gegessen hatte. Normalerweise verschlug ihr nichts so schnell den Appetit, aber der Tritt in die Magengrube, den Oliver ihr versetzt hatte, war nicht spurlos an ihr vorübergegangen. Der einzige Lichtblick an diesem Tag waren die farblich passenden Vorhänge, die sie zu einem vernünftigen Preis hatte kaufen können.

»Wie wäre es damit, Angel?« Vernon deutete auf eine große, ziemlich buschige Fichte.

Angel rümpfte die Nase. »Nicht groß genug. Du hast versprochen, dass wir den größten kaufen würden.«

»Was hat er versprochen?«, fragte Dean entsetzt.

Vernon lachte und ging weiter an der Reihe der Christbäume entlang.

»Wie läuft es mit der Wohltätigkeitsveranstaltung?« Dean hakte sich bei Hayley unter. Jetzt war es wohl so weit. Gleich würde er sie nach dem Date mit Oliver fragen.

»Ganz gut. Aber ob ich alles rechtzeitig schaffen werde, steht noch in den Sternen. Die Feier muss perfekt werden. Und ich muss mich als professionelle Eventplanerin beweisen. Allerdings rufe ich Cynthia beinahe alle vier Stunden wegen irgendetwas an, und meistens sagt sie kaum etwas dazu.«

Dean lachte. »So ist das in New York. Hier dauert es eine Weile, bis die Leute auftauen.«

»Hmm.« Hayleys Gedanken schweiften sofort wieder zu Oliver.

»Und was ist mit Michel? Konntest du etwas herausfinden?« Dean senkte seine Stimme, und Hayley warf rasch einen Blick zu Angel hinüber, die Randy auf dem Arm hielt.

Sie schüttelte den Kopf und fuhr sich mit den Händen durch das Haar, als ob sie bei der Erwähnung seines Namens mit einer Kopfschmerzattacke rechnete. »Ich weiß nicht, wie ich weiter vorgehen soll, Dean. Das Einzige, was ich noch machen könnte, ist ein Aufruf im Radio oder im Fernsehen, so wie bei *Annie*. So wie ich mein Glück kenne, wäre das auch nicht von Erfolg gekrönt.«

»Und Oliver könnte dann die Rolle von Daddy Warbucks spielen«, meinte Dean.

»Das ist nicht witzig.« Sie hätte sich beinahe die Haare gerauft, als ihr Bruder Oliver erwähnte. Und ihm dann auch noch die Rolle des Stiefvaters zudachte. Das würde niemals geschehen. Und es zeigte ihr wieder, dass sie sich von Dates in der Vergangenheit distanzieren sollte.

Sie lenkte die Unterhaltung zurück auf Michel. »Wie kann ein Mann einfach verschwinden? Allmählich komme ich zu der Schlussfolgerung, dass Michel mir einen falschen Namen gegeben hat. Schließlich haben wir das alle schon einmal gemacht.«

»Ach ja?«

»Ich habe Männern schon weisgemacht, dass ich Terri hieße und Testwagenfahrerin bei Vauxhall sei.«

»Nein, das glaube ich nicht!«

Hayley seufzte laut. »Was soll ich nur machen, wenn ich ihn nicht finde, Dean? Ich habe es Angel versprochen, und ich nehme mein Versprechen ernst. Aber was soll ich tun, wenn ich es nicht halten kann?«

Dean legte ihr den Arm um die Schultern. »Sie hat es neun Jahre ohne ihn ausgehalten. Du tust alles, was in deiner Macht steht. Mehr geht nicht.«

»Sie mag ein intelligentes Mädchen sein, aber sie ist erst neun, und das wird sie nicht akzeptieren.«

»Tja, dann …«, begann Dean. »Dann gibt es nur noch eine Sache, die mir dazu einfällt.«

»Ich bin für alles offen. Solange ich nicht zu Oprah in die Sendung muss.«

»Es würde einiges kosten, aber du könntest einen Privatdetektiv engagieren.«

»Machst du Witze? Das tut man in New York?« Hayley schüttelte den Kopf. »Ich habe gedacht, du würdest mir jetzt vorschlagen, Microfiche-Aufnahmen in der Bücherei zu durchforsten.«

»Gibt es so etwas überhaupt noch?«

»Das ist er!«, rief Angel, streckte den Arm aus und griff nach einem Baum, der mit dem Exemplar in der Lobby von Drummond Global konkurrieren konnte. »Er heißt Bruce!«

»Heiliger Bimbam«, stieß Hayley hervor. »Bruce, die Fichte.«

Dean drückte ihren Arm. »Wenn du einen Privatdetektiv anheuern willst, bin ich dir mit der Bezahlung gern behilflich.«

»Das kann ich nicht annehmen. Ich …«

»Du bittest mich ja nicht darum – ich biete es dir an.« Er ließ ihren Arm los. »Überleg es dir.«

Hayley beobachtete Angel, die um den Baum herumtanzte, als wäre er ein Totempfahl und sie Hiawatha. Seufzend wandte sie sich wieder Dean zu. »Also, wie war dein Tag?«

»Mein Tag?« Dean seufzte ebenfalls. »Wenn ich dir davon erzählte, würde man mich feuern. Und ich glaubte beinahe, dass es schon so weit wäre, als ich heute Oliver nach eurem Date gefragt habe.«

Sie war doch noch nicht aus dem Schneider. Dean wollte unbedingt etwas darüber hören, und ihr fiel kein anderes Thema mehr ein. Ihre Mutter war die einzige Lösung. Hayleys Wangen röteten sich, und sie drehte das Gesicht rasch zur Seite. Eigentlich wollte sie nicht darüber reden. Der Schmerz und die Scham waren noch zu frisch.

»Nun, das scheint alles einfacher zu bewältigen zu sein, als eine SMS von Mum zu erhalten, in der sie mir mitteilt, dass sie mein zehn Jahre altes Tagebuch gefunden hat.« Das würde ihn sicher ablenken.

»Oh, mein Gott.« Dean hob die behandschuhten Hände vors Gesicht.

Falls Rita mit dem Jahr 2015 begonnen hatte und sich

nun zehn Jahre rückwärts durch das Tagebuch arbeitete, war Hayleys Suche nach Michel noch lange nicht das Schlimmste. Und obwohl alles der Wahrheit entsprach und genau ausdrückte, was sie zum Zeitpunkt der jeweiligen Einträge empfunden hatte, plagte sie ein enormes Schuldgefühl bei dem Gedanken daran, dass ihre Mum jetzt, kurz vor Weihnachten, allein all diese verletzenden Kommentare und Spötteleien las. Sie überlegte, ob sie ihr antworten oder sie anrufen und sie bitten sollte, das Tagebuch nicht weiterzulesen, aber sie wusste, das würde nichts nützen. Ihre Mutter hatte das Buch bereits geöffnet, und damit auch die Büchse der Pandora.

KAPITEL SECHSUNDVIERZIG

Dean Walkers Apartment, Downtown Manhattan

Angel wirbelte um den soeben aufgestellten Christbaum herum, als würde sie an einem Tanzwettbewerb teilnehmen. Sie streckte ihre Arme weit nach oben, um Girlanden und Lametta in Gold, Silber, Blau und Rot aufzuhängen, und bückte sich dann, um die weit ausgestreckten Zweige mit einer Christbaumkugel nach der anderen zu schmücken.

Mac Sullivan von der Wohnung nebenan hatte ein Stück vom Stamm absägen müssen, damit sie den Baum in das Gebäude schleifen konnten. Angels Gesicht hatte Bände gesprochen, und sie hatte besorgt ihre Kommentare dazu abgegeben. *Ihr dürft Bruce nicht wehtun. Das sind mehr als dreißig Zentimeter. Nicht die Zweige knicken.* Hayley beobachtete lächelnd, wie Angel Randy den Kopf tätschelte und sich dann noch mehr Dekorationsschmuck von Dean geben ließ.

Solange ihre Tochter abgelenkt war, dachte sie nicht an Michel, aber Hayley war bewusst, dass sie, je näher Weihnachten rückte, wieder mit Fragen bombardiert werden würde. *Warum hast du ihn noch nicht gefunden? Du hast es versprochen.* Also nahm sie ihr Telefon zur Hand und wählte die Nummer des nächsten Museums auf ihrer Liste.

Die Gegensprechanlage summte, und Dean stand vom Boden auf, um an die Tür zu gehen. »Können wir die Farben ein bisschen aufeinander abstimmen?«

»Dean, das ist ein Christbaum«, erwiderte Vernon. »Kein Kunstwerk.«

Dean drückte auf den Knopf der Gegensprechanlage. »Hallo?«

Er zog die Augenbrauen hoch, als er sah, wie Vernon Angel eine kitschige, grell bemalte Engelsfigur reichte.

»Hallo, Dean, hier ist Oliver«, meldete sich eine Stimme über die Sprechanlage.

Hayleys Magen schien nach unten zu sacken wie der Aufzug an der U-Bahn-Haltestelle Waterloo, als sie die Stimme des Mannes hörte, der ihre erogenen Zonen in Aufruhr versetzte, seit sie ihn zum ersten Mal gesehen hatte. Rasch rief sie sich ins Gedächtnis, dass diese Stimme ihr heute Morgen den Laufpass gegeben hatte.

»Gibt es noch ein Problem?«, fragte Dean beunruhigt.

»Nein, alles in Ordnung. Ich bin gerade auf dem Weg, die Neuigkeiten weiterzuleiten.«

Irgendetwas Geschäftliches ging vor sich, von dem sie nichts wusste. Natürlich war sie nicht eingeweiht – schließlich war sie wieder einmal nur ein One-Night-Stand.

»Ist Hayley da?«

Jetzt zischte ihr Magen durch die U-Bahn-Tunnel, ohne auch nur einmal anzuhalten. Was wollte er von ihr? Hatte er ihr nicht schon alles gesagt?

Dean warf ihr einen Blick zu und wartete offensichtlich auf eine Reaktion von ihr. Hayley wusste, was er sich jetzt dachte. Sie hatte ihm zwar nichts von ihrer Verabredung erzählt, aber die Tatsache, dass sie nicht davon geschwärmt oder über einige witzige Einzelheiten berichtet hatte, sprachen für sich. Eigentlich sollte sie jetzt den Kopf schütteln und mit einer abwehrenden Handbewegung deutlich machen, dass sie Oliver nicht sehen wollte.

»Äh …« Dean zögerte und ließ einige Sekunden verstreichen.

»Es dauert nicht lange, versprochen«, meldete sich Oliver wieder.

Ha, sein Versprechen bedeutete im Augenblick recht wenig. Die Reaktion ihres Körpers auf seine Stimme stand allerdings ihrer Vernunft im Weg. Und das, obwohl sie sich fest vorgenommen hatte, nie wieder die Deckung fallen zu lassen. Bei niemandem.

»Hayley ist hier. Sie kommt gleich herunter«, sagte Dean schließlich.

Hayley warf ihm einen bösen Blick zu. Warum hatte er das getan? Hatte er ihr nicht angesehen, dass sie nicht mit Oliver reden wollte? Jetzt hatte Dean ihr die Entscheidung aus der Hand genommen, und sie konnte nichts dagegen tun. Sie musste nach unten gehen und sich anhören, was Oliver zu sagen hatte. Und am schlimmsten daran war dieses unwillkommene Flattern in ihrem Bauch. *Verlangen.* Sie hasste sich dafür.

Rasch glitt sie von dem Barhocker. Sie würde das schon schaffen; sie würde hinuntergehen, ihn reden lassen und die Sache so schnell wie möglich hinter sich bringen. Wie bei einem Gespräch mit einem Wahlkämpfer an der Haustür.

»Was läuft denn zwischen euch beiden ab?«, wollte Dean wissen.

Sie seufzte. »Ich spare mir die Antwort darauf und frage dich im Gegenzug nicht danach, was bei Drummond Global los ist.«

Deans Mund klappte so schnell zu wie die Zugbrücke einer Burg bei einem drohenden Angriff, und Hayley marschierte zur Tür.

Oliver wollte nur seine Neuigkeit loswerden und sonst nichts. Als sie heute Morgen gegangen war, war er fest entschlossen gewesen, sie nie wiederzusehen. Es war ihm sehr schwergefallen hierherzukommen, aber es blieb ihm nichts anderes übrig. Er stieß einen tiefen Seufzer aus, während er wartete. Er würde ihr nicht in die Augen schauen oder den Blick auf ihre Lippen oder ihr Kinn richten, das sie sicher gleich trotzig vorstrecken würde. Er hatte sie verletzt. Zu einer Zeit, die ohnehin schwierig für sie war. Sie befand sich in einem fremden Land und suchte nach dem Vater ihrer Tochter, und er hatte sie so mies behandelt. Er atmete tief durch; die Kälte drang allmählich durch seinen Wollmantel bis in die Knochen. Und er musste sie weiterhin schlecht behandeln, das war der einzige Ausweg.

Die Tür öffnete sich quietschend, und im Licht des Flurs zeichnete sich ihre Silhouette ab. Ihm wurde flau im Magen, und seine Knie waren plötzlich weich wie Gummi.

»Hi«, brachte er endlich hervor. Er räusperte sich und versuchte, sich auf seine Aufgabe zu konzentrieren.

»Was willst du hier?«

Das war die unverhohlene Frage, die er von ihr nach diesem Nachmittag im Krankenhaus erwartet hatte. Er streckte ihr eine Tüte entgegen.

Hayley schüttelte den Kopf. »Was ist das? Ein Geschenk von Tiffany's, um meine Zuneigung zurückzugewinnen?«

Er räusperte sich noch einmal. »Das sind die Schleife und das Mäntelchen für Randy.«

Ihre Miene wurde weicher, und sie nahm die Tüte entgegen.

»Oh ... danke.«

Sie sah ihm direkt in die Augen, und er fuhr rasch fort. Jetzt durfte er keine Zeit verlieren.

»Ich wollte dir diese Sachen vorbeibringen … und dir auch das geben.« Er reichte ihr den braunen Umschlag, den er sich auf dem Weg hierher unter den Arm geklemmt hatte. Das Kuvert hatte sich wie eine Zeitbombe angefühlt, denn trotz seiner ehrenwerten Absichten befand er sich in einem Zwiespalt. Ein Teil von ihm hätte diese Unterlagen am liebsten in kleine Fetzen zerrissen und ihr nie etwas davon gesagt. Aber der andere, weniger selbstsüchtige Teil, der Oliver, der er eigentlich sein wollte, hatte die Überhand gewonnen.

Hayley nahm den Umschlag entgegen, ohne einen Blick darauf zu werfen, und schaute ihm weiter in die Augen, als versuche sie, darin zu lesen, was sich in dem Kuvert befand.

Zwang sie ihn jetzt tatsächlich dazu, es auszusprechen? Er blinzelte und unterbrach kurz den Augenkontakt. Nun, eigentlich spielte es keine Rolle. Er sollte es als Geschäftsabschluss betrachten. Wünsche zu erfüllen, gehörte schließlich zu seinen Aufgaben.

»Ich habe Michel gefunden«, erklärte er.

Hayley griff auf der obersten Steinstufe nach dem Geländer und zog die Hand schnell wieder zurück, als sie das eiskalte Metall berührte.

»Ich meine damit, jemand der … für mich arbeitet, hat ihn gefunden«, fügte Oliver hinzu. »Jemand, der mir öfter in schwierigen Situationen hilft. Ich habe ihn gebeten, Michel zu suchen, und hier sind seine neuesten Kontaktdaten.« Er hielt kurz inne. »Eine Adresse in New York und … eine Telefonnummer.«

Sie schaute ungläubig auf das Kuvert in ihrer Hand. War dort drin die Antwort auf die Frage, die Angel so sehr beschäftigte? Nachdem sie monatelang an allen nur erdenklichen Orten gesucht hatte – in jedem Adressverzeichnis und im Internet mit verschiedenen Suchmaschinen –, erschien ihr das zu schön, um wahr zu sein. Und ausgerechnet der Mann, der ihr ein paar Stunden zuvor das Herz gebrochen hatte, brachte ihr das direkt an die Tür. Sie strich mit der Hand über den Umschlag. War das ein Trick? Mit einer ruckartigen Bewegung hob sie den Kopf und schaute Oliver prüfend an.

»Ist das wirklich wahr?« Sie kniff die Augen zusammen. »Dort oben sitzt ein kleines Mädchen, dem ich ein Versprechen gegeben habe, und wenn ich ihr damit nur falsche Hoffnungen mache, dann …«

»Meine Quelle hat die Ortsangabe bestätigt.«

»Kannst du bitte aufhören, wie ein Agent zu reden?«

»Er hat mit den Nachbarn gesprochen, und er hat ihn gesehen.« Oliver seufzte. »Es handelt sich um eine Adresse in Brooklyn.«

Hayley schüttelte den Kopf. Wie konnte das möglich sein? Es war ihr nicht gelungen, ihn aufzuspüren, obwohl er ganz in ihrer Nähe war? Ihre Gefühle überwältigten sie, und sie konnte es nicht verhindern, dass ihr Tränen in die Augen traten. Hoffnung. Freude. *Furcht*.

Die salzigen Spuren ihrer Tränen bildeten Kristalle auf ihren Wangen, während sie beobachtete, wie Oliver die Hände in die Manteltaschen steckte und seine Kinnmuskeln anspannte.

»Danke«, flüsterte sie.

Er nickte. »Man sagt mir nach, dass es mir gelingt, Frauen ihre Wünsche zu erfüllen. Warum sollte das in diesem Fall anders sein?«

Er biss sich auf die Unterlippe, als überlege er, was er als Nächstes sagen sollte. Warum hatte er das getan? Hatte er seinen Entschluss und sein Verhalten im Krankenhaus bereut? Bei dem Gedanken daran bekam sie weiche Knie.

»Hör zu«, begann er. »Ich wollte dir noch sagen … Was die McArthur-Wohltätigkeitsveranstaltung betrifft …« Er fuhr sich mit der Zunge über die Lippen. »Das ist eine wichtige Sache, und ganz gleich, wie ich darüber denke … und auch, wenn das nicht mein Fall ist …« Er hielt inne, als wisse er nicht mehr, was er eigentlich hatte sagen wollen. »Du wirst daraus sicher eine tolle Veranstaltung machen.«

Jetzt musste sie etwas sagen. Er war hierhergekommen und hatte Angel ihren Wunsch erfüllt. In seinen haselnussbraunen Augen lag ein bewegter Ausdruck, und diese frechen Lippen, die sie so leidenschaftlich geküsst hatte, sahen köstlicher und verführerischer aus als eine offene Schachtel Pralinen. Was würde er wohl tun, wenn sie einen Schritt auf ihn zuging? Sie schob einen Fuß durch den feinen Schnee.

Er wich zurück, und ihr Mut sank. Das war der Abschied.

»Tja, ich muss los … viel zu tun.« Oliver schenkte ihr ein Lächeln. »Leb wohl, Lois.«

Ihr schnürte sich die Kehle zusammen. Ihr Herz und ihr Verlangen sagten ihr, dass sie ihn aufhalten musste. Auf dem Gehsteig drehte er sich noch einmal zu ihr um und winkte, bevor er die Tür der wartenden Limousine öffnete und sich auf den Rücksitz schob. Sie schaute seufzend den Wölkchen nach, die ihr Atem in der eisigen Luft bildete und flüsterte in die Nacht hinein: »Leb wohl, Superman.«

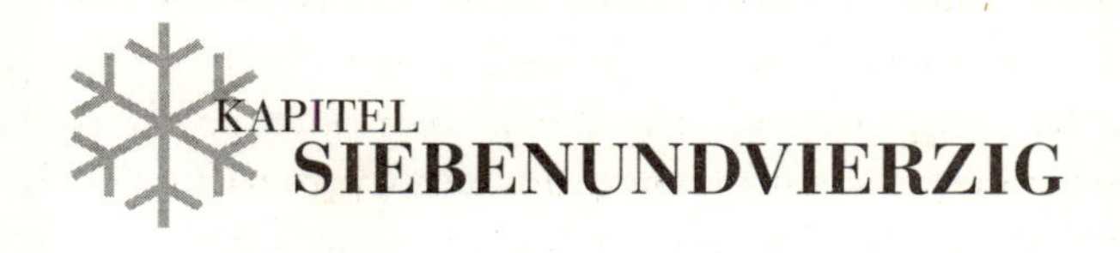

KAPITEL SIEBENUNDVIERZIG

Mancinis Restaurant, Tenth Avenue, Manhattan

Oliver hatte sich eine Sitzecke im hinteren Teil des Restaurants ausgesucht. Er bestellte einen Scotch und eine Karaffe Wasser und verbrachte mindestens fünf Minuten damit, alle Gegenstände auf dem Tisch zurechtzurücken. Wie sollte er damit fertigwerden? Die Bilder hatten sich in sein Gedächtnis eingebrannt, aber noch schlimmer war der Verrat. Der beste Freund seines Vaters. Seit wann zählte so etwas nichts mehr?

»Oliver.« Die Stimme seiner Mutter riss ihn aus seinen Gedanken. Rasch stand er auf.

Cynthia trug ein eisblaues Shiftkleid, das die Farbe ihrer Augen betonte, und sah wie immer schick und elegant aus. Oliver beugte sich vor und küsste sie auf beide Wangen.

»Du kommst früh«, bemerkte er und richtete seinen Blick auf ihren Begleiter.

Da war er. Andrew Regis, wie immer in einem konservativen Dreiteiler. Sein Schädel glänzte, und auf seinen Wangen zeichneten sich rote Äderchen wie ein Spinnennetz ab. Oliver hatte gedacht, Andrews Verrat gipfelte in der Beziehung zu seiner Mutter und dem Artikel in dem Magazin, in dem er Oliver seine Führungsqualitäten absprach. Weit gefehlt.

»Andrew.« Oliver reichte ihm die Hand, obwohl sich alles in seinem Körper dagegen sträubte.

»Oliver.« Andrews Händedruck war fest und professionell.

Beide Männer warteten, bis Cynthia in der Sitzecke Platz genommen hatte, bevor sie sich setzten. Oliver schenkte seiner Mutter ein Glas Wasser ein und wollte Andrews Glas ebenso füllen.

Andrew legte die Hand auf sein Glas. »Wie wäre es mit einer Flasche Rotwein?«

»Gute Idee.« Cynthia nahm die Speisekarte in die Hand. »Dann machen wir reinen Tisch und fangen noch einmal von vorne an.«

Oliver brachte es nicht über sich, seine Mutter anzulächeln. Wie würde sie es aufnehmen? Ihre erste neue Beziehung seit Richards Tod, und nun das! Das Geschäftliche würde er nicht schönreden. Sie war im Vorstand und hatte ein Recht darauf, die Wahrheit zu erfahren, ebenso wie die anderen Vorstandsmitglieder, denen er noch alles berichten musste. Aber die andere Sache … Er hob die Hand und lockerte seine Krawatte. Wie er ihr das beibringen sollte, wusste er nicht. Er zwang sich zu einem Lächeln. »Einverstanden.«

Cynthia hatte es hervorragend verstanden, die Konversation in Gang zu halten, bis die Vorspeise serviert wurde. Jetzt drehte sich Oliver bei jedem Bissen von den mit Pilzen gefüllten Ravioli beinahe der Magen um. Er sollte nicht mit diesem widerwärtigen Lügner an einem Tisch sitzen – er sollte ihn auf die Straße hinausschleifen und ihm eine ordentliche Tracht Prügel verabreichen.

»Nur noch eine Woche bis Weihnachten, und nun soll es einen Wetterumschwung geben«, sagte Cynthia. »Ich hoffe, die Vorhersagen sind falsch. Ein bisschen Schnee zu dieser Jahreszeit ist Tradition, aber ein Unwetter, das die ganze Stadt lahmlegt, wünscht sich wirklich niemand.«

Oliver nickte zum wiederholten Male zustimmend. Unter diesen Umständen gelang es ihm einfach nicht, sich mit ein paar Belanglosigkeiten an der Unterhaltung zu beteiligen.

»Ein Schneesturm bringt alles zum Erliegen«, warf Andrew ein. »Keiner kommt zur Arbeit, und nichts wird erledigt.«

Wieder senkte sich Schweigen über den Tisch, und Oliver zwang sich dazu, noch einen Bissen in den Mund zu schieben.

»Nun, wie ich sehe, ist es hier noch frostiger als draußen, also ist es höchste Zeit, dass wir uns aussprechen.« Cynthia warf ihre Serviette auf den Tisch.

Oliver legte seine Gabel auf den Teller, lehnte sich auf der gepolsterten Sitzbank zurück und beobachtete Andrew. Der Mann hob sein Rotweinglas an den Mund – ein Mund, aus dem eine Menge Lügen gekommen waren.

»Ihr habt nichts zu sagen? Gut, dann fange ich an.« Cynthia seufzte. »Oliver, ich muss mich bei dir entschuldigen.«

Er richtete sich auf und zog die Manschetten seines Hemds zurecht.

»Ich hätte dich persönlich über meine Beziehung zu Andrew informieren sollen, und das schon vor Wochen.« Cynthia sah Andrew an und griff nach seiner Hand. Oliver biss bei dieser solidarischen Geste die Zähne zusammen. »Für uns alle ist diese Zeit des Jahres nicht einfach, und daher hielt ich es für besser, es erst im neuen Jahr publik zu machen.« Sie hielt kurz inne. »Aber das war dir gegenüber nicht fair, Andrew.«

Der Kloß in Olivers Kehle fühlte sich so groß an wie ein Grabstein. Er konnte nicht länger hier sitzen und sich das anhören, während Andrew sich vor seinen Augen weitere Lügengeschichten ausdachte.

Andrew tätschelte Cynthias Hand und schaute ihr in die Augen wie ein liebeskranker Welpe. Oliver war kurz davor, die Ravioli wieder von sich zu geben. Jetzt reichte es ihm.

»Ich möchte etwas sagen«, verkündete er. Er räusperte sich und nahm die Akte in die Hand, die er neben sich auf die Sitzbank gelegt hatte. Staub flog in die Luft, als er die Seiten rasch durchblätterte.

»Ich hoffe, es geht darum, dass du den Zusammenschluss der beiden Unternehmen wieder auf den Tisch bringen möchtest«, sagte Cynthia.

Oliver schüttelte den Kopf. »Nein.« Er richtete den Blick auf Andrew. »Aber Andrew wird sicher damit einverstanden sein, denn er wollte diese Fusion von Anfang an nicht.«

Er hielt den Augenkontakt mit dem älteren Mann aufrecht und wartete, ob der Groschen bei diesen Worten bereits fiel.

»Oliver, warum sagst du so etwas?«, erwiderte Cynthia. »Der Artikel in der *Business Voice* war nur ein bisschen Prahlerei. Andrew hat erkannt, dass das falsch war. Er wird einen Widerruf veröffentlichen lassen, sobald ihr wieder über den Zusammenschluss verhandelt.«

»Du hast mir nicht richtig zugehört, Mom.«

»Er hat recht«, warf Andrew ein. »Am Anfang hatte ich Zweifel.«

Oliver horchte auf. Würde Andrew jetzt etwa ein Geständnis ablegen? Damit hatte er nicht gerechnet.

»Ich war mir nicht ganz sicher, Cynthia. Du weißt, Richard und ich hatten immer verschiedene Ansichten über die Führung unserer Geschäfte.« Andrew seufzte. »Das war der Grund, warum wir nie zusammengearbeitet haben. Aber als du dann deine Bedenken über Olivers Fähigkeit, die Firma weiterzuführen, geäußert hast, wusste ich, dass ich mir die Sache noch einmal überlegen musste.«

»Lügner!« Oliver machte sich keine Mühe, seinen Hass zu verbergen. »Das ist nicht wahr!«

»Oliver«, warf seine Mutter flehend ein.

Ihr Gesichtsausdruck machte ihn betroffen. Ihre Besorgnis galt nicht Andrew, sondern ihm und seiner Fähigkeit, Drummond Global zu leiten. Das lief in eine völlig falsche Richtung. Er konnte das Unvermeidliche nicht länger hinauszögern.

»Sag bitte nichts mehr, Mom.«

»Oliver, ich weiß, wie schwer das letzte Jahr für dich war, und du hast jegliche Unterstützung des Vorstands kategorisch abgelehnt. Ich wusste einfach nicht, was ich sonst hätte tun sollen«, fuhr Cynthia fort.

»Wenn du oder der Vorstand ein Problem mit mir hattet, hättet ihr mir das sagen sollen«, entgegnete Oliver.

»Du hast mich immer abgewimmelt.«

»Das stimmt nicht.« Oliver schüttelte den Kopf.

In Cynthias Augen bildeten sich Tränen. »Ich habe versucht, dich zu beschützen, in der Hoffnung, dass du deinen Weg finden würdest. Ich weiß, dass es nicht dein Traum war, dieses Geschäft zu führen, aber es ist das Vermächtnis deines Vaters und deines Bruders Ben. Und das sollte dir doch etwas bedeuten.«

Das fühlte sich an, als würde seine Mutter mit ihren Pumps auf seinem Brustkorb herumtrampeln. War das tatsächlich ihr Eindruck? Glaubte sie, er würde sich nichts aus der Firma machen, nur weil es nicht sein Wunsch gewesen war, sie zu übernehmen? Vor dem Globe waren sein Vater und Ben der einzige Grund gewesen, warum er sich in der Firma engagiert hatte.

»Der Zusammenschluss der beiden Unternehmen sollte dir helfen, Oliver, nicht mir.« Andrew setzte eine fromme Miene auf.

Oliver kniff die Lippen zusammen. »Schwachsinn.«

»Oliver!«, rief Cynthia.

Er schlug den Aktenordner auf und schob ihn an dem Wasserkrug vorbei in die Mitte des Tisches.

»Die Fusion war eine Ablenkung, sonst nichts. Andrew wollte sie nie verwirklichen. Meine Ablehnung hat ihn nur deshalb beunruhigt, weil er befürchtete, nicht mehr genügend Zeit für die Verwirklichung seines eigentlichen Plans zu haben, den Plan, an dem er seit dem Tod meines Vaters arbeitet.« Oliver starrte Andrew feindselig an. »Wenn ich die Fusion nicht abgeblasen hätte, hätten Sie es selbst getan, denn das war alles nur ein abgekartetes Spiel.«

»Was?« Cynthia schaute Andrew an.

»Und das bezieht sich auch auf die Beziehung zu meiner Mutter«, fügte Oliver hinzu.

Er biss die Zähne zusammen und versuchte, ruhig zu bleiben, aber er war kurz davor, sich über den Tisch zu beugen und diesen erbärmlichen Kerl am Genick zu packen.

»Ich habe keine Ahnung, wovon Sie reden.« Andrew warf seine Serviette auf den Tisch.

Er wirkte verunsichert. Seine Wangen röteten sich, und auf seiner Stirn bildeten sich Schweißperlen. Anscheinend begriff er allmählich, was ihm bevorstand. Wenn sein Schwindel jetzt aufflog, würde er auf die Knie fallen und um Gnade winseln.

Oliver fand die entscheidende Seite in der Akte auf dem Tisch. »Mom, das Fusionsvorhaben war lediglich ein Manöver, um uns beide abzulenken. Du warst mit deiner Liebesaffäre beschäftigt, und ich vertiefte mich in die Vertragsklauseln, die aber gar keine Rolle spielten, während Andrew einen meiner Angestellten dazu benutzt hat, ihm geheime Informationen zu beschaffen.«

Er beobachtete Cynthias Reaktion und sah, wie sie ihre Hand zurückzog. »Wovon spricht er, Andrew?«

»Ich habe keine Ahnung, aber ich werde nicht länger hier sitzenbleiben und mir solche absurden Anschuldigungen anhören.« Andrew stand auf. »Eigentlich wollte ich heute Abend nicht kommen, aber Ihre Mutter hat darauf bestanden.« Er atmete tief ein. »Und da wir uns in dieser Jahreszeit befinden, wo sich alles um Versöhnung, Frieden und Wohlwollen allen Menschen gegenüber und solches Gewäsch dreht, war ich der Meinung, ich sollte Ihnen eine Chance geben, sich zu entschuldigen …«

»Es gibt nichts, wofür ich mich entschuldigen müsste«, betonte Oliver. »Sie hingegen …« Er starrte Andrew mit zusammengekniffenen Augen an. »Ich habe Peter Lamonts E-Mails gelesen. Er mag zwar einiges gelöscht und den Verlauf bereinigt haben, aber ich habe alle Beweise gefunden, die ich brauche.«

»Zeig mir die Unterlagen«, forderte Cynthia. »Andrew, setz dich.« Ihr Ton war scharf.

»Das ist doch absurd«, protestierte Andrew, ließ sich aber wieder auf die Sitzbank sinken.

Oliver warf seiner Mutter einen Blick zu. »Mom, du solltest diese E-Mails nicht lesen.«

»Warum nicht? Wenn er mich betrogen hat, möchte ich das mit eigenen Augen sehen.«

Oliver zog den Aktenordner wieder zu sich herüber. »Du musst nur wissen, dass Peter Lamont ihm alle Details über den Globe weitergereicht hat, damit Andrew sein eigenes Tablet vor uns auf den Markt bringen kann. Ähnliche Bauweise, leicht abgeändert, aber im Grunde genommen eine Kopie von einem Gerät, an dem meine Techniker ein Jahr lang gearbeitet haben.«

Andrews Gesicht war mittlerweile so dunkelrot, dass er jeden Moment zu explodieren drohte. Cynthia zog die Akte wieder zu sich heran und überflog den Text.

»Mehr habe ich dazu nicht zu sagen«, begann Andrew. »Das ist alles ein großes Missverständnis. Wir wollten uns zu einem Unternehmen zusammenschließen. Peter Lamont hat nur vorbereitet, was in ein paar Wochen ablaufen sollte – eine Fusion, bei der zwei Firmen sich verbinden und ihre Pläne einander angleichen.«

»Weder Peter Lamont noch Sie konnten darüber entscheiden. Und es ist zu spät – ich weiß *alles*.« Er betonte das letzte Wort, um keinen Zweifel daran zu lassen.

Seine Mutter las immer noch die E-Mails. Wenn sie einige Seiten weiterblätterte, würde sie auf die Fotos stoßen. Oliver wollte nicht, dass sie sie sah. Rasch griff er nach dem Aktenordner und zog ihn wieder zu sich heran.

»Mom, du hast genug gesehen.«

Er warf Andrew von der Seite einen Blick zu. Zumindest wirkte der Kerl jetzt peinlich berührt und schien sich in seiner Haut nicht sehr wohl zu fühlen.

»Welche Beziehung auch immer du mit diesem Mann zu haben glaubtest – sie war nur vorgetäuscht. Bitte glaub mir«, fügte Oliver hinzu.

Cynthia wandte sich Andrew zu und sah ihn eindringlich an, doch Andrew wich ihrem Blick aus.

»Ich will jetzt alles erfahren, Oliver.« Cynthias Stimme

klang zwar entschlossen, aber es lag auch ein klein wenig Angst darin.

Oliver hob sein Glas an die Lippen und trank es in einem Zug aus. Er atmete tief durch, streckte den Arm über den Tisch und griff nach der Hand seiner Mutter. Mit sanftem Druck versuchte er, ihr ein Gefühl der Verbundenheit zu vermitteln.

»Andrew hatte nicht nur geschäftlich mit Peter Lamont zu tun.« Oliver schluckte nervös. »Er schläft mit ihm.«

Andrew sprang so heftig auf, dass sein Weinglas auf den Boden fiel und alle Teller auf dem Tisch wackelten. Cynthia zog ihre Hand zurück und presste sie entsetzt auf den Mund.

»So etwas Lächerliches habe ich in meinem ganzen Leben noch nicht gehört. Sie sollten leiser sprechen, denn eine solche Anschuldigung kann sehr gefährlich sein.« Andrew deutete mit dem Finger auf Oliver.

Cynthia begann zu weinen. Sie drehte sich zur Wand und versteckte ihr Gesicht hinter einer Serviette. Oliver wollte ihr helfen, aber er wusste nicht, was er für sie tun konnte, außer Andrew hinauszubefördern – so schnell wie möglich und ohne großes Aufsehen zu erregen.

»Leider musste ich mir einiges anhören ... Die Tondokumente, die mir vorliegen, verraten mehr, als ich jemals wissen wollte.«

Cynthia schluchzte, und Oliver stand auf.

»Wenn Sie die Produktion des gestohlenen Produkts nicht sofort stoppen, werde ich diese Sache morgen publik machen. Sie werden einen Widerruf zu dem Artikel schreiben, mit dem Sie mich und meine Firma in Verruf gebracht haben, und Sie werden erklären, dass Sie sich stressbedingt in einer nervlichen Krise befinden und die Fusion deshalb nicht zustande kommt. Es ist mir gleichgültig, wie Sie sich aus dieser Sache herauswinden, aber Sie werden weder mich noch meine Mutter oder Drummond Globe verleumden. Tun Sie es doch, werde ich meiner PR-Beauftragten einen Memorystick übergeben, und dann sind Sie geliefert, das schwöre ich Ihnen!«

Oliver zitterte am ganzen Körper vor Zorn. Dieser Mann widerte ihn an. Wenn sein Vater jetzt sehen könnte, wie sein bester Freund log und betrog, Cynthia zutiefst verletzte und den Namen Drummond in den Schmutz zog, würde er sicher nicht mehr an sich halten können und auf Andrew losgehen.

»Gehen Sie!«, befahl Oliver. »Verschwinden Sie aus diesem Restaurant und aus unserem Leben. Ich will Ihre Visage nie wieder sehen!«

Er blieb stehen, als Andrew Cynthia anschaute. Der Mann öffnete den Mund, um etwas zu ihr zu sagen, doch dann besann er sich anscheinend eines Besseren und wandte sich zum Gehen. Oliver beobachtete, wie er seinen Mantel von dem Haken an der Wand nahm und zur Tür ging.

»Er ist weg«, flüsterte Oliver kaum hörbar.

»Oh, Oliver.« Cynthia ließ ihren Tränen freien Lauf.

»Ganz ruhig, Mom.« Oliver setzte sich und griff wieder nach der Hand seiner Mutter.

»Ich hatte keine Ahnung davon. Das musst du mir glauben. Als er diesen Artikel veröffentlichen ließ, war ich wütend, und ich …«, begann Cynthia.

»Scht, schon gut, ich weiß. Er hat uns alle getäuscht.«

Oliver drückte ihre Hand und schluckte die bittere Galle hinunter, die ihm in die Kehle gestiegen war. Das passierte, wenn man jemandem vertraute und sich dadurch ablenken ließ. Diesen Fehler würde er nie wieder machen.

KAPITEL ACHTUNDVIERZIG

Crystalline Hotel, Manhattan

Hayley hatte kaum geschlafen und hielt ihren Organismus mit stark gesüßtem Milchkaffee, den eine Bedienung ihr stündlich brachte, einigermaßen am Laufen. Auf Zehenspitzen legte sie ein Maßband ans Fenster.

»Ich helfe dir!« Angel sprang vom Stuhl auf und klappte ihr Lexikon zu.

»Schon gut«, wehrte Hayley ab und streckte sich noch weiter nach oben.

»Warte.« Angel zog einen Stuhl quer über den Parkettboden und verursachte ein Geräusch, das Hayleys ohnehin schon strapazierte Nerven beinahe zum Zerreißen brachten.

»Lass das, Angel, du zerkratzt den wertvollen Boden.« Sie ließ den Blick über die Holzdielen gleiten. Eine etwa dreißig Zentimeter lange Schramme stach hervor wie Rudolph in einem Rentierrudel.

Hayley fuhr sich mit den Händen durchs Haar und hätte beinahe einen lauten Schrei ausgestoßen. Das fehlte ihr gerade noch. Die Lieferung ihrer bestellten Waren war noch nicht eingetroffen, und nun ruinierte ihre Tochter den Veranstaltungsort. Konnte sie es wagen, Rebecca Rogers-Smythe anzurufen und sie zu fragen, wie man am besten einen Kratzer auf einem alten Parkett entfernte?

»Es tut mir leid, Mum.« Angel schaute von der Kratzspur auf dem Boden zu Hayley und wieder zurück.

Das war alles Olivers Schuld. Sie schüttelte den Kopf. Nein, das war nicht fair, Oliver konnte nichts dafür. Was er für sie getan hatte, war sehr aufmerksam und unglaublich nett, aber der Inhalt des braunen Kuverts hatte sie die ganze Nacht wachgehalten. Nachdem Oliver gegangen war, hatte Hayley sich ins Badezimmer verzogen und auf den Umschlag gestarrt. Während Gekreische und Gelächter aus dem Wohnzimmer an ihr Ohr drangen und sie befürchtete, dass Randy gerade versuchte, den Christbaum umzuwerfen, riss sie das Kuvert auf und zog den Inhalt heraus.

Es waren nur drei Blätter im DIN-A4-Format. Auf einer Seite befanden sich die Kontaktdaten von einem Michel Arment. Das zweite Blatt war eine Kopie eines Führerscheins. Und auf der dritten Seite war ein Foto zu sehen. Hayley musste nur einen Blick darauf werfen – es gab keinen Zweifel daran, dass es sich um den Mann handelte, mit dem sie eine Nacht verbracht hatte. Angels Vater.

»Schon gut.« Sie legte den Arm um Angels Schultern und zog sie an sich. »Ich bin nur schlecht gelaunt, weil die Frau mit den Orchideen noch nicht aufgetaucht ist.« Sie strich Angel übers Haar. Sollte sie es ihrer Tochter jetzt sagen? Oder lieber zuerst Michel anrufen? Im Augenblick hatte sie so viel zu tun, dass sie nicht wusste, was sie als Nächstes in Angriff nehmen sollte.

Angel hob den Kopf und lächelte Hayley an. »Randy sieht in den Sachen, die du für ihn gekauft hast, wirklich süß aus, findest du nicht?«

Hayley grinste. »Der Hund braucht keinen Modeberater mehr. Und ich glaube, Onkel Dean beneidet ihn ein bisschen um die Weste.«

Angel lachte. »Das hat Vernon auch gesagt.«

Hayleys Blick glitt wieder zu der Schramme auf dem Boden. »Was hältst du davon, wenn du versuchst, die Bedienung zu überreden, mir noch einen Milchkaffee zu bringen? Ich versuche in der Zwischenzeit, den Kratzer zu entfernen.«

»Ich könnte in meinem Lexikon nach einem Tipp suchen«, schlug Angel vor.

»Gute Idee.«

Das Haus der Drummonds, Westchester

Oliver öffnete die Augen und sah sich blinzelnd in der unvertrauten Umgebung um, bis ihm der letzte Abend wieder einfiel. Er war zu Hause, in seinem Elternhaus in Westchester. In seinem alten Schlafzimmer. An der Wand hing immer noch ein Poster der New York Giants von 1994. Langsam setzte er sich auf und fuhr sich mit der Hand über die Bartstoppeln am Kinn. Er fühlte sich, als hätte er eine Flasche Scotch getrunken und wäre dann von einem Schneepflug überfahren worden.

Es klopfte leise an der Tür, und er zog die Bettdecke hoch. Das war sicher Sophia mit einer Tasse Kaffee.

»Herein!«, rief er.

Die Tür ging einen Spalt auf, und Cynthia streckte den Kopf herein. »Guten Morgen.«

»Hey, Mom.«

Cynthia betrat das Zimmer. Es überraschte ihn, sie ihn einer Freizeithose und einem Sweatshirt zu sehen. Er konnte sich nicht erinnern, wann sie zum letzten Mal so lässig gekleidet gewesen war. Aber nicht nur ihre Kleidung war anders als sonst – sie wirkte erschöpft. Offensichtlich hatten sie die Ereignisse am Abend zuvor sehr mitgenommen.

»Ich bringe dir Kaffee.« Sie stellte die Tasse auf den Nachttisch. »Den brauchst du jetzt sicher.«

»Danke«, erwiderte er. »Das war ein anstrengender Abend.«

»Ja, da gebe ich dir recht.«

Er nahm die Tasse in die Hand, trank einen Schluck und stellte sie zurück auf den Nachttisch.

»Nun, gestern haben wir uns über Andrew unterhalten.«

»Ja, allerdings.«

»Wie wäre es, wenn wir jetzt über dich reden?«, schlug Cynthia vor.

Oliver richtete sich auf und griff wieder nach der Kaffeetasse. »Du hast es gestern Abend bereits gesagt: Du und der Rest des Vorstands habt kein Vertrauen in meine Führung von Drummond Global.«

»Oliver, so habe ich das nicht gesagt!«

»Ich behaupte gar nicht, dass du damit falschliegst.« Er stellte die Tasse ab. »Ich gebe zu, dass sich in den vergangenen Monaten mein Schwerpunkt verlagert hat.« Er hielt kurz inne. »Und es ging mir gesundheitlich nicht so gut.«

Er wartete auf die Reaktion seiner Mutter. Sie hatte keine Ahnung von dem, was ihm in letzter Zeit widerfahren war. Offensichtlich dachte sie nun über seine Bemerkung nach.

»Erzähl mir alles, Oliver.« Ihr stiegen Tränen in die Augen. »Ich kann dir nicht helfen, wenn du nicht mit mir sprichst.«

Was sollte er ihr sagen? Nach dem schrecklichen letzten Abend wollte er ihr nicht noch mehr aufbürden. Aber war es fair, alles von ihr fernzuhalten? Wenn er jetzt schwieg, bereitete er seiner Mutter wahrscheinlich mehr Sorgen, als wenn er ihr die Wahrheit sagte.

»Ich habe seit einiger Zeit Schmerzen … in der Brust …

und Atemprobleme und … einen viel zu schnellen Puls.« Allein bei dem Gedanken daran befürchtete er, gleich einen nächsten Anfall zu erleiden.

Cynthia schlug die Hände vor den Mund und unterdrückte ein Schluchzen. »Oh, Oliver.«

»Mom, ich befürchte, es ist nur noch eine Frage der Zeit.«

New York Public Library, Bryant Park

Nachdem sie den ganzen Morgen mit der Organisation für die McArthur-Wohltätigkeitsveranstaltung verbracht hatte, nahm Hayley sich den Nachmittag frei. Sie wollte mit Angel eine der Sehenswürdigkeiten besuchen, die auf der Liste ihrer Tochter standen: die New York Public Library. Anschließend würde sie Angel in Deans Obhut lassen und die Informationen über Michel überprüfen. Um hundertprozentig überzeugt zu sein, musste sie Michel persönlich sehen, hier in New York. Nach so vielen Sackgassen und falschen Spuren war sie immer noch vorsichtig und hatte gemischte Gefühle. Natürlich hatte sie Michel finden wollen. Für Angel. Aber nun rückte das Ziel in greifbare Nähe, und sie war sich nicht sicher, was danach geschehen würde.

Mir war nicht klar, dass ich eine »Hexe bin, die ihre Klamotten bei Debenhams kauft«.

Wieder eine SMS von ihrer Mutter. Rita drang allmählich zu interessanten Einträgen vor. In gewisser Weise war es eine Erleichterung, dass ihr das Tagebuch in die Hände gefallen war. Hayley dachte kurz nach. War das tatsächlich ihre Meinung? Hatte sie schon immer gewollt, dass Rita erfuhr, was sie über sie dachte? Im Augenblick lag ein Ozean zwischen ihnen, und das machte es ihr leichter. Außerdem hatte sie so viel um die Ohren, dass diese Sache nicht ganz oben auf ihrer Prioritätenliste stand.

»In einer Bibliothek darfst du dein Handy nicht benützen«, flüsterte Angel ihr zu.

»Und wo steht das geschrieben?«, erwiderte Hayley.

»Psst!«, zischte Angel, während sie den Rose Main Reading Room betraten.

»Ich weiß, dass Bücher wichtig und interessant sind, aber warum wolltest du hierherkommen?«, fragte Hayley, immer noch mit ihrem Telefon beschäftigt.

»Wow!« Angel schaute sich um und blickte dann nach oben.

Hayley riss sich von ihrem Telefon los und folgte dem Beispiel ihrer Tochter. Aus den Bogenfenstern auf beiden Seiten des riesigen Raums strömte Licht herein. In der Mitte der kunstvoll geschnitzten Decke befand sich ein Gemälde, das blauen Himmel und Wolken darstellte, und etliche Kronleuchter hingen herab. In dem Saal standen alte Holztische und Stühle, und unter den großen Fenstern befanden sich an allen Wänden und auf einer durchgehenden Galerie Regale mit unzähligen Büchern.

»Es sieht aus wie einer der Säle in Hogwarts«, wisperte Angel ehrfürchtig.

Hayley zuckte zusammen, als ihr Telefon klingelte, und sie prompt einen bösen Blick von Angel erntete.

»Warte hier, ich suche mir schnell einen Ort, wo ich telefonieren kann. Rühr dich nicht von der Stelle«, befahl sie und hastete zur Tür.

»Hallo? Ja, hier spricht Hayley Walker. Oh, hallo, Sally-Anne. Wie geht es voran? Klappt das mit den Lampen, so wie ich mir das vorgestellt habe?«

Als Hayley in den Lesesaal zurückkehrte, saß Angel an

einem der Tische, vor sich ein großes, aufgeschlagenes Buch.

»Ist das die Bibel in Großformat?«, scherzte Hayley und zog sich einen Stuhl heran.

»Das ist eine Enzyklopädie.«

»So etwas hatten wir, bevor es Wikipedia gab«, erklärte Hayley. »Gibt es zu den Einträgen ›Antilope‹ und ›Ameisenbär‹ Bilder?«

Angel hob den Kopf. »Bist du denn nie über den Abschnitt ›A‹ hinausgekommen?«

»›Bison‹ und ›Büffel‹. Schau nach, ob es dafür zwei Einträge gibt, obwohl es sich praktisch um dasselbe Tier handelt.«

»Wer hat dich angerufen?«, erkundigte sich Angel und blätterte eine Seite um.

»Sally-Anne von der Beleuchtungsfirma. Der Effekt, den ich haben wollte, lässt sich machen.«

»Du meinst den Effekt, den *ich* vorgeschlagen habe.«

»Okay, du Schlaubergerin, es war ursprünglich deine Idee, aber ich habe sie ausgearbeitet.«

»Und bist du mit der Speisekarte schon fertig? Hast du dabei *meine* Idee berücksichtigt, die Lieblingsspeisen der Familie einzubauen?« Angel klimperte mit den Wimpern.

Hayley verschränkte die Arme vor der Brust. »Das Motto ist aber von mir.«

Angel tätschelte ihr den Arm. »Was musst du sonst noch erledigen?«

»Nicht mehr so viel wie gestern.«

»Prima.« Angel nickte. »Dann läuft alles gut, außer, dass Nanny böse auf dich ist.«

»Wie kommst du darauf?« Hayley hüstelte. »Sie ist nicht böse auf mich.«

»Onkel Dean hat heute Morgen eine SMS von ihr bekommen. Sie hat irgendetwas über einen Rettungsschwimmer geschrieben und wollte wissen, warum er ihr das verheimlicht hat.«

Oh, Gott. Offensichtlich war ihr Tagebuch viel interessanter als das Tagesprogramm im Fernsehen.

»Sie findet es nicht gut, dass wir nach meinem Dad suchen, richtig?«, begann Angel. »Ich habe die andere SMS gesehen, die sie dir geschickt hat. Sie hat ihn wieder ›diesen Mann‹ genannt.«

Hayley schloss für einen Moment die Augen. »Ich habe Nanny oft nicht richtig zugehört, wenn sie mir ihre Meinung zu bestimmten Sachen gesagt hat.« Sie seufzte. »Und was deinen Dad betrifft … da hat sie unrecht.«

Die Informationen über Michel waren in ihrem Rucksack. Sie sollte sie jetzt hervorholen und Angel erzählen, dass sie ihn gefunden hatte. Aber ihr war klar, was dann geschehen würde. Angels Augen würden aufleuchten wie eine Neonreklame, sie würde tanzen und dabei den Mund aufreißen wie Dorothy in *Der Zauberer von Oz*, die soeben den gelben Ziegelsteinweg entdeckt hatte. Sie musste vorsichtig vorgehen, um Angel zu beschützen. Vor allem musste sie zuerst Michel mitteilen, dass er eine Tochter hatte, bevor die beiden sich begegneten. Ein Schauder überlief sie.

»Nanny hat einen Mann namens Neville kennengelernt«, verkündete Angel nüchtern. »Er geht gern bowlen.«

»Was?« Hayley schüttelte den Kopf, um sich wieder auf die Gegenwart zu konzentrieren.

»Das hat sie Onkel Dean erzählt, bevor sie sich über diesen Rettungsschwimmer aufgeregt hat.« Angels Stimme hallte durch den riesigen Saal.

Dean würde sie umbringen, wenn er erfuhr, dass sie in ihrem Tagebuch etwas über diesen Rettungsschwimmer geschrieben hatte. »Psst!«, mahnte Hayley. »Wir wollen doch hier nicht rausgeworfen werden. Dann würden sie wahrscheinlich diesen furchteinflößenden Mann im Flughafen informieren, der unsere Fingerabdrücke hat.«

»Hast du gewusst, dass die Fingerabdruckmethode zur Erfassung von Kriminellen 1906 in New York eingeführt wurde?«

»Nein, das wusste ich nicht.« Sie dachte kurz nach. Wer war Neville? Natürlich hörte sie ihrer Mutter nicht immer aufmerksam zu, aber wenn sie etwas über einen Mann und Bowling gesagt hätte, wäre sie bestimmt hellhörig geworden. »Wie auch immer … Was deinen Vater anbelangt …« Sie räusperte sich leise. »Nanny sagt manchmal solche Sachen, weil sie sich Sorgen um uns macht.«

»Also mag sie meinen Dad?«

»Angel, sie kennt deinen Vater nicht.« Hayley zögerte kurz. »Aber sie kennt uns, und sie will nicht, dass einer von uns beiden verletzt wird, das ist alles.«

Angel rümpfte die Nase. »Ich bin mir nicht sicher, ob es mir gefällt, dass Nanny mit Neville zum Bowling geht.« Sie schniefte. »Schließlich kennen wir ihn gar nicht.«

»Richtig, wir kennen ihn nicht«, stimmte Hayley ihr zu. »Aber Nanny tut das, was sie für richtig hält – wie wir auch.« Sie seufzte. »Wir können nur hoffen, dass sich Neville gern Fernsehsendungen über Gartenarbeit anschaut.«

Möglicherweise war es gar nicht schlecht, dass Neville aufgetaucht war. Und Bowling. Eine Freizeitbeschäftigung, bei der ihre Mutter aus dem Haus kam und sich nicht ständig Wiederholungen der TV-Serie *Escape to the Country* anschaute.

Hayley griff wieder zu ihrem Telefon. Rasch tippte sie

eine SMS und achtete dabei darauf, dass Angel sie nicht las.

Dean, kannst du später auf Angel aufpassen? Ich habe eine Spur von Michel. P.S. Tut mir leid, Mum weiß alles über den Rettungsschwimmer. xxx

KAPITEL NEUNUNDVIERZIG

Kingston Avenue, Brooklyn

Hayley überprüfte noch einmal die Angaben auf dem Blatt Papier. Das konnte unmöglich Michels Adresse sein. Das Haus war … viel zu groß. In der Mitte des Sandsteingebäudes befand sich eine breite Eingangstür mit zwei Bogenfenstern an den Seiten. Und darüber lagen zwei Stockwerke. Wahrscheinlich war es in ein Mietshaus umgebaut worden. Oder er war mittlerweile ein sehr erfolgreicher Künstler oder etwas ganz anderes geworden. Sie überlegte, ob sie noch einmal versuchen sollte, ihn anzurufen. Bevor sie sich von Deans Apartment aus auf den Weg gemacht hatte, hatte sie es schon dreimal vergeblich versucht, und sie brachte es nicht fertig, eine Nachricht zu hinterlassen. *Hi, hier spricht Hayley. Du erinnerst dich vielleicht nicht mehr an mich, aber wir waren vor zehn Jahren zusammen, und ich habe eine Tochter von dir.* Nein, sie musste klingeln und es ihm persönlich sagen.

Sie stieg die Stufen zur Eingangstür hinauf und atmete tief durch. Was sollte sie sagen? Wie anfangen? Würde er sich an sie erinnern? Sie nahm ihren ganzen Mut zusammen und klingelte.

Während sie wartete, ertönte Beyoncés »Single Ladies« aus ihrem Rucksack. Sie ignorierte ihr Telefon und spähte durch die Glasscheibe an der Tür. Nichts zu sehen. Ihr Telefon spielte weiter den Song, bis nach der ersten Strophe der Chor einsetzte. Niemand kam, um ihr die Tür zu öffnen, also zog Hayley den Reißverschluss ihres Rucksacks auf und kramte ihr Telefon heraus. Dean.

»Hallo«, meldete sie sich.

»Hi, du musst schnell zurückkommen«, sagte Dean ohne weitere Erklärung. Seine Stimme klang verhalten, so als könne er nicht frei sprechen, weil ihm jemand eine Waffe an den Kopf hielt. War Angel etwas zugestoßen? Ihr Pulsschlag beschleunigte sich bei diesem Gedanken.

»Was ist los? Ist mit Angel alles in Ordnung?« Sie presste eine Hand an die Brust. Ihr Herz raste.

»Angel geht es gut …« Dean senkte die Stimme. »Du wirst es nicht glauben, Hayley«, flüsterte er. »Michel ist hier.«

Footballplatz der Manhattan Wheelers, Manhattan

»Komm schon, Danny! Mach sie fertig!«

Oliver hörte Tonys Stimme bereits, als er die Stufen der unüberdachten Tribüne hinaufstieg. Jeder Schritt zur mittleren Reihe brachte Erinnerungen zurück. Obwohl der Platz geräumt worden war, lagen noch einige Schneereste auf dem Feld, und die weißen Linien waren frisch nachgezogen worden. Er atmete tief ein. Von einer Bude wehte der Geruch nach fettigen Hamburgern und Pommes Frites herüber, und ein Hauch von Einreibemittel und Schweiß lag in der Luft. Das Geschrei der Spieler und die Zurufe aus dem Publikum hatten ihn früher einmal angefeuert, jetzt schienen sie ihn zu verhöhnen.

Er bahnte sich an den anderen Zuschauern vorbei seinen Weg zu Tony. Sein Freund trug eine Kappe der Manhattan Wheelers auf dem Kopf, sein Gesicht war hochrot, und aus seinem Mund hing ein halber Hot Dog.

»Ist hier noch frei?« Oliver ließ sich neben ihm auf der Bank nieder, zog seinen Hut tiefer ins Gesicht und blies auf seine Finger.

Tony ließ seinen Hot Dog auf den Boden fallen. »Meine Güte! Willst du mich zu Tode erschrecken? Ich hätte beinahe einen Herzinfarkt bekommen!« Er stopfte sich den Rest der Wurst zwischen die Zähne. »Das sollte jetzt keine Anspielung sein.«

Oliver schüttelte lächelnd den Kopf. »Wie steht es?«

»Sie lassen sich ordentlich verprügeln, und Danny spielt, als hätte er noch nie zuvor einen Football gesehen.« Tony sprang auf und gestikulierte wild. »Was zum Teufel war das? Bist du verrückt geworden?«

Danny war Tonys fünfzehnjähriger Neffe, der von seinem Onkel immer als der beste Spieler der Mannschaft gepriesen wurde. Aber Onkel Tony war nicht leicht zufriedenzustellen, wie Oliver wusste.

»Was tust du hier? Du warst nicht mehr hier, seit …«, begann Tony und setzte sich wieder.

»Seit dem Tod meines Vaters«, stellte Oliver fest. Nachdem sein Traum von einer Karriere als professioneller Footballspieler geplatzt war, hatte er mit Tony und Richard noch einige Zeit solche kleineren Spiele besucht. Sein Vater hatte es gut gefunden, etwas mit ihm zu unternehmen, das nichts mit Drummond Global zu tun hatte.

»Ehrlich gesagt hast du nicht viel versäumt.« Tony sprang wieder auf. »Hey, Schiedsrichter, was ist los? Das darf doch nicht wahr sein!«

Oliver wartete, bis Tony sich wieder gesetzt hatte. »Einer meiner Angestellten hat Andrew Regis sämtliche Informationen über mein neues Tablet gegeben.« Oliver steckte die Hände in die Taschen seines Wollmantels.

»Er hatte nie die Absicht, mit Drummond Global zu fusionieren – er wollte nur unsere Ideen stehlen.«

»Dieser hinterhältige Mistkerl! Ich wusste, dass man ihm nicht trauen darf! Habe ich dir das nicht gesagt?«, erwiderte Tony. »Und wie geht es jetzt weiter?«

»Das weiß ich noch nicht. Ich werde wohl versuchen, mein Leben irgendwie wieder auf die Reihe zu bekommen.«

»Gibst du klein bei und verbringst Weihnachten zu Hause?«

»Vielleicht. Sophia und Pablo waren heute Morgen bei mir und haben ihr Bestes gegeben, mich dazu zu überreden.«

»Reservierst du ein paar Tische bei der McArthur-Wohltätigkeitsveranstaltung? Halt mir bitte zwei Plätze frei. Bis dahin finde ich sicher eine Begleiterin.«

Über die Wohltätigkeitsveranstaltung hatten Oliver und Cynthia noch nicht gesprochen. Er wusste, dass sie ihn sich immer noch als Redner wünschte, aber in diesem Punkt würde er seine Meinung nicht ändern.

»Ich werde mir eine Auszeit gönnen.«

»Ja, klar«, erwiderte Tony. »Und der Weihnachtsmann ist soeben über den Hudson River geflogen.«

Oliver grinste. »Ich meine es ernst.« Er musste tun, was am besten für die Firma war. Und noch wichtiger war es zu tun, was am besten für ihn war. Er wollte die Zeit, die ihm noch zur Verfügung stand, nicht damit vergeuden, dass er sich selbst und alle um sich herum unglücklich machte, weil er mit allem unzufrieden war.

»Meine Güte, Oliver, du machst aber jetzt keine Liste von den Dingen, die du vor deinem Tod noch erledigen möchtest, oder? Ich werde dich nicht fragen, was *dein* verdammter Wunsch ist.« Tony sprang wieder auf. »Danny, dieser Quarterback macht dich zum Affen!«

»Ich könnte eine Zeit lang Pizzas backen. Hast du einen Job für mich?«

Tony lachte laut auf. »Du machst mir allmählich Angst, Mann!«

Oliver schlug ihm auf den Rücken.

»Und welche Rolle spielt Hayley bei deinen Plänen über eine Auszeit?« Tony sah Oliver aufmerksam an.

Er zuckte zusammen, ein wenig überrascht, wie stark er auf ihren Namen reagierte. Ob sie wohl Michel inzwischen angerufen hatte? Natürlich. Schließlich war sie nur nach New York gekommen, um den Vater ihrer Tochter zu finden.

»Hör zu, ich habe euch beide einen Abend lang beobachtet. Allein bei der Unterhaltung mit ihr hast du gestrahlt wie der Weihnachtsbaum am Rockefeller Center«, stellte Tony fest. »Und dann diese Sache mit den Füßen unter dem Tisch …«

Oliver warf ihm einen verächtlichen Blick zu. »Tony Romario, du bist pervers.«

»Das mag schon sein.« Tony nickte. »Aber du bist ein Narr.« Er rieb sich die Hände. »Sag dem Mädchen, dass du vielleicht bald stirbst, und lass sie ihre eigenen Entscheidungen treffen. Und dräng ihr nicht deine auf.«

KAPITEL FÜNFZIG

Dean Walkers Apartment, Downtown Manhattan

Dean öffnete die Haustür, und Hayley stürmte in den Flur. »Ich will sofort ganz genau wissen, was er zu dir gesagt hat, was du zu ihm gesagt hast, und was Angel zu alldem gesagt hat.«

»Ganz ruhig. Atme erst einmal tief durch.« Dean folgte ihr zur Treppe.

»Tief durchatmen? Er ist dort oben mit seiner Tochter, von der er bisher nichts gewusst hat. Warum hat er nicht einfach angerufen? Was tut er hier?«

»Ich weiß, das ist Murphys Gesetz.«

»Diesen Murphy würde ich am liebsten umbringen.« Sie presste eine Hand an die Stirn, um den Druck in ihrem Kopf zu lindern.

»Was soll ich tun? Soll ich mit Angel etwas unternehmen, damit du allein mit ihm reden kannst? Ich tue alles, was du willst. Du musst es mir nur sagen.«

»Was hast du zu ihm gesagt? Und zu Angel?«, fragte Hayley.

»Er hat an der Tür geklopft und gesagt, dass er dich suche. Du hättest diese Adresse im Vipers für ihn hinterlassen.« Dean seufzte. »Ich habe ihn hereingebeten und ihm gesagt, dass du bald zurückkommen würdest. Dann habe ich ihm einen Kaffee gemacht und Angel gesagt, er sei ein Freund, und …«

Hayley schlug eine Hand vor den Mund. »Oh, mein Gott, nein. Dean, sie weiß, dass er ihr Vater ist. Ich habe ihr ein Foto gezeigt!« Sie rannte die Treppe hinauf, nahm dabei zwei Stufen auf einmal und stürmte keuchend in das Wohnzimmer. Die Szene, die sich ihr darbot, raubte ihr den restlichen Atem.

Angel hockte auf der Sofalehne und hielt einen Skizzenblock in der Hand. Und neben ihr saß Michel, Angels Vater, und zeichnete mit ihr. Er sah völlig unverändert aus – er trug Jeans, abgetragene Converse Sneakers und ein gebatiktes T-Shirt. Und sein Haar war immer noch zerzaust.

»Also, was ist hier los?« Hayley zwang sich dazu, ein paar Schritte weiterzugehen.

Angel schaute zu ihr auf und lächelte sie ein wenig ängstlich an. »Michel ist hier.«

»Das sehe ich.« Hayley trat noch einen Schritt näher.

»Hallo, Hayley.« Michel legte seinen Zeichenblock zur Seite und stand auf. Er ging auf sie zu und küsste sie rasch auf beide Wangen. Angel klatschte in die Hände, und Hayley warf Dean einen hilfesuchenden Blick zu.

»Komm, Angel, wir gehen zu Randy und Vernon und holen sie zu einem Spaziergang ab«, bot Dean an und griff nach dem Arm seiner Nichte.

»Nein, ich will hierbleiben«, protestierte Angel und verzog das Gesicht.

»Angel, bitte geh mit Onkel Dean«, befahl Hayley.

Michel war ohne Vorwarnung in die Situation gestolpert. Sie musste ihm alles sachlich erklären und ihm eine Chance geben, darauf zu reagieren. Ohne dass Angel dabei war. Zumindest das war sie ihm schuldig.

Angel verschränkte die Arme vor der Brust. »Das ist nicht fair«, sagte sie empört.

»Wie wäre es mit Waffeln und einer heißen Schokolade?«, versuchte Dean sie zu locken. »Komm, wir holen deinen Mantel.« Er schob Angel aus dem Zimmer, und Hayley ließ sich gegenüber von Michel auf einen Sessel fallen. Wie sollte sie nur anfangen? Als sie endlich den Mut aufbrachte, ihm in die Augen zu schauen, trafen sich ihre Blicke.

»Du trägst dein Haar ein wenig anders«, bemerkte er.

»Du nicht.«

Er lächelte und fuhr sich mit der Hand durch das Haar. »Es ist lange her, seit wir uns zum letzten Mal gesehen haben.«

»Dann erinnerst du dich also noch daran?«, fragte Hayley. »Eine wilde Nacht mit viel Wein und Wodka.«

»Aber natürlich. Wie könnte ich jemanden vergessen, der ein neonpinkfarbenes Kleid trug und so verrückt tanzte.«

Sie atmete tief aus. Immerhin etwas. Aber das machte die Sache nicht leichter. »Du hast deinen Namen geändert.« *Und es war verdammt schwer, dich zu finden*, hätte sie am liebsten hinzugefügt.

»Ja, wegen meines Berufs. Mein Agent wollte es so. Er meinte, Michel Arment würde besser klingen.«

»Wow«, stieß Hayley hervor. »Ein Agent.«

»Lebst du jetzt hier? In New York?«, fragte er. »Zusammen mit diesem Mann, der gerade hier war?«

Sie schüttelte den Kopf. »Nein, Dean ist mein Bruder. Ich bin nur zu Besuch hier.« Sie schluckte nervös. »Ich lebe immer noch in England. *Wir* leben in England.«

Er nickte. »Ich war viel unterwegs. Zuerst bin ich nach Belgien zurückgegangen, dann nach Frankreich gereist. Seit zwei Jahren bin ich wieder hier. Meine Werke verkaufen sich hier sehr gut. Die Leute mögen und kaufen sie.«

»Das ist gut.« Hayley nickte.

Michel runzelte die Stirn und sah sie fragend an. »Du wolltest wieder Kontakt mit mir aufnehmen? Mit mir ausgehen?«, erkundigte er sich. »Hast du mich deshalb gesucht?«

Sie schüttelte den Kopf. »Nein, eigentlich nicht.«

»Dann …«

Sie schloss die Augen. Wenn sie jetzt nur jemanden damit beauftragen könnte, hereinzukommen und ihm die Nachricht zu überbringen. Eine Art Telegrammservice. Aber er war hier, und das hatte sie sich gewünscht. Also musste sie die Sache jetzt hinter sich bringen.

»Es fällt mir nicht leicht, dir das zu sagen.« Hayley atmete so tief ein, dass ihr Brustkorb schmerzte. »Unsere gemeinsame Nacht vor all diesen Jahren … wir haben nicht nur miteinander geschlafen, Michel, wir haben ein Kind gezeugt.« Sie schloss noch einmal die Augen. »Ich bin schwanger geworden und habe eine Tochter bekommen.«

So, nun war es raus. Sie hatte es ihm gesagt. Jetzt musste sie nur noch Angst vor seiner Reaktion haben.

Vorsichtig öffnete sie ein Auge und sah, dass er blass geworden war. Er beugte sich vor, stützte den Kopf in die Hände und fuhr sich mit den Fingern übers Gesicht. Seine Augen waren vor Schreck geweitet, als er sich mit der Zunge über die Lippen fuhr und den Mund öffnete. »Das Mädchen, das gerade hier war …«

Hayley nickte. »Ja, das ist sie. Angel.«

Er schüttelte den Kopf. »Das glaube ich nicht.«

»Ich weiß, das muss ein Schock für dich sein, und ich hatte nie die Absicht, dich damit zu belästigen, aber Angel hat sich so sehr gewünscht, ihren Vater kennenzulernen, und ich wollte sie glücklich machen. Nur darum geht es mir.«

»Ich meine … wie konntest du das tun?«

»Was?«

»Du hast vor zehn Jahren ein Kind zur Welt gebracht … und ich habe nicht … ich konnte nicht …« Er hob die Stimme, und seine Erregung war ihm anzusehen. Rasch stand er auf, stampfte auf den Boden und marschierte zum Weihnachtsbaum hinüber. Als er die Arme hochriss, streifte er die Glöckchen an den Zweigen.

»Du hast damals gesagt, du würdest verhüten … Ich habe dich danach gefragt!«

»Ich war betrunken, Michel! Und jung und dumm!«

»Zehn Jahre, Hayley«, stellte Michel fest.

»Ich weiß, wie lange es her ist.«

»Und du hast es mich nicht wissen lassen, dass du schwanger geworden bist.«

»Nein. Du warst hier, und ich war in England, und wir waren beide noch jung. Du hättest dich sicher nicht um ein Kind kümmern wollen. Du wolltest malen und fotografieren und die Welt sehen.«

»Und deshalb hast du es mir nicht gesagt?«

»Ich …« Hayley wandte den Blick ab. Sie wusste nicht, was sie erwartet hatte, aber das sicher nicht. So viel Zorn und so viele Vorwürfe.

»Du hast mir nicht einmal die Wahl gelassen?«

»Es war schließlich mein Problem.« Sie schluckte heftig und bedauerte sofort, das Wort »Problem« verwendet zu haben. Ihre Mutter hatte ihr gesagt, was sie tun sollte, und sie hatte sich das gefallen lassen. Sie war zu beschämt und zu überwältigt gewesen, um sich selbst eine Meinung zu bilden. *Er will das gar nicht wissen. Er lebt am anderen Ende der Welt.*

»Ich habe nicht gedacht, dass …«, begann sie.

»Ja, das ist offensichtlich.« Er schnaubte ungehalten, als hätte ihn jemand auf der Straße angerempelt.

Hayley versuchte, ihre Stimme unter Kontrolle zu bringen und atmete tief durch, bevor sie weitersprach. »Wir müssen uns der jetzigen Situation stellen. Ich habe eine neunjährige Tochter, die sich dieses Jahr gewünscht hat, ihren Vater kennenzulernen. *Deine* Tochter. Nun liegt es an dir.«

»Jetzt darf ich mich also entscheiden?«, fauchte Michel und drehte sich zu ihr um.

Sie öffnete den Mund, ohne zu wissen, was sie sagen sollte. »Ja … natürlich … Ich …«

Er holte so tief Luft, dass sein drahtiger Körper bebte und ihm das Haar ins Gesicht fiel. Was würde er jetzt sagen?

»Damit werde ich nicht fertig, Hayley.« Er fuhr sich mit den Händen durchs Haar und drehte aufgewühlt einige Strähnen zwischen den Fingern. »Das schaffe ich einfach nicht.«

»Hör zu, ich weiß, das ist sehr schwer für dich … eine große Sache …, aber für dich ändert sich nichts. Ich meine, wir können …« Sie sprach so schnell, dass es ihr nicht gelang, das auszudrücken, was sie eigentlich sagen wollte. Er sollte wissen, dass Angel nur eine Chance haben wollte herauszufinden, woher sie stammte.

»Für mich ändert sich nichts?« Er schüttelte den Kopf, sodass seine Haare flogen. »Du hast mir gerade gesagt, dass ich ein Kind habe! Das ändert alles!«

Hayley stiegen Tränen in die Augen. Wenn sie jetzt blinzelte, würden sie ihr die Wangen hinunterrollen. Sie musste sich zusammenreißen.

»Es tut mir leid.« Er marschierte an ihr vorbei zur Tür. »Das kann ich nicht.«

»Michel, bitte.« Sie griff nach seinem Arm.

Er schüttelte ihre Hand ab, und bevor sie darauf reagieren konnte, hörte sie schon seine Schritte auf der Treppe. Dann fiel die Tür ins Schloss.

KAPITEL EINUNDFÜNFZIG

Dean Walkers Apartment, Downtown Manhattan

Hayley konnte es nicht fassen, dass er einfach gegangen war. Hatte ihre Mutter doch recht? Hatte das geschehen müssen, weil sie es ihm erst nach zehn Jahren gesagt hatte? Sie war verletzt und enttäuscht. Ja, sie hatte nur eine Nacht mit ihm verbracht, aber damals war er nett und anständig gewesen, und sie hatte sich nicht vorstellen können, dass er einfach die Flucht ergreifen würde, wenn etwas Unerwartetes geschah. Das war alles ihre Schuld. Von Anfang bis Ende war diese Sache ein Desaster gewesen, und Angel würde jetzt alle ihre Fehler ausbaden müssen. Dass Angel ihn persönlich kennengelernt hatte, machte die Sache nur noch schlimmer. Jetzt würde sie glauben, dass er nichts mit ihr zu tun haben wollte. Genau davor hatte Hayley ihre Tochter beschützen wollen.

Sie wischte sich über die tränennassen Augen und putzte sich die Nase, als sie Schritte hörte. Angel, Dean, Vernon und Randy waren zurück. Sie hatte keine Ahnung, was sie ihnen sagen sollte. Angel konnte sie auf keinen Fall die Wahrheit sagen. Was war überhaupt die Wahrheit? Michel hatte soeben erfahren, dass er eine neunjährige Tochter hatte. Das konnte man nicht innerhalb einer Minute verdauen. Schließlich konnte er jetzt nicht mehr alles beim Alten belassen, oder? Er würde sich sicher besinnen. Das musste er einfach.

Hayley lief rasch zur Spüle, spritzte sich kaltes Wasser ins Gesicht und trocknete sich mit dem Geschirrtuch ab, auf dem die britische Flagge aufgedruckt war. Jetzt hatte sie die Situation wieder unter Kontrolle.

Die Tür flog auf, und Randy schlitterte mit den Krallen über den Holzboden auf sie zu. Das Schleifchen an seinem Hals glitzerte, als er an ihr hochsprang, und sie ihm den Kopf kraulte.

»Hey«, grüßte Dean vorsichtig.

»Hey! Habt ihr Waffeln gegessen und Kakao getrunken?«, fragte Hayley so begeistert wie eine Moderatorin im Kinderfernsehen.

Angel zog einen Schmollmund und ließ den Blick durch das leere Wohnzimmer schweifen. »Wo ist Michel?«

»Michel?« Das Fragezeichen am Ende war ein Fehler, wie sie sofort feststellte. Sie befeuchtete ihre Lippen und startete einen neuen Versuch. »Er musste gehen, um eine Ausstellung für morgen vorzubereiten.« *Noch mehr Lügen.*

»Sollen wir Randy deine Lieblingsweihnachtsgeschichte vorlesen?«, fragte Vernon rasch.

»Hast du ihm von mir erzählt?«, wollte Angel wissen.

Der Gesichtsausdruck ihrer Tochter tat ihr weh. Darin lagen so viel Hoffnung und Liebe. Für Angel bedeutete das im Augenblick alles, und sie wollte ihr ihre Träume nicht zerstören, solange es nicht unbedingt nötig war.

»Ja.« Hayley stiegen wieder Tränen in die Augen. »Das habe ich getan.« Sie schluckte. »Das ist eine große Sache für ihn … und er ist im Moment sehr beschäftigt, weil sich seine Werke gut verkaufen.« Sie hielt kurz inne. »Wir müssen ihm einfach noch ein wenig Zeit geben.«

Das klang lahm und unecht.

»Wir müssen noch ein wenig Geduld haben, okay?«, fügte sie hinzu.

Angel nickte. »Schon gut«, erwiderte sie leise und tonlos.

»Verstehst du das?«, fragte Hayley nach.

Angel nickte wieder. »Seine Augen sehen aus wie meine, richtig?«

Hayley lächelte. »Ja, das stimmt.« Sie schickte ein stummes Gebet zum Himmel, in der Hoffnung, dass Gott zuschaute und ein paar seiner Jünger schickte, die Michel in den Hintern traten.

Restaurant Romario, Greenwich Parkett

»Und wie willst du deine Auszeit gestalten?« Cynthia schob sich eine Olive in den Mund und musterte Oliver.

»Ich weiß es noch nicht. Wahrscheinlich werde ich einfach versuchen, lange genug zu leben, um meinen Urlaub zu genießen«, erwiderte er grinsend.

»Das ist nicht witzig, Oliver.«

Er trank einen Schluck Bier. »Zuerst einmal muss ich mich dem Durcheinander in der Firma widmen. Peter Lamonts Entlassung, die Angelegenheit mit Regis' Software …« Er forschte im Gesicht seiner Mutter nach ihrer Reaktion. Sie hatte die Sache mit Andrew Regis besser weggesteckt, als er ihr zugetraut hatte, und er wusste, wie sehr es sie verletzt hatte, dass ihr Vertrauen missbraucht worden war.

»Cole ist durchaus in der Lage, sich dieser Herausforderung zu stellen«, meinte Cynthia.

»Ich weiß«, erwiderte Oliver. »Aber ich bin noch nicht ganz bereit, die Zügel in andere Hände zu legen.«

»Und wenn es einen anderen Schwerpunkt für dich gäbe? Etwas, worauf du dich in der Zwischenzeit konzentrieren könntest?«

Bei ihrem letzten Satz begriff er, worauf sie hinauswollte, und schüttelte entschieden den Kopf.

»Du weißt doch noch gar nicht, was ich sagen will.« Cynthia griff nach ihrem Weinglas.

»Doch, das weiß ich.«

»Ich möchte, dass du bei der McArthur-Wohltätigkeitsveranstaltung die Rede hältst, Oliver.«

»Mom, dieses Thema hatten wir bereits. Ich möchte mich nicht noch einmal mit dir darüber streiten.«

»Das will ich auch nicht«, erwiderte Cynthia und stellte ihr Glas wieder auf den Tisch. »Erzähl mir etwas über Hayley Walker.«

Oliver spielte nervös mit seiner Bierflasche, bis sie ihm aus der Hand rutschte und ein Teil des Inhalts auf das rot-weiß-karierte Tischtuch schwappte. Rasch griff er nach einer Serviette und wischte damit die Flüssigkeit auf. Seine Mutter hatte ihn völlig aus der Fassung gebracht, und er wusste nicht, was er darauf sagen sollte. Hatte Hayley seiner Mutter von ihm erzählt? Woher sonst würde sie Bescheid wissen?

»Oliver, ich komme immer noch regelmäßig mit Janice und Linda hierher.« Sie streckte die Hand über den Tisch und legte sie auf seinen Arm. »Anna hat mir berichtet, dass du mit einer Frau hier warst, und wie gut ihr euch verstanden habt … Und Tony hat mir den Rest erzählt.«

Oliver richtete seinen Blick auf die Bar, wo Tony Getränke einschenkte.

»Keine Sorge, er hat dich nicht bereitwillig verraten. Ich musste ihm damit drohen, jedes schreckliche Foto, das ich aus seiner Teenagerzeit von ihm habe, vergrößern zu lassen und an die Fenster seiner neuen Restaurants zu kleben.«

Oliver stieß den Atem aus. »Da gibt es nichts zu sagen.

Wir hatten ein Date, und ich habe eingesehen, dass daraus nichts wird.«

Seit ihrem gemeinsamen Abend dachte er ständig an sie. An ihr Lachen, an die Art, wie sie manchmal wie ein Maschinengewehr redete, an ihren Enthusiasmus. Wie konnte er einem so lebensfrohen Menschen seine von Selbstmitleid geprägte Welt aufzwängen?

»Du weißt, dass sie mir bei der Organisation der Wohltätigkeitsveranstaltung hilft?«

Er nickte. »Ja, das hat sie mir erzählt.«

»Sie macht das ganz hervorragend.«

»Sie ist eine tolle Frau.« Er hob den Blick. »Sehr tüchtig.«

Cynthia seufzte. »Es muss nicht so ablaufen, Oliver.«

»Was meinst du damit?«

»Deine Gefühle verschwinden nicht, wenn du versuchst, vor ihnen davonzulaufen. Das macht dich nur traurig, und die Person, für die du diese Gefühle hegst, leidet noch mehr darunter.«

Er nahm ein Stück Pizza in die Hand und wollte es zum Mund führen, legte es dann aber wieder auf den Teller zurück. »Ich kann nicht tun, was du mit Dad und Ben getan hast.«

»Was habe ich denn getan?«, fragte Cynthia. »Außer sie bedingungslos zu lieben.«

»Genau darum geht es!« Er wischte sich die Finger an der Serviette ab. »Wie kann ich bedingungslose Liebe von jemandem erwarten, wenn ich jeden Augenblick sterben könnte?«

Cynthia schüttelte den Kopf. »Als ich Ben verloren habe, bin ich in ein tiefes Loch gefallen. Das ging uns allen so. Aber dein Vater hat uns zusammengehalten, so gut es ging, obwohl er wusste, dass seine Zeit jederzeit kommen konnte.« Sie legte die Hände flach auf den Tisch, als wollte sie daraus Kraft schöpfen. »Er hat mir gesagt, dass jeder Mensch auf dieser Welt jederzeit sterben kann, und er hatte recht. Wir müssen alle einmal gehen, Oliver. Ich könnte auf der Straße überfahren werden oder von dieser Gang in der Sozialwohnungssiedlung niedergeschossen werden. Wenn wir am Morgen aufstehen, gehen wir bereits ein Risiko ein.« Sie lächelte. »Aber wir können nicht alle ständig im Bett bleiben. So viele Fernsehserien, wie wir uns dann anschauen müssten, gibt es nicht.«

»Mom …«, begann Oliver.

»Du musst aufhören, ständig in Angst zu leben. Lass dich von einem Facharzt untersuchen. Und dann erzählst du Hayley alles.« Cynthia schwieg einen Moment. »Wenn sie der Mensch ist, für den du sie hältst, wird das überhaupt keine Rolle spielen.«

KAPITEL ZWEIUNDFÜNFZIG

Dean Walkers Apartment, Downtown Manhattan

»Hier riecht es verbrannt«, bemerkte Angel und tapste in ihrem flauschigen Schlafanzug mit Katzenmotiv in die Küche.

»Es gibt goldbraune Waffeln.« Hayley stellte ihr einen Teller hin. »Nimm, solange sie noch warm sind.«

Hayley beobachtete, wie Angel die verkohlten Waffeln misstrauisch beäugte. »Was ist? Schwarz ist das neue Goldbraun. Das weiß doch jeder.«

»Wo ist Onkel Dean?« Angel kletterte auf einen der Barhocker und griff nach dem Orangensaft.

»Im Büro. Er musste heute schon früh anfangen. Er hat irgendetwas von einem großen Tag gemurmelt. Das könnte etwas mit dem Globe zu tun haben, aber vielleicht will er auch nur zum Mittagessen in sein Lieblingsrestaurant gehen.« Hayley setzte sich neben Angel auf einen Hocker. »Iss.«

»Können wir Michel anrufen?«

Hayley erstarrte. Sie hatte Michel am Abend zuvor ein halbes Dutzend Mal angerufen und ihm einige Nachrichten hinterlassen. Nach endlos langem Klingeln hatte sich immer nur der Anrufbeantworter eingeschaltet. Es lag jetzt an ihr, alles in Ordnung zu bringen. Sie hatte sich immer wieder entschuldigt, ihn unter Tränen angefleht und ihm gesagt, wie sehr Angel sich das wünschte, bis ihr schließlich nichts mehr dazu eingefallen war.

»Ich finde, wir sollten ihm noch eine Weile Zeit geben, um sich an die Situation zu gewöhnen. Immerhin hat er erst gestern erfahren, dass es dich gibt, Angel.«

»Ich weiß, aber er war so nett und …«

»Hey, wir rufen ihn morgen an, das verspreche ich dir, okay? Außerdem brauche ich heute deine Hilfe. Ich muss eine Million Anrufe wegen der Wohltätigkeitsveranstaltung erledigen, etliche E-Mails beantworten und mich mit Cynthia treffen.«

Hayley hielt inne. Sie hatte Angel zwei Dinge für diesen Urlaub versprochen: Sie wollte ihren Vater finden und viel Zeit mit ihr verbringen. Den Mann hatte sie zwar ausfindig gemacht, aber er war ihr davongelaufen. Sie hatte ihre Zeit mit einem Milliardär verschwendet und einen Job angenommen. Nichts lief so, wie sie es sich vorgenommen hatte. Sie schluckte ein Stück verbrannte Waffel hinunter. Was ging Angel jetzt wohl durch ihr kluges Köpfchen? Seit Monaten war ihr sehnlichster Wunsch, ihren Vater kennenzulernen, und nun, wo sie ihn gefunden hatten, war er wieder verschwunden. Am liebsten hätte sie ihre Tochter an sich gedrückt, sämtliche Türen zu der harten Seite des Lebens zugeschlagen und sie vor allem und jedem beschützt. Das hatte jahrelang funktioniert. Dass Angel jetzt Kummer hatte, war allein ihre Schuld.

Sie lächelte Angel an. »Wenn ich bis zum Nachmittag alle Aufgaben auf meiner Liste abgehakt habe, gehen wir am Rockefeller Center eislaufen.«

»Ja!«, jubelte Angel. »Bekomme ich eine Wackelkopffigur von Hillary Clinton? Ich habe Jessica versprochen, ihr eine mitzubringen.«

»Allein der Gedanke, dass es so etwas gibt, macht mir

Angst.« Hayley grinste, den Mund voll mit einem Waffelstück.

Die Gegensprechanlage summte, und Hayley rutschte vom Hocker. Hatte sie etwas für die Wohltätigkeitsveranstaltung bestellt, das hier angeliefert werden sollte? Sie musste dringend ihre Liste in Ordnung bringen. Am Abend zuvor hatte sie überall Schmetterlinge über ihre Notizen gemalt und einen Entwurf für ein Kleid gezeichnet, das sie wohl nie nähen würde.

»Hallo?«, meldete sie sich.

»Hayley?«

Michel. Ihr Herz machte einen Sprung, und sie schaute rasch zu Angel hinüber, die sich gerade mit Orangensaft bekleckerte.

»Ja … ich bin es.«

»Wegen gestern Abend. Ich …«

»Schhh, schon gut, sag nichts. Ich komme runter.« Sie schaltete rasch die Gegensprechanlage ab, bevor Michel weitersprechen konnte. Angel sollte auf keinen Fall hören, dass er aus der Wohnung gerannt war, als hätte seine Kleidung Feuer gefangen.

Sie sah, dass Angel den Mund öffnete, um etwas zu sagen, und deutete rasch mit dem Finger auf sie. »Wisch dir das Gesicht ab. Ich bin gleich wieder da.«

Drumond Global, Downtown Manhattan

Dieses Mal lag es wirklich an den Nerven. Olivers Herz pochte heftig, während er seinen Anti-Stressball knetete. Ihm war übel, und kalter Schweiß brach ihm aus. Er hatte Schwierigkeiten, sich zu konzentrieren.

»Soll Delaney einen Entwurf für die Presse schreiben?«, fragte Clara.

Er hatte nicht gehört, was sie gesagt hatte. Worüber sprachen sie im Moment? Waren sie noch bei Peter Lamont?

»Es tut mir leid, Clara. Worum geht es jetzt?«

»Diese Sache mit Andrew und Peter geht Ihnen sehr an die Nieren, richtig? Das verstehe ich gut. Ich kann das von Peter immer noch nicht glauben. Seine arme Familie.«

»Was ich Ihnen darüber erzählt habe, bleibt unter uns, Clara.« Oliver seufzte, seine Brust brannte. »Peter wurde gefeuert, weil er vertrauliche Informationen an einen Konkurrenten weitergegeben hat, das ist alles. Sein Privatleben wird nicht erwähnt, und das gilt auch für Andrew Regis. Meine Mutter leidet ohnehin schon genug unter dieser Geschichte.«

»Wie geht es ihr?«

»Sie stürzt sich in die Arbeit für die McArthur-Wohltätigkeitsveranstaltung. Ich glaube, sie hat es noch nicht wirklich begriffen.«

Er lockerte den Knoten an seiner Krawatte. War es hier drin zu warm? Durch die Fensterscheibe sah er, dass es wieder schneite. Was mochte Hayley wohl jetzt tun? War sie bei seiner Mutter und half ihr bei den Vorbereitungen zu der Veranstaltung, an der er nicht teilnehmen würde, oder war sie bei Michel? Der letzte Gedanke war schmerzlich. Er mochte sie sehr, sie lag ihm wirklich am Herzen, aber er musste sie gehen lassen. Was auch immer dieser Michel für ein Mann sein mochte, er hatte mit Sicherheit keine Krankheit, an der er jederzeit sterben konnte.

»Und was ist mit Ihnen, Oliver?«

»Ich habe Dean Walker zum Abteilungsleiter befördert. Er ist ohnehin für den Globe zuständig, also hat sich das angeboten …«

»Sie haben meine Frage nicht beantwortet.«

»Ich denke, das ist mein gutes Recht als Chef.«

Die Bemerkung war ihm entschlüpft, bevor er darüber nachdenken konnte. Clara hatte seinen Sarkasmus nicht verdient. Seit dem Tod seines Vaters war sie immer für ihn da gewesen und unterstützte ihn, wo sie nur konnte, ganz gleich, wie schlecht er sie manchmal behandelte.

»Es tut mir leid, Clara.« Er lehnte sich auf seinem Stuhl zurück. »Ich habe es nicht böse gemeint.«

»Ich weiß, dass Sie der Boss sind, Oliver, aber ich mache mir Sorgen um Sie.«

»Das ist mir bewusst.« Er griff wieder nach seinem Anti-Stressball. »Und ich habe beschlossen, mir eine kleine Auszeit zu gönnen.«

»Tatsächlich?«

Oliver nickte. »Wenn ich mich um diesen Skandal gekümmert habe und der Globe auf dem Markt ist, werde ich mir Zeit nehmen, um ein paar Dinge zu tun, die ich schon lange nicht mehr getan habe.«

»Wie zum Beispiel?«

Er grinste. »Das weiß ich noch nicht so genau. Zum Beispiel keine Pläne machen. Vielleicht eine Urlaubsreise.«

Clara lächelte. »Und Lois? Spielt sie bei diesen Plänen, die keine sind, eine Rolle?«

»Nein.« Er drückte den Ball in seiner Hand noch fester. »Das ist vorbei.« Er seufzte. »Und ich habe es nicht anders verdient.«

Dean Walkers Apartment, Downtown Manhattan

Michels dunkles Haar war mit Schnee bedeckt, und Hayley war sich sicher, dass er die gleiche verblichene Jeansjacke trug wie vor zehn Jahren. Unter seinen Augen lagen dunkle Ringe, ein Zeichen dafür, dass er in der Nacht zuvor nicht viel Schlaf abbekommen hatte. Sie freute sich beinahe darüber. Wie viele schlaflose Nächte hatte sie ertragen müssen. Erst, als sie herausgefunden hatte, dass sie schwanger war, und dann, als das Baby da war und sie schreiend wach gehalten hatte. Aber schließlich war es ihre Entscheidung gewesen, ihr Kind allein großzuziehen. Der Lärm der Stadt um sie herum – Autos, Motorräder, Handglocken schwingende Weihnachtsmänner – schien plötzlich zu verstummen, so als wüssten alle, wie wichtig dieser Augenblick war.

»Es tut mir leid«, begann er und blickte sie aus seinen blauen Augen an.

Sie war nicht sicher, wie sie darauf reagieren sollte. Was tat ihm leid? Dass er gegangen war? Die Dinge, die er gesagt hatte?

»Nein, Michel, mir tut es leid. Ich hätte alles anders machen müssen, das sehe ich jetzt ein.« Sie seufzte. »Aber ich kann es nicht mehr ändern.«

»Ich weiß«, flüsterte er.

»Was willst du jetzt tun?«, fragte Hayley unverblümt.

»Ich möchte meine Tochter kennenlernen«, erwiderte er, sichtlich bewegt.

Hayley nickte. Das ungeheure Ausmaß seiner Antwort traf sie mit aller Wucht.

Michel schüttelte den Kopf, sodass Schneeflocken von seinen Haaren fielen. »Ich weiß nicht, was jetzt von mir erwartet wird.«

»Hör zu, ich bitte dich nicht, mich zu heiraten und mit mir nach England zu kommen. Angel will dich nur kennenlernen, wissen, wer du bist. Alles andere wird Zeit brauchen.«

Er fuhr sich mit den Händen ins Haar. »Das verändert mein ganzes Leben.«

»Das ist mir bewusst.« Hayley seufzte. »Aber Angel ist mein Sonnenschein. Sie ist klug, sogar ganz besonders klug, und witzig. Sie bringt mich jeden Tag hundertmal zum Lachen … und sie hat deine Augen, Michel.«

Er nickte, den Tränen nahe. Vielleicht hatte sie ihn doch falsch eingeschätzt.

»Komm«, forderte sie ihn auf. »Komm herein.«

Sie wünschte sich das so sehr für Angel. Es musste ja nicht gleich alles formell geregelt und in Stein gemeißelt werden. Es ging nicht um große Pläne für die Zukunft, sondern nur um einen Anfang, eine Chance für Angel, ihren Vater kennenzulernen.

Gefolgt von Michel stieg sie die Treppe zu Deans Apartment hinauf, und ihr Herz trommelte wie wild. Oben blieb sie kurz stehen, atmete tief durch und schob dann die Tür zur Küche auf.

Angel hatte sich das Gesicht abgewischt, die Kapuze ihres Schlafanzugs auf den Kopf gezogen, sodass die Katzenohren senkrecht nach oben standen, und schaute sie erwartungsvoll an. Sie marschierte an Hayley vorbei und streckte Michel die Hand entgegen.

»Es freut mich, dich wiederzusehen«, sagte sie. »Mum sagt, dein Haar ist immer zerzaust, aber mir gefällt es.«

Michel lachte, und um seine Augen bildeten sich kleine Fältchen. Angels Bemerkung schien ihn sehr zu belustigen. Hayley erinnerte sich an diesen Gesichtsausdruck und spürte Wärme in sich aufsteigen. Sie sah zu, wie Michel die Hand ihrer Tochter schüttelte. »Ich freue mich auch sehr, dich wiederzusehen.«

»Ich bin froh, dass du zurückgekommen bist«, fuhr Angel fort, ohne den Blick von Michel abzuwenden.

»Ich auch«, erwiderte er bewegt.

»Meine Schulfreundin hat mich gebeten, ihr irgendetwas aus New York mitzubringen.« Sie nahm ihren Skizzenblock von der Frühstückstheke. »Wir müssen dieses Bild noch fertigzeichnen.«

»Ich bin nicht sicher, ob du dazu meine Hilfe brauchst«, meinte Michel. »Du bist eine großartige Künstlerin.«

»Mum kann nur Kleider und solche Sachen zeichnen, dann habe ich das wohl von dir.« Sie grinste und streckte ihm einen Bleistift entgegen.

Hayley ging das Herz auf, als Michel den Stift entgegennahm. Der Anfang war gemacht.

KAPITEL DREIUNDFÜNFZIG

Dean Walkers Apartment, Downtown Manhattan

Hayley hatte den ganzen Vormittag Telefonate wegen der Wohltätigkeitsveranstaltung geführt und dabei immer ein Auge auf Michel und Angel geworfen. Sie hatten eine halbe Stunde lang still gezeichnet, und Angel hatte immer wieder von ihrem Block aufgeschaut und geblinzelt, als müsse sie sich vergewissern, dass Michel tatsächlich echt war. Und Michel hatte genau das Gleiche getan. Er schaute seine Tochter an, als sei sie ein Wunderwerk, etwas Wunderschönes, das er noch nicht so recht verstand und von dem er nicht fassen konnte, dass es sich in seiner Nähe befand. Und nun, kurz vor Mittag, würden sie eislaufen gehen. Angel hatte das einfach verkündet, gewohnt, ihren Willen zu bekommen, und Michel hatte keine Anzeichen gezeigt, sich zu verabschieden, also hatte Hayley pflichtschuldig zugestimmt.

»Was hältst du davon?« Hayley wirbelte durch die Küche. »Ist das nicht ein schickes Outfit zum Eislaufen?«

»Das sind keine Handschuhe«, bemerkte Angel mit einem Blick auf Hayleys Hände, die von langen Wollärmeln bedeckt waren.

»Stimmt. Meine Handschuhe habe ich dir gegeben. Das sind modische Kleidungsstücke, die die Hände warm halten.« Sie streckte die Arme aus, damit Angel sie besser sehen konnte.

»Für mich sieht das so aus, als hättest du von einem Pullover die Ärmel abgeschnitten.«

»Ha! Das wissen die Leute in New York aber nicht. Sie werden denken, das sei der neueste Schrei in der Modewelt.«

»Ist das in Ordnung für dich?«, fragte Michel sie.

»Natürlich«, erwiderte Hayley. »Meine schicken Handwärmer werden mich davor bewahren, dass mir jemand die Finger abfährt. Alles in Ordnung.«

»Danke«, flüsterte Michel, während Angel damit beschäftigt war, ihren Mantel zuzuknöpfen.

»Wofür?«

»Für diese zweite Chance. Ich habe mich gestern Abend so schlecht benommen, und …«

»Schau dir das Mädchen an«, unterbrach Hayley ihn. »Seit du heute Morgen gekommen bist, hat sie ununterbrochen ein Lächeln auf dem Gesicht.« Sie legte eine Hand auf Michels Arm. »Das ist alles, was ich wollte.«

Er nickte verstehend.

»Also gut«, sagte Hayley zu Angel. »Bringen wir es hinter uns … ich meine, lass uns gehen und Spaß haben.«

Eislaufbahn am Rockefeller Center, New York

»Warst du schon einmal eislaufen?« Angel hielt sich an der Bande fest und bemühte sich, ihre Füße ganz still zu halten.

»Natürlich.« Michel drehte sich um und fuhr so gekonnt rückwärts wie ein olympischer Wintersportler.

Hayley hatte sich noch nicht aufs Eis gewagt. Diese kleine weiße Fläche, umgeben von den Gebäuden aus Ziegeln, Stahl und Chrom, wirkte beinahe surreal. Ebenso wie der riesige Baum, der über ihnen aufragte, wie ein genmanipuliertes Riesengewächs, und die goldene Statue irgendeines alten Gottes, umgeben von einem Wasserfall.

»Das ist Prometheus«, erklärte Angel.

»Ist das ein anderes Wort für Frost?« Hayleys Zähne klapperten vor Kälte.

»Nein, das ist der Name der Statue, die du dir gerade anschaust. Prometheus. Er ist ein griechischer Gott, und die Statue ist nicht aus Gold, sondern aus Bronze.«

»Angel, kommst du?«, rief Michel und winkte sie zu sich.

»Na los«, forderte Hayley sie auf. »Geh schon.«

»Grund Nummer 23, warum Weihnachten in New York besser ist«, sagte Angel und ließ vorsichtig die Bande los. »Man kann vor einem griechischen Gott eislaufen.«

»Ja, das ist richtig cool, also los!«

Angel starrte sie an, ohne sich zu rühren. »Du wartest nur, bis ich dir den Rücken zugekehrt habe, und schleichst dich dann in das Café.«

»Was fällt dir ein? Das würde ich doch niemals tun!«

Ihre Tochter kannte sie viel zu gut. Die Schlittschuhe drückten sie bereits jetzt an den Zehen.

»Nun kommt endlich!«, rief Michel. »Wir sind doch hier, um eiszulaufen!«

Hayley verzog das Gesicht. »So tyrannisch habe ich ihn gar nicht in Erinnerung.«

»Komm schon, Mum. Ich halte dich fest.« Angel streckte Hayley die Hand entgegen und wagte sich vorsichtig aufs Eis.

»Ich bin mir nicht sicher, ob Eislaufen etwas für mich ist.« Hayley setzte einen Fuß vor den anderen, blieb aber vor der Eisfläche stehen.

»Ich bin mir auch nicht sicher, ob grünes Gemüse etwas

für mich ist, aber du zwingst mich trotzdem, es zu essen. Jetzt komm endlich!«

Angel zog sie vorwärts, und bevor Hayley sich versah, war sie auf dem Eis, und es zog ihr die Füße unter dem Boden weg wie einem neugeborenen Rehkitz bei den ersten Gehversuchen.

»Angel, lass mich nicht los!«

»Hör auf, an mir herumzuzerren! Du machst meinen Mantel kaputt!«, kreischte Angel.

»Ich kann nicht stehen bleiben!«

»Das sollst du auch nicht, du sollst eislaufen!«

»Das kann ich nicht! Das ist gegen die Natur!«

Hayley ruderte mit den Armen und schlitterte schreiend über das Eis, bis Michel neben ihr auftauchte und sie sich verzweifelt mit beiden Händen an ihm festklammern konnte.

»Wer ist nur auf diese Idee gekommen?«, keuchte sie und grub die Finger in seinen Wollmantel.

»Angel wollte unbedingt hierherkommen«, rief er ihr ins Gedächtnis.

»Dieses Kind hat nichts Gutes im Sinn«, stellte Hayley fest und warf ihrer Tochter einen Blick aus zusammengekniffenen Augen zu.

»Komm, ich helfe dir.« Michel fuhr rückwärts und hielt dabei ihre Arme fest.

»Wartet auf mich!« Angel bemühte sich, ihnen zu folgen, ohne dabei hinzufallen.

Oliver war ihnen gefolgt. Er hatte Clara und das Büro verlassen, mit dem Ziel ... Mit welchem Ziel eigentlich? Was hatte er sich dabei gedacht, als er von seinem Büro direkt zu Dean Walkers Apartment gegangen war? Er wollte Hayley wiedersehen. Warum? Um sich selbst zu quälen? Um sich ins Gedächtnis zu rufen, dass er nur noch kurze Zeit zu leben hatte? Was er deshalb aufgeben musste? Oder wollte er wirklich etwas tun, was er noch nie zuvor getan hatte?

Er beobachte sie vom Rand der Eisfläche. Für jeden Zuschauer wirkten sie wie eine perfekte Familie. Ein Pärchen, der Mann half seiner Partnerin, ihr Kind versuchte, mit ihnen mitzuhalten. Vielleicht hatten sie sich zur rechten Zeit wiedergefunden. Möglicherweise war es das, was das Schicksal für Hayley vorgesehen hatte. War dieses Bild eine Botschaft für ihn, die ihm sagte, dass er es dabei bewenden lassen sollte?

Er atmete tief aus und sah zu, wie sein Atem in der Luft eine Wolke bildete. Wenn er jetzt ging, würde sie niemals erfahren, dass er hier gewesen war. Sie hatte genug um die Ohren mit ihrer Arbeit für die Wohltätigkeitsveranstaltung und mit Michel. Es war nicht fair, sie noch mit anderen Dingen zu belasten. Sie hatten eine schöne Zeit miteinander verbracht, Spaß gehabt. Was er ihr zu sagen hatte, wäre nur eine Belastung für sie. Es wäre egoistisch von ihm, nur zu seinem eigenen Vorteil. Vielleicht wollte er sich nur selbst beweisen, dass er in der Lage war, es jemandem zu erzählen. Nein, das war nicht fair.

Er beobachtete, wie sie Michel losließ und versuchte, allein weiterzulaufen. Unter einer roten Wollmütze lugten ein paar Haarsträhnen hervor, an den Händen trug sie merkwürdige Pulloverärmel, und sie presste ihre Knie zusammen. Sie lächelte. Sie war glücklich. Er sollte gehen.

Und dann passierte es – ihre Blicke trafen sich. An den auf der Bahn im Kreis fahrenden Eisläufern vorbei schauten sie sich in die Augen. Sein Mund wurde trocken, und er zögerte. Er konnte den Blick nicht abwenden.

Es war Oliver. Er stand am Rand der Eislaufbahn und sah sie an. Ihr Magen zog sich zusammen, sie schwankte, und bevor sie sich wieder aufrichten konnte, landete sie krachend mit dem Hinterteil auf dem Eis.

»Mum, alles in Ordnung?« Angel lief, fast so gekonnt wie ein Profi, übers Eis zu ihr herüber.

»Ja, mir geht's gut. Dieser Teil meines Körpers ist gut gepolstert.« Sie zog die Beine an und versuchte, sich hochzuhieven. »Hilf mir auf.«

Angel bückte sich, griff nach Hayleys Hand und bemühte sich, sie hochzuziehen.

»Beeil dich, Angel.« Ihr Herz raste. Oliver war hier, am Rand der Bahn. Warum? Was wollte er hier? War er gekommen, um sie zu sehen? Das musste sie herausfinden. Trotz allem, was geschehen war, drängte es sie, so schnell wie möglich zu ihm zu kommen. Sie warf einen weiteren Blick über die Eisfläche und schaute sich um. Er war nicht mehr da.

»Ich kriege dich nicht hoch, du bist zu schwer!«, stöhnte Angel. »Das liegt sicher an all dem Sekt!«

»Warte, ich helfe dir.« Michel tauchte neben ihnen auf und legte auf dem Eis eine Bremsung hin, auf die selbst Robin Cousins stolz gewesen wäre.

»Nein, es ist zu spät.« Hayley begann, die Schnürsenkel an ihren Schlittschuhen aufzubinden. »Diese Dinger müssen weg.«

»Was? Das kannst du doch nicht machen«, sagte Michel.

»Mum, was tust du denn da?«

»Ich … ich muss los.« Sie zog sich den linken Schlittschuh vom Fuß. »Und mit diesen Dingern kann ich nicht laufen. Nicht einmal auf dem Eis.« Sie zerrte an dem rechten Schuh. »Halt sie für mich.«

Sie drückte Michel die Schlittschuhe in die Hand und schlitterte in Socken über die Eisfläche, während ihr die anderen Eisläufer belustigt nachschauten.

Ihr Puls raste, während die Kälte der Eisfläche unter ihren Füßen schmerzhaft durch ihre Socken drang. Obwohl sie das Gefühl hatte, dass sich Glasscherben in ihre Fußsohlen bohrten, rannte sie weiter zur Bande und sah sich in der Menge der Zuschauer nach Oliver um.

»Oliver!«, rief sie und hielt Ausschau nach etwas Vertrautem, woran sie ihn erkennen könnte. Sein dunkler Mantel, sein dunkelblondes Haar, seine Haltung, die Form seiner Schultern. Sie rutschte an einer Frau vorbei, die ein Tablett mit Kaffee und Gebäck in der Hand balancierte und rempelte bei ihrem verzweifelten Versuch, ihn zu finden, ein paar Fremde an. Und dann entdeckte sie ihn – er ging mit schnellen Schritten auf den Ausgang zu. Sie beschleunigte ihr Tempo.

»Oliver Drummond! Geh nicht!«, brüllte sie so laut sie konnte. »Bleib sofort stehen!«

Es war, als hätte jemand die Pausetaste des Lebens gedrückt. Alles um sie herum kam zum Stillstand. Die Gespräche verstummten, die Musik von Michael Bublé wurde ausgeblendet, die Leute starrten sie an. Nur das Kratzen der Schlittschuhkufen auf dem Eis war noch zu hören.

Heftig atmend sah sie, wie er stehen blieb. Dann drehte er sich um und entdeckte sie in der Menge. Sie ging weiter und näherte sich ihm, während alles um sie herum wieder seinen gewohnten Gang ging.

Als sie vor ihm stand und ihn anschaute, war sie plötzlich nervös. Sie fuhr sich mit der Zunge über die Lippen.

»Bist du hier, um deine Eislaufkünste vorzuführen?« Sie zwang sich zu einem Lächeln.

»Ich habe mich ein paar Minuten großartig über deine amüsiert«, erwiderte er.

»Das freut mich. Und das war alles beabsichtigt. Es handelt sich um einen neuen Eistanz, so ähnlich wie Breakdance.« Sie winkelte einen Arm ab und ließ den Unterarm baumeln.

Er nickte, und dann folgte eisiges Schweigen. Sie wusste nicht, was sie sagen sollte, aber irgendetwas musste ihr jetzt einfallen. Nichts Scherzhaftes, Lächerliches, sondern etwas Ernstes. Sie wollte nicht, dass es zwischen ihnen so blieb, wie es jetzt war.

»Michel ist hier«, begann sie.

»Das habe ich gesehen«, erwiderte er. »Freut mich.«

»Dass du ihn gefunden hast, ist großartig, ich meine, ich …«

Er schüttelte den Kopf. »Du musst dich dafür nicht bei mir bedanken.«

Sie bemerkte an seiner Haltung, dass er nervös war.

»Ich war nicht ganz ehrlich zu dir, Hayley.«

Sie runzelte die Stirn. »Tatsächlich?«

Er nickte. »Ja.«

»Aha.«

»Ich bin nicht sicher, ob ich dir jetzt alles sagen will, aber … ich habe das Gefühl, dass ich dir das schuldig bin.« Er lächelte. »Wie wäre es mit einem Kaffee?« Mit einem Blick auf ihre Füße fügte er hinzu: »Und vielleicht sollten wir deine Schuhe holen.«

KAPITEL VIERUNDFÜNFZIG

Eislaufbahn am Rockefeller Center, New York

Hayley zog die Pulloverärmel aus und wärmte sich die Hände an dem Pappbecher, während sie Michel und Angel auf dem Eis beobachtete. Sie hielten sich an den Händen und drehten lachend immer schnellere Kreise. Ihre Tochter amüsierte sich großartig.

»Er scheint sich an seine Vaterrolle zu gewöhnen«, bemerkte Oliver.

Sie schaute ihn an. »Das ist wie ein erstes Date. Beide wissen nicht, was sie sagen oder wie sie sich verhalten sollen. Ich hoffe, dass es eine zweite Begegnung geben wird, aber die Situation ist sehr schwierig.« Sie seufzte. »Und die Rolle der Eltern erschöpft sich nicht in Eislaufen und dem Spendieren von Hot Dogs.« Sie schenkte ihm ein Lächeln. »Was wolltest du mir sagen?«

Er setzte den Pappbecher an seine Lippen und trank einen Schluck, bevor er sich ihr zuwandte, sie ernst anblickte und sich räusperte. »Es geht um meine Wünschefrauen«, begann er. »Und um den Grund, warum ich mich auf diese Weise mit Frauen treffe.«

Sie sah, dass er um Worte rang, und presste die Lippen aufeinander, um nichts Unpassendes zu sagen.

»Die Wahrheit ist, Hayley … Ich kann keiner Frau eine Zukunft mit mir bieten.«

Hayley nickte heftig. »Das verstehe ich. In diesem Punkt

sind wir uns nicht unähnlich. Ich habe Angel aus dem gleichen Grund niemals einen Mann vorgestellt. Es gibt keine Garantien, und wenn man viel Zeit und Mühe in eine Beziehung investiert, braucht man eine gewisse Sicherheit oder zumindest eindeutige Absichten. Verabredungen und eine gemeinsam verbrachte Nacht sind in Ordnung, solange man sich einig ist.«

»Darum geht es nicht.«

»Oh.«

»Das fällt mir wirklich schwer.« Er stellte seinen Becher auf die Holzbrüstung.

»Erzähl es mir, Clark«, bat sie. Sie war nervös. Was auch immer er ihr sagen wollte, es klang ernst. »Atme tief durch, und dann raus damit.«

»Also gut.« Er sog die kalte Luft in seine Lungen. »Okay.«

Sie wartete und hob den Becher an ihr Gesicht, sodass der Dampf nach oben stieg und ihre Wangen wärmte.

»Ben ist wegen eines Gendefekts gestorben.« Er seufzte. »Bist du bereit für den wissenschaftlichen Teil? Es gibt ein Protein namens Calmodulin, das Calcium in den Herzzellen bindet und den Herzrhythmus reguliert. Bei Ben funktionierte das nicht richtig, deshalb kam es zu einem plötzlichen Herzstillstand.« Er atmete zittrig ein. »Und daran starb er.«

»Das weiß ich bereits«, sagte sie leise. »Ich habe darüber auf der Website der McArthur-Stiftung gelesen.«

Er nickte. »Natürlich.« Er fuhr sich mit den Fingern durchs Haar. »Hayley … ich habe den gleichen Gendefekt.« Er schluckte. »Und deshalb … weiß ich nicht, wie viel Zeit mir noch bleibt.«

Sofort reagierte sein Herz; es schlug schneller und unregelmäßig, während er auf ihre Reaktion wartete. Sie wirkte verwirrt, umklammerte den Pappbecher mit beiden Händen und kniff die Augen zusammen, als versuchte sie zu begreifen, was er ihr gesagt hatte. Er musste ihr deutlich vor Augen führen, was das bedeutete. Vielleicht würde sie dann verstehen, dass Michel die weitaus bessere Wahl für sie war.

»Mein Bruder ist aus diesem Grund noch vor seinem dreißigsten Lebensjahr gestorben. Mein Großvater ebenfalls, etwa im gleichen Alter. Und mein Vater wurde nur fünfundsechzig. Das ist das Schicksal der Drummonds. Wir reiben uns mit unserer Arbeit auf, und dann fallen wir tot um.«

Hayley stiegen Tränen in die Augen, und sie schüttelte den Kopf. Genau das hatte er vermeiden wollen. Diese Reaktion, ihren Schmerz. Er konnte förmlich spüren, wie sie das aufwühlte, und wie sehr ihr das ans Herz ging.

»Hör zu«, sagte er und griff nach ihrer Hand. »Das ist schon in Ordnung.«

»Das war das Problem in deinem Apartment, richtig? Nach unserem Date, als ich den Rettungswagen gerufen habe …«

Er nickte. »Ich hätte es dir an diesem Tag schon sagen sollen, aber ich konnte nur daran denken, wie viel Vertrauen du mir am Abend zuvor bereits geschenkt hattest und dass ich dich schließlich in diese Situation gebracht hatte. Trotz all dem Mist, den ich dir im St. Patrick's Hospital erzählt habe, hat mir unser Date sehr viel bedeutet, Hayley.« Er hielt kurz inne. »Und je mehr es mir bedeutete, um so schlimmer wurde diese Situation für mich. Also habe ich getan, was ich immer tue, wenn ich mit etwas konfrontiert werde, was auch nur im Entferntesten mit Gefühlen zu tun hat: Ich habe mich ausgeklinkt, mich zurückgezogen und …« Er richtete seinen Blick auf die Eisfläche. »Und ich habe einen Ersatz für dich gefunden.«

Tränen rollten ihr übers Gesicht und brannten auf ihren von dem rauen New Yorker Wetter geröteten Wangen. Er hätte sie am liebsten weggeküsst und versucht, ihren Schmerz zu lindern, aber er hielt sich zurück.

»Nicht weinen«, flüsterte er und strich ihr eine Haarsträhne aus dem Gesicht.

»Ich will aber weinen.«

»Aber ich möchte nicht, dass du weinst.«

»Es sind schließlich nicht deine Tränen, also lass mich weinen.«

Er nahm ihre Hände in seine und verschränkte ihre Finger mit seinen. »Es tut mir leid, dass ich dir nicht die Wahrheit gesagt und dich enttäuscht habe, Hayley.«

»Hör auf damit. Halt den Mund«, befahl sie. »Ich will keine Entschuldigungen von einem Mann hören, der ein Leben auf Sparflamme lebt, wahllos Frauen abschleppt und eine intime Beziehung zu einem Android-Tablet hat.«

»Autsch.«

Er beobachtete, wie sie die Augen schloss und spürte den Druck ihrer Finger an seinen. Sie war so wunderschön; am liebsten hätte er den Rest seines Lebens damit verbracht, sie anzuschauen. Er hatte seine Chance vertan, aber zumindest war er endlich ehrlich gewesen. Und er wünschte sich, dass sie glücklich wurde. Vielleicht gelang ihr das mit Michel.

Sie öffnete die Augen und sah ihn offen an.

»Es ist ziemlich anmaßend von dir anzunehmen, dass ich an einer Beziehung mit dir nicht interessiert sei, nur weil du ein begrenztes Haltbarkeitsdatum hast.«

»Haltbarkeitsdatum?«

»Na ja, Verfallsdatum.«

Er schüttelte grinsend den Kopf. »Wie bei Lebensmitteln.«

»Das macht mir große Angst, Oliver.« Ihre Stimme zitterte. »Und … ich muss an Angel denken.« Sie senkte den Blick.

Natürlich hatte sie recht. Welchen Nutzen hatte ein sterbender Mann für ein neunjähriges Mädchen? Vor allem für ein Mädchen, das ohne Vater aufgewachsen war. Dieses Kind brauchte mehr, als er ihm geben konnte.

»Aber ich weiß auch, dass ich die letzten neun Jahre ausschließlich mit meiner Tochter verbracht habe und dass ich nicht bereit bin, mir etwas ganz Besonderes entgehen zu lassen und dann eines Tages ganz allein dazusitzen.« Sie seufzte. »Als ich Michel nicht ausfindig machen konnte, dachte ich eine Weile, dass wir beide allein bleiben würden. Nur ich und Angel, zwei Mädchen, die sich durchs Leben kämpfen und niemanden an sich heranlassen. Aber im Leben geht es doch darum, Risiken einzugehen und Chancen zu ergreifen, oder?« Sie fuhr sich mit dem Handrücken über die Augen. »Wir alle wissen, dass wir einmal gehen müssen. Was zählt, sind die Stationen auf dem Weg.« Sie lächelte. »Und wie langweilig wäre unser Leben, wenn alles so vorprogrammiert wäre wie ein Navigationssystem.« Sie drückte seine Hand noch fester. »Der Oliver, den ich kenne, hat vor nichts Angst. Und er ist klug und witzig und ein bisschen sexy und …«

»Hey, warte mal. *Ein bisschen sexy*?« Er verstärkte den Druck auf ihre Finger. »Ich fordere dich heraus, das noch einmal zu überprüfen.«

»Und ich fordere dich heraus, mir eine Chance zu geben, denn wie immer das ausgehen mag, ich bin bereit, eine Beziehung mit dir einzugehen … hier, sofort … und dann über Skype. Natürlich liegt eine große Entfernung zwischen uns, aber …« Sie hielt kurz inne. »Ich möchte mehr für dich sein, als die Frau, die du Lois genannt hast. Das habe ich verdient – nicht das Geschwätz über Verlust und Ersatz.« Sie sah ihm in die Augen. »Und du hast das auch verdient. Mich und Angel, zwei verrückte Mädchen, die dich nicht mit ihren Wünschen langweilen, sondern dich vielleicht auffordern, mit ihnen in einem Karaoke-Wettbewerb anzutreten.« Sie lächelte. »Etwas Reales.«

Ihre Augen spiegelten ihre wahren Gefühle wider. Er war ein Narr, wenn er glaubte, ohne Liebe leben zu können. Und er liebte sie wirklich. Ja, er *liebte* sie. Und er wollte die Zeit, die ihm noch blieb, nicht ohne dieses Gefühl verbringen.

Er zog sie in seine Arme, drückte sie an sich und genoss es, ihren Körper an seinem zu spüren. »Meine Güte, wie habe ich jemals geglaubt, dass ich ohne dich leben könnte?«

»Ja, das frage ich mich auch.« Sie trat einen Schritt zurück, hob die Pulloverärmel auf und wischte sich damit die Tränen vom Gesicht. »Sie sind zu vielem zu gebrauchen. Ich sollte sie mir patentieren lassen.«

Er stieß einen tiefen Seufzer aus. »Ich habe Angst, Hayley.«

»Ich weiß«, erwiderte sie. »Ich auch. Aber so wie ich mich heute beim Eislaufen angestellt habe, könnte ich noch vor dir sterben.«

»Siehst du immer alles so positiv?«

»Ist dein Glas immer halbleer?«

Er lächelte. »In dieser Sache komme ich wohl nicht gegen dich an.«

»Du weißt doch, wie wichtig es mir ist, immer das letzte Wort zu haben.«

»Daran erinnere ich mich.«

»Gut.«

»Damit wären wir wieder beim Thema.«

»Stimmt.«

»Dieses Mal lasse ich dich damit aber nicht davonkommen.«

»Oh, doch, das wirst du.«

»Wir werden sehen.«

Er nahm ihr Gesicht in seine Hände, drückte seine Lippen auf ihren Mund und schob sie mit dem Rücken gegen die Bande. Eine Frau wie sie hatte er noch nie kennengelernt.

Tief in Hayleys Innerem stieg wieder diese Begierde auf, nur weil seine Lippen die ihren berührten. Sein Kuss setzte ihr Herz in Flammen. Sie fuhr ihm mit den Fingern durch das Haar und schmiegte sich noch enger an ihn.

»Mum!« Angels Stimme ließ sie zusammenfahren. Sie wich zurück und stieß mit dem Ellbogen an die Bande. »Aua!«

»Warum küsst du den Fiesling?«, zischte Angel, während Michel hinter ihr auftauchte.

»Fiesling?«, fragte Oliver.

Hayley grinste. »Michel, das ist Oliver Drummond.«

Angel verzog das Gesicht und verschränkte die Arme vor der Brust.

»Es freut mich, Sie kennenzulernen.« Michel reichte Oliver die Hand.

»Gleichfalls. Ich habe Sie beim Eislaufen beobachtet. Spielen Sie Eishockey?« Oliver schüttelte Michel die Hand.

»Oh, nein. In Belgien ist Eislaufen nur ein Freizeitvergnügen«, erwiderte Michel. »Leisten Sie uns Gesellschaft?«

»Ich weiß nicht, ich …«, begann Oliver.

Hayley zupfte ihn am Ärmel. »Warum nicht? Hast du mir nicht erzählt, dass du darin ein wahrer Profi bist?«

»Da habe ich vielleicht ein bisschen übertrieben, und ich bin schon seit Jahren nicht mehr auf dem Eis gewesen«, wehrte Oliver ab.

»Schlechter als ich kannst du nicht sein. Ehrlich gesagt glaube ich, dass sich niemand so schrecklich anstellt wie ich«, erwiderte Hayley.

»Also gut.« Oliver klatschte in die Hände. »Wenn ich so herausgefordert werde, bleibt mir wohl nichts anderes übrig als zu zeigen, was ich kann.«

»O Gott, wirst du gleich die Hände in die Luft strecken und uns einen coolen Tanz vorführen?«

»Nur, wenn du das auch tust. Aber warte, du brauchst ja beide Hände, um dich an der Bande festzuhalten«, neckte er sie.

Angel lachte. »Sehr witzig.«

»Ja, das ist es. Du wirst gleich dein blaues Wunder erleben, Mister!«

KAPITEL FÜNFUNDFÜNZIG

Dean Walkers Apartment, Downtown Manhattan

Angel stand seit zwanzig Minuten vor dem Spiegel in Deans Gang. Zuerst hatte sie ihr Haar gebürstet, in der Mitte gescheitelt und mit den Handflächen glatt gestrichen und es dann zu einem Pferdeschwanz nach oben gebunden. Jetzt versuchte sie, es zu flechten, aber Hayley sah, dass ihre Finger ihr nicht gehorchen wollten.

»Soll ich …?«

»Nein.« Angel schüttelte den Kopf.

»Es würde ganz schnell gehen.«

»Genau darum geht es. Es würde dann nicht echt aussehen.« Angel stieß einen tiefen Seufzer aus.

Hayley verstand sehr gut, was in ihr vorging, weil es ihr genauso ging. Ihr war angst und bange. Angel traf sich zum ersten Mal allein mit ihrem Dad, den sie gerade erst gefunden hatte.

Ohne zu fragen, trat Hayley einen Schritt vor und begann, Angels Haar zu flechten.

»Wir wollen doch nicht, dass du aussiehst wie ein ausgesprochener Modemuffel, wenn Michel gleich kommt«, sagte Hayley und versuchte, die Stimmung aufzulockern.

Sie hob den Blick und betrachtete Angels Spiegelbild. Ihre Tochter presste die Lippen zusammen. Von der Freude, die sie beim Vereinbaren dieses Treffens nach dem Eislaufen gezeigt hatte, war nichts mehr zu spüren.

Jetzt war der Moment gekommen, wo sie Angel gehen lassen musste. Sie würde sie einem Mann anvertrauen, den sie kaum kannte und der sie in das Zentrum einer übervölkerten Großstadt mitnehmen würde. Schon der Schulausflug in das Wissenschaftsmuseum in London hatte ihr Bauchschmerzen bereitet, als Angel sieben Jahre alt war, aber das war etwas ganz anderes.

»Also, was wollt ihr unternehmen?«, fragte Hayley, während sie weiter den ersten Zopf flocht.

Sie wusste genau, wohin Michel mit Angel gehen wollte. Auf keinen Fall würde sie ihre Tochter in seine Obhut geben, wenn sie nicht genau Bescheid wüsste, was er mit ihr unternehmen wollte. Und zu einer festgelegten Zeit musste er sie wieder nach Hause bringen. Aber sie wollte es von Angel hören. Und sie hoffte, dass es ihre Stimmung heben würde, wenn sie darüber sprach.

»Zuerst machen wir eine Fahrt in einer Pferdekutsche, und dann essen wir im *House of Sandwiches*«, erwiderte Angel monoton.

»Diese Pferde müssen jeden Tag hart arbeiten. Möchtest du ein paar Karotten für sie mitnehmen?«, schlug Hayley vor.

Angel schüttelte den Kopf.

»Halt still, sonst lösen sich deine Zöpfe auf und du hast eine Frisur wie sie.« Hayley deutete mit einer Kopfbewegung auf das Bild von Shirley Bassey.

»Worüber sollen wir reden?«, platzte Angel heraus.

Hayley seufzte tief, während sie einen Zopf zusammenband. »Angel Walker, eine Sache hast du schon immer hervorragend gekonnt, und das ist reden.« Sie lächelte. »Immerhin habe ich dich jahrelang darin unterrichtet.«

Angel warf ihr im Spiegel einen Blick zu. »Wir haben uns

bisher nur übers Zeichnen unterhalten und so … Und beim letzten Mal warst du dabei.«

Hayley ließ den zweiten Zopf los und legte ihrer Tochter beide Hände auf die Schultern.

»Machst du dir deswegen Sorgen? Allein mit Michel zu sein?«, fragte sie leise.

»Nein«, erwiderte Angel prompt und verriet damit, dass sie eigentlich Ja gemeint hatte.

Hayley zerbrach sich den Kopf, was sie jetzt tun sollte. Ihr mütterlicher Instinkt sagte ihr, dass sie Angel in die Arme nehmen und ihr sagen sollte, dass sie sie begleiten würde, aber eine Stimme in ihr flüsterte, dass sie das nicht tun sollte. Noch nicht.

»Nun, mir erzählst du immer viel über die Schule. Ich wette, Michel würde gern die Geschichte hören, wie dieser Junge ein Foto von Roman Abramovich, dem Besitzer des Fußballvereins Chelsea, mitgebracht hat, als ihr in der Klasse die Römer durchgenommen habt, weil er dachte, Roman sei ein Römer.«

Angel lächelte zaghaft.

»Halt still. Ich bin gleich fertig.«

»Kommst du mit uns, Mum?«

Angels Bitte ging ihr ans Herz, aber sie setzte eine, wie sie hoffte, undurchdringliche Miene auf, als Angel sie im Spiegel ansah.

Oliver würde sich heute Abend mit seiner Mutter treffen, also plante Hayley, sich ihrem Ideenbuch zu widmen, ihre Notizen für die Wohltätigkeitsveranstaltung durchzusehen und danach Deans Kabelsender zu genießen, bis Angel nach Hause kam. Das Eislaufen war viel mehr gewesen, als ein paar Kreise auf der Eisfläche zu drehen. Es schien einen neuen Lebensabschnitt für alle einzuläuten. Michel hatte Gefallen an Angel gefunden. Vater und Tochter hatten sich mit geröteten Wangen begeistert über das Eis gejagt, und Oliver hatte sich zu ihnen gesellt. Er und Angel hatten ein Team gebildet, als Kegel für einen Slalom aufgestellt worden waren, und versucht, gemeinsam mit ihr Michel zu schlagen. Er konnte gut mit Angel umgehen – er brachte sie zum Lachen, und es gelang ihm, sich dabei ganz natürlich zu geben. Alles schien ganz selbstverständlich, auch wenn die gesamte Situation alles andere war als das. Immer wieder fuhr ihr durch den Kopf, wie es wohl wäre, Oliver wegen seines Gendefekts zu verlieren. Rasch zog sie den Haargummi an Angels Zopf fest. Sie versuchte, sich diesen Gedanken nicht allzu sehr zu Herzen zu nehmen. Immerhin hatte sie ihn gerade erst kennengelernt. Und so schnell würde sie nicht aufgeben.

Das Summen der Gegensprechanlage zerriss die Stille.

»Er ist da«, flüsterte Angel.

Hayley drehte ihre Tochter zu sich herum und sah ihr in die Augen.

»Hör mir zu.« Sie hielt kurz inne. »Ich weiß, wie aufregend das für dich ist. Dein Dad kommt, um dich abzuholen!« Sie holte tief Luft. »Ich habe monatelang nach ihm gesucht, und … Oliver hat mir dabei geholfen.«

»Tatsächlich?« Angel wirkte überrascht.

»Ja, das hat er. Du siehst, eine Menge Leute wollten, dass dein Weihnachtswunsch erfüllt wird, Angel.«

»Darum geht es nicht. Ich will nicht gehen. Ich kann nicht. Ich …«

Hayley konnte gut nachvollziehen, wie Angel sich jetzt fühlte. Noch vor wenigen Tagen hatte ihre Tochter noch nichts von ihrer Suche nach Michel gewusst. Und nun stand ihr Vater leibhaftig vor der Tür.

Hayley lächelte. »Ich verstehe schon. Ist schon gut. Wenn du willst, dass ich mitkomme, dann tue ich das. Aber jetzt machen wir ihm schnell die Tür auf, okay?«

Pferdekutsche – Central Park

Das Pferd hieß Marco, aber Angel hatte beschlossen, es Snowy zu nennen, weil es ein Apfelschimmel war, der sich kaum abhob von den schneebedeckten Gebäuden, Straßen und Bäumen. Eine weiße Kutsche mit einem rot-schwarzen Verdeck, um die Insassen vor dem Winterwetter zu schützen, und ein Kutscher mit Frack und Zylinder. Das gab es nur in New York!

Hayley saß auf einem mit rotem Samt bezogenen Sitz neben Angel und kuschelte sich unter eine karierte Wolldecke. Ihre Zähne klapperten, als der scharfe Wind ihnen Schneeflocken ins Gesicht blies, während sie durch den Park fuhren.

Der Central Park sah aus wie die Glasur auf einem riesigen Weihnachtskuchen, verziert mit verzuckerten Bäumen. Verglichen mit den riesigen Gebäuden ringsumher wirkte er wie ein Zufluchtsort, an dem man nur gedämpft das Hupen der Autos, Marcos Hufgeklapper und das Spiel eines Jazzsaxophonisten, der dem rauen Wetter trotzte, wahrnahm.

»So kann man diesen Teil von New York am besten sehen«, erklärte Michel. Er saß ihnen gegenüber, eine Wolldecke über den Knien und Schneeflocken im Haar.

Hayley lächelte. Michel hatte nichts dagegen einzuwenden gehabt, dass sie Angel begleitete. Er war auch nervös, wie sie bemerkte, und das konnte sie ihm nicht verdenken. Schließlich war das ein großer Schritt in ihrer Beziehung. »Wann müssen wir anhalten, um Marcos Pferdeäpfel aufzuklauben?«

»Mum!«, rief Angel.

»Was? Hast du die Eimer nicht gesehen, die unter der Kutsche hängen?«, fragte Angel. »Bei Randy machst du das hervorragend, also könntest du dich doch freiwillig dafür melden.«

Angel verzog das Gesicht und wandte sich dann mit einem Lächeln an ihren Vater. »Was ist dein Lieblingsgebäude in New York, Michel?«

Michel rieb sich die Hände und blies seinen warmen Atem auf seine Finger. »Das ist eine schwierige Frage.«

»Oh, nein«, entgegnete Hayley. »Es kann nur die Freiheitsstatue sein. Sie ist stark, feminin und grün. Was kann man daran nicht lieben?«

»Mum, die Freiheitsstatue ist kein Gebäude«, verbesserte Angel sie.

»Nun, dann eben eine Sehenswürdigkeit. Und meiner Meinung nach die schönste.«

»Ich mag das Brooklyn Museum«, sagte Michel. »Es liegt in der Nähe meiner Wohnung.« Er lächelte Hayley an. »Dort gibt es auch eine Nachbildung der Freiheitsstatue.«

»Gehen wir dorthin?«, fragte Angel.

»Ja, klar, wenn deine Mutter damit einverstanden ist«, erwiderte Michel mit einem Blick auf Hayley.

Hayley lächelte, als die Kutsche anhielt.

»Angel.« Michel beugte sich vor und reichte ihr eine Tüte. »Möchtest du das Pferd füttern?«

Angels Gesicht hellte sich auf. »Du hast Karotten mitgebracht? Mum hat mir gesagt, ich sollte eine Karotte mitnehmen, aber …«

»Das sind Äpfel«, unterbrach Michel sie.

Angel ließ sich nicht zweimal bitten. Sie schnappte sich die Tüte, sprang aus der Kutsche und lief über den Schnee zu dem Pferd.

»Kannst du sie sehen?« Hayley beugte sich aus der Kutsche, um Angel im Auge behalten zu können.

»Ja, ich sehe sie«, erwiderte Michel. »Komm doch zu mir rüber.« Er klopfte auf die Bank, auf der er saß.

Hayley raffte die Decke um sich, stand auf und ließ sich neben Michel nieder, wo sie Angel sehen konnte. Ihre Tochter streckte gerade dem Pferd auf ausgestreckter Hand einen Apfel entgegen.

»Sie war ziemlich aufgeregt wegen unseres Treffens«, bemerkte Michel.

»Allerdings.« Hayley seufzte. »Und es lag nicht daran, dass ich mich gluckenhaft verhalten habe – obwohl ich oft überfürsorglich bin, das muss ich zugeben. Sie hat sich Sorgen gemacht, worüber sie mit dir reden soll, und solche Sachen.«

»Das ging mir genauso«, gestand Michel. »Alles ist plötzlich ganz anders, und ich möchte, dass alles gut läuft.«

»Das weiß ich«, erwiderte Hayley.

»Ich habe das Gefühl, dass jeder kleine Augenblick eine hundertfache Bedeutung hat.« Michel seufzte. »Die Kutschfahrt durch den Park kommt mir vor wie ein gewaltiges Ereignis.«

»Mach dir nicht zu viele Gedanken darüber. »Angel sieht auch alles viel zu kompliziert. Ihr beide müsst euch entspannen. Verhaltet euch einfach so, wie ihr seid.«

Michel fuhr sich mit der Hand durch das Haar und schüttelte ein paar Schneeflocken ab. »Ich habe das Gefühl, einiges gutmachen zu müssen.«

»Nein.« Hayley schüttelte den Kopf. »Ich muss einiges

wiedergutmachen.« Sie zog die Decke höher. »Ich hätte es dir gleich sagen sollen, als ich es erfuhr.«

»Wir haben ausgemacht, nicht mehr über die Vergangenheit zu sprechen«, rief Michel ihr ins Gedächtnis.

»Ich weiß, aber ich …«

»Du musst immer das letzte Wort haben, richtig?« Michel grinste. »Daran kann ich mich noch gut erinnern.«

Sie nickte. »Ich finde es gut, dass du dich noch an damals erinnern kannst, denn schließlich haben wir ein gemeinsames Kind.« Sie richtete den Blick auf Angel, die das Pferd streichelte und ihre Finger in die Mähne des Tiers vergrub.

»Ist die Sache mit Oliver ernst?«, fragte Michel.

Seine Frage überraschte sie, und sie spielte eine Weile mit den Fransen an der Wolldecke, bevor sie ihm antwortete. Sie dachte an Deans Bemerkung darüber, dass sie Michel vielleicht nur deshalb suchte, weil sie eine Vater-Mutter-Kind-Beziehung aufbauen wollte, aber es war kein neuer Funke übergesprungen. Michel war immer noch ein sehr attraktiver Mann, aber zwischen ihnen stimmte die Chemie nicht mehr. Hatte er sie deshalb nach Oliver gefragt? Sie musterte sein Gesicht von der Seite. Nein, auch bei ihm war kein Begehren zu erkennen, soweit sie das beurteilen konnte.

Sie seufzte. »Wir haben ein Problem – die Entfernung. Er lebt hier in New York, und ich lebe in England.« Sie hob einen Finger an den Mund und knabberte am Fingernagel, bevor sie weitersprach. »Aber ich habe noch nie gefühlt, was ich für ihn empfinde.« Sie lachte. »Das ist verrückt, weil es etwas ganz Neues für mich ist.«

Michel zuckte die Schultern. »Manchmal sind die besten

Dinge im Leben etwas ganz Neues und kommen wie aus heiterem Himmel.«

Hayley sah, dass er dabei zu Angel hinüberschaute, und ihr wurde warm ums Herz. Alles würde gut werden.

KAPITEL SECHSUNDFÜNFZIG

Restaurant Romario's, Greenwich Village

Angel versuchte, mit der Gabel eine Olive aufzuspießen, doch sie entglitt ihr und flog in hohem Bogen über den Tisch und auf den Boden. Hayley warf ihrer Tochter einen strengen Blick zu und schaute dann zum Fenster hinaus. Das Wetter verschlechterte sich zusehends. Seit einigen Tagen schneite es unaufhörlich, und an den Stellen, die der Schneepflug noch nicht erreicht hatte, lag der Schnee über einen halben Meter hoch. Zu Angels großer Freude hatten sie sich sehr oft mit Michel getroffen, und am Tag zuvor war sie zum ersten Mal allein mit ihm zu einem Besuch im Brooklyn Museum unterwegs gewesen. Dass es in Angels Leben nun einen Vater gab, hatte auch das Gespräch über Oliver ein wenig leichter gemacht. Als Hayley ihrer Tochter gesagt hatte, dass er für sie ein wenig mehr sei als nur Deans Boss, hatte Angel kaum darauf reagiert, und Hayley hatte das Thema nicht weiter vertieft. Ihre Tochter musste sich im Augenblick an so viel Neues gewöhnen, da wäre es nicht fair zu erwarten, dass sie sich über Nacht an alles gewöhnte. Aber sie wusste, dass Hayley und Oliver sich trafen, und im Moment nannte sie ihn immer noch »den Fiesling«. Hayley war sich noch nicht im Klaren darüber, ob und wann sie Olivers Gesundheitsprobleme ansprechen sollte. Selbst mit Oliver hatte sie kaum mehr darüber geredet. In den vergangenen Tagen hatten sie einfach ihre Zeit miteinander genossen. Sie hatten Hamburger gegessen, die größer waren als Teller, waren durch die Geschäfte an der Fifth Avenue gebummelt und hatten sich an dem Anblick und den Geräuschen der Stadt in der Vorweihnachtszeit erfreut. Olivers Herzprobleme und die McArthur-Wohltätigkeitsveranstaltung waren zwei Themen, die sie für den Augenblick von ihrer Agenda gestrichen hatten.

»Willst du noch Knoblauchbrot?«, fragte Tony und zwinkerte Angel zu.

»Tony, wenn du dem Kind noch mehr von dem Knoblauchbrot gibst, wird sie in nächster Zeit sämtliche Vampire vertreiben können«, erklärte Cynthia und hob den Blick von ihrem in Leder gebundenen Aktenordner.

»Mein Dad mag Knoblauchbrot. Wir haben gestern Mittag welches gegessen«, warf Angel ein.

»Möchtest du sehen, wie wir es hier zubereiten?«, fragte Tony. »Es ist ein ganz spezielles, geheimes Rezept.«

Angel stand auf und schob ihren Stuhl zurück. »Darf ich, Mum?«

»Aber nichts essen«, mahnte Hayley.

»Komm schon«, forderte Tony Angel auf. »Was in der Küche passiert, bleibt in der Küche.«

Hayley trank einen Schluck Weißwein und schob ein Blatt Papier zu Cynthia hinüber. »Das sind die Einzelheiten über den Tischzauberer.«

Sie hatte herausgefunden, dass sie bei Cynthia immer subtil vorgehen musste. Die Frau warf einen zweifelnden Blick auf den Ausdruck.

»Er wurde mir mehrfach empfohlen. Ich habe mit drei Hotels gesprochen, für die er bereits gearbeitet hat. Er war schon im Fernsehen zu sehen und hat vor einiger Zeit sogar mit David Copperfield gearbeitet.«

»Und Sie glauben wirklich, dass so etwas unseren Gästen gefallen wird?«, fragte Cynthia skeptisch.

»Hatten Sie schon einmal einen Tischzauberer?«

»Nein, und wahrscheinlich gab es dafür gute Gründe.«

»Illusionen sind wirklich angesagt, Cynthia, das garantiere ich Ihnen.«

»Ist er teuer?«

»Nein, und mit meinen magischen Überzeugungskräften werde ich ihn dazu bringen, für einen Apfel und ein Ei ..., na ja, für ein Butterbrot aufzutreten. Sie wissen schon, wie ich das meine.«

Cynthia seufzte und legte das Blatt auf den Tisch. »Ich nehme an, Widerspruch ist zwecklos.«

Hayley grinste. »Sie werden es nicht bereuen.«

Cynthia warf ihr über den Rand ihrer Designer-Lesebrille einen warnenden Blick zu. »Aber keine lebenden Tiere.«

»Versprochen.«

»So, und nun zu Ihnen und Oliver.« Cynthia klappte ihre Mappe zu und griff nach ihrem Weinglas.

Hayley wurde nervös. Darüber hatten sie noch nie gesprochen. Ihr war klar, dass Cynthia Bescheid wusste, und das war sicher auch Cynthia bewusst, aber Hayley hatte keine Ahnung, wie sie dieses Thema mit ihr bereden sollte. Schließlich war sie in einem sehr kurzen Zeitraum bei Cynthia zuerst als unfähige Reinigungskraft und dann als Event-Planerin aufgetaucht, und nun war sie plötzlich die Freundin ihres Sohns. Bisher hatten sie sich immer nur über Geschäftliches unterhalten. Es hatte viel zu organisieren gegeben, und Hayley hatte es vermieden, etwas anderes anzusprechen.

»Tja, seit diese peinlichen Bilder von der Eislaufbahn in der Presse erschienen sind, ist es wohl raus.«

Cynthia lächelte. »Ich habe ihn seit Jahren nicht mehr so glücklich gesehen.«

Hayley nickte und umklammerte den Stiel ihres Weinglases. Sie dachte ständig an Olivers körperliche Verfassung. Nach einem tiefen Atemzug fragte sie: »Wie haben Sie das geschafft?«

»Was meinen Sie?«

»Jemanden zu lieben, der nicht lange zu leben hatte, ohne ständig daran zu denken.« Hayley schüttelte den Kopf. »Als er es mir gesagt hat, veränderte das für mich zunächst gar nichts. Meine Zuneigung für ihn ist so groß, dass alles andere unwichtig erschien.«

»Und jetzt?«, wollte Cynthia wissen.

»Eigentlich hat sich immer noch nichts geändert. Ich bin gespannt, wie es zwischen uns weitergeht, und ich habe noch nie für jemanden so tiefe Gefühle empfunden wie für ihn. Aber seit ich Bescheid weiß, stelle ich mir ständig Fragen.« Sie seufzte. »Ist das der letzte Hamburger, den wir gemeinsam essen? Könnte das der letzte Gutenachtkuss sein? Sollte er durch den Park laufen oder sich lieber schonen? Was wird geschehen, wenn Angel ihn schließlich akzeptiert und sich an ihn bindet?«

»Denken Sie niemals beim Sex daran«, empfahl Cynthia ihr.

»O Gott!« Hayley hielt sich die Ohren zu. »Sprechen wir lieber wieder über den Tischzauberer!«

Cynthia lachte. »Obwohl Ben und Olivers Großvater sehr früh gestorben sind, wussten wir vor Bens Tod nichts von diesem Gen. Den Großteil meines Lebens musste ich mich also nicht damit beschäftigen. Deshalb müssen Sie Oliver davon überzeugen, das einzig Vernünftige zu tun.«

»Das einzig Vernünftige?«

Cynthia sog Luft durch die Zähne ein. »Ich habe mir schon gedacht, dass er Ihnen nicht alles erzählt hat.« Sie schüttelte den Kopf, sodass ihr blondes Haar mitschwang. »Möglicherweise besitzt er dieses Gen nicht. Es gibt einen Test dafür.«

Hayley verschluckte sich an ihrem Wein und hustete. »Was?«

»Letztes Jahr, kurz vor Richards Tod, bekamen wir einen Brief von einem Herzspezialisten. Sein Team hatte sich gründlich mit dieser Erkrankung beschäftigt und einen Test entwickelt, mit dessen Hilfe man diese Abnormität entdecken kann. Sie boten Richard und Oliver an, diese Chance zu nützen, um Gewissheit zu erlangen.«

»Und sie haben den Test nicht gemacht?«

Cynthia schüttelte den Kopf. »Beide nicht. Und das war dumm und egoistisch von ihnen.« Sie seufzte. »Ich glaube, Richard war überrascht, bereits fünfundsechzig geworden zu sein. Er hatte das Gefühl, ein gutes Leben gehabt zu haben und überließ es dem Herrn, wann er ihn zu sich holen wollte. Und Oliver … nun, er ist seit Bens Tod fest davon überzeugt, bald sterben zu müssen.«

Hayley schüttelte den Kopf. Das konnte sie kaum fassen. Er hatte eine Chance. Möglicherweise besaß er dieses Gen nicht, und trotzdem wollte er nicht herausfinden, wie es um ihn stand. Das war verrückt. Und selbstsüchtig! Warum wollte er den Test nicht machen? Dann wüsste er endlich über seinen Gesundheitszustand Bescheid! Sie sah Cynthia an. »Hatte Richard dieses defekte Gen in sich?«

Cynthia nickte traurig. »Niemand weiß, warum er trotzdem so lange lebte, aber ich bin jeden Tag dankbar dafür.«

Marvins Eisdiele, Downtown Manhattan

Mitten in einem Schneesturm Eisessen zu gehen war vielleicht ein wenig merkwürdig. Oliver atmete tief aus und sah zu, wie sich seine Atemwolke mit der frostigen Luft und den Auspuffgasen des langsam vorbeifließenden Verkehrs mischte.

Hayley vertraute ihm in dieser Sache und zeigte ihm damit, dass ihr das, was sich zwischen ihnen entwickelt hatte, wirklich etwas bedeutete. Gleich würde er Angel offiziell zum ersten Mal treffen, und er war starr vor Angst. Er hatte keine Ahnung, wie er sich verhalten und was er tun sollte. Und er musste auch noch mit dem soeben gefundenen Vater konkurrieren, der sich, wie er gehört hatte, in seiner neuen Rolle ganz ausgezeichnet machte.

Ein gelbes Taxi kroch an den Randstein und hielt an. Die hintere Tür flog auf, und Angel stieg aus. Sie trug Winterstiefel, Jeggings und einen roten Wollmantel. Ihr braunes Haar war zu zwei Rattenschwänzchen gebunden und wurde von mit Rentieren verzierten Haarspangen zusammengehalten. Sie sah ihn an und rümpfte dabei leicht die Nase. Er lächelte und winkte ihr zu, aber sie starrte nur mit unbewegter Miene zurück.

Hayley stieg ebenfalls aus dem Taxi und bedankte sich bei dem Fahrer. Wie immer, wenn er sie sah, zog sich sein Magen zusammen. Er strahlte sie an, aber sie reagierte darauf ebenso wenig wie ihre Tochter.

»Hey«, begrüßte er beide, als sie sich dem Eingang von Marvins Eisdiele näherten.

»Hey«, erwiderte Hayley frostig.

Er klatschte in die Hände. »Seid ihr bereit, euch den Bauch mit richtig gutem Eis vollzuschlagen?«

»Wir haben zum Mittagessen bei Romario's schon sehr viel gegessen«, erklärte Angel.

Er runzelte die Stirn und hielt die Tür für sie auf. »Ihr wart bei Romario's?«

»Es war ein Geschäftsessen mit deiner Mum wegen der Wohltätigkeitsveranstaltung, die ich nicht erwähnen darf«, erwiderte Hayley und rauschte an ihm vorbei.

»Ich habe nicht gesagt, dass du sie nicht erwähnen darfst.« Er griff nach ihrem Arm. »Was ist denn los?«

»Ich weiß es nicht, sag du es mir, Oliver.«

Ihre Miene wirkte verkniffen, und er hatte keine Ahnung, womit er das verdient hatte.

»Oh, Mum, hier gibt es Hunderte verschiedene Toppings!«, rief Angel aufgeregt und lief über den schwarz-weiß-gekachelten Boden zur Theke.

»Wenn du nach all dem Knoblauchbrot noch Platz in deinem Magen hast, dann such dir etwas aus.«

»Hey, Angel, ich zeige dir, was ich hier immer gegessen habe, als ich in deinem Alter war.« Oliver ging Angel nach und stellte sich neben sie.

»Du warst schon hier, als du neun warst?«, fragte Angel und sah ihn neugierig an.

»Ich war schon hier, als ich noch gar nicht laufen konnte. Mein Bruder hat sehr gern Eis gegessen«, erwiderte er und starrte durch die Glasscheibe auf die verschiedenen Behälter mit Eiscreme und Toppings.

»Lieber als Shrimps?«, wollte Angel wissen.

Diese Frage überraschte ihn. »Woher weißt du, dass er gern Shrimps gegessen hat?«

»Cynthia hat es uns erzählt. Wir werden bei der McArthur-Wohltätigkeitsveranstaltung Shrimps als Vorspeise servieren.« Angel lächelte stolz. »Das war meine Idee. Zum

Hauptgang gibt es die Leibspeise von Mrs Futchers Tochter und zur Nachspeise einen besonderen Käsekuchen, den Mr Wrights Frau immer gebacken hat, bevor sie krank wurde.«

Oliver schluckte. Das war wundervoll, aber auch herzzerreißend. So wie die Stiftung selbst. Er legte Angel eine Hand auf die Schulter. »Und das war allein deine Idee? Deine Mum hat mir schon oft gesagt, wie klug du bist. Jetzt glaube ich ihr das.«

Der Duft nach Karamell, Schokolade und Sahne war so stark, dass Hayley befürchtete, in ein Zuckerkoma zu fallen. Aber trotz dieser angenehmen Umgebung fiel es ihr nicht leicht, hier zu sein und das erste richtige Treffen von Oliver und Angel zu unterstützen, weil sie wütend auf ihn war.

»Darf ich noch eine Portion essen?« Angel sah sie beide bittend an; an ihrem Kinn klebte ein kleines Stück Schokolade.

»Angel, du hast schon drei Eisbecher verdrückt«, rief Hayley ihr ins Gedächtnis.

»Ich weiß, aber ich möchte so gern noch die Sorte ›Mince Pie‹ probieren, und die gibt es nur für eine begrenzte Zeit. Nach Weihnachten ist sie wahrscheinlich nicht mehr im Angebot.« Sie klimperte mit den Wimpern und schaute zuerst Hayley und dann Oliver bittend an.

»Nur noch einen?« Oliver richtete seine Frage direkt an Hayley.

»Sie versucht, dich um den Finger zu wickeln«, stellte Hayley fest.

»Schon klar, aber das ist mir egal. Schließlich ist bald Weihnachten.« Er grinste Angel an. »Geh und hol dir noch eine Portion.«

Angel sprang auf und rannte zur Theke, während Hayley

endlich den Seufzer ausstieß, den sie eine Stunde lang unterdrückt hatte.

»Sagst du mir jetzt, was los ist?«, fragte Oliver und legte beide Hände um seine Kaffeetasse.

Hayley verschränkte die Arme vor der Brust und warf einen Blick zu Angel hinüber, um sich zu vergewissern, dass sie sie nicht belauschte.

»Als du mir gesagt hast, dass du wahrscheinlich früh sterben würdest, hast du mir eine wichtige Sache verschwiegen.« Sie starrte ihn an.

»Was?«

»Dass es einen Test gibt, mit dem sich herausfinden lässt, ob du dieses defekte Gen tatsächlich in dir trägst.«

Oliver schüttelte den Kopf. »Das hat dir meine Mutter verraten.« Er stellte die Kaffeetasse auf den Tisch. »Dazu hatte sie kein Recht.«

»Oh, doch. Ich habe dir vertraut, Oliver. Du triffst heute meine Tochter hier, und ich habe ihr vorher gesagt, was ich für dich empfinde. Du hättest es mir sagen müssen.«

»Welchen Unterschied macht das?«

»Es könnte sein, dass du dieses Gen gar nicht hast!«

Er schüttelte wieder den Kopf. »Hör auf damit, Hayley. Ich habe dir doch gesagt, wie die Dinge stehen. Mach dir keine falschen Hoffnungen, dass ich jemals das Rentenalter erreichen werde, denn meine Erkrankung ist erblich. Mein Bruder hatte sie, mein Vater hatte sie, Großvater Drummond …«

»Oliver, um Himmels willen, es gibt einen Test, den du machen kannst. Selbst wenn er ungünstig ausfallen sollte, hast du dann zumindest Gewissheit.«

»Ich bin mir auch jetzt schon sicher. Seit Monaten gibt es Warnzeichen dafür.«

»Dann mach den Test und lass dir ein Papier aushändigen, auf dem steht, dass du früh sterben wirst. Dann hast du Klarheit und bist darauf vorbereitet und …«

»Und werde ständig daran erinnert.«

»Du bist stur und egoistisch«, fauchte Hayley. »*Ich* möchte es wissen. Ich will es schwarz auf weiß sehen. Solange ich dieses Papier nicht in der Hand habe, werde ich nämlich immer hoffen, dass es nicht wahr ist.«

Er seufzte tief. »Du hast mir gesagt, du könntest damit umgehen.«

»Das kann ich auch, aber das heißt noch lange nicht, dass es mir gefällt. Ich glaube eben noch an solche Geschichten wie die in dem Film *Das Wunder von Manhattan*.« Sie seufzte ebenfalls. »Und gerade du solltest wissen, dass Wünsche manchmal in Erfüllung gehen.«

Sie setzte ihre Tasse mit heißer Schokolade an die Lippen und wartete auf seine Reaktion. Ihr war klar, wie schwer es für sie beide sein würde, falls sich der Verdacht bestätigte, aber ein kleiner Teil von ihr klammerte sich immer noch an den Glauben, dass das Schicksal dieser Familie und ihr gegenüber nicht so grausam sein konnte.

»Als wir damals diesen Brief bekamen, hieß es, dass der Test noch im Versuchsstadium sei. Sie verwendeten Wörter wie ›experimentell‹ und ›risikoreich‹.«

»Alles ist besser als nichts, richtig? Und in der Zwischenzeit gab es sicher schon eine Weiterentwicklung.«

Sie beobachtete ihn. Er starrte in die Ferne, als würden ihm gerade hundert Gedanken gleichzeitig durch den Kopf gehen. Verlangte sie zu viel von ihm? In einer Woche würde sie nach Hause zurückfliegen, und was würde dann aus ihrer Beziehung werden? In der Zeit, die ihnen noch blieb, konnten sie nicht mehr viel erledigen.

Schließlich nickte er. »Wenn es dir so viel bedeutet …« Er griff nach ihren Händen und hielt sie fest. »Wenn du Klarheit haben möchtest, dann lasse ich diesen Test machen.«

Sie strahlte vor Freude und erwiderte den Druck seiner Hände. »Danke, Clark.«

»Oliver!«, rief Angel. »Soll ich bunte Streusel oder Schokostückchen nehmen?«

Oliver schenkte Hayley ein Lächeln, ließ ihre Hände los und stand auf. »Ist das eine ernst gemeinte Frage, du schlaues Kind? Du kennst doch die Antwort schon: Nimm beides!«

KAPITEL SIEBENUNDFÜNFZIG

Oliver Drummonds Penthouse, Downtown Manhattan

Oliver betrachtete Hayley. Sie schlief auf dem Rücken, ihr Mund war leicht geöffnet, und sie gab leise Geräusche von sich. Ihr jetzt kürzer geschnittenes Haar war zwar zerzaust, aber sah, ausgebreitet auf dem Kissen, wunderschön aus. Er konnte es kaum glauben, dass sie hier war, immer noch bei ihm. Obwohl sie jetzt über alles Bescheid wusste. Sie hatte recht. Er hatte den Test viel zu lange verdrängt. Auch wenn er das Ergebnis bereits zu kennen glaubte, hatte er dabei nichts zu verlieren. Und für Hayley war der Test wichtig. Solange sie nicht in einem Bericht nachlesen konnte, was mit ihm los war, würde sie weiter an ein Weihnachtswunder glauben. Wenn sie weiterhin zusammenbleiben wollten, brauchte sie Klarheit darüber, worauf sie sich einließ. Er hatte bereits einen Termin in der Klinik vereinbart. Für diesen Tag.

Er fuhr ihr sanft durchs Haar und strich ihr dann ein paar Strähnen aus dem Gesicht. Wie auch immer das Ergebnis lauten mochte, er würde nicht mehr vor der Zukunft davonlaufen. Jeden Moment seines Lebens zu genießen, bedeutete nicht automatisch, sich leichtsinnigen Vergnügungen hinzugeben. Es hieß, sich auf das zu konzentrieren, was zählte. Auf die Menschen, die zählten.

Hayley schlug die Augen auf. »Wie spät ist es?« Sie setzte sich auf und suchte nach dem Wecker.

»Kurz vor acht.«

Hayley warf die Bettdecke zurück. »Ich muss los. Dean muss arbeiten, und ich muss mich um Angel kümmern. Außerdem wollte ich die Frau wegen der Blumen anrufen und …« Sie wollte aus dem Bett springen, aber er hielt sie fest.

»Wie ich gehört habe, hat Dean einen sehr verständnisvollen Boss.«

»Der dank vieler Karteikarten nun die Namen aller seiner Angestellten kennt.«

»Das Team ist wichtig.«

»Das weiß ich, und deshalb muss ich jetzt aufstehen.«

»Halt«, befahl er und beugte sich über sie. »Jetzt atme erst einmal tief durch und entspann dich.«

»Dafür habe ich keine Zeit, sonst kann ich keinen Kaffee mehr trinken.« Sie klimperte mit den Wimpern. »Würdest du mir eine Tasse Kaffee machen?«

»Erst, wenn du mir einen guten Morgen gewünscht hast.«

Er beugte sich über sie und wartete auf eine Reaktion, die ihm zeigte, dass sie verstanden hatte, was er damit meinte.

»Habe ich dir nicht gestern Abend bereits in aller Länge eine gute Nacht gewünscht?« Sie grinste.

»Das war der schönste Gute-Nacht-Gruß meines Lebens.«

»Ich bin mir nicht sicher, ob ich noch genug Energie für einen Guten-Morgen-Gruß habe.« Sie beugte sich vor, legte ihre Hände um seinen Hals und zog ihn an sich.

»Du könntest den Kaffee weglassen«, schlug er vor und küsste sie auf den Mund.

»Flüssigkeitszufuhr ist wichtig für den Körper«, erklärte sie und erwiderte seinen Kuss.

»Wir haben minus fünf Grad, keine Hitzewelle mit dreißig Grad.«

»Aber ich werde zu spät zur Verabredung mit deiner Mutter kommen.«

»Schieb die Schuld auf mich.«

Er küsste sie noch fordernder und drückte sie zurück in die Kissen, bis sie schließlich nachgab und ebenso leidenschaftlich reagierte. Sie ließ die Hände über seine Schultern und seinen Rücken gleiten.

Plötzlich wich sie zurück und sah ihn misstrauisch an. »Was ist hier eigentlich los?«

»Was meinst du damit?«

»Wieso hast du so viel Zeit? Musst du dich nicht mit der Sache wegen Regis Software beschäftigen und dich um die Kündigung des Verräters und die Vermarktung des Globe kümmern, wie schon die ganze Woche über?«

»Heute Vormittag nicht.«

»Hast du dir freigenommen?«

»Nicht ganz.« Er seufzte und rollte sich auf die andere Seite des Betts. Jetzt musste er es ihr sagen. Aber er wusste, sobald er es ausgesprochen hatte, würde sie sich auf nichts anderes mehr konzentrieren.

»Also, was ist los?«

Er lehnte sich an die Kissen und zog ein wenig verlegen die Bettdecke nach oben. Ihm wurde bewusst, wie ernst die Sache war, die er sich für diesen Tag vorgenommen hatte. »Ich fahre ins Krankenhaus.«

Die Atmosphäre war gespannt, und einige Sekunden verstrichen, bevor sie endlich etwas sagte.

»Meinst du nicht, *wir* fahren ins Krankenhaus? Denn ich gehe davon aus, dass du dir dort keine Tetanusspritze geben lassen willst.«

»Stimmt.« Er nickte.

»Dann werde ich dich begleiten.« Sie setzte sich auf und drehte sich zu ihm um.

»Das ist nicht nötig. Ich habe dir versprochen, diesen Test machen zu lassen, und heute ist es so weit.«

Hayley lachte. »Glaubst du etwa, ich will nur mitkommen, weil ich mich versichern will, dass du nicht kneifst?« Sie versetzte ihm einen spielerischen Schlag auf den Arm. »Ich will dir beistehen. Und ich will das Ergebnis wissen und bei dir sein, wenn du es erfährst.«

»Und das ist genau der Grund, warum ich das allein hinter mich bringen wollte«, erwiderte er.

»Das ergibt keinen Sinn. Außer du willst das Weite suchen und mir damit sagen, dass es zwischen uns aus ist.« Sie runzelte die Stirn. »Geht es darum?«

Er schüttelte den Kopf. »Nein, natürlich nicht.«

»Dann komme ich mit.« Sie stieg aus dem Bett, griff nach Olivers Knicks-T-Shirt und zog es sich über. »Wann hast du den Termin?«

»Um halb zwölf.«

»Gut. Ich kümmere mich um Angel, treffe mich mit deiner Mum und fahre dann in die Klinik.« Sie tappte auf nackten Füßen in die Küche. »Ist es das Krankenhaus, in dem du so gemein und grausam zu mir warst? In dem ich mir geschworen habe, dir das niemals zu verzeihen?«

»Ja, St. Patrick's. Was machst du?«, rief er ihr nach.

Sie drehte sich um. »Ich sorge jetzt dafür, dass wir beide nicht austrocknen. Hast du Schinkenspeck da?«

Er lächelte und zog die Bettdecke um seinen Körper. Womit hatte er diese Frau nur verdient?

Dean Walkers Apartment, Downtown Manhattan

»Rieche ich hier Eier? Ich habe heute Morgen nämlich keine gehabt, und …« Hayley stürmte in die Küche und hielt inne, als sie Michel und Angel am Herd stehen sah. »Oh, hallo. Wo ist Dean?«

»Hi, Mum. Wir machen Arme Ritter.«

Michel drehte sich zu ihr um. »Er musste schon früh ins Büro.«

»Oh, aber er hat mich nicht angerufen.«

»Doch, er hat es versucht, aber er konnte dich nicht erreichen. Angel, sei vorsichtig, das ist sehr heiß!« Er reichte dem Mädchen den Pfannenwender.

Hayley kramte in ihrem Rucksack nach ihrem iPhone. Fünf Anrufe. Und sie hatte versehentlich den Ton abgestellt.

»Und dann hat Dean dich angerufen?«, fragte Hayley.

Michel schüttelte den Kopf. »Ich bin gekommen, um mit dir zu sprechen. Ich wollte Angel in eine weitere Galerie mitnehmen. Dean sagte, du seist nicht hier und er müsse zur Arbeit, also habe ich ihm angeboten, bei Angel zu bleiben, bis du kommst.«

Hayley stieß einen Seufzer aus und stellte ihre Tasche auf die Frühstückstheke. Sie musste aufhören, allen gegenüber so misstrauisch zu sein, wenn es um Angel ging. Michel war ihr Vater, und er hatte in den letzten Tagen gezeigt, wie gut er sich in diese Rolle eingefunden hatte. Er hatte Angel nicht gedrängt und weder falsche Erwartungen geweckt noch Versprechen gegeben, die er nicht halten konnte. Es lief alles ausgezeichnet. Er war ein guter Mensch, der in dieser für ihn völlig neuen Situation sein Bestes gab, und vielleicht sollte sie ihm dafür mehr Anerkennung zollen.

»Ist alles in Ordnung?«, erkundigte Michel sich und ging zu ihr hinüber.

»Ja … tut mir leid.« Sie schluckte. »Es ist nur alles neu und anders für mich, und im Augenblick passieren so viele Dinge gleichzeitig.«

»Das verstehe ich. Mir geht es genauso.«

»Die Ränder werden braun«, verkündete Angel.

»Das ist okay. Schieb die Brotscheiben ganz vorsichtig mit dem Pfannenwender an die Seite.«

»Ich hoffe, ich bekomme auch eine Scheibe«, rief Hayley. »Aber ich muss sie auf dem Weg essen.«

»Viel zu tun heute?«, fragte Michel.

»Ja, die Wohltätigkeitsveranstaltung findet morgen Abend statt, und ich habe noch alle Hände voll zu tun. Und um halb zwölf muss ich … habe ich noch einen anderen Termin.«

»Ich werde mich um Angel kümmern«, bot Michel ihr an.

»Oh, nein, Michel, das ist nicht nötig. Ich kann Angel mitnehmen und …«

»Unsinn. Ich möchte sie mit in diese Galerie nehmen und ihr ein paar meiner Werke zeigen. Kein Problem. Und anschließend gehe ich mit ihr eine Kleinigkeit essen. Vielleicht können wir dann noch ins Museum of Modern Art gehen?«

Hayley nickte. Sie musste loslassen, das war ihr bewusst. Und sie konnte Michel vertrauen. Aber es war schwerer, als sie gedacht hatte. Nachdem sie sich so lange allein um Angel gekümmert hatte, fiel es ihr nicht leicht, einen Teil der Verantwortung abzugeben.

»Ich verbringe sehr gern Zeit mir ihr, Hayley«, sagte Michel leise und warf einen Blick zu Angel hinüber. »Schließlich habe ich all die Jahre zuvor verpasst.«

»Ich weiß«, flüsterte sie schuldbewusst.

»Und nach eurem Urlaub möchte ich euch weiterhin sehen. Entweder komme ich nach England, oder ihr kommt hierher.« Er seufzte. »Ich will auf keinen Fall den Kontakt zu euch verlieren.«

»Das Brot wird immer dunkler!«, rief Angel.

»Ich komme gleich!«, antwortete Michel und wandte seine Aufmerksamkeit wieder Hayley zu. »Du bist ihre Mutter, also hast du selbstverständlich das Sagen. Aber ich wünsche mir, in Zukunft mehr Zeit mit Angel verbringen zu können. Wenn du damit einverstanden bist.«

»Michel!«, kreischte Angel. »An einigen Stellen wird das Brot jetzt schwarz!«

Hayley sah ihn an. »Wir werden uns sicher etwas einfallen lassen.«

Er lächelte. »Gut. Jetzt nimm dir eine Scheibe von den Armen Rittern und kümmere dich um deine Arbeit. Angel und ich kommen schon zurecht.«

»Dad!«, brüllte Angel. »Alles verbrennt!«

Hayley hatte plötzlich einen Kloß im Hals, als sie hörte, wie Angel ihn genannt hatte. Und Michels Miene verriet Stolz und Freude. Sie griff nach seiner Hand und drückte sie. »Wir werden eine Lösung finden.«

KAPITEL ACHTUNDFÜNFZIG

Crystalline Hotel, Manhattan

»*Platin* und Gold, nicht Silber! Ja, da gibt es einen Unterschied, und ich habe ihn Ihnen bei unserem Treffen erklärt, Mr Viceroy.« Hayley ging im Ballsaal auf und ab, während sie telefonierte. »Können Sie mir morgen Nachmittag einhundertfünfzig *platinfarbene* und einhundertfünfzig goldfarbene Ballons liefern? Nein? Na großartig. Dann danke ich Ihnen für den ausgezeichneten Service.« Sie beendete das Gespräch und stieß einen Schrei aus, der alle, die in dem Saal arbeiteten, zusammenzucken ließ.

Sie fuhr sich mit den Händen durchs Haar, beugte sich nach vorne, legte die Hände auf die Knie und atmete stoßweise.

»Gibt es ein Problem?« Cynthia stand plötzlich neben ihr.

Hayley richtete sich auf und zwang sich zu einem Lächeln. »Nein, natürlich nicht. Alles in Ordnung.« Sie musste diese Aufgabe gut erledigen. Cynthia sollte sie nicht für unfähig halten – weder im beruflichen noch im persönlichen Bereich.

»Hayley, ich bin hier, um Ihnen zu helfen.«

»Ja, ich weiß, aber das ist mein Projekt, und Sie bezahlen mich dafür, dass ich es gut abwickle, und das werde ich auch tun.« Sie stieß einen langen Atemzug aus, mit dem sie dreihundert Ballons hätte aufblasen können, und warf einen Blick auf ihre Armbanduhr.

»Ist wirklich alles in Ordnung?« Cynthia musterte sie aufmerksam.

Wusste sie etwa über den Test Bescheid? Vielleicht hatte Oliver sie angerufen? Aber wahrscheinlich hatte er sie damit nicht belasten wollen. »Oliver lässt heute den Test machen.« Sie sprudelte es hervor, bevor sie es sich anders überlegen konnte.

Cynthia blieb scheinbar gelassen, aber Hayley sah, dass ihre Unterlippe zitterte und ihr Tränen in die Augen stiegen, als ihr bewusst wurde, was das bedeutete.

»Er wollte es allein hinter sich bringen, aber das werde ich nicht zulassen«, fuhr Hayley fort. »Der Termin ist um halb zwölf.«

Cynthia nickte. »Und wir werden uns beide nicht davon abhalten lassen, ihn zu begleiten.«

Hayley lächelte. »Gut. Ich werde mich rasch um einen Ersatz für die Ballons kümmern, dann können wir gehen.«

»Und auf dem Weg besorgen wir uns einen Kaffee. Das Zeug in der kardiologischen Abteilung schmeckt wie Motoröl.« Cynthia tätschelte Hayleys Arm und lächelte. »Danke, Hayley.«

»Ich bin sicher, er hätte es Ihnen gesagt. Ich dachte nur …«

Cynthia schüttelte den Kopf. »Nein. Ich danke Ihnen dafür, dass Sie ihn dazu gebracht haben.« Sie hielt kurz inne. »Er tut es für Sie, und ich bin sehr froh darüber.«

Beide wurden von ihren Gefühlen überwältigt, und Hayley brannten Tränen in den Augen. Sie räusperte sich und ging rasch in die Mitte des Ballsaals zurück, wo sie einen guten Blick auf die Bühne hatte. Das Logo, das sie für die Veranstaltung entworfen hatte, wurde auf die große Leinwand geworfen, und die türkisfarbenen kugelförmigen Lampen, die über die gesamte Länge verteilt an einem Draht hingen, verbreiteten warmes gelbliches Licht. Das Leitmotiv, das sie für die Veranstaltung gewählt hatte, war zwar klassisch, aber sie hatte auch versucht, ein anheimelndes Element einzubringen. Der Raum sollte ausreichend, aber unaufdringlich geschmückt sein und die Förderer der Stiftung, die ein Familienmitglied verloren hatten oder mit lebensverändernden Fakten konfrontiert waren, sollten sich in den liebevoll gesetzten Akzenten wiederfinden.

»Es sieht wunderschön aus«, bemerkte Cynthia. »Und es wird bestimmt ein ganz besonderer Abend werden.«

»Gefällt es Ihnen?«

»Ob es mir gefällt? Ich finde es großartig!« Sie klatschte in die Hände. »Genau auf diese Weise haben Sie vor einigen Tagen mein Heim verändert. Deshalb wusste ich, dass Sie die Richtige für dieses Projekt sind.«

Hayley betrachtete ihr Werk und freute sich, dass ihr mit der Hilfe des Teams alles so gut gelungen war. »So etwas habe ich noch nie zuvor gemacht.«

»Würden Sie so etwas gern noch einmal machen?«

»Planen Sie eine weitere Veranstaltung?«, fragte Hayley. Bei dem Gedanken daran kribbelte ihr Magen vor Aufregung.

»Ich nicht – noch nicht. Aber wenn ich Ihren Namen morgen Abend bei jeder Unterhaltung fallen lasse, werden Sie sich vor Anfragen kaum retten können«, erwiderte Cynthia.

Was wollte ihr Cynthia damit sagen? Bedeutete das, dass sie vielleicht eine Chance hatte, in Zukunft weiter hier zu arbeiten? In New York? Dieses Projekt hatte zweifellos wieder das Feuer in ihr entfacht. Auch wenn sie mit dem Entwurf des Guggenheim-Kleids noch nicht weitergekommen war, waren etliche Seiten in ihrem Ideenbuch jetzt voll von Zeichnungen und Mustern für Tischgedecke und Stoffproben in verschiedenen Farben. Der Gedanke, dass sie vielleicht noch einmal für einen anderen Kunden so etwas organisieren durfte, eine weitere weiße Leinwand mit ihren Ideen und Plänen gestalten konnte, war beinahe unfassbar. Aber sie durfte nicht vergessen, dass sie nicht hier lebte und dass der Tag ihrer Rückkehr nach England immer näher rückte.

»Ich weiß nicht so recht ... Ich fliege nächste Woche wieder nach Hause.«

»Ach ja?«

Hayley stutzte bei ihrem fragenden Ton und sah Cynthia verwirrt an. »Ja. Ich lebe in England.«

Cynthia nickte. »Ich habe gehofft, Sie würden noch bleiben. Wegen Oliver.«

Als sie seinen Namen hörte, röteten sich Hayleys Wangen und verrieten ihre Gefühle. Sie wollte ihn nicht verlassen.

»Ich muss an Angel denken. Sie geht in England zur Schule und hat dort ihre Freunde, und ... meine Mutter.«

Vor ein paar Stunden hatte sie eine weitere Mail von Rita bekommen. *Es war mir nie bewusst, dass du so empfunden hast.* Sie hatte nicht darauf geantwortet, weil sie nicht wusste, wie. Dieser Satz enthielt mehr Gefühle, als ihre Mutter ihr in den letzten Jahren jemals gezeigt hatte.

»Ich hätte das nicht sagen sollen. Bitte entschuldigen Sie.« Cynthia tätschelte ihr die Schulter. »Ich sehe nur, wie glücklich Sie meinen Sohn machen und wie sehr er plötzlich wieder dem alten Oliver gleicht. Ich will nicht, dass sich das wieder ändert, wenn Sie gehen.« Sie lächelte. »Und ich werde Sie vermissen. Und Ihr kleines Mädchen.«

»Sie werden mir auch fehlen.« Ihre Stimme wurde brüchig, als ihr bewusst wurde, wie bald sie sich schon verabschieden musste. Aber darüber durfte sie jetzt nicht nachdenken. Sie musste sich auf die Wohltätigkeitsveranstaltung konzentrieren. Selbst wenn es ihr nicht gelingen sollte, die Ballons aufzutreiben, musste alles andere stimmen. Das sollte ein denkwürdiger Abend werden. Nun musste sie nur noch Oliver dazu überreden, die Rede zu halten. Dann wäre alles perfekt.

Ein Telefon klingelte, und Cynthia griff in ihre Tasche. »Cynthia Drummond. Oh, mein Gott! Weiß man etwas Genaueres? Was haben sie gesagt?«

Hayley sah die Besorgnis auf ihrem Gesicht.

»Wir sind gleich da.« Cynthia legte auf, und ihr traten Tränen in die Augen.

»Was ist los? Was ist passiert?«, wollte Hayley wissen.

»Oliver. Er hatte einen Zusammenbruch und ist jetzt im Krankenhaus.«

Mehr brauchte Hayley nicht zu hören. Sie griff nach Cynthias Hand und zog sie zur Tür.

St. Patrick's Hospital, Downtown Manhattan

Der Verkehr war wegen des Schnees auf den Straßen beinahe zum Erliegen gekommen. Es hatte fast fünfundzwanzig Minuten gedauert, um durch die Stadt zu kommen. Als sie in der Notaufnahme ankamen, saß Clara im Wartebereich auf einem Stuhl vor einer Reihe von mit Vorhängen abgetrennten Abteilen und spielte mit den Glasperlen an ihrer Kette. Sie war blass und wirkte besorgt.

»Clara«. Cynthia ging rasch auf sie zu. »Wo ist er? Haben die Ärzte schon etwas gesagt?«

»Hallo! Ist hier ein Arzt anwesend? Wir brauchen einen

Arzt! Wo ist Oliver Drummond?«, rief Hayley und zog einige der Vorhänge auf.

»Es ist alles so schnell gegangen«, berichtete Clara. »Wir unterhielten uns über Andrew … nun ja, über Regis Software, und plötzlich lag er auf dem Boden.« Clara tupfte sich die Augen mit einem Taschentuch ab. »Aber es war anders als beim letzten Mal. Er war so blass, er schwitzte und atmete nur noch ganz flach …«

»Beim letzten Mal?«, fragte Cynthia.

»Hallo! Kann uns bitte jemand eine Auskunft geben? Sie!« Hayley hielt eine Krankenschwester am Arm fest.

»Wie kann ich Ihnen helfen?«

»Es war vor zwei Wochen«, sagte Clara. »Als wir hier waren, hat die Ärztin Stress verursacht durch Hyperventilation diagnostiziert.«

»Er ist auch in meiner Gegenwart schon umgekippt.« Hayley wandte sich wieder an die Schwester. »Wir sind Familienmitglieder von Oliver Drummond. Er wurde vor etwa einer Stunde mit einem Rettungswagen hierhergebracht …« Sie warf Clara einen um Bestätigung heischenden Blick zu. »Wir wollen wissen, was mit ihm los ist.«

»Einen Moment bitte, ich werde mich erkundigen«, erwiderte die Schwester.

»Setzen Sie sich, Hayley«, befahl Cynthia.

»Das kann ich nicht. Wir wissen nicht, was los ist. Wenn ich es wüsste, würde ich mich ein wenig besser fühlen, aber so … Er könnte … er könnte …« Sie hielt inne, als ihr bewusst wurde, welche Gedanken ihr soeben durch den Kopf gegangen waren. Das war ihre Schuld. Es war wegen des Tests. Sie hatte ihn dazu gedrängt, und er hatte sich große Sorgen gemacht, und nun … vielleicht würde es gar nicht mehr zu diesem Test kommen. Tränen liefen ihr über die Wangen.

»Ich habe schon viel Zeit in Krankenhäusern verbracht.« Cynthia ließ sich auf dem Stuhl neben Clara nieder. »Die Ärzte müssen sich jetzt um *ihn* kümmern, nicht um uns.«

Hayley begann, hektisch auf und ab zu laufen. »Ich muss irgendetwas tun. Soll ich Kaffee holen?«

Beide Frauen sahen sie an, als sei sie verrückt geworden.

»Ja, ich weiß, angeblich ist er sehr schlecht, aber …«

Eine Ärztin mit einem Klemmbrett in der Hand kam auf sie zu. »Sie sind wegen Oliver Drummond hier?«

»Ja, ja das sind wir«, erwiderte Hayley.

»Ich bin Doktor Khan.«

»Wie geht es ihm?«, fragte Cynthia und erhob sich.

»Er ruht sich jetzt aus.«

»Was bedeutet das?«, stieß Hayley hervor. »Schläft er? Ist er bewusstlos?«

»War es ein Herzinfarkt?«, warf Cynthia ein.

»Er ist bei Bewusstsein«, beruhigte die Ärztin sie. »Und er hatte keinen Herzanfall.«

Hayley konnte sich nicht mehr beherrschen. Sie packte Cynthia am Arm und drückte fest zu. »Er wird wieder gesund. Ich wusste es!«

»Was ist geschehen?«, fragte Cynthia und griff nach Hayleys Hand.

Clara stand auf. »Es war eine weitere Panikattacke, richtig? Hyperventilation«, sagte sie. »Wie beim letzten Mal.«

Dr. Khan lächelte. »Sie können jetzt zu ihm, aber nur einer nach anderem. Er ist ein wenig dehydriert.«

»Das habe ich ihm heute Morgen schon gesagt.« Hayley schüttelte den Kopf.

Er kam sich vor wie ein Idiot. All diese Aufregung wegen nur einer ... Er wollte das Wort *Panikattacke* nicht einmal denken. Dabei fühlte er sich immer noch wie ein Teenager, der Angst hatte, in der Öffentlichkeit etwas sagen zu müssen, sich Sorgen wegen einer Prüfung machte oder sich nicht traute, ein Mädchen zum Abschlussball einzuladen. Das passte überhaupt nicht zu dem Bild, das man von einer leitenden Führungskraft hatte.

»Klopf, klopf.« Hayley streckte den Kopf durch den Spalt im Vorhang. »Ich bin an der Reihe. Wie geht es dem Patienten?«

»Er ist ungeduldig. Ich hasse Krankenhäuser.«

»Ich auch. Sie sind voll von kranken Leuten wie dir.« Sie setzte sich auf die Bettkante. »Hast du außer der Decke etwas an?«

»Und wenn nicht?« Er grinste.

»Du bist zu krank, um anzügliche Bemerkungen zu machen.«

»Dann hast du wohl noch nicht mit Dr. Khan gesprochen?«

»Sie hat die Wörter ›Stress‹ und ›Panik‹ fallen lassen. Aber mach dir deshalb keine Sorgen, falls das deine Libido beeinträchtigt, werden wir gemeinsam sicher eine Lösung finden.« Hayley tätschelte ihm die Hand.

»Soll das etwa witzig sein? Ich schwitze und ringe nach Luft. Willst du etwa auf jemanden eintreten, der schon am Boden liegt?«

Sie verschränkte ihre Finger mit seinen. »Du weißt, dass ich es nicht so gemeint habe.«

»Da bin ich mir nicht so sicher.« Er grinste und stieß dann einen Seufzer aus. »Ich will das nicht noch einmal erleben, denn jedes Mal, wenn das passiert, glaube ich ...«

»Du glaubst, dass du sterben müsstest.«

»So ist es.«

»Du arbeitest zu hart. Und in dir hat sich so viel angestaut, dass du mittlerweile angespannter bist, als … ich weiß nicht … angespannter als das Gesicht einer Schauspielerin mit einer Überdosis Botox.«

»Ich weiß nicht, was ich dazu sagen soll.«

»Du musst diesen Test machen lassen. Und du brauchst eine Auszeit, wie auch immer das Ergebnis ausfallen wird.« Hayley lächelte. »Mir fallen da ein paar Dinge ein, mit denen wir uns dann die Zeit vertreiben könnten, Clark.« Sie ließ die Finger über seine nackte Brust gleiten.

»Das glaube ich dir gern.«

Jemand räusperte sich, und Hayley zog rasch die Hand zurück und drehte sich um. Es war Cynthia.

»Tut mir leid.« Hayley sprang auf.

»Oliver, der Arzt aus der kardiologischen Abteilung wird gleich hier sein. Wegen des Tests«, sagte Cynthia. »Aber er meinte, du müsstest ihn nicht heute machen, wenn du dich nicht gut genug fühlst.«

Oliver schüttelte den Kopf. »Ich will ihn machen, Mom. Was sich auch immer ergibt – alles ist besser als diese schreckliche Ungewissheit. Sag ihm, ich bin dafür bereit, Mom.«

KAPITEL NEUNUNDFÜNFZIG

Dean Walkers Apartment, Downtown Manhattan

»Ganz vorsichtig. Pass auf die oberste Stufe auf. Genau so. Ganz langsam«, sagte Hayley, während sie die Treppe zu Deans Apartment hinaufstiegen.

»Wenn du nicht sofort aufhörst, so mit mir zu reden, gehe ich nach Hause«, fauchte Oliver.

»Immer schön ruhig bleiben. Du willst dich doch nicht überanstrengen.«

»Hayley, es geht mir gut.«

»Nein, in dir steckten soeben noch etliche Nadeln und Schläuche, und du hast einige Medikamente bekommen ...«

»Nur ein weiterer Tag im Leben eines Junkies.«

Sie schlug ihm leicht auf den Arm.

»Au, du hast eine der vielen Einstichstellen getroffen.«

»Tatsächlich? Entschuldige ... das tut mir leid. Ich mache dir eine heiße Schokolade.«

»Hat Dean Scotch im Haus?«

»Du darfst keinen Alkohol trinken.«

»Warum nicht? Er hilft mir seit etlichen Jahren beim Stressabbau.«

Hayley schob die Tür zum Wohnzimmer auf. Angel und Dean saßen an der Frühstückstheke und starrten sie an.

»Hallo. Habt ihr etwa auf uns gewartet?«, fragte Hayley.

»Wir haben euch schon gehört, als ihr noch unten an der Treppe wart«, erwiderte Dean.

»Geht es dir gut?« Angel musterte Oliver von oben bis unten. Sie hatte ihn nicht »Fiesling« genannt und wirkte besorgt.

»Alles in Ordnung. Deine Mom macht sich zu viele Gedanken. Sie hat Angst, dass ich nach Hause gehen und dort noch einmal ohnmächtig werden könnte.«

»Und zwar im Bad mit einem Glas Scotch intus. Ich hätte mir die ganze Nacht große Sorgen gemacht. Hier, wo wir ein Auge auf dich haben, bist du viel besser aufgehoben.«

»Hast du gewusst, dass der Herzinfarkt die Todesursache Nummer eins in den Vereinigten Staaten ist?«, fragte Angel. Hayley hatte sich wohl zu früh gefreut, als sie dachte, dass Angel sich allmählich an ihre Beziehung zu Oliver zu gewöhnen schien.

»Von solchen Statistiken wollen wir im Augenblick nichts hören«, sagte Hayley rasch.

»Ich weiß das«, erwiderte Oliver. »Aber ich hatte keinen Herzinfarkt, also betrifft mich das nicht.«

»Es gibt auch einige Studien, in denen man Herzinfarkte auf den Umgang mit Tablets und Computern zurückführt«, fuhr Angel fort.

»Dean, hast du ihr uneingeschränkten Zugang zu deinem Laptop gegeben?«

»Mach mich nicht dafür verantwortlich, dass sie so viel weiß.« Dean hob abwehrend die Hände.

»Ich glaube nicht, dass das stimmt«, warf Oliver ein und sah dabei Angel in die Augen. »Aber ich habe gehört, dass Tablets Gehirnschäden verursachen können. Und wenn man zu lange Rabbit Nation spielt, kann man blind werden. Dann wachsen dir Ohren und ein Fell und zwei lange Zähne«, fügte Oliver hinzu. Er schlug sie mit ihren eigenen Waffen. Das war gut.

»Das ist nicht witzig!« Angel starrte ihn finster an.

»Reingelegt!« Hayley deutete mit dem Finger auf Angel.

Dean rutschte von seinem Hocker. »Soll ich Kaffee kochen?«

Oliver verzog das Gesicht.

»Hast du vielleicht ein Glas Whiskey?«, fragte Hayley und warf Angel einen Blick zu. »Bitte keine Kommentare darüber, dass Alkohol die Menschen umbringt, die nicht an einem Herzinfarkt sterben.«

»Oliver, möchtest du mir eine Weihnachtsgeschichte vorlesen?« Angel machte einen Schmollmund und klimperte mit den Wimpern.

Kurz darauf stand Hayley an der Tür zu Angels Schlafzimmer und hörte zu, wie Oliver die Geschichte von Alfie und dem Spielzeugmacher vorlas. Angel strahlte über das ganze Gesicht, sprach die Dialoge mit und verbesserte Oliver tadelnd, wenn er die Wörter nicht richtig aussprach. Genauso machte sie es mit Hayley. Oliver lernte nun die ein wenig verrückte Seite von Angel Walker kennen. Und das bedeutete, dass ihre Tochter sich eindeutig für ihn erwärmte.

»So, ich denke das reicht.« Hayley betrat das Zimmer. »Oliver ist schon so lange hier, also gehe ich davon aus, dass ihr bereits beim fünften Durchgang seid.«

»Beim sechsten«, gestand Angel.

»Ich habe den Überblick verloren«, erklärte Oliver.

»Schlafenszeit«, verkündete Hayley und zog die Bettdecke hoch, nachdem Oliver aufgestanden war.

»Kommst du morgen zu der Wohltätigkeitsveranstaltung?«, fragte Angel, schob die Decke wieder ein Stück nach unten und schaute Oliver erwartungsvoll an.

»Jetzt wird geschlafen, Fräulein«, mahnte Hayley.

»Ich weiß es noch nicht«, antwortete Oliver.

»Der Saal sieht toll aus. Mum hat alle Farben perfekt aufeinander abgestimmt, das Essen wird alle begeistern, und eine Jazzband tritt auf. *Und* sie verwenden das Logo, das ich entworfen habe.«

»Du hast ein Logo entworfen?« Oliver war beeindruckt.

»Es ist ein …«, begann Angel.

»Psst, das soll doch eine Überraschung werden«, unterbrach Hayley sie. »Du hast doch noch niemandem davon erzählt, oder?«

»Nur Onkel Dean … und meinem Dad und vielleicht Vernon.« Angel grinste. »Und Randy, aber der zählt nicht.«

»Angel!«, rief Hayley.

Oliver wandte sich ihr zu. »Könntest du uns einen Moment allein lassen?«

»Soll das ein Witz sein?« Hayley stemmte die Hände in die Hüften. »Wenn ich jetzt das Zimmer verlasse, wird sie dich dazu bringen, ihr die Geschichte noch einmal vorzulesen.«

»Das Risiko gehe ich ein.«

»Warum machst du dir nicht eine Flasche Sekt auf und isst ein paar fettarme Snacks dazu?«, schlug Angel vor.

»Was heckt ihr denn aus?«, wollte Hayley wissen.

»Ich wollte Angel nur etwas über Rabbit Nation fragen. Das würde dich nur langweilen.«

»Da kannst du recht haben.« Hayley ging zur Tür. »Ich gebe euch fünf Minuten, dann bin ich wieder da.«

Oliver wartete, bis Hayley die Tür hinter sich geschlossen hatte, und setzte sich wieder auf die Bettkante. Seine Miene wirkte ernst.

»Es geht nicht um Rabbit Nation, richtig?« Angel zog beunruhigt die Augenbrauen zusammen.

»Nein, Angel, diese Sache ist viel ernster.« Er seufzte. »Du weißt doch, dass mein Bruder Ben …«, begann er.

»Deine Mum hat uns erzählt, dass er ein großartiger Mensch war.«

»Ja, das war er.«

»Und du vermisst ihn.«

»Sehr sogar.«

»Und du willst die Rede auf der Wohltätigkeitsveranstaltung nicht halten, weil du Angst hast, dass du dabei weinen musst«, stellte Angel unverblümt fest.

Ihre Worte raubten ihm den Atem. Kinder sagten ohne Umschweife die Wahrheit. Er nickte. »So in etwa.« Er räusperte sich. »Aber nach den Tagen, die ich mit deiner Mutter verbracht habe, und nach dem Eisessen, von dem mir immer noch der Magen wehtut, habe ich beschlossen, die Rede doch zu halten.« Er seufzte. »Ich schulde es vielen Leuten, darüber zu sprechen, wie ein plötzlicher Todesfall das Leben unserer Familie und unserer Bekannten beeinträchtigt hat und wie wir versuchen können, damit umzugehen.«

Er wusste, dass Hayley Angel nichts über die Erbkrankheit erzählt hatte. Sie sah so reizend aus in ihrem Katzenpyjama und mit den zu Rattenschwänzen zusammengebundenen Haaren, und er wollte ihr auf keinen Fall etwas erzählen, was sie in irgendeiner Weise belasten würde.

Angel griff nach seiner Hand. »Gut. Und ich kann dir dabei helfen.«

Er lächelte. »Ich habe gehofft, dass du das sagst.«

»Aber nur unter einer Bedingung.« Angel neigte den Kopf, sodass ihre Rattenschwänzchen zur Seite rutschten.

»Das hätte ich mir denken können.«

»Du musst mir versprechen, dass du auf dem Fest mit

meiner Mum tanzt«, sagte Angel mit ausdrucksloser Miene. »Ich meine richtig tanzen, nicht nur von einem Fuß auf den anderen treten. Sie mag Maroon 5.«

»Ja, das weiß ich, aber ich glaube, sie ist vor allem von dem Leadsänger begeistert.«

»Bist du tätowiert? Adam Levine hat eine Menge Tattoos.«

»Noch nicht, aber vielleicht ändert sich das noch.« Er grinste. »Also … tanzen. Wenn das die Bedingung für deine Hilfe ist, bin ich damit einverstanden.«

»Tatsächlich?« Angels Augen leuchteten auf.

»Hast du geglaubt, ich würde Nein sagen? Ich bin auf deine Hilfe angewiesen, Angel. Und außerdem wird es sicher Spaß machen, mit deiner Mutter zu tanzen.«

»Du hast sie noch nicht tanzen sehen.« Angel lachte. »Okay, was soll ich tun?«

»Ich muss das Logo sehen und wissen, wie der neue Slogan lautet.«

»Du weißt, dass beides absolut geheim ist.«

»Ich verspreche, dass ich es niemandem verraten werde.«

Angel nickte und griff nach ihrem Zeichenblock. Als Oliver ihn ihr aus der Hand nehmen wollte, hielt sie ihn jedoch fest. »Mum hat gesagt, du hast ihr geholfen, meinen Dad zu finden.«

Darauf war Oliver nicht vorbereitet gewesen. Ein Kribbeln breitete sich in seinem Körper aus, als er nickte. »Ja, das stimmt.«

Angel legte den Block aus der Hand und warf ihre Arme um Olivers Hals. Sie schmiegte sich so fest an ihn, dass er kaum Luft bekam.

»Danke«, flüsterte sie.

Bei diesem Beweis ihrer Zuneigung stiegen ihm Tränen in die Augen, und er erwiderte ihre Umarmung. »Gern geschehen«, sagte er.

»Ich habe schon gedacht, du hättest dich verlaufen.« Hayley klopfte neben sich auf das mit orangefarbenen Pailletten besetzte Kissen auf dem Chenillesofa, als Oliver das Wohnzimmer betrat. »Du hast ihr doch nicht noch einmal aus diesem Buch vorgelesen, oder?«

»Nein, aber sie hat mir ihr besonderes Lexikon gezeigt.« Oliver setzte sich.

»Eines Tages werde ich dieses Ding verbrennen, das schwöre ich dir.«

Er lächelte. »Sie ist ein sehr kluges Mädchen.«

»Ja, das ist sie«, stimmte Hayley ihm stolz zu. »Also, worüber habt ihr gesprochen?«

»Das kann ich dir nicht sagen.«

»Ich hasse Geheimnisse!«

»Und du hast eine Senfallergie.«

»Das ist keine Allergie, sondern eine Unverträglichkeit, und ich hasse Unverträglichkeiten, also ignoriere ich sie. Meine Güte, was hat sie dir sonst noch erzählt?«

»Du hast einmal am Strand von Brighton einen Schuh verloren, und am gleichen Tag wurdest du bei einem Picknick von Bienen und Eseln verfolgt.«

»Das war das letzte Mal, dass ich euch beide miteinander allein gelassen habe. Ganz sicher.«

Oliver lachte, und Hayley lächelte, als sie sah, wie er sich entspannte. Nach dem Tag, den er hinter sich hatte, war es gut, ihn so fröhlich zu sehen. Aber da gab es noch ein heikles Thema, das ihr keine Ruhe ließ.

»Wann bekommst du das Ergebnis?«

Sein Lachen verstummte. Es tat ihr leid, dass sie diesen Zeitpunkt gewählt hatte, aber sie hatte den ganzen Tag an nichts anderes denken können. Und an Olivers Reaktion sah sie, dass sie keine weitere Erklärung dazu abgeben musste.

»Normalerweise dauert es Wochen«, erwiderte Oliver leise. »Aber ich habe extra dafür bezahlt, dass ich das Ergebnis bereits in vierundzwanzig Stunden bekomme.«

»Morgen«, flüsterte Hayley kaum hörbar.

»Ja, morgen ist ein großer Tag für uns alle.« Oliver legte einen Arm um ihre Schultern und zog sie an sich.

»Die Wohltätigkeitsveranstaltung ist nicht wichtig im Vergleich mit dem Testergebnis, das dein Leben verändern könnte«, meinte Hayley. Nun war es tatsächlich so weit. Und alles würde morgen geschehen. Jetzt, wo die Antwort in greifbare Nähe gerückt war, hatte sie plötzlich große Angst davor. Er bedeutete ihr so viel, mehr als ihr jemals ein anderer Mann bedeutet hatte. Und dieses Bewusstsein machte alles nur noch schlimmer.

Er schüttelte den Kopf und strich ihr sanft übers Haar. »Das ist nicht wahr. Die meisten Menschen, die morgen die Veranstaltung besuchen werden, haben eine Lebensveränderung hinter sich. Sie stehen jeden Tag auf und stellen immer wieder fest, dass in ihrem Herzen und in ihrem Heim eine große Lücke entstanden ist. Wir alle erhalten manchmal eine Nachricht, die unser Leben komplett auf den Kopf stellt.« Er küsste sie auf den Scheitel. »Sicher war das bei dir auch der Fall, als du erfahren hast, dass du mit Angel schwanger bist.«

»Machst du Witze? Ich bin in der Arztpraxis umgekippt, und dann habe ich eine ganze Tüte Donuts mit Vanillefüllung in mich hineingestopft.«

»Das bestätigt meine Theorie.«

»Trotzdem werde ich mich nicht auf das Essen, die Dekoration und das Lichtproblem des Trompeters konzentrieren können«, erklärte Hayley.

»Doch, das wirst du, denn wir werden uns morgen nicht treffen.«

»Was?« Sie setzte sich auf und sah ihn entsetzt an.

»Ich möchte, dass du dich auf die Wohltätigkeitsveranstaltung konzentrierst. Du und meine Mom habt so hart gearbeitet, um einen erfolgreichen Abend zu gestalten. Alle Eintrittskarten sind verkauft, und das wird für die Stiftung der beste und lukrativste Abend aller Zeiten werden. Tony hat eine Begleiterin gefunden, und … ich werde auch da sein.«

Ihr verschlug es beinahe den Atem. »Du kommst?«

»Angel hat mir etwas von einem Tischzauberer erzählt. Wie könnte ich da widerstehen?«

»Ihr gefiel die Idee gar nicht.«

»Nun, ich finde sie prima, und dem Bürgermeister und dem Polizeichef wird das sicher auch gefallen.«

»Das hoffe ich.«

»Also versprich mir: Keine Anrufe und keine SMS. Du konzentrierst dich nur auf die Veranstaltung.«

Hayley verzog das Gesicht. Das würde sie nicht schaffen. »Das kann ich nicht.«

»Versprich es mir, Lois.«

Ein Blick in seine Augen sagte ihr, dass sie ihm diesen Gefallen tun musste. Ihm jetzt die Stirn zu bieten würde an dem Testergebnis nichts ändern. Sie konnte nur auf gute Nachrichten hoffen und musste warten, bis er so weit war, ihr zu sagen, wie der Test verlaufen war.

»Oje, ich sage das jetzt ganz schnell, bevor ich meine

Meinung wieder ändere.« Sie schloss die Augen. »Ich verspreche es.«

Sobald sie diese Worte ausgesprochen hatte, küsste er sie auf den Mund und ließ seine Lippen dann langsam über ihr Kinn und ihren Hals gleiten. Sie kicherte, als er eine Stelle berührte, an der sie kitzlig war.

»Du magst also Zauberer?«, flüsterte er.

»Ja, Clark.«

Er hob den Kopf, und in seinen Augen spiegelte sich Verlangen. »Wie wäre es, wenn ich deine Kleidung verschwinden ließe?«

»Mr Drummond, ist das ein Zauberstab in deiner Hose, oder freust du dich nur, mich zu sehen?«

KAPITEL SECHZIG

McArthur-Wohltätigkeitsveranstaltung – Crystalline Hotel, Manhattan

Hayley warf einen Blick auf ihre Armbanduhr. In weniger als dreißig Minuten würden die Türen aufgehen und die ersten Gäste in den Saal strömen. Mit angehaltenem Atem betrachtete sich noch einmal ihr Werk. Die Tische waren herzförmig, und Cynthia hatte die Gäste so platziert, dass jeder einen Tischnachbarn hatte, mit dem er nicht allzu vertraut war. Auf den türkisfarbenen Tischdecken lagen strahlend weiße Teller und schimmerndes Silberbesteck, und die Gläser waren auf Hochglanz poliert. In der Mitte jedes Tisches standen Glasvasen mit weißen und türkisfarbenen Orchideen, verziert mit platin-, gold- und türkisfarbenen Ballons. An den Fenstern waren türkis- und platinfarbene Vorhänge angebracht, auf denen aus Perlschnüren gefertigte Schmetterlinge saßen. Über der Bühne waren pastellfarbene Kugellampen angebracht, in denen scheinbar Schmetterlinge flatterten. Alles war so geworden, wie sie es sich vorgestellt hatte – vielleicht sogar noch ein bisschen schöner.

»Es sieht wunderschön aus, Hayley.« Cynthia stellte sich neben sie.

»Sie haben die Ballons bekommen, die ich haben wollte.« Hayley wandte sich zu ihr um. »Wie haben Sie das geschafft?«

Cynthia lächelte. »Der Name Drummond öffnet in dieser Stadt immer noch einige Türen.«

Hayley warf wieder einen Blick auf ihre Uhr. »Haben Sie etwas von Oliver gehört?«

Cynthia schüttelte den Kopf. »Er hat mir nicht mehr verraten als Ihnen.«

»Das ist so frustrierend. Ich will es jetzt wissen.«

»Das verstehe ich.« Cynthia legte ihr einen Arm um die Schultern. »Aber sehen wir es doch einfach so: Das Schlimmste, was passieren kann, ist, dass sich nichts ändern wird.«

Sie hatte recht, aber Hayley betete, dass es anders kommen würde; sie wünschte sich ein Weihnachtswunder. Aber vielleicht hatte sie das schon erleben dürfen, indem sie Angel und Michel zusammengebracht hatte. Vor ein paar Stunden hatte sie am Telefon eine Unterhaltung mit Rita geführt, die sie nie für möglich gehalten hätte. Sie hatte Tränen vergossen, ihre Mutter hatte ebenfalls geweint, und sie hatten sich beide Dinge gesagt, die viel zu lange unausgesprochen geblieben waren. Auf beiden Seiten des Atlantiks waren verhärtete Fronten aufgeweicht, und darüber war Hayley froh. Auch wenn sie nicht wusste, ob es daran lag, dass Rita ihr Tagebuch gelesen hatte oder dass Neville vom Bowlingclub sie vielleicht zugänglicher gemacht hatte.

»Die Shrimps schmecken toll.« Angel tauchte neben ihnen auf.

»Das sehe ich an deinem Gesicht. Komm her.« Hayley fuhr sich mit der Zunge über einen Finger.

»Oh, nein, nein, nein. Keine Spucke von Mum!«, kreischte Angel und entwischte ihr.

»Ich hole ein Tuch.« Hayley wollte ihre Handtasche suchen, doch Cynthia hielt sie auf.

»Hayley, warte. Ich werde Angel das Gesicht abwischen. Sie müssen sich jetzt umziehen.« Sie ging zur Bühne und hob ein Paket auf, das gegen den Sockel gelehnt war.

»Das ist ein Clownskostüm, richtig?« Angel verschränkte die Arme vor der Brust. »Ich habe euch gesagt, dass ich von Clowns nichts halte.«

»Es ist von Oliver.« Cynthia reichte Hayley das Paket.

Hayley nahm es aufgeregt entgegen. Noch bevor sie es aufgemacht hatte, wusste sie, was darin war. »Ein Kleid von Emo Taragucci, richtig?«

»Tatsächlich?« Angel riss die Augen auf.

»Probieren Sie es an«, ermutigte Cynthia sie.

»Ich kann es kaum erwarten, es zu sehen!«, rief Angel.

»Moment, Fräulein Shrimps, wir müssen dein Gesicht noch sauber machen.« Cynthia griff nach Angels Hand.

Hayley strich den Seidenstoff glatt – er war so leicht wie eine Feder. Das schwarze mit pinkfarbenen japanischen Blüten bedruckte Kleid passte ihr wie angegossen. Sie hatte sich nicht träumen lassen, dass sie jemals ein Modell von Emo Taragucci besitzen würde. Das Kleid kostete einige tausend Pfund, aber was es wirklich wertvoll machte, war Olivers Entscheidung. Er hatte genau gewusst, welches ihr Lieblingsmodell war und die perfekte Wahl getroffen.

Sie stand an den Türen des Ballsaals und wartete auf die Hautevolee von New York. Durch die Fensterscheibe sah sie, dass es immer noch schneite, der Himmel sich tintenblau gefärbt hatte und der Atem des Türstehers sich in der kalten Luft in kleine Wölkchen verwandelte. Eine Frau kam herein.

»Das ist sie«, zischte Cynthia ihr durch zusammengepresste Zähne zu. »Madeline Fisher. Sie wird unsere Geschenke für die Gäste bewerten.« Sie lächelte strahlend. »Madeline! Herzlich willkommen! Du siehst großartig aus.«

Hayleys Mund wurde trocken. Sie warf noch einmal einen Blick auf ihre Armbanduhr. Sie hatte zwar versprochen, nicht an Oliver zu denken, aber seit sie aufgestanden war, ging er ihr ständig durch den Kopf. Mittlerweile dürfte er das Testergebnis erfahren haben. Würde er trotzdem heute Abend kommen? Wenn er nun zu Hause war, allein, mit einer Wahrheit, die sich niemand wünschte?

»Madeline, das ist Hayley Walker. Sie ist die Event-Planerin, die mir geholfen hat, die Veranstaltung zu organisieren.«

Hayley streckte die Hand aus. »Es freut mich sehr, Sie kennenzulernen.«

»Sie sind Engländerin«, stellte Madeline fest und schüttelte ihr die Hand.

»Ja, aber machen Sie mir das nicht zum Vorwurf.« Hayley lachte und schloss rasch den Mund, als Madeline keine Reaktion zeigte.

»Ich habe von der armen Aimee gehört. Wie konnte sie sich nur den Fuß brechen, als sie den Müll hinaustrug? Hat sie denn kein Personal, das solche Dinge für sie erledigt?« Madeline wandte sich wieder Cynthia zu.

»Das Gerücht stimmt nicht, Madeline. Das arme Ding hat Pfeiffersches Drüsenfieber und bringt fast keinen Ton heraus«, erwiderte Cynthia.

Hayley entdeckte Angel, die die Tüten mit den Gastgeschenken verteilte.

»Bitte entschuldigen Sie mich einen Moment.« Hayley hastete zu ihrer Tochter hinüber.

Sie nahm ihr eine der Tüten ab und hielt sie einem Gast

entgegen, während sie an dem Tisch vorbeiging. »Ich brauche dich. Du musst mich kurz vertreten«, raunte sie ihrer Tochter zu und lächelte dabei freundlich weiter.

»Was meinst du damit? Wo willst du hin?« Angel machte einen Knicks vor einer Dame in einem orangefarbenen Ballkleid. »Willkommen zu der McArthur-Wohltätigkeitsveranstaltung. Ich hoffe, unsere Partytüten gefallen Ihnen …«

»Gastgeschenke«, verbesserte Hayley rasch. »Angel, das sind keine Partytüten. In Partytüten stecken Süßigkeiten und dieses scheußliche Plastikspielzeug, das Mütter manchmal kaufen müssen. In unseren Tüten befinden sich Geschenkgutscheine und Schmuck. Und beides kann man nicht essen.«

»Tatsächlich?« Angel warf einen Blick in eine der Tüten, die sie in der Hand hielt.

»Ich muss Oliver anrufen.«

»Oh, nein, das wirst du nicht tun. Er hat mir gesagt, dass du ihn nicht anrufen sollst, weil er viel zu tun hat.«

Ihre Tochter begriff den Ernst der Lage nicht, sonst würde sie das nicht sagen. Sie warf wieder einen Blick auf ihre Uhr. »Es ist fast halb acht.«

»Dann wird er sicher gleich kommen.«

»Woher weißt du das?«

»Weil er es mir versprochen hat, und wenn er sein Versprechen nicht hält, bekomme ich für den Rest meines Lebens goldene Chicorées bei Rabbit Nation.«

Hayley schlug die Hände vors Gesicht. »Ich ertrage diese Ungewissheit nicht länger.«

»Wie ich von einer der Bedienungen gehört habe, rauft sich der Koch die Haare wegen der Vielfalt des Menüs. Du musst eben einfach noch ein wenig Geduld haben, Mum.«

Angel lächelte den nächsten Gast an. »Willkommen zum Weihnachtsfest der McArthur-Stiftung.«

Vor dem Crystalline Hotel, Manhattan

Das war ohne Zweifel die schwierigste Prüfung, die Oliver sich je auferlegt hatte. Seine Hände zitterten, als er noch einmal einen Blick auf das Blatt Papier warf. So viel würde sich ändern, und das machte ihm große Angst.

Der Wagen hielt vor dem Hotel an, und er schaute auf die Eingangstür, neben der an den Seiten zwei Christbäume mit platin- und türkisfarbenem Lichterschmuck standen. Er warf einen Blick auf seine Armbanduhr. Kurz vor neun. Jetzt würden alle bereits gegessen haben – genau, wie er es geplant hatte. Bevor er mit seiner Mutter oder Hayley sprach, würde er vor den Gästen eine Rede halten, so wie er es jedes Jahr seit Bens Tod hätte tun sollen.

Die Wagentür öffnete sich, und der Fahrer wartete darauf, dass er ausstieg. Er sollte jetzt aus dem Auto springen und durch den Schnee marschieren, aber seine Beine zitterten so stark, dass er sich nicht sicher war, ob er das schaffen würde. Er musste sich zusammenreißen, die Sache in die Hand nehmen und diese Situation meistern.

Er betrat den verschneiten Gehsteig und steckte das Blatt Papier in seine Manteltasche.

KAPITEL EINUNDSECHZIG

McArthur-Wohltätigkeitsveranstaltung, Crystalline Hotel, Manhattan

»Verehrtes Publikum! Ich danke Ihnen allen herzlich für Ihren Besuch der diesjährigen Weihnachtsfeier der McArthur-Stiftung. Es ist eine Freude, so viele Gäste hier zu sehen – bekannte und neue Gesichter –, und heute Abend mit Ihnen bei dieser wunderbaren Veranstaltung die gute Arbeit feiern zu können, die die Stiftung in diesem Jahr geleistet hat«, sagte Cynthia.

Beifall brandete auf, und Oliver spürte, wie seine Handflächen feucht wurden. Er stand an der Seite der Bühne und war aufgeregter als an dem Tag, an dem er sich zum ersten Mal dem Vorstand von Drummond Global hatte stellen müssen. Damals hatte er sich vor dem Meeting in der Toilette übergeben. Das war ein weiterer Grund, warum er nicht bereits zum Essen hierhergekommen war – das wäre ihm wahrscheinlich nicht gut bekommen.

»Vor fünf Jahren haben wir meinen ältesten Sohn Ben verloren, und es vergeht kein Tag, an dem wir nicht an ihn denken. Er hat eine große Lücke in unserer Familie hinterlassen, aber bei der heutigen Veranstaltung der McArthur-Stiftung wollen wir nicht über Schmerz und Leid nachgrübeln …« Cynthia hielt kurz inne. »Oder über unseren Verlust … Wir wollen uns mit dem Ableben unserer Liebsten abfinden und uns den Menschen zuwenden, die noch unter uns sind …« Das Publikum raunte, und seine Mutter unterbrach ihre Rede. Sie drehte den Kopf nach links und sah, wie Oliver die Bühne betrat. Einige Gäste begannen zu klatschen, und er zwang sich dazu weiterzugehen. Cynthia traten Tränen in die Augen, als er sich zu ihr vorbeugte und sie auf die Wange küsste. Sie blickte ihn fragend an, aber noch konnte er ihr keine Antwort geben. Als der Applaus sich gelegt hatte und er das Blatt Papier auf das Rednerpult legte, verließ Cynthia die Bühne. Jetzt war er auf sich allein gestellt.

»Guten Abend. Mein Name ist Oliver Drummond, ich bin der Geschäftsführer der Drummond Global.« Er machte eine kurze Pause. »Heute Abend einfach nur Oliver.« Er legte beide Hände auf das Pult. »Zuerst möchte ich mich dafür entschuldigen, dass ich meine Mutter unterbrochen habe. Ich befürchte, ich habe sie beinahe zu Tode erschreckt, denn ich bin der letzte Mensch, mit dem sie heute Abend hier auf dieser Bühne gerechnet hat.« Er räusperte sich. »Seit meine Mutter mich gebeten hat, die Rede bei dieser Veranstaltung zu halten, habe ich ständig über Ausreden nachgedacht, mit denen ich mich davor drücken könnte.«

Im Publikum wurden einige missbilligende Äußerungen und auch ein paar Lacher laut, bevor er weitersprach.

»Ich stehe einer milliardenschweren Firma vor und führe täglich internationale Verhandlungen, deshalb sollte es für mich ein Kinderspiel sein, vor Ihnen zu stehen und Ihnen zu sagen, was mir diese Stiftung bedeutet.«

Oliver atmete tief durch und ließ den Blick über die Zuhörer schweifen, in der Hoffnung, Hayley zu entdecken. Er wollte wissen, ob sie ihm zuhörte.

»Lange Zeit habe ich diese Organisation geringgeschätzt

und gehasst, wofür sie steht. Jeder, der mit ihr in Verbindung stand, hat getrauert, war in Gedanken nur mit Tod und Krankheit beschäftigt und wollte am liebsten sterben. Warum sollte ich solchen Menschen etwas über meine Gefühle erzählen? Warum die Erinnerungen an meinen Bruder wieder aufwühlen, wenn es mir das Herz zerriss?« Er hielt kurz inne. »Viele Jahre lang habe ich mich bemüht, ihn zu vergessen. Ich wollte nicht mehr an seinen Tod denken, so tun, als sei das nie geschehen, weil es mir alles verdarb. Sein Tod hat meine Mutter niedergeschmettert, meinen Vater beinahe das Leben gekostet und mich in einen Kontrollfreak verwandelt, der sich in einen so hohen Elfenbeinturm zurückgezogen hat, dass dort selbst Rapunzel eine Haarverlängerung gebraucht hätte, um jemanden an sich heranzulassen.«

Im Publikum wurde leise und wohlwollend gelacht. Er griff nach dem Glas Wasser auf dem Pult und setzte es an die Lippen, bevor er sich sammelte und weitersprach.

»Bis heute habe ich ein leichtfertiges, bedeutungsloses und wertloses Leben geführt, in dem nur der nächste Kick zählte.« Er schluckte. »Ich hatte Angst davor, mich an irgendjemanden oder irgendetwas zu binden, was zählte, sowohl auf persönlicher als auch auf beruflicher Ebene. Ich schäme mich, zugeben zu müssen, dass ich, mit Ausnahme der Mitglieder meines engen Teams, keinen der Namen meiner Angestellten kannte. Und, was noch schlimmer ist, es war mir egal.«

Hayley zitterte und starrte ihn wie versteinert an; alles um sie herum trat in den Hintergrund. Er kannte das Ergebnis des Tests und stand nun auf der Bühne und schüttete sein Herz einem Saal voll fremder Menschen aus, deren Schicksal nur durch einen Todes- oder Krankheitsfall mit seinem etwas gemein hatte.

Angel griff nach ihrer Hand und verschränkte ihre schmalen Finger fest mit ihren, als Oliver wieder zu sprechen begann.

»Ich habe meine Arbeit zum wichtigsten Punkt in meinem Leben gemacht und viel Zeit mit Maßlosigkeit vergeudet, weil mir ohne meinen Bruder und meinen Vater alles sinnlos erschien.«

Hayley sah, dass Oliver den Blick über das Publikum schweifen ließ und beugte sich vor, um ihm in die Augen schauen zu können. Dann trafen sich ihre Blicke, und sie lächelte ihn zaghaft an, während ihr Tränen in die Augen stiegen.

»Und dann ist etwas geschehen«, fuhr er fort. »Ich habe jemanden kennengelernt.«

»Er meint dich«, flüsterte Angel laut. Sie streckte beide Hände in die Luft und schwenkte sie begeistert hin und her. Hayley zog rasch Angels Arme nach unten und konzentrierte sich wieder auf Oliver

»Diese Person stürmte in mein Leben wie ein Tornado – vollkommen unerwartet, mit über hundert Stundenkilometern – und wirbelte alles durcheinander.« Er holte Atem. »Und sie rettete mich, ohne es zu wissen.«

Bei seinen Worten zog sich ihr Herz zusammen. Sie wärmten ihr Inneres und waren Balsam für ihre Seele.

»Das Zusammensein mit ihr zeigte mir, dass ich kein bedeutungsloses Leben mehr führen wollte. Ich wollte meine Angestellten nicht mehr von oben herab behandeln, meine Mutter ignorieren, nur weil sie mich an die Familie erinnerte, die ich verloren hatte, und mich nicht mehr gefühlsmäßig von allem abschotten. Ich begriff, dass ich mich auf die

Zukunft konzentrieren und meinen Frieden damit machen musste, was geschehen war. Ich musste annehmen, was die Zukunft für mich bereithielt, und aus jeder Minute das Beste machen. Mit den Menschen, die mir am Herzen liegen.«

Jetzt flossen ihr Tränen aus den Augen, obwohl sie versuchte, sie mit den Fingern zurückzuhalten. Sie wusste, was er ihr damit mitteilen wollte. Er hatte die gleiche Krankheit wie Ben. Das hatte sich bestätigt. Aber er war jetzt entschlossen, jeden Moment seines Lebens, der ihm noch blieb, zu genießen. Mit ihr.

»Die McArthur-Stiftung muss man nicht fürchten, man muss sehr stolz auf sie sein. Mit Ihren Spenden, Ihrer Öffentlichkeitsarbeit und Ihrer Freiwilligenarbeit rund um die Uhr haben Sie Millionen Dollar für die äußerst wichtige Forschungsarbeit im Bereich vieler todbringender Krankheiten möglich gemacht. Sie haben ebenfalls die Gründung des ersten Ferienhauses für trauernde Familien ermöglicht, die nun dort nach dem Verlust eines geliebten Menschen Zeit miteinander verbringen können. Ich bewundere zutiefst, was Sie in diesem Jahr erreicht haben. Vielen Dank für Ihre weitere Unterstützung.« Er klatschte in die Hände, und das Publikum folgte seinem Beispiel und spendete ihm Applaus.

Hayley schniefte und wischte sich die Nase an ihrem Arm ab.

»Und nun möchte ich Ihnen ohne weitere Worte eine ganz besondere Person vorstellen – die Designerin des Logos für diese Veranstaltung, das in Zukunft auch das Logo für die McArthur-Stiftung sein wird. Miss Angel Walker.«

Hayley wirbelte herum und starrte Angel an. »Was zum … bist du …«

»Entspann dich, Mum. Du bekommst ein Lob für den

Slogan.« Angel rutschte von ihrem Stuhl, als das Publikum wieder applaudierte.

Vor Stolz schluchzte sie leise auf, als Angel an den Tischen vorbei nach vorne ging. Die Pailletten an dem silbernen Partykleid, das sie gestern mit Perlen und Strasssteinchen aufgepeppt hatte, glitzerten im Scheinwerferlicht. Angel stieg die Stufen zur Bühne hinauf und reichte Oliver die Hand. Er nahm sie und schüttelte sie förmlich.

Angel presste kurz eine Hand auf den Mund und räusperte sich, bevor sich sich wie ein Profi an das Mikrofon stellte. »Sehr geehrten Damen und Herren, hiermit stelle ich Ihnen das neue Logo und den neuen Slogan für die McArthur-Stiftung vor. Meine Mum hat mir übrigens dabei geholfen.« Angel wartete, bis es im Publikum still wurde. »Jeder Herzschlag zählt.«

Auf dem großen Bildschirm hinter ihr erschien eine Graphik von einem platin- und türkisfarbenen Schmetterling, der kräftig mit den Flügeln schlug. Mit einem lauten Knall wie bei einem Feuerwerk fielen Tausende aus glitzernder Folie gefaltete Schmetterlinge von der Decke, und Rufe wurden laut. Das Publikum schrie begeistert, applaudierte und stampfte mit den Füßen auf den Boden wie in einem Footballstadion.

Oliver versuchte, sich in dem Lärm verständlich zu machen. »Verehrtes Publikum, bei der McArthur-Stiftung geht es nicht um Trauer, sondern um Mut. Und wie dem Schmetterling mag einigen von uns kein langes Leben bevorstehen, aber wir sollten uns bewusst machen, dass jeder Herzschlag zählt. Ich danke Ihnen.«

Die Gäste klopften begeistert auf die Tische und schlugen Besteck gegen die Gläser, um ihren Gefühlen Ausdruck zu verleihen.

Hayley hielt es nicht länger aus. Sie schob sich an Tischen, Stühlen und applaudierenden Gästen vorbei, um nach vorne zu gelangen. Oliver verließ mit Angel die Tribüne, dicht gefolgt von Cynthia. Sie musste es jetzt wissen – sie wollte die Worte aus seinem Mund hören. Und dann würde sie sich damit auseinandersetzen.

Oliver sah sie in dem Kleid, das er für sie bestellt hatte, auf sich zukommen. Es saß perfekt, und sie hatte noch nie so schön ausgesehen. Ihr glattes dunkles Haar schwang hin und her, als sie an den Gästen vorbeihastete. Ihre Augen waren weit geöffnet, und ihre sinnlichen Lippen waren zart geschminkt und glänzten rosa.

»Oliver, bitte«, bat Cynthia.

»Vergiss dein Versprechen nicht.« Angel zupfte ihn am Ärmel seines Jacketts. »Es wird richtig getanzt.«

Er lächelte sie an. »Das habe ich nicht vergessen.«

Hayley rannte die letzten Schritte auf ihn zu und warf sich ihm in die Arme. »Verdammt, sag es mir! Ich bin bereit dafür. Egal, wie es ausgegangen ist – ich werde damit fertig.«

Oliver sah, dass ihr Tränen aus den Augen quollen. Rasch schaute er sich zu seiner Mutter um und griff nach ihrem Arm. Er zog Angel heran, hielt Hayleys Hand fest und holte so tief Luft, dass seine Lungen sich ganz füllten.

»Ich habe das Gen nicht.«

»Oh, mein Gott! Oh, mein Gott!« Hayley warf einen Blick zur Decke. »Ich kann es kaum fassen! Danke, danke!« Sie schlang die Arme um Olivers Hals und klammerte sich an ihn wie eine Boa constrictor.

Oliver sah Cynthia an. Nach all den Jahren der Sorge liefen ihr jetzt Tränen übers Gesicht, aber gleichzeitig lächelte sie. Er drückte ihre Hand, während Hayley ihm beinahe die Luft zum Atmen nahm.

»Ich wusste, dass Gott nicht so grausam sein kann.« Cynthia zog ein Taschentuch aus ihrem Ärmel hervor und betupfte sich die Augen. »Ich freue mich so sehr für dich, Oliver.«

»Mum, allmählich wird es peinlich. Lass ihn los.« Angel verschränkte die Arme vor der Brust.

Hayley trat einen Schritt zurück, und Oliver strahlte sie an.

»Alles in Ordnung?«, fragte er.

»Ja, jetzt schon. Ich habe versucht, mich auf die Platzkarten, die Ballons und das Schmetterlingsnetz zu konzentrieren, aber ich musste ständig an dich denken!«

»Komm Angel, ich stelle dich ein paar Leuten vor.« Cynthia griff nach der Hand des Mädchens.

Angel machte ein V mit ihrem Zeige- und Mittelfinger und deutete damit zuerst auf ihre Augen und dann auf Oliver, bevor sie ging. Hayley zuckte verblüfft zusammen.

»War das eine Drohung?«, fragte sie.

»Gewissermaßen. Wir haben gestern eine Vereinbarung getroffen.«

»Oh, nein. Welche Vereinbarung? Du weißt, dass sie hervorragend bluffen kann.«

Oliver griff nach ihrer Hand. »Ich hoffe, diese Jazzband kann etwas von Maroon 5 spielen.«

»Ich habe keine Ahnung, wovon du sprichst.«

Er schaute sie an und genoss ihren Anblick für einen Moment, bevor er tief Luft holte. Er hatte das Gefühl, als habe sich ihm eine ganz neue Welt eröffnet; er hatte dieses Gen nicht, das seinen Bruder und seinen Vater getötet hatte. Er musste lediglich lernen, mit Stress besser umzugehen. Und deshalb würde er etwas tun, was er nie für möglich gehalten hatte – er würde sich einer entsprechenden Therapie unterziehen. Weil er es sich wert war und sich einen Neubeginn wünschte … Mit Hayley.

»Ich weiß, dass du in ein paar Tage abreisen willst«, begann er.

»Ja, zurück nach England, arbeitslos und einer Mutter ausgeliefert, die soeben mein zehn Jahre altes Tagebuch gelesen hat.« Sie hatte ein wenig Angst davor, ihrer Mutter gegenüberzutreten, alte Dinge wieder aufzuwühlen und sich allem stellen zu müssen, was sie geschrieben hatte. Aber sie hoffte, dass sich nach dem Telefonat, bei dem sie sich gegenseitig ihr Herz ausgeschüttet hatten, vielleicht einiges ändern würde. Möglicherweise führten ihre Aufzeichnungen aus der Vergangenheit zu einem neuen Anfang.

»Ich möchte nicht, dass du gehst.«

Er wartete auf ihre Reaktion auf diese Feststellung.

Ihre Zuneigung für ihn war ihr ins Gesicht geschrieben. Er küsste sie sanft und wollte diesen Moment nicht mehr loslassen.

»Bleib. Wenigstens noch ein bisschen länger«, bat er sie und fuhr ihr mit der Hand übers Haar.

»Das kann ich nicht. Angel muss zur Schule, und wir haben Tickets, die ich nicht verfallen lassen kann. Das kann ich mir nicht leisten.«

Er lachte laut auf. »Hayley, ich bin Millionär.«

»Das wirst du nicht lange bleiben, wenn du ständig Geld für unnütze Dinge ausgibst.«

»Oh, glaub mir, hier geht es nicht um etwas Unnützes.« Er grinste.

»Und was ist mit Angels Unterricht? Sie freut sich schon

darauf, ihren Schulfreundinnen ihre Sammlung von Mitbringseln zu zeigen.«

»Ich werde ihr eine von Donald Trumps Perücken besorgen.«

»Ist das dein Ernst?«

»Nein.« Oliver lachte. »Komm schon, Hayley. Fällt es dir wirklich so schwer, Ja zu sagen? Wenn du nach Hause willst – falls du willst –, dann kaufe ich dir ein Ticket. Ich fliege dich in meinem Privatjet nach England, wenn du möchtest. Ich besorge einen Privatlehrer für Angel, außer …« Er hielt inne. »Außer du willst gar nicht hierbleiben.«

Er sah in ihren Augen, dass sie unentschlossen war, und bereitete sich darauf vor, enttäuscht zu werden.

»Soll das ein Witz sein? Natürlich will ich hierbleiben! Ich war noch nicht bei Bloomingdales, und ich muss noch richtig Eislaufen lernen. Aber ich brauche ordentliche Handschuhe, denn diese Handwärmer, die ich entworfen habe, sehen zwar cool aus, aber sie taugen nichts.«

»Hör auf zu reden«, befahl Oliver und beugte sich über sie.

»Aber ich muss doch das letzte Wort haben.«

»Nicht heute Abend.«

Er drückte seinen Mund auf ihre Lippen, legte eine Hand auf ihren Rücken und zog sie an sich. Hier fühlte er sich wohl, in einem warmen, von fröhlichen Stimmen erfüllten Raum, sein Anzug mit bunten Schmetterlingen bedeckt, Jazzmusik auf der Bühne und die Frau, die er liebte, in seinen Armen. Lois und Clark vereint. Und jeder Moment zählte.

EPILOG

Weihnachten – Das Haus der Drummonds, Westchester

Hayley schlug Angel leicht auf die Hand, als sie über den Tisch griff. »Oh, nein. Diese Popovers sind für alle da.«

Angel schnitt eine Grimasse, schob die Zunge vor ihre untere Zahnreihe und drückte ihre Unterlippe damit nach vorne.

Hayley griff sich an die Kehle. »Du fluchst! Am Weihnachtsabend bei Tisch!«

»Angel, nimm dir so viel du willst«, warf Cynthia ein. »Ich kann noch welche backen.«

Cynthia war hingerissen von Angel. Sie war wie die Tochter, die Cynthia sich immer gewünscht hatte, und Angel war es gelungen, sie ganz und gar um den Finger zu wickeln.

Hayley sah sich in dem großen Wohnzimmer um. Draußen lag der Schnee bereits einen halben Meter hoch, und über Nacht sollte noch mehr fallen. Drinnen war alles geschmückt mit Girlanden, Glöckchen, Kränzen aus Stechpalmenzweigen, Kiefernzapfen und roten Schleifen. Der Christbaum reichte fast bis zur Decke, und aus den Lautsprechern schallte Musik von Michael Bublés Weihnachtsalbum. Wie sehr hatte sich dieses Haus verändert, seit sie als Agatha hier einen leeren, kalten Raum vorgefunden hatte. Und nun saßen sie, Angel, Dean, Vernon, Oliver und Cynthia hier – und Randy heischte winselnd im Flur nach Aufmerksamkeit.

Sie warf einen Blick auf Oliver. Er trug das Superman-T-Shirt, das sie ihm geschenkt hatte, und nippte an dem billigen Sekt, den sie auf dem Weg hierher in einer Bodega mitgenommen hatte. Sie liebte ihn. Daran gab es nicht den geringsten Zweifel. Sie hatte sich damit einverstanden erklärt, ein wenig länger zu bleiben, aber in ein oder zwei Wochen würde sie ihn verlassen müssen. Sie schob sich mit der Gabel ein Stück Truthahnfleisch in den Mund.

»Ich möchte mich bei allen bedanken und einen Toast aussprechen«, sagte Oliver und hob sein Glas.

»Das ist eine wunderbare Idee, aber ich möchte gern den Anfang machen«, erklärte Cynthia.

»Und dann komme ich, weil Frauen und Kinder immer zuerst kommen«, warf Angel ein.

Alle lachten.

»Also gut. Ich möchte allen an diesem Tisch danken. Dean und Vernon, ich habe mich sehr gefreut, euch letzte Woche bei der Weihnachtsfeier kennenzulernen, und ich bin froh, dass ihr heute kommen konntet.«

»Vielen Dank für Ihre Einladung, Cynthia.« Vernon hob sein Glas.

»Oliver, ich weiß, wie schwer du es in den letzten Jahren hattest, und wir haben schon oft darüber gesprochen, aber jetzt möchte ich dir sagen, dass … dass dein Vater sehr stolz wäre, wenn er sehen könnte, was aus dir geworden ist.«

Oliver war sichtlich bewegt und richtete den Blick auf den Teller vor sich.

»Und zu guter Letzt möchte ich einen Toast auf Agatha und Charlotte ausbringen.« Cynthia lächelte Hayley und Angel an. »Die beiden sind in mein Haus gekommen und haben mich daran erinnert, wieder ein Heim daraus zu machen.« Sie hob ihr Glas. »Auf Agatha und Charlotte.«

»Auf Agatha und Charlotte«, sprachen ihr alle nach.

Ihre Wangen röteten sich, als Oliver sie ansah, mit dem Mund lautlos die beiden Namen formte und ihr zu verstehen gab, dass er damit nichts anfangen konnte. Sie zuckte die Schultern, machte eine Handbewegung, als würde sie eine Flasche an den Mund setzen und deutete mit dem Kopf auf Cynthia.

»Jetzt bin ich dran!«, rief Angel, während sie noch wie ein hungriges Meerschweinchen an einem halben Popover kaute.

»Drück dich einigermaßen gewählt aus und fang nicht bei George Washington an«, mahnte Hayley.

Angel räusperte sich. »Habt ihr schon gewusst, dass die Tradition des amerikanischen Weihnachtsessens aus Großbritannien stammt? Im Mittelalter wurden statt Truthahn Fasan oder Wildschwein serviert.«

»Ich habe es noch nicht gewusst, und nun ist mein Leben um einiges reicher.« Hayley nickte.

»Ich möchte meiner Mum danken«, fuhr Angel fort. »Weil sie mir geholfen hat, meinen Dad zu finden, obwohl sie ihn eigentlich nicht mehr sehen wollte, weil sie sich kaum mehr an ihn erinnern konnte. Aber sie hat es trotzdem getan, und jetzt lerne ich ihn kennen, und er lernt mich kennen.« Angel wurde rot. »Und er kocht heute Abend ein zweites Weihnachtsessen für mich, und ich freue mich schon sehr darauf, bei ihm zu übernachten. Danke, Mum, dass du mir das erlaubst. Und Oliver, du kannst meinen Platz bei Mums Weihnachtstradition übernehmen.« Angel richtete den Blick auf Hayley. »Und sei dabei etwas großzügiger als bei mir.«

»Ist das eine schöne Tradition?«, fragte Oliver. »Ich bekomme ein wenig Angst.«

»Es geht um Würstchen im Schlafrock«, sagte Hayley. »Keine Sorge.«

»Wir freuen uns alle sehr, dass du deinen Dad gefunden hast.« Dean lächelte seine Nichte an.

Oliver hob sein Glas. »Ich möchte mich auch bei deiner Mum bedanken.«

»Hör auf. Ich werde gleich so rot wie die Cranberry-Sauce.« Hayley griff nach ihrer Serviette.

»Ich hätte mir nie vorstellen können, dass eine zufällige Begegnung am Notausgang eines chinesischen Restaurants mein Leben völlig verändern würde.« Er lächelte. »Aber ich weiß jetzt, dass mein Fluchtversuch an diesem Abend die beste Entscheidung war, die ich jemals getroffen habe.«

»Wie schmalzig!« Angel verdrehte die Augen, grinste aber dabei.

»Und ich möchte einen Toast auf Angel ausbringen.« Oliver sah sie an. »Weil sie mir das Logo vor der Veranstaltung gezeigt hat und ich meine Rede entsprechend formulieren konnte.«

»Du warst das!«, rief Hayley.

»Was soll ich sagen? Er brauchte Hilfe«, verteidigte Angel sich.

»Auf Angel. Die vielleicht nachher ein wenig Hilfe braucht, um das Modell des Weißen Hauses zusammenzubauen.«

Angel fielen fast die Augen aus dem Kopf. »Das bekomme ich?«

»Auf Angel!«, riefen alle im Chor.

Hayley hustete laut, räusperte sich und schlug mit der Hand auf den Tisch. »Ich dachte, Frauen und Kinder zuerst. Du hast dich vorgedrängt, Clark.« Sie lächelte alle an. »Jetzt bin ich an der Reihe.«

Sie holte tief Luft. »Ich möchte meinem Bruder und Vernon dafür danken, dass sie all die dramatischen Ereignisse, die ich in New York verursacht habe, klaglos ertragen haben. Ich kann nur hoffen, dass euch die Zeit, die ihr mit Angel verbracht habt, dafür ein wenig entschädigt hat.«

»Es war uns ein Vergnügen, Schätzchen«, sagte Vernon.

»Ich hatte noch nie etwas gegen ein bisschen Dramatik«, meinte Dean.

Hayley wandte sich Cynthia zu. »Ich danke Cynthia dafür, dass sie mir eine wunderbare Chance gegeben hat, meine Kreativität auszuleben und mir das Vertrauen entgegengebracht hat, dass ich alles meistern würde. Ich war mir selbst nicht ganz sicher, bis die Schmetterlinge von der Decke schwebten und wir das Kaninchen des Tischzauberers wieder eingefangen hatten, aber wir haben es geschafft und viele Spendengelder gesammelt. Und die Presse war begeistert.«

Alle klatschten, und Hayley deutete im Sitzen eine Verbeugung an, bevor sie den Blick auf Angel richtete.

»Was kann ich über meine Tochter sagen? Sie bedeutet mir alles. Sie ist meine beste Freundin, aber manchmal auch eine Nervensäge, der ich am liebsten den …«

»Habt ihr gewusst, dass es mindestens elf verschiedene Wörter für Hintern gibt?«, warf Angel ein.

»Ich wollte sagen, der ich am liebsten den Kopf waschen würde.« Hayley grinste. »Seit neuneinhalb Jahren ist sie das Wichtigste in meinem Leben, und ich weiß nicht, was ich ohne sie täte.« Sie schniefte. »Und ich bin so froh, dass dein Wunsch in Erfüllung gegangen ist. Michel ist ebenso glücklich wie ich, eine so wunderbare Tochter zu haben.«

Hayley fächelte sich mit der Hand Luft zu, als sie ihre Tränen nicht mehr zurückhalten konnte.

»Auf Angel!«, sagte Oliver und hob sein Glas.

»Nein, warte! Ich bin noch nicht fertig.« Sie wartete kurz, bis sie sich wieder gefasst hatte. »Ich möchte auch Oliver danken. Ich habe noch nie jemanden wie dich kennengelernt. Du bist warmherzig und witzig, und auch schwierig und nervenaufreibend, aber wir verstehen uns. Wenn ich manchmal unzusammenhängendes Zeug von mir gebe, weißt du instinktiv immer, was ich meine und was du darauf sagen musst. So etwas habe ich noch nie erlebt, und ich weiß, dass es nicht immer leicht mit mir ist … und ich will einfach nur sagen …« Sie schluckte und hatte Mühe weiterzusprechen. »Auf Oliver.«

»Auf Oliver«, wiederholten alle.

»Möchtest du einen Schneemann bauen?«, fragte Oliver am Nachmittag.

»Bei der Kälte? Das ist zu viel für mich.« Hayley räkelte sich gähnend auf dem Sofa.

»Wir können jetzt nicht gehen. Das Weiße Haus befindet sich in einem kritischen Stadium, und mein Dad holt mich in einer Stunde ab«, erklärte Angel, ohne den Blick von dem Modell abzuwenden, das sie, Dean und Vernon aufbauten.

»Komm schon, Hayley, tu mir den Gefallen. Du hast neue Handschuhe bekommen, richtig?« schmeichelte Oliver. »Mom?« Er warf Cynthia einen Blick zu.

»Ich fühle mich hier sehr wohl und schaue Angel dabei zu, wie sie dieses Meisterwerk zusammensetzt. Vielleicht komme ich später nach, wenn ihr fertig seid«, erwiderte sie.

»Komm schon, hoch vom Sofa!« Oliver packte Hayley an der Hand und zerrte sie von der Couch.

»Das ist die reinste Schikane! Wir haben noch nicht einmal die Süßigkeiten ausgepackt«, murrte Hayley und folgte ihm widerstrebend.

Oliver schob sie den Gang entlang zur Rückseite des Hauses.

»Ist dir bewusst, dass es fünf Grad minus hat? Wir werden keinen Schneemann, sondern einen Eismann bauen.«

»Wir gehen nicht nach draußen«, erklärte Oliver und blieb vor der Tür zum Wintergarten stehen.

»Ach nein?«

»Nein.« Er schob die Tür auf und ließ Hayley einen Blick in den Raum werfen. Sie klatschte in die Hände, als sie die Dekoration sah. Alles, was sie verwendet hatte, um den Ballsaal im Crystalline Hotel zu schmücken, fand sich hier in Cynthias Wintergarten wieder. Die türkisfarbenen Vorhänge an den Fenstern, die Ballons, die flackernden Kerzen in Schmetterlingsform, überall die aus Folien gefalteten Schmetterlinge auf den Fliesen. Sie trat in den Raum – er wirkte wie ein schimmernder Zufluchtsort vor einem dichten Schneetreiben in dunkler Nacht.

Oliver drückte auf einen Knopf an der Stereoanlage, und aus den Lautsprechern ertönte Maroon 5.

Hayley nickte. »Du hast mir also endlich Adam Levine besorgt.«

»Das ist aber noch nicht alles.«

Oliver stellte sich vor sie und schaute ihr in die Augen, während er aus seiner Hosentasche eine türkisfarbene Schachtel zog.

Hayley atmete hörbar ein. »Die Schachtel ist zu klein für eine Halskette.«

Er nickte.

»Und auch zu klein für ein Armband.«

Oliver öffnete den Deckel und beobachtete sie, während

er ihr den Diamantring in Form eines Schmetterlings zeigte. Sie schnappte nach Luft, und er nahm den Ring mit zitternden Fingern heraus.

»Vielleicht hältst du den Zeitpunkt für zu früh, aber für mich zählt immer noch jeder Moment.« Er hielt kurz inne. »Und vor allem jetzt – aus den richtigen Gründen.«

»Ich weiß nicht, was ich sagen soll«, flüsterte sie.

»Sag, dass du bleibst. Wir finden für alles eine Lösung. Angel wird unterrichtet werden, du wirst Event-Planerin, Designerin, was immer du willst. Ich kann es einfach nicht zulassen, dass du nach England zurückgehst, nicht einmal für eine Minute. Ich liebe dich, Hayley.« Er kniete sich vor sie, den Ring zwischen seinen Fingern. »Willst du meine Frau werden?«

Die Frage hing in der Luft, und er wartete und achtete auf jeden ihrer Atemzüge, um eine Antwort zu erahnen.

»Ich habe eine Bedingung, bevor ich dir eine Antwort gebe«, sagte sie schließlich.

»Alles. Alles, was du willst.«

»Keine Wünsche mehr. Nur noch ehrlich gemeinte Versprechen. Und wir nehmen jeden Tag, wie er kommt.«

»Natürlich. Hand aufs Herz.« Oliver legte die linke Hand an seine Brust.

Hayley lächelte. »Dann lautet die Antwort Ja!«

»Ja!«, rief er. »Ja!«

»Gib mir den Ring«, bat Hayley ihn und streckte die linke Hand aus.

Oliver schob ihr vorsichtig den Ring auf den Finger und bewunderte, wie der Stein an ihrer Hand glitzerte. Er stand auf.

»Ich liebe dich, Lois.« Er zog sie in seine Arme.

»Und ich liebe dich, Superman.« Sie seufzte. »Und wo

werden wir wohnen? Angel wird sich auf Dauer in dem Penthouse nicht wohlfühlen. Und wenn meine Mutter zu Besuch kommt, wird sie ihr eigenes Bad haben wollen. Nachdem sie mich wegen meines Tagebuchs zur Rede gestellt hat, denn das wird sie mit Sicherheit tun, obwohl wir uns am Telefon bereits ausgesprochen haben.« Sie drehte den Kopf zur Seite und holte tief Luft. »Wir könnten uns ein rotes Zimmer mieten.«

Er grinste. »Ich weiß zwar noch nicht, wo das sein wird, aber auf jeden Fall muss es in dem Haus einen Aufzug geben.«

»Mr Drummond!«

Er ließ sie das letzte Wort haben und drückte seinen Mund auf ihre Lippen, während sich an den Fensterscheiben Schneeflocken türmten.

DANKSAGUNG

Vielen Dank an meine wunderbare Agentin Kate Nash. Du stärkst mir immer den Rücken, und ich bin sehr froh, dich an meiner Seite zu haben.

Ich danke auch meinen großartigen Freundinnen Rachel Lyndhurst, Susie Medwell, Sue Fortin und Linn B. Halton. Ihr seid immer für mich da, haltet mich in den Armen und verpasst mir auch mal einen Tritt in den Hintern! Ich wünsche mir, dass wir noch oft bei Wein und viel Gelächter zusammensitzen werden!

Ein großes Dankeschön an alle meine Facebook-Freunde, Twitter-Follower und mein unglaubliches Street-Team, The Bagg Ladies. Ohne eure beständige Unterstützung könnte ich nicht so viele Leser und Leserinnen erreichen. Ich bin dankbar für alle Tweets, Erwähnungen, Informationen und Kritiken!

Zum Schluss möchte ich mich noch bei David Spencer (Squid) und Joseph Garrett (Stampy Longnose) bedanken, den Minecraft Youtubers, die meine Kinder in den Sommerferien großartig unterhielten, während ich mein Buch überarbeitete. »Welcome to another Let's Play video …« war Musik in meinen Ohren. Danke!

Abby Clements
Ein Traum am Kaminfeuer

352 Seiten
ISBN 978-3-442-48191-0

Amelia hat einen Traum: mit ihrem Mann Jack im eigenen gemütlichen Cottage auf dem Land vor dem Kaminfeuer sitzen. Die Realität sieht leider anders aus: Das Paar bewohnt eine winzige Wohnung in London. Doch plötzlich erhalten sie die Chance, ein heruntergekommenes Cottage am Rande eines bezaubernden Dorfes in Kent zu kaufen, und greifen spontan zu. Ihr neues Heim erfordert allerdings weitaus mehr Arbeit als gedacht. Es droht gar, ihre Ehe zu sprengen, denn bei den Renovierungsarbeiten lernt Amelia ganz neue Dinge über die Liebe. Und während Weihnachten unaufhaltsam näher rückt, muss sie sich schließlich fragen, ob ihr Kaminfeuertraum jemals wahr werden wird.

www.goldmann-verlag.de
www.facebook.com/goldmannverlag